Marlene Klaus

Beschützerin des Hauses

Historischer Roman

Dryas Verlag

PEFC/04-31-0880
Das für dieses Buch eingesetzte Papier ist ein Produkt aus nachhaltiger Forstwirtschaft.

1. Auflage 2011

Herausgeber: Dryas Verlag, Oldenburg, gegr. in Mannheim

Herstellung: Gabriel A. Neumann, Heidelberg
Lektorat: Mariel Radlwimmer, Heidelberg
Umschlaggestaltung: Timon Schlichenmaier, Hamburg
Umschlagfoto: Karin Ludwig, Hockenheim
Druck: Strauss GmbH, Mörlenbach

Bibliografische Information der Deutschen Bibliothek:
Die Deutsche Bibliothek verzeichnet diese Publikation in der Deutschen Nationalbiografie, detaillierte bibliografische Daten sind im Internet über http://dnb.ddb.de abrufbar

ISBN: 978-3-940855-12-1
www.dryas.de

Für dich, Mama

Marlene Klaus

Beschützerin des Hauses

Vorbemerkung

Wie wir Geburt, Krankheit, Tod erleben, wie wir miteinander umgehen, wie wir essen, wohnen, arbeiten und feiern, kurz, in welchen individuellen und kollektiven Formen wir unser Leben verbringen und uns in der Welt zurechtzufinden versuchen – dies alles verbindet uns in vielen Einzelheiten mit der Welt des alten Reiches. Es gehört zum fast vergessenen Vermächtnis der Vormoderne, das es zu entdecken gilt. Wer den verkürzenden, ausschließlich an der Gegenwart orientierten Blick überwindet, dem eröffnet die Zeit zwischen dem 15. und 19. Jahrhundert überraschende Perspektiven. Dabei geht es nicht um eine Flucht aus der „bösen" Gegenwart der technischen Zivilisation zurück in die vorgeblich idyllische Welt der „guten alten Zeit", sondern lediglich darum, zu erkennen, wer wir sind, warum wir so sind, wie wir geworden sind.

Nicht zufällig entdeckt man im ausgehenden 20. Jahrhundert die Historie neu, versucht man, in der Geschichte verlässliche Fundamente einer brüchig gewordenen Identität zu finden. Lang bewährte Formen des Zusammenlebens erfahren tiefgreifende Veränderungen, Traditionen lösen sich auf. Der gesamte Kosmos menschlicher Verhaltensweisen befindet sich im Umbruch, in einem Stadium der Neuorientierung. Vieles, was gestern galt, ist heute in Frage gestellt. Die Erfahrungen und Schwierigkeiten mit der eigenen komplexen Gegenwart erzeugen eine erhöhte Sensibilität für historische Phänomene. Geschichte erscheint heute weniger festgelegt als früher, eher als offener, unberechenbarer Prozess denn als sinnvolle, auf ein bestimmtes Ziel notwendig zulaufende Bewegung. Der rasche Wandel zeigt, dass Denk- und Verhaltensweisen, die als anthropologische Konstanten galten, der

Veränderung ebenso unterliegen wie die sich schneller wandelnden Ereignisse. Die Krise öffnet den Blick für die Voraussetzungen und Bedingungen, unter denen sich die Lebensformen der Moderne gebildet haben.

Paul Münch, Lebensformen in der Frühen Neuzeit 1500 bis 1800, Propyläen 1992

Georgi 1593

1

Ein Dämon!

Oswin Gäßler stand wie vom Donner gerührt und starrte hinüber zur Weide. Ihm stockte der Atem. Äste, die in der Finsternis aussahen wie ein Haupt voll in Unordnung geratener Zöpfe. Die Fratze darin schnitt ihm Gesichter.

Gebannt starrte er auf die Schreckgestalt. Welch unheimliches Pfeifen, zum Henker!

Gäßler stemmte sich gegen den Wind, die Beine fest auf dem Grund gespreizt, drückte den Wanst nach vorn, kippte den gesamten Leib mit großer Gebärde nach hinten, als befestige er ihn an einem unsichtbaren Pflock. Die Hellebarde umklammerte er, als könne sie ihm Halt geben. Er setzte die Laterne ab und fasste nach dem Augspross des Rothirschs, den er als schützendes Amulett bei sich trug. Pfannenstiels Weib hatte ihm eigens ein Leinensäckchen in den Umhang genäht, damit er ihn darin verwahren konnte. Er berührte den rauen, gekrümmten Talisman, der ihm zudem helfen sollte, des nachts besser zu sehen. Aber genaugenommen lag ihm gerade wenig daran, das Fratzengesicht so deutlich zu sehen. Schweiß brach ihm aus. Wind heulte. Und das Pfeifen. Sollte er nicht etwas unternehmen? Es war seine Aufgabe, die Dorfbewohner zu schützen. Doch die Gebärden der hässlichen Missgestalt lähmten ihn. Er rührte sich nicht. Hielt den Atem an. Setzte auf die Wirkkraft des Augsprosses.

Da verschwand die Wirrsal, begann, sich aufzulösen. Schwer atmete er aus.

„Zum Henker“, presste er hervor. „Ein Zerrbild.“ Er nahm die Laterne wieder auf. Murmelte: „Nur die Weide, nur die Weide! Steht dort seit Menschengedenken.“

Erleichterung mischte sich unter die Angst. Aber seine Knie fühlten sich weich an. Er wandte sich der Schwopschen Mühle zu. Der Kraichbach plätscherte in der Dunkelheit. In der Mühle war noch alles still. Ein Luftstoß fuhr ihm in den Bart und lupfte ihn. Gäßler neigte den Kopf und strich das spinnwebflusige Gekitzel aus dem Gesicht. Er hob dadurch die Laterne mit an, die Kerze in ihrem Glasgehäuse flackerte, er selbst kam aus dem Gleichgewicht. Er umklammerte die Hellebarde mit Entschlossenheit, schwankte, brachte sich umständlich wieder ins Lot. Er spürte auch die Kälte wieder. Als hielte der Januar das Land noch immer in eisigen Klauen. Als sei's nicht April. Das ging gewiss nicht mit rechten Dingen zu. Was man so hörte, waren's Unholde, die für dieses widernatürliche Wetter verantwortlich waren. Sicher hatten die ihm auch den Dämon geschickt.

Gäßler langte vor der Mühle an. Er rammte die Hellebarde mit Wucht ins Erdreich neben sich, schluckte den Biergeschmack hinunter, spreizte die Beine fest auf dem Grund und blies schließlich fünfmal ins Horn. Mit dunklem Knurren hob er an:

„Hört ihr Leut und lasst euch sagen,
unsere Uhr hat fünf geschlagen.
Müller steh auf, bring's Mühlrad zum Lauf!"

Gäßler wartete, bis aus dem steinernen Wohnhaus neben der Mühle schwächliches Flackern drang. Dann machte er kehrt und stapfte zurück zur Holzbrücke, über die er gekommen war. Noch einmal sah er zurück zu den Gärten. Schemen von Weide und Gestrüpp. Nichts sonst. Die Schimäre war verblasst, die Erinnerung an die Schmach nicht. Er setzte über die Brücke, folgte der Mühlgass, die leicht anstieg und sich gabelte. Der linke Arm führte in einem Schlenker zum Rathaus, von wo er seinen Rundgang begonnen hatte. Die Häuser, die sich dort Seite an Seite schmiegten, lagen noch im Dunkel. Gäßler wankte weiter, aber am liebsten hätte er sich wieder zurück in die warme Stube im Rathaus verfügt. Stattdessen folgte er dem rechten Zweig der Mühlgass hinauf zur Dorfstraß nach Reilingen. Es war der Weg, den er immer nahm, in Schlangenlinien torkelte er die Gasse hinauf.

Gäßler meinte von sich, dass er trotz Leibesfülle behutsam zu gehen vermochte wie eine Katze. Er folgte seiner Pflicht lautlos. Lärm machte er nur vorschriftsmäßig zur vollen Stunde. Hätte er gewusst, dass man seine Anmut eher mit jener von Offenlochs Ochse verglich, er hätte dem Verleumder einen Krug an den Kopf geworfen. Einen leeren, versteht sich. Bier zu verschwenden kam einer Sünde gleich.

So erreichte er die eng beieinander stehenden Holz- und Lehmfachwerkhäuser auf der Dorfstraß nach Reilingen, ging bis zum Ortsausgang. Alles ruhig. Um sich von dem Schrecken abzulenken, der ihm noch immer in den Knochen saß, stellte sich Gäßler die Betriebsamkeit vor, die am heutigen Georgstag herrschen würde. Die Hirten bezogen die Sommerweiden; möglich, es kam die ein oder andere Magd durch den Ort, wenn sie ihren Herrn wechselte. Auch sonst war allerhand Volk unterwegs. Hockenheims Grenzlage nahe des Rheins hinüber ins altgläubige Speyer sorgte für regen Verkehr. Der alte Ost-West Handelsweg von Heidelberg nach Speyer machte es zur wichtigen Zollstation. Durchreisende Händler und Kaufleute belebten der Wirte Geschäfte, sogar papistische Pilger zogen durch.

Gäßler machte kehrt. Nach einigen Schritten bog er rechts zum Dorfgrabenweg ab. Auch diese Gasse machte eine Biegung. Hier standen die Häuser nicht so eng beieinander. Zwischen manchen lagen freie Grundstücke, strauchbewachsen und dunkel. Gäßler blieb stehen und ließ seinen Ruf ertönen. Diesmal mit dem Zusatz:

„Die Nacht erlischt, heraus zur Tages Pflicht!“

Der Dorfgrabenweg ging in die Gemeindegasse über, rechter Hand, gegenüber vom Herwartschen Steinhaus, ragten auf dem Hausplatz der halben Hube die Grundpfeiler eines Neubaus in die Nacht. Hofmann, der Eigner, ließ ein Haus errichten. Gäßler durchschritt die Gasse. Bevor sie in den Heidelberger Weg mündete, säumte sie linkerhand den Dorfplatz. Er blieb stehen und auch hier vernahmen die erwachenden Bürger und Bauern, die Handwerker und Tagelöhner den Weckruf des Nachtwächters. Dann bog er rechts ab in den Heidelberger Weg, der am Zollhaus vorbei aus dem Dorf hinaus führte, schnurgerade nach Osten.

Gäßler hielt am Durchgang des brusthohen Dorfzaunes inne und äugte in die Nacht. Dort draußen lagen die Fluren und die Allmende, die in der Ferne begrenzt wurden vom Saum des Hardtwaldes. Da stockte ihm der Atem erneut. Es kam eine Gestalt herangeschritten. Scham und Angst durchfuhren ihn: Saß er wieder einer Täuschung auf, die ihm Gestalten vorgaukelte, wo es keine gab? Er beugte sich nach vorn, hielt die Laterne am ausgestrecktem Arm auf Augenhöhe vor sich und spähte in die Nacht. Die Hellebarde umklammerte er mit festem Griff. Er kniff die Augen zusammen, das Kerzenlicht blendete. Er stellte die Laterne ab, um nach dem Augspross zu fassen, kippte hernach in gewohnter Weise den Leib mit großer Gebärde nach hinten und machte ihn auf gespreizten Beinen standfest. Dergestalt seiner Erscheinung den nötigen Respekt und obrigkeitliche Würde verleihend, sowie sich selbst den erforderlichen Mut durch das Berühren des Talismans, rüstete er sich für den Ruf „Wer da? Gebt Antwort Kerl!“, als er die näherkommende Gestalt am Gang erkannte.

So wie sie ging keine. Sie schritt gemächlich einher, setzte mit Bedacht einen Fuß vor den anderen. Bei jedem Schritt wogte ihr der Arsch, dass sich Gäßler erinnert fühlte an das Schaukeln eines Kahns auf einem ruhigen See. Auch wenn man das Weib, wie jetzt, von vorne sah, wies das Pendeln auf das Prachtstück hin, zum Henker aber auch. „Die Heilmännin, die Krauthex", murmelte er halblaut.

Und er sah sie im Geiste vor sich, sah die Rundungen ihres Leibs, das schmale Gesicht, noch immer schön, obwohl sie nicht mehr jung war. Weich, man mochte sich in sie betten – zum Henker, was ging ihm da durchs Hirn!

„Barbara Heilmann", brummte er leise und machte kehrt. Als er an ihrem Haus vorüberkam, dem letzten am Heidelberger Weg vor dem Dorfzaun, schoss ihm ein Gedanke ins Hirn: Er hatte sie nicht hinaus gehen sehen. Wo ihm doch nichts auskam in der Nacht! Wahrscheinlich ist sie grad zum Schornstein raus wie all' die Teufelsbuhlen, dachte er. Der Kiefer klappte ihm herunter. Er suchte zu fassen, was er da eben gedacht hatte. Holla! Anders konnte das gar nicht sein. Er hätte sie sonst doch sehen müssen. Und wer bleibt schon draußen in der Nacht, wo all das Gelichter vorkriecht, das Teufelszeug umgeht? Nur die, denen das nichts anhaben kann!

Überrascht vom eigenen Scharfsinn und verdutzt darüber, dass er das noch nicht früher erkannt hatte, fühlte er Stolz in sich aufkeimen. Was, wenn er recht hätte? Was, wenn sie wirklich mit dem Leibhaftigen im Bund war?

Als drücke ihm jemand die Spitze seiner Hellebarde ins Hinterteil, hastete Gäßler los und suchte seinen Rundgang eilends zu beenden. Er haspelte in der Dorfstraß nach Mannheim seine Sprüche nur noch nachlässig herunter. Rauschte zurück gen Ortsmitte, dass sich sein dunkler Wollumhang hinter ihm blähte wie die Schwingen eines dicken, fremdartigen Vogels.

Erhitzt und außer Atem kehrte er in die Stube im Rathaus zurück. Er würde die Sache im Auge behalten. Mehr als das. Er würde sie dem Zentgrafen melden. Nicht vorstellbar, dass der dem keine Beachtung schenkte.

2

Barbara Heilmann schlüpfte durch die Tannen, die ihren Garten auf der Nordseite begrenzten. Der Garten besaß keinen eigenen Zugang, war nur vom Haus aus zu betreten, doch zuweilen zwängte sie sich aus Faulheit oder weil sie Lust hatte, einen anderen Weg zu nehmen, durch die Tannenzweige. Gerade eben war jedoch Gäßler der Grund. Sie hatte seine Leuchte am Durchgang des Dorfzaunes gesehen, war vom Weg abgeschwenkt und hintenherum durch den Garten heimgekehrt. Sie mochte es nicht, jemandem zu begegnen, wenn sie im Morgengrauen nach Hause kam. Erst recht nicht Gäßler.

Sie war die halbe Nacht im Wald gewesen. Sie fror, der Umhang war klamm. Durch die Hintertür betrat sie die Küche, warf die Leinenbeutel mit der nächtlichen Ausbeute auf den Tisch und entzündete ein Talglicht. Nachdem sie Feuer entfacht und einen Topf mit Wasser auf den Herd gestellt hatte, leerte sie die Beutel. Ein Häuflein Bibernellenwurzeln. Sie blies sich einen kastanienbraunen Haarstrang aus dem Gesicht und fuhr prüfend mit dem Daumen über die wurmschmalen Dinger. Das waren zu wenige und sie waren zu klein. Zudem waren sie von Wurzelfäule befallen.

„Na! Du machst ein Gesicht als hättest du Spinnen gefressen!" Die knarzige Stimme ihrer Mutter durchbrach die morgendliche Stille. Sie stand in der Tür der Schlafkammer, im Nachtgewand, barfuß und mit zerwühltem Haar.

„Erschrick mich nicht so!", murrte Barbara.

Katharina Großhans räusperte sich die Morgentrockenheit aus dem Hals und schlurfte zum Küchentisch heran. „Du lieber Gott, das sieht aber net gut aus!", stellte sie nach einem Blick auf die Bibernellenwurzeln fest. Barbara erwiderte nichts und griff nach dem Messer, um die Ausbeute der Nacht zu bearbeiten.

Das Feuer begann zu prasseln und vertrieb die feuchte Kälte aus der Küche. Ihre Mutter neigte sich über die Holzbank an der Wand hinter dem Küchentisch, gab Schreihals einen Schubs und ließ sich auf die Bank plumpsen, dass diese knackte. Wohlig setzte sie sich auf dem von der Katze vorgewärmten Platz zurecht. Auf ihrem Gesicht lag ein Grinsen. Sie zog die Backen hoch und das weiße Haar, das rechts von ihrer Oberlippe waagrecht in die Luft stach wie ein einzelnes Spinnenbein, bewegte sich auf und ab. Schreihals warf ihr einen empörten Blick zu, schüttelte den Kopf und leckte dann zweimal mit festem Kopfnicken den Hals hinunter. Sie drehte der Alten den Rücken zu, dann rollte sie sich neben ihr zusammen, ein rotweiß-schmutzgraues Fellknäuel.

„Na", machte Katharina und hob den Blick.

Barbara schmunzelte. Das Gerangel um diesen Platz war ein altes Spiel zwischen ihrer Mutter und Schreihals. War ihre Mutter in Laune, ihren Platz zu behaupten, verlor die Katze. War sie süßlich gestimmt oder stolz auf eine erfolgreiche Mäusejagd Schreihals', war sie gewillt, auf die zweite Bank unter dem Fenster auszuweichen.

Barbara wies mit dem Messer auf die dunklen Verfärbungen an den Wurzeln. „Wurzelfäule. Muss ich alles wegschneiden! Der Mond ist so gut wie voll, ich hatte mehr erhofft."

„Wo warsch?"

„Hardtwald. Richtung Haustücker, Unterfeld."

Katharina gähnte, zog die Schultern hoch und schüttelte sich wie zuvor Schreihals.

„Machst jetzt Aufguss statt Tinktur?"

„Was bleibt mir übrig? Für die Tinktur hätte ich mehr gebraucht."

Im Alkohol hätten sich die heilsamen Kräfte der Wurzel besser gelöst. Auch sorgte der für gute Haltbarkeit. Jetzt musste sie einen Aufguss ansetzen. Und jenen, die Husten hatten und Brustreißen, morgen noch einmal einen Kaltwasserauszug bringen. Was hieß, sich deren Gejammer ein zweites Mal anhören und sich ermutigende Worte abpressen. Sie hasste es. Dass sie nämlich einerseits für Heilung sorgte – soweit es in der Kräuter Macht stand –, andererseits jedoch nicht wirklich Teilnahme am Schicksal der Menschen aufbringen konnte. Nicht mehr.

„Dem Senfkorn und der Fitterling bringe ich einen Aufguss", zählte sie ihrer Mutter vor, die sie noch immer erwartungsvoll ansah. „Der Offenloch aber hustet Schleim, dem werd ich noch Thymian beigeben. Vielleicht finde ich kommende Nacht weiter östlich einigermaßen trockene Wiesen mit Bibernelle. Aber bei dem Dauerregen ..."

„Regnet's?", fragte Katharina, drehte den Kopf und sah zum hinteren Fenster hinaus. Im grauen Morgenlicht konnte man am Gewirr der fast noch kahlen Äste den Ansatz hellgrüner Blättchen erkennen, wie ein von Riesen gefertigtes Netz, in dem kleine grüne Federn hingen.

„Gerade nicht, aber's müht sich mit dem Tag werden," erwiderte Barbara.

„Sieht aus als hätte jemand einen Aufguss aus Galläpfeln verschüttet," deutete Katharina den trüben Himmel.

„Scheint sich auch dieses Jahr einregnen zu wollen. Viele sind krank. Gliederreißen, Melancholie. Kein Kraut sprießt. Wenigstens ist die Birkenrinde brauchbar." Barbara wies mit dem Messer auf die Rinden, die sie in den Weidekorb neben der Hintertür geworfen hatte. Ein zweiter Korb daneben verwahrte allerlei Leinensäckchen. Einen Teil der Rinden behielt sie für Heiltränke. Ein durchfahrender Händler kaufte ihr den Rest ab und veräußerte diesen an Gerber in Schwetzingen und Heidelberg. Barbara kratzte an einer Wurzel herum und warf sie anschließend auf den Haufen zu den bereits gesäuberten.

Ihre Mutter beobachtete ihr Hantieren mit Messer und Wurzeln und sagte: „Was gesprossen war, hat der Frost erfrieren lassen. Hätt's wenigstens geschneit. Dann hätten die Pflänzchen überleben können."

Barbara merkte, der Blick ihrer Mutter folgte jeder abgeschabten Wurzel. Sie beobachtet mich wie Schreihals einen Käfer beobachtet, der hin und her krabbelt, dachte sie. Und wenn ihr auch noch links ein so langes Barthaar wächst wie auf der rechten Seite, so sieht sie auch bald so aus wie Schreihals. Die aschgrauen Stellen in ihrem weiß werdenden Haar sind wie die aschgrauen Flecken im rot-weißen Fell der Katz. Und obwohl sie es nicht mochte, derart beäugt zu werden, belustigte sie diese Vorstellung und sie musste schmunzeln. „Geh dich anziehen, Mutter!", sagte sie und spürte selbst die Wärme, die in ihrem Ton mitschwang. „Die Geiß meckert schon und die Hühner rufen nach dir."

„Die Hühner! Es regnet ihnen ins Stroh, das mögen sie net. Drängen sich in der Ecke zusammen, legen weniger Eier und verlangen ein wasserdichtes Dach. Matthias muss endlich kommen!"

Matthias, ihr ein Jahr älterer Bruder, hatte versprochen, noch vor Georgi das Loch im Dach des Schuppens auszubessern. Aber bis jetzt war er noch nicht da gewesen. Barbara nahm ihn in Schutz: „Er muss seine eigenen Dinge in Ordnung bringen, bevor die Fron losgeht. Er wird schon kommen."

Matthias hatte ins Nachbardorf Reilingen geheiratet und besaß dort einen kleinen Hof. Wenn seine Arbeit es erlaubte, halfen sowohl er als auch seine Frau Gundel und die Kinder Hedwig und Michel ihnen im Haus, Garten und auf der Hube. Wurde die Arbeit im Frühjahr und Herbst jedoch gar zu viel, beschäftigten sie zuweilen auch einen Tagelöhner.

Der packte gegen Kost und Lager mit an, wohnte dann in der Stube im ersten Stock, die über die Außentreppe im Garten zu erreichen war.

„Na“, machte Katharina, was bei ihr alles heißen konnte.

Dieses Na mochte bedeuten: „Mal sehen, ob das vor dem Sommer noch was wird mit dem Dach.“

Nach kurzem Schweigen fragte sie: „Leute gesehen auf dem Heimweg?“

„Warum?“, wollte Barbara wissen.

„Na.“

„Ich war im Wald, Mutter. In der Nacht. Da laufen nicht gerade viele Leute herum.“

„Man wär bereit, die Obrigkeit um Untersuchung anzugehen, was die vielen Unwetter anlangt. Hat mir die Schwechheimerin vor zwei Tagen erzählt, als ich wegen ihrem offenen Bein bei ihr war.“

Barbara sah ihre Mutter verwundert an. Katharina schob die Unterlippe vor.

„Deshalb hätte mir wer begegnen sollen?“, fragte sie.

„Na!“, machte Katharina. Es klang unzufrieden, da Barbara sich so begriffsstutzig zeigte. „Die Schwachköpfe wollen ernst machen und untersuchen, wer's Wetter verhext.“

Barbara fragte sich, worauf ihre Mutter hinaus wollte. Katharina wusste so gut wie sie, dass es in ihrer Heimat als erwiesen galt, dass Unwettermachen durch Menschenhand nicht möglich war. Katharina sagte. „Die Schwechheimerin hatte eine Flugschrift. Da war eine abgebildet, wie sie Wetterzauber auf der Flur macht. In einem Kessel, aus dem Brodem aufsteigt.“

Barbara sah nicht auf. Irgendwelche Flugschriften waren ihr so gleichgültig wie das Geschwätz der Schwechheimerin. Was hatte sie mit dem zu schaffen? Sie ließ die Leute in Ruhe und wollte von ihnen in Ruhe gelassen werden. Sie erwarteten von ihr ein Kraut bei ihren Gebrechen, und das bekamen sie. Damit genug.

Dass es seit Jahren so verregnet und eisig war, die Kälte sich bis weit ins Frühjahr hinein hielt, das Getreide auf den Fluren vom Hagel zerschlagen wurde, das ging nicht mit rechten Dingen zu, sagten die Leute. Sie sagten, eine Hexensekte sei für das Widernatürliche in der Welt verantwortlich. Der Teufel rotte sich mit seinen Helferinnen zusammen, um den Menschen zu schaden, sie von Gott und dem rechten Weg abzubringen. Welch unsinnige Vorstellung, jemand könne Wetter machen! Gott sei Dank glaubte man das hier in der Kurpfalz nicht. Außer natürlich die Schwechheimerin und einige andere Weiber.

„Geschwätz!", entgegnete sie deshalb. „Wollen sich doch nur um die Abgaben drücken! Es verbietet's Gesetz einen solchen Glauben. Es besagt, der Teufel hat nicht die Macht, Wetter zu machen. Erst recht kein Mensch." Mit raschen Bewegungen schnitt sie eine Wurzel nach der anderen in kleine Stücke.

„Was die Leute glauben und was das Gesetz ihnen befiehlt zu glauben, Tochter, sind ebenso zweierlei Wesen wie Regen und Sonnenschein. Vergiss net, dass sie auch über dich tratschen."

„Pah", machte Barbara und erhob sich. Die letzte Wurzel landete klein geschnitten im Topf. „Luftgeplärr!"

„Die Elli sagt, im Wirtshaus reden sie", ließ ihre Mutter sich nicht beirren.

„Elli ist eine dumme Schnattergans."

„Sie sagt, die hohen Herren steigen dort ab, da würde sie so einiges hören."

„Auch die hohen Herren scheißen wie alle!" Aus einem braunen Steingutkrug goss Barbara kaltes Wasser über die Wurzeln und schob den Topf an den Rand des Eichentisches.

Sie stemmte die Arme in die Seiten und sah die Mutter herausfordernd an. „*Gott ist für uns, drum kannst du, Teufel, uns schaden nicht ein Haar.* So sagt der Katechismus."

„Weil du dich so viel um den Katechismus kümmerst!"

„Niemand kann Unwetter machen!"

Katharina stützte die Hände auf den Tisch und zog sich in die Höhe. „Manchmal wünschte ich, ich könnt's." Sie beugte sich zur Katze hinunter und ergänzte: „Hier und da zwei Handvoll Mäuse auf die Flur der aufgeblasenen Wichtigtuer plumpsen lassen, was meinst du, Schreihals? Fette Mäuse?" Sie verzog das Gesicht zu einem schiefen Grinsen, das Barthaar zuckte. Schreihals erhob sich ebenfalls, machte einen Buckel und blinzelte Katharina an. Katharina schlurfte Richtung Schlafkammer.

„Ich gebe jetzt die Hirse rein", sagte Barbara, griff nach der Holzkelle und schöpfte Hirse aus dem Sack, der in einer gezimmerten Kiste neben dem Herd stand. Zwei andere lagerten dort ebenfalls, in welchen sie Hafer und Spelz aufbewahrten. Sie überlegte, ob Mutter wohl recht hatte mit dem, was sie zuvor gesagt hatte. Dass man die Amtsleute um Untersuchung angehen wolle. Sie gab das Getreide in das kochende Wasser. Nein, Schultheiß Würth würde das zu verhüten wissen, da war sie sicher. Er hielt nichts von dem dummen Aberglauben. Er war ein rechtschaffener, gebildeter Herr. Barbara nahm einen Scheit Holz vom Stapel, der zwischen Herd und hinterem Eingang aufgeschichtet war. Das Ofentürchen quietschte sanft, als sie es öffnete und schloss. Gewissenhaft prüfte sie den eisernen Haken, ob er sich auch richtig einhängte.

Ein lautes Poltern an der Haustür ließ sie zusammenzucken. Katharina, die eben in die Kammer verschwinden wollte, machte einen Schritt auf die Tür zu, als diese auch schon aufgestoßen wurde und eine junge Magd derart ungebärdig hereinstürmte, dass das Stroh auf dem Boden einen halben Klafter weit in den Raum hinein wirbelte.

„Schnell!", schrie die junge Frau mit weit aufgerissenen Augen. Sie legte ihre Hand auf den Busen wie jemand, der sein Herz beruhigen möchte, und wies mit dem anderen Arm zur Tür hinaus.

„Morgen Elli", grüßte Barbara mit Nachdruck.

„Kommt schnell, Heilmännin", rief Elli atemlos. Ihre Backen, auch sonst recht gut durchblutet, waren vom Laufen sehr gerötet, Gestank nach Schweiß und Kochdünsten wehte mit der Magd in die Küche, ihre lange weiße Schürze hatte Flecken. Schreihals suchte mit zitternden Schnurrhaaren das Weite.

„AchGottachGott, die haben einen gefunden, droben, bei der Straße nach Reilingen, halb tot ist der", rief Elli und hielt den Arm noch immer ausgestreckt.

„Wer?"

„Weiß nicht. War auf dem Weg zu Herwarts, als der Schockelheinz gerannt kommt und sagt, ich soll Euch holen."

Elli, Tochter des Zollerwirts, war Magd beim Hofbereiter Herwart. Sie hatte wohl gerade ihren Dienst antreten wollen, als der Ortsbüttel sie traf und zu ihr, Barbara, schickte.

„Dann weißt du auch nicht, was ihm fehlt?"

„AchGottachGott, wie denn? Ich hab doch bloß den Schockelheinz gesehen, und der war ganz außer sich!"

„Ist gut. Ich mache mich auf den Weg. Geh zu deiner Arbeit!"

Elli nickte. Dann schlug die Tür mit lautem Krachen hinter ihr zu.

3

„Bea!“ Agnes zuckte angewidert zurück und ließ den Reisigbesen fallen. Mit einem Knall schlug der Holzstiel auf den Steinboden der Küche. Sie fasste nach dem Rock und machte einen Satz rückwärts.

Die Magd fuhr erschrocken zusammen und wandte sich zu ihr um.

„Mach den weg! Sofort!“, befahl Agnes ihr ohne sie anzusehen. Sie deutete auf den Boden. Wie sie es hasste!

Bea, wenige Jahre jünger als sie selbst doch mit dreimal so viel Leibesumfang, wackelte drall herbei. Ihre Miene drückte Gleichgültigkeit aus und Agnes hätte ihr am liebsten den Besen übergezogen. Doch hilflos musste sie zusehen, wie dieser Krautkopf die runden Backen blähte und geräuschvoll Luft ausblies. „Was denn, Fräulein Agnes?“, fragte sie langsam.

„Da hinunter ist er. Tu ihn weg!“, schrie Agnes. Sie wies unter den Küchenschrank, einen breiten, großen Eichenschrank, wie ihn sonst niemand besaß. Er fasste den gesamten Hausrat des Freihofs.

Agnes fühlte die Furcht, sie kribbelte von den Zehen aufwärts, zwickte und zwackte durch die Beine nach oben, gelangte in den Bauch und verursachte unerträgliches Gewimmel darin.

„Wieder so ein harmloser Ohrwurm?“, fragte Bea ungerührt. Teilnahmslos folgte ihr Blick Agnes' ausgestrecktem Finger.

„Harmlos?!“, keuchte Agnes. Wie konnte diese einfältige Kuh es wagen! „Harmlos, meinst du? Soll ich dir mal einen ins Ohr setzen, du nutzloses Geschöpf? Dann will ich sehen, wie harmlos du ihn findest!“ Sie merkte, dass sie zu zittern begann.

Bea zuckte die Schultern, beugte sich vor und fuhr mit ihrem Besen unter dem Schrank entlang. Agnes unterdrückte das

Würgen. Der Ekel war unaussprechlich. „Mach ihn tot!", presste sie zwischen den Zähnen hervor. „Hast du ihn, sag ich?"

„Er wird in eine Ritze gekrabbelt sein, er ist weg", antwortete die Magd matt und richtete sich wieder auf. „Wenn Ihr weiter so zimperlich seid, werden wir nicht bis Mittag fertig. Eure Mutter sagte ..."

„Sie ist nicht meine Mutter!", fuhr Agnes ihr scharf ins Wort.

„Eure Stiefmutter eben. Sie wollte, dass Ihr mir zur Hand geht beim Frühjahrsputz. Wir sollen nach der Küche in den Kammern weitermachen, ich soll die Wintergewänder nach Löchern und Flecken durchsehen, sie säubern und in den Truhen verstauen, auch wenn ich meine, dass es dafür noch zu früh ist, ich soll zum Fleischer und zum Bäcker gehen, das Mittagsmahl bereiten, ich ..."

„Das werde ich übernehmen!", unterbrach Agnes sie.

„Das Mittagsmahl?", fragte Bea ungläubig.

„Das Einkaufen!"

„Wie Ihr wollt."

„Ich hasse dieses Reinemachen! Ich hasse dieses Krabbelzeug, das in allen Ritzen haust!"

Beas Gesichtsausdruck wurde schadenfroh. „Deshalb sollen wir ja auch alles gründlich machen. Aber vielleicht hättet Ihr besser nicht in jener Ecke dort angefangen" – ihr Kopf nickte in Richtung des Holzstapels zwischen Herd und Schrank – „dort hat sich's Getier über'n Winter wohl sein lassen."

Agnes Blick ruckte zum Holzstapel und sie betrachtete ihn voll Abscheu. Sie bemerkte das kaum verhohlene Vergnügen, mit dem die Magd sie beobachtete. Sie hasste sie dafür. Sie wagte kleine, vorsichtige Schritte Richtung Tür. „Egal was die Hausfrau meines Vaters sagt: Ich werde nur noch meine eigene Stube säubern. Die halte ich stets rein. Dort nisten keine Ohrwürmer. Und dann gehe ich ins Dorf und erledige die Einkäufe!"

Erleichterung machte sich in ihr breit, als sie die Küchentür erreichte. Sie hatte die Tür kaum hinter sich geschlossen, als die Haustür aufgerissen wurde und der Schockelheinz hereinstürmte. Atemlos verlangte der Ortsbüttel nach ihrem Vater.

„Der ist im Stall, denke ich“, sagte Agnes. „Warum?“

„Die haben den Magister Baumann erschlagen! An der Straße nach Reilingen liegt er in seinem Blut! Der Zentgraf muss her!“

4

Barbara kniete neben Hartmann Baumann im feuchten Straßengraben und hob seine Augenlider an. Der junge Lehrer war nicht bei Bewusstsein, aber er lebte. Ein schwacher Hauch Bierdunst umgab ihn.

„Und, wie lange gebt Ihr ihm noch?“, hörte sie Margarete Herwart, die mit einigen anderen nahebei stand, höhnisch fragen.

Es hatte wohl rasch die Runde gemacht, dass ein Verletzter am Ortsrand gefunden worden war. Da ließen die Maulaffen nicht lange auf sich warten. Barbara ärgerte sich über die Herwartin, achtete indes nicht auf sie. Vorsichtig drehte sie den Kopf des Lehrers zur Seite, um die Wunde zu betrachten. In seinem Nacken klebte eingetrocknetes Blut. Unterhalb des linken Ohres zog sich ein fingerlanger Schnitt oder Riss waagrecht bis unter die hellbraunen Haare.

„Ihr braucht jemanden doch nur in die Augen zu sehen und wisst, wie lange er noch zu leben hat“, setzte Margarete nach. Es klang, als gäbe sie keinen Pfennig auf diese Gabe, fürchte sie insgeheim aber doch.

Barbara blickte über die Schulter zu ihr empor und sagte kühl: „Es nimmt mich wunder, dass Ihr so kaltschnäuzig daherredet. Kümmert es Euch gar nicht, ob der Freund Eures Sohnes sein Leben aushaucht?“

Die Fünfzigjährige zog die Mundwinkel nach unten. Auf ihren Wangen zeigten sich rote Flecken, sie fasste sich in einer nutzlosen Geste an das schwarze Barett, das eine rote Perlenschnur schmückte, der einzige Zierrat, den die Bürgerfrau sich zugestand, und fauchte: „Lasst meinen Sohn aus dem Spiel! Und hört auf, mich so anzusehen. Mir jagt Ihr damit keine Angst ein!“

„Ihr könnt mich mal!“, entgegnete Barbara und wandte sich wieder dem Verletzten zu. Ihr Herz klopfte, sie war wütend. Giftmaul!, dachte sie.

„Man sollte besser einen Arzt rufen“, bemerkte Margarete spitz.

Barbara erhob sich. Die Herwartin trat einen Schritt zurück, straffte die Schultern.

„Frau Herwart“, sagte Barbara, „was ich tue, tue ich nach bestem Wissen. Wenn Ihr den Arzt für den Lehrer bezahlen wollt, so lasst nach ihm schicken.“ Sie bemühte sich, mit fester Stimme zu sprechen, doch sie wusste, ihr Ärger war nicht zu überhören.

„Frau Herwart, bis wir den Studierten aus Schwetzingen geholt hätten – wer weiß, was da mit Baumann wäre.“

Gemurmel und Kopfnicken zeigte an, dass man Bauer Reinhardt zustimmte. Margarete Herwart kniff die Lippen zusammen und erwiderte nichts. Wie wenig Friedgard von dir hat, dachte Barbara. Sie musste immer an den Sohn denken, wenn sie die Mutter sah. Sie wandte sich von Margarete ab und fragte Reinhardt: „Ist jemand unterwegs, eine Trage beizuschaffen? Wir müssen ihn in seine Wohnung bringen.“

„Was denkt Ihr, Heilmännin, er ist überfallen worden, nicht wahr?“, fragte Kaufmann Gundt.

Barbara fuhr sich mit dem Handrücken unter der Nase lang. Das war genau das, was sie vermutete. Eine solche Wunde zog man sich nicht bei einem Sturz zu. Aber wer sollte den harmlosen Lehrer derart verletzen? Und warum? Der junge Mann besaß doch nichts. Freilich, Diebsgesindel mordete auch schon wegen ein paar Kreuzern. Sie zuckte die Schultern. „Vielleicht kann er uns Aufschluss geben, wenn er wieder zu sich kommt.“ Und zu einem Knaben, der mit offenem Maul dastand, sagte sie: „Lauf und schick den Bader zu Baumanns Wohnung.“

„Des war’n bestimmt die Hexen!“, wisperte der Junge.

„Dummes Zeug! Geh, lauf!", erwiderte Barbara und drehte ihn an der Schulter in Richtung Ort.

„Nimmt mich nicht wunder, dass Ihr diese Möglichkeit außer acht lasst", giftete Margarete Herwart. „Gottesfürchtiges Volk meidet den Kirchgang nicht."

Es reicht, und wenn du hundertmal die Frau eines Amtmannes bist, dachte Barbara. Sie wandte sich Margarete zu. Barbara zwang sich zu einem honigsüßen Lächeln. „Ihr seid entsetzt wie wir alle, Ihr zittert ja. Vielleicht solltet Ihr Euch dieser feuchten Kühle nicht länger aussetzen, wo Ihr doch zu einer empfindlichen Blase neigt."

Margarete schluckte. „Habt ihr gesehen wie sie mich ansieht!", keifte sie und drehte sich zu den Umstehenden. „Sie will mir den Teufel in den Leib hexen mit ihrem starren Blick!"

„Frau Herwart ...", mahnte einer aus dem Unterdorf, doch weiter kam er nicht, denn Margarete kreischte mit schriller Stimme: „Gottlose Personen gibt es nicht nur in Herrnsheim und anderswo! Auch bei uns wüten sie, doch niemand will das wahrhaben! Oh, wir werden alle Gottes Verdammnis anheimfallen, wenn wir das Pack nicht ausrotten!"

Betretenes Schweigen folgte. Barbara merkte, wie sprachloser Schrecken sich zu ihrer Wut gesellte.

Erleichtert rief jemand: „Der Zentgraf kommt!" Man ruckte die Köpfe.

Barbara bezwang ihre Erregung. Sie brauchte für das hier einen klaren Kopf. Sie sandte Margarete genau jenen Blick, vor dem diese sich fürchtete. Zufrieden sah sie, wie sie zurückwich.

Schon stapfte Johannes Zahn heran. Gewaltig, breitschultrig und mit wehendem dunkelbraunem Umhang. Hinter den grellfarbenen Straußenfedern auf seinem Barett hüpfte der kantige Hut des Ortsbüttels auf und nieder.

Heinz Maurer, genannt Schockelheinz, war alles andere als schmächtig, dennoch verschwand seine Gestalt halb hinter dem Hünen.

„Was ist geschehen?“, fragte Zahn im Amtston und baute sich vor den Leuten auf wie ein Bär. Er warf einen raschen Blick auf den verletzten Baumann und sah dann Barbara an. Wiewohl um die fünfzig, strotzte er nur so vor wuchtiger Kraft. Sein Haar wallte ihm noch immer dunkelbraun über die Ohren, wo er sich rasierte, schimmerte es schattig von nachsprießendem Barthaar.

„Lebt er?“, fragte er sie.

Barbara nickte.

„Hat Gäßler ihn gefunden?“, wollte Zahn wissen und blickte umher.

„Gäßler?“, schnaubte der Kaufmann verächtlich. „Der würde doch nicht mal den Leibhaftigen bemerken, selbst wenn der sich ihm breitbeinig in den Weg stellte! Bauer Geiß hat ihn da liegen sehen.“

„Wo ist Geiß?“ polterte Zahn.

„Treibt sein Vieh zur Sommerweide. Er klopfte beim Gundt“ – Reinhardt zeigte auf den Kaufmann, dessen Haus das letzte am Ortsausgang nach Reilingen war, und der darin ein Ladengeschäft betrieb, in welchem er allerlei Besatzware wie Litzen, Borten, Bänder und Quasten feilbot – „der holte den Schockelheinz.“

Der Schockelheinz nickte eilfertig bei diesen Worten. „Und ich fand dann Euren Hengst, wie ich Euch schon sagte“, gab er sich emsig.

Zahn fuhr gebieterisch mit dem Arm durch die Luft. „Heilmännin!“

Barbara zuckte unter dem harschen Ton zusammen.

„Was ist ihm widerfahren?“

Zahn tat zwei Schritte auf sie zu, sofort stieg ihr sein saurer Leibgeruch in die Nase. Unauffällig, wie sie hoffte, trat sie etwas zur Seite.

„Er hat eine fingerlange Wunde im Nacken. Der Bader muss sie womöglich nähen. Das sehe ich erst, wenn der ihn auch rasiert hat." Sie atmete flach, kämpfte mit dem Ekel.

„Unfall?"

Barbara zuckte die Schultern. „Vielleicht ist er gestürzt", entgegnete sie.

Zahn musterte sie mit durchdringendem Blick. „Sagte er etwas?"

„Als ich kam, war er nicht bei Bewusstsein."

Zahn trat näher, beugte das Knie und betrachtete den Verletzten aus der Nähe. Er tastete dessen Brustkorb ab, drehte den Lehrer vorsichtig hin und her. „Wo sind seine Sachen?", fragte er ohne aufzusehen.

„Welche Sachen, Zentgraf?", fragte Gundt.

„Hatte er nichts bei sich?"

Pferdegetrappel wurde laut, alle sahen auf.

Schultheiß Würth sprengte herbei. Er griff dem Tier hart in die Zügel, so dass es den Kopf in die Höhe warf und schnaubend zum Stehen kam. Auch Agnes Zahn, die Tochter des Zentgrafen, war auf dem Weg zu dem Unglücklichen, der Schultheiß hatte sie überholt. Er sprang behände ab, streichelte seinem Gaul entschuldigend über die Nüstern und warf dem Nächststehenden die Zügel zu.

Schultheiß Nicklas Würth ging wohl auf die vierzig zu, ein spitzer, dürrer Mensch bis hinauf zum sorgfältig gestutzten, rötlich-goldenen Spitzbärtchen und der scharf gebogenen Raubvogelnase. Er hüllte seinen kleinen spitzen Leib gerne in gülden-rötliche Stoffe, die meisterhaft zu seinem kupfernen Haar passten. Sorgfältig zog er sein lohfarbenes Barett zurecht, das ihm beim scharfen Ritt verrutscht war. Es war wie stets mit drei grauen Reiherfedern geschmückt, die sich gut mit dem Kieselgrau seiner Augen vertrugen. Des Schultheißen Vorliebe für alles Sonnenrote gipfelte in dem goldenen Ring mit dem leuchtend orangenen Karneol, den er am kleinen Finger der linken Hand trug.

Er trat heran, und während man ihn ehrerbietig grüßte, machte Zahn keine Anstalten dazu. Er sah nicht einmal auf, sondern hielt das Gesicht des verletzten Lehrers in seiner Pranke als genüge dies bloße Berühren, um ihn wieder zu Bewusstsein zu bringen. Tatsächlich gab Baumann ein leises Stöhnen von sich.

Barbara hörte, wie der Zentgraf leise murmelte: „Wieso hier?"

Erst dann erhob er sich, um dem Schultheiß entgegenzutreten. Aber auch jetzt grüßte er diesen nicht, sondern sagte schroff: „Liegt wahrscheinlich noch nicht lange hier. Gäßler hätte ihn sonst bemerken müssen."

Nicklas Würth wünschte Zahn einen guten Morgen. In beiläufigem Ton, der verdeutlichte, dass er die Gebote der Höflichkeit nicht missachtete. Barbara senkte den Kopf, damit niemand ihr Schmunzeln sah, das sie trotz der ernsten Lage nicht unterdrücken konnte. Ihr gefiel Würths tiefe, wohltönende Stimme, die so sehr im Gegensatz zu seiner körperlichen Erscheinung stand. Und wenn sie, wie eben, mit spöttischer Herablassung gegen Zahn gespickt war, gefiel sie ihr noch mehr. Der Schultheiß nickte ihr einen Gruß zu, Barbara erwiderte ihn mit ebenso raschem Nicken. Dann trat er zu dem Verletzten.

Zahn, neben Würth ein Bär, der auf einen kleinen spitzen Vogel herabschaut und sich anschickt, diesen mit einem Prankenhieb zur Seite zu fegen, blaffte: „Die blutige Wunde ist ein Fall für die Zent. Lasst mir den jungen Herwart holen, damit er die Sache protokolliert!"

Mit dem jungen Herwart war Friedgard gemeint, Margaretes Sohn und Gerichtsschreiber, dem Schultheiß zur Seite gestellt und verantwortlich für den Schriftverkehr mit der kurfürstlichen Kanzlei in Heidelberg. Barbara sah, dass Margaretes Züge sich bei der Erwähnung ihres Sohnes entspannten. Sie war sicher einmal schön gewesen, und diese sanfte Schönheit, die Pfirsichhaut, mit der die Ältere noch immer gesegnet war, hatte sie an Friedgard weitergegeben.

„Ich kann das tun", rief Agnes Zahn aufgeregt dazwischen. Sie hatte die Ansammlung erreicht, war vom raschen Gehen außer Atem und hielt sich die rechte Seite. Bittender Eifer stand in ihrem Gesicht, ihre dünne, brüchig wirkende Gesichtshaut mit dem zarten Flaum feinster Härchen schimmerte rosa.

Zahn bedachte seine Tochter mit einem missbilligenden Blick und polterte: „Das ist nicht deine Sache! Maurer wird das übernehmen."

Fügsam senkte Agnes den Kopf. Aber Barbara bemerkte die zusammengepressten Lippen.

Würth wandte sich an den Zentgrafen. „Selbstverständlich soll protokolliert werden. Doch wollt Ihr dies sicher nicht hier draußen tun. Es nieselt." Er lächelte Zahn an, als habe er einen Dummkopf vor sich. „Wäre schade um das teure Papier."

Zahn blaffte den Ortsbüttel an: „Der Gerichtsschreiber soll in Baumanns Wohnung kommen und jedes Wort festhalten, wenn er wieder zu sich kommt! Wir müssen eine Untersuchung anordnen!" Er scheuchte Maurer mit einem Armschlenker von dannen.

„Und Baumann braucht Hilfe!", wagte Barbara einen Zwischenruf. Es missfiel ihr, dass man Zeit mit Geschwätz zubrachte, statt den Lehrer endlich in seine Wohnung zu schaffen, zumal der Regen heftiger wurde.

„Ihr habt recht, Heilmännin", sagte Würth und nickte, „Schafft Baumann fort."

Eine Trage wurde gebracht und neben Baumann abgesetzt. „Seid vorsichtig," sagte Barbara zu Reinhardt und Gundt, „wir wissen nicht, ob er nicht auch etwas gebrochen hat."

Sie bemerkte den Blick, mit dem Zentgraf Zahn den Verletzten bedachte. Angespannt. Vorwurfsvoll. Etwas quälte Zahn. Ihr fiel ein, was er zuvor gemurmelt hatte: ‚Wieso hier?' Was hatte das zu bedeuten?

Die Ankunft von Reitern aus Reilingen zerstreute ihre Gedanken. Barbara blickte flüchtig zu ihnen hin. Königsleute. Vier Mann in dunklen Umhängen, auf ihren breitkrempigen Hüten leuchteten weiße Federn, zerdrückt vom Regen. Sie grüßten. Einer fragte, ob Hilfe benötigt wurde. Ein Großer mit dunklem Haar und Augen, schwarz wie die Nacht. Und mit dunklen Linien am unteren Lidrand als hätte er sich Kohle aufgestrichen.

Barbara kannte weder ihn noch die anderen. Wie die meisten im Ort hatte auch sie nichts mit den Königsleuten zu schaffen. Die Bauernkrieger um Schloss Wersau blieben gerne unter sich. Sie nickte nur flüchtig zum Gruß, dann fasste sie vorsichtig Baumanns Schulter, um Reinhardt und Gundt zur Hand zu gehen, die den Verletzten auf die Trage hievten. Der Große mit den schwarzen Augen war auf einmal neben ihr. Er fasste den Verletzten vorsichtig um die Körpermitte und zog ihn vollständig auf die Trage.

„Was ist ihm widerfahren?", erkundigte er sich.

Da Reinhardt und Gundt Barbara anblickten, sah auch der Königsmann ihr ins Gesicht. Barbara gewahrte die feinen Fältchen seitlich seiner nachtschwarzen Augen, da er sie freundlich anlächelte. Er mochte etwa so alt sein wie sie selbst, Mitte der dreißig. Ein stattlicher Mann. Mit höflicher Anteilnahme erwartete er die Antwort.

„Das wird er uns hoffentlich sagen, wenn er wieder zu sich kommt“, entgegnete sie.

„Ihr seid heilkundig?“

„Heilmännin“, unterbrach Zahn, „es ist keine Karre hier, um Euch mitzunehmen, seht zu, dass Ihr mit den anderen Schritt haltet!“ Der Königsmann erbot sich, sie auf seinem Pferd mitzunehmen. Sie lehnte ab, nickte als Gruß und eilte hinter den beiden Männern mit der Trage her.

5

Inzwischen schüttete es wie aus Eimern. Zum Glück hatte Barbara es nicht weit von Baumanns Wohnung zu ihrem eigenen Haus. Der Lehrer wohnte zur Miete in der Gemeindegasse, und die lag um die Ecke vom Heidelberger Weg.

Barbara hastete auf das kleine Lehmfachwerkhaus am Ende der Gasse zu. Es war einfach, das Dach mit Holzschindeln gedeckt. Es war ihr Elternhaus, hier wohnte sie seit dem Unglück vor fünf Jahren. Vor zwei Jahren hatte Mutter ihr das Haus übereignet und sich selbst lebenslanges Wohnrecht eingeräumt.

Sie stieß die Eingangstür auf. Dämmrige Wärme und Geruch nach getrockneten Kräutern, Hirsebrei und ausgelassenem Speck füllte die Küche.

„Na!", grüßte Katharina.

Ihre Mutter saß auf ihrem angestammten Platz auf der Bank.

Ihr gegenüber am Tisch lehnte Friedgard behaglich im Stuhl, hatte Schreihals auf dem Schoß und kraulte sie unterm Kinn, das diese weit vorstreckte.

„Ach hier steckst du!", sagte Barbara anstelle eines Grußes.

Friedgard lächelte sie an. „Ich habe mich zum Mittagessen eingeladen", sagte er fröhlich.

„Erzähl schon!", drängte Katharina und hob ihren Zinnbecher in Barbaras Richtung. Barbara roch das Bier darin. Würzig und streng. Ihre Mutter braute es seit alters her und scherte sich nicht um Anordnungen. Entsprechend schmeckte es.

„Sie haben dich gesucht!", sagte Barbara zu Friedgard.

„Mich? Weshalb?"

Barbara hängte den nassen Umhang an einen Nagel neben der Hintertür.

„Weil du aufschreiben solltest, was Baumann zu sagen hätte, falls er zu Bewusstsein kommt. Aber er kam nicht zu Bewusstsein."

Mit einem Satz sprang Friedgard auf, Schreihals landete unsanft auf dem Lehmboden und guckte verwirrt. „Der Verletzte ist Hartmann?"

Sie nickte und setzte sich auf die Bank unter dem hinteren Fenster. Sie zerrte sich die nassen Schuhe von den Füßen. Ihre Wollsocken waren ebenfalls feucht. Sie zog sie aus, schlug das linke Bein übers Knie, knetete den Fuß und berichtete, was geschehen war.

Während sie erzählte, lief Friedgard auf und ab.

„Und er ist noch immer nicht bei Bewusstsein?", fragte Friedgard, nachdem sie geendet hatte.

Barbara schüttelte den Kopf. „Ein Segen für ihn, Meister Bastian musste ihn nähen. Johanniskrauttinktur, Nussöl und Honig hatte ich dabei. Wir haben ihm einen Verband angelegt und Bader Bastian sorgte mit einem opiumgetränkten Schwamm zudem dafür, dass er schläft. Wenn er erwacht, wird ihm der Schädel brummen wie ein Bienenstock."

„Ich muss zu ihm!"

„Geh am Abend zu ihm. Ich gebe dir einen Kräutersud für ihn mit und Eier. Du kannst einen Krug Roten bei deinem Vater abzapfen. Flöße ihm ein Gemisch daraus ein."

„Was denkst du, Tochter?"

Barbara sah Katharina kurz an, äugte dann auf das Brot. Sie spürte ihrer Mutter und Friedgards Blicke auf sich.

Friedgard setzte sich wieder. Für einen Augenblick ließ sie sich von seiner Schönheit verzaubern, die großen, rehbraunen Augen, die gerade Nase, seine Pfirsichhaut, die er von seiner Mutter geerbt hatte, und die bei ihm genauso wenig welken würde wie bei ihr. Seine Haare hatten das Goldgelb von Johanniskrautblüten, er trug sie länger, als derzeit Mode war. Für einen Augenblick war sie versucht, ihm durch die Sonnenlocken zu wuscheln wie sie es so oft getan hatte, als er noch ein Knabe war. Sie tat es nicht. Er war sechsundzwanzig und kein Knabe mehr.

„Und?", machte er und schürzte die Lippen.

„Er wird es überstehen", sagte sie.

„Was noch?", fragte Katharina, die, das merkte Barbara deutlich, zu Recht vermutete, dass da noch mehr war.

Schreihals maunzte, und als Friedgard nicht darauf einging, schlüpfte sie unter dem Tisch hindurch und nahm ihren Platz neben Katharina auf der Bank ein.

„Nun gut." Barbara fuhr sich mit dem Handrücken unter der Nase lang. „Ich frage mich, warum Johannes Zahn es für nötig erachtet, höchstpersönlich nach dem Verletzten zu sehen. Kaum dass der Bader und ich ihn in seiner Wohnung zu behandeln begannen, trampelt er herein wie ein wildgewordener Ochse und will ihn befragen. *Befragen!* Einen Bewusstlosen. Er glaubte nicht, was Meister Bastian ihm sagte: dass nämlich Baumann vorerst nichts von sich gibt. Und er tobte, weil er dich nicht finden konnte."

Sie sah Friedgard in die Augen. „Wo warst du eigentlich? Deine Schreibstube leer, im gesamten Rathaus keine Spur von dir."

„Hast du uns was verschwiegen, Junge? Wird aber auch Zeit!", grinste Katharina. „Wer ist sie?"

Friedgard wurde rot.

„Das wird deiner Verehrerin aber gar nicht gefallen. Agnes war auch draußen und ganz versessen darauf, dich beizuholen", ging Barbara auf die Anspielung ihrer Mutter ein.

Friedgard stöhnte auf und raufte sich in gespielter Verzweiflung die Locken. „Genug der schrecklichen Nachrichten!"

Barbara schmunzelte und Katharina schob den Bierkrug näher zu Friedgard hin. „Hier Junge, stärke dich!"

Barbara bemerkte erst jetzt, dass auch vor Friedgard einer der beiden fein ziselierten Zinnbecher stand, die ihrer Mutter gehörten, und welche diese ebenso hütete, wie sie selbst ihre zwei mit Emaille umzierten Glashumpen. Kein anderer Besucher erhielt diese Ehre.

„Nicht dass sie nicht ansehnlich wäre. Aber da ist etwas in ihrer Art ... Sie scheint stets von einem Ärgernis zu beben, etwas verbrennt sie innerlich. Diese Unruhe, die von ihr ausgeht ... nein, das kann ich nicht gebrauchen." Er seufzte.

Katharina hob den Becher an die Lippen, nahm einen gehörigen Schluck. „Liebestolle Weiber sind net anders als liebestolle Mannsbilder: unberechenbar und verblendet. Nimm dich in Acht!", warnte sie schließlich.

Sie schwiegen. Barbara wusste wohl um Agnes' Vernarrtheit in Friedgard. Sie nahm sie nicht ernst. Sie räusperte sich. „Was bleibt, ist mein Gefühl, dass Zahn etwas mit des Lehrers Unfall zu tun hat. Du bist Baumanns Freund, Friedgard, gibt es etwas, das die beiden miteinander zu schaffen haben?"

Verblüfft sah Friedgard sie an. „Nein. Was sollte das sein?"

„Zahn schien bei Baumann etwas zu suchen." Sie zögerte. „Er fragte ‚Wieso hier?'."

Nachdenklich schüttelte Friedgard den Kopf.

„Wo war Baumann gestern?", fragte Katharina geradewegs.

Friedgard zauderte.

„Ohne Antwort kein Mittagessen!", sagte Katharina in gespielt strengem Ton.

Da lachte Friedgard und auch Barbara musste schmunzeln.

„Also gut", begann er. „Er wollte in St. Leon bei einer Familie vorstellig werden, an die ihn sein einstiger Mentor aus Heidelberg empfahl. Er ..." Friedgard stockte und sah sie abwechselnd an. „Ach was soll's. Hartmann möchte sich verheiraten und sucht ein geeignetes Mädchen. Auf Vermittlung seines einstigen Mentors hin hat er mit der Familie in St. Leon Verbindung aufgenommen. Sie haben eine Tochter, der Vater ist ebenfalls Lehrer …"

Katharina lachte schnarrend. „Der Gute wandelt auf Freiersfüßen!"

„So weit ist es ja noch nicht", beschwichtigte Friedgard. „Es sollte der erste Besuch sein."

„Na!", machte Katharina und gönnte sich einen weiteren Schluck aus ihrem Becher.

„Aber er wollte eigentlich gestern Abend zurück sein. Jetzt, da die Arbeit draußen wieder anfängt, kommen zwar nicht mehr so viele Schüler zu ihm, doch einige der Jüngeren wären sicher angetrabt."

Der junge Lehrer hielt in seiner Wohnstube Schule ab, und tatsächlich hatten Barbara und Bader Bastian mehre Jungen und Mädchen fortschicken müssen, die am Morgen zum Unterricht gekommen waren.

„Vielleicht liefen die Gespräche vielversprechend und er blieb über Nacht?" Katharina grinste vieldeutig.

Friedgard zuckte die Schultern. „Möglich", meinte er, doch so lahm, wie er es sagte, schien er das für unwahrscheinlich zu halten.

Barbara stand auf, ging zum Herd hinüber und äugte in den Topf mit Hirsebrei. „Das erklärt alles nicht, was Zahn damit zu schaffen hat."

„Hartmann war in Heidelberg. Er hatte Bücher beim Buchhändler bestellt. Von Heidelberg wollte er am Nachmittag nach St. Leon. Er mietete von Zahn ein Pferd."

Barbara nickte abwesend und ging zum Wandbord hinüber. Sie griff nach den Tonschalen. Einen Augenblick starrte sie auf die irdenen Salbtöpfe, die glasierten Tiegel und die drei Medizinfläschchen aus grünem Waldglas, als müsse sie sich besinnen, was diese Gefäße dort zu suchen hatten. Sie wandte den Kopf und sah Friedgard über die Schulter hinweg an, den Arm mit den Schalen in der Luft. „Zahn schien etwas zu suchen, was dein Freund bei sich haben müsste. Und der Eifer, mit welchem er die Untersuchung betreibt, ist auffällig."

„Das mag noch andere Gründe haben", bemerkte Friedgard.

Barbara stellte die Schalen auf dem Tisch ab und sah ihn erwartungsvoll an.

„Na?", machte Katharina, als er nicht sprach.

„Die vielen Unwetter", hob Friedgard schließlich an. „Die Hexensekte, die dafür verantwortlich sei … er will, dass Untersuchungen gemacht werden, damit die endlich aufhören!" Er seufzte, es klang missbilligend.

„Zahn weiß, dass das Gerede über die Hexensekte Unfug ist. Was glaubt er, in Heidelberg ausrichten zu können? Der Oberrat wird ihn auslachen, das muss ihm doch klar sein!"

„Ich fürchte nicht", entgegnete Friedgard. „Durch die Sache mit Herrnsheim ist auch der Oberrat sehr darauf bedacht, die Anschuldigungen zu entkräften. Er muss alles tun, um Vorwürfe, die Kurpfalz decke das Treiben der Unholde in ihrem Territorium, zu widerlegen. Es wird vermehrt Untersuchungen geben. Es sind Schreiben aus Heidelberg gekommen, die diese Sache betreffen."

Barbara hatte den Vorfall vom Februar noch in lebhafter Erinnerung. Rasch hatte die Runde gemacht, dass bei der Hinrichtung einiger Hexen zu Herrnsheim, einem Flecken, der zur Dalbergischen Herrschaft nordwestlich von Worms gehörte, der Dalbergische Gerichtsschreiber öffentlich erklärt hatte, es werde alles nicht helfen und guttun, wenn die Obrigkeit zu Herrnsheim allein das Übel strafe, das Beste tue und hinwegbrenne, wenn es andere Obrigkeiten nicht auch endlich angingen und angriffen. Das war ein deutlicher Hieb gegen die Kurpfalz gewesen, die natürlich in aller Schärfe gegen solche Reden protestiert hatte, die den Eindruck erwecken mussten, man vernachlässige obrigkeitliche Pflichten und lasse Verbrechen ungestraft.

„So glaubt man inzwischen auch in Heidelberg, Menschen machten die Unwetter? Niemals!" Sie konnte sich nicht vorstellen, dass sich etwas an der Haltung ihres Landesherren und seinen Beratern ändern sollte. Seit sie denken konnte, verurteilte man in der Kurpfalz das Gerede um die Möglichkeit des Unwettermachens. Das würde gegen die Allmacht Gottes sprechen. Mensch und Tier konnte man schaden, aber niemandem war es möglich, ein Unwetter heraufzubeschwören. Diese Glaubenssätze hatte man ihr gründlich mit dem Katechismus eingetrichtert. Und obwohl sie der calvinistischen Lehre nicht zugetan war, glaubte sie doch fest an diesen Grundsatz. Und dass der Zentgraf Untersuchungen in dieser Sache anstellen wollte? Nun, wenn Heidelberg das vorgab, würde Zahn sich danach richten müssen. Was aber hatte das mit dem verletzten Lehrer zu tun? Glaubte Zahn ernsthaft, Baumann wäre von Hexen angegriffen worden? Das war doch Unsinn!

„Ich dürfte darüber gar nicht mit Euch reden."

„Du hast nichts gesagt", erwiderte Katharina mit Unschuldsmiene.

„Seltsam aber, dass ich zum zweiten Mal an diesem Tag von Herrnsheim höre", sagte Barbara nachdenklich. „Deine Mutter sprach auch davon heute Morgen. Allerdings auf sehr unschöne Art."

„Na!", machte Katharina verächtlich.

Friedgard schaute verlegen drein. „Meine Mutter ist Euch nicht hold", bekannte er schließlich.

„Das ist nett ausgedrückt!“

Friedgard schürzte die Lippen. Was sah er herzzerreißend ratlos aus! Barbara unterdrückte erneut den Drang, ihm durchs Haar zu wuscheln. Er war jetzt ein Amtmann, dem Achtung gebührte, auch wenn er für sie immer der Junge bleiben würde, den sie einst ins Herz geschlossen hatte. Sie ging hinüber zum Herd, nahm den Topf herunter und trug ihn zum Tisch. Friedgard beeilte sich, die Löffel aus der Lade zu holen, etwas, das er seit seiner Knabenzeit tat, und wofür er sich auch jetzt nicht zu alt oder zu fein war, auch wenn es weder seinem Geschlecht noch seinem Stand angemessen war.

„Muss noch Grünzeug rein“, meinte Katharina, als Barbara den Topf auf dem Tisch abstellte. Ächzend erhob sie sich, um im Garten einige der frühen Kräuter zu holen.

Friedgard verteilte die Löffel und sagte mit gesenktem Kopf: „Es war ja früher schon so. Dass ich mit Euch im Wald umherzog, gefiel ihr nicht. Und als Ihr mir an jenem verhängnisvollen Abend noch dazu das Leben rettetet, ich denke, das hat sie nie verwunden. Dabei müsste sie Euch dankbar sein. Und nun bin ich ein angesehener Amtmann seiner kurfürstlichen Gnaden und Ihr …“ Er unterbrach sich selbst, sah sie an und hob die Hände in einer Geste, die ihr sagen sollte, dass ihm der Standesunterschied gleich war. „Ich erzähle ihr nicht, dass ich zu Euch gehe“, schloss er.

Barbara setzte sich und fuhr mit dem Daumennagel Ritzen in der Tischplatte nach. Wer soll es Margarete verdenken, dachte sie. Wäre nicht auch ich zornig gewesen auf ein Weib, mit dem mein Kind mehr Zeit zubringt als mit mir? Kaum dass Herwarts nach Hockenheim gezogen waren, war ihr Friedgard nicht von der Seite gewichen. Er hatte sie im Wald entdeckt und zu seiner Mentorin auserkoren. Zehn war er da gewesen, ihr sonniger Schützling, und sie eine junge

Frau von einundzwanzig. Sie hatte ihm die Pflanzen erklärt, die Bäume, das Wetter. Und spätestens durch den Angriff der Wildsau auch das Verhalten der Tiere. Er war mit dem Schrecken davongekommen, sie beide waren das, doch Margarete hatte getobt. Barbara wusste: Schuldgefühle plagten Friedgards Mutter, weil sie wieder einmal nicht achtgegeben und bemerkt hatte, dass ihr Sohn sich in den Wald schlich. Auch noch mit jener Weibsperson, in deren Obhut sie ihn ohnehin nicht lassen wollte. Und die rettete ihn dann auch noch davor, von einer Bache zertrampelt zu werden.

Schließlich hatte man Friedgard zurück nach Heidelberg aufs Pädagogium geschickt. Aber dann war er vor zwei Jahren zurückgekehrt, obwohl seine Eltern nichts sehnlicher wünschten, als dass er sich in der kurfürstlichen Rechenkammer sein Auskommen sicherte, sich nach Stand verheiratete und in Heidelberg niederließ. Doch das wollte er nicht. Er hatte das Studium der Rechte abgebrochen, war mit einundzwanzig Sekretär in der Kanzlei geworden, hatte festgestellt, dass ihn sowohl das Kanzleigerangel als auch Heidelberg abstießen, und hatte sich als Gerichtsschreiber nach Hockenheim bestallen lassen. Und kaum war er zurück, der junge Skribent, hatte er die Anhänglichkeit aus Kindertagen erneuert und seine Besuche bei ihr wieder aufgenommen. Margaretes Wut war wieder aufgeflammt. Dahin ihre ehrgeizigen Träume für ihren Sohn. Wer wollte es ihr also verdenken, dass sie …

„Ich kann ihr nicht begreiflich machen, dass Ihr mir nicht die Mutter ersetzt", unterbrach Friedgard ihre Gedanken. „Dass Ihr ihr nichts wegnehmt, denn ich bin nicht Euer Sohn."

„Auch nicht ihr Liebhaber?", vernahmen sie Katharinas Stimme von der Hintertür.

Barbara fuhr herum und sah ihre Mutter verdutzt an.

„Mutter, was sollte das?"

„Na", machte Katharina und zuckte die Schultern. Sie schabte die Kräuter in den Brei und rührte ihn mit dem Messer um.

„Mutter!"

„Hab's nie gesagt, aber's gibt Geschwätz. Schon länger. Ich halte dagegen, aber wer glaubt schon einem alten Weib, zumal sich's um ihre Tochter handelt."

„Aber …!" kam es wie aus einem Munde. Barbara sah Friedgard aufgeschreckt an.

„Na, bist eine ansehnliche Wittib, kein Mann in Sicht außer diesem jungen Burschen, der im Haus ein und aus geht, da denken sich die Leute ihren Teil."

Friedgard klappte der Kiefer runter. Auch Barbara war sprachlos. Nie war ihr etwas Derartiges zu Ohren gekommen. Aber wann sagten einem die Leute schon mal was direkt ins Gesicht?

Katharina, das Messer in der Luft, ergänzte: „Und du, junger Freund, machst keine Anstalten, dich zu verheiraten. Das Alter hast du inzwischen. Und deine sechzig Gulden im Jahr bestimmt auch. Wie viel Malter Korn dazu? Hafer? Einen halben Fuder Wein?"

„Ihr wisst aber gut Bescheid, Frau Großhans", gab Friedgard zurück. Missgestimmt schürzte er die Lippen.

Katharina winkte nur ab. Friedgard entspannte sich wieder und zuckte die Schultern. „Sei's drum. Wir sollten etwas dagegen unternehmen."

„Was denn? Die Leute reden was sie wollen. Oder willst du uns künftig nicht mehr besuchen?"

„Natürlich nicht."

„Du must heiraten!", meinte Katharina.

„Wen denn? Agnes etwa?" Er hielt Katharina seine Schale hin, damit sie ihm Hirsebrei auftun konnte.

„Mach's wie dein Freund Baumann! Frag herum, wer eine Tochter hat. Du wirst doch aus deiner Zeit in Heidelberg Verbindungen haben."

Barbara hielt Katharina ebenfalls ihre Schale hin. Sie war wie benommen davon, was man ihr und Friedgard unterstellte. Nie wäre sie auf einen solchen Gedanken gekommen.

„Frau Heilmann, wie ist es mit Euch?", fragte Friedgard.

„Was?"

„Nun, mit Verlaub, warum ich?"

„Warum du was?"

„Eure Worte sind oft spitz und schroff. Doch Eure Erscheinung ist weich, umflort von einem warmen Rostton, angenehm wie dunkles Holz. Warum heiratet Ihr nicht wieder?"

Sie war so überrascht, dass sie den Löffel fallen ließ.

Katharina lachte ihr schnarrendes Lachen. „Gut gemacht, Junge!"

Barbara spürte, wie ihr die Röte in die Wangen stieg. Sah er sie wirklich so? So … so … auf so hübsche Art? Seit Leonhards Tod hatte sie keinen einzigen Augenblick an eine Wiederheirat gedacht. Wegen Leonhard nicht und nicht mit diesem … Makel. Friedgards Worte trafen sie ins Mark. Er bemerkte es. „Ich meine ja nur", flüsterte er verlegen. „Auch Ihr könntet wieder … ich meine …"

„Lass gut sein, Junge!", mischte Katharina sich ein. „Iss, bevor alles kalt wird."

Sie löffelten schweigend.

Barbara hatte Katharina im Verdacht, extra laut zu schmatzen, um die unangenehme Stimmung zu vertreiben. Mit einem Mal musste sie schmunzeln. Sie sah zu Friedgard hin. Er erwiderte ihren Blick. Ein Grinsen stahl sich auf sein Gesicht. Sie leckte ihren Löffel ab und schlug ihm damit sanft auf die

Backe. „Lümmel!“, sagte sie weich. „Und nun sag uns endlich, wo du gesteckt hast den ganzen Morgen!“

Er wurde wieder rot.

„Nun? Wir hören!“, mampfte Katharina.

Friedgard legte den Löffel beiseite und rang sichtbar mit sich. Schließlich sagte er: „Ihr wisst ja von meinem Versuch, eine Geschichte zu schreiben …“ Er stockte, sah Barbara an und fuhr fort: „Ich habe Euch davon erzählt, wie schwer das ist …“

Barbara wusste um den Kampf, den er mit sich ausfocht, weil er mit dem Schreiben nicht so vorankam, wie er es sich wünschte. Oder wie er dachte, wie es sich gehörte.

„Du kommst also voran und arbeitest an einer Heldengeschichte?“, fragte sie deshalb aufmunternd, auch wenn sie sich nicht wirklich etwas darunter vorstellen konnte. Natürlich kannte sie Erzählungen, natürlich gab es Menschen, die sie aufschrieben, aber eine eigene, neue Geschichte erfinden, wie Friedgard es wollte?

„Also, hinter der Schwopschen Mühle, da gibt es die Wiese mit der winzigen Hütte des Müllers, wo er alte Säcke und Tand aufbewahrt. Dort ist es ruhig, nur das Murmeln des Bachs und das Ächzen des Mühlrades. Dort fühle ich mich … ungestört eben.“ Friedgard unterbrach sich. Erklärend fügte er hinzu: „Dort schreibe ich. In der Schreibstube kommt ja alle Nase lang einer gerannt. Und daheim ist stets so viel Umtrieb mit den Schwestern und so.“

„Du hast also einen Geheimplatz“, sagte Katharina und es klang zufrieden.

Barbara fiel noch etwas anderes ein. „Hab Weißmannen im Dorf gesehen. Was wollen die hier? Ist irgendetwas los?“

Friedgard nickte. „Denke, die müssen sich besprechen wegen dem Geleitzug im Mai“, verkündete er schließlich. „Einige von ihnen werden den Kurfürst nach Dillenburg begleiten.

Der will, dass seine Königsleute dabei sind, wenn er zur Braut zieht. Aber ..." Er hob beide Hände abwehrend hoch. „Das geschieht unter dem Siegel der Verschwiegenheit, in aller Eile und Heimlichkeit. Kurfürst Friedrich will die Untertanen nicht unnötig beschweren, wie er sagt. Alles leeres Geschwätz, wenn ihr mich fragt. Es ist Politik, nichts weiter. Wir Reformierten stehen nicht im Schutz des Religionsfriedens. Die lutherischen und katholischen Fürsten sitzen uns im Nacken, behaupten, dass man uns im Reich nicht dulden dürfe. Erinnert euch daran, wie der Kaiser im vergangenen Jahr in Aachen bestimmte, die Reformierten seien den Mitgliedern erlaubter Konfessionen nicht zuzuzählen. Ich sage euch, es geht mit dieser Hochzeit nur darum, mit den Wetterauer Grafen das calvinistische Bündnis zu stärken und die Kurpfalz zu stützen." Friedgard kratzte den letzten Rest Brei mit dem Löffel zusammen.

„Nichts, was wir nicht auch wüssten!", winkte Katharina ab und gab Friedgard damit zu verstehen, dass er keine Regierungsgeheimnisse ausplauderte. Womit sie Recht hatte. Der junge Friedrich wollte sich mit Prinzessin Louise Juliane vermählen, der Tochter Wilhelms von Oranien und Nichte Graf Johanns des Älteren von Nassau-Dillenburg, einem der Wetterauer Grafen. Der war ein einflussreicher Ratgeber Johann Casimirs gewesen, dem vorjährig verstorbenen Administrator und Oheim des jungen Friedrich. Allgemein bekannt. Und daher nicht verwunderlich, dass Friedrich jene Männer mitnahm, die dem Kurfürsten seit alters her treu ergeben waren. Sie hätte von sich aus drauf kommen können. Die Kriegertruppe machte was her. War ansehnlich in den weißen Hosen und Röcken. Heimlichkeit und Eile hin oder her, natürlich würde der Kurfürst nicht auf sie verzichten. Barbara dachte an den großen Königsmann mit den schwarz untermalten Augen, den hohen Wangenknochen und dem strichdünnen Oberlippenbärtchen, das von jedem Mundwinkel zu den Nasenlöchern aufstieg wie ein dreieckiges Giebelchen über einem schön geschwungenen Dach. Sie erinnerte sich an sein sparsames Kinnbärtchen und verschwieg, dass ihr hastiges Davongestolpere, als sie am Morgen Reinhardt und Gundt hinterher eilte, fast zu einem Sturz geführt hätte. Die rasche Bewegung hatte irgendwie nicht zu ihren Schritten gepasst, sie war auf ihren schlammnassen Rocksaum getreten und fast gestürzt. Vor aller Augen! Armerudernd suchte sie ihr Gleichgewicht zu halten. Da war der Königsmann schon wieder neben ihr, rief „Holla!" und hielt sie am Ellbogen. So war sie nicht gestürzt. Hatte einen Dank gemurmelt und gemerkt, wie sie heiße Wangen bekam. Und die bekam sie auch jetzt, da sie daran dachte.

„Was ist?", sagte Friedgard und schob die leere Schale von sich.

„Was soll sein?", entgegnete sie.

„Woher rühren Eure rosigen Wangen?"

„Schau dir deine an, du Poet! Vom heißen Brei, woher sonst!"

Friedgard lehnte sich auf dem Stuhl zurück und stöhnte satt und zufrieden. Und schon landete Schreihals auf seinem Schoß. Sie blinzelte ihn an und rollte sich umständlich zusammen. Friedgard lächelte auf das Fellbündel hinab.

Barbara wurde behaglich und warm ums Herz. Sie mochte ungewöhnlich sein, diese Freundschaft zu dem jungen Mann. Doch seit er ein Knabe war, gab es eine Verbindung zwischen ihnen, die jenseits des Erklärbaren lag. So war es einfach. Sie sah zu, wie er die Katze streichelte. Schreihals schnurrte.

6

Das letzte Haus in den Wiesen der Stöcket vor der steinernen Brücke, die über den Kraichbach führte, war das des Schmieds Urban Eisinger. Barbara hielt einen Augenblick inne, bevor sie dorthin abbog. Jetzt, am späten Nachmittag, hatte es endlich aufgehört zu regnen. Von Westen her klarte es auf, der Himmel Richtung Speyer leuchtete in einem trägen, kupfernen Rot, durchzogen von schwarzen Schlieren.

Sie dachte daran, dass man Friedgard und ihr eine Liebschaft nachsagte. Das war ungeheuerlich! Nie wäre ihr etwas Derartiges in den Sinn gekommen. Sie kannte ihn seit er ein Knabe war, ein hübscher blonder Junge, der ihr auf moosigen Pfaden im Wald aufgeweckt und lernwillig nachhopste wie ein kleiner beschützender Zwerg. Später, wenn Friedgard in den Ferien oder an den Feiertagen heimkehrte, hatte er noch immer den Weg zu ihr gefunden. Doch dann hatte das aufgehört, denn sie war frisch verheiratet, hatte eine kleine Tochter, und er kam ohnehin in jenes Alter, in welchem ihm anderes wichtiger war.

Sie wandte sich entschlossen Eisingers Anwesen zu. Aber Friedgard ging ihr nicht aus dem Kopf. Als er schließlich nach Hockenheim zurückkehrte, hatte er seine Besuche bei ihr wieder aufgenommen, wenn er sie auch nicht mehr in den Wald begleitete wie einst. Sie sah ihn vor sich, schmuck wie ein junger Mann nur sein konnte. Er schaffte es, sie aus ihrem Kummer um den Verlust von Leonhard und Elisabeth zu reißen mit seiner goldenen Lockenfülle, dem schönen Gesicht und seiner heiteren, unbekümmerten Art. Für sie war er wie Sonnenschein. Ja, das war er. Er wärmte sie und holte sie für Augenblicke aus ihrer Betrübnis, die seit damals nicht weichen wollte. Es war ein guter Grund, ihn zu lieben, wenn es denn überhaupt eines Grundes bedurfte. Sie waren sich zugeneigt und woher das rührte, war müßig, zu ergründen.

Sie erreichte die hohe Mauer, die Eisingers Hof umschloss, und näherte sich dem offenen Hoftor. Sie hörte die tiefe Stimme des Schmieds sagen: „Wenn Euch der Preis nicht passt, so lasst Eure Sachen künftig bei einem anderen fertigen!"

Offenbar ein Streitgespräch. Keinesfalls wollte sie Zeugin dessen werden. Doch dazu war es zu spät. Sie trat in dem Augenblick in den Hof, da Agnes Zahn, den Rücken ihr zugewandt, aufgebracht entgegnete: „Sechs Gulden für ein einfaches Stück Handwerk? Ihr lasst Euch Euren Schweiß wahrlich etwas kosten!"

Eisinger, ein großer Mann mit einem quadratisch-kantigen Gesicht und kleinen wachen Augen, hielt das Streitobjekt in seiner Rechten, wies mit der Linken auf seine Arbeit und entgegnete: „Ihr wolltet einen so ausgefallenen Dolch, den mit Eurem Wappen verzierten Griff. Das ist aufwendig. Nun feilscht nicht. Er kostet was er kostet", sagte er bestimmt und abschließend und bedeutete Barbara mit einem Nicken, dass er sofort für sie bereit wäre.

Agnes fuhr herum. Als sie Barbara gewahrte, wandelte sich die Wut in ihrem Gesicht zu Abscheu. Sogleich kehrte die junge Frau ihr wieder den Rücken zu, zurrte am Beutel an ihrem Gürtel und begann, die Münzen herauszuzählen.

Barbara schalt sich innerlich. Hätte sie nicht warten können bis die streitbare Kundschaft ihrer Wege gegangen war? Agnes' Rücken war anzusehen, was in ihr vorging. Es war, als flirre und zittere die Luft um sie herum. Sie ließ die Münzen in die ausgestreckte Hand des Schmieds fallen und sagte: „Nun, Herr Eisinger, bittet Euren Schutzpatron heute um Fürsorge. Am Georgstag haben die Hexen die größte Gewalt!" Bösartige

Häme lag in ihrer Stimme. Sie nahm ihren Dolch und schritt erhobenen Hauptes vom Hof, würdigte Barbara keines weiteren Blickes.

Barbara spürte ihrerseits Wut auf dieses dumme Mädchen. Und etwas, das sich nach Scham und Schuld anfühlte, was sie sofort beiseite drängte. Es lag nicht an mir, und wenn du es hundert Mal denkst, dachte sie und merkte, wie sich ihre Hände zu Fäusten ballten. Da kam Eisinger ihr auch schon entgegen. „Eure Sichel, Heilmännin?"

Sie folgte ihm ins Innere der Werkstatt, wo es warm war und Gestank von glühendem Eisen in der Luft lag. Eisinger machte eine Handbewegung in Richtung Hoftor und sagte: „So war sie und so ist sie. Macht Euch keine Gedanken."

Agnes wusste nicht, wohin mit ihrer Wut. Sie presste die Lippen aufeinander und schlug die Fersen gegen den Steinblock, auf dem sie hockte. Ausgerechnet *der* noch einmal zu begegnen! Als ob einmal am Tag nicht reichen würde! Mistweib!

Sie stierte auf die Backsteinmauer der Zehntscheuer, ohne das zweigeschossige Doppelgebäude wirklich wahrzunehmen. Sie war versucht, den Dolch hervorzuziehen und focht einen Kampf mit sich, der ihr den Magen zusammenzog. Nein, jetzt ging es nicht. Elli konnte jeden Augenblick kommen. Das halbe Dutzend behauener Steinblöcke am nördlichen Ende der eingefriedeten Fläche vor der Scheuer war ihr Treffpunkt. Von ihrem Sitzplatz aus hatte sie sowohl die Längsseite der Zehntscheuer als auch das Ende des Zugangspfades im Blick. Ein Steinwurf von ihrem Platz entfernt murmelte der Kraichbach leise vor sich hin. Agnes mochte den Platz. Er war übersichtlich. Geordnete Begrenzung, die Schutz bot vor Durcheinander.

Karren voll Roggen, Hafer, Welschkorn, Erbsen und Rüben fuhren an den Zehnttagen hier vor, doch an Nachmittagen wie dem heutigen gab es für niemanden einen Grund, sich an diesem Ort aufzuhalten.

Agnes' Blick heftete sich auf den Zugangspfad. Hoffentlich kam Elli bald! Da sie bei Herwarts arbeitete, wusste sie vielleicht, was mit Friedgard war.

Friedgard. Ihr schöner Engel. Sie wusste, wie Engel aussahen. Als Kind hatte sie welche gesehen, in dem kostbaren Buch ihrer Mutter über die Heiligen. Heimlich hatten sie zusammen die Bilder betrachtet, weil man derlei Bücher nicht mehr besitzen durfte, denn der Katechismus sagte, Heilige zu verehren verstoße gegen das Gebot Gottes, es sei abergläubisch und schlimm wie zauberische Dämonenanrufung. Aber die Heiligen waren erhoben zu Gott, und Engel umschwebten sie und den Allmächtigen auf seinem Himmelsthron. Ihre Locken strahlten so hell, dass Agnes ganz entflammt davon war. Nie hatte sie Haar derart Licht aussenden sehen. Bis sie Friedgards sah. Goldgewellt fiel es ihm auf die Schultern wie eine Vielzahl leuchtender Engelszungen. Ein Engel war er, vom Himmel gefallen geradewegs in ihr Dorf. Damals. So zart und so wunderschön. Wie konnte sie ihn nicht lieben? Vom ersten Augenblick an, da sie ihn sah! Sie hatten einander über die Fluren gejagt und sie hatte ihm die Locken aus den Augen gestrichen, wenn er ihr sein vor Aufregung und Spielfreude gerötetes Gesicht zuwandte. „Ach mein Engel", seufzte sie leise. „Warum erklärst du dich mir nicht?" Die Sehnsucht nach ihm brachte sie fast um den Verstand. Nichts wollte sie so sehr, als mit ihm zu sein. Außer vielleicht, dass Mutter noch lebte. Der Gedanke an Mutter rief ihr wieder die Heilmännin ins Gedächtnis und sie fühlte den Grimm auf dieses Weib in sich brodeln, als gäre dort in einem Kessel giftiges Gebräu, wie es auf den Flugschriften zu sehen war, die ihr Vater zuweilen im Abtritt vergaß.

Ein Geräusch, Bewegung am Pfad. Elli. Endlich. Sie hastete heran mit ihrem vornübergebeugten Gang, die Schultern tief herunter gezogen, um die Brüste, prall wie Kuheuter, zu verbergen. Was ihr nie gelang.

„Wird aber auch Zeit! Wo bleibst du so lange?“, murrte Agnes.

Elli ließ sich auf den Steinblock neben ihr fallen und atmete geräuschvoll aus. „AchGottachGott Agnes, du weißt, wie schwer's ist, mich aus'm Haus zu stehlen! Kaum von Herwarts da, muss ich in die Schankstube!“

Sie konnte es nicht leiden, wenn Elli ihr widersprach.

„Soll ich dich jetzt bemitleiden? Ist doch nur ein Katzensprung von eurer stinkenden Schenke hierher!“

Die Schildwirtschaft *Zum Zoller*, geführt von Ellis Vater, lag neben dem westlichen Zollhaus, gegenüber vom unteren Freihof.

„Nun sag schon, wo ist Friedgard?!“

„Weiß ich's?“

„Sie suchen ihn den ganzen Tag!“

„Und?“

Dumme dumme Elli! Nie würde die das begreifen, nie! Das Kribbeln in ihrer Magengrube war nicht auszuhalten. „War er zum Mittagsmahl zu Hause?“

Elli zuckte nur die Schultern.

Agnes war versucht, diese Kuh zu packen und zu schütteln. Sie bezähmte sich und rieb sich stattdessen über die engen weißen Ärmel ihrer Schaube.

„Der Baumann musste genäht werden“, wechselte Elli aufgeregt zum Tagesgespräch. „Der war bis Mittag nicht bei sich, aber überleben wird er's, sagen sie.“

„Weiß ich!", fauchte Agnes. „Mein Vater hat den Gäßler kommen lassen und ihn zur Sau gemacht, weil er nicht richtig achtgegeben und den Baumann nicht gefunden hat."

„Pah! Das Fass auf zwei Beinen. Der gibt sich in der Schankstube wieder mal die Kanne. Ich ekle mich vor dem mit seinem zerfransten Bart, der aussieht wie toter Fuchs."

Agnes mochte Gäßler ebenfalls nicht. Keine zwei Stunden zuvor hatte er bei ihnen in der Stube gestanden, gerade als sie mit dem Mittagsmahl fertig waren. Verschlafen und nach Bier stinkend hatte er ihres Vaters Zorn über sich ergehen lassen müssen. Geschah ihm recht! Ihr Vater hatte sie hinausgescheucht, aber sie war draußen vor der Tür stehen geblieben in der Hoffnung, etwas über Friedgard zu hören.

Wenn sich ihr Vater nur dazu verstehen wollte, mit Friedgards Vater zu sprechen. Sie hatte schon einige Male Andeutungen gemacht, aber ihr Vater ging einfach nicht darauf ein. Er mochte Heinrich Herwart nicht. Sie wusste nicht, wie sie es anstellen sollte, die beiden wegen Heiratsverhandlungen an einen Tisch zu bekommen. Ein weiteres Kümmernis neben jenem, dass Friedgard sich ihr gegenüber so zögerlich verhielt. Er grüßte, er plauderte mit ihr, wenn sie sich nach dem Kirchgang trafen, aber sonst?

„Der Überfall auf Baumann ist *das* Gespräch, kannst dir ja denken!", erklärte Elli und guckte wichtig. „Der Gäßler sagt …" Sie sprach nicht weiter. Tat so, als müsse sie an ihrer fleckigen Schürze etwas richten.

Agnes ärgerte sich darüber. Elli wollte, dass sie fragte. Aber das würde sie nicht. „Sag's mir oder lass es!", schnaubte sie.

Elli nahm's ihr krumm. Sie zog eine beleidigte Schnute und zuckte die Schultern. „Wenn du nicht wissen willst, was er über die Heilmännin sagt", meinte sie schnippisch.

Die Heilmännin? Was hatte die schon wieder damit zu tun? Agnes suchte in ihrer Erinnerung nach dem, was Gäßler und ihr Vater geredet hatten. Gäßler beteuerte, der Lehrer habe noch nicht da gelegen, als er auf seiner letzten Runde am Ortsausgang nach Reilingen längs gekommen sei. Wie bemüht er gewesen war, zu zeigen, dass er sich keiner Nachlässigkeit schuldig gemacht hatte! Pah! Dieser Holzkopf. Ihr Vater hatte Gäßler befohlen, zukünftig die Augen besser aufzusperren und ihm alles zu berichten, was ihm zu Ohren käme. Und die Finger von zu viel Bier zu lassen. Was noch? Dass er die Schöffen informieren musste. Durch Baumanns Verletzung ging man von einem Überfall aus, auch wenn der Lehrer bis zum Mittag noch nichts zum Hergang hatte äußern können, da er noch immer nicht recht bei Bewusstsein war. All das hatte sie gehört, und sie war gespannt, was Baumann aussagen mochte, wenn er zu sich kam. Als ihres Vaters Weib nach ihr rief, musste sie das Lauschen aufgeben und in der Küche mithelfen. Sie hörte nur noch, wie sich Gäßlers Stimme veränderte und er ungewohnt selbstsicher etwas erklärte, das sie nicht mehr verstand.

Elli machte Anstalten, aufzustehen. „Hab mir die Zeit jetzt sowieso gestohlen und wenn ich keine Abreibung will, sollt ich besser heim.“

Der Trotz in Ellis Stimme war Agnes unerträglich. Sie biss sich auf die Unterlippe und kickte die Fersen gegen den Stein. Was auch immer die Heilmännin damit zu schaffen hatte – sie würde es herausbekommen, auch ohne Elli. Sollte sie doch gehen.

Elli war aufgestanden und starrte auf sie herab. Agnes spürte den Blick auf sich obwohl sie nicht aufsah. Der Drang, nach dem Dolch zu greifen, riss an ihr, zusammen mit jenem, Elli zu schlagen.

„Agnes?“

Elli setzte sich wieder.

„Komm, jetzt schau nicht so böse. Ich mein's ja nicht so. Agnes?“

Agnes hörte das ängstliche Zittern in Ellis Stimme und Befriedigung durchrieselte sie. Noch immer sah sie sie nicht an. Ein Bild kam in ihr auf. In ihrer Vorstellung zog sie den Dolch, hantierte damit vor Ellis schreckgeweiteten Augen, ritzte sie, ein wenig hier, dann dort … und Elli flehte sie an, damit aufzuhören, nie wieder wolle sie ihr widersprechen, immer ihr zu Willen sein, wenn sie nur aufhörte. Aber sie würde nicht aufhören!

Da spürte sie Blut auf den Lippen, ein süßer, metallener Geschmack, und Ellis Hand, die sich vorsichtig auf ihren Arm legte. Sie sah auf.

„Agnes!“ Elli wollte unbedarft klingen, aber Agnes hörte ihre Furcht. Das befriedigte sie.

„Hast dir auf die Lippe gebissen. Hier – wisch's ab.“ Sie reichte ihr ihren Schürzenzipfel.

Agnes wischte Ellis Hand beiseite und leckte mit der Zunge über die Unterlippe. Dann zog sie ein Gesicht, dass Elli erleichtert auflachte. „Erschreckst mich immer so! Jetzt hör aber zu, ich muss mich wirklich eilen.“

„Rede halt.“ Und sie zog den Dolch aus der Scheide an ihrem Gürtel und hielt ihn Elli unter die Nase. Die zuckte davor zurück und war erneut verunsichert. Agnes lächelte, als sie den Dolch mit einer gekonnten Bewegung aus dem Handgelenk heraus in die Luft warf, der Dolch sich drehte und sie ihn nicht am Griff, sondern an der Schneide wieder auffing.

Elli schlug beide Hände vor den Mund. „AchGottachGott Agnes!“

Sie hielt ihr den Griff hin, langsam begriff Elli. „Ach, das ist er? Du hast ihn machen lassen?“ Vorsichtig fuhr sie mit dem Finger das U nach, das die rot-silber unterteilten Büffelhörner bildeten, die oberhalb des Wappenschildes aus roten und grünen Federbüschen erwuchsen. Innerhalb des U's ragte eine kleine grüne Tanne empor und auch diese berührte Elli voll Ehrfurcht.

Agnes war stolz auf das Zahnsche Familienwappen, das ihr Urgroßvater Balthasar Zahn, der ebenfalls Zentgraf gewesen war, anlässlich der Geburt seines Sohnes, des Vaters ihres Vaters, im Jahre 1500 hatte anfertigen lassen. Niemand sonst in Hockenheim besaß ein Familienwappen! Es zierte als Stickerei des Vaters besten Umhang, es zierte einen Wandteppich, der im Vorraum ihres Hauses, des oberen Freihofs, hing.

Und jetzt zierte es den Griff ihres neuen Dolches! Sie steckte ihn zurück in die Scheide. Dann leckte sie die Blutströpfchen ab, die sie sich beim Fangen der scharfen Schneide zugezogen hatte, und lächelte Elli an.

„Schön geworden!", beeilte diese sich zu sagen. „Und der alte?"

Agnes zuckte die Schultern. „Was ist jetzt mit der Heilmännin?" Sie fühlte sich besser. Vielleicht, so überlegte sie, konnte sie später vorgeben, um Baumann besorgt zu sein und mit etwas Suppe oder Wein zu ihm gehen? Möglicherweise traf sie Friedgard dort oder hörte etwas von ihm. Der Einfall gefiel ihr.

„Rede endlich!"

Elli wollte ihre Macht auskosten, soviel war klar. Sie schwieg. Agnes hatte genug von diesem wichtigtuerischen Gehabe. Sie sprang auf. „Ich kitzle dich gleich mit meinem Dolch!", fauchte sie.

Elli, verunsichert, sprang ebenfalls auf. Ihre dummen Kuhaugen schimmerten feucht. Das konnte sie nun gar nicht brauchen. „Ich mach doch nur Spaß", lenkte Agnes ein.

„Bei dir weiß man das nie", murmelte Elli.

„Was ist jetzt mit der Heilmännin?"

Elli schniefte, dann sagte sie in versöhnlichem Ton: „Der Gäßler sagt, die fährt nachts zum Schornstein hinaus und treibt's im Wald mit dem Teufel."

„Das will der gesehen haben?"

Elli nickte.

„Wieso sagt er das nicht meinem Vater?"

„Hat er, sagt er, behauptet, die Sache mit Baumann wäre nicht geheuer, man müsste untersuchen, ob die nicht was damit zu schaffen hat."

„Nicht geheuer?" Ob Gäßler doch etwas gesehen hatte? Mist, warum hatte sie nicht zu Ende gelauscht! Was sagte Elli da? Die Heilmännin? „Was soll die Heilmännin damit zu schaffen haben? Die hat ihn doch verbunden am Morgen. Und zum Bader geschleppt."

Agnes setzte sich und Elli tat es ihr nach.

„Ja, aber …" Elli wurde sichtlich unbehaglich. Sie legte den Kopf schief und kratzte sich. An der Art wie sie guckte, erkannte Agnes, dass Elli eben erst aufging, dass das, was sie ihr zur Unterhaltung und Versöhnung erzählen wollte, möglicherweise eher dazu angetan war, ihren Zorn erneut auf sich zu ziehen. Sie konnte Ellis Unsicherheit fast riechen. Und der Geruch machte sie gierig.

„Rede!", befahl sie, was ihr einen Blick von Elli eintrug, der ihre Vermutung bestätigte. Elli hatte Angst vor einem weiteren Wutausbruch. Soll sie haben, dachte Agnes, betrachtete betont gelangweilt ihre Handinnenfläche.

„Es geht die Rede … achGottachGott, du weißt, die Heilmännin ist nicht ganz sauber, man munkelt schon lange … und der Baumann ist der beste Freund vom Friedgard …"

„Du machst mich krank, Elli, sag mir was los ist!", unterbrach Agnes sie ungeduldig. Zu viel Angst war auch nichts. Da traute Elli sich kaum, das Maul aufzumachen.

Elli erhob die Hände vor der Brust. „Die Leute meinen, die hätte den Baumann selber zusammengeschlagen. Aus Eifersucht. Dass der Friedgard nicht so viel Zeit mit dem zubringt. Damit sie ihn für sich hat."

„Für sich?" Aber kaum hatte Agnes dies ausgesprochen, dämmerte ihr, was Elli damit sagen wollte. Mit einem Satz sprang sie auf.

„Was?! Eifersüchtig, weil die beiden Männer oft beieinander hocken?" Ihre Hände ballten sich zu Fäusten. „Sie soll Baumann niedergeschlagen haben, damit Friedgard mehr Zeit mit ihr verbringt?" Fast hätte sie laut aufgelacht.

Elli zog in Erwartung eines Schlages den Kopf ein. Es kostete Agnes all ihre Willenskraft, nicht tatsächlich zuzuschlagen.

Die Heilmännin! Immer und immer wieder die! Erst hockte Friedgard schon als Knabe bei ihr. Und kaum war er aus Heidelberg zurück – ohnehin eine Zeit, in der es dunkel geworden war in ihrem Leben –, trieb er sich wieder bei diesem Nachtschad herum. Was sollte sie, Agnes, da sagen? Sie bekam ihn doch noch weniger zu Gesicht! Und nun sollte die Heilmännin, ... sie konnte es nicht einmal denken, so übel wurde ihr davon! Sie stapfte mit dem Fuß auf. Und erst als sie das Blut schmeckte, merkte sie, dass sie sich die Unterlippe noch einmal aufgebissen hatte.

„Ach Agnes, geh, ich wollt's ja nicht sagen. Aber die Leute reden schon länger ..." Sie erhob sich ebenfalls und machte eine hilflose Geste. „Und es wundert mich, dass du's noch nicht gehört hast."

Ellis Gesichtsausdruck wechselte von verzweifelt zu ängstlich, als Agnes sie ansah. Sie wich einen Schritt zurück. Aber Agnes war gar nicht imstande, sich zu bewegen. Sie fuhr sich mit dem Handrücken über die Unterlippe, um das Blut abzuwischen und starrte Elli an. Alle wussten es, nur sie nicht? Es konnte nicht sein. Es durfte nicht sein!

„Aber wenn's wahr ist, dann bloß, weil sie ihn verhext hat, sagen die Leute", fügte Elli an.

„Verhext", murmelte Agnes benommen.

Elli nickte. Dann kam sie wie eine fürsorgliche Mutter heran, wischte ihr mit dem Schürzenzipfel das restliche Blut vom Mund und führte sie sanft am Arm zurück zum Steinblock.

„Pass auf", sagte sie. „Wir machen den Zauber rückgängig. Du brauchst einen Liebestrank. Wendel, der Knecht vom unteren Freihof, sagt, die Wahrsagerin von Wiesental hätte einem Bauer in Gondelsheim sein störrisches Hausweib wieder gefügig gemacht und dann noch dazu seine Kuh geheilt, die zwei Wochen lang saure Milch gegeben hat." Sie hielt inne und musterte Agnes aufmerksam. „Der Wendel kennt das Weib. Der sagt dir, wo du sie treffen kannst." Elli legte den Kopf schief und wagte ein kleines Lächeln. „Du lässt dir einen Liebeszauber geben und dein Friedgard frisst dir aus der Hand!"

Agnes hörte kaum, was Elli sagte. Der Drang, nach dem Dolch zu greifen, war übermächtig. Gedanken wirbelten ihr im Kopf herum. Barbara Heilmann, dieser Name stand für alles, was ihr Kummer bereitete. Es musste endlich ein Ende haben damit, dass dieses Weib ihr Leben zerstörte! Was sagte Elli? Hexerei? Wie dumm sie gewesen war! Wie anders sollte dieser Nachtschad es schaffen, Friedgard dermaßen an sich zu binden, wenn nicht mit Hexerei. Wie hatte sie nur so blind sein können! Hexerei war ein Fall für die Zent. Und ihr Vater war der Zentgraf. Neben dem Schultheiß der mächtigste Mann im Ort. Da musste sich doch etwas machen lassen. Plötzlich kam ihr ein neuer Gedanke: War dieses Gerede nicht eher ein Segen? Die Heilmännin stand ohnehin im

Geschrei. Wenn es möglich wäre, ihr die Sache mit Baumann anzulasten … und wenn ihr Vater sie wegen Hexerei drankriegte … wäre sie diese Plage los. Und wenn er damit Erfolg vor der Zent hätte, würde Friedgard endlich begreifen!

Agnes erhob sich, strich über den gelbbraunen Pelzbesatz ihrer Schaube. Der Winter dauerte noch immer an. Sie wollte, dass er aufhörte! Sie wollte mit Friedgard durch die Fluren streifen, wie sie das als Kinder getan hatten. Sie wollte den geliebten Blondschopf endlich in die Arme schließen. Und sie wusste, der Tag würde kommen.

„Will aber das Herz, Mama, wo ist das Herz?“, plärrte Johannes. Ihr vierjähriger Halbbruder hockte auf dem hohen Holzstuhl, den Ingram, der Knecht, auf Anweisung ihres Vaters hatte zimmern müssen, damit der Junge mit am Tisch sitzen konnte.

Agnes saß mit ihrer großen Familie, zu der auch die beiden Knechte und die Magd Bea gehörten, beim Nachtmahl. Aus den Zinntellern vor jedem Hausmitglied dampfte kräftige Hühnersuppe, angereichert mit Grünkern, Rüben und Petersilie.

Agnes warf nur einen flüchtigen Blick hinüber zu dem blonden, drallen Kerlchen. Sie selbst ähnelte ihrer verstorbenen Mutter, deren Augen und zarte Statur sie geerbt hatte, worüber sie glücklich war. Aber diese kleine gelbe Made in ihrem Hochstuhl war ein Abbild seiner Mutter Susanne, Vaters zweiter Frau. Die runde Nase, die braunen Äuglein und sein Hausherren-Gebaren kamen ganz auf seinen Vater, dem er nacheiferte. Kein Wunder, schleppte der ihn doch so oft es ging überall mit hin, ließ den Vierjährigen, herausgeputzt wie ein Grafensöhnchen, im Sattel vor sich hocken und erklärte ihm von dort oben stolz die Welt.

Johannes schmollte und wollte den Mund nicht aufmachen. „Will das Herz!"

Agnes hatte sofort gesehen, dass sie das Herz nicht hatte. Sie bedauerte das. Heute Abend war sie besonders in Stimmung. Genussvoll hätte sie sich die zarte Innerei vor dem greinenden Kindergesichtchen in den Mund geschoben. Es war ein Spiel in ihrer Familie: Auf wessen Teller das kleine dunkle Herz des Huhns landete, wenn ausgeschöpft wurde, der zeigte es stolz herum und war Sieger des Mahles. Sei's drum. Sie hatte es nicht.

Bea schob schüchtern Gemüsebrocken mit dem Löffel umher, da hielt Philipp seinen Löffel hoch. Agnes sah ihn von der Seite an. Ihr Stiefbruder war schmal und schlaksig, blonder Flaum kräuselte sich an seinem Kinn. Er sah seiner Mutter Susanne zwar ähnlich, hatte aber nicht deren kugelrunde Statur. Ein schweigsamer Jüngling war er, der auch jetzt nicht viele Worte machte, sondern den Arm zu seinem Halbbruder hinstreckte, der ihm auf seinem Hochstuhl gegenübersaß. Das passte zu diesem blassen Schwächling, dass er das Herz hergab. Der konnte nicht mal ein Huhn schlachten! Dabei war es doch lustig, zu sehen, wie das dumme Tier noch ohne Kopf im Kreis herumlief wie ein aufgezogener Kreisel! Ihr Vater lachte, als Johannes begriff, was Philipps Geste bedeutete und ein Strahlen sein Gesicht überzog.

Susanne ermahnte ihn, „Danke" zu sagen und sandte ein zufriedenes Lächeln zu ihrem Mann, das den Stolz auf die Genügsamkeit und Fürsorge ihres Erstgeborenen aus erster Ehe verdeutlichte. Im Gegensatz zu ihr, Agnes, mochte Philipp seine beiden Halbbrüder, vor allem Zacharias. Bereitwillig lernte Philipp den Jüngeren an, was dieser ihm mit freudiger Gefolgschaft dankte. Ihr jedoch waren die Jungen so verhasst wie Ohrwürmer. Desgleichen Vaters zweite Frau.

Agnes vermied, mehr als nötig mit ihr zu reden. Viel zu bald nach Mutters Tod hatte Vater das viel jüngere Weib angeschleppt. Agnes sah sie vor sich, wie sie damals auf den Freihof gerollt war, die unwillkommene Witwe aus Schwetzingen mit ihrem blassen Dreikäsehoch Philipp. Drall und rund wie ein gelber Strohballen, mit einer Stimme wie daraus hervorstechende Strohhalme. Vierzehn Jahre war das her, Philipp inzwischen ein Jüngling. Zwei weitere Söhne hatte Susanne dem Zentgrafen geboren: Zacharias, er war im Januar zwölf geworden und musste somit in diesem Jahr den Kuhhirten auf die Wiesen begleiten, wobei ihr Vater darauf bestand, dass er diesen Dienst auf dem väterlichen Hof versah und nicht, wie üblich, sich bei anderen verdingte. Und klein Johannes, den der Vater der Einfachheit halber nach sich selbst benannt hatte, weil es ihm zu mühsam war, ständig Namen für Kinder auszusuchen, die dann ohnehin starben. Fünf seiner Jungen hatten es nicht geschafft, das Säuglingsalter zu überleben, davon war nur eines die Frucht seiner zweiten Frau. Diese fuchsschlaue Person, die behauptete, sie würde nur Söhne gebären. Niemals nannte Agnes sie Stiefmutter, da auch darin das Wort Mutter enthalten war. Mutter gab es nur eine … Mutter … nicht daran denken!

„Konntest du schon etwas herausfinden in der Sache Baumann?“, fragte Georg, der die rechte Stirnseite des Tisches innehatte. Zwischen Agnes und ihm waren zwei Plätze leer, die Tafel des Zentgrafen war groß, zuweilen saßen Gäste, einer von Susannes Brüdern aus Schwetzingen etwa oder einer der Schöffen, mit am Tisch, manchmal auch der Zentbüttel, wenn der über Land unterwegs war.

Auch bei ihrem drei Jahre älteren Bruder Georg schlug die mütterliche Seite mehr durch. Seine Haare waren von dunklerem Braun als ihre eigenen, die honigfarbene Strähne auf der rechten Seite ließen sie jedoch heller aussehen. Er war groß und kräftig, an die wuchtige Gestalt ihres Vaters kam er allerdings nicht heran. Dass er trotz seiner Größe körperlich nicht auf der Höhe wirkte, lag an seiner Behinderung. Georgs rechtes Bein war von Geburt an kürzer als das linke, was ihm in seiner Kindheit den Spitznamen Scheeger eingetragen hatte.

Agnes spitzte die Ohren. Ob sie Friedgard erwähnten? Sobald man auch nur in die Nähe seines Namens kam, pochte ihr Herz wie verrückt. Menschen, Gegebenheiten, die sie mit ihm in Verbindung brachte – kam die Rede darauf, brannte sie lichterloh, sie bekam heiße Backen und spürte jedes Mal, wie sich ihre Gesichtshaut spannte. Ob man ihn aufgetrieben hatte?

„War am Nachmittag ein weiteres Mal bei ihm", antwortete ihr Vater und biss von seinem Brot ab. Mit vollem Mund sprach er weiter: „Da war er endlich bei Bewusstsein. Sagt, dass er sich nicht recht entsinnen könne. Er glaubt, der Gaul sei gestrauchelt. Dann schwanden ihm die Sinne." Er schluckte das Brot hinunter. „Einen stechenden Schmerz im Nacken will er noch gespürt haben. Er denkt, er sei überfallen worden."

Agnes' Herz raste als wolle es ihr aus der Brust springen. Um sich zu beruhigen, kaute sie auf Grünkernen herum bis diese in ihrem Mund zu einem dicken Brei geworden waren. Sie würgte ihn hinunter und dachte daran, was Elli ihr erzählt hatte. Ob ihrem Vater dies Gerede ebenfalls zu Ohren gekommen war? Sollte sie ihn darauf aufmerksam machen, die Rede auf die Heilmännin bringen?

Ihr Vater fuhr in brummigem Ton fort: „Der junge Herwart kam gerade als ich von Baumann fortging. Dem hab ich was erzählt! Bin noch mal mit ihm hoch, damit er die Aussage des Lehrers festhält. Würth, der Pfau, hat sich natürlich nicht darum gekümmert." Ein verächtliches Schnauben folgte dieser

Feststellung, dann ergänzte er: „Der Gaul jedenfalls hat einen nicht ernst zu nehmenden Kratzer am rechten Vorderfuß. Möglich, dass er wirklich strauchelte und Baumann abwarf."

Also war er aufgetaucht. War bei seinem Freund. Wahrscheinlich jetzt noch …

„Ergen ist ein trittsicherer Hengst", bemerkte Georg und sandte dem Vater über den Tisch hinweg einen zweifelnden Blick. „Das hast du bedacht, als du ihn Baumann liehst."

„Dienstag ist Gerichtstag. Baumann wird den Fall zur Rüge bringen", sagte ihr Vater und es klang, als wolle er nicht weiter darüber reden.

Georg schien es nicht zu hören. „Wurde ihm etwas gestohlen? Dann wird's als Diebgeschrei ohnehin auf die Zent zu schreiben sein. Keiner der Dorfschöffen wird da anderer Meinung sein."

Vater hatte Georg die Fuhrwerksgeschäfte übertragen, die er neben dem Freihof betrieb, dennoch nahm Georg an den Rechtsangelegenheiten Anteil und besuchte so oft er konnte sowohl das Rüggericht im Ort als auch das Zentgericht in Leimen, was ohnehin eines jeden Untertanen Pflicht war. Dienstag nach Georgi war der ungebotene Gerichtstag des Dorfgerichts. Alle Fälle, die dort verhandelt werden mussten, wurden an diesem Tag gerügt. Schwerere Vergehen schrieb man auf die Zent, sie konnten im Ortsgericht oder direkt in Leimen, wo das Zentgericht tagte, vorgebracht werden.

Georg fasste sich kurz an die Nasenspitze bevor er einen weiteren Löffel Suppe in den Mund schob.

Ihr Vater sah nicht von seinem Teller auf, als er seltsam tonlos antwortete: „Fehlen ihm nur 'n paar Kreuzer. Sind ihm vielleicht auch beim Sturz aus der Tasche gefallen."

Georg nickte beifällig. „Sieht also ganz nach einem Unfall aus?"

„Unfall?!“, entfuhr es Agnes. Sie gab sich Mühe, sich nicht anmerken zu lassen, wie aufgewühlt sie war, als sie ergänzte: „Im Ort wird anderes geredet.“

Georg sah sie an. Bedachte sie mit einem ruhigen Blick aus seinen braunen, goldgesprenkelten Augen. Als Kinder waren sie sich näher gewesen. Nach Mutters Tod hatten sie sich voneinander entfernt. Eigentlich war ihr Bruder ihr zu sittsam. Er trank nicht übermäßig, was zwar gut war, weil er so nicht herumpolterte wie Peter, aber er besuchte den Gottesdienst aus wahrer Überzeugung, wie sie annahm, und seine wenigen, aber guten Freunde waren langweilige, tugendhafte Burschen.

„Was wird geredet?“, fragte er.

Auch die anderen sahen zu ihr her.

Ihre Arme begannen zu kribbeln. Sie schluckte, dachte an Friedgard und an das Gesicht ihres Vaters, als er ihr gesagt hatte: „Kommt nicht in Frage! Ich werd den Teufel tun und mich mit Herwart freiwillig an einen Tisch setzten! Ich finde dir schon den Richtigen. Schlag dir den Tintenkleckser aus dem Kopf.“

„Man hört, die Heilmännin könnte etwas damit zu schaffen haben“, erklärte sie schließlich.

Georg gab ein ungläubiges Lachen von sich.

„Die Heilmännin?“, kiekste Susanne verwundert.

„Was ist das für ein Gerede, Tochter?“

Agnes schluckte. Wenn sie jetzt das mit Friedgard und der Eifersucht erwähnte, würde ihr Vater laut auflachen. Er würde es ihrer Eifersucht zuschreiben. Das durfte keinesfalls sein. Wie sollte sie es anfangen?

Sie zuckte die Schultern. „Hexenwerk“, sagte sie betont gleichgültig.

„Hexenwerk?“, entfuhr es Bea erschrocken.

„Man hört so allerlei“, stimmte Peter zu. Der grobschlächtige Großknecht mit seinen Glupschaugen und dem Stiernacken grinste widerlich.

Zahn fuhr gebieterisch mit dem Arm durch die Luft. „Schluss damit!“, befahl er. „Wir werden sehen, was bei der Rüge am Dienstag herauskommt. Wenn nötig, wird eine Voruntersuchung eingeleitet.“ Er schob seinen Teller von sich, um zu zeigen, dass die Angelegenheit damit beendet sei.

„Du wirst die Untersuchung gewissenhaft vornehmen wie stets. Ich bin sicher, du wirst nichts Unbedachtes tun“, zwitscherte Susanne.

Dieses Weib umgarnte den Vater mit ihrer verheißungsvollen Helle und Agnes hätte reinschlagen mögen in ihr rundes Gesicht, es blau und grün machen.

Zahn nickte nur leichthin und hieb Zacharias die Hand auf die Schulter. „Wie gefiel dir dein erster Tag als Kuhhirte, mein Sohn?“

Zacharias war darauf nicht gefasst und verschluckte sich.

„Na na!“, machte ihr Vater und klein Johannes lachte laut und voll kindlicher Schadenfreude.

Er könne noch nicht viel sagen, sei ja erst der erste Tag gewesen, gab Zacharias zurück.

Vater und er sanken in eine Unterhaltung. Susanne suchte den kleinen Johannes zum Aufessen des letzten Löffels Suppe zu bewegen, Bea begann, den Tisch abzuräumen. Peter und Ingram Plattnase, wie sie den zweiten Knecht bei sich nannte, erhoben sich ebenfalls vom Tisch.

Agnes beschloss, heute Abend nicht mehr zu Baumann zu gehen. Wenn sie es darauf anlegte, würde es ihr zwar gelingen, Vater zu überzeugen, dass sie einen Krankenbesuch machte, auch wenn er ihre Absicht, vielleicht dort Friedgard zu begegnen, durchschauen würde. Doch womöglich war

Friedgard zu dieser Stunde gar nicht mehr bei seinem Freund. Und was sollte sie allein bei Baumann? Sicher begegnete sie Friedgard morgen beim sonntäglichen Gottesdienst. Nach dem Kirchgang standen die Leute noch auf einen Schwatz beisammen. Vor der Kirche, auf dem Dorfplatz, beim Friedhof. Dann könnte sie ihn ansprechen. Über den Vorfall mit Baumann sprach man ohnehin. Das war ein guter, unverfänglicher Einstieg. Ihr wurde heiß bei der Vorstellung, wie seine schönen braunen Augen auf ihr ruhen würden. Ihr Herz zog sich zusammen. Mit dieser Sehnsucht wollte sie jetzt alleine sein. Und mit ihrem Jubel. Denn auch wenn ihr Vater die Unterhaltung über Hexenwerk abgebrochen hatte, war Agnes doch sicher, dass es in seinem Kopf arbeitete. Das hatte sie an seinem nachdenklichen Gesicht gesehen. Sie hatte es geschafft. Der Anfang war gemacht.

Frühjahr 1593

7

Oswin Gäßler fuhr aus dem Schlaf hoch. Mit einem Ruck saß er aufrecht im Bett. Sein Kopf dröhnte. Sein Hemd war schweißgetränkt. Hatte er überhaupt ein Auge zugetan?

Voll Abscheu zuckte er zurück. Schon wieder die hässlichen Fratzen. Dort, am Fußende des Bettes. Sie lachten ihn aus. Gäßler fasste sich an den brummenden Schädel. „Verschwindet!“ Die Stimme brach ihm, der Hals war ausgedörrt. Gäßler war übel. Er suchte den Augspross, wollte dies Gelichter vertreiben, aber er merkte, dass er vergessen hatte, ihn aus dem Umhang zu nehmen und unter's Kopfkissen zu legen.

In seinen Eingeweiden rumorte es. Keinen Morgen vermochte er durchzuschlafen. Ließen die Fratzen ihn in Ruhe, so war es das Geraschel von allerlei Ungeziefer, das ihn in letzter Zeit um den Verstand brachte. Erhob er sich von seinem Strohsack und suchte es zu fassen, verschwand es in dem Augenblick, da er danach schlug. Woher kam all das Krabbelzeug? Es suchte ihn heim, an Schlaf war kaum zu denken, mit noch so viel Bier nicht. Gäßler ließ sich auf sein Lager zurücksinken. Angst saß auf seiner Brust wie ein dicker Kobold. Er wusste, die Fratzen verschwanden, das taten sie jedes Mal. Aber sie kamen auch immer wieder. Gäßler schluckte, seine Kehle schmerzte. Zahn kam ihm in den Sinn. Der hatte ihn noch am Mittag des Georgi zu sich kommen lassen und ihn zur Sau gemacht, weil er nichts von dem Überfall auf Baumann bemerkt hatte. Sollte er etwa an allen Ecken und Enden gleichzeitig sein? Er konnte noch so viel beteuern, der Baumann habe nicht dagelegen, als er am Ortsausgang nach Reilingen war. Zahn wollte davon nichts wissen. „So oder so glaubt niemand, dass du ihn gefunden hättest! Das kommt nicht mehr vor, Gäßler!“

Um den Zentgrafen abzulenken, hatte er ihm von seinen Beobachtungen hinsichtlich der Heilmännin erzählt. Sein Erlebnis drunten am Bachweg hatte er tunlichst verschwiegen. Brauchte der nicht zu wissen. Die Vorladung bei ihm war auch so misslich genug!

Gäßler strich sich durch den Bart. Aber das mit der Heilmännin, das war gut! Das hatte Zahn hellhörig gemacht. Alles, was mit der zu tun hatte, machte den hellhörig, immer noch. Noch immer juckte sie den Zahn wie ein ganzer Sack Flöhe, er war ja nicht so blöd, das nicht zu merken. Wär der sonst so bereitwillig drauf angesprungen und hätt' ihm befohlen, auf sie und ihr Haus ein Auge zu haben?

Und dann war da noch die Sache mit Baumann. Er verstand Zahns Eifrigkeit diesbezüglich nicht. War doch keine Seltenheit, dass Leute wegen ein paar Pfennigen niedergemacht wurden. Räubergesindel gab es an allen Ecken und Enden. Aber Zahn tat, als gälte es sein Leben. Wollte wohl beweisen, dass es einen wie ihn vor Ort brauchte, der ein Auge auf das Gesetz hatte. Sah wohl seine Felle davonschwimmen, der Herr Zentgraf! Zehn Fürze würd' er drauf lassen, wenn's Zahn nicht allein drum war, seine Macht einmal mehr prahlerisch zur Schau zu stellen.

Mühsam richtete er sich ein weiteres Mal auf. Jäh zuckte er zurück. Die Fratzenköpfe, gehörnt und runzelig, hockten am Fußende auf dem hölzernen Bettgestell, sabberten und spritzen ihm ihren Seim entgegen. Zischelten giftig. *Ssssie hat's nicht vergessen, rächt sich. Zahlt's heim.*

„Weg, zum Henker, verzieht euch!", krächzte er und wischte mit dem Arm über die hässlichen Gesichter. Doch da war nur Luft.

Und dann dämmerte es ihm. *Sie* war es, die ihm diese widernatürlichen Kreaturen schickte? Die gehörnten Ratten?

Den Dämon in der Weide? Aus Rache? Er schlug sich vor die Stirn. Braute sie nicht allerhand üble Tränke? Diese Teufelsbuhle und Giftmischerin! Sie wollte ihn irr machen im Kopf, ihn vernichten.

Er überlegte. Morgen tagte das Ortsgericht. Ob er seine Beobachtungen melden sollte? Es wäre seine Pflicht. Aber er fühlte sich nicht sicher genug. Zahn hatte ihm nur aufgetragen, die Heilmännin zu beobachten. Das würde er tun. Es war seine Aufgabe, Schaden abzuwenden! Er war von Amts wegen dazu ausersehen, Dienst zum Wohle der Gemeinschaft zu versehen. Und bei Gott, das würde er tun! Nicht noch einmal würde er dem Leibhaftigen angstvoll den Rücken kehren. Er würde ihm die Stirn bieten! Und die Ausgeburten der Hölle, die sie ihm schickte, würden ihn nicht daran hindern! Es würde ihm zu Ansehen und Ehre gereichen. Wenn sie begriffen, welchen Gefahren er sich Nacht für Nacht für sie aussetzte, würden sie endlich erkennen, wer er wirklich war.

Er stapfte zur Hauptstraße hinauf. Es war nach acht, schätzte er. Übernächtigt wie er war, hatte er vergessen, auf die Rathausuhr zu sehen. Außerdem brummte ihm noch immer der Schädel. Aber er war froh, dass ihm dieser rettende Einfall gekommen war! Das war gut, genau so würde er vorgehen. Also hatte er sich vom Strohsack gewälzt, den Rest Branntwein mit einem Schluck Wasser vermengt und das Gemisch gegen die Übelkeit und die zittrige Unruhe, die ihn morgens befiel, hinuntergespült. Jetzt fühlte er sich leidlich gewappnet, wenn auch etwas steif und ungelenk. Er warf einen Blick zum Himmel empor, bleigrau und tief hingen die Wolken über dem Dorf. Zum Henker, wollte es denn überhaupt nicht Frühjahr werden? Er bog in die Hauptstraße ein. Menschenleer. In mehreren Dutzend Schritt Entfernung ragte der Holzturm der Georgskirche aus dem morgendlichen Dunst. Ein gespenstisches Knurren ließ ihn jählings innehalten. Setzten sie ihm schon am helllichten Tag zu? Gäßler fasste nach dem Augspross.

Dann sah er sie. Hingekauert an eine halb eingefallene Bretterwand saßen sich zwei Kater mit angelegten Ohren gegenüber und raunten sich bösartig an. Er starrte die Kater an, zwei große Viecher, grau getigert der eine, schwarz der andere. Sie scherten sich nicht um ihn. Sie ließen sich nicht aus den Augen und fauchten sich ihre Warnungen entgegen. Gäßler atmete erleichtert aus. Kater. Keine Dämonen. Aber … das Hexenvolk konnte sich in Tiere verwandeln. Vornehmlich Katzen trugen den Teufel im Leib. Er starrte die Bestien an. Furcht lähmte ihn. Doch er zwang sich zum Weitergehen. Einen Tritt hätt' ich ihnen verpassen sollen, dachte er und schalt sich einen Dummkopf, während er die Hauptstraße überquerte. Dumpf klangen seine Stiefelschritte auf dem Pflaster. Ja, er musste handeln. So ging es nicht mehr weiter.

Er hatte darüber nachgedacht. Nicht dass er besonders viel mit dem calvinistischen Bekenntnis anfangen konnte. Aber der Pfarrer war nun einmal der einzige Beistand im Ort, wer sonst gab einem verwirrten Menschen Halt und Rat, wem sonst sollte man sich anvertrauen? Gäßler nahm es mehr als dumpfes Drängen wahr denn als bewusste Entscheidung, aber er wusste, er musste mit dem Pfarrer reden und seine Gedanken offenbaren. Eigner würde ihm die rechten Worte finden. Die Unterstützung Gottes mit auf den Weg geben. Darauf hoffte er, auch wenn er das Gefühl hatte, dass Eigner ihn nicht leiden konnte. Er begegnete dem Gottesmann nicht oft und wenn, hatte der kaum mehr als ein flüchtiges Nicken für ihn übrig. Aber das war er gewohnt. Viele verhielten sich ähnlich. Es lag an seiner Arbeit. Als Nachtwächter wurde man eben scheel angesehen, weil man seine Pflicht nachts erfüllte. Sei's drum. Auch das würde sich ändern. Als er an des Pfarrers Haus schräg gegenüber der Georgskirche ankam, wusste Gäßler, dass er gekommen war, um Eigners Segen für seine Mission zu erbitten. Zudem: Hatte er den Pfarrer auf seiner Seite, würde es auch Zahn leichter haben, eine mögliche Hexengeschichte auf die Zent zu schreiben.

Kurz darauf öffnete ihm Engel Eigner, die Hausfrau des Pfarrers, die Tür. Sie hielt ihre spitze Nase in den Wind als wittere sie nach dem Besucher. Gäßler fand das abstoßend. Er grüßte und sagte, er müsse den Herrn Pfarrer sprechen. Die Eignerin führte ihn in die Stube links des Vorraums. Der Raum war beheizt, in einem kleinen Ofen knisterten Holzscheite. Verhalten blickte Gäßler sich im Arbeitsraum des Pfarrers um. Auf einem Regal standen zwei Reihen Bücher, auf den Brettern darunter lagen Papierstapel, Schreibfedern, sowie ein dort vergessenes kleines Holzpferd. Ein schlichtes Holzkruzifix hing an der Wand, einen Schreibtisch hatte es, ein Stuhl davor, einer dahinter.

Eigner selbst kam mit seinem schleifenden Gang in die Stube geeilt, das Wams über einem leinengrauen Hemd falsch geschnürt. „So zeitig, Nachtwächter? Gibt es etwas zu – vermelden?"

Gäßler, der dem Gottesmann selten so nah war, wusste mit einem Mal nicht, wie er beginnen sollte. Des Pfarrers seltsam blauer Blick ruhte auf ihm. Ungeduldig, wie Gäßler zu erkennen meinte, was ihn erst recht wanken machte. Eigner bot ihm nicht einmal den Stuhl an. Aber eben das würde sich ändern. Zum Henker, das würde es! Man achtete ihn nicht genug. So kam er heraus mit der Sache, indem er sagte: „Möglich, dass wir eine Zauberin im Ort haben. Ich trachte danach, ihre schändlichen Umtriebe aufzudecken. Dachte an Eure Hilfe, denn die Visitationsberichte dürften belegen, dass sie der Kirche fern bleibt." Er war stolz auf sich. Selten hatte er einen so langen Satz so rasch und ohne Stocken gesprochen.

Eigner jedoch, dessen Miene zuvor ausgedrückt hatte, dass er bemüht war, ihn, den Nachtwächter, des göttlichen Segens teilhaftig werden zu lassen, konnte nun nicht verhindern, dass ihm die Abscheu ins Gesicht geschrieben stand. „Zauberei? Dumme Vorwürfe, Gäßler! Ein erneuter Beweis der mangelnden Standhaftigkeit im – Glauben! Ich habe von dem Geschwätz gehört. Es geht ja nicht erst seit gestern um. Ich kann meinen Schutzbefohlenen nur anraten, diese abergläubischen Machenschaften nicht länger für möglich zu – halten."

Gäßler war verwirrt, weil er die Gewohnheit des Pfarrers, vor dem letzten Wort eine Pause einzulegen bis er es gewichtig aussprach, vergessen hatte. Eckig klang das. Eigners Äußeres unterstützte diesen Eindruck noch. Seine erstaunlich himmelblauen Augen musterten Gäßler missbilligend. Er sah weg. Weil sie am auffälligsten waren, richtete er seinen Blick auf die enormen Ohren des Pfarrers, die in der Düsternis der Stube aussahen wie graurosa Fledermausflügel.

Wie sollte er sein Anliegen vorbringen? Gäßler wusste wohl, dass Zauberglaube für die calvinistische Kirche ein sträfliches Vergehen war. Er dachte an die Fratzen, die gehörnten Ratten. Er dachte an die Weide und war sich ja selbst nicht sicher. Doch hielten sich Hexen nicht gerne in Weiden auf? Der Baum in Pfisterers Garten war zwar nicht hohl, aber eine Weide war er allemal und also ein böser Baum. Der Verräter Judas hatte sich an einer Weide erhängt. Er musste Eigner dazu bringen, ihm Gehör zu schenken. Es war an ihm, das Böse auszumerzen. Zu seinem eigenen Seelenheil, zu dem seiner Mitmenschen.

„Verzeiht", wagte er daher zu widersprechen, „doch brauche ich Euren christlichen Rat. Unwetter richten so viel Zerstörung an. Andernorts sperrt man sich nicht, den Urhebern dieser Schadzauberei das Handwerk zu legen …"

Eigner unterbrach ihn. „Gott selbst ist es, der die Seinen straft! Die Kälte der Natur folgt aus der Kälte im – Glauben!", polterte der Gottesmann. „Es gefällt Gott nicht, dass Calvins reine Lehren so schändlich missachtet werden, indem der Aberglaube noch immer in den Köpfen der Leute spukt. Dass er sich so hartnäckig hält, haben wir der papistischen Zauberei zu danken, die jahrhundertelang ihre Schutzbefohlenen mit dummem Firlefanz – umnebelte!"

Dass er dem Eigner nicht damit zu kommen brauchte, dass die Schäden auf den Fluren dem zauberischen Unwesen der Unholdin zuzuschreiben waren, hatte er gewusst. Schadzauber, das stand im Gesetz und im Katechismus, konnte es nicht geben, weil die Macht des Teufels nicht hinreichte, dies zu bewirken. Er selbst war sich dessen nicht so gewiss.

Aber wie für die meisten Theologen zählte auch für Eigner allein der Abfall von Gott. Das bedeutete Ketzerei, das war das Schändlichste und das konnte nur durch den Tod geahndet werden. Damit hoffte er, von Eigner Rückendeckung zu erhalten. Aber unter diesen Augen, kalt wie ein blauer Dezemberhimmel, wusste er nicht, wie er es anpacken sollte, und so hatte er falsch begonnen.

Er gedachte seines Talismans in der Falte des Umhangs und wagte einen erneuten Vorstoß: „Barbara Heilmann ist möglicherweise von Gott abgefallen. Ich hab gesehen, wie sie gradewegs zum Schornstein raus ist, um auf der Ofengabel zum Treffen mit ihrem Buhlen zu reiten."

Dem Eigner blieb das Maul offen stehen.

„Es ist meine christliche Pflicht, sie anzuzeigen", schob Gäßler nach, der endlich eine Regung auf des Pfarrers Miene sah, die ihm verriet, dass der ihn ernst zu nehmen begann.

Gut so. Es ging schließlich um das Wohl der Gemeinde. Er überlegte, wie er nun den Bogen zu seiner Pein schlagen könnte. Dass er glaubte, die Heilmännin habe es auf ihn selbst abgesehen.

Eigner blickte ihn an in einer Mischung aus Ungläubigkeit und Erstaunen. „Ihr seid sicher, dass Ihr nicht teuflischem Blendwerk aufgesessen seid?"

Da hatte er ihn, natürlich. Das war es ja, warum er sich entschlossen hatte, mit dem Pfarrer anzufangen. Gehässige Zwerge huschten nachts um die Häuserecken und foppten ihn. Die gehörnten Ratten verließen seine Stube nicht. Er wurde ihrer Plage nicht mehr alleine Herr. Er träumte von Scharen weißer Mäuse, die den letzten Rest Korn vertilgten. Hunger würden sie leiden, allesamt!

„Das ist genau die Sorge, die mich zu Euch trieb. Ich will sicher sein, ob ich Trugbildern aufsaß oder meinen Beobachtungen trauen kann", bekannte er ehrlich.

„Macht und Wirken des Höllenfürsten sind grauenerregend, doch nicht unbegrenzt. Was ist es genau, das Ihr – saht?"

Eigner schenkte ihm Beachtung! Gäßler merkte, wie er sicherer wurde. „Ich seh' sie heimkommen im Morgengrauen. Wie sie rausgeht, seh' ich nicht. Also stell ich mich vor ihr Haus. Und siehe da: Geradewegs zum Schornstein fliegt sie hinaus."

Eigner war erschüttert. „Ihr habt das wahrlich gesehen, Gäßler?"

Zum Henker, das war es ja gerade. Konnte er dessen sicher sein, bei all den Trugbildern der letzten Zeit?

Er zögerte mit der Antwort.

Eigner schien es nicht zu bemerken. Er begann, im Kämmerlein auf und ab zu gehen, die Faust auf die Lippen gepresst, versunken in diese Neuigkeit. Schließlich blieb er mit einem Ruck stehen und blickte ihn an. Er sagte: „Es ist gut, dass Ihr so wachsam – seid."

Gäßler lauerte, aber er hörte keinen doppelschneidigen Unterton. Dem Eigner war es ernst. „Hexen stellen eine widerchristliche Kraft dar. Sie haben das Taufbündnis im Teufelspakt vorsätzlich – gebrochen. Wenn Ihr dies wirklich nachweisen könnt, Gäßler …"

„Herr Pfarrer, ich glaube, es ist ihr Werk, dass mich dämonenhafte Fratzen bis in die Träume verfolgen. Sie … schickt mir Ungeziefer auf die Stube, das mir die Ruhe raubt", platzte es aus ihm heraus.

„Das ist ja schrecklich, Gäßler! Warum kommt Ihr erst jetzt damit?"

„Ihr glaubt also auch, dass sie dies bewirkt?"

„Nun, ich …"

Die hellblauen Augen des Pfarrers musterten ihn nachdenklich. „Es wäre möglich, dass sie Euch daran hindern will, ihr Treiben weiter zu beobachten."

Ja, es wäre möglich. Der Pfarrer sagte es auch. Er wurde also nicht närrisch. Es war die Heilmännin, die ihm all dies antat.

„Eure bedrängte Seele braucht Erlösung. Ihr tatet recht, mit Eurer Beobachtung zu mir zu kommen. Ich werde mich mit den Presbytern besprechen, Gäßler. Dieser Sache muss nachgegangen werden. In den Protokollen der Kirchenältesten ist die Heilmännin keine – Unbekannte. Sie kommt kaum zum Gottesdienst. Die Unglückselige! Ach, die verkommene Schar der Unholde hat allenfalls Hoffnung auf Gottes Erbarmen *nach* ihrem verdienten Tod durch den irdischen – Henker. Betet für Euer, betet für unser aller Seelenheil, Gäßler. Betet!"

Tiefe Befriedigung machte sich in Gäßler breit. Ihm war so wohl wie lange nicht mehr. Der Anfang war gemacht. Das schrie nach einer Belohnung durch zwei, drei Kannen Helles!

Schultheiß Nicklas Würth besah sich die rostrote und die senffarbene Hose im Spiegelbild, hielt beide abwechselnd vor sich hin, unentschlossen, welche er wählen sollte. Dazu pfiff er munter eine unbestimmte Tonfolge. „Ein wunderbarer Morgen, nicht wahr, Gäßler?", rief er gut gelaunt über die Schulter.

Gäßler stand im Türrahmen und beeilte sich, zuzustimmen, auch wenn er an dem wolkenverhangenen Morgen nichts Wunderbares finden konnte. Er fürchtete, der Schultheiß könne ihn zu Rate ziehen und fragen, welche der beiden Hosen er wählen sollte. Das wäre ihm mehr als unangenehm. Der Schultheiß stand im Hemd vor dem Spiegel, das war heikel genug!

Gäßler hatte darauf verzichtet, sich seine Belohnung sofort zu genehmigen, und war in die Mühlgasse zurückgeeilt, wo Würth in einem ansehnlichen Backsteinhaus wohnte. Er hatte indes nicht damit gerechnet, dass der noch mit Anziehen beschäftigt sein könnte. Geschweige denn, dass er ihn bat, ihm dabei Gesellschaft zu leisten. „Kein Wort bevor ich nicht angekleidet bin!", hatte Würth ihm entgegengerufen, als dessen Magd ihn die Stufen zur Schlafkammer hinaufwies. Im Heraufgehen hatte er Weiberstimmen in der unteren Stube gehört, leises morgendliches Geplauder. Sicher hatten der Schultheiß und sein Eheweib wieder einmal Besuch. Dessen Haus war etliche Mal voll mit Verwandten aus Heidelberg. Mit ihrem auffällig städtischen Gebaren sorgten sie noch wochenlang hernach für Gerede.

„Ich war schon versucht, Euch wieder wegzuschicken", tönte der Schultheiß gut gelaunt, als Gäßler nun einen Schritt hinein in die Stube wagte. „Es gibt schließlich Amtszeiten. Doch da Ihr zu diesen Euren rechtschaffenen Schlaf pflegt, lässt es sich auch so einrichten. Aber fasst Euch kurz, Gäßler, mir ist nicht nach Geschwätz zumut, zumal ohne Frühstück."

Gäßler kam sich töricht vor, weil er schon wieder nicht wusste, wie er beginnen sollte. Die vielen Farben, das Anheimelnde der Schlafstube – vor dem Bett stand eine schmale Sitzbank mit gedrechselten Beinen, ein weiches Schaffell lag darauf, der Betthimmel bestand aus einem leuchtend orangen, dünnen Stoff, den er für Seide hielt, so genau kannte er sich damit nicht aus –, das Private des Ortes, es machte ihn verlegen. Er traute sich nicht einmal, nach dem Augspross zu fassen, um sich sicher zu fühlen. Aber zum Henker, er war da und würde seine Aufgabe zu Ende bringen.

„Es hat doch keine unbotmäßigen Geschehnisse gegeben in der Nacht?", fragte Würth als sei ihm eben erst zu Bewusstsein gekommen, dass Gäßler ihn auch wegen etwas Unangenehmem aufgesucht haben könnte.

„Ich fürchte doch", hob Gäßler an – und schon wehrte Würth gestenreich ab und gebot ihm zu schweigen. Er nahm das rehbraune Wams vom Bett, hielt das rostrote Beinkleid dazu und entschied sich dafür. Er schlüpfte in die Hose und verfolgte seine Bewegungen in dem großen, goldumrahmten Spiegel.

Eitler Laffe, dachte Gäßler. Das Tuch von Würths Gewandung war edel, ein Mischgewebe, wie es die Niederländer herstellten, die seit geraumer Zeit die pfälzischen Lande überschwemmten. Der feine Herr Schultheiß hatte sogar Gänsefedern neben dem Nachtstuhl, der unter dem Bett zu sehen war. Der scheuerte sich den Hintern natürlich nicht mit frischem Sauerampfer wund. Und natürlich stand auf dem Kasten neben dem Bett ein Glaskelch mit rubinrot schillerndem Wein, der dampfend den Geruch von Nelken und Zimt verbreitete. Gäßler konnte an einer Hand abzählen, wann er je Gelegenheit gehabt hatte, solch einen Tropfen zu kosten.

„Wisst Ihr, Gäßler", sagte der Schultheiß, während er wankend in das zweite Bein der Hose stieg, „ich kenne Hockenheim noch aus meiner Zeit als Kanzleischreiber. Man setzte mich bei den Inspektionsreisen zu den Zollstationen der Zent ein. Sie sagten, ich hätte gewandte und rechnerische Begabungen, die dabei von Nutzen wären. Tatsächlich erledigte ich meine Aufgaben sehr zufriedenstellend. Aber vor allem lernte ich die Kurpfalz kennen. Und ich kann Euch versichern, ich liebe diesen Flecken Erde. Auch wenn meine Landsmänner zuweilen eng denken. Ihr stures „So hott's schunn mein Vadder g'macht" kann ich nicht mehr hören. Vor allem als Zugezogener hat man keinen leichten Stand. Neue Verordnungen oder auch nur eine neue Sichtweise ..." Würth sprach nicht zu Ende und winkte ab.

Gäßler wusste nicht, was Würth mit seinen Ausführungen wollte. Er unterdrückte einen Furz, spürte selbst das Gesicht, das er dabei schnitt, und überlegte, wie er zu dem überleiten konnte, um dessentwillen er hergekommen war.

Aus der Wohnstube im Erdgeschoss brandete Gelächter herauf. Es klang nach dem eigentümlichen Lachen, das Weiber schüttelte, wenn sie unter sich waren und sich über Dinge lustig machten, von denen Männer nichts verstanden.

Gäßler hasste diese Art Lachen, aber der Schultheiß schien es zu genießen. Er schmunzelte und tönte munter: „Wieder einmal Schwesternbesuch aus Heidelberg. *Zu uns aufs Land* nennen sie es. Kennt Ihr Heidelberg, Gäßler? Nein? Sei's drum, was kann ich nun für Euch tun?"

Obwohl er überlegt hatte, wie er die Rede drauf bringen sollte, kam ihm jetzt die Aufforderung des Schultheißen zu plötzlich. Er räusperte einen Kloß im Hals fort und sagte: „Es ist wegen der Heilmännin, Schultheiß." Er streifte Würths Blick. Zum Henker, schon wieder war er irritiert. Dieser rote

Ring um die grauen Augen Würths – ging das mit rechten Dingen zu? Jedes Mal kam ihm das Bild eines glühenden Eisenrings auf einem Knäuel grauer Wolle und jedes Mal hörte er fast das Knistern, mit dem der Eisenring die Wolle versengte, wenn er dem Schultheiß in die Augen sah.

Würth schien ihm gar nicht zuzuhören. Er knöpfte das Wams – natürlich waren die Knöpfe aus zart schimmerndem Perlmutt –, zog es an den Schößen in Form und drehte sich vor dem Spiegel nach rechts und links, um sein Gesamtbild zu betrachten. „Wisst Ihr", sagte er versonnen, „meinem Weib gefällt es, wenn ich ansprechend gewandet zum Frühstück erscheine."

Tja, und für diese Vorlieben hätte deine bescheidene Besoldung auch gar nicht ausgereicht, du roter Ziegenbock, dachte Gäßler. Dorothea, des Schultheißen holde Gemahlin, stammte aus einem wohlhabenden Handelshaus in Heidelberg. Ihres Vaters Geschäfte mit Gewürzen und Spezereien aus Indien und der neuen Welt sicherten ihr – und ihrem Eheherrn – ein beträchtliches Polster. Man munkelte, dass sie ihm vergangenes Jahr zu seinem Geburtstag einen kunstvollen Schaukasten aus goldbraunem Kirschbaumholz und Glas hatte fertigen lassen, damit er seine Kupferstiche darin aufbewahren konnte, die er sich zum Teil von weit her schicken ließ. Wenn dem so war, hatte Würth ihn jedoch nicht hier in der Schlafstube aufgestellt.

Würth ging hinüber zu dem kleinen Kasten für Kleinodien neben dem Bett, mit diesem leichten Hüftschwung, der ihm eigen war, diesem sanften Schlendern aus seiner Mitte heraus. Er steckte seinen Ring an den Finger, drehte sich zu ihm um und fragte schließlich: „Was ist mit der Heilmännin?"

Das kam erneut so unvermittelt, dass Gäßler auch diesmal Mühe hatte, den Anschluss zu finden. Ohnehin fragte er sich schon geraume Zeit, ob er es überhaupt schaffen würde, mit dem Schultheiß über diese Sache zu reden, oder ob er nur als Beiwerk für dessen eitle Ankleiderei diente.

„Es zerschlägt der Hagel seit Jahren die Frucht auf den Fluren. Schlimm wie nie zuvor. Die Sommer sind feucht und kühl, das Korn verschimmelt in den Scheuern. Die Hexensekte, Schultheiß, ist dafür verantwortlich", sagte er.

„Ich ahnte, dass es Euch darum geht. Die Heilkundige des Ortes soll mit dem Leibhaftigen im Bunde sein. Auch ich habe dergleichen gehört. Ich hätte Euch jedoch nicht zu jenen gezählt, Gäßler, die allen Schund glauben, den man ihnen auftischt. Schließlich stellt Ihr Euch dem Dämon Nacht, wenn ich das so sagen darf, Ihr wisst, dass diese nur dunkel ist, nichts weiter."

Gäßler schluckte.

„Viele Belange des dörfliches Zusammenlebens unterliegen meiner Aufsicht. Die Zollstation ist gewachsen und bedeutsamer geworden, die Einnahmen sind zu überwachen, desgleichen die Fron, Ortsgericht ist zu halten, die Classicalkonvente zu besuchen – all das ist viel genug und jetzt behelligt Ihr mich zudem mit einer Sache, die es nicht gibt. Ihr raubt mir meine Zeit."

Gäßler dachte an seine Aussprache mit Eigner und gab sich einen Ruck. „Aber ... ich hab gesehen, wie sie geradewegs zum Schornstein raus ist!"

Würth bedachte ihn mit einem Blick, als habe er ein Ungeheuer mit fünf Köpfen vor sich. Seine grauroten Augen schienen Feuer zu sprühen. „Das habt Ihr nicht!", schnaubte er.

Gäßler wurde unwohl. Trugbilder oder wahr? Sein Hirn war gänzlich schwammig, noch immer pochte der Schmerz darin. Es war beides. Es war wirklich, die Ratten waren da, genau wie die Fratzen und die dämonenhaften Schatten. Und wenn er sie zu fassen suchte, verwandelten sie sich in Trugbilder und verhöhnten ihn. Wie gut, dass er sich Eigner anvertraut hatte. Er überprüfte seine Haltung, schob den Bauch ein wenig weiter vor und sagte fest: „Ich weiß, was ich gesehen hab!"

Würth schwieg, drehte an seinem Ring und starrte an ihm vorbei ins Leere. Dass er, Gäßler, so beharrlich war, schien ihm nicht recht. Aber bevor er etwas erwidern konnte, suchte Gäßler sich zu erinnern, was er von den Bekanntmachungen der Landes- und Polizeiordnung noch behalten hatte. Er wollte dem Schultheiß mit seinem Wissen zu verstehen geben, dass er mit den Rechtmäßigkeiten vertraut war. Er sagte: „Steht nicht geschrieben: *was wider die Billichkeit oder unsere gegebenen Ordnungen begangen, so der Obrigkeit oder privat Personen Schäden zugefügt oder sonst strafbar …*"

„Gäßler!", unterbrach Würth ihn unwirsch. „Es ist ja löblich, dass Ihr den *XIIten Titul* der Landesordnung hersagen könnt. Doch sehe ich keinen Zusammenhang zwischen Eurer –" der Schultheiß wedelte mit der Hand durch die Luft und folgte der Bewegung mit dem Kopf auf der Suche nach dem rechten Wort – „dem Gesetzestext und Eurer Einbildungskraft", fand er es. „Soweit ich weiß, ist niemandem ein Leid zugefügt worden. Und dass jemand zum Schornstein hinausfliegt – Gäßler …" Würth blickte ihn mitleidig an, so, als habe er ein Kind vor sich, das eine einfache Rechenaufgabe falsch löste obwohl es sie beim letzten Mal richtig machte, und als brauche es nur ein wenig Ermunterung, um von selbst zu merken, dass es falsch lag.

„Denkt darüber nach. Oder seht Ihr schon Dinge, die in Wirklichkeit nur Schatten und Steine sind?"

Gäßler schluckte erneut. Scham kroch herauf, sie wand sich von seinen Eingeweiden aufwärts in den Hals wie eine Natter. Erneut spürte er den Furz in sich rumoren. Aber so wollte er sich nicht zurechtweisen lassen. Nicht nachdem Eigner ihm den Rücken gestärkt hatte.

„Was ist mit Baumann?", fragte er daher und hörte selbst, dass es fast trotzig klang. Die Sache mit Baumann, das war ihm bei Eigner klar geworden, war seine einzige Aussicht, bei Würth Gehör zu finden. Dem Schultheiß konnte er nicht mit Dämonen kommen. Und erst recht nicht mit seinem Verdacht, die Heilmännin habe es auf ihn selbst abgesehen. Baumann indes war eine Möglichkeit, auf das Wirken von Unholden hinzuweisen. Hätten Unholde dem Lehrer mitgespielt, so lastete auf ihm, Gäßler, keine Schuld, seine Pflicht vernachlässigt zu haben, indem er nicht wachsam genug war. Das Teufelspack war boshaft und führte einen an der Nase herum! So war's!

„Was soll mit ihm sein? Dem Lehrer ist ein Missgeschick widerfahren, oder habt Ihr andere Kunde?"

„Wenn es nun kein Missgeschick war, sondern das Werk übler Gesellen?"

„Gäßler, redet nicht um den heißen Brei herum! Habt Ihr etwas vorzubringen oder nicht?"

„Wäre es nicht möglich, dass Unholde ihren Schabernack mit ihm trieben? Eine Unholdin?"

„Das ist ein so unglaublicher Unsinn, dass ich mich wundern muss, Gäßler, wie Ihr es wagen könnt, derlei auszusprechen!" Würth tat zwei Schritte auf ihn zu, blieb stehen und breitete die Arme aus. „Unholde, die zum Schornstein hinaus fahren, Unholde, die einen Unfall verursachen – Gäßler, wo habt Ihr Euren Verstand?! Und wenn Ihr so überzeugt von alledem seid, warum um alles in der Welt müsst Ihr mich damit heute in aller Frühe plagen, statt die Rüge morgen selbst im Ortsgericht vorzubringen? Ihr verderbt mir den Morgen mit Eurem Geschwafel!"

„Ich wollte zuerst mit Euch darüber sprechen."

„Wenn Ihr auf dieser Aussage beharrt, wäre das ohnehin eine Sache für die Zent, obwohl das keinen Bestand haben wird, das wisst Ihr ebenso!"

„Zum Ortsgerichtstag müssen alle kommen, auch Wittweiber. Steht die Rüge bereits im Frevelregister, weil ich sie Euch heute zur Kenntnis bringe, könnt Ihr das Weib morgen schon befragen. Sie möglicherweise gleich festsetzen lassen. Sieht die Landesordnung dies nicht eindringlich vor? Auch, dass ich mich strafbar mache, wenn ich es nicht melde?"

Missmutig starrte Würth ihn an. Er hatte noch nicht gefrühstückt, er wollte zu seinen Damen und er hatte keine Lust, am frühen Morgen derlei Rechtsdinge zu besprechen. Gäßler konnte es ihm vom Gesicht ablesen. Der Schultheiß machte erneut einige Schritte im Zimmer, blieb vor dem Kasten neben dem Bett stehen und nahm den Weinkelch auf. Er nahm schließlich einen winzigen Schluck, wobei er die Lippen spitzte. Er stellte das Glas ab und wandte sich Gäßler zu.

„Bei weitem nicht alle Zentverwandten kommen der Anwesenheitspflicht nach. Ich meine, Wittib Heilmann nicht sonderlich oft beim Ortsgericht gesehen zu haben."

Gäßler, selbst überrascht über seine sachkenntliche Beharrlichkeit, entgegnete: „Sie muss aber morgen kommen. Sicher wird die Sache Baumanns zur Sprache gebracht, man wird sie doch als Zeugin hören? Noch heute Abend kann man sie laden lassen."

Würth starrte ihn verblüfft an.

„Sagt Gäßler, Ihr habt nicht zufällig einen persönlichen Zwist mit der Heilmännin? Warum der Unfug mit der Zauberei?"

Gäßler fühlte Wut auf diesen faulen Strick aufkommen. Würth hoffte wohl, dass er einen Rückzieher machte. Aber da hatte er sich geschnitten.

„Es sind dem Bauer Kratzwurm zwei Kälber elendig verreckt, nachdem die Heilmännin bei ihnen auf der Allmende gesehen worden ist. Grün und geel Ding ist ihnen zum Hals ausgelaufen, vorletztes Jahr um Johanni war das. Dann die

Unwetter. Und das Gemunkel über eine Schuld am Tod der ersten Frau des Zentgrafen ist nie wirklich verstummt."

Würth hatte ihm aufmerksam zugehört. Er sagte: „Darüber weiß ich nichts, das war vor meiner Zeit. Genau wie das Unglück, das der Heilmännin zustieß. Schlimme Sache, der Brand damals." Er räusperte sich.

Gäßler war einen Herzschlag lang unangenehm berührt. Er verbarg es, indem er kühn sagte: „Das muss endlich untersucht werden. Bevor noch mehr Böses geschieht."

„All das kann man in der Tat nicht einfach unbeachtet lassen", sagte Würth nachdenklich. Er hielt sein Kinn in der Rechten und klopfte sich mit dem Zeigefinger auf die Lippen.

Gäßler fühlte Stolz in sich aufwallen. Er hatte es geschafft! Er hatte diese schwierige Aufgabe gemeistert!

Würth senkte den Arm und ging auf und ab. „Zudem die Anweisung aus Heidelberg befiehlt, sämtliche Hinweise bezüglich Hexenwerks zukünftig ernster zu nehmen und dem Oberrat zu melden. Seit den Anschuldigungen aus Herrnsheim greift der Kurfürst schärfer durch. Ich bezweifelte, dass dies lange anhalten wird. Der junge Friedrich sagt von sich selber, er sei der Edelleute Freund und der Schreiber Feind. Die zahlreichen Gesuche und die damit verbundene Mehrarbeit werden ihm sicher bald zum Hals heraushängen. Obendrein steht er im Begriff sich zu vermählen. Der hat anderes im Sinn."

Und gibt sich eh lieber der Jagd und dem Saufen hin als dem Regieren, dachte Gäßler. Der Schultheiß schien ihm schwankend. Es wunderte ihn nicht und bestätigte den Eindruck, den er schon immer von diesem putzbesessenen Zieraffen hatte: Der wollte zwar seiner Pflicht nachkommen, doch stimmte ihn jede damit verbundene Anstrengung verdrossen. Wie zur Bestätigung dessen seufzte Würth und sagte: „Es ist meine Aufgabe, für Ordnung in der Gemeinde zu sorgen.

Also muss ich die Richter benachrichtigen, Indizien müssen angezeigt werden. Man muss prüfen, was an alledem dran ist." Würth blieb vor ihm stehen. „Sollte es tatsächlich dazu kommen, dass es auf die Zent geschrieben wird, wartet auf mich und die anderen Zentschöffen ein Haufen Arbeit."

Fauler Strick, dachte Gäßler noch einmal und sagte: „Recht und Unrecht sollen aufgedeckt werden, Schultheiß. Ihr tut gut daran, dem nachzugehen."

Würth starrte ihn an als gewahre er ihn eben zum ersten Mal. „Wie ist es um den Leumund der Heilmännin bestellt?", fragte er. „Ich kenne sie kaum. In den drei Jahren, die ich nun im Amt bin, sind mir durchaus Dinge zu Ohren gekommen. Doch selbst mit ihr zu tun hatte ich nur einmal, vor zwei Jahren, da ihre Mutter ihr das Haus am Heidelberger Weg überließ. Das wurde vor dem Ortsgericht verhandelt. Sie erschien mir bescheiden und aufrecht." Er hob mahnend die Hand. „Ich habe darauf zu achten, dass niemand zu Unrecht bestraft wird. Hat sie sich sonsten etwas zu schulden kommen lassen?"

„Man sagt, sie meide den Kirchgang, Herr. Sie ist verschlossen und eigensinnig und treibt sich nachts im Wald herum. Und sie heiratet nicht wieder, was ihre Eigensinnigkeit verdeutlicht, könnte doch ein ehrbarer Mann an ihrer Seite sie auf dem rechten Weg halten."

Würth nickte. „Nun gut, Gäßler. Dann werden wir wohl um eine Untersuchung nicht herum kommen."

Unsicher blickte Gäßler dem Schultheiß nach, als er sich erneut abwandte, zum Fenster schritt und auf die Gasse hinunter starrte. Das Lachen aus dem Untergeschoss plätscherte herauf. Leben sprudelte durch das Haus des Schultheißen. Der wandte sich ihm zu, mit einem entschlossenen Ruck, als besinne er sich wieder seiner Anwesenheit. „Ich danke für

Euren Besuch, Gäßler. Ich brauche jetzt erst mal etwas Kräftiges zwischen die Zähne. Gestärkt werde ich mir die Angelegenheit durch den Kopf gehen lassen."

Damit war er entlassen und also verneigte er sich leicht vor dem Ortsvorsteher und verabschiedete sich.

Zu dieser frühen Stunde saßen in der Wirtschaft *Zum Zoller*, noch nicht viele Gäste. Außer den üblichen Männern hockten lediglich zwei fremdländisch aussehende, bärtige Reisende in karierten Wollhemden und Lederwamsen an einem der hinteren Tische nah beim Feuer. Das sah Gäßler mit einem Blick, als er über die Schwelle in die Schankstube polterte, nass bis aufs Hemd, denn der Wolkenbruch hatte sich ausgerechnet auf seinem Weg hierher entladen.

„Sauwetter, zum Henker", brummte er, riss sich den Umhang von den Schultern und warf ihn über den erstbesten Stuhl, dass die Kerze auf dem Nebentisch nur so flackerte. Dort saßen Bauer Schrank, Hübner Straub, Michel Seyfried und Peter Ackermann und sahen von ihrem Würfelspiel auf.

„War wohl ein kurzer Schlaf, Gäßler!", grüßte Straub mit schiefem Grinsen und schüttelte den Würfelbecher.

Gäßler warf seinen breitkrempigen Filzhut auf den Schanktisch. Er hielt es für das beste, sich gar nicht erst zu setzen. Er nickte Wirt Pfannenstiel zu. Würziger Biergeruch stieg ihm in die Nase, vermischt mit Zwiebeldunst, der durch die angelehnte Tür hinter Pfannenstiel in die Wirtsstube drang.

„Durst hat ihn vom Lager getrieben", feixte Schrank und stieß den Sitznachbarn mit dem Ellbogen an. Schrank lachte ein kehliges Lachen und ergänzte: „Nässe macht ihm nichts. Er träumt davon, sich mitten reinzulegen ins Große Fass zu Heidelberg!" Schranks Brustkorb hüpfte auf und ab, so sehr schüttelte ihn das Lachen.

Gäßler tat, als gäbe er nichts auf ihr Gespött. Nicht mehr lange, da würden diese Dummbeutel ihm Dankbarkeit zeigen, statt sich über ihn lustig zu machen. August Pfannenstiel schob ihm einen Krug Helles hin. Gäßler nickte dankend in die Richtung des spitz vorstehenden Bauches Pfannenstiels, über den sich eine Lederschürze spannte. Der Wirt wischte mit einem schmierigen Lappen herum. Ihm fehlten Daumen und Zeigefinger der rechten Hand. Abgequetscht von Bierfässern, die sich beim Abladen aus der Halterung gelöst hatten. Gäßler gab sich bedächtig und nahm einen kräftigen Schluck. Langsam verschwand das Hämmern in seinem Schädel. Gut so. Bier war Medizin.

„So schweigsam heute, Gäßler? Gibt's nichts zu vermelden?"

„Und wenn?", brummte er und besah sich Pfannenstiels Herumgewische.

Gäßler konnte den Mann gut leiden. Wenn er auch nichts anfangen konnte mit dem Zierrat, den dieser seit seinem Unfall aus Lindenholz schnitzte, um sich zu beweisen, wie gut er mit der Linken umgehen konnte. Doch sei's drum, der Mann war recht. Er scherte sich nicht darum, dass Spielen verboten war und ließ seine Gäste gewähren. Er war's, der ihm den Augspross beschafft hatte. Und sein Weib hatte ihm den Beutel dafür genäht. Die anderen klagten nur und zogen den Schwanz ein. Jammerten, dass der Regen das neu ausgesäte Korn wegschwemmte und fürchteten sich vor der Strafe Gottes. Erzählten angstvoll, dass drüben im Westen der Rhein sein Bett bereits in die umliegenden Wiesen ausdehnte und der schlammbraune Sumpf mit jedem weiteren Regentag näher an Hockenheim herankrauchte wie ein schleimiges Ungeheuer aus der Hölle. Aber taten sie etwas? Nein. Er nahm einen Schluck und gab Pfannenstiel durch ein Nicken zu verstehen, ihm einen weiteren Krug hinzustellen.

„Es gibt Zwiebelfleisch, sauer eingelegte Bohnen und Brot", teilte dieser ihm mit, und Gäßler nickte zustimmend. Dann drehte er sich zu den Männern um.

„Wichtiges treibt mich aus der Stube", verkündete er.

„Gilt's einen Brand zu melden? Hehehe." Straub sah ihn nicht an, sondern verfolgte seinen Wurf.

„Hornochse!", knurrte Gäßler. Dass sie ihn aber auch nicht damit in Ruhe ließen. Werdet schon noch erkennen, was ihr mir zu danken habt.

„Spuck's schon aus, Gäßler. Sonst platzt dir noch der Kragen." Ackermanns vorquellende Augen stierten neugierig zu ihm herüber. Ihn traf Gäßler zuweilen nachts, wenn der von seinen auswärtigen Huren- und Saufgelagen heimkehrte. Ein manches Mal leerten sie dann noch gemeinsam den Rest aus Peters Trinkschlauch, damit dieser nicht verkam. Sein gelegentlicher Kumpan würde nicht spotten. Der Anfang war gemacht.

„Unwetter gehen nieder. Verwüsten Felder. Misswuchs treibt seltsame Pflanzen hervor, die zu nichts taugen, als sie auf einen Haufen zu werfen und zu verbrennen", begann er.

„Hast du's auch gemerkt Gäßler. Guten Morgen."

Gäßler scherte sich nicht um den Einwurf. „Wer, glaubt ihr, ist verantwortlich dafür?"

Jetzt glotzten sie mit aufgesperrten Mäulern!

So ist's recht, dachte er. „Glaubt ihr, die Unholde treiben sich nur in Nachbargegenden herum? Es gilt, ihre heimlichen Verrichtungen auch bei uns ans Licht zu bringen! Wer sagt uns denn, dass der Leibhaftige nicht auch bei uns im Ort seine Helfer zusammentreibt? Was wohl ist Baumann widerfahren?"

Seyfried griff nach der Kanne, die zwischen den Würfelspielern auf dem Tisch stand, und goss sich nach.

„Willst du uns erzählen, dir wär was aufgefallen?", rief er lauernd.

Gäßler nahm einen Schluck, strich sich langsam durch den Bart, als müsse er die Worte erst suchen, dabei lagen sie ihm seit Tagen auf der Zunge. „Es gibt welche, die bewirken durch Vergraben von grüner Materie allerhand Schaden im Boden. Es gibt welche, die machen Salben aus gelbem Gewürm, bestreichen damit ihre Ofengabeln und reiten nachts zum Schornstein hinaus. Dann treffen sie sich mit dem Bocksbeinigen und hecken aus, wie sie Unheil stiften können."

„Was für grüne Materie?", fragte Schrank, die Augen weit vor Neugier.

„Was weiß ich! Kenn ich mich aus mit Hexenwerk? Irgendwelche Galle und giftiges Gesträuch werden sie zusammenrühren!"

„Womöglich glaubst du auch noch, dass sie Kinder fressen, Gäßler", raunte Pfannenstiel.

„In Lippe hat man eine gefangen gesetzt, die soll die Milch blau gezaubert haben", steuerte Seyfried bei, den Einwand des Wirts abtuend.

„Stimmt", nickte Straub.

Schweigen.

Gäßler nickte zufrieden. „Sie verzaubern Molke, fluchen den Leuten den Teufel in den Leib, dass sie sich nicht mehr rühren können ..."

Ackermann hieb die Faust auf den Tisch. „Gäßler hat recht! Unser Landesherr hat Sorge zu tragen für Körper und Geist seiner Untertanen. Und das sind *wir*! Entschlossenes Einschreiten gegen die Machenschaften des Satans ist darin einbezogen! Wir sollten dem Schultheiß Beine machen." Herausfordernd sah er in die Runde.

„Ganz recht!", murmelte Schrank.

„Da sieht man, wie wenig du von solchen Dingen verstehst!", meinte Straub gewichtig. „Was soll der Schultheiß bei der Sache, da er doch dem Ortsgericht vorsteht, du Dummbeutel! Beleidigungen, unblutige Raufereien, Feld- und Waldfrevel – dafür hat der die Strafgerichtsbarkeit! Aber Hexerei …"

Einer der beiden Fremden mischte sich ein: „Bei uns nageln sie Fuchsköpfe an die Scheunentore, um dem Bösen zu wehren. Vielleicht solltet ihr gleiches tun."

„Wo ist *bei uns*; Herr?", fragte Ackermann nicht unfreundlich, aber zweiflerisch, und drehte sich halb zu den beiden Fremden um.

„Schottland", kam die knappe Antwort.

„Dann habt Ihr dort kein Waidrecht. Bei uns gehört das Waldvieh dem Kurfürsten. Das gäb' ne schöne Hatz, würd' der Wildschütz die Fuchsköpfe an den Toren zählen müssen."

Alle lachten.

Der Schotte spuckte auf den Boden, zuckte die Schultern und wandte sich wieder seinem Gefährten zu.

Ackermann zeigte mit seinem Krug zu Straub: „*Du* bist der Dummbeutel! Akte *freiwilliger* Gerichtsbarkeit haben mit dem Ortsgericht zu tun, ja. Aber der Schultheiß führt das Frevelregister. Was wir ihm anzeigen, muss er eintragen. Wir können verlangen, dass er ein Gesuch nach Heidelberg richtet. Wer also weiß hier Bescheid?"

Gäßler hing noch bei den Worten des Schotten. Fuchsköpfe? Hierzulande brachte man Ochsenköpfe an der Giebelspitze an, um Krankheiten und böse Geister abzuwehren. Oder man steckte ein Messer in den Türpfosten. Aber über der Türe der Krauthex fand sich nichts dergleichen. Sie brauchte keinen Schutz vor dem Bösen, sie beherbergte das Böse selbst! Er sagte: „Wir müssen verhindern, dass Teufelswerk auf unser Dorf übergreift. Ich hab meine Pflicht getan und dem Schultheiß gemeldet, was ich sah." Stolz drückte er den Wanst nach vorne.

„Sagt Gäßler", bemerkte Pfannenstiel und rieb sich das Kinn, „habt Ihr jemand bestimmten im Auge, derlei Taten zu vollbringen?"

„Wollt Ihr ein bisschen nachdenken, Pfannenstiel? Wenn es eine gibt, die höchst verdächtig ist …" Er ließ den Rest ungesagt und blickte vom Wirt zu den Männern.

„Die Heilmännin!", flüsterte Schrank.

„Du sagst es, Schrank. Wer sonst treibt sich des nachts im Wald herum und kennt keine Furcht vor dem Gelichter?" Gäßler fühlte, wie die Gewissheit in ihn einströmte wie ein guter Schluck Helles. Gleichzeitig grauste ihn. Es war eine Sache, nachts durch den stillen Ort zu gehen, Mauern und Menschen um sich, doch eine gänzlich andere, sich in der schauderhaft ungewissen Düsternis des Waldes umzutreiben.

„Was ist mit ihren Augen?", sagte Schrank angsterfüllt. „Dass sie weiß, wie lang einer noch …"

„Aber seit Jahr und Tag ist sie nachts zum Sammeln unterwegs", unterbrach Seyfried ihn in dem Bemühen, die Sache von allen Seiten zu bedenken. „Genau wie vor ihr ihre Mutter und Großmutter. Warum sollte sie Unheil stiften wollen? Hat doch ein gebrochenes Herz und lebt für sich seit damals."

„Möglich, sie ist gerade deshalb von Gott abgefallen! Das Weibervolk ist schwach und für den ketzerischen Aberglauben besonders anfällig. Der Gram nimmt ihr die Daseinsfreude, da kommt der Bocksbeinige daher und flüstert ihr Lebenskraft ein, wenn sie nur seine Wünsche erfüllt!" Straub war erregt.

„Vielleicht tut sie auch nur so, damit wir keinen Argwohn hegen. Vielleicht hat sie ihr einziges Kind dem Teufel mit Leib und Seele gegeben – und an jenem Unglücksmorgen hat er's geholt!"

Gäßler nickte zufrieden. Es galt, sie alle zu schützen. Das war seine Aufgabe. Er trank seinen Krug leer und griff nach dem zweiten. „Ich freilich hab sie an Georgi aus dem Wald kommen sehen zu der Zeit, da sich gottesfürchtiges Volk eben vom Bettkasten erhebt. Aber rausgehen sehen, das hab ich sie nicht." Er unterbrach sich, damit sie der Andeutung in seinen Worten auf die Spur kommen konnten.

„Und wir wissen ja alle, dass Ihr Eure Augen überall habt, Gäßler." Die Männer lachten über Straubs stichelnden Einwurf.

Wieder die Anspielung auf seine alte Verfehlung. Dieser Holzkopf!

„Solcherlei Leut' fahren geradewegs zum Schornstein raus!", schnaubte Gäßler. „Hexenflug zum Treffen mit dem Teufel!" Er musste sie zu der Erkenntnis bringen, dass er seiner Pflicht nachkam. „Ich sag euch, ich sah sie heimkommen. Morgennebel kroch wie Höllenbrodem am Boden. Und dort schlich etwas geduckt der Heilmännin nach. Das Herz wollt mir aufhören zu schlagen, als ich den unförmig verhutzelten Zwerg gewahrte, der ihr wie ein Schatten folgte und sich im nächsten Augenblick in eine Katz verwandelte."

Er hatte sie! Selbst die beiden Bärtigen starrten zu ihm herüber. Und er war noch nicht fertig. „Und denkt einer von euch noch an Kratzwurms Kälber? Ging damals nicht die Rede, die Heilmännin habe ihre Finger im Spiel?", fuhr er fort. „Damit ein Verfahren eingeleitet werden kann, braucht's Zeugen."

Pfannenstiel mischte sich ein: „So einfach ist das nicht Gäßler, das wisst Ihr. Zum einen saßen erst neulich wieder zwei Juristen hier, die auf dem Weg waren zum Reichskammergericht nach Speyer. Selbst drüben bei den Papisten legen die Richter Wert darauf, ordentliche Beweise beizuschaffen. Die Schuld der Angeklagten muss erwiesen sein. Die mala fama reicht nicht. Und zum anderen hat Kratzwurm damals seine

Aussage zurückgenommen, die Heilmännin habe seine Kälber aus Rache krank gemacht."

„Und ob du derlei *wirklich* gesehen hast …"

„Hört mal … der junge Herwart?", sinnierte Schrank unvermittelt.

„Was ist mit dem?", fragte Straub überrascht.

„Der hockt doch ständig bei ihr."

Die Männer sahen sich an, als ginge ihnen eben ein Licht auf.

„Der hilft der womöglich?"

Schrank schüttelte den Kopf. „Dieser blasse Besenstiel? Denkt nach!"

Gäßler konnte sich keinen Reim drauf machen, worauf Schrank hinauswollte, aber dass der diesen dünnen Furz offenbar auch nicht leiden konnte, gefiel ihm.

Schrank genoss, dass alle ihn erwartungsvoll anstarrten. Schauerliches Behagen lag in seinem Blick, als er sich vornüberbeugte, alle nacheinander ansah und schließlich verkündete: „Ein junger Kerl. Ein Weib, das auf die vierzig zugeht. Warum treibt's ihn zu ihr?" Er schaute fragend.

„Sie ist so alt nun auch wieder nicht", warf Seyfried ein.

„Auf jeden Fall zu alt für den jungen Herwart", röhrte Straub und fasste sich unterm Tisch in einer wüsten Gebärde ans Gemächt.

„Vielleicht gefällt's ihm", grinste Ackermann lüstern.

Schrank verengte die Augen zu Schlitzen und raunte in die Runde: „Ver … hext!"

Überrascht schwiegen alle. Gäßler klappte 's Maul auf. Warum hatte er daran noch nicht gedacht? Dabei war's so offensichtlich. Mit ihren Zauberkräften lockte sie den Schreiber zu sich ins Bett! Warum sonst war der noch nicht verheiratet? Das musste er dem Zahn unter die Nase reiben. Das wär schon mal was, auf das der eine Anklage aufbauen konnte. Unzüchtiges Verhalten, im Zusammenwirken mit Zauberei. Gäßler war hochzufrieden. „Ihr seht, es muss zu einer Untersuchung kommen. Verhören muss man sie", pflichtete er bei. „Am besten gleich morgen beim Ortsgericht."

Straub nickte zustimmend. „Festsetzen, ab nach Heidelberg, peinlich befragen! Anders geben die ihre Schandtaten doch nie und nimmer zu!" Die Sache war für ihn eindeutig.

Die Tür hinter Pfannenstiel wurde aufgestoßen, dessen Frau Rosa trat herein, hielt zwei dampfende Schüsseln vor ihrem großen Busen und rief wohlgemut: „Ihr Leit, fa wenn sinn die sau're Buuhne?!"

8

Das Klopfen klang frisch und beherzt.

Barbara war im Begriff, zu ihrer Mutter in den Garten hinaus zu gehen. Sie stellte die Schale mit dem Saatgut zurück auf den Küchentisch und ging die Tür aufmachen.

Vor ihr stand der Königsmann, dem sie vor zwei Tagen begegnet war. Ehrerbietig zog er den Hut mit den weißen Federn darauf. „Ich komme ungelegen?", fragte er höflich.

Barbara starrte ihn an.

„Verzeiht, wenn ich störe. Ich brauche einige Rezepturen aus Eurer heilkundigen Hand." Seine schwarzen Augen blickten freundlich. Und Barbara bemerkte erneut, dass sie am unteren Lidrand schwarz geschminkt waren. Wollte er grimmig wirken? Wie die Osmanen, die sie auf Flugschriften gesehen hatte, mit ihren Krummsäbeln, den gewickelten Tüchern auf dem Kopf und ihren stechenden, schwarz umränderten Augen? Nur dass er nicht besonders grimmig aussah. Eher … kühn.

Der Mann räusperte sich und ergänzte: „Man hat Euch mir empfohlen."

Er hielt den Hut in der Rechten und drehte mit der Linken daran. Dunkelbraunes Haar wellte sich locker einen fingerbreit über sein kantiges Kinn. Er lächelte bestätigend und dies Lächeln glitt über sein Gesicht, fächerte seitlich seiner Augen Fältchen auf, leicht wie die fein gefiederten Blättchen des Dill. Das sah so aufrichtig aus, auf eine Art so ebenmäßig und freundlich, dass sie einen Schritt zur Seite trat und ihn in die Küche ließ.

Der Mann blieb inmitten des Raumes stehen und erklärte: „Mein Name ist Winfried Kühn. Ich komme aus Reilingen."

Jetzt kam sie ganz durcheinander. Hatte sie das Wort zuvor laut ausgesprochen? Der Fremde blickte um sich. Bemerkte die Tonschale auf dem Tisch mit den Säckchen Saatgut darin, die Bündel getrockneter Kräuter, die über dem Herd und entlang der Wand sowohl an Nägeln als auch an schmalen Ästen hingen.

„Ich werde bald eine Reise unternehmen und brauche Arzneien für unterwegs."

Etwas an der Art, wie er den Hut auf dem Tisch ablegte und nebenbei durch die Federn strich, berührte sie plötzlich. Es war eine beiläufig zärtliche Geste und sofort hatte sie Leonhard vor Augen, der ihr sanft eine Strähne aus dem Gesicht schob. Es tat noch immer weh.

Schreihals stratzte durch die halb offene Hintertür herein, gefolgt von Katharina.

„Wo bleibst du denn mit dem Saatgut?", fragte ihre Mutter und sah im selben Augenblick den Besucher. Der neigte grüßend den Kopf.

Sie musterte ihn. Als sie bei seinen dunkelbraunen Rindslederstiefeln angekommen war, gab sie mit einem zustimmenden Nicken kund, dass sie seine Erscheinung für gut befand.

„Ich will Heilkräuter kaufen", erklärte er ihr.

„Was braucht Ihr?", fragte Barbara.

„Gib mir mal die Schale", sagte Katharina und wies auf die Tonschale.

Sie reichte ihrer Mutter das Gefäß.

„Denk dran, die Trinkschläuche zu füllen", sagte Katharina.

„Ich komme ungelegen? Ihr wollt aufbrechen?"

„Aussaattag." Katharina schmunzelte. „Gerste, Hafer … Aber wir haben keine Eile. Sucht Eure Kräuter nur in Ruhe zusammen. Komm Schreihals, wir geh'n den Karren beladen." Katharina verschwand in den Garten. Schreihals stiefelte mit steif erhobenem Schwanz hinterher.

„Was wollt Ihr mitnehmen auf Eure Reise?", fragte Barbara.

„Ich hoffte, Ihr könntet mir raten, was ich brauche. Stiche, Schürfwunden ... was einem unterwegs gemeinhin so nützlich sein kann."

„Reist Ihr weit?"

„Unsere Einheit bildet einen Teil des Geleits des Kurfürsten nach Dillenburg."

„So", machte sie nur, und erinnerte sich, dass Friedgard genau dies erzählt hatte. Sie trat vor den Herd und wählte aus den darüber hängenden Kräuterbündeln eines aus. Sie spürte seinen Blick im Rücken. „Gundelrebe bei Magengrimmen und Durchfall", sagte sie, während sie sich zu ihm umwandte. Sie zeigte nach drüben zum Wandbord, ging hinüber und ergänzte: „Weidenrinde gegen Kopfweh. Längere Ritte schlagen manchen aufs Haupt. Ihr könnt es genau so mitnehmen, ich habe noch Vorrat." Sie reichte ihm das Glasgefäß. „Ihr wisst, dass man die Rinden erst eine Weile kochen muss, bevor man's trinkt?"

Der Königsmann nahm das Glas entgegen und nickte. Er hielt es auf Brusthöhe und das Braun des Glases verschmolz mit dem Haselbraun seines wildledernen Wamses, das er über dem weißleinenen Hemd trug. Seine linke Hand zupfte an den Bändeln, die das Leinentüchlein obenauf festhielten. Schließlich fragte er: „Habt Ihr auch etwas gegen Hautjucken?"

„Sauerampfer findet Ihr sicher unterwegs. Den nehmt Ihr frisch."

„Ich brauch's weniger für die Reise denn für meinen Sohn", sagte der Königsmann. „Mein Jüngster kratzt sich seit dem Winter oft."

„Wenn's nicht die Nesselsucht ist, mag er einfach eine empfindliche Haut haben. Wie alt ist er?"

„Zehn."

„In dem Alter sind sie empfindlich. Sie wachsen. Euer Weib soll ihm Hautwaschungen mit Sauerampfer machen."

Etwas an ihrer Antwort veränderte ihn. Der Königsmann blickte vom Gefäß in seiner Hand zu ihr und wieder auf das Gläschen. Ein Augenblick des Schweigens, bevor er ihr wieder ins Gesicht sah und erwiderte: „Das macht meine Schwester bereits. Ich … meine Frau lebt nicht mehr."

„Oh", machte Barbara. „Tut mir leid, ich wusste nicht …" Sie fuhr sich mit dem Handrücken unter der Nase lang.

„Konntet Ihr ja nicht wissen."

Er holte Luft und lächelte sie an. Die Fächerfältchen seitlich seiner Augen kräuselten sich. „Der Gartenvorrat des Sauerampfers ist aufgebraucht, noch ist es zu früh im Jahr. Könnt Ihr zu etwas anderem raten?"

„Besorgt Ölbaumblätter beim Apotheker. Zerstoßt sie fein und bereitet ihm Umschläge."

Der Königsmann nickte, blickte sie weiterhin unverwandt an. Dieser klare Blick verunsicherte sie. Wer blickte schon so frei heraus? Sie stemmte die Arme in die Seite. Eine Geste, die besagte „Sonst noch was?". Er bemerkte es, wog das Glas in der Hand und fragte: „Geht es dem Verletzten von neulich besser?"

Hühnergackern drang von draußen herein und eine Amsel tönte plötzlich laut ihre Frühjahrsbotschaft in die Luft. Barbara sah zum Fenster, dann wieder ihn an, verschränkte die Arme vor der Brust und erwiderte: „Er kommt zu Kräften."

„Das hat er sicher Euch zu danken. Kein Wunder, dass man Euch empfahl."

Wieder dieses Wort. Sie glaubte nicht, dass man sie empfahl. Sie war ein Kräuterweib wie auch die Mine in Reilingen oder die graue Suse in Lußheim drüben. Im Gegensatz zu jenen allerdings mit einem Makel. Neugier war es doch, was einen zu ihr trieb. Nicht empfehlen. Wie sah eine aus, die Schuld trug am Tod von Mann und Kind? Sie war es leid. Sie spürte, wie alles in ihr durcheinanderwallte, Scham, Schuld,

Trauer und Wut und … Hilflosigkeit. Sie wusste nicht, wohin sie blicken sollte, um sich nichts anmerken zu lassen. Denn tief verborgen in ihr gab es einen Raum des Schmerzes, dessen Tür sie stets gut verschlossen hielt. Doch der hier mit seinem schwarzen Blick, der näherte sich dieser Tür und drohte, sie aufzureißen, wenn er nicht aufhörte, sie so anzusehen. Sie schaffte es, eine gleichmütige Miene aufzusetzen. „So?", machte sie.

Und warum nahm er nicht seine Kräuter und ging? Sie spürte seinen Blick auf sich, doch sie erwiderte ihn nicht. Sah zum Fenster hinaus und in das hellgrüne Gewirr im Haselbaum. Dort hockte die Amsel und sang unverdrossen.

„Nun …", machte sie unbestimmt, „in Reilingen gibt es auch ein Kräuterweib."

Wieder dieser freimütige Blick aus schwarzen Augen. Wohlwollen darin. Und Wärme. Sie sah weg und starrte auf die Kräuter neben des Königsmannes Hut auf dem Tisch.

„Ich war ohnehin in Hockenheim, da lag es nahe …", sagte er leichthin und machte eine unbestimmte Geste mit der Hand, die darin endete, dass er das Glas auf dem Tisch abstellte.

Da kam ihr ein anderer Gedanke. „Kanntet Ihr den Verletzten?", hörte sie sich fragen.

„Nein", sagte der Königsmann überrascht. „Weshalb fragt Ihr?"

Barbara wusste nicht, was sie darauf antworten sollte. Es war eine Eingebung gewesen, sie hatte keine Ahnung wieso sie das gefragt hatte. Vielleicht, weil der Lehrer nebenher für Leute schrieb, die das nicht konnten und die ihn dafür bezahlten, einen Brief oder ein Schriftstück zu verfassen. Ansonsten jedoch war es unwahrscheinlich, dass Baumann Verbindung zu den Königsleuten hatte, niemand hatte viel mit ihnen zu tun. Die Königsleute waren ein althergebrachter Stand von

Bauernkriegern, eine eingefleischte Sippe, ihr Zusammenhalt war wohlbekannt. Sie genossen Vorrechte bezüglich der Steuern und Abgaben, waren von landesherrlichen Steuern, die jeder Untertan leisten musste, befreit. Die einzige Steuer, die sie zahlen mussten, wurde von der gesamten Gemeinschaft eines Haufens, der zu einem bestimmen Haus gehörte, getragen.

Nein, dachte sie, das Gespräch auf den Verletzten zu bringen, war naheliegend. Man sprach über ein solches Geschehen. Zudem waren sie und der Königsmann sich dort begegnet. Andererseits: Was, wenn auch er herausfinden wollte, ob Baumann etwas zu ihr gesagt hatte? Wenn Zahn ihn geschickt hatte? Hatte Zahn Verbindung zu den Königsleuten?

„Es wird eine Untersuchung geben", sagte sie und musterte den Fremden mit neuen Augen.

„Er ist überfallen worden?"

„So sieht es aus."

„Kann er etwas zur Aufklärung beitragen?"

Sie zuckte die Schultern. Es konnte durchaus die Wahrheit sein, dass der Königsmann den Lehrer nicht kannte. Und dennoch konnte er auf Zahns Weisung bei ihr sein. Und der Kräuterkauf nur ein Vorwand. Sie rief sich in Erinnerung, was Baumann ihr gestern erzählt hatte, als sie seinen Verband wechselte: Er war in Heidelberg gewesen, um Bücher zu kaufen. Er hatte ihr gegenüber nicht einmal erwähnt, dass er den Umweg über St. Leon gemacht hatte. Solch vertrauliche Dinge besprach er nicht mit ihr und dass sie es wusste, behielt sie für sich. Womöglich hätte er es nicht gut gefunden, zu hören, dass Friedgard sein Geheimnis weitererzählt hatte. Alles, was sie auf ihre Fragen hin von ihm erfahren hatte, war, dass er meinte, überfallen worden zu sein.

„Ich bin kein Schöffe", sagte sie achselzuckend.

Der Königsmann nickte. „Die Untersuchung wird es an den Tag bringen. Zunächst einmal muss der junge Mann genesen, und das scheint er dank Eurer Künste zu tun."

Er besah das Allerlei auf dem Tisch, schien unschlüssig. Als sein nachtschwarzer Blick sie wieder traf, war er klar und entschlossen. Er sagte: „Ich wollte Euch noch etwas fragen."

Sie wartete.

„In einigen Tagen ist Walpurgis. Endlich wieder ein Fest. Und Tanz. Würdet Ihr mich begleiten?"

„Was?" Sie war so überrascht … nein, damit hatte sie nun wahrlich nicht gerechnet. Kein Dorf der Kurpfalz würde es sich nehmen lassen, zum Tanz aufzuspielen, nachdem das Tanzen so viele Jahre verboten gewesen war. Aber selbst daran teilzunehmen, das war ihr nicht in den Sinn gekommen.

Der Königsmann bemerkte ihre Zurückhaltung. „Wo Ihr wollt. Auch in Reilingen wird auf dem Dorfplatz getanzt. Oder in Speyer."

„Speyer?"

Er nickte. „Ich meine nur, falls Ihr nicht in Hockenheim …"

Er beendete den Satz nicht, machte eine vage Bewegung gen Westen, wo die Domstadt lag. Aber sie hatte es gehört. Und er wusste, dass sie es gehört hatte. In Hockenheim wurde über sie geredet und sie würde hier nicht unbeschwert vor aller Augen tanzen wollen. Sie hätte ihn anschreien mögen. Dass sie in ihrem trostvollen Wald sein wollte an diesem Tag, dass sie in Ruhe gelassen werden wollte und seine Rücksichtnahme nicht brauchte.

„Ich …", begann sie stattdessen mit kratziger Stimme, räusperte sich und sagte: „Danke für das Angebot. Ich lehne ab." Kühl klang das. Geradezu eisig. Sie hörte es selbst.

„Sicher?", fragte er.

Sie neigte den Kopf, sah zu Boden.

„Es würde mir Freude machen und es wäre mir eine Ehre, Euch einen schönen Abend zu bereiten.“

Sie schüttelte den Kopf. „Ich habe zu tun.“

Er nahm ihre Ablehnung gefasst. Eine Frage, eine Antwort, er anerkannte ihre Entscheidung. Doch war sein Bedauern spürbar und er fasste es in den richtigen Ton, als er hinzufügte: „Schade.“

Barbara, froh, dass er nicht weiter in sie drang, nickte und sah ihn an. Er erwiderte ihren Blick. Sie las aufrichtiges Bedauern darin.

„Ich danke Euch, dass Ihr mir behilflich wart“, sagte er abschließend. „Nun möchte ich Euch nicht länger aufhalten, Ihr seid im Aufbruch begriffen. Was schulde ich Euch?“

Sie nannte ihm den Preis. Er zählte die Münzen auf den Tisch, packte seine Habseligkeiten. „Gott zum Gruß, Heilmännin.“ Mit diesen Worten setzte er sich den Hut auf und ging.

9

Barbara saß neben Katharina auf dem Schaffell, das sie am Rand der Hube auf dem feuchten Untergrund ausgebreitet hatten, und schaute zum grauen Himmel hinauf. Hin und wieder wagte sich ein frühlingshafter Sonnenstrahl zwischen den Wolken hervor. Dann sahen die sandbraunen Schollen um sie herum gleich viel freundlicher aus. Der Saum des Hardtwaldes erstrahlte dann in einem hellgrünen Schimmer, der die Aussicht auf Frühling und Wärme barg.

Sie seufzte und biss von einem Kanten Brot ab. Sie hatten den ganzen Vormittag die Flur bearbeitet und ausgesät. Jetzt war Mittag vorbei, sie hielten Einkehr und aßen.

„Na, 's gibt nichts zu seufzen. Sieh dich um."

Eine junge Amsel hüpfte in einer Erdfurche umher. Aufgeworfene Scholle bedeutete nicht nur für die Menschen Nahrung. Barbara biss vom Käse ab, den sie in der anderen Hand hielt. Katharina und sie waren alleine auf ihrem Teilstück der zwölften Hube. Die Bauern Schütz und Geiß hatten in aller Frühe damit angefangen, ihre jeweiligen Hubanteile zu beackern. Eine Stunde lang hatten sie noch gemeinsam gearbeitet, bevor sich die beiden Hübner Richtung Reilingen aufmachten, da sie im Schloss Wersau zur Fron eingeteilt waren. Etwas, das ihr und Katharina für übermorgen bevorstand. Die 150 Morgen Feld und fast ebenso viele Morgen Wiesen, die zu Schloss Wersau gehörten, mussten bestellt werden. Hockenheimer und Reilinger Dörfler leisteten diese Arbeit.

„Ein Waldschrat bist du geworden", sagte Katharina mit vollem Mund. Sie schluckte hinunter und ergänzte: „Lebst in deiner eigenen Welt, hast dich von den Leuten abgesondert."

Barbara hörte auf zu kauen und drehte der Mutter den Kopf zu. „Was?" Für einen Augenblick sah sie sich selbst, wie sie da hockte, die Backen voll Käse, glotzend, die ausgestreckten Beine übereinander geschlagen, sorgsam darauf bedacht, das Fell nicht mit den erdverklumpten Schuhen zu beschmutzen.

„Kannst dich net ewig vom Leben abwenden", sagte Katharina. „Gibt noch was anderes als Kräutersammeln."

„Was ..."

„Was was was. Hab gehört wie der Königsmann dich zum Tanz einlud. Geh halt mit."

Katharina griff sich den Trinkschlauch, nahm einen großen Schluck Wasser und rülpste. „Täte dir gut."

„Mutter, ich ..."

„Ach geh fort, ein bisschen tanzen hat noch keinem geschadet. Könntest mal wieder lachen." Katharina sah sie an.

Barbara lachte gekünstelt. „Recht so?"

Katharina zupfte an ihrem Barthaar: „Wenn ich jünger wär ... na, ich tät's mir net durch die Lappen gehen lassen. Ist doch 'n stattlicher Kerl, der Königsmann."

„Ach Mutter, geh! Ich will nicht tanzen."

„Hast nur Angst davor, dass sie sich die Mäuler zerreißen. Aber das tun sie eh."

Barbara sah hinüber zum Waldsaum. Das Grasland davor war ein Teil von Hockenheims Allmende, Land, auf dessen Nutzung alle ein Anrecht hatten. Dort grasten Kratzwurms Kühe. Sie deutete zu ihnen und dem Kalb hinüber und sagte: „Kratzwurm schert sich mal wieder nicht drum, dass von St. Georg an bis zu Unsrer Lieben Frauen Tag das Grasen auf der Allmende verboten ist."

„Sollte man morgen vorm Ortsgericht rügen", entgegnete Katharina ohne sonderliche Anteilnahme. „Die Geldbuße von einem Pfund Heller scheint er ja zu verkraften."

Man sollte es wirklich rügen, dachte Barbara. Kratzwurm tat das nämlich immer wieder, obwohl er schon zweimal hatte Buße zahlen müssen.

Sei's drum, sie hatte nicht vor, morgen beim Ortsgericht zu erscheinen, obwohl auch sie dann Strafgeld zahlen musste, wenn Würth es nicht wieder vergaß. Und da Katharina und sie kein Vieh hatten, das auf der Allmende graste – den Ochsen und fünf Geißen hatten sie verkauft, da sie alleine der Arbeit nicht nachkommen konnten – sollte sich Kratzwurm mit seinem widrigen Verhalten zum Teufel scheren.

„Ich mein's ernst", sagte Katharina und Barbara hörte an ihrem Tonfall, dass es ihr nicht gelungen war, ihre Mutter von ihrer Mahnrede abzulenken. Sie sah Katharina an. Diese erwiderte ihren Blick nicht, sie hielt ihn noch immer auf Kratzwurms Kühe gerichtet als erwarte sie von ihnen Zustimmung. „Der Wald hat dir geholfen, am Leben zu bleiben. Doch die Zeit verstreicht, Sorgen mach ich mir um dich. Hast Steine auf deinem Herzen zu einem Haufen aufgetürmt. Mit der Zeit sind sie Geröllbrocken geworden, die immer schwerer auf deinem Gemüt lasten. Empfindest nichts mehr, läufst wie auf geschmierten Rädern."

Die Worte stachen ihr ins Herz. Sie holte Luft. Die Sorge ihrer Mutter, die Gedanken, die diese sich um sie machte – Barbara wünschte, sie müsste sie nicht fühlen. Es tat weh. Sie sehnte sich in den Wald. Im Wald war sie zu Hause, dort war Frieden. Auch nachts, er machte ihr keine Angst. Die Suche nach den Pflanzen und deren Verarbeitung half, sich die quälenden Gedanken vom Leib zu halten. Alles andere brachte sie nur durcheinander.

„Die Leute reden so oder so, was sie wollen. War schon immer so und wird sich auch net ändern. Aber was sich ändern lässt" – Katharina hielt inne und sah sie nun doch an. „Na!", machte sie, zuckte die Schultern und sah wieder in die Ferne. „Ändern lässt sich, *worüber* sie sich die Mäuler zerreißen. Gib du ihnen keine Veranlassung mehr, über dich zu tratschen."

Ihre Niedergeschlagenheit wandelte sich in Wut. „Was soll ich denn tun, Mutter?!" Ihre Stimme überschlug sich. „Ich bin wer ich bin. Es geschah was geschah. Soll ich etwa von hier fortgehen?"

Katharina schwieg und starrte zum Waldrand.

„Ist es das?", schrie sie. „Willst du, dass ich fortgehe? Nach Heidelberg oder Neustadt, nur recht weit fort von hier? Willst du das?"

Katharina sah zu ihr her und die Liebe und der Schmerz, den sie auf dem Gesicht ihrer Mutter sah, nahm ihr die Luft. Sie senkte den Blick. In diesem Augenblick begriff Barbara, dass sie selbst es war, die diese Liebe zurückwies. Sie konnte sich nicht vorstellen, dass man sie noch lieben konnte, nachdem sie schuldig geworden war am Tod von Mann und Tochter. Sie verzieh sich nicht. Sie konnte es nicht. Es brach Katharina das Herz. Und es brach ihr noch einmal, weil sie, Barbara, ihre Vergebung nicht annehmen konnte. Sie schluckte. Es tat ihr leid. Sie wollte Katharina das nicht antun. Doch war es längst geschehen. Sie wusste nicht, was sie sagen oder tun sollte.

Auch Katharina schwieg. Nach kurzer Weile räusperte sie sich. „Na, 's wär net verkehrt, man säh' dich mit 'nem Mann."

Barbara wartete einen Augenblick, ehe sie erwiderte: „Dann reden sie da drüber."

Sie griff nach dem Trinkschlauch. Als sie getrunken hatte, reichte sie ihn Katharina. Die nahm ihn ohne herzuschauen, trank jedoch nicht. Er lag in ihrem Schoss und Katharina hielt ihn mit beiden Händen wie ein altes Halstuch, das man in einer Ecke gefunden und für den man augenblicklich keine

Verwendung hatte. Sie hob den Kopf und sagte: „'S schwingt eine Bosheit mit, die gefährlich klingt."

Barbaras Magen krampfte sich beim Gesichtsausdruck ihrer Mutter zusammen. „Gehst ja net Wasser holen. Am Brunnen verstummen sie, wenn ich komme. Und in ihren Gesichtern steht Gehässigkeit."

Gehässigkeit? Wieder spürte sie Wut. „Mutter, Friedgard geht schon so lange bei uns ein und aus, das kann …"

„Friedgard! Der ist doch nur der Tropfen, der's Fass zum Überlaufen bringt."

„Ach Mutter, ich wusste, warum ich mich zurückzog!"

„Darum geht's. Fünf Jahre Witwe, lebst für dich, bist nachts unterwegs, kümmerst dich um nichts …"

„Und?"

„Und? Eins zum andern geben sie, erinnern sich an altes Zeug, mischen's mit Diesem und Jenem, was so die Runde macht, rühr'n genüsslich um und raus kommt eine Suppe mit Namen ‚Geschrei'."

Barbara starrte auf den Waldsaum. „Was für altes Zeug?"

„Weißt es genau", brummte Katharina.

Sie ruckte den Kopf zu Katharina herum. „Maria Zahn."

„Na."

„So ein dummes …"

„Ja. Dumm ist's. Und trotzdem lassen sie's net ruh'n. Erst recht net bei dem, was sich um uns herum tut. Bist ja net blind und taub."

Jajaja, ich weiß, dachte sie bitter und presste die Lippen aufeinander. Die Hexensekte. Natürlich war die Welt ein magischer Ort! Doch es war Gottes Magie, die sie in jeder Blüte, jedem Blatt und jedem Regenguss spürte. Menschen konnten all dies nicht erschaffen. Menschen konnten beobachten und aus ihren Beobachtungen lernen. Sie konnten sich die

Vielfalt, die Gott geschaffen hatte, zunutze machen. Vielfalt, die in Wolken steckte, die Regen brachten, und in einem Gerstenkorn, das Getreide heranwachsen ließ. War dies etwa kein Wunder? Menschen selbst waren Geschöpfe Gottes. Sie konnten die Kraft der Kräuter nutzen. Sie konnten das Wasser nutzen. Sie waren imstande, ganz wundersame Dinge zu tun, etwa, Schiffe zu bauen. Oder war es etwa nicht staunenswert, dass diese großen Holzdinger nicht untergingen, sondern über Ozeane fuhren und ganz und gar absonderlichen Kunde aus fernen Ländern brachten?

Ach Leonhard, dachte sie, wie vertraut haben wir über all die Dinge gesprochen, die uns zum Staunen brachten. Wie sehr du mir fehlst! Sie starrte auf die aufgeworfene Erde, sog den frischen, würzigen Geruch des Bodens ein. Leonhard, hier sitze ich und alles was mir von dir blieb, ist der Anteil an der zwölften Hube. Nie werde ich mir verzeihen, dass ich so unachtsam war, dachte Barbara.

„Na!“, machte Katharina. „Seufze halt. Aber Taten wären besser.“

„Taten?“

„Tanzen geh'n. Dich zeigen. Mit einem Kerl an deiner Seite, der ihnen 's Maul stopft, wenn sie dumm daherreden.“

War es das, was ihrer Mutter die Sorge nehmen würde? Sie beruhigen würde? Sie dachte an Elisabeth und wusste, es würde ihr selbst ebenso ergehen. Sie würde ihre Tochter versorgt und in Frieden wissen wollen. Sie rief sich den Königsmann in Erinnerung. Zugegeben, er war stattlich. Aber seine Augen, dieser Blick … etwas darin rüttelte an der Tür zu jenem Raum in ihr, den sie so gut verschlossen hielt. Sie vermochte nicht zu sagen, was das war. Und sie wollte es keinesfalls herausfinden. Sie wollte ihr Leben weiterleben wie bisher. Wollte mit ihrer Mutter sein und in ihrem Wald. Alles sollte wieder gut sein.

„Mutter ich … möchte dir keinen Kummer machen, wirklich nicht." Sie spürte, wie ihr Tränen in die Augen traten und schluckte.

„Schon gut", machte Katharina. Sie spähte den Pfad am Waldrand entlang und fragte: „Wo nur Hedwig bleibt?"

„Ach, sie wollte kommen?" Barbara schluckte die Tränen hinunter.

„Meine, wir hätten's vereinbart."

„Hat sie wohl vergessen."

Barbara war dankbar dafür, dass ihre Mutter zu Hedwig schwenkte. Ihre vierzehnjährige Nichte half manchmal auf der Flur und im Garten, wenn auch nicht besonders gerne. Was wohl der Grund für ihr Fernbleiben sein mochte. Vielleicht hatte auch Gundel, ihre Schwägerin, sie für eine andere Arbeit gebraucht.

Katharina brummte und stopfte sich den letzten Bissen in den Mund. Sie spülte ihn mit einem letzten Schluck Wasser hinunter und Barbara stand auf. „Lass uns weitermachen. Übermorgen müssen wir nach Wersau."

Katharina tat es ihr nicht gleich. Blieb hocken und sah zu ihr empor. „Ich wünschte, ich könnte dir was abnehmen. Aber das kann ich net. Ist deine Sache. Aber gut tut's dir net, das Absondern. Verhärtest. Und je länger das dauert, je härter wird's in dir."

Barbara hatte gehofft, ihre Mutter würde nichts mehr zu der Sache sagen. Aber ihre Sorge hatte sich nicht verzogen, sie hing noch immer zwischen ihnen.

„Mutter … ich weiß, es ist auch für dich nicht leicht." Sie streckte ihr die Hand hin, um ihr aufzuhelfen. Ächzend kam Katharina in die Höhe. Tätschelte ihr die Wange. „Na. Schon gut. Du weißt, wie ich darüber denke. Niemand sagt, 's wär leicht. Aber 's Leben geht weiter."

Sie sah Katharina an, eine alte Frau, wie viele Jahre mochten ihr noch gegeben sein? Die Liebe zu ihr durchspülte Barbara plötzlich heftig und warm. Sie fühlte die Sanftheit, die dadurch in sie sickerte wie Sirup. Ohne Gegenwehr ließ sie es geschehen und es wärmte sie durch und durch. Sie lächelte und erwiderte: „Wie ein Rad, das immer weiterrollt. So ist das Leben."

„Na", machte Katharina, streckte sich und rieb sich die Hüfte. „Bin ja froh, dass ich dich habe."

„Na", machte sie ihre Mutter nach und verzog dabei das Gesicht. „Ich verspreche dir, nächsten Sonntag zur Kirche zu gehen. Gut so?"

Katharina tätschelte ihr den Arm.

„Was anderes. Holst du noch Eichenlaub? Auch die Müllerin klagt jetzt über blutigen Harn."

Barbara nickte. „Sobald wir hier fertig sind." Am Abend wollte sie nach Lußheim gehen. Dort hatte man vor sieben Jahren Eichen angepflanzt, die zu einem Wäldchen trefflicher junger Bäume herangewachsen waren. Sie wollte das überwinterte, vermoderte Eichenlaub sowie Eichenrinde sammeln. Deren zusammenziehende, austrocknende Kraft ließ sich vorzüglich für einen Aufguss bei Blasenleiden verwenden. Katharina, deren Blase altersschwach wurde, trank den Sud zur Vorbeugung und Kräftigung.

„Na. Dann lass uns weiter machen, komm", sagte Katharina und ging voran.

Bevor sie nach Lußheim hinüberwanderte, um das Eichenlaub zu sammeln, wollte sie erst noch einmal bei Hartmann Baumann vorbeischauen. Barbara ging am östlichen Zollhaus vorbei, wo zwei Schweizer Kaufleute sich die Geleitzeichen ausstellen ließen, und bog in die Gemeindegasse ein. Nach wenigen Schritten langte sie bei dem Haus an, in welchem der junge Lehrer zur Miete wohnte. Auf der linken Seite, gegenüber vom Dorfplatz, kauerte es zwischen schiefen Fachwerkhäusern mit schwarzen

Flecken auf ehemals weißem Verputz. Barbara betrat den Hof und stieg die hölzerne Außentreppe hinauf. Gestank nach Kot wehte um die Hausecke, hinter welcher die Schissgrube lag, mischte sich mit den Ausdünstungen des Viehs aus den Stallungen weiter hinten im Hof.

Sie hielt vor Baumanns Tür und pochte. Die Treppe führte noch weiter hinauf ins Dachgeschoss, wo sich Vorratsräume der Hausbesitzer befanden.

„Herein", hörte sie und trat ein.

„Frau Heilmann!", grüßte Baumann.

„Das trifft sich gut!", rief Friedgard. Er sprang auf, nickte ihr zu und zeigte auf den Leinenverband an Baumanns Hals. „Er sagt, die Wunde zwackt."

Barbara freute sich, ihn zu sehen. Sie trat zu den beiden an den Tisch und legte ihren Leinenbeutel ab.

„Das ist naturgemäß", sagte sie.

„So, alter Zuchtmeister, da hörst du es." Friedgard sandte seinem Freund, der sitzen geblieben war, ein schalkhaftes Grinsen. „Brauchst gar nicht ächzen wie unter der Marter. Du kommst zu Kräften, kannst bald wieder Schule halten." Er begann, in der Stube umherzugehen.

„So ist es", sagte Barbara schmunzelnd.

„Aber auf Dauer wird's in deinem Loch zu eng", stellte Friedgard fest, blieb stehen und wies auf drei Holzbänke, die in einer Ecke des Zimmers zusammengeschoben standen. „Rück die auseinander, pferch auf jede fünf Sprösslinge und du kannst hier drinnen keinen Furz mehr lassen!"

Barbara sah sich in dem kleinen Zimmer um. Dunkle, alte Balkendecken mit quer zu den Balken verlegten Holzbohlen ließen es düster erscheinen. Es gab den Tisch, drei Stühle, eine große Truhe und ein Wandbord, auf dem Becher, Holzteller und Töpfe untergebracht waren. Ein kleiner Ofen sorgte für mäßige Wärme, im Weidekorb daneben lagen Holzscheite. Durch das Fenster sah man das Fachwerk des Nachbarhauses. Von dort drang Gestank nach Unrat herein, der zwischen den Häusern vor sich hin faulte.

Von ihren beiden vorhergehenden Besuchen wusste sie, dass der Blick aus dem anderen Fenster, jenem in Baumanns angrenzender Schlafstube, angenehmer war. Es ging auf die Gemeindegasse und den Dorfplatz hinaus, wo man die Dorflinde sehen konnte. In Baumanns Schlafkammer standen Regale, auf welchen der Lehrer seine Bücher und Schriften verwahrte. Sie zurrte ihren Beutel auf und entnahm ihm den Salbentiegel und neue Leinenverbände.

Baumann deutete auf die gezimmerte Kiste am Boden, in der er allerlei Lehrreiches für seine Schüler aufbewahrte, wie sie von Friedgard wusste. Der Lehrer hegte eine Neigung für das Tier- und Pflanzenreich und sammelte Dinge wie verpuppte Raupen, leere Vogeleier oder den Kadaver einer verendeten Eule. „Wenn ich die hier öffne und auspacke, solltet Ihr den Tumult erleben, den das unter meinen Schülern verursacht. Die Stube platzt dann wahrlich aus allen Nähten, wenn sie sich aufgeregt drängen, damit auch keiner etwas verpasst. In Summa …"

„Magister Baumann braucht ein Schulhaus!", ergänzte Friedgard.

Ein Schulhaus? In diesen Zeiten, da die Preise für das, was man zum Leben brauchte, ständig stiegen? Roggen, Weizen und Hafer waren doppelt so teuer als in ihrer Jugendzeit. In Speyer klagten die Menschen, dass Roggen und Weizen gar das achtzehnfache des früheren Preises ausmachten und dass Kalbsfelle achtmal so teuer seien wie ehemals. Die Menschen kamen kaum über das Jahr und Baumann wollte ein Haus eigens zum Zweck des Unterrichts? Es wäre mit Fron instand zu halten und für die Beheizung hätte die Gemeinde selbst zu sorgen. Der

Kirchenrat in Heidelberg hatte den Lehrer in diesem Jahr zum dritten Mal im Amt bestätigt. Barbara wusste nicht genau, wie hoch seine Besoldung war, die von den Bürgern, den Schülern sowie der Fauthei Kißlau, die dem Hochstift Speyer unterstand, getragen wurde. Brennholz und Korn bekam er zudem. Man achtete den jungen Mann, dennoch gab es immer wieder Stimmen, die Lesen lernen als unnütz verteufelten, selbst wenn der Lehrer es anhand des Katechismus lehrte. Jenen, die immer alles so lassen wollten wie es war, mochte es zudem ein Dorn im Auge sein, dass nicht mehr der Pfarrer diesen Dienst versah, sondern eigens ein Lehrer dafür abgestellt wurde, der zudem von ihnen bezahlt werden musste, und der sein Vieh, so er denn welches hatte, ebenfalls auf der Allmende grasen lassen durfte. Sie selbst hatte das Lesen noch beim alten Pfarrer Henerich in dessen Wohnstube gelernt.

„Was sagt Ihr, Frau Heilmann?", fragte Friedgard mit jener Begeisterung, die sie an ihm mochte.

Sie lächelte ihn an und sagte: „Wer soll es bezahlen?"

„Wir haben nächtelang darüber gesprochen, Hartmann und ich. Wir werden mit Pfarrer Eigner reden und mit Würth. Die Kosten wären aus Kirchengefällen zu tragen."

Dem Schultheiß traute sie zu, dass er der Sache zugeneigt war. Würth hielt viel von Bildung. Aber Eigner? Wie sie den Geizhals kannte, würde der sich dafür aussprechen, Hockenheims Kinder auf dem Dorfplatz zu unterrichten. Bei Wind und Wetter. Der war sicher der Meinung, das sei gut für calvinistische Zucht und Sittenstrenge.

Sie bedeutete Baumann, den Kopf nach vorne zu neigen.

„Was haltet Ihr also davon?" Friedgard setzte sich.

„Gut", antwortete sie. Vorsichtig wickelte sie den alten Verband von Baumanns Hals. „Es wird ziepen, aber das kennt Ihr ja schon."

Baumann machte eine Geste mit der Hand, Nicken bereitete ihm Schmerzen.

Friedgard schwieg und sah ihr zu. Einen Augenblick war es ruhig in der Stube. Dann fragte Baumann unvermittelt: „Wie lange gebt Ihr mir noch?"

Es war scherzhaft gemeint, doch Barbaras Hände verharrten mitten im Tun. Zu oft und zu bösartig – sie konnte diese Frage nicht mehr hören.

Baumann merkte, dass er unbedacht gewesen war. „Ich wollte Euch nicht kränken, verzeiht. Aber Friedgard und ich sprachen darüber, wie sehr sich die Leute die Mäuler zerreißen. Es geht um, Ihr hättet mir noch eine Woche gegeben."

Barbara legte die alten Leinenstreifen zur Seite und fuhr sich mit dem Handrücken unter der Nase lang. Anfangs hatte es ihr Spaß gemacht, das Gerede um ihre außergewöhnlichen, seeblauen Augen. Da war sie noch jung gewesen und stolz darauf, dass man ihr zutraute, die Gabe des besonderen Blicks zu haben. Tatsächlich war es nicht schwer, jemandem in die Augen zu schauen und zu sehen, ob der Lebensmut darin erloschen, gebrochen oder zerfressen war. Oder die Angst darin zu sehen. Oder die Sehnsucht nach Leben. Oder Gleichmut, Stärke. Doch mit jeder Krankheit, die sie bestimmte, mit jedem weiteren Jahr, das diesen Ruf förderte, wurde ihr unbehaglicher zumute. Und seit fünf Jahren hasste sie es geradezu, jemandem direkt in die Augen zu schauen und zu lesen, was darin geschrieben stand.

„So, das geht um", sagte sie beherrscht und entfernte den letzten Stoffrest, der mit der Salbe am Nacken festklebte, mit einem entschiedenen Ruck.

Baumann sog scharf die Luft ein.

„Ist schon gut, Magister Baumann. Ich weiß, dass Ihr es nicht so meintet", lenkte sie ein.

Friedgard beugte sich herüber und betrachtete die Wunde. „Sieht wirklich gut aus, Hartmann“, lobte er. „Bald klettern wir im Baugerüst deiner Schule!“

Er wollte seinem Freund Mut machen.

Und ihn bei ihr wieder in gutes Licht rücken.

Das war es, was sie bei sich „das Sonnige an ihm“ nannte. Diese Unbekümmertheit, die etwas Wohltuendes hatte. Auch wenn sie wusste, dass er mit diesem Verhalten gerne Misshelligkeiten aus dem Weg ging. Gerangel konnte er nicht leiden. Es verursachte ihm Kopfgrimmen. Deshalb war er auch aus Heidelberg fortgegangen. Er war nicht gemacht für Hintenrum-Getue, gegeneinander Aufwiegeln. Nur ist es in Hockenheim nicht anders, dachte sie. Hier war nicht der Hof, nicht die Stadt. Doch lebten hier Menschen, und wo es Menschen gab, gab es auch Misstöne und Zwist. Sie streifte ihn mit einem Blick, als sie nach dem Tiegel griff. Dann drückte sie den Kopf des Lehrers sanft nach unten, um ihm die Salbe aufzustreichen. „Friedgard hat recht. Es heilt wirklich gut“, sagte sie. „Habt Ihr schon etwas gehört, was Euren Sturz betrifft?“

„Zahn war heute früh bei mir. Er will, dass ich die Sache morgen vor dem Ortsgericht rüge. Dann will er's auf die Zent schreiben. Beibringung blutiger Wunde.“ Baumann verstummte, denn er konnte nur undeutlich sprechen, während sie die Salbe verteilte.

Barbara griff nach den frischen Leinenstreifen und sagte: „Vielleicht findet man die Missetäter ja.“

„Natürlich“, nuschelte er.

Sie wickelte den Verband. „Bewegt Euch so wenig wie möglich, Ihr wisst es ja. Eure Wirtsfrau bringt Euch nach wie vor Suppe?“

„Ich komme zurecht.“

Er klang mit einem Mal abweisend. Sie war fertig mit Verbinden und legte dem Lehrer zum Zeichen dafür die Hand auf die Schulter. Baumann erhob sich sofort. Sie verschloss den Salbentiegel und machte sich bereit zum Aufbruch. Baumann kramte in der Truhe nach seinem Beutel, um sie zu bezahlen. Friedgard stand ebenfalls auf und wippte auf den Fersen vor und zurück. Sie schloss die Tür hinter sich mit einem seltsamen Gefühl des Unbehagens.

Sie stieg die Außentreppe hinunter und sann darüber nach, warum ihr derart zumut war. Da fiel ihr des Zentgrafen Frage ein, die er am Georgsmorgen bei dem Verletzten vor sich hingemurmelt hatte. Sie hatte völlig vergessen, den Lehrer darauf anzusprechen. Ob Friedgard es getan hatte?

Sie überquerte die Gemeindegasse und bemerkte erst jetzt die Handvoll Weiber, die sich auf dem Dorfplatz um den Brunnen drängte. Schon löste sich eine aus der Traube und eilte mit erhobenem Arm auf sie zu. „Auf ein Wort, Heilmännin!"

Ausgerechnet Engel Eigner. Niemandem wollte sie jetzt weniger begegnen. Die Hausfrau des Pfarrers kam heran, hielt sich die linke Hand vor die Brust und rang nach Atem, als wäre sie weiß Gott wie schnell gelaufen. Betont demütig wie stets sagte sie: „Gott zum Gruße! Gut, dass ich Euch treffe." Engel Eigner war einige Jahre älter als sie, Anfang vierzig vielleicht, doch sie sah älter aus – und ganz und gar nicht wie ein Engel. Ihr herzförmiges Gesicht mit der unglaublich spitzen, nach oben gebogenen Nase war grau wie ihre Aufmachung, die etwas aus der Zeit gekommenes hatte. Sie verzichtete auf eine gefällige Jacke und trug ein schlichtes wollenes Überkleid, das bescheidene Ehrbarkeit ausdrücken sollte. Ihre Haube war ebenfalls schon alt und von nicht ganz reinem Weiß.

Barbara schaute an dem Pfarrersweib vorbei, um sie nicht ansehen zu müssen. Sie mochte diese Erbsenaugen nicht, deren Ausdruck dem Gegenüber Gottesfürchtigkeit vermitteln sollte und doch nichts anderes war als Selbstgerechtigkeit. Sicher wollte sie Barbara gemahnen, öfter den Weg zur Kirche zu finden. Wäre nicht das erste Mal.

„Heilmännin, wir …" – sie wies zu den Frauen hin, die wartend am Brunnen standen, und unter welchen Barbara Ortrud Oreans, das Weib eines Zöllners, sowie Dorit Seyfried, des Schuhmachers Hausfrau, erkannte. Auch Margarete Herwart war dabei.

„Wir sprachen darüber, dass es durch und durch wider Calvins Lehren ist, wenn in wenigen Tagen zum Tanz aufgespielt werden soll. Wir leben in einer schweren Zeit, in der Gott die Seinen auf das Härteste prüft und ihnen Opfer abverlangt. Auch wenn der junge Friedrich – Gott sei's gedankt – dem rechten Glauben zugehört, hat er sich doch darauf verstiegen, das Tanzen zuzulassen."

Das ist ja nun nichts Neues, das hat er letztes Jahr Michaeli bereits getan, dachte Barbara und ärgerte sich, der Eignerin in die Arme gelaufen zu sein.

Diese befeuchtete die dünnen Lippen mit der Zunge, ehe sie fortfuhr: „Wir wissen ja, dass unser junger Kurfürst auch sonstigen Sinnenfreuden zugeneigt ist, der Herr sehe es ihm nach und lenke ihn zur Vernunft, seine baldige Heirat möge ein übriges tun. Keineswegs wollen wir wider unseren Landesherrn sprechen, halten aber dennoch das Tanzen für sittenwidrig und sammeln Stimmen, die dem verderbten Treiben Einhalt gebieten. Man muss diesem heidnischen, ärgerlichen und unzüchtigen Gebräuch rechtzeitig wehren. Sicher stimmt Ihr darin mit uns überein?" Die Eignerin war bei den letzten Worten lauter geworden als wolle sie, dass die Weiber im Hintergrund sie gut vernehmen konnten.

Barbara war überrascht. Von ihr wollte man Rückhalt in dieser Sache? Was sollte sie sagen? Sie konnte nichts Schlimmes daran finden, auch wenn die Kirchenmänner es als Teufelswerk ansahen.

„Ich kümmere mich nicht um solcherlei Sachen", erwiderte sie deshalb ausweichend.

„Aber das solltet Ihr!", entrüstete sich die Eignerin und auf ihrer Stirn zeigte sich eine Furche, die geradewegs auf ihre Nasenspitze zeigte. „Wer ein gottgefälliges Leben führt und den Einflüsterungen des Satans widersteht, zeichnet mit seinem Namen gegen das Fest."

Barbaras Unbehagen wuchs. In Engel Eigners Herzgesicht las sie gottgefälligen Eifer. Und noch etwas anderes. Kaum verhohlene Hinterlist. Sie wollte sie prüfen. Widersprach sie, führte sie also kein gottgefälliges Leben – und war anfällig für die Einflüsterungen des Satans. Keine gute Aussicht für eine, die ohnehin im Geschrei stand. Stimmte sie zu … ja, was dann? Engel Eigner würde ihr trotzdem nicht glauben. Deutlich las Barbara in ihrem Gesicht, dass sie geradezu darauf wartete, ihre Meinung über sie, das hoffnungslos von Gott abgefallene Weib, bestätigt zu sehen.

„Calvins Lehren sind eindeutig. Ihr folgt seiner Richtschnur, Heilmännin? Dann zögert nicht länger mit der Antwort."

Dieses scheinfromme Weib! Nie und nimmer würde sie mit der und ihren gleichgesinnten Freundinnen an einem Strang ziehen! Zur Wut gesellte sich Trotz. Einen Augenblick lang bedauerte sie, die Einladung des Königsmannes nicht angenommen zu haben. Sie versuchte, ihre Stimme so ruhig wie möglich klingen zu lassen, als sie entgegnete: „Meine Antwort habt Ihr. Ich beschäftige mich nicht damit. Ich habe anderes zu tun." Sie neigte den Kopf zum Zeichen, dass das Gespräch für sie beendet sei und ging über den Dorfplatz.

Margarete Herwart trat ihr in den Weg. Bosheit im Blick. „So wollt Ihr also nicht wider gotteslästerliches Treiben zeichnen, Heilmännin." Sie senkte die Stimme zu einem bösartigen Flüstern: „Ich habe es von Euch nicht anders erwartet."

„Ihr tut, was Ihr für richtig haltet, Frau Herwart, ich tue, was ich für richtig halte. Und bitte –" Sie schaffte es, Friedgards Mutter anzulächeln. „Unterlasst endlich Eure spitzzüngigen, niederträchtigen Bemerkungen." Damit ließ sie die Herwartin stehen und eilte Richtung Speyerer Straße davon.

10

„Ihr Nachbarn, dieweil wir entschlossen sind, heute unsers gnädigsten Kurfürsten und Herren Rug- und Gerichtstag zu halten, als ermahne ich das Gericht zum ersten,

zum zweiten,

und dritten Mal und gebiete das Recht und verbiete das Unrecht, auch alle unvergorenen Worte. Ich ermahne euch auch bei euren Pflichten, dass ihr wollt anzeigen, was meinem gnädigsten Kurfürsten und Herren schädlich ist, als Stock, Stein, Wilpert, Fisch, Vögel und dergleichen, Dieberei, Mordgeschrei und Zauberei. Ihr wollt nicht ansehen Freundschaft oder Feindschaft, sondern Euer Seelen Seligkeit wohl bedenken. Habt ihr euch nicht bedacht, so bedenket euch nach, damit ein ehrbarer Richter ein göttlich Urteil setzen und schließen mag."

Die schönste Stimme auf Erden verklang. In der nachfolgenden Stille, die sich auf den großen Ratssaal senkte, lauschte Agnes ihrem Klang nach. Friedgard legte das Pergament vor sich auf dem Tisch ab und hob den Blick. Die Gemeinde war versammelt, mit dieser Einleitung, die er soeben verlesen hatte, war die Dorfgerichtssitzung eröffnet.

Friedgard, Schultheiß Würth, Keller Doldt und die Schöffen des Ortsgerichts setzten sich. Ihre Mäntel raschelten, Leute hüstelten. Keller Doldt rückte sein dickes, ledergebundenes Buch zurecht, in das er die Bußen eintrug. Er, Würth und Friedgard saßen an der Stirnseite des Ratstisches, an den beiden Längsseiten je sechs Schöffen. Am äußersten Rand des rechten Tisches hatte ihr Vater Platz genommen. Als Zentgraf stand ihm diese Ehre zu, auch wenn er dem Ortsgericht weder vorstand noch sonst eine Pflicht zu erfüllen hatte. Er musste nur anwesend sein wie alle Zentverwandten, die *eigen Rauch halten*, wie es in den Verordnungen hieß.

Agnes spähte durch die Leiber derer, die dicht gedrängt vor ihr standen. Sie hatte sich beim hintersten der drei bleigefassten Fenster einen Platz ergattert. Sie hoffte, niemand möge sie von dort vertreiben, denn von hier hatte sie den besten Blick auf Friedgard. Sie war keine Wittib, deshalb war es nicht ihre Pflicht, vor dem Ortsgericht zu erscheinen. Aber welch bessere Gelegenheit konnte es geben, Friedgard zu sehen? Ihr Herz schlug aufgeregt, als sie beobachtete, wie er das Pergament mit dem Dorfspruch wieder in die Mappe zurücklegte, die das Wappen des Kurfürsten von der Pfalz mit dem Kurhut und dem Reichsapfel zierte, und seine Unterlagen vor sich ordnete. Er tat es mit dem gebührenden Ernst, der seinem Amt anstand, und doch spürte Agnes seine Aufgeregtheit, seine fast unbeholfene Scheu. In ihren Augen war er ein verspielter Welpe und kein gestrenger Wachhund. Wie oft hatte ihr Vater schon aufgestöhnt, wenn er nach dem Zentgericht in Leimen, wohin er Friedgard als Schreiber mitnahm, zu Hause erzählte, wie zäh sich dieser Bursche wieder angestellt habe.

Ach Friedgard, dachte sie, während sie ihn betrachtete, wie er da saß unter dem rot gekrönten goldenen Löwen auf Hockenheims Wappen. So blass und angespannt sah er aus, dass sie am liebsten zu ihm hingegangen wäre, um seinen Kopf in ihren Schoß zu betten und ihn zu beruhigen. Schauer durchrieselten sie, als sie sich vorstellte, welche Zärtlichkeiten aus einer solchen Geste erwachsen könnten. Es musste etwas geschehen. Viel länger konnte sie es nicht mehr aushalten ohne ihn.

Im Ratssaal roch es nach Menschenleibern und Schweiß, Kuhmist, der in Kitteln hing, und es wehte der Duft warmen Backwerks vom Bäcker herauf, der mit Mengen von Brot und kleinen Kuchen für den heutigen Tag im Erdgeschoss des Rathauses bereitstand. Das Geflüster am Ratstisch verstummte,

Schultheiß Würth erhob sich, schweigend schloss er die Gerichtskiste auf, entnahm ihr Gemeindesiegel, Protokollbuch, Rügeregister und die Gemeindekasse. Agnes konnte seine rehfarbenen Kniehosen sehen, so kurz war sein Mantel im spanischen Stil, reich bestickt mit Goldfäden in wundersamen Mustern, die aussahen wie Hahnenkämme.

Würth als Vertreter der Herrschaft vor Ort, saß dem Dorfgericht vor und eröffnete den ungebotenen Rechtstag mit dem Verlesen des Weistums, Hockenheims Dorfverfassung, die die Rechte und Pflichten der Herrschaft und der Gemeinde enthielt. Da dies eine Weile dauerte, beobachtete Agnes Friedgard und träumte vor sich hin. Sie merkte auf, als Würth schließlich sagte: „Wir haben uns versammelt, die vorgefallenen Taten in toto zu erfahren und aufzunehmen. Wer etwas zu rügen hat, möge vortreten und dies tun. Ihr kennt eure Pflicht, alle seit der letzten Gerichtssitzung bekannt gewordenen Verstöße dem dörflichen Gericht zu benennen. Sie werden protokolliert, hernach bespricht sich das Gericht. Ist ein Fall zentpflichtig, so wird er aufgenommen und von mir an die Zent gebracht, so ihn der rügepflichtige Untertan dortselbst nicht vortragen kann." Der Schultheiß hielt einen Augenblick inne, sah auf die Schrift in seiner Hand und fuhr schließlich fort: „Zunächst sind zu untersuchen die *im Feldbau etwa wegen Ab- und Überzackerung oder verderbten Samen entstandenen Schäden, desgleichen jene, die durch die Entfremdung des Grases, des Obsts oder der Feldfrüchte verursacht wurden.* In toto alle Vergehen an Gemeinschaftsgütern sowie Verfehlungen gegen die gerichtliche Ordnung, Säumnisse und dergleichen. Habt keine Bedenken, tut eurer Pflicht Genüge und tretet vor."

Man hatte einen Freiraum vor dem Ratstisch gelassen, der Ortsbüttel stand am Rand und achtete mit ernster Miene darauf, dass kein Drängeln entstand. Der Schockelheinz war gestern und heute Morgen mit der Glocke durch den Ort gezogen, um die Gemeinde an ihre Erscheinungspflicht zum Ortsgericht zu erinnern. Es gehörte zu seinen Aufgaben, die Gebote und Gerichtstage zu verkünden. Auch hatte er den Gerichtsort ordentlich zu erhalten, entsprechend wichtig blickte er drein.

Die ersten Bürger schickten sich an, ihre Anliegen vorzubringen. Da es sich um Dinge handelte wie Verträge, Erbschaftsangelegenheiten oder Erfassung von Besitzwechseln, gab Agnes nicht weiter acht darauf und betrachtete versonnen Friedgard, der die Lippen schürzte, während er ins Protokollbuch eintrug.

Sie vergaß die Menschenmenge um sich herum, die sich bis hinaus in den Vorraum des Rathauses drängte. Sie malte sich aus, wie es wäre, wenn dieser junge Mann dort vorne seine Hände über ihren Körper wandern ließ, statt die Feder zu halten und das Papier glatt zu streichen. Wie es wäre, wenn er sie mit diesen schönen schlanken Händen berührte und endlich das mit ihr tat, wonach sie so sehnlich verlangte. Als sie bei dieser delikaten Vorstellung angekommen war, erschrak sie so über das Keuchen, das sich ihr aus der Kehle drängte, dass sie spürte, wie sie über und über rot wurde. Verhalten blickte sie sich um. Sie sah geradewegs in Philipps Augen. Ihr Stiefbruder stand auf der anderen Seite, nahe des Ratstisches, wo ihr Vater saß. Missgelaunt blickte er über die Köpfe der angesehenen Bürger hinweg, die auf Stühlen vor ihm saßen. Im Gegensatz zu ihr musste Philipp hier sein. Bürgersöhne über 18 Jahren mussten am Ortsgericht teilnehmen und obwohl Philipp deswegen nörgelte, bestand ihr Vater darauf, dass sein Stiefsohn diese Pflicht erfüllte. Die Heilmännin hatte sie nirgends entdeckt, weder, als sie gekommen war noch die Weile, da sie hier gestanden und das Hereinströmen der Menschen beobachtet hatte.

Gäßler sah sie ebenfalls nicht. Agnes begann sich zu langweilen, als jemand Hübner Hofmann wegen Unbeu rügte. Der Neubau auf dem Hausplatz der halben Hube in der Gemeindegasse verstoße gegen geltende Bestimmungen und müsse überprüft werden. Das hier konnte noch ewig dauern. Bis all die nichtigen Begebenheiten und Vergehen gerügt, die Bußen jener verrechnet wären, die den Zehnten nicht gaben oder den Frondienst verweigerten, würden noch Stunden vergehen. Sie fragte sich, ob es klug gewesen war, so früh zu erscheinen, sie stand sich die Beine in den Bauch. Doch sie wollte Friedgard sehen, und das ging nur von einem guten Platz. Und sie wollte ja zudem hören, was Baumann vorbringen würde. Ob der seine Sache überhaupt zur Rüge brachte? Sie sah sich um, während am Ratstisch genickt und gemurmelt wurde. Ihr Vater gähnte. Philipp erspähte sie nicht mehr, gut möglich, dass er sich davongeschlichen hatte. Dann gab es bei der Tür Geschiebe, durch Federbüsche auf Hüten sah sie Gäßler herankommen. Und da war er. Baumann. Hälse wurden gereckt, der Lehrer hatte aller Aufmerksamkeit. Er gelangte mühelos nach vorne, blieb in der Nähe des Ratstisches stehen und wartete, bis die gewöhnlichen Frevel an der Reihe waren.

Nach geraumer Zeit erhob sich Schultheiß Würth erneut und verkündete. *„Es folgen Strittigkeiten sowohl in Scheltworten, Zank und Schlägereien sowie Beleidigungen, auch Beherbergung von Fremden, alle Spieler, Rassler, Gotteslästerer, die da Tag und Nacht zum Wein liegen, Gott und sein heiliges Wort lästern, verachten und versäumen oder sonst heimliche öffentliche Unzucht oder verbotene Lieb treiben.“*

Würth hob mahnend die Hand und erinnerte erneut daran, dass das gerichtliche Verfahren dazu da sei, Recht und

Unrecht aufzudecken, weshalb alle Vorfälle genannt werden sollten. Er gebot, persönliche Beziehungen außer acht zu lassen und erinnerte an die Gefährdung des Seelenheils bei Verschweigen oder Falschaussage. Schließlich forderte er dazu auf, deutlich zu sprechen, damit die Herren Richter auch alles verstünden und recht handeln konnten, wenn sie sich hernach besprachen.

Da erhob sich Heinrich Herwart von seinem Stuhl. Friedgards Vater wirkte niedergedrückt und vergrämt wie stets. Redlichkeit und Sittenstrenge lagen in seiner Erscheinung. Seine schlichte schwarze Schaube aus edlem Wolltuch mit Pelzbesatz gab ihm das Aussehen eines gestrengen Richters. Sein schlichtes schwarzes Barett hing ihm leicht schief auf den sorgsam gleich unter den Ohren geschnittenen Haaren. Waagerecht gestutzt war sein Vollbart. Herwart ließ einen verdrossen Blick über die Leute schweifen. Seine Augen lagen in schattigen Höhlen und neigten sich am äußeren Winkel nach unten als hingen Gewichte dort, die daran zögen. Hoffentlich wurde Friedgard nicht so, wenn er alt wurde. Lieber Gott, lass ihn nicht so ermattet und steif werden wie sein Vater, betete sie still, während sie zusah, wie Herwart vor den Ratstisch trat.

Hinter Agnes entstand Geschiebe. Sie drehte den Kopf. Margarete Herwart drängte nach vorne, um ihren Eheherrn besser sehen zu können. Der hob zu sprechen an und Agnes sah wieder nach vorne auf den Rücken des Mannes, der ihr Schwiegervater sein könnte, wenn denn endlich …

„Seht Schultheiß und ihr günstigen Herren und Richter. Der Landsordnung *XII. Titul* besagt, dass *die Frommen geschützt, dagegen die Bösen und deren Leichtfertigkeit und Untaten gebührlichs gestraft werden.*“

Herwart sprach laut, betonte jedes Wort. Agnes stellte sich auf die Zehenspitzen und sah, wie Friedgards Vater auf ein

Papier in seiner Hand wies. „Dass man dieser unziemlichen Neuerung stattgeben will, verstehen gottesfürchtige und tugendsame Bürger nicht. Hier auf diesem Papier haben sie mit ihrem Namen gezeichnet gegen das Ansinnen, am kommenden Samstag ein Tanzfest abzuhalten."

Gemurmel erhob sich, teils zustimmend, teils verhöhnend, während Herwart unbeirrt fortfuhr und verkündete, das sittliche Gebaren lasse zu wünschen übrig, wie könne man solch lasterhaftem Treiben zustimmen, das Vergnügen genannt werde, wo es doch nichts weiter sei, als eine Gelegenheit, der Untugend zu frönen. Indem er sich zu den Versammelten umdrehte, rief er, er sei sicher, es würden noch mehr Leute unterschreiben, längst seien nicht alle Bürger befragt worden, was sie von diesem gotteslästerlichen Tun hielten.

Schultheiß Würth erhob sich. „Werter Herr Herwart, werte Gerichtsverwandte. Das Tanzfest ist von kurfürstlicher Seite erlaubt. Nichts Ungebührliches ist daran zu erkennen. Sintemal die Vorbereitungen bereits so weit fortgeschritten sind, dass man nun schwerlich etwas ändern kann. Wir verstehen Amtmann Herwarts Begehr. Wir bedauern, dass man unziemliches Verhalten voraussieht und ermahnen alle, auf ihr Benehmen zu achten und den Anstand zu wahren."

Herwart wies auf das Papier und fragte ungehalten: „Und dass etliche Bürger allhier zeichneten, ist nicht von Belang?"

Würth blickte sich zu den Dorfschöffen um, die ihre Köpfe zusammensteckten und miteinander tuschelten. Als sie ihren Gerichtsvorsitzer wieder ansahen, drückten ihre Mienen stumm die einhellige Meinung aus.

„Nein", antwortete Würth schlicht.

Herwart rief erzürnt: „Auch wenn die Herren Richter in Einklang mit unserem hochlöblichen Kurfürsten an geselligen Festen nichts Verwerfliches finden mögen, ist es doch erwiesen, dass dem Abfall von Gott damit Vorschub geleistet wird."

Belustigtes Raunen ging durch die Menge.

Der Schultheiß indes machte eine abschließende Geste und fuhr zügig fort. Er verwies noch einmal darauf, vor ihm und den Richtern sowie der versammelten Bürgerschaft die dörflichen oder zentlichen Belange anzuzeigen. „*Zur Rug sind zu bringen Mordgeschrei, Diebstahl, blutbare Wunden, falsche Gewichte, Maße und Messungen, Notzucht, Mord und Brand, Räuberei, Zauberei, ferner vorsätzliche Auswerfung der Mark- und Schiedsteine und andere malefizische und peinliche Handlungen wie etwa fürsetzliche hohe Blasphemien und Gotteslästerungen, auch falsche Siegel sowie alle Sachen, die Ehr, Glimpf, Iniurien oder Schmäh antreffen, darauf eine oder die andere Partei zu beweisen schuldig.*"

Agnes sah, dass Margarete Herwart zu ihrem Mann getreten war. Sie hielt ihn am Ärmel und flüsterte auf ihn ein. Er nickte mürrisch.

„Schultheiß, Ihr Herren und Richter!", hob er an. „Ich vertrete nunmehr meine Hausfrau Margarete, die eine Rüge vorzubringen hat gegen Kräuterweib Heilmann. Der Abfall von Gott zeigt sich bereits darin, dass diese sich unter schändlichsten Schmähreden wider mein Weib und Gott weigerte, das Papier zu unterzeichnen, das gegen dieses lästerliche Treiben Bekenntnis zeigen soll. Allein dies ist Beweis genug für das Verderbnis bringende Verlangen nach sündhafter Zerstreuung. Es schadet jedem frommen Christenmenschen."

Murmeln füllte den Ratssaal. Margarete Herwart nickte zustimmend.

Agnes äugte zu Friedgard. Der starrte ungehalten auf seinen Vater.

Des Schultheiß dunkle Stimme ertönte. „Wie wir bereits bestimmten, ist das Tanzfest nicht ungebührlich. Auch dass man daran teilnehmen möchte, nicht. Wenn Ihr indes schändliches Betragen zu rügen gedenkt, so sagt, welche Worte fielen."

Herwart blickte sein Weib an, als diese erneut nickte, sagte er: „Verstockten Kopfs schalt die Heilmännin mein Weib ein … Rumpelscheit und sagte, sie könne sich Gottes Gebot sonst wohin stecken."

Leute lachten.

„Diese unverschämte, ruchlose Person!", rief jemand.

Würth gebot Ruhe, indem er den Arm hob. „Ist das derart geschehen, Frau Herwart?"

„So ist es", bestätigte Friedgards Mutter.

„Dann wird die Rüge eingetragen. Ist Wittib Heilmann zugegen?"

Getuschel, Geraschel, Köpfe wurden gedreht.

Friedgards Vater sagte: „Das ist es ja. Es ist eines jeden Wittweibs Pflicht, beim Ortsgericht zu erscheinen. Doch sieht irgendjemand die Heilmännin hier? Wie oft schon war ihr Name unter jenen, die die Glocke der gemeinen Versammlung und die Rüge verachteten und deshalb Buße zahlen mussten. Ist eine, die solches wieder und wieder tut und sich nicht darum schert, was rechtens und eines jeden Pflicht ist, nicht wahrlich von Gott abgefallen?"

Da stapfte Gäßler nach vorne. Mit einem Ruck kam er zum Stehen, schob Schultheiß und Richtern seinen dicken Wanst entgegen und hob gewichtig an: „Wir sind versammelt, um zu suchen, was rugbar ist und es zur Straf zu bringen. So hört, was ich zu vermelden habe."

Agnes erinnerte sich daran, was Elli ihr an Georgi über Gäßlers Reden in der Schankstube erzählt hatte. Was würde er hier kundtun?

„Solch misstätige und schädliche Leut' treiben allhier ihr Unwesen, dass ich gezwungen bin, zu vermelden, dass auch

Zauberei im Spiel, die zu untersuchen ich hiermit den Antrag stelle."

Oho!, dachte Agnes. Endlich brachte jemand die Rede auf Zauberei. Wie nahm Friedgard das auf? Er hielt den Kopf gesenkt und schrieb. An seiner Miene konnte sie nicht ablesen, was er dachte.

„Man muss endlich ergründen, ob nicht auch bei uns die Unholde wüten und Böses tun allein um des Bösen willen", setzte Gäßler nach und wandte sich den hinter ihm Stehenden zu mit einem Ausdruck im Gesicht, der Zustimmung einforderte. „Die Heilmännin missachtet die Gebote, sie missachtet die Ladung. Ich sage, das tut nur eine Teufelshure!"

Ein Aufschrei ging durch den Raum.

Agnes war verblüfft. Das hätte sie Gäßler nicht zugetraut. Sie sah Friedgards bestürzt aufgerissene Augen. Sah die ungläubige Frage auf seinem Gesicht, als er Schultheiß Würth den Kopf zudrehte. Sie gewahrte, wie dieser Friedgards Blick erwiderte, unmerklich den Kopf schüttelte und eine kaum wahrnehmbare, beschwichtigende Geste mit der Hand machte. Was hatte das zu bedeuten?

Würth ergriff das Wort. Seine dunkle Stimme klang gebieterisch. „Gäßler, das sind harsche Worte. Es ist meine Pflicht, darauf zu achten, dass niemand zu Unrecht in Verdacht gerät."

Gäßler neigte das Haupt: „Dies ist meine Rüge, tragt sie ein und bringt sie vor die Zent."

Würth wechselte einen Blick mit seinem Schreiber, der tat, was er tun musste, er schrieb es ins Register.

„Weitere Fälle!", brummte Würth.

Da trat Baumann vor. Würth nickte ihm zu. Friedgard bedachte seinen Freund mit einem Blick, ganz so, als sei er erleichtert, von den vorangegangenen misslichen und unsinnigen Rügen zu einer ordentlichen übergehen zu können. Es war still im Saal.

Agnes war gespannt. Was hatte Baumann zu sagen?

Er meinte, seiner Ansicht nach sei der Gaul, den Zahn ihm vermietet habe, gestrauchelt, möglicherweise, weil ein Seil am Weg gespannt gewesen sei. Bemerkt habe er es nicht, schließlich habe finsterste Nacht die Sicht verstopft. Der Gaul sei umgeknickt, er selbst heruntergestürzt, sofort seien ihm die Sinne geschwunden, vielleicht habe er sich noch weitergeschleppt, das wisse er nicht, soweit er sich erinnere, sei die Unbill über ihn gekommen etwa eine halbe Meile vor dem Ort.

Baumann verstummte, doch lag in seinem Schweigen die Andeutung, dass er noch etwas zu ergänzen gedachte, worüber er indes noch unsicherer sei als über das zuvor Gesagte.

Agnes hielt den Atem an.

„Womöglich ist es meinen entsetzten Sinnen zuzuschreiben", sagte er schließlich in nachdenklichem Ton. „Doch mir war ..." Er zuckte die Schultern. „Mir war, als sei ich für einen Lidschlag lang von meiner Benommenheit befreit gewesen und hätte gespürt, dass ... nun, dass eine Weiberhand mich berührte, denn ein Bösewicht hätte sicherlich härter zugepackt."

„Da hört ihr es!", rief Gäßler.

Das Raunen, das hierauf folgte, das Tosen, das durch den Ratssaal rauschte, es waren Wogen einer aufgewühlten See.

Jemand rief aufgebracht: „Zerlumpte Hurenweiber finden sich allemal bei den üblen Landläufern und Schelmen! In nichts stehen sie den Übeltätern nach! Ausrotten muss man das Pack!"

Mit einem Mal war Peter an Baumanns Seite. Agnes war überrascht, auch ihn hatte sie bisher nicht gesehen.

„Es geht um die Sicherheit in unserem Territorium! Baumann, was, wenn Ihr Unholden zum Opfer fielt?"

Der Lärm, der sich hierauf im Ratssaal erhob, war ungeheuer. Agnes äugte zu ihrem Vater hinüber. Der war von seinem Sitz aufgesprungen und starrte erstaunt auf die Leute, die nun ein brandender Ozean voller Meinungen waren.

„Recht gesprochen, Ackermann!", rief jemand.

Ein anderer meinte: „Der Beschädigte hat ein Anrecht auf die Bestrafung der Übeltäter! Macht endlich Nägel mit Köpfen!"

„Wir appellieren an die Herren Richter, dem Treiben Einhalt zu gebieten!"

„Habt doch gehört, was Gäßler sagte!"

„Die Sache muss untersucht werden! Schreibt es als Mordgeschrei auf die Zent und findet die Übeltäter!"

„Wie können wir uns noch sicher fühlen und unseren Geschäften nachgehen?"

„Ich versetz meinen Leib, Blut und die Seel', wenn das mit rechten Dingen zugeht!"

Agnes wurde von dieser Woge erfasst, Hitze wallte ihr durch den Leib. Friedgard schaute entsetzt auf die Leute, warf schließlich einen Blick zu Würth, der ein Hinweis war, Ruhe herzustellen.

Würth rief: „Maurer, sorgt für Ordnung!"

„Sprach Baumann nicht von einer Weiberhand?", rief Peter Ackermann und drängte den Büttel von sich.

„Diese leichtfertige Person führt ein gotteslästerliches Leben!", schrie jemand.

„Zieht sie auf und fragt sie, ob sie die Missetat begangen hat!", forderte ein anderer.

Würth hob tadelnd die Hand. „Haltet eure Zungen im Zaum!"

Die Schöffen blickten ratlos.

„Geben die kaiserlichen Rechte nicht vor, dass Indizien gesammelt werden müssen? Lasst Zeugen kommen, wir werden der Bluthure schon den Garaus machen!"

Agnes konnte kaum mehr an sich halten, die Erregung im Raum ging vollkommen auf sie über. Der Tumult war mitreißend, überwältigend wie ein Rausch.

Würths dunkle Stimme übertönte den Lärm. „Artikel 25, Paragraf eins der *Constitutio Criminalis Carolina* gibt deutlich vor, dass weder leichtfertige Leute noch Feinde Aussagen machen dürfen. Nur unparteiische, redliche Leute werden gehört! Was ich hier jedoch vernehme, ist alles andere als redlich. Ich gebiete Ruhe!" Er sah rasch zu seinem Schreiber hin, ehe er fortfuhr: „Wir werden eine Untersuchung anberaumen und es soll die Wahrheit an den Tag kommen."

„Dann betet zu Gott, dass dies auch geschieht!", rief erneut wer dazwischen.

Friedgard meldete sich zu Wort: „Ich möchte zuerst betonen, dass ich Frau Heilmann als gute und gewissenhafte Hausfrau kenne. Dennoch gilt festzuhalten, dass eine Rüge gegen sie vorgebracht wurde, die ich ins Frevelregister eintrage. Da die Landesordnung vorschreibt, dass auf die Rüge hin die Beschuldigte gehört werden muss, Besagte jedoch nicht anwesend ist, wird eine Ladung gegen sie auszusprechen sein, um sie zu den Anwürfen zu hören."

Peter stieß verächtlich Luft aus. Der Büttel verwies Leute des Raumes. Das Getöse ebbte ab. Heinrich Herwart warf einen missbilligenden Blick auf seinen Sohn, drehte sich um und verließ den Ratssaal. Seine Hausfrau folgte ihm.

Agnes betrachtete Friedgard. Seine schönen Augen blickten ernst, die letzten Worte hatte er mit Widerwillen gesprochen. Trauer breitete sich in ihr aus. Er hatte getan, was ihm von Amts wegen zustand. Er war juristisch ausgebildet, ihm oblag es, die angemessen rechtlichen Schritte vorzuschlagen. Aber er war nicht einverstanden mit den Anwürfen gegen die Heilmännin, sie spürte es, sie wusste es. Sie wollte nicht, dass es ihm missbehagte, gegen die Heilmännin sprechen zu müssen, es schnitt ihr ins Herz. Sie suchte nach der Wut, um die Trauer nicht fühlen zu müssen. Sie rief sich in Erinnerung, was Elli gesagt hatte. Dieses vermaledeite Weib hatte ihn verhext! Nur deshalb war er blind gegen die Wahrheit. Wäre er bei klarem Verstand, müsste er zustimmen.

Verzweiflung wallte in ihr empor, als sie daran dachte, dass auch sie gegen die Hexe aussagen wollte. Sie würde seine Zuneigung verlieren, täte sie es. Sie mochte sich gar nicht vorstellen, was sie in seinen Augen läse, sollte sie diesen Schritt tun. Kalt war das Verlies, in das sie bei diesen Gedanken stürzte. Kalt, dunkel und einsam wie sie es kannte. Nein, dort wollte sie nicht sein! Sie fasste an den Dolch. Sie musste fort von den vielen Menschen, alleine sein, die Wut entfachen, damit sie die Trostlosigkeit hinwegspülte! Raus hier. Sie drängte durch die Menge. Als sie in den Vorraum hinaus trat, sah sie dort Georg stehen. Er beobachtete sie mit jenem ernsten Blick aus seinen gelb gesprenkelten Augen, der ihr stets das Gefühl gab, er schaue auf den Grund ihrer Seele. Plötzlich hasste sie ihn dafür, wo es ihr vorher nur unangenehm gewesen war. Sie hasste ihn und fast hätte sie laut aufgelacht, denn da war sie, die Wut, eine Woge mit weiß schäumender Gischt, die alle anderen Empfindungen fortspülte und in ihr dieses berauschende Reißen entfachte, das sie am Leben hielt.

Sie lächelte ihren Bruder im Vorbeigehen an und verließ das Rathaus.

11

Zentgraf Johannes Zahn klatschte der Hure auf den entblößten Hintern und zog sich mit einem Aufstöhnen aus ihr zurück. Er hatte sie im kleinen Loch genommen, etwas, das die wenigsten Weiber mochten. Die Rothaarige sog scharf die Luft ein, senkte den Hintern, den sie ihm hingehalten hatte, und ließ sich auf den Bauch fallen. „Ein wildes Tier bist du, Zahn", keuchte sie in das Kissen, in das sie noch immer den Kopf gedrückt hielt. Ihre langen Haare lagen um sie ausgebreitet wie vergossener Wein.

„Wildkatze. Willst es doch auch!"

„So fest doch nicht, du Hammel!"

„Geh …"

„Hat wehgetan, Grobian. Reißt mich ja auf."

Zahn lachte und schlug ihr noch einmal auf den Arsch. „Dafür bezahl ich dich auch gehörig, was? Bekommst nicht jedes Mal deinen Lohn? Also halt's Maul." Er stieg vom Bett. Klaubte Hemd und Hose vom Boden, schüttelte schmutzige Strohhalme ab, die daran festhingen. Suchte seine Stiefel, die er achtlos von sich geschleudert hatte, und fand sie unter dem einzigen Stuhl der kargen Kammer.

Sein Gaul zockelte. Doch er trieb ihn nicht zur Eile, obwohl er sich erschöpft fühlte. Angenehm war die Müdigkeit, die seine Glieder und Gedanken umfangen hielt. Gemütlich trottete er dahin und dachte an den prallen Arsch seiner Gespielin. Diese Hure war Gold wert. Sie ließ sich von hinten besteigen, etwas, das ihn gewaltig erregte. Egal in welchem Loch. Zahn grinste vor sich hin, als er daran dachte, wie seine Susanne, in körperlicher Hinsicht um vieles williger als sein erstes Weib, ihn dennoch empört anfauchte, wenn er das von ihr wollte. „Nicht wie's die Hunde treiben!"

Nein, mein Täubchen, dachte er vergnügt, nicht wie die Hunde. Wie der Bocksbeinige höchstselbst, wenn der hinter einer Vettel steht und ihr seinen dicken Riemen zwischen die Hinterbacken schiebt. Zahn sah das wollüstige Entsetzen auf dem Gesicht der Hexe, mit dem sie den Fürsten der Finsternis über die Schulter anblickte, während der ihr den Oberkörper nach unten drückte und sein langer Schweif sich bis zum Boden schlängelte. Inzwischen besaß er zahlreiche Flugblätter mit solchen Abbildungen. Und, zum Teufel auch, er war der Bocksbeinige, wenn er die Rothaarige bestieg. Wann immer er sich in Leimen aufhielt, machte er einen Umweg zu der Wildkatze.

Genüsslich strich Zahn sich über das Kinn. Vor ihm im Westen, über den Wipfeln des Hardtwaldes, hing ein letztes senffarbenes Glimmen am Himmel. Würde spät werden, bis er in Hockenheim war. Sei's drum. Das war's wert! Er fasste sich ans Gemächt und herrlicher Schauer rieselte ihm den Rücken hinunter.

Sich wollüstig im Bett mit seiner Gespielin zu suhlen war Antrieb und Belohnung gleichermaßen. Voll Vorfreude war er am vorgestrigen Abend nach dem Ortsgericht gen Leimen aufgebrochen. Er schaute stets, dass alles gut vorbereitet war für den ungebotenen Zentgerichtstag, der regelmäßig nach dem Dorfgerichtstag dort stattfand. Wie stets besprach er sich mit Zentbüttel Meyer und den beiden in Leimen ansässigen Zentschöffen. Der Rechtstag musste einige Tage zuvor beim Oberamt angekündigt werden. Dies Schreiben, aufgesetzt vom jungen Herwart, hatte er mitgebracht, Meyer würde für die Weiterleitung nach Heidelberg Sorge tragen. Mit diesem zusammen sowie mit dem Stadtknecht besah er gewöhnlich all jene Dinge, die für den Gerichtstag notwendig waren. Sie prüften, ob die Glocke, die das Gericht einberief, in gutem

Zustand war, desgleichen die Gerichtsschranken, die den Platz vor dem Rathaus absperrten. Auch die Beschaffenheit der Spieße, die über Kreuz hinter den Schöffen in Bottichen staken, musste überprüft werden, schließlich durften sie weder von Eisenmalen verunziert sein noch durften Risse oder Splitter das Holz unansehnlich machen. All das hatte ihn die beiden Tage, die er nun in Leimen zugebracht hatte, auf Trab gehalten, und als Zahn sich dies noch einmal in Erinnerung rief, war er erst recht froh um die Stunden des Ausgleichs, die ihm seine Wildkatze schenkte.

Allerdings kroch ihm nun der Gedanke an seinen verlorenen Schatz ins Hirn. Das war weniger erquicklich, es warf einen Schatten auf das Nachsinnen über die saftigen Stunden mit der Rothaarigen. So nahe davor war er gewesen, es endlich in Händen zu halten. Hatte ihn viel Mühe und Geld gekostet. Er fühlte sich betrogen. Und das war er ja auch, zum Teufel! Jemand hatte es gestohlen. Und es sah ganz danach aus, als sei Baumann deswegen überfallen worden. Doch wer außer dem Buchhändler in Heidelberg wusste von den Schriften? Baumann nicht. Er würde dem doch nicht auf die Nase binden, dass er seit Jahren … wie lange war es eigentlich her? Er überlegte. 1587 war er auf der Frankfurter Buchmesse gewesen. Auf der Suche nach Flugschriften und Drucken, die sich mit dem Leibhaftigen und seinen Ausschweifungen beschäftigten. Da war ihm das Buch des Arztes in die Hände gefallen, der seine Seele dem Teufel verschrieb. Natürlich hatte er sich ein Exemplar gesichert. Seitdem ließ der Mann ihn nicht mehr los. Er forschte nach und fand heraus, dass dieser Doktor Faustus wirklich gelebt hatte. Zwischen 1506 und 1513 gar in Heidelberg! Er war Direktor der Lateinschule. Sollte da mit den Jungen rumgemacht haben. Äußerst abstoßend – und äußerst erregend! Schließlich kam ihm zu

Ohren, es gäbe Schriften aus der Heidelberger Zeit des Faust, in welchen es um Astrologie und Wahrsagen, um Alchemie, Zauberei und Geisterbeschwörungen ginge. Gab es etwas, das verheißungsvoller war? Von Löchern zwischen Hinterbacken und Schenkeln einmal abgesehen? Es war noch keinem Alchemisten je geglückt, Gold zu machen, den Stein der Weisen zu finden, an allen Fürstenhöfen Europas nicht, wo diese Wissenschaftler ein und aus gingen. Aber dem Faustus, dem war es immerhin gelungen, den Teufel herbeizurufen und ihn für seine Zwecke zu gebrauchen. Was ihn, Zahn, in Bann zog, war die Sache mit dem Goldmachen. Etwas in diesen Aufzeichnungen musste Aufschluss darüber geben, wie man das anstellte. Noch war nicht bewiesen, dass es *nicht* möglich war, nicht wahr? Seinen Reichtum zu mehren hielt er jedenfalls für ein erquickliches Ziel, und er ging davon aus, dass dafür Ratschläge in den Schriften des gelehrten Mannes zu finden waren, dessen raue Darstellung der Sitten und Gebräuche ihm bereits in dem Buch, das er seinerzeit erworben hatte, so viel Vergnügen bereitet hatte. Der Mann sprach ihm aus der Seele mit seinen Lästerungen gegen Rom, seinen Schmähungen und Hetzreden. Er wollte diese Handschriften, koste es was es wolle! Angeblich sollten sie in der Palatina, der kurfürstlichen Bibliothek, aufbewahrt werden. Er setzte seine Männer drauf an, sie fanden nichts. Schlussendlich konnte er sich auf seine Gewährsleute verlassen. Sie hatten die Handschriften aufgetrieben. In den Gewölben der kurfürstlichen Kanzlei, vergessen im hintersten Eck. Die Beschaffung hatte ihn einiges gekostet. Er könnte sich in den Arsch beißen, dass er es dem blutleeren Baumann überlassen hatte, ihm die Schriften aus Heidelberg mitzubringen. Wäre er nur selbst geritten! Wie sollte er nun dahinter kommen, was dieser Faustus aufgeschrieben hatte?

Ganz zu schweigen davon, was es bedeutete, brächte man ihn mit den Schriften eines Teufelsanbeters in Verbindung. Das war gefährlich, sogar für einen wie ihn, der das Recht vertrat, der von Amts wegen dazu ausersehen war, solcherlei Unzüchtigkeiten auszumerzen. Solange niemand davon wusste, was er trieb, war das gleich. Doch nun hatte jemand die Schriften gestohlen. Dumm. Mehr als dumm. Als ob er nicht Sorgen genug hätte. Er bangte um das alte Recht, Zentrecht zu sprechen. Die Zent ging doch vor die Hunde. Jahr für Jahr wurde das schlimmer. Seit dem Erlass der Landesordnung vor gut zehn Jahren konnte nichts mehr ohne die Juristenärsche in Heidelberg unternommen werden. Für jeden Furz brauchte er Zustimmung aus Heidelberg, wegen jedem Schiss musste mit den Studierten korrespondiert werden. Die Malefizprozesse vor dem Zentgericht waren doch ein Gaukelspiel, nichts weiter. Lediglich das Endurteil durfte er noch sprechen. Und auch das stand nach dem vorgerichtlichen Vorverfahren im Grunde bereits fest. Das Oberamt entschied, so war's doch. Wenn das so weiterlief, verkam er zum bloßen Handlanger derer in Heidelberg! Die Amtleute mussten streng nach kurpfälzischem Landrecht handeln und die Aufsicht des Oberrats war lückenlos. Und das schlimmste dabei war, dass er immer mehr auf die studierten Herren angewiesen war und den jungen Herwart zunehmend zu Rate ziehen musste. Der Blondschopf hatte zwar das Studium der Juristerei abgebrochen, war aber als Gerichtsschreiber dem Schultheiß zur Seite gestellt und kannte sich mit den Gesetzen aus. Auch so ein Fasan. Stolzierte weibisch herum und hielt sich für wer weiß wen. Agnes hatte ein Auge auf den Burschen geworfen. Konnte sie sich aus dem Kopf schlagen. Er würde sich doch nicht mit dieser Sippe verwandschaften! Den Alten, Heinrich Herwart, konnte er erst recht nicht ausstehen. Keine Hockenheimer. Fremdes Geschmeiß. Viel zu strenggläubig obendrein. Wie der sich aufgeplustert hatte beim Ortsgericht! Nein, er würde ihr schon einen geeigneten Eheherrn finden. Am besten jemand, der das Fuhrwerksgeschäft leiten konnte, wenn er Georg den Freihof übergab oder, wovon er ausging, da sein Ältester an rechtlichen Belangen Anteil nahm, wenn diesem eines Tages möglicherweise ebenfalls das Zentgrafenamt angetragen wurde. Zahn schloss genüsslich die Augen und sah Reihen gut gerüsteter Fuhrwerke, allesamt mit dem rot-silbernen Familienwappen verziert. Befördern von Waren war einträglich. Unangefochten führte man einfache oder kostbare Waren im Auftrag von Händlern und Kaufleuten an die gewünschten Orte. Da konnte er einen kräftigen Schwiegersohn durchaus brauchen, zumal es noch dauerte, bis seine beiden Jüngsten in einem Alter waren, da sie die ihnen zugedachten Aufgaben erfüllen konnten. Ja, er würde sich umhören, es wurde Zeit für Agnes, sich zu verheiraten.

Zahn strich sich noch einmal über das Kinn. Die Nacht hüllte ihn ein. Kühle Schatten umgaben ihn. Er zog seinen Umhang enger, langsam verschwand die Hitze aus seinen Lenden, die ihn warm gehalten hatte. Ende April war diese Kühle nicht ungewöhnlich, doch in der anhaltenden Schlechtwetterlage verderbendrohend. Mochte was dran sein an dem, was man so hörte. Die Sache mit der Hexensekte. Dass die Kurpfalz verschont blieb von ihren Umtrieben wollte ihm nicht so recht ins Hirn. Eiferer glaubten, weil die Kurpfalz dem rechten Glauben folgte, wage die Sekte nicht, sich hier auszutoben, während sie doch in allen Territorien rundum wütete.

Töricht dahergeredet, dachte Zahn. Die Kurpfalz hatte eine gesonderte Stellung im Reich, sich die religiöse Freiheit mühsam ertrotzt mit Friedrichs III. Auftritt vor dem Kaiser vor vierzig Jahren. Dennoch war die Sachlage wackelig wie ein locker gewordenes Rad an einem Karren. Jederzeit konnte es sich ablösen und die Achse brechen. Das zeigte das Gerangel des vergangenen Jahres um eine lutherische Vormundschaft für den jungen Friedrich genau so wie der Angriff aus Herrnsheim. Der Kurfürst würde durchgreifen müssen. Auch hierzulande würden Unholde brennen. Die wenigen Fälle, die er aus seinem Rechtsstudium kannte – in seiner Amtszeit hatte es keine Prozesse gegen Unholde gegeben –, hatten allesamt damit geendet, dass man die Verdächtigen des Landes verwies.

Die Heilmännin fiel ihm ein. Zahn dachte daran, was Gäßler ihm berichtet hatte. Er traute dem keinesfalls. Zum Schornstein hinaus? Wer weiß, was der Suffkopf gesehen haben mochte. Trotzdem ließ ihn etwas daran nicht los. Die Heilmännin selbst war's. Noch immer ein stattliches Weib. Dieser Hintern … zum Teufel, so ein Hintern ließ einen den Verstand verlieren. Hatte er ja auch, damals. Was soll's. War ja nichts geschehen.

Er sah sie vor sich, wie sie neben dem verletzten Baumann stand, den stolzen Blick auf ihn gerichtet. Kalt. Wie eh und je. Vermaledeites Weib. Alle hatten sie Angst vor ihren Augen. Er nicht. Noch nie. Hatte sich verzehrt nach jenem besonderen Blick aus ihnen. Jenem Blick, der einem ganz gehörte, wenn jemand einem zugetan war. Aber den schenkte sie nicht ihm. Diesem Bauern Leonhard hatte sie ihn geschenkt. Und wie ein Blitz fuhr die Erkenntnis in ihn. So stark, dass er die Hand auf den Oberschenkel hieb, sodass die Ohren seines Gauls nach hinten zuckten. Hatte nicht Triumph in diesem Blick gelegen? Hatte sie nicht arglistig gefragt „Welche Sachen, Zentgraf?". Wie hatte er nur so blind sein können! Sie hatte die Schriften, für die er einiges gewagt hatte!

Langsam, Zahn, denk nach. Wie sollte sie wissen, dass das Bündel für ihn bestimmt war? Stand sicher nicht sein Name drauf. Ob Baumann es ihr gab, bevor er ohnmächtig wurde? Kaum, der Lehrer hatte nichts dergleichen gesagt, als er ihn befragte. Nein, Baumann hätte es ihm gesagt, wenn er der Heilmännin das Bündel gegeben hätte. Spätestens dann, als er ihm eingeschärft hatte, dass er nicht zu erwähnen brauchte, dass ihm etwas gestohlen worden war. Zahn knirschte mit den Zähnen. Auch das hatte ihn einiges gekostet, nämlich geduldige Selbstbeherrschung und einen niedrigeren Mietzins für das Leihpferd als üblich. Damit hatte er dem Lehrer zu verstehen gegeben, er solle sich keine Sorgen um den Verlust machen, er, Zahn, könne die Schriften jederzeit wieder erwerben. Er hoffte, der Lehrer würde bei der Haltung bleiben, die er ihm eingeredet hatte: Ein paar Kreuzer seien ihm abhanden gekommen, möglicherweise sogar beim Sturz. Das hielt die Sache undurchsichtig und das war gut so. Er brauchte Zeit, um sich weitere Schritte zu überlegen.

Plötzlich fiel ihm noch etwas ein. Baumann hatte beim Ortsgericht ausgesagt, er meine gespürt zu haben, dass eine Weiberhand ihn berührte! Das war nicht auf seinen Mist gewachsen, aber es war gut und Teufel auch, er würde drei Fürze drauf lassen, wenn's nicht doch die Heilmännin war! Dieses falsche, täuschsüchtige Weib hatte sofort begriffen, dass sie ihm damit schaden konnte. Sie hatte die Gelegenheit ergriffen, sich nach all den Jahren an ihm zu rächen. Sie hatte, worauf er seit Wochen wartete! Zorn wallte in ihm auf bei diesem Gedanken. Und doch ... unwillkürlich musste er lachen. Mit mir anlegen? Es wird mir eine Freude sein, Barbara Heilmann. Ich komm dir bei! Du wirst mich ansehen! Und zwar anders als all die Jahre. Du wirst deinen harten Blick weich machen, um mich gnädig zu stimmen. Du wirst ... zum Teufel ... endlich diese Ablehnung daraus nehmen und ergeben dreinschau'n. Das wirst du. Und wenn nicht, dann ... gilt es, dir Hexenwerk nachzuweisen! Dann will ich dich schlottern sehen, Heilmännin.

Zahn schnalzte mit der Zunge. Ihre Augen würden um Gnade flehen! Er musste nur einen Weg finden, sie in Hockenheim zu behalten, denn die Malefizordnung schrieb vor, dass Übeltäter sofort nach Ergreifen an das Oberamt geliefert werden mussten. Von dort aus und mit herrschaftlichen Amtmännern wurde die Voruntersuchung durchgeführt. Das lag nicht in seinem Sinn, ganz und gar nicht. Er hatte nicht vor, es zu einem peinlichen Rechtstag am Zentgericht kommen zu lassen. Zum Teufel, da lief ihm schon wieder der Saft in die Lenden, wenn er sich vorstellte, wie sie in seinen Fängen zappelte!

Und dann kam ihm noch etwas in den Sinn, sein Herz tat einen Satz. Was, wenn er das vermengte? Nach dem Ortsgericht hatte Gäßler ihn aufgesucht und ihm berichtet, dass er seiner Pflicht nachgekommen sei und dem Schultheiß seine Beobachtungen gemeldet und gebeten habe, die Rüge betreffend die Heilmännin ins Register einzutragen. Dies sei nicht erfolgt, denn der Schultheiß sei beim Ortsgericht nicht darauf eingegangen. Auch habe er kein Wort darüber verlauten lassen, dass Gäßler diese Sache bereits gerügt hatte. Damit würde er den rotgoldnen Vogel zur Strecke bringen. Diesen Modefurz, den sie ihm vor die Nase gesetzt hatten. Nachlässigkeit in Sachen Frevelregisterführung, das war ja geradezu trefflich! Vielleicht hatte er gar Verständnis für widernatürliche Umtriebe. Für eine Unholdin die einen armen Mann überfiel aus purer Bosheit. Das zeigte ein marodes Dorf, in dem man gehörig aufräumen musste. Und er war der Mann dafür! Recht und Ordnung hielt er, Zahn, aufrecht!

Zahn trieb seinen Gaul an, dass dieser in einen leichten Trab fiel. Dunkel war's, er nahm nur Schemen wahr, aber der Gaul kannte den Weg.

12

Widerlich war das! Ganz und gar abstoßend und ekelhaft! Agnes schlug die Zähne in die Unterlippe, um nicht laut zu schreien. Mittag war's erst, und doch war dieser Tag schon so grundverdorben und grässlich und … ach verflucht und noch mal verflucht, auch wenn's verboten war!

Agnes gewahrte die Hausfrauen auf dem Dorfplatz. Sie schickte einen flüchtigen Gruß hinüber, hastete vorbei an der Georgskirche, dem Friedhof, auf die Kreuzung zu. Nichts war, wie es sein sollte. Vater, kaum aus Leimen zurück, versetzte das Haus in Aufruhr mit seinen Befehlen. Friedgard hatte nicht gefragt, ob sie mit ihm zum Tanz in den Mai gehen wolle. Und die dumme Elli gab den Treffplatz preis. Oh, wie sie der gleich Bescheid stoßen würde! Schafskopf Elli war im Freihof aufgetaucht und hatte ihr über Bea ausrichten lassen, sie solle um die Mittagszeit am üblichen Platz sein. Jetzt wusste dieser Wabbelarsch, dass sie sich mit einer Magd traf!

Zu alledem hatte sie vorhin wieder eine dieser grauenhaften Flugschriften auf dem Abtritt gefunden. Hexen, in abscheuliches Treiben mit dem Teufel verstrickt. Hässliche alte Weiber mit bösen Gesichtern, die ihm den Hintern küssten. Der entsetzlich lange Schweif, der ihm daraus hervorwuchs. Die gebleckten Zähne, der gierige Blick, den er über die Schulter auf diejenige warf, die als nächstes dran war. Und das Geifern der anderen, die zuschauten, mit diesem abstoßenden Grienen im Gesicht. Ganz schlecht war ihr davon.

Agnes dachte daran, dass ihr Vater behauptete, die Flugschriften dienten der Abschreckung. Man müsse seine Feinde kennen, sagte er. Agnes wollte diese Bilder nicht sehen und sie fragte sich, ob er sie wirklich zur Abschreckung aufbewahrte, wie er dartat. Fast wollte es ihr scheinen, er fand gar Gefallen an ihnen. Er lachte nur, wenn Johannes, ihr kleiner Halbbruder, der mit seinen vier Jahren seit kurzem den Abtritt benutzte, vor Angst greinte, wenn er eine solche Flugschrift in die Finger bekam. Nicht dass es sie kümmerte, ob der Wicht Schaden nahm. Oh, sie kümmerte gar nichts! Und alles kümmerte sie!

Ein kalter Windstoß riss die Schöße ihrer Schaube auseinander. Zornig raffte sie sie zusammen. Die grässliche Bea wusste nun nicht nur, dass sie und Elli Umgang miteinander pflegten, sondern auch, dass sie dafür einen eigenen Platz hatten. Dass sie, die Tochter des Freibauern und Zentgrafen mit einer Magd verkehrte, wollte Agnes nicht an die große Glocke hängen. Und schon gar nichts ging das Bea an, die ja ebenfalls Magd war. Auch wenn sie zum Haushalt ihres Vaters gehörte, bei dem sie sich oft genug beschwerte, weil sie sie geschlagen hatte. Verflucht, es war schon schlimm genug, dass sie mit Elli zusammenkam. Sie grollte deswegen mit sich selbst. Aber ohne Elli hätte sie sich damals zu Tode gefürchtet vor dem dämonenhaften Pfarrer Henerich mit seinem stechenden Blick und der ekligen Warze auf der Nase. Elli hielt heimlich unter dem Tisch ihre Hand, während sie die Verse das Katechismus hersagte und vor Angst dabei zitterte. Die Buchstaben, die der Alte in eine Wachstafel ritzte, verschwammen ihr vor den Augen und sie konnte sie nicht mehr auseinanderhalten. Wie sie das dunkle Haus des alten Henerich verabscheut hatte, in dem es nach Kohl und Pisse roch. Doch Elli, unerschrockener als sie selbst, hatte sie zum Lachen gebracht, wenn sie sagte, sie würde dem alten Hahn eine zweite Warze auf die Nase hexen. Er solle sie nur weiter so plagen mit dem elenden Lernen, Agnes würde schon sehen! Wie dankbar sie Elli dafür gewesen war! Heute schämte sie sich dafür. Und sie ließ es Elli spüren, wann immer sie dazu aufgelegt war.

Und ihr Vater? Wie sollte sie ihm zu verstehen geben, dass sie Friedgard heiraten wollte? Er konnte die Herwarts nicht leiden. Rückte der Gerichtstag näher, war er ohnehin in sonderbarer Stimmung. Agnes verstand nicht viel von den Zentdingen. Doch sie wusste, dass ihr Vater den Untergang der alten Rechtsprechung kommen sah und sich darüber grämte. Manchmal kam er gelöst und heiter aus Leimen zurück, zu Scherzen aufgelegt, dann schien in Leimen alles zu seiner Zufriedenheit gegangen zu sein. Zuweilen aber kehrte er mürrisch und streng zurück, da mochte wer weiß was geschehen sein. Nach langem Drängen hatte er ihr vor zwei Jahren erlaubt, die Rechnungsbücher des Fuhrunternehmens zu führen, unter der Bedingung, dass sie ihre anderen häuslichen Pflichten nicht vernachlässigte. Je nachdem, wie ihr Vater vor und nach dem Rechtstag gestimmt war, schickte er sie zu häuslichen Arbeiten oder ließ sie mit den Büchern in Ruhe. Und diese Zeit liebte sie, denn sie säumte dann herum und träumte.

Als sie bei den Steinblöcken ankam, war von Elli weit und breit nichts zu sehen. Sie äugte nach Feuerwanzen. Diese Mistviecher hasste sie ebenso wie die Ohrwürmer. Zahlreich waren sie trotz der Kälte wiederauferstanden und waren überall. Indes, keiner der roten Dreckskäfer war zu sehen und sie setzte sich.

Ganz und gar unglücklich fühlte sie sich. Friedgard war nach dem Ortsgericht wegen des Schreibens ans Oberamt im Freihof gewesen. Sie hatte versucht, ein Gespräch mit ihm zu beginnen, ihm gesagt, wie leid ihr tue, was seinem Freund zugestoßen war. Er hatte nur genickt. Wie sollte sie ihn für sich gewinnen? Er grüßte freundlich. Er lächelte flüchtig. Mehr nicht. Sie spürte das Begehren in sich lodern wie Feuer und es gab nur einen, der dieses Feuer löschen konnte: „Du, mein schöner Engel", flüsterte sie.

Sie griff nach ihrem Dolch und zog ihn aus der Scheide. Mit dem Finger fuhr sie die feinen Rillen der gezackten Linie des Wappens nach, fuhr über die beiden Tannen auf dem Dreiberg, die der Schmied ganz sacht hervorgehoben hatte. Sie berührte die Schneide, scharf und neu. Ihr Herz schlug schneller. Rote Blutteufel, die ihr zuraunten: „Tu es!“ Die Verlockung war groß. Nur ein bisschen. Aber sie widerstand. Später. Elli durfte sie dabei keinesfalls ertappen! Aber sie konnte nicht widerstehen. Dieser vermaledeite Tag war Schuld. Sie verstärkte den Druck des Zeigefingers. Der sanfte Stich ließ sie erschauern. Sie betrachtete den kleinen Schnitt auf der Kuppe, den hervorquellenden Blutstropfen, genoss das sanfte Pochen. Sie steckte sich den Finger in den Mund und schloss die Augen, riss sie auf, als sie Schritte hörte. Rasch war Agnes auf den Beinen. Noch bevor Elli etwas sagen konnte, hatte sie ihr die Dolchspitze an die Brust gedrückt.

„AchGottachGott Agnes! Was …?“ Elli wich zurück, aber Agnes folgte ihr und drückte die Spitze tiefer in das graue Schultertuch, das Elli sich um den dicken Busen gewunden hatte.

„Du Tratschweib! Soll ganz Hockenheim wissen, dass wir uns treffen?“

„Aber …“

„Aber!“, ahmte sie Elli nach und schnitt ihr eine Grimasse. Den Dolch hielt sie ihr dicht unter die Nase. „Dumm bist du! Jetzt weiß Bea, dass wir einen Treffpunkt haben!“

„Den hab ich doch nicht verraten.“ Elli war empört. „Und hör auf, mit dem Ding vor mir rumzufuchteln!“

„Aufschlitzen sollte ich dich!“

„Agnes!“ Elli wich einen weiteren Schritt zurück und hob die Hände vors Gesicht. „Beruhige dich doch!“

„Grad mal so!“, gab Agnes sich versöhnlich und setzte ein Grinsen auf. „Aber ich hätte nicht schlecht Lust …“ Sie machte eine Bewegung als wolle sie Ellis Nase aufritzen, dann steckte sie den Dolch weg.

„So dankst du mir, dass ich herkomme, wo doch mein Vater will, dass ich jede freie Minute in der Schankstube zubringe! Der Eicher ist da, 's gibt 'n Haufen Arbeit!" Sie zog eine Schnute. „Außerdem macht sich mein Vater fast in die Hose wegen dem Mayenschein. Der will doch unten im Freihof auch eine Schildwirtschaft aufmachen. Genau gegenüber! Das nimmt ihm die Gäste weg, sagt er. Dabei hat die Hälfte der Dorfschöffen, die, die aus Reilingen kommen, bei uns zu Mittag gegessen. Und grad jetzt hocken vier Geleitreiter in der Schankstube und machen 'ne anständige Zeche." Elli grinste verschmitzt. „Schöne Männer! Schoßwämser mit dem kurpfälzischen Wappen, Pumphosen, kurze Mäntel, Halskrausen …" Ihr Blick wurde verträumt.

„Deshalb bestellst du mich ein?"

„Ach was!"

„Dann sag schon, was so wichtig ist", forderte Agnes. Sie packte Elli am Ärmel und zerrte sie heran, so dass Elli unsanft an ihre Seite kollerte.

„Mensch Agnes! Sei nicht immer so … grob!"

Agnes lachte. Sie fühlte sich mit einem Mal heiter. Das Glucksen brach aus ihr heraus, sie konnte nichts machen. In ihr war alles in Aufruhr. Sobald sie zu Hause wäre! Ab in die Kammer. Allein sein. Und tun, wonach es sie verlangte. Hitze wallte durch ihren Körper. Nachher. Geduld. Sie blickte in Ellis verstörtes Gesicht und hörte auf zu lachen. „Also?"

Elli knetete die Hände ineinander und spielte die Beleidigte. Schließlich sagte sie mit vorwurfsvollem Ton: „Der Wendel hat dafür gesorgt, dass du dich mit der aus Wiesental treffen kannst."

Agnes verstand nicht, was Elli meinte.

Elli machte große Augen. „Mit der Wahrsagerin!", betonte sie.

Jetzt erst erinnerte sie sich wieder. Die Wahrsagerin aus Wiesental. Der Liebeszauber. Elli schien es ernst zu meinen.

„Wahrsagerei ist verboten", sagte sie.

„Willst du deinen Friedgard oder willst du ihn nicht?"

Agnes hatte das als Spaß aufgefasst, es nicht ernsthaft erwogen. Jetzt sollte sie sich mit einer Zauberin treffen?

„Ein Christ darf solcherlei Zauber nicht glauben. Das predigt Eigner", sagte sie.

„Das predigt der immer." Elli winkte ab.

„Aber Rat suchen bei des Teufels Volk? Ich war noch nie bei einer Wahrsagerin."

„Wer soll sonst helfen? Was wissen die schon! Denen geht's um schädigende Magie. Wir aber machen nichts Unrechtes. Wir lassen uns helfen. Selbst Fürsten haben Magier und Zauberer bei sich. Hör zu", sagte Elli und senkte die Stimme.

„Bevor die deinen Friedgard ganz verzaubert, musst du etwas machen!" Elli straffte die Schultern und schob die Brust nach vorne, offenbar zufrieden mit sich. „Bei Herwarts reden sie davon. Die Alte lässt sich ja mir gegenüber nichts anmerken. Aber einen Zorn hat die wegen dem Geschwätz der Leute wegen ihrem Jungen und dieser Unholdin …"

„Diese Hexe!"

„AchGottachGott sag das nicht!" Elli machte ein erschrockenes Gesicht und wedelte abwehrend mit beiden Händen. „Nicht dieses Wort! Du musst *böse Leute* sagen, mittwochs und freitags sowieso. Heute ist Freitag. Und vorher *Dreck vor die Ohren*, sonst holen sie dich!"

Agnes hörte nicht zu. Ihr war etwas eingefallen. Sie schalt sich eine Närrin. Wieso war sie nicht früher draufgekommen? Alle hatten sie damals gesagt, das Fieber sei am Abklingen gewesen, ihre Mutter hätte durchkommen können. Liebe kleine Mama ... Ich war doch ein Kind! Allein, so allein ... ich konnte doch nichts dafür ...

Und jetzt nahm sie ihr Friedgard. Erst die Mutter, nun ihren Engel!

„Ich weiß noch etwas", flüsterte Elli. „Der Wendel hat gesehen, wie sie aus dem Eichenwald bei Lußheim gekommen ist. Der wohnt in Lußheim. Erst war Nebel, sagt er, dann ist ein Hase aus dem Wald gerannt. Jeder weiß, steigt aus dem Wald Nebel auf, rauchen die – *Dreck vor die Ohren"* – Elli blickte sich furchtsam um und flüsterte schließlich: „Hexen! Gegen den Angang vom Hasen hat er dreimal in dessen Richtung hin ausgespuckt und sich dann dreimal um sich selbst gedreht. Dann ist er drei Schritte zurück gegangen und hat einen Stein nach ihm geworfen. Gleich darauf kommt die Heilmännin zwischen den Bäumen vor!"

Agnes gruselte sich. „Mein Gott!", entfuhr es ihr. Und dann kribbelte es am ganzen Körper und sie begriff.

„Was, denkst du, hat sie bei den Eichen getrieben?", fragte sie Elli, die sie gespannt ansah. Ah, jetzt war das Kribbeln in ihrem Innern willkommen!

Elli wusste die Antwort: „Wahrscheinlich nimmt die das Laub, bringt's zum Sieden, um Sturm und Hagel zu machen!"

Agnes nickte zustimmend. „Die Altvorderen haben diese Bäume für böses heidnisches Tun benutzt. Der Gewittergott Donar hat mit den Bäumen zu tun. Das weiß ich von meiner Mutter. Und haben wir zu viele Unwetter oder nicht?"

Ellis Mund blieb offen stehen. „AchGottachGott Agnes. Wenn das stimmt ..."

„... haben wir eine Unholdin im Ort, und das schon seit Jahren!" Jubel breitete sich in ihr aus, gurgelte ihre Kehle hinab wie klares, kühles Wasser. Sie überlegte. Reichte das, um die Heilmännin zu beschuldigen?

„Was anderes", raunte Elli und stieß ihr den Ellbogen in die Seite. „In der Schankstube wird so einiges geredet, weißt du ja ..." Elli wartete, dass Agnes auch wirklich zuhörte. „Heute haben ja die Untersuchungen angefangen wegen dem Überfall auf den Baumann. Deswegen waren ja die Schöffen bei uns essen. Ich hab da was aufgeschnappt über den Schultheiß. Der würde nicht genug unternehmen wegen den Unholden. Der taugt nichts, weil er's Frevelregister nicht ordentlich führt." Elli deutete sich auf die Augen. „So Augen wie der hat niemand, mit so 'nem roten Ring!" Sie schüttelte sich, angenehm durchdrungen und abgestoßen zugleich von dieser Schauerlichkeit.

Agnes war der Schultheiß augenblicklich gleich. Friedgard war wichtig. Und die Heilmännin.

„Was sagst du?" Elli, sichtlich angetan von solch aufsehenerregender Kunde, zupfte Agnes am Ärmel.

Sie fuhr zurück, schlug hart die Fersen gegen den Stein. Etwas musste geschehen.

„Wo soll ich die Wahrsagerin aus Wiesental treffen?", brach es aus ihr heraus.

Elli blickte verwundert.

Liebeszauber war ihre einzige Möglichkeit! Sie musste ihn bekommen.

„Alles will ich wissen. Alles, was dir zu Ohren kommt! Wir werden die Heilmännin das Fürchten lehren! Die wird sich noch umgucken!" Oh, sie musste umsichtig vorgehen. Sich gut überlegen, was sie tun konnte. Auch, weil es heikel war, jemanden eines Vergehens zu bezichtigen. Das durfte sie nicht unbedacht tun. Wäre es ehrenrührig, würde sie selbst eine Strafe ereilen.

„Was hast du vor?"

„Gilt es nicht als meine christliche Pflicht, die sündhaften Menschen anzuzeigen – auch, um mein eigenes Seelenheil zu retten? Mein Vater ist der Zentgraf. Auf Hexerei steht der Scheiterhaufen. Wir werden dafür sorgen, dass sie brennt!"

„Wie denn? Die ist keine Hure, keine Ehebrecherin und geschieden ist sie auch nicht."

Agnes hörte nicht zu. Was, wenn sie an Mutter erinnerte? Ein falsches Kraut vielleicht ... Mehr zu sich selbst sagte sie: „Drei Zeugen braucht's. Wir werden auch etwas finden müssen, das sie belastet." Vergessen war ihre Sorge, Friedgard könnte sich dann von ihr abwenden. Sobald die Unholdin in Gewahrsam war, würde der Hexenzauber von ihm abfallen.

Vor Schreck riss Elli die Augen auf. „Wir?" Sie hatte wieder diese Furcht in der Stimme.

Agnes vernahm es wohl und es verursachte ihr angenehme Gänsehaut. Gebieterisch blickte sie auf sie hinab. „Niemand nimmt mir Friedgard!"

Agnes huschte ins Haus und hörte augenblicklich die Stimme ihres Vaters aus der Küche. Sie hatte vorgehabt, in ihre Stube zu eilen, um alleine zu sein. Auf dem Heimweg hatte sie sich den Kopf darüber zerbrochen, was sie tun konnte. Und es war ihr etwas eingefallen, womit sie beginnen konnte. Das wollte sie in die Tat umsetzen.

Doch sie hielt inne, der Name Würth war gefallen. Sie hörte den Triumph in Vaters Stimme, als er sagte: „Das wird seinem gezierten Umhergestelze ein Ende setzen."

Vorsichtig schlich sie näher. Die Küchentür war nur angelehnt. Agnes drückte sich an die Wand und neigte den Kopf Richtung Türspalt. Geruch nach Seifenlauge und ausgekochten Knochen wehte in den Vorraum heraus.

„Wie du meinst, Johannes", hörte sie Susanne kieksen. Topfgeklapper begleitete ihre Worte.

Agnes wandte rasch den Kopf Richtung Haustür. Niemand da. Bea schien oben im Haus mit klein Johannes. Georg war sicher mit dem Fuhrwerk unterwegs. Und Philipp war mit Zacharias auf der Weide. Sie drückte sich eng an die Wand. Sie hörte, wie ihr Vater verächtlich „Pah!“ machte. Er ging hin und her, seine Stiefelschritte klangen dumpf auf dem Steinfußboden.

„Warum eigentlich hasst du ihn so sehr?“, hörte sie Susanne fragen. „Er ist dir in Amt und Würde kein Gegenspieler, er tut seine Pflicht, hat die Dorfschöffen für die Zeugenvernahme zusammengerufen, als du in Leimen warst.“

„Das verstehst du nicht!“, entgegnete der Vater barsch.

Agnes ahnte, dass Susanne so wohl wie sie selbst verstand, warum. Als es vor drei Jahren darum ging, das Amt des Schultheißen neu zu besetzen, hatte man nicht ihren Vater gewählt, wie dieser erwartet hatte. Man hatte diesen Würth aus Leimen eingesetzt, von dem es hieß, er stünde in gutem Ansehen beim damaligen Kurfürsten. Der Vater war sich seinerzeit so sicher gewesen, Schultheiß der kleinen Gemeinde zu werden, die für die Kurpfalz nicht unbedeutend war. Zolleinnahmen, Meierei Wersau … sein Ansehen hätte sich vermehrt. Er hatte getobt, als man ihm den jüngeren Würth vor die Nase setzte. Agnes indes begriff nicht, was daran so schlimm sein sollte. Das Zentgericht stand über dem Ortsgericht; wo der Schultheiß für das Dorf verantwortlich war, war es der Zentgraf für die gesamte Zent. Doch vom ersten Tag an hegte er Groll gegen den zugezogenen Würth.

„Aber das verstehst du, Weib, was?“ Vater lachte.

Es raschelte und klang nach einem kleinen Tumult. Ein scherzhaft aufgebrachter Aufschrei Susannes: „Johannes!“

„Komm schon.“

„Lass das Johannes, wenn jemand kommt!" Aber Susanne kicherte. Halb im Scherz sagte sie: „Aber pass auf, ich will kein Kind mehr, ich bin vierzig!"

„Und wenn!", presste ihr Vater mit seltsam unterdrückter Stimme hervor.

Agnes schob sich näher an den Türspalt und lugte in die Küche. Ihr Vater hatte sich vor Susanne aufgebaut wie ein schwarzer Bär. Eine Hand wühlte unter ihrem Rock, die andere knetete Susannes Busen. Angeekelt zuckte Agnes zurück. Sie presste die Hand auf den Leib. Wie abscheulich!

Sie hörte ihren Vater in einer Stimme sprechen, die sie noch nie an ihm gehört hatte und die sie sofort zutiefst verabscheute. Jetzt grunzte er wie ein Eber und Susanne quiekte wie ein Schwein.

Agnes schlich zur Treppe. Sie wollte nur weg hier.

13

Rasch verbreiteten sich Gerüchte, schlüpfrig und feucht wie das verregnete Wetter.

Unruhig ging Barbara in der Küche auf und ab. Was war von alledem zu halten? Sie hatte gehört, dass es vor dem Ortsgericht Aufruhr gegeben hatte. Wenn auch niemand geradeheraus etwas zu ihr sagte, so merkte sie doch, dass über sie geredet wurde. Sie merkte es an den Blicken, die ihr folgten, sah es daran, wie jene die Lippen kräuselten, bei welchen sie wegen eines Heiltrankes vorsprach. Des Lehrers Sturz war rätselhaft, man brachte ihn anscheinend mit bösartigem Treiben von Unholden in Verbindung. Welch ein Unsinn! Soweit sie wusste, suchten die Dorfschöffen herauszufinden, ob es ein zentpflichtiger Fall war, weshalb am gestrigen Freitag eine Untersuchung stattgefunden hatte. Ob man sie ebenfalls befragen würde?

Sie durchmaß die Küche. Und dann dieser Zettel! In den frühen Morgenstunden hatte sie ihn vor der Tür gefunden.

Raute, Verbene und Dill
Wehrt der Hexe, was sie will.
Nehmt Euren Zauber von Friedgard oder es wird Euch übel ergehen!

Ein Bündel aus den drei Kräutern hatte dabei gelegen. Wer hatte das geschrieben? Margarete Herwart? Oder die aufbrausende Agnes Zahn? Wütend hatte sie den Zettel in den Ofen geworfen, die Kräuter auf dem Grasstreifen vor dem Dorfzaun zerrupft. Was sollte sie tun?

Rastlos machte sie zudem der heutige Tag. Walpurgis. Sie hatte geglaubt, dass sie nichts auf das Tanzfest gab. Aber das stimmte nicht. Es lag ein Sirren und Summen über dem Ort, das fast mit den Händen greifbar war. Emsigkeit, Freude. Engel Eigner und ihre Mitstreiterinnen hatten nichts ausrichten können. Bereits am Morgen waren Gaukler und Spielleute ins Dorf gekommen. Sie hatte sie gesehen, als sie vom Sammeln zurückkehrte. Bunte Gewänder, die Weibersleut mit rot geschminkten Lippen und Wangen. Lachend und scherzend waren sie zur Musik ihrer Sackpfeifen eingezogen. Der Dorfplatz würde am Nachmittag nur so wimmeln von ausgelassenen Menschen zwischen Karren, Buden und Zelten. Flöten- und Fiedelklang würde sich unter die Essensdüfte mischen und alle wären fröhlich.

Nur sie nicht. Mittag war vorbei und Barbara wusste nicht, was sie tun sollte. Sie kam sich verloren vor. Katharina war zum Dorfplatz gegangen, um, wie sie sagte, ein wenig heitere Luft zu schnuppern.

Barbara blieb mitten in der Küche stehen und sah zum hinteren Fenster hinaus. Das helle Grün des Haselnussbaumes flirrte ihr vor Augen. Hinter der Wand aus Regen der vergangenen Wochen war schließlich doch alles grün geworden. Überrascht, als sähe sie es zum ersten Mal, sah Barbara die unterschiedlichsten Arten von Grün. Sie alle leuchteten vor erwachendem Leben. Sie fühlte sich noch einsamer. Barbara hockte sich auf den Stuhl am Küchentisch. Diese einsame Unruhe war etwas anderes als der selbst gewählte Rückzug der vergangenen Jahre. Etwas wollte aus ihr heraus. Sie ahnte, dass es das Leben selbst war, das da in ihr pochte. Und das nur, weil ein Mann dich gefragt hat, ob du mit ihm zum Tanz kommst? Ärgerlich schüttelte sie den Kopf, um diesen Gedanken zu vertreiben. Es hatte nichts mit ihm zu tun. Es hatte mit allem zu tun. Sie wollte das Gefiedel der Spielleute nicht hören und das Lachen der Menschen auch nicht. Und doch wollte sie es hören und Teil davon sein. Die Sehnsucht danach zerrte an ihrem Herzen. Mit einem Ruck stand sie auf und trat an den schmalen Kasten, auf dem neben einem Krug Wasser ein weiterer mit Bier stand. Sie griff nach einem Becher auf dem

Holzbord darüber und ihr Blick fiel auf ihre beiden Gläser. Versonnen betrachtete Barbara die kostbaren, bunten Gefäße. Feine rote, weiße und blaue Linien umrundeten das Glas im unteren Teil, und gelbe schräge Striche füllten die Stellen zwischen ihnen. Das Glas war mit kleinen Figuren bemalt, die schmiedeten, harkten, schrieben, und umrankt waren sie kunstvoll von roten Ornamenten. Irgendwo dazwischen die Jahreszahl: 1579. Für einen Augenblick sah sie Leonhards Augen, die freudvoll auf ihr ruhten, als sie die Gläser an den Busen drückte. Sie spürte noch jetzt das Glühen auf ihren Wangen. Ihr Hochzeitsgeschenk. Sie versprachen sich, sie stets gemeinsam zu benutzen. Sie hatte sie niemals wieder angerührt seitdem. Barbara schluckte. Sie griff nach einem Glas und nahm es herunter. Flüchtig blies sie hinein, um den Staub daraus zu vertreiben. Rasch, als fürchte sie, sie könne es sich anders überlegen, goss sie Bier ein und nahm einen großen Schluck. Bitter und schwer schmeckte es.

„Auf dich, Leonhard!“, flüsterte sie. „Wie sehr ich dich vermisse. Ich werde es nie verwinden. Es tut mir so leid.“

Es klopfte an der Tür. Munter und frohgemut. Sie fuhr herum und starrte die Tür an, als sei es das Ungewöhnlichste der Welt, dass man daran pochte, um sich den Bewohnern bemerkbar zu machen. Sie stellte das Glas auf den Tisch und ging aufmachen.

Draußen stand der Königsmann aus Reilingen, hielt seinen Hut mit beiden Händen vor dem Bauch und lächelte sie an. „Nur für den Fall, dass Ihr es Euch anders überlegt“, sagte er. „Da wollte ich nicht, dass Ihr mit einem anderen zum Tanz geht.“

Seine schwarzen Augen blitzten vergnügt. Er hatte sich herausgeputzt. Trug weißleinene Hosen und eine Jacke aus dünnem Kaninchenfell, unter der das hellbraune Wams hervorguckte. Sie brachte keinen Ton heraus. Sie war noch so bei sich und ihrem Gram, dass die sorglos-frohe Haltung des

Königsmanns ihr so fremd erschien wie ein unbekanntes Gewächs aus der neuen Welt.

„Und? Wie steht's?“, fragte er und suchte ihren Blick.

Etwas Drängendes, Entschlossenes umgab ihn, das sie ärgerte. Warum hatte sie nicht getan, als höre sie das Klopfen nicht? Jetzt war sie gezwungen, sich zu äußern.

„Ich dachte, ich hätte Euch schon eine Antwort gegeben“, sagte sie abweisend.

„Ihr würdet mit keinem gehen, der es nicht ein weiteres Mal versucht!“

Da ertappte sie sich beim Schmunzeln. Und als er das sah, fächerten sich die Fältchen seitlich seiner Augen in einem so schönen Lächeln, dass sie nicht anders konnte, als ihn mit einer Geste hereinzubitten.

„Wollt Ihr etwas trinken?“

Sie ging zum Wandbord und einen Wimpernschlag lang überlegte sie tatsächlich, ob sie dem Gast das andere Glas geben sollte. Aber sie konnte sich nicht dazu überwinden und nahm einen der Tonbecher. Sie spürte ihn hinter sich. Sie goss Bier in den Becher und reichte ihn ihm.

Er legte den Hut auf den Tisch, nahm den Becher entgegen und dankte ihr. „Ihr trinkt nichts?“ Er wartete.

Sie schüttelte den Kopf. Er hatte das Glas auf dem Tisch gesehen, keine Frage. Es war ihr unangenehm und plötzlich schämte sie sich. Sie konnte nicht aus dem Glas trinken, während sie ihn mit dem Becher Vorlieb nehmen ließ. Als kümmere es ihn nicht, nahm er einen Schluck. „Braut Ihr es selbst?“

„Meine Mutter.“

Mit dem Becher in der Hand deutete er zur Hintertür. „Ihr habt einen großen Garten?“

„Nicht übermäßig.“

„Wollt Ihr ihn mir zeigen?“

„Es ist nur ein Garten."

„Es ist Euer Garten."

Ein Blick aus schwarz untermalten Augen.

Sie sah weg. Sie suchte die Spur zu ihrem Gram und fand sie. Ah, vertrautes Empfinden. Sie hob den Blick. Wie der schaute! So frei heraus und aufmerksam. Sie verschloss sich.

„Hört, ich sagte es bereits: Ich werde nicht mitkommen." Sie konnte sich die Blicke vorstellen, würde sie auf dem Dorfplatz erscheinen. Mit einem Königsmann! Alle würden sich die Mäuler zerreißen. Die Jahre ohne Kerl werden wohl fad. Sie kommt wieder auf den Geschmack, hat gleich zwei! Vielleicht gar einen dritten? Unersättlich. Schamlos.

„Warum?"

„Ich habe zu tun."

„Ihr und Eure Mutter besorgt alles alleine?"

„Mein Bruder hilft manchmal. Oder meine Nichte."

Der Besucher nahm einen Schluck. Er lockerte die Schultern und sagte: „Hat das, was Ihr tun müsst, nicht bis morgen Zeit? Es ist Tanz in den Mai. Alle feiern. Ihr solltet nicht alleine bleiben."

„Wie wollt Ihr wissen, was ich sollte oder nicht!", entgegnete sie aufgebracht. „Ich sagte Nein."

Beschwichtigend hob er die Hände. „Verzeiht. Ich wollte Euch nur umstimmen."

Er stellte den Becher auf dem Tisch ab. Sie standen beide mitten in der Küche und Barbara fühlte sich leer und verloren. Ach, er sollte gehen! Warum war er gekommen? Sie presste die Lippen aufeinander und fuhr sich mit dem Handrücken unter der Nase lang.

„Herr Kühn," begann sie, bemüht, entschlossen und abschließend zu klingen. Aber die Art, wie er sie ansah, ließ sie verstummen. Er wollte, dass sie sprach. Aber er wollte keine Absage. Er wollte mit ihr reden. Er wollte es so sehr, dass sie sein Drängen zu riechen glaubte. Streng und herb roch es und zugleich süß wie Weizengras im Frühsommer. Es brachte sie noch mehr durcheinander.

„Ich habe gehört, dass Ihr nicht mitkommen wollt. Ich erkenne das an." Er schwieg kurz und blickte auf seinen Hut. Dann sah er sie wieder an mit diesem freimütigen Blick. „Seht, ich bin ebenfalls Witwer. Ich dachte mir, es wäre schön … ach, es wäre einfach schön, wieder einmal die Gesellschaft eines Weibes zu genießen. Und da auch Ihr Witwe seid und es keinen trefflicheren Anlass gibt als einen Tanz in den Mai …" Er beendete den Satz nicht und griff nach seinem Hut. Die weißen Federn wippten und er ließ sie zweimal durch die hohle Hand gleiten.

Seine Offenheit verschlug ihr die Sprache. Das musste man ihm lassen: So offen wie er schaute sprach er auch! Sie wandte den Blick ab und starrte zum hinteren Fenster hinaus.

„Auch ich habe mein Weib verloren", hörte sie ihn sagen.

Also kannte er ihre Geschichte. Warum nur ärgerte sie dies so? Na und?!, wollte sie ihn anschreien. Was geht das mich an?

Stattdessen wandte sie den Kopf und sah ihm ins Gesicht. Warm, freundlich und entschlossen hielt er ihrem Blick stand. Er wollte nicht aufgeben. Er wollte, dass dies hier eine andere Wendung nahm. „Ich weiß, wie es ist, einen geliebten Menschen zu verlieren. Ich kann nachempfinden, dass Ihr Euch von allem fern …"

„War es auch Eure Schuld?", platzte es aus ihr heraus. Schmerz durchfuhr sie. Warum hatte sie das gesagt? Von selbst fuhr ihr Handrücken über die Oberlippe. Er war dabei, die Tür in ihrem Innern aufzustoßen und die Erinnerung würde herauskriechen. Sie wollte dass er ging!

Er ging nicht. Er hob den kohlschwarzen Blick, presste die Lippen aufeinander, senkte schließlich den Blick, berührte die weiße Feder und flüsterte: „Gewissermaßen ja. Sie starb im Kindbett."

Fast hätte sie laut aufgelacht. Das rechnete er sich als Schuld an? Es war das Los der Weiber! So viele starben im Kindbett. Ein jeder Mann hätte sich da schuldig zu fühlen. Immer und überall auf der Welt. Es war der Lauf der Dinge. Und es war nicht vergleichbar mit jener Schuld, die sie niederdrückte!

„Ich war Hüterin des Hauses und ich habe versagt!", sprach sie tonlos. „Das Liebste, was ich je besaß, hat das mit dem Leben bezahlt. Mehr Schuld passt nicht auf Schultern."

Sie wandte sich von ihm ab. Wie kam sie dazu, diesem Fremden … sie kreuzte die Arme vor der Brust. Der Schmerz kauerte in seiner dunklen Ecke und lauerte darauf, dass Licht auf ihn fiele und ihn vielleicht erlöse. Wie hatte er das geschafft? Als das Schweigen nicht mehr ertragbar war, sagte sie mit beherrschter Stimme: „Es ist besser, Ihr geht."

„Frau Heilmann, hört mich an."

Sie rührte sich nicht.

„Bitte." Klar und deutlich. Nur eine Bitte. Sie drehte sich um, sah ihn an.

Mitgefühl stand in seinen Augen, als er sagte: „Es war ein Unfall. Niemand trägt Schuld. Solche Dinge geschehen."

„Ihr irrt. Ich bin mit einem Makel behaftet. Das beweist auch mein Leumund. Wenn Ihr Euch umgehört habt, so wisst Ihr, dass man mir möglichst aus dem Weg geht."

„Ihr selbst seid es, die den Leuten aus dem Weg geht. Niemand denkt, dass Ihr schuld seid."

„Woher wollt Ihr das wissen? Habt Ihr mit allen gesprochen?"

Er machte eine abwehrende Geste, als hielte er es nicht für nötig, auf eine so unsinnige Frage einzugehen. „Mein Weib wäre nicht gestorben, wenn wir nicht beieinander gelegen hätten. Hätte ich mich deshalb von ihr fernhalten sollen?

Euer Mann wäre nicht in den Flammen umgekommen, wenn Ihr kein Feuer entzündet hättet. Hättet Ihr ihn deshalb im Kalten liegen lassen sollen?"

Er hatte eindringlich gesprochen. Seine Worte waren wie zwei starke Hände, die sie an der Schulter rüttelten. Sie hörte sie, aber ihre Botschaft konnte sie nicht glauben. Oder wollte sie sie nicht glauben? Plötzlich war da eine Ahnung, dass es Erlösung geben könnte, aber sie war so blass wie ein silbrig-dünner Nebelstreifen über den Wiesen am Kraichbach.

Er kam einen Schritt auf sie zu, blieb stehen. Sie merkte, dass er sie gerne berühren würde, aber davon Abstand nahm. Einen Herzschlag lang erschien es ihr als das Natürlichste der Welt, obwohl sie diesen Mann überhaupt nicht kannte. Etwas in ihm erhob sich über das Fremde. Und etwas in ihr antwortete ihm. Ein wundervoll stiller Augenblick trat ein, in dem sie sich dessen gewahr waren und sich unverstellt anschauten. Dann war das Empfinden vorbei, sie sah einfach einen Mann vor sich und das Misstrauen kehrte zurück. Sie ließ es sich nicht anmerken und setzte ein zaghaftes Lächeln auf. „Danke für Eure freundlichen Worte", brachte sie heraus.

Er betrachtete sie aufmerksam. „Euch umgibt ein Flor aus Trauer, die Ihr hinter Schroffheit zu verbergen trachtet. Sie steht in Euren seeblauen Augen. Augen, in die man hineinfallen mag, so tief sind sie." Er räusperte sich und schaute auf seinen Hut. Hob noch einmal den Blick, deutete ein Achselzucken an und sagte: „Nun, vielleicht mögt Ihr ein anderes Mal ..."

Das Klopfen war laut und fordernd.

Winfried sah kurz über die Schulter zur Tür und hob scherzhaft den Finger. Mit gespieltem Tadel sagte er: „Ihr habt also doch einem anderen erlaubt, Euch zum Tanz zu begleiten!"

Da musste sie wieder schmunzeln. Sie ging ihm voraus zur Tür, an die erneut gepocht wurde. Winfried reichte ihr die Hand. Der Blick aus seinen schwarzen Augen war weich. „Auf bald“, sagte er.

Barbara erwiderte nichts und öffnete die Tür. Draußen stand der Ortsbüttel. Er war erhitzt, hatte rote Backen und sein Atem ging rasch. Mit ernster Miene sagte er: „Der Zentgraf befiehlt Euch ins Rathaus. Ihr sollt eine Aussage vor den Schöffen machen. Kommt mit!“

14

Sie hatte Reilingen auf der Westseite passiert, Schloss Wersau kam in Sicht. Agnes hielt sich längs am Kraichbach, überquerte ihn bei der nördlichen Außenmauer der Burg.

In ihr war alles in Aufruhr.

Es war nach Mittag, einige Leute waren ihr auf dem Weg zum Tanzfest begegnet, herausgeputzt in den schönsten geschlitzten Röcken und Wämsern, neue Federn auf den Baretten und die Wangen gerötet. Wenn sie an das Tanzen dachte, wurde sie nur noch wütender. Es erinnerte sie an Friedgard. Und daran, dass er nicht gefragt hatte, ob sie ihn zum Tanz begleiten wollte. Den ganzen Weg hatte sie darüber nachgedacht. Auch jetzt, da sie die Burg links liegen ließ und auf die Lußhardt zuhielt, ging ihr die Sache durch den Kopf. Eine unsichtbare Kraft hielt ihn davon ab, ihr das zu geben, was sie von ihm wollte wie eine Dürstende das Wasser. Elli hatte recht, *sie* war daran Schuld! *Ihr* vermaledeiter Zauber machte ihn blind für alles andere. Vor Wut traten ihr Tränen in die Augen, unwirsch fegte sie sie mit dem Ärmel fort. Wegen all dem stand sie nun im Begriff, etwas Sträfliches zu tun.

Keuchend blieb sie stehen und starrte auf den Waldsaum vor sich. Sie schwitzte. Es war plötzlich warm geworden, eine sonnenlose graue Schwüle lag auf dem Land. Zu schnell zu warm nach der Kälte. Zornig stapfte sie weiter. Erst als sie in den Wald eintauchte, umfing sie hellgrüner Dämmer und lustiges Vogelgezwitscher. Aber in diesem Durcheinander von Bäumen und Sträuchern lauerten sicherlich jede Menge Käfer! Sie merkte selbst, wie eckig sie ging, weil sie auf den Waldboden starrte, um ja nicht auf einen draufzutreten. Sie wandte sich nach rechts, wo ein Pfad Richtung Südwesten tiefer in die Lußhardt hineinführte. Aber, so lautete Ellis –

vielmehr Wendels – Beschreibung, sie sollte den Pfad nach wenigen Schritten verlassen und sich am Rande halten. Nach etwa hundert Schritten würde sie an eine alte Eiche gelangen, in deren Stamm jemand einst ein Herz geritzt hatte. Das war der Treffpunkt. Agnes hielt ihr Gewand auf Wadenhöhe, stakste voran und suchte den Baum. Sie strauchelte über einen querliegenden Ast und fluchte, obwohl auch das verboten war. Alles was ich tu, ist verboten, dachte sie unwirsch.

Sie spähte nach der Eiche, sah nur Buchen und hörte eine Elster keckern. Dann, noch bevor sie den Baum sah, sah sie sie.

Das Augenfälligste war der riesige graue, gefilzte Spitzhut, der auf ihrem Kopf thronte. Im Näherkommen erkannte Agnes verhutzelte Beeren, einen Dachszahn, Muscheln, ein Stück Knochen sowie eine Spinne in Harz und eine Habichtfeder, die am Hut der Wahrsagerin feststeckten.

Bitte gnädigster und barmherzigster Gott, zürne mir nicht!, flehte sie innerlich. Ich tue nichts Unrechtes. Ich helfe dem Schicksal nur ein wenig nach. Die Sorge und die Zweifel, die sie den gesamten Herweg über mühsam zurückgedrängt hatte, brachen nun doch über sie herein angesichts der unheimlichen Alten, die dort neben der gewaltigen Eiche stand als wäre sie ein verschrobener Teil des Baumes. Was ihr Gewerk sonst noch verbildlichte, war am grauen Wollgewand befestigt. An einem breiten Hanfseil, das sie als Gürtel um die Hüften geschlungen hatte, baumelte der Schädel eines Marders. Um den Hals trug sie an einem dünnen Lederband ein rundes, silbriges Amulett, dessen verschlungene Windungen einen Otter darstellten. Außerdem eine Kette aus winzigen Muscheln, die ihr bis weit unter den schweren Busen fiel. Ein glatter Holzstab, wand sich vom Boden herauf in ihre rechte Hand wie eine Schlange. Sein Ende überragte den Kopf der Wahrsagerin samt Hut und lief in einem schneckenförmigen Bogen aus.

Agnes blieb in drei Schritt Entfernung vor ihr stehen. „Guten Tag. Ihr seid Walpurg?“ Das war überflüssig. Agnes biss sich auf die Unterlippe.

Winzige dunkle Augen hatten sie fest im Blick. Schienen geradewegs in sie hinein zu schauen. Die Alte entbot ebenfalls den Gruß, forsch und kurz. Die Augen, dachte Agnes. Sie soll wegsehen! Sie starrte auf den Tierschädel am Gürtel des Weibes. Am liebsten wäre sie davongelaufen. Aber es ging um … ihre Liebe, ihr Glück. Sie musste es wagen.

„Du hast die Farbe deines Gewandes gut gewählt. Das helle Grün des Schilfs steht in Einklang mit dem Haselbraun deiner Haare und deinen braunen Augen, in denen ein Schimmer des gleichen Grüns glimmt. Warum also will er dich nicht? Ist dein Charakter nicht ebenso wohlgeraten wie deine Erscheinung?“

Agnes blieb der Mund offen stehen. Bestürzt starrte sie der Wahrsagerin ins Gesicht. Empörung regte sich in ihr. Was erdreistete diese Vettel sich! Aber sie wagte nicht, etwas zu erwidern, was die Zauberin gegen sie aufbringen könnte. Sie war nicht hergekommen, um Schaden zu nehmen. Sie wollte ihre Hilfe. Sie dachte daran, wie gut es gewesen war, auf Elli zu hören und sich zu schützen, indem sie ihr Untergewand mit der linken Seite nach außen trug, damit die Hexe ihr nichts anhaben konnte. Sie schluckte den Unmut hinunter, den die Frage in ihr hervorgerufen hatte, und antwortete stattdessen: „Er kennt mich seit Kindertagen, Frau. Er spricht mit mir wie mit einer seiner Schwestern. Ich möchte ihm aber mehr sein als eine Schwester!“

Die Wahrsagerin nickte. „Ich kann etwas für dich tun. Bedenke jedoch, der Zauber ist mächtig und man spaßt nicht damit, wenn man es nicht ernst meint.“

„Mehr als alles andere will ich ihn!“, sagte Agnes und sah die Zauberin herausfordernd an.

„Ist er abgeneigt oder unentschlossen?"

„Er … ich glaube, er denkt nicht in diesem Sinn an mich wie ich an ihn."

Endlich nahm die Alte den eindringlichen Blick von ihr. Aus den Falten ihres Umhangs zog sie einen Leinenbeutel hervor und öffnete ihn. „Hier …" Sie hielt ein kleines, braunes Fläschchen in die Höhe. „Die Schönheit der Rosen, aus ihren Blättern gepresst und in diesem Elixier eingefangen, wird helfen, ihn die deine erkennen zu lassen. Ringelblumen und Lorbeerblätter sorgen für Wohlgeschmack. Die Samen des Stechapfels werden die lustvollen Bilder in seinem Kopf anregen."

Agnes griff nach der kleinen Flasche, doch die Wahrsagerin zog ihre Hand zurück. „Verabreiche ihm den Trank nicht vor seinen Augen."

Agnes nickte folgsam. Elli würde das erledigen.

Die Alte gab ihr das Fläschchen. „Um seine Liebe zu dir zu festigen, ritze deinen Namen in frische Salbeiblätter. Zerreibe und zerstoße sie sodann und sorge dafür, dass sie in sein Essen gemischt werden. Doch darfst du das auf keinen Fall selber tun!"

Wieder nickte Agnes. Auch das würde Elli besorgen.

„Und dann sei da, wenn es ihn nach dir verlangt."

Agnes spürte, wie Hitze in ihre Wangen schoss. Wenn ihn nach dir verlangt, hallte es in ihrem Kopf wider. Nichts sehnlicher als das! Ein Gefühl des Triumphes machte sich in ihr breit. „Das werde ich", erwiderte sie und blickte die Zauberin an. Sie fühlte die Kraft, die von dem Weib ausging. Noch immer fürchtete sie sich davor. Doch was sie von ihr erhielt, wog weit mehr als ihre Furcht. Es barg die Aussicht auf Erfüllung und so trat sie mutig vor und zählte die erforderlichen Münzen in die ausgestreckte Hand.

Wieder hörte sie die Elster keckern. Im nächsten Augenblick war die Alte wie vom Erdboden verschluckt.

Er saß mit dem Rücken zu ihr inmitten der Wiese und schaute hinüber auf die Mauern von Wersau. Der Wind zerzauste ihm die blonden Locken. Agnes war so verblüfft, dass sie stehen blieb. Ihr Herz machte einen Sprung. Sie starrte zu ihm hinüber, dann warf sie einen raschen Blick über die Schulter zurück in den Wald, aus dem sie gerade gekommen war. Das war nun wirklich magisch! Wirkte der Zauber schon und schenkte ihr dieses Zusammentreffen? Sie hatte sich zu diesem Schritt entschlossen – und schon begegnete sie ihm. Mehr Beweis dafür, dass sie sich auf dem rechten Weg befand, brauchte sie nicht. „Danke, lieber Gott", flüsterte sie.

Langsam näherte sie sich ihm. Er blickte auf etwas in seinem Schoß und strich sich die Haare hinters Ohr. Er war so versunken, dass er ihr Herankommen nicht bemerkte. Keine acht Schritt von ihm entfernt blieb sie stehen und rief „Guten Tag, Friedgard!"

„Agnes, Gott zum Gruß", erwiderte er, nachdem er sich überrascht umgewandt und sie erkannt hatte.

Sie schenkte ihm ihr anmutigstes Lächeln. „Was machst du hier, mitten auf der Wiese?"

„Oh, ich … versuche nur, etwas zu schreiben."

Er war verlegen. Er ordnete seine Schreibblätter und schob die Bögen in eine Ledermappe. Agnes wollte schmelzen. Er war noch liebenswerter, wenn er so befangen war. Er stand auf, schüttelte seinen Umhang aus, auf dem er gesessen hatte, und stapfte zu ihr herüber.

„Ist dir deine Amtsstube zu eng geworden?"

„Ach …", machte er unbestimmt, zuckte die Schultern und lächelte sie freundlich an. „Und du?" Er warf ein Nicken in Richtung der Lußhardt.

„Hatte was in Lußheim zu erledigen“, log sie.

Friedgard nickte unbestimmt.

„Bist du mit deinen Amtsdingen fertig?“

„Wie? Oh ja.“ Er schien unschlüssig. „Ach, ich kann es dir genauso gut erzählen. Ich suchte Anregung.“

Sie schaute ihn fragend an.

„Nun ja, das hier ist eine Burg, wenn auch eine kleine, und eine Tiefburg noch dazu … dennoch, die Beschaffenheit der Mauern, die Lage der Mühle, die Reste des alten Burggrabens, ich versuche, es zu beschreiben.“ Er strich sich blonde Locken hinter die Ohren, die ihm der Wind immer wieder vor die Nase wehte.

„Aber wozu musst du das beschreiben? Wollen sie in Heidelberg Aufschluss darüber, wie groß Wersau ist und dergleichen?“

„Nein, nein, das wissen sie alles“, wehrte er ab. „Sag, bist du auf dem Heimweg? Wollen wir zusammen zurück gehen?“

„Gerne“, nickte Agnes. Unauffällig fasste sie nach dem Fläschchen in ihrem Beutel. Dass das jetzt schon wirkte! Friedgard ging neben ihr und … sie schwebte. Sie warf ihm einen verstohlenen Blick zu und sah, wie er die Unterlippe zwischen die Zähne zog und seine Gedanken zu ordnen schien.

„Was ist mit der Burg?“, suchte sie das Gespräch in Gang zu halten.

Zögernd sagte er: „Weißt du, eine Burg, in der eine Jungfer gefangen ist, auf Befreiung durch … ihren Helden hofft …“

„Was? In Wersau?“

Er sah sie an, und weil er das Unverständnis in ihren Zügen sah, lächelte er. Ein gutwilliges Lächeln, ein Lächeln – Gott, lass ihn mich immer so anlächeln, bereit, sich mir anzuvertrauen und sich mit mir zu unterhalten, dachte sie.

„Kennst du Robin Hood?“, fragte er und lächelte noch immer dieses Lächeln, das zeigte, dass er sich entschieden hatte, ihr zu sagen, was ihn bewegte.

Aber – Robin … was? „Nein“, entgegnete sie. Ihre Handflächen wurden feucht. Auch unter den Achseln schwitzte sie. Sie hoffte, man mochte nichts riechen.

„Hab die Geschichte so oft gelesen, dass ich sie auswendig hersagen kann. Aber wie schreibt man so etwas? Wenn ich es versuche, fallen mir die Worte nicht ein. Es hört sich hölzern an.“ Er hob die Hände und schüttelte den Kopf. „Ich kann es nicht.“, fügte er zerknirscht hinzu.

Wovon redete er? Er schrieb doch den ganzen Tag. Es war seine Aufgabe. „Heißt das, du musst etwas über diesen … Robin schreiben? Wer ist er?“

Friedgard blieb stehen. „Nein. Es ist …“ Er betrachtete sie aufmerksam, als sinne er darüber nach, was genau er ihr erzählen sollte, damit sie es verstand. „Robin Hood war ein englischer Freisasse. Er wurde zu unrecht verfemt und lebte in einem Wald mit seinen Getreuen. Er raubte reiche Adlige und Kleriker aus und beschenkte die Armen. Er war ein Held!“, schwärmte Friedgard. „Man hat seine Geschichte aufgeschrieben, sie ist wahrhaft abenteuerlich.“

„Und was hast du mit ihm zu schaffen?“

Er zögerte mit der Antwort. Dann erwiderte er: „Ich würde gerne … eine solche Geschichte verfassen.“

Sie spürte seinen raschen Seitenblick. Verstand sie ihn richtig? Er wollte eine Geschichte über einen Verfemten schreiben? „Kennst du etwa jemanden, der so ist wie dieser Robin, dessen Geschichte du aufschreiben kannst?“ Er konnte doch unmöglich mit einem Straßenräuber zu tun haben!

„Nein“, sagte er. „Es geht darum, überhaupt eine Geschichte aufzuschreiben.“

„Aber wozu?“

„Wozu? Du lauschst doch auch gerne Erzählungen. Wenn sie abenteuerlich sind, um so mehr. Den ganzen Winter über haben wir Geschichten in der Spinnstube erzählt. Immer hören alle gebannt zu, wenn jemand etwas Spannendes zu berichten weiß.“

Ja, wenn du denn mal da warst, hingst auch du an den Lippen des Prahlhans' Peter, statt meine Hand zu halten, dachte Agnes.

„Alles um uns herum erzählt eine Geschichte. Denk nur an die Märchen oder die alten Sagen.“

„Aber das sind Überlieferungen, seit alters her … und so etwas willst du aufschreiben?“

„Ich will kein Märchen aufschreiben, nein. Ich möchte … eine neue, eigene Geschichte schreiben.“

„Ach“, machte Agnes erstaunt und blieb stehen. „So etwas geht?“

Friedgard blieb ebenfalls stehen. Wieder lachte er über ihre Unwissenheit. Es machte ihr nichts aus. Bis in alle Ewigkeit hätte sie ihm zugehört und sich von ihm belehren lassen.

„Warum sollte es nicht gehen? Viele schreiben Geschichten auf. Hans Sachs hat Spruchgedichte, Komödien und vieles mehr verfasst. Und es gibt eine Geschichte über einen Doktor, Johannis Faustj hieß er, der hat sich mit dem Teufel eingelassen eines schönen Weibes wegen!“

Auf dem Kraichbach jagten zwei Erpel eine Ente und veranstalteten ein gewaltiges Gezeter. Agnes starrte hin, für einen Augenblick aus der Fassung gebracht. Langsam setzten sie sich wieder in Bewegung. Friedgard schlenderte neben ihr. Er schien versunken in seinen verrückten Einfall.

„Weißt du, eines Morgens sind die Worte einfach aus mir herausgepurzelt, während ich über einem Schreiben an den

Oberrat saß. Meine Gedanken schweiften ab, die Vorstellung einer Geschichte formte sich. Ich begann, sie niederzuschreiben. Das tat sich noch leicht. Aber nun suche ich dem Ganzen Gehalt zu geben. Die Menschen, die darin vorkommen, müssen in den Ablauf hineinpassen, sie müssen Dinge tun und sagen, die … ach, das interessiert dich sicher alles gar nicht", endete er.

Sie merkte, dass es ihm nicht recht war, nun doch so viel von sich preisgegeben zu haben. Und sie verstand dieses eigentümliche Anliegen tatsächlich nicht. Aber sie hätte ihm stundenlang zugehört, und so widersprach sie ihm: „Aber nein, ich dachte nur nicht, dass du, also, ich wusste nicht, dass du solche Wünsche hegst." Sie sah ihn an. Blickte anerkennend in sein schönes Engelgesicht und wusste, dass sie dabei anmutig aussah. Sie schlug die Augen nieder. Friedgard blieb stehen.

„Du hältst das nicht für … anmaßend, oder?"

Wie entzückend er war in seiner Unsicherheit! „Aber nein!", beeilte sie sich zu sagen. „Ich freue mich schon darauf, wenn du uns deine Geschichte im Winter in der Spinnstube erzählst!"

Er schien nicht recht zu wissen, ob er ihr glauben sollte. Zu sehr schwankte er zwischen der Sorge, sich ungebührig offenbart zu haben und dem deutlichen Drang danach, sich jemandem mitzuteilen. Agnes' Herz jubelte. Sie hatte genau das Richtige getan! Sie war zur rechten Zeit am rechten Ort gewesen! Und wie er sie jetzt ansah, war der Lohn dafür: er blickte, als schiene ihm ihr gewinnendes Äußeres eben erst aufzufallen. Er sah aus, als würde er sich fragen, warum er bislang keine Annäherung gewagt hatte. Tu es, dachte sie und alles in ihr strömte ihm zu.

„Agnes, sag, würdest du … nachher mit mir zum Tanz auf dem Dorfplatz kommen?"

Ihr Herz wollte ihr aus der Brust hüpfen. Endlich wagte er es! Ja, ja, ja, schrie es in ihr.

Aber züchtig schlug sie die Augen nieder und zögerte absichtlich.

„Nun hab dich nicht so, wir kennen uns schon so lange", sagte er munter.

„Du hast recht", sagte sie. „Walpurgis ist schließlich nicht alle Tage."

„Das will ich … Walpurgis!"

„Was ist?"

„Wie spät ist es?" Hastig blickte Friedgard um sich, als könne er die Zeit an der Luft um ihn ablesen.

„Weiß nicht, vielleicht drei Uhr? Warum?"

„Ich habe völlig vergessen … die Zeit ist mir ein wenig abhanden gekommen."

Er lächelte wieder, wenn auch ein wenig bemüht. „Komm, ich muss mich eilen." Mit diesen Worten lief er voraus Richtung Hockenheim.

15

Der Raum im ersten Stock des Rathauses war rechteckig und groß, die Wände holzgetäfelt. Die drei bleigefassten Fenster an der Längsseite gingen hinaus auf die Mühlgass und ließen graues Licht herein.

Vier Mal im Jahr tagte das Ortsgericht im Ratszimmer. Aber selbst wenn sie Strafe zahlen musste, wenn sie nicht zum Ortsgericht erschien, konnte Barbara sich nur schwer dazu durchringen. Lieber verschwand sie in den Wald, wie sie es auch vor vier Tagen getan hatte. Denn dieser Raum bedeutete Schmerz. Hier war seinerzeit das Erbe ihres Mannes geregelt worden. Und vor zwei Jahren hatten sie hier niederschreiben lassen, dass Katharina ihr das Haus am Heidelberger Weg überließe. Dabei war nur wieder aufgeflammt, warum sie mit Mutter lebte, dass sie Elisabeth und Leonhard verloren hatte.

Barbara ging auf den Ratstisch zu, nachdem der Schockelheinz sie in den Raum geführt hatte, damit sie den Herren ihre Anwesenheit kundtat. Zahn, Würth und die Dorfschöffen saßen dort unter Hockenheims Wappen, dem rot bewehrten und rot gekrönten goldenen Löwen, der seine Vordertatzen hob. Im unteren Teil kreuzten sich auf blauem Feld zwei silberne Stakhaken. Barbara fiel sofort auf, dass der Platz rechts neben dem Zentgrafen bis auf ein Tintenfass und ein in dunkelrotes Leder gebundenes Buch leer war.

Würth winkte Barbara, näher zu treten. Der Schultheiß trug ein goldbraunes Wams mit Goldknöpfen über einem eierschalfarbenem Hemd. Sein Hut mit den grauen Reiherfedern lag links neben ihm auf dem Tisch. Über Würths Vorliebe für farbliche Ausgewogenheit zwischen Haar und Gewandung zerrissen sich die Leute die Mäuler. Aber sie hatte ihn von Anfang an, da er neu im Dorf war, gemocht. Sie mochte auch Würths dunkle

Stimme. Es ging etwas Verlässliches von ihm aus, ganz entgegen seiner äußeren Erscheinung und seiner zierlichen Gestalt.

Barbara blieb drei Schritt vor dem Tisch stehen, sah flüchtig zu Zahn. Er war deutlich ungehalten. Schultheiß Würth indes blickte freundlich. Der rote Ring um die Iris seiner grauen Augen ließ diese im dämmrigen Licht des Raumes dunkler erscheinen. Auch dies war ein steter Anlass für Gemunkel über den Ortsvorsteher. Wer solch beunruhigende Augen hatte, dem musste mit Vorsicht begegnet werden. Das kannte sie nur zu gut. Vielleicht war es wegen dieser Gemeinsamkeit, warum sie den Inhaber des vornehmsten und einflussreichsten Gemeindeamtes mochte.

Würth hob eine Hand und sagte: „Wittib Heilmann, Ihr seid zu zweierlei Geschehnissen zu befragen. Leider mag sich das verzögern, Gerichtsschreiber Herwart ist –"

„Nicht greifbar!", polterte Zahn ihm in die Rede „Die restlichen Zeugen geladen – und der Federspitzer kommt nicht bei!" Er schlug die flache Hand auf den Tisch und warf Würth einen zornigen Blick zu.

Barbara war verwirrt. Zu zweierlei Geschehnissen? Vor dem Ratszimmer saßen Ortrud Oreans, Bauer Reinhardt und Posamentenhändler Gundt, die wie sie selbst heute befragt wurden. Keiner hatte erwähnt, dass es um anderes als Baumanns Sturz ginge. Was war die zweite Sache?

Schöffe Schelhorn erhob sich und sagte: „Ein Vorschlag zur Güte: Der Büttel soll nach ihm suchen."

„Und wo, bitteschön, soll er das tun, da er es bereits vergebens in der Schreibstube und bei ihm zu Hause tat?", grollte Zahn.

Schelhorn sah Barbara an. „Ihr wisst nicht zufällig, wo Herwart ist, Heilmännin?", fragte er mit unsympathisch flacher Stimme und in einem lauernden Ton.

Barbara schüttelte den Kopf.

Schelhorn machte eine Armbewegung, die ausdrückte, dass er es zumindest versucht hatte und setzte sich wieder. Barbara, unsicher, was sie tun sollte, blickte in die Runde der Schöffen: Michel Culmann, Enndres Thoma, Simon Weinmann, Hanns Schofer und Wendel Ritter. Würth strich durch seine Reiherfedern, eine Geste, die Barbara an Winfried erinnerte, der es sich nicht hatte nehmen lassen, mitzukommen und der draußen im Vorraum auf sie wartete.

„Verfügt Euch nach draußen, Frau Heilmann, wir werden Euch rufen", sagte der Schultheiß ruhig.

Barbara drehte sich um und ging zur Tür, die im gleichen Augenblick aufgestoßen wurde.

Ein Hauch rosa auf den Wangen, die Locken windzerzaust, eilte Friedgard herein. „Ich bitte, meine Verspätung zu entschuldigen", sagte er außer Atem. Er trug eine Ledermappe unterm Arm und frische Luft umwehte ihn wie ein dünner Schleier.

Bei seinem Anblick musste Barbara unwillkürlich schmunzeln. Eben, da sie ihn sah, schön und innerlich zufrieden, dämmerte ihr, dass er sicher an seinem geheimen Platz geschrieben hatte. Sie sah kurz zu Schelhorn hinüber, der die Lippen aufeinander presste. Nein, selbst wenn sie vorhin daran gedacht hätte, sie hätte Friedgards Schlupfwinkel nicht verraten.

Friedgard nickte ihr rasch zu und eilte zu seinem Platz. Die Schöffen murmelten, Zahn donnerte: „Herr Gerichtsschreiber, Eure Pflichtvergessenheit in letzter Zeit ist augenfällig. Darüber wird noch zu reden sein!"

„Es tut mir Leid!", erwiderte Friedgard. „Ich habe mich … in der Zeit verschätzt." Er warf die Ledermappe auf den Tisch und blickte entschuldigend auf Zahn. „Es tut mit Leid."

„Es tut ihm Leid, soso", knurrte Zahn.

Würth gähnte. Er stützte den Ellbogen auf, machte eine leichte Faust und betrachtete seinen Ring. Ruhig sagte er: „Frau

Heilmann, da Ihr nun hier seid, bleibt. Wir beginnen mit Euch. Die Reihenfolge ist ja nunmehr einerlei, obwohl wir Euch erst zum Schluss befragen wollten." Er beugte sich vor, blickte an Zahn vorbei auf Friedgard und fragte: „Seid Ihr soweit, Herwart?"

Friedgard ordnete Papier und nickte.

„Wir haben uns versammelt, zu untersuchen …", hob Würth an.

Doch der Zentgraf unterbrach ihn grob. „Heilmännin, es gibt Ungereimtheiten zum Hergang von Baumanns Sturz. Beibringen blutbarer Wunden ist zentpflichtig. Auch falls Diebgeschrei erhoben werden soll, ist der Fall zur Untersuchung an die Zent abzugeben, wie es die Zentverfassung verlangt. Sollten wir durch die Befragung zu der Ansicht gelangen, dass es sich nicht um einen Unfall handelt, muss eine Voruntersuchung beim Amt eingeleitet werden."

Großmaul, dachte Barbara. Sie wusste wie alle anderen, dass hier eine Sache untersucht wurde, die möglicherweise vor die Zent gehörte, auch wenn sie so gut wie nie den Gottesdienst besuchte, wo mindestens einmal im Jahr das kurpfälzische Landrecht samt Polizeiordnung vorgelesen wurde, um es den Menschen bekannt zu machen. So könne niemand sagen, er kenne die rechtlichen Gegebenheiten nicht. Auch in der Amtsstube unten im Rathaus lag das große Buch, und wer lesen konnte, mochte hineinsehen.

Aber Zahn konnte es einfach nicht lassen, Würth gegenüber Überlegenheit zu zeigen, auch wenn Würth hier nicht als Schultheiß und Vorsteher des Ortsgerichts saß, sondern als Schöffe des Zentgerichts. Beide Ämter in einer Person zu einen war gang und gäbe.

Der Schultheiß blickte lediglich teilnehmend bei Zahns Worten, und Barbara bemerkte einmal mehr, wie bescheiden das wirkte. Würth legte als Zentschöffe nicht das wichtigtuerische

Gebaren an den Tag wie andere Zentrichter das gerne taten. Ebenso wenig trat er als Schultheiß großsprecherisch auf. Sie war mit einem Mal froh, dass Würth auch in diesem Jahr zu Mariä Lichtmess von der kurfürstlichen Regierung im Amt bestätigt worden war. Sie wollte sich erst gar nicht vorstellen, wie es wäre, hätte Zahn auch noch diese Stellung inne, etwas, das ebenfalls gang und gäbe und in früheren Zeiten auch so gewesen war.

„Was also könnt Ihr zum Hergang der Sache sagen?" Zahn sah sie an. Eine schwarze Wolke, die sich vor das Leuchten der Sonne schob. Nie zuvor hatte sie derart mit dem Zentgrafen zu tun gehabt.

„Verzeiht, sollten wir die Zeugin nicht daran gemahnen, die Wahrheit vorzubringen und nichts zu verschweigen, so, wie das Recht es vorsieht?", fragte Schöffe Schelhorn.

„Aber ja", nickte Würth.

Barbara verbiss sich ein Schmunzeln, als sie des Schultheißen Miene sah. Belustigt über Schelhorns Eifer, schien er froh, dass nicht er es war, der den Zentgrafen belehrte. Er wedelte gelassen in ihre Richtung und so straffte sie die Schultern, legte die rechte Hand auf die linke Brust und schwor, die Wahrheit zu sagen und Stillschweigen zu bewahren wie es sich gebührte.

Schließlich berichtete sie sachlich, wie Elli Pfannenstiel am Morgen des Georgi zu ihr gekommen war. Wie sie daraufhin zu dem Verletzten geeilt sei, wo bereits einige Leute beisammen gestanden hatten. Sie gab an, welche Salbe sie verwendet und wie sie den Verletzten zusammen mit dem Bader versorgt hatte.

„Sprach er?", wollte Zahn wissen.

Friedgard sah auf, die Feder in der Hand wartete er auf ihre Aussage.

„Er war nicht bei Bewusstsein", antwortete Barbara.

„Die ganze Zeit über nicht?"

„Die ganze Zeit über nicht."

„Gäßler sah Euch am Morgen des Georgi heimkehren. Wie kommt es, dass er Euch nie sieht, aber Euch ausgerechnet an diesem Morgen zu Gesicht bekam?"

Barbara war überrascht. „Er bekam mich nicht zu Gesicht. Bevor ich den Ort erreichte, sah ich seine Laterne bereits wieder Richtung Ortsmitte verschwinden."

„Gäßler sagt, Ihr wart plötzlich verschwunden."

„Erwartet Ihr, dass ich mich bei Gäßler abmelde?"

„Unterlasst diesen schnippischen Ton, Heilmännin!"

Zahn funkelte sie an. Wie hatte sie nur glauben können, es sei Gras über die Sache gewachsen? Nur weil sie nichts miteinander zu tun hatten? Nein. In Zahns düsterem Blick lag gekränkter Zorn, den er nur mühsam unterdrückte.

„Ihr wart im Morgengrauen unterwegs, Ihr wurdet gesehen – und Ihr wart die einzige, die zu dieser Zeit unterwegs war."

„Was wollt Ihr damit sagen?", fragte Barbara.

„Ein letztes Mal: Nehmt Abstand von Eurer patzigen Haltung", antwortete Zahn gebieterisch. „Ihr steht hier vor den ehrwürdigen Schöffen und Amtspersonen. Es ist nicht an Euch, Fragen zu stellen, erst recht nicht in diesem Ton!"

Barbara neigte den Kopf. Jemand hustete.

„Bekennt ehrlich und nach bestem Wissen, was Ihr wisst", mahnte einer der Schöffen.

Barbara sah ihn an und sagte: „Ich gab an, was ich weiß."

„Da Ihr in der Frühe unterwegs wart, habt Ihr möglicherweise etwas bemerkt?"

„Ich kam von Osten aus dem Hardtwald. Baumann lag im Süden, eine Viertel Meile vor dem Ort."

„Es gibt Leute, für die stellt es keine Mühe dar, sich in Windeseile von einem Ort zum anderen zu bewegen." Zahn wedelte betont gelangweilt mit der Hand, als sei das nichts weiter als eine alltägliche Wahrheit. Gedämpftes Raunen erhob sich im Raum.

Was sagte er da? Wagte er es tatsächlich, die dummen Gerüchte heranzuziehen und hier eine solche Anschuldigung auszusprechen?

„Ihr habt also Baumann erst dann gesehen, als man Euch zu ihm rief?", fragte Zahn.

„Ich wusste nicht, dass er es ist. Elli sprach nur von einem Verletzten."

Der Zentgraf warf einen forschenden Blick auf den schreibenden Friedgard zu seiner Rechten. Als der den Kopf hob, sagte Zahn: „Das ist Eure Aussage? Ihr wurdet zu einem Verletzten gerufen und habt ihn behandelt. Während Eures nächtlichen … Umherstreifens bemerktet Ihr nichts. Keine Menschen, kein Pferdegetrappel, kein Wiehern?"

Barbara hörte den selbstherrlichen Tonfall in der Stimme.

„So ist es." Sie nickte. Ihr nächtliches *Umherstreifen*? Dieser großspurige, selbstsüchtige, grobschlächtige …

„Dann also ist dies Eure Aussage, vom Schreiber protokolliert." Zahn wedelte kurz in Friedgards Richtung, ehe er anfügte: „Ihr seid dem Ortsgericht ferngeblieben. Warum? Ihr wisst, die Buße dafür beträgt drei Schilling …"

„Verzeiht, ehrwürdiger Zentgraf", unterbrach Würth Zahn und lächelte ihn entschuldigend an. „Sicher ist Euch für den Augenblick entfallen, dass wir hier die Voruntersuchung zu einem möglicherweise zentpflichtigen Fall leiten. Die Buße der Frau Heilmann betrifft das Ortsgericht und tut hier nichts zur Sache. Sie wird eingezogen werden."

„Selbstverständlich, Schultheiß", lächelte Zahn falsch und deutete auf Barbara. „Ich wollte nur daran erinnern, wie zuverlässig unsere Zeugin ist."

Barbara spürte, wie sie vor Wut und Scham errötete. Wie sie Zahn verabscheute! Beiläufig, fast gelangweilt klang seine Stimme, als er sagte: „Habt Ihr noch eine Frage an die Zeugin, Schultheiß?"

Würth verneinte.

„Jemand sonst?"

Gehüstel, Füße schabten unter den Stühlen.

Stille. Zahn schien auf etwas zu warten.

Barbara wollte raus hier.

Zahn wandte sich ihr zu. „Vor dem Ortsgericht wurde eine Rüge gegen Euch vorgebracht, Heilmännin. Gerichtsschreiber, wie steht es im Frevelregister?"

Friedgard legte die Stirn in Falten. Fragend schaute er zunächst Zahn, dann den Schultheiß an.

Eine Rüge vor dem Ortsgericht?

„Ehrsamer Herr Zahn, wir wollen doch nichts vermengen!", rief Würth tadelnd. „Zur Rüge des Ortsgerichts ist Frau Heilmann nach der Befragung zu Baumanns Sturz anzuhören."

„Ich wollte nur sichergehen, dass es nicht in Vergessenheit gerät."

Wie aufgeblasen Zahn klang!

„Lasst uns erst eine Sache abschließen. Draußen warten schließlich noch andere Zeugen."

„Sie steht nun einmal vor uns. Die Amtspersonen sind anwesend. Da kann man es genau so gut jetzt zur Sprache bringen!" Zahn sagte das so, als stünde zu befürchten, sie könne sich, sobald sie diesen Raum verließe, in Luft auflösen und verschwinden.

Würth lächelte betont gütig. „Wie gesagt, wollten wir Belange, die Sache der *Ortsgerichtsbarkeit* sind, *nach* dieser Befragung angehen."

„So ist entschieden, dass die Rüge gegen die Heilmännin nicht die Zent betrifft?", blaffte Zahn mürrisch.

„Die Dorfschöffen kamen überein, dass der Vorwurf zu geringfügig ist, um ihn auf die Zent zu schreiben. Endgültig wollen sie dies nach der Anhörung entscheiden."

Friedgard räusperte sich.

„Meine Herren!", bat Schöffe Schelhorn. „So lasst uns des Zentgrafen Vorschlag annehmen und die Anwesende sogleich befragen."

Würth nickte beifällig. „Nun, es scheint zweckdienlich. Gerichtsschreiber, verlest also die Rüge."

Friedgard vermied, Barbara anzusehen, während er das ledergebundene Buch heranzog und es aufblätterte. Schließlich las er vor: „Sie stehe im Verdacht, ein gotteslästerliches Leben zu führen ..."

„Sprecht deutlicher Herwart, Ihr seid kaum zu verstehen!", bellte Zahn.

Friedgard räusperte sich erneut: „Es wird ihr vorgeworfen, sie missachte die christlichen Gebote und treibe möglicherweise schädigenden Zauber."

Was? Barbara blieb der Mund offen stehen.

„Zudem bezichtigt sie Margarete Herwart, Hausfrau des Hofbereiters Herwart, Schmähreden wider sie selbst und Gott geführt zu haben."

Barbara glaubte, sich verhört zu haben.

Friedgard las weiter: „Sie habe vermeldete Person ein Rumpelscheit genannt und gesagt, sie könne sich Gottes Gebot sonst wohin stecken."

„Das ist nicht wahr!", fuhr Barbara auf. „Ich habe solches niemals gesagt!"

Zahn breitete seine Pranken aus und sagte spöttisch: „Ihr bezichtigt die Hausfrau Herwart der Lüge?"

„Das tue ich nicht. Ich sage nur, ich habe keine Schmähreden wider Frau Herwart geführt", sagte Barbara so ruhig wie ihr klopfendes Herz es zuließ.

„Bekennt Ihr", mischte sich nun der Schultheiß ein, „dass Ihr am Nachmittag des fünfundzwanzigsten April der genannten Person begegnet seid und mit ihr spracht?"

„Ja."

„Worum ging es?", fragte der Schultheiß.

Barbara bemühte sich, ihn geradeheraus anzusehen. Sie antwortete: „Hausfrau Eigner bat mich, wider das heutige Tanzfest zu zeichnen. Frau Herwart … war ebenfalls zugegen."

„Tatet Ihr es?"

„Nein. Ich sagte, dass ich mich um derlei Dinge nicht kümmere."

„Ihr habt Frau Herwart keine Schmähworte entgegnet?"

„Ich habe Hausfrau Eigner lediglich abschlägig beschieden. Zu Frau Herwart sagte ich, dass eine jede täte, was sie für richtig halte."

„Ihr sollt auch Gott gelästert haben, als Ihr gebeten wurdet, wider das Tanzfest zu zeichnen", sagte Zahn.

„Das ist nicht wahr."

„Ihr haltet das Tanzen nicht für anrüchig?", fragte Zahn.

„Tut Ihr das? Habt Ihr dagegen gezeichnet?"

Eine fließende Bewegung, Zahn erhob sich. Die Macht des Bären grollte ihr entgegen: „Dies ist meine letzte Warnung! Ihr steht hier vor den Richtern des Ortes und der Zent. Eure Haltung ist anmaßend und ungebührlich. Noch eine Widerrede und es steht Euch eine weitere Buße ins Haus."

„Frau Heilmann, ich muss Euch ebenfalls mahnen und dem Zentgrafen Recht geben", sprang Würth Zahn bei. „Beantwortet die Fragen nach bestem Vermögen."

Barbara fuhr sich unter der Nase lang. Sie sagte: „Verzeiht, ehrwürdige Herren und Richter. Ich war aufgebracht, weil es nicht stimmt. Ich habe Gott nicht gelästert. Ich denke, wenn Kurfürst Friedrich in seiner weisen Umsicht ein Fest und Tanz erlaubt, kann nichts Tadelnswertes daran sein."

Sie sah Würth nicken und Friedgard schreiben. Zahn setzte sich wieder.

Würth wartete, bis Friedgard zu Ende geschrieben hatte. Dann sagte er: „Für den Augenblick können wir es dabei bewenden lassen. Wir werden uns beraten und Euch möglicherweise noch einmal hören. Es warten in anderer Sache schließlich draußen noch Zeugen."

Er nickte Zahn zu.

„Eine Frage noch", meldete sich einer der Schöffen zu Wort. Alle sahen zu Wendel Ritter hin. „Ich meine, wir seien zu rasch vorangeschritten bei der Befragung zu Baumanns Sache", sagte er. „Wir sind hier, um zu klären, ob es ein Unfall war oder ob jemand dem Lehrer nach dem Leben trachtete, sodann es auf die Zent zu schreiben und den Zentschöffen zur Untersuchung abgegeben werden muss. Es mag also Frau Heilmann etwas zur Beschaffenheit der Wunde erklären, die unser bedauernswerter Lehrer erlitt."

Zustimmendes Raunen ging durch die Reihen der Männer.

Simon Weinmann pflichtete ihm bei und fragte: „War es eine Wunde, die von einer Waffe geschlagen wurde oder könnte sie von einem … sagen wir Stein oder Ast verursacht worden sein?" Erwartungsvoll sah er Barbara an.

Sollte sie sagen, was sie vermutete? Schnitt sie sich damit ins eigene Fleisch? Was wohl hatte der Bader auf diese Frage geantwortet?

„Heilmännin?"

„Verzeiht. Ich bin nicht sicher."

„Ihr werdet doch wissen wie ein Schnitt aussieht!", rief Zahn.

Barbara sah aus den Augenwinkeln, dass Friedgard gespannt zu ihr her sah.

„Nun, ich … es könnte ein Schnitt sein, ja."

„Aber sicher seid Ihr nicht?", wollte ein anderer der Schöffen wissen.

Sie schüttelte den Kopf. „Bader Bastian ist in diesen Dingen mehr bewandert als ich. Sicher kann er eine zuverlässigere Auskunft geben."

Hanns Schofer erhob sich und rief aufgebracht: „Wir reden hier um den heißen Brei herum. Erinnert sich denn niemand, dass Baumann vor dem Ortsgericht sagte, er meine, eine Weiberhand habe ihn berührt? Heilmännin: Sagt uns klipp und klar, ob Ihr etwas mit des Lehrers Verwundung zu schaffen habt!"

Barbara war so überrascht, dass sie den Schöffen mit offenem Mund anstarrte.

„Was? Aber nein!"

Zahn atmete hörbar aus.

Friedgard räusperte sich und sagte: „Baumann hat das später wieder zurückgenommen. Es ist aus dem Protokoll bereits gestrichen." Er machte eine Geste zu Würth und sagte: „Er äußerte gegenüber dem Schultheiß und mir, dass er möglicherweise durcheinander gekommen sei und durchaus die ihn behandelnden Hände gespürt haben könnte."

„Warum weiß ich davon nichts?", fragte Zahn scharf und sah Würth an.

„Ihr wart in Leimen, Zentgraf", entgegnete dieser gleichgültig. „Und es betraf das Protokoll des Ortsgerichts. Euch auch noch damit zu belasten war kaum vonnöten." Er lächelte ein müdes Lächeln in Richtung des Zentgrafen, machte eine Faust und besah seinen Ring.

Zahn warf einen finsteren Blick auf Friedgard, bevor er sich an Barbara wandte: „Heilmännin, wir haben Eure Aussage gehört und zu Protokoll genommen. Wollt Ihr noch etwas anfügen?"

Barbara schüttelte den Kopf und da Zahn sie mit seinem schwarzen Blick durchbohrte, sagte sie: „Nein."

„Dann könnt Ihr gehen. Doch haltet Euch zur Verfügung. Möglich, dass die Voruntersuchung weitere Fragen aufwirft."

Hörte nur sie den drohenden Unterton? Sie sah Zahn ins Gesicht. Und da wusste sie, dass er sich nicht mit dem heutigen Ausgang der Befragung zufrieden geben würde.

16

Leise trat Barbara hinaus in den Garten. Sie tauchte ihre Hand in das alte Fass, in dem sie Regenwasser auffingen, und benetzte Stirn und Wangen. Sie konnte noch nicht schlafen gehen. In ihr war einiges in Aufruhr. Die Nacht half stets, die Gedanken zu ordnen. Vielmehr ordneten sich diese dann meist von selbst.

Eine Weile starrte sie auf die Schuppentür, bis sie begriff, was anders war. Baldrian hing daran. Mutter hatte ihr am Morgen gesagt, dass sie am Kraichbach nach den ersten Blütenständen Ausschau halten wolle, bevor sie zum Dorfplatz ginge. Offensichtlich war sie erfolgreich gewesen. Barbara lächelte, zog ihr Schultertuch enger und flüsterte den Hühnern und der Geiß durch die geschlossene Tür zu: „Schlaft wohl, keine Unholdin wird euch etwas antun. Ihr seid sicher in der Hexennacht."

Sie ging hinüber zum Kräuterbeet und sah auf die Pflänzchen hinunter. Blass beschien der abnehmende Halbmond Petersilie, Sauerampfer, Liebstöckel. Barbara setzte sich auf das Holzbrett, das über zwei große Steine gebreitet war. Sie starrte vor sich, das Kinn auf beide Fäuste gestützt, die Ellbogenspitzen auf die Knie gedrückt.

Vorhin war Winfried Kühn nach Hause geritten. Es war ein schöner Abend gewesen. Sein Besuch hatte die Gedanken an die Befragung vor den Schöffen in den Hintergrund gedrängt. Doch jetzt kehrte die Erinnerung wieder und ihr Herz wusste nicht, sollte es sich vor Sorge zusammenziehen oder vor leiser Freude pochen. Margarete Herwart hatte eine Rüge gegen sie vorgebracht. Und was sie behauptete, war gelogen. Wem würden die Schöffen glauben? Sie lauschte in die Stille der Nacht. Nichts rührte sich, kein Tier gab Laut – und erst recht hörte sie keine Hexen auf ihren Besen durch die Lüfte rauschen, wie sie das in der Walpurgisnacht angeblich taten. Winfried Kühns Gesicht schob sich vor ihre sorgenvollen Gedanken. Er hatte auf sie gewartet. Als sie nach der Befragung aus dem Ratssaal kam, ließ sie ihre Bedenken fahren und nahm seine Einladung auf ein Bier an, froh darum, nicht alleine zu sein.

Winfried erzählte von seiner verstorbenen Frau und seinen Söhnen. Sie erfuhr, dass er aus Speyer stammte, wo seine Eltern als pfälzische Königsleute lebten. Winfrieds älterer Bruder war in Speyer verheiratet. Seine drei Jahre jüngere Schwester Johanne hatte er Ende 1581 nach Reilingen geholt, da er unter den Königsleuten einen Ehemann für sie gefunden hatte. Er schien eine innige Verbindung zu ihr zu haben, denn Barbara hörte die Wärme in seiner Stimme, wenn er davon sprach, dass seine Jungen die meiste Zeit in ihrem Haus zubrachten. Als seine Frau vor zehn Jahren bei der Geburt des zweiten Kindes starb, säugte Johanne den Neugeborenen mit, da sie im gleichen Jahr selbst mit einem Sohn niedergekommen war.

Barbara fühlte sich wohlig bei der Erinnerung an das Zusammensein mit Winfried. Er sprach unbeschwert über sich, und sie hatte es genossen, zuzuhören. Und wenn sie ehrlich war, hatte sie auch seine Blicke genossen. Hier ein wenig Wohlgefallen beim Darreichen des Bierkrugs, da ein Schuss Bewunderung beim Betrachten ihrer Hüften. Sie hatte getan, als merke sie es nicht. Stellte ihm Fragen und erfuhr mehr über die Königsleute. Die eigenartige Form der Besteuerung bildete eine der stärksten Klammern für die Gemeinschaft. Die einzige steuerliche Belastung der Königsleute war die Pflicht zur Königsschatzung. Jedes siebte Jahr zahlte der Wersauer Haufen in seiner Gesamtheit diese Schatzung in

Höhe von 70 Gulden. Von allen anderen landesherrlichen Steuern waren die Königsleute befreit. Lediglich die Abgaben an das Reich, wie etwa die Türkenhilfe, zog die Pfalz von ihnen ein. Dafür hatten sie Pflichten. Wer zu Wersau gehörte, war der Burg gegenüber sowohl fron- als auch verteidigungspflichtig. In Zeiten der Not durften die Königsleute die Burg nicht verlassen und mussten sie beschützen. Winfried erzählte, dass deshalb auch nur einige von ihnen mit dem jungen Kurfürsten nach Dillenburg zogen. Der Rest blieb bei Wersau. Um für das Hochzeitsgeleit des Kurfürsten gerüstet zu sein, das für Ende Mai vorbereitet wurde, war Winfried an Georgi mit zweien seiner Freunde nach Hockenheim gekommen. Beim Schmied Eisinger hatten sie ihre Waffen ausbessern lassen.

Barbara seufzte und zog ihr Schultertuch enger. Die Nacht war trotz dieses trübwarmen Tages kühl. Sie hatte Winfried von der Befragung erzählt. Natürlich wurde untersucht, was dem Lehrer zugestoßen war. Doch irgendetwas an dieser Begebenheit hatte einen bitteren Beigeschmack. Nichts von dieser Ahnung hatte sie Winfried gegenüber geäußert, obwohl sie inzwischen nicht mehr dachte, dass er sie bei seinem ersten Besuch hatte aushorchen wollen. Nein. Es war wegen Zahn. Der hatte seine Wut nur mühsam unterdrückt. Und etwas daran stank wie der Zentgraf selbst.

Sie vernahm ein Rascheln und blickte angestrengt zum Dach des kleinen Stalls hinüber. Vielleicht würde sie ihn sehen. Seit Tagen schon bemerkte sie die Kotwürstchen. Irgendwo trieb sich der Marder herum. Ihr Bruder musste dringend das Dach des Hühnerstalls ausbessern. Bevor der Raz sich eines der Hühner holte. Erneut das Geräusch. Rasch stand sie auf, setzte vorsichtig einen Fuß vor den anderen, dann schmunzelte sie. Vielleicht waren ja doch Unholde unterwegs. Sie bog den Kopf nach hinten, schaute hinauf in den Nachthimmel. Kleine Wolkenfetzen bauschten sich hinter dem Halbmond wie eine duftige Schleppe, Sterne blitzten wie silberne Lichter in einer Halle.

Dann ging alles ganz schnell. Gezweig raschelte, Äste knackten, mit großen Schritten brach eine Gestalt durch die Tannen und stürzte auf sie zu. Ihr Mund öffnete sich, ein überraschter Schrei entfuhr ihr.

Johannes Zahn baute sich vor ihr auf.

„Ist der Königslaffe endlich weg", knurrte er mit herabgesenkter Stimme.

Überrascht starrte Barbara ihn an. „Was … soll das?", stotterte sie.

Zahn lachte leise. „Wollte mit eigenen Augen sehen, was Ihr in der Hexennacht treibt. Den Bocksbeinigen scheint Ihr nicht zu brauchen, habt wohl 'nen besseren Buhlen?" Er stieß verächtlich Luft aus. „Aber ein Weißmann soll besser sein als Luzifers Höllenschwengel?"

Er hatte getrunken. Durch seine saure Ausdünstung hindurch roch Barbara das Bier.

„Was redet Ihr da? Mitten in der Nacht. Geht, bitte."

Zahn machte einen Schritt auf sie zu, packte den Knoten ihres Schultertuchs und mühsam, als sei er außer Atem, presste er hervor: „Hättet Ihr nicht so lange mit dem Königsmann herumgetändelt, *Frau Heilmann*, müssten wir unsere Unterredung nicht zu so später Stunde abhalten. Es ist allein Eure Schuld!"

Barbara schluckte. „Lasst mich los!"

Er stieß sie heftig von sich, so dass sie zwei Schritte nach hinten taumelte. Sie richtete ihr Tuch. „Ihr betragt Euch ungebührlich, Zentgraf. Wenn Ihr mit mir sprechen wollt, tut es morgen." Sie reckte das Kinn, wollte an ihm vorbeischreiten, doch er hielt sie am Arm fest. Barbara sah auf seine Hand, dann in sein Gesicht. Trotz des fahlen Lichtes erkannte sie die Wut, die darin stand.

„Geht, oder …“

„Oder was?“, grinste Zahn hämisch. „Oder du schreist? Schrei doch!“ Ein leises Lachen folgte, gehässig und böse.

Sie wollte ihm den Arm entziehen, aber er hielt ihn eisern umklammert.

„Ihr tut mir weh!“

Er lockerte den Griff nicht. Wie ein Fels stand er vor ihr, starrte sie an, atmete ihr seinen Bierdunst ins Gesicht.

„Willst du mir etwas anhexen, hä?“

„Könnte ich es, ich hätte es schon vor Jahren getan.“

Er schüttelte sie. „Pass auf, was du sagst!“

„Lasst mich in Ruhe und geht.“

„Das Verhör heute war nur der Anfang. Der Verdacht, du hättest etwas mit Baumanns Unfall zu tun ….“ Wieder brachte er sein Gesicht nah an ihres. Seine ekelhafte Ausdünstung widerte sie an.

„Das glaubt niemand, weil es nicht so ist“, entgegnete sie mit mehr Überzeugung als sie eigentlich hatte.

„Hexenwerk?“

„Das glaubt erst recht niemand.“ Sie bog den Kopf nach hinten, um ihm auszuweichen. „Wir sind hier nicht in Kurtrier oder Bamberg. Ich dachte, Euch als Zentgraf sei das kurpfälzische Recht bekannt.“

„Wie steht es mit Mord?“

„Was wollt Ihr damit sagen? Baumann lebt!“

„Wer spricht von Baumann?“, sagte er und gab sie endlich frei, mit einer Geste als sei sie ihm widerwärtig. „Was ist mit meinem ersten Weib. Ihr wart die Letzte, die bei ihr war. Dann starb sie.“

„Weil ihre Zeit gekommen war. Weil sie keinen Lebenswillen mehr hatte. Wer Euch kennt, kann ihr das nicht verdenken."

Fast schien es ihr, als wolle er sie schlagen. Aber er machte nur eine Geste und raunte: „Du wirst nicht drauf kommen, was ich damals glaubte." Beinahe klang seine Stimme weich. Gefährlich bierselig. Sie wich vor ihm zurück.

Gab es denn nichts, womit sie sich verteidigen konnte? In diesem Gemütszustand mochte ihm wer weiß was einfallen. Wie schon einmal.

Zahn lachte gequält auf. „Ich Dummkopf! Dachte doch wahrlich, du hättest um meinetwillen tatsächlich nachgeholfen. Dass sie es nicht mehr lange macht, war nur allzu offensichtlich. Aber mit etwas Arnika … ich hätte dich genommen, bei Gott, das hätte ich!"

Ihr verschlug es die Sprache. Das hatte sie nicht gewusst. Und nie und nimmer hätte sie es vermutet. „Ich war verlobt!", presste sie hervor.

„Du warst vor allem ein junges Weib mit einem Arsch, der einem das Wasser im Maul zusammenlaufen lässt." Er kam näher. „Und den hast du noch immer!", geiferte er und packte eine Gesäßbacke.

„Lasst das!", zischte sie und wand sich los.

Zahn stieß Luft durch die Zähne. „Ich hätte dir ein schönes Leben beschert. Und was hattest du stattdessen? Mühsal, Kummer und schließlich Verlust und Schmerz."

„Bitte geht."

„Eines Blickes nur hätte es bedurft und ich hätte dir …" Zahn verstummte und für einen Augenblick spürte sie die Tiefe seines Schmerzes als wäre es ihr eigener.

Es bestürzte sie. Erinnerungen wallten empor, ihre Angst, ihre Wut auf diesen Mann, der einst bereit war, sich mit Gewalt zu nehmen, was sie ihm freiwillig nicht gab. Jetzt war kein Leonhard weit und breit, der ihr zu Hilfe eilte. Winfried war vor einer halben Stunde davongeritten. Hockenheim schlief. Ihre Mutter schlief, und selbst wenn nicht, was hätte ein altes Weib ausrichten können gegen diesen Bären? Bedrohlich stand er vor ihr, sein saurer Leibgeruch stieg ihr beißend in die Nase. Sie war allein mit Zahn, der nicht Ruhe geben würde, bis sie irgendetwas Versöhnliches sagen würde.

„Natürlich kann ich Zeugen zusammenrufen. Das erspart dir die peinliche Befragung. Doch in einem Mordfall, der so lange zurückliegt, nun, da mögen Zeugen rar sein, nicht wahr? Wer erinnert sich noch genau an so etwas." Er wankte leicht, hob ihr beide Hände entgegen, die Handflächen nach oben. „Also wird man dich befragen. Deinen schönen Leib mit Zangen zwicken. Deine Finger werden hernach untauglich zum Sammeln der kleinen Kräuter sein. Wovon willst du dich ernähren? Deine Mutter lebt nicht ewig, um dich an ihrem Rockzipfel weiterhin durch's Leben zu schleppen. Und dein Bruder hat seine eigene Familie, nicht wahr, du würdest dir wie eine Last vorkommen. Was für ein Leben." In gespielter Traurigkeit schüttelte Zahn den Kopf.

„Was wollt Ihr von mir? Was bezweckt Ihr damit, diese alte Geschichte aufzurollen?"

„Was ich will? Sagen wir es so: Ich denke, dass du etwas hast, was mir gehört."

„Ich soll was …?" Sie schluckte. Ihre Unversehrtheit. Er gierte danach, sie zu erniedrigen, immer noch. Sie musste schreien, bevor er …

„Wo verwahrst du die Schriften, die Baumann bei sich hatte?"

Sie begriff nicht. „Was? Welche …"

„Stell dich nicht dumm. Ich glaube nicht, dass du sie nicht hast. Er trug etwas bei sich, das mir gehörte. Und nun ist es weg." Zahn machte ein bedauerndes Gesicht und öffnete die Hand, als ließe er eine darin gefangene Grasmücke frei.

„Ich habe keine Ahnung, wovon Ihr redet!"

Doch etwas regte sich in ihr. Hatte sie nicht das Gefühl gehabt, Zahn verhielte sich seltsam? Bei der Befragung war kein Wort davon zu hören gewesen, dass Baumann etwas gestohlen wurde. Und was ihr von den Geschehnissen beim Ortsgericht zu Ohren gekommen war, wies in die gleiche Richtung: Baumann meinte zwar, überfallen worden zu sein, aber es war ihm nichts gestohlen worden. Doch nun stand Zahn vor ihr und behauptete genau das.

„Du hast keine Ahnung, soso", raunte er in gefährlich ruhigem Ton. „Dann werde ich dir sagen, wie ich das sehe." Er strich sich das Kinn.

„Baumann war besoffen. Entsprechend wankend sein Heimweg. Man stürzt leicht im Dunkeln. Äste und Wurzeln sind tückisch, wenn man nicht Herr seiner Sinne ist. Natürlich kann man das nicht zugeben. Man würde sich lächerlich machen, nicht wahr? Also gibt man vor, überfallen worden zu sein und schon ist der gute Leumund gewahrt."

„Ihr wisst, dass Baumann so gut wie nichts trinkt."

„Um so heftiger schlägt ein Krug zu viel an. Man sieht alles mögliche unterwegs in der Nacht. Ich reite oft genug von Leimen heim, ich kenne die knorrigen Gesellen am Wegesrand. Du kennst sie doch auch!"

Es musste ihr gelingen, Zahn von diesem wirren Fantasiegebilde abzubringen. „Zentgraf", begann sie daher mit so viel Anteilnahme und Respekt, wie sie aufbringen konnte. „Bedenkt ..."

„Still!", fauchte er dazwischen. „Ich weiß, was ich sage. Baumann liegt in seiner Siffbrühe am Ortsrand, da kommst du vorbei, siehst ihn, er gibt dir das Bündel, um es mir zu übergeben. Doch um dich an mir zu rächen, behältst du es." Mit einem raschen Schritt war er bei ihr und packte sie erneut am Arm. „Wo ist es?"

Klauen aus Eis. „Ich habe nichts, was Euch gehört!", jaulte sie auf.

Seine freie Hand holte blitzschnell zum Schlag aus und traf sie so heftig, dass ihr Kopf zur Seite flog und ihr Ohr zu klingeln anfing. Schmerz nahm ihr die Luft. Erstaunen mischte sich mit Zorn. Geschmack von Blut in im Mund. Sie hob den Arm in Erwartung eines weiteren Schlages. Zahn unterdrückte ihn. Sie spürte sein Zittern.

„Lüg mich nicht an!", presste er hervor. „Wo sind die Schriften?"

Sie hielt sich die schmerzende Wange. Sie drehte sich von ihm weg, ließ Speichel, vermengt mit Blut, auf die Erde tropfen. Etwas musste ihr einfallen. Und zwar schnell.

Da packte er sie am anderen Arm, zog sie an seine Brust, brachte sein Gesicht nah an ihres. „Ich hätte dir das gerne erspart", keuchte er.

Sie roch das Bier und das Saure und ihr wurde schlecht. Gleich würde sie besinnungslos niedersinken ... Zahns Gesicht war so nah, dass sie den Zorn und die Verzweiflung in seinen Augen sah, kalt und lodernd zugleich wie schwarze Fackeln. Fest presste sie die Lippen zusammen. Atmete flach.

„Du hast sie an dich genommen, um mir Schaden zuzufügen. Du willst Rache."

Die Worte strömten giftig aus seinem Mund. Und sie ekelte sich zu Tode, aber sie musste sie mit dem Atem in sich einlassen, den sie gierig einsog, weil sie die Luft angehalten hatte.

Gequält verzog er das Gesicht. Mit einem Ruck stieß er sie von sich. „Ich mache dir einen Vorschlag", sagte er leise und plötzlich gefährlich vernünftig. „Was beim heutigen Verhör anklang, kann sich leicht zum Vorwurf der Ketzerei ausweiten. Man braucht nur die Gerüchte weiter schüren, die Heilkundige ginge mit Zauberei um.“ Er zupfte gleichmütig an seinem Wams herum. „Denk nur daran, was Baumann über die Weiberhand sagte, die ihn berührte.“ Er lächelte selbstgerecht. „Und glaub nicht, nur weil es aus dem Protokoll gestrichen wurde, ließe es sich nicht noch einmal aufgreifen. Gib mir, was du gestohlen hast und ich sorge dafür, dass es nicht soweit kommt.“

„Ich habe nichts, das Euch gehört.“

Mit gespieltem Mitleid blickte er auf sie herab. „Überlege es dir. Dies Angebot mache ich, weil ich dir gewogen bin. Ich verzeihe dir, wenn du tust, was ich verlange.“

„*Ihr* verzeiht *mir*?!“, presste sie hervor. „Geht! Geht von meinem Grund und Boden!“

Sie wusste, dass er hörte, wie verletzt sie war. Ein zufriedenes Lächeln huschte über seine Züge, die sie in diesem Augenblick mehr hasste als jemals zuvor.

„Barbara? Bist du das da draußen?“

Die Knie wollten unter ihr nachgeben vor Erleichterung.

„Ja, Mutter“, rief sie. „Ich komme.“

Wieselflink schnellte Zahns Faust nach vorn, packte den Knoten ihres Schultertuchs und zog sie noch einmal an sich. Diesmal wehrte sie sich und stemmte ihm die Arme an die Brust, bog den Oberkörper weit nach hinten. Sein Gesicht folgte ihr. Er bleckte die Zähne. Sein saurer Atem stieß ihr die Worte ins Gesicht. „Glaub nur nicht, dass es vorbei ist. Es fängt eben erst an!“ Und mit wütenden Riesenschritten preschte er durch die Tannen davon.

17

Der letzte Glockenton verhallte.

Vor der Georgskirche standen die Menschen wie jeden Sonntag nach dem Gottesdienst in Grüppchen zusammen. Das geschwätzige Summen ihrer Unterhaltungen erhob sich über ihren Köpfen und wehte dem verstummenden Geläut hinterher. Sie hielt sich mit ihrer Mutter seitlich der Kirche Richtung Friedhof und spähte wie diese in die Menge, um Matthias auszumachen. Ihr Bruder kam wie viele Reilinger vom Nachbardorf herüber, weil es dort keine Pfarrkirche gab.

Barbara vermied, nach rechts hinauf zur Holztür des Gotteshauses zu schauen. Dort hatte sich Pfarrer Eigner platziert, nickte geneigt nach den Heraustretenden und bekundete – im schlichten schwarzen Rock und die Hände auf Brusthöhe gefaltet – christliche Genügsamkeit. Sein fades Weib stand mit zusammengekniffenen Lippen neben ihm. Und ihm zur Linken hatte Zahn sich aufgestellt, selbstsicher und pelzbesetzt, und ließ hin und wieder seinen Blick schweifen wie ein Schäfer, der im Stillen seine Schäfchen zählt. Gott, wie sie ihn verabscheute! Ihre Wange brannte noch immer von dem Schlag, den er ihr in der Nacht verpasst hatte.

Zahn hatte sie noch nicht gesehen. Und am liebsten hätte sie die Ansammlung umgehend verlassen, damit das auch so blieb. Was hatte er vor, was würde er tun, nun, nachdem er sich ihr dergestalt offenbart hatte? Sie begriff zum ersten Mal, was ihn umtrieb. Und was das für sie bedeuten konnte.

Um die Gedanken abzuschütteln, sah sie in den Himmel hinauf. Pünktlich zum ersten Mai hatte sich die Sonne endlich auf ihre Aufgabe besonnen und die dunklen Wolken zur Seite geschoben.

„Na!", machte Katharina neben ihr, woraus Barbara schloss, dass Matthias sich näherte.

Es war sonntägliche Gewohnheit ihrer Mutter, nach dem Gottesdienst mit Matthias zusammen das Grab des Vaters zu besuchen. Da Katharina ebenso wenig wie ihr Bruder jeden Sonntag zur Kirche ging, freute sie sich um so mehr an diesem gemeinsamen Gang. Sie selbst ging nie mit zum Friedhof. Und das nicht nur, weil sie gewöhnlich ja auch nicht mit zur Kirche kam, sondern weil die Leute sie störten, die wie ihre Mutter und ihr Bruder sonntags den Verstorbenen die Ehre erwiesen, einen Schwatz hielten oder Geschäfte erledigten. Wenn sie zum Friedhof ging, wollte sie alleine sein. Und so nutzte sie oft die Abendstunden, bevor sie sich zum Sammeln aufmachte, um am Grab Leonhards und Elisabeths zu verweilen.

Sie folgte dem Blick ihrer Mutter und sah aus den Augenwinkeln, wie Zahn sich vom Pfarrer und seiner Frau verabschiedete. Er schüttelte ihnen herzhaft beide Hände, eine Geste, die auf Barbara verlogen wirkte, da er in ihren Augen nichts von dem besaß, was dieses herzliche Gebaren ausdrückte. Sie spürte ihren Zorn auf ihn körperlich. Es zog ihr den Magen zusammen. All die Jahre hatte er in ihrem Innern geschlummert. Überdeckt vom Verlust, den sie erlitten hatte. Nun brach er durch die Schichten aus Schmerz und machte sie hilflos und wütend zugleich.

Gestern Nacht hatte sie ihre Tränen nur mühsam zurückhalten können, während sie ihrer Mutter erzählte, was vorgefallen war. Zutiefst erbost über Zahns Einbruch in ihren Garten hatte Katharina ausgerufen: „Weshalb denkt der Großkotz, du hättest Baumann was gestohlen? Und warum fragte er net bei der Untersuchung? Weshalb bricht er deshalb nachts in unseren Garten ein?"

Barbara hatte es nicht über sich gebracht, ihrer Mutter zu sagen, dass Zahn vermutete, sie habe es aus Rache getan. Denn dann hätte Katharina gefragt, wofür sie sich denn Zahns Meinung nach an ihm rächen wollte. Und sie hätte erzählen müssen, was sie niemandem erzählt hatte. Ihrer Mutter nicht, Leonhard nicht. Sie wusste selbst nicht recht, wieso. Wahrscheinlich weil sie sich dann geschämt hätte. Wie sie ihn dafür hasste, dass er solche Gefühle in ihr hervorrief!

So hatte sie die Schultern gezuckt und Katharina hatte sich die Antwort selbst gegeben: „Sieh dich vor, Tochter! Zahn liebt großes Gewese. Baumanns Sturz kommt ihm gerade recht. Er kann Staub aufwirbeln und sich hinterher in gutem Licht darstellen. Ein Zentgraf, der gewissenhaft untersucht, steht in Heidelbergs Gunst. Doch sein Vorgehen ist ungeheuerlich! Man sollte das rügen. Aber diese hohen Herren stolzieren ja mit dem Gehabe der Ehrbarkeit herum und sind net zu belangen. Trotzdem könntest du Friedgard um Rat fragen."

Und was sollte das nützen? Eine einfache Wittib gegen einen Zentgrafen? Der würde ihr Wort doch ins Lächerliche ziehen. In der Walpurgisnacht will sie von einem Mann angegriffen worden sein? Zeigt her Euren Hexenfleck, Unholdin. Wohin hat der Bocksbeinige Euch geküsst?

„Na, Schwesterherz?" Matthias löste sich von Katharina und riss sie aus ihrem Gegrübel. Er beugte sich zu ihr und küsste sie auf die Wange. Sein Kinnbart kitzelte. Er war ein großer, schöner Mann, dunkelhaarig wie sie selbst.

„Tante Barbara!" Michel, ihr achtjähriger Neffe, schubste seinen Vater zur Seite und strahlte zu ihr empor. Sie erwiderte sein Lächeln und zwickte ihn in beide Wangen.

Hedwig drängte sich ungeduldig dazwischen und schlang ihr die Arme um den Bauch. Die Vierzehnjährige reichte ihr bis zum Busen und drückte ihren Kopf mit den dunklen Locken hinein. Darin war sie noch ganz kleines Mädchen, wenn sie auch sonst gerne die Erwachsene mimte. Ihre Schwägerin Gundel, ein nachsichtiges Lächeln im Gesicht, umarmte sie als Letzte.

„Du hast dran gedacht, dass wir heut nicht zum Essen mitkommen?“, fragte Matthias Katharina.

„Dein Nachbar wird fünfzig, hab's net vergessen“, erwiderte Katharina.

„Weshalb wir uns sputen müssen, also kommt“, fügte Gundel hinzu und machte Anstalten, Richtung Friedhof zu gehen.

„Wir essen Kuchen!“, erklärte Michel voll Vorfreude.

Barbara schmunzelte. „Einen schönen Sonntag noch“, sagte sie und wollte alle der Reihe nach verabschieden, als Katharina sagte: „Warte halt auf mich. Wird ja net lang dauern.“ Sie zeigte mit dem Finger auf ihren Sohn. „Wann kommst du wegen dem Schuppendach?“ Matthias lächelte und versprach, das Dach im Laufe der nächsten Woche auszubessern.

Als ihre Familie gegangen war, spähte Barbara umher, ob sie vielleicht Friedgard sähe. Da trafen sich ihre Blicke. Zahns Augen waren schwarz und kalt wie ein Klumpen Pech. Um sie herum schienen die Gesten der Menschen in der Luft zu gefrieren, da Zahns Blick sie gefangen hielt. Nichts lag darin. Keine Erinnerung an die vergangene Nacht. Keine Drohung. Keine Sorge. Nur Kälte. Dann sah er weg.

Ihr war schlecht. Ihr war kalt. Sie wollte gehen.

„So habt Ihr den Weg in die Kirche gefunden, Heilmännin?“, raunte eine Stimme neben ihr.

Barbara drehte sich um und blickte in das spöttische Gesicht Margarete Herwarts. „Habt es wohl mit der Angst bekommen und achtet nun drauf, Euch sehen zu lassen.“ Sie grinste abfällig. „Einer wie Euch wird das nichts nutzen. Früher oder später zahlt Ihr Euren Preis.“

Margarete sprach so leise, dass niemand der Umstehenden etwas hörte. Sie verstieg sich sogar darauf, Barbara am Arm festzuhalten, als diese sich wortlos abwenden wollte.

„Eines noch, Heilmännin", raunte sie mit einem drohenden Unterton, „lasst die Finger von meinem Sohn! Oder ich sorge dafür, dass Ihr Eures Lebens nicht mehr froh werdet."

Damit ließ sie sie stehen und eilte, ihre Freundin Engel vor der Kirchentür zu begrüßen.

Ein Kloß saß ihr im Hals. Auch das noch. Das hatte sie nun davon, in die Kirche zu gehen. Sie ärgerte sich, dass ihr keine passende Entgegnung eingefallen war. Sie überlegte, doch heimzugehen und nicht auf Katharina zu warten, tat zwei unentschlossene Schritte und erblickte drüben auf dem Dorfplatz Friedgard. Er und seine drei Schwestern unterhielten sich lachend mit Agnes. Das Mädchen trug eine pelzbesetzte Schaube. Ein ums andere Mal fuhr sie mit den Armen durch die Luft wie um etwas zu verdeutlichen. Dabei schimmerten ihre eng anliegenden Ärmel aus glänzendem Stoff silbrig in der Sonne. Ihr blasses, durchsichtig wirkendes Gesicht strahlte. Alles in allem machte sie durchaus was her, wie sie da stand, eine Silberdistel inmitten eines Gefolges aus einfachem Gras.

Dennoch: Etwas daran befremdete Barbara zutiefst. Etwas daran … schmerzte. Friedgard warf die Locken zurück, lachte liebenswürdig. Überhaupt schien er sehr gelöst. Zu gelöst dafür, dass er diesem Mädchen ansonsten aus dem Weg ging. Er sah nicht gerade aus wie einer, der Agnes nicht leiden konnte.

Barbara hätte gerne gewusst, was er von der Befragung hielt, der sie sich gestern hatte unterziehen müssen. Gerne hätte sie mit ihm gesprochen. Aber Agnes stand bei ihm – und solange dieses Mädchen ihn in Beschlag nahm, würde sie den Teufel tun und hinübergehen.

Bei der Kirchgasse gab es Bewegung und Barbara sah, wie der Knecht des Schultheißen die Rösser des Schultheißenpaares herbeiführte. Voller Bewunderung besah sie die schönen Tiere. Selbst sein Pferd wählt der Schultheiß nach farblichen Gesichtspunkten, dachte sie, als sie den schlanken, braunroten Hengst mit der bronzefarbenen Mähne betrachtete.

Würth und seine schöne Hausfrau Dorothea verabschiedeten sich von Pfarrer Eigner, dessen Eheweib und Margarete Herwart, bei welchen sie gestanden hatten. Eigner, die Hände noch immer auf Brusthöhe gefaltet und ein festgefrorenes Lächeln auf den Lippen, nickte gütig. Desgleichen seine Gemahlin, die sich starr wie eine Säule hielt. Sie wirkte um so farbloser, als Dorothea Würth sie mit ihrer prachtvollen Erscheinung mühelos überstrahlte. Die Schultheißin trug ein wollweißes Gewand mit einem gold und schwarz bestickten Miedereinsatz unter ihrem hellbraunen Umhang. Sie hielten auf die Pferde zu, wurden aber noch einmal aufgehalten und blieben stehen, um sich mit Heinrich Herwart zu unterhalten, der auf dem Weg zum Pfarrer war.

Im selben Augenblick, da ihre Mutter und Matthias vom Friedhof zurückkamen, sah Barbara weiße Federn auf sich zuwippen und schon stand Winfried Kühn vor ihr. „Gott zum Gruße, Frau Heilmann“, sagte er beschwingt und zog den Hut.

Barbara war überrascht. Er hatte nicht erwähnt, dass er heute zum Gottesdienst kommen würde. Sie machte Matthias und Gundel mit dem Königsmann bekannt. Er strahlte eine sonntagsfrohe Haltung aus, neben der ihr Bruder und ihre Schwägerin plötzlich gedrückt wirkten. Barbara fiel Hedwigs gerötetes Gesicht auf und sie fragte sich, ob es auf dem Friedhof Streit gegeben hatte. Aber der Gedanke verflog, denn Winfried zeigte auf seine beiden Söhne, die hinter ihm hergetrottet waren und die nun artig neben ihm warteten. Er schob sie an den Schultern vor sich und hieß sie, Guten Tag zu sagen. Folgsam verbeugten sie sich.

„David", Winfried wies auf den jüngeren, dann auf den älteren: „Cornelius."

Die zwei konnten ihre Herkunft nicht verleugnen. Sie waren Abbilder ihres Vaters, schlanke Jungen mit wachen Gesichtern. Des Jüngeren Haar war braun wie die Rinde eines jungen Walnussbaumes, fest umklammerte er ein Holzschwert. Das Haar des Älteren glänzte wie Tollkirschen im Sonnenlicht und seine schwarzen Augen blickten geradeheraus wie die des Vaters. Er trug bereits einen Dolch in einer ledernen Scheide am Gürtel seiner Hose. Michel, ihr Neffe, machte große, bewundernde Augen.

Barbara spürte, wie neugierige Blicke fragten, was sie mit dem Weißmann zu schaffen hatte.

Sichtlich gewogen nickte Katharina. „Prachtjungs, Herr Königsmann Kühn! Vertilgen sicher einiges. Wollt Ihr net zum Essen mitkommen?" Und mit einer Geste zu Matthias ergänzte sie: „Unsere Sonntagsgäste haben heut was anderes vor." Überrascht sah Barbara ihre Mutter an. Aber die achtete nicht auf sie, sondern lächelte in die Runde, wobei sie recht selbstgefällig aussah, wie Barbara fand.

Matthias und Gundel schmunzelten. „Weswegen wir uns nun sputen sollten", erinnerte sich Matthias. Zu Winfried sagte er: „Ich an Eurer Stelle würde die Einladung annehmen, Herr Kühn. Meine Mutter kocht gut!"

Gundel küsste Katharina, die ihrer Schwiegertochter dabei den Arm tätschelte als wolle sie sagen: „Das wird schon wieder."

Matthias schob Hedwig ein wenig unsanft vor sich her und rief „Auf Wiedersehen!". Barbara merkte, wie sie sich bei der Vorstellung verkrampfte, Winfried und seine Jungen säßen in ihrer Küche, als sich an der Kirchgasse Gemurre erhob und Hälse gereckt wurden.

Zahn pflügte sich einen Weg durch die Umstehenden und hielt auf den Schultheiß zu. Barbara meinte bis hierher zu spüren, wie der Boden unter seinen wuchtigen Schritten bebte. Würth, der die ganze Zeit mit Heinrich Herwart geredet hatte und eben im Begriff war, aufzusitzen, blickte über die Schulter zurück, als Zahn rief: „Nicht so hastig, Herr Würth!" Neugierige Blicke folgten ihm.

„Verzeiht, wenn ich Euch am Sonntag mit Amtsdingen belästige", rief Zahn mit einer Stimme, die deutlich machte, dass er beabsichtigte, von allen gehört zu werden. „Eine Frage wegen des Frevelregisters."

Der Schultheiß blickte erstaunt. „Das Frevelregister?"

Leute murmelten, schoben und drängten, um besser sehen zu können.

„Genau das. Fehlt nicht ein Eintrag?"

Geraune.

„Was meint Ihr damit?", fragte Würth ruhig und saß auf.

„Vielleicht wollt Ihr Euch erinnern, dass man an Euch herantrat, um etwas aufzunehmen."

Würth schaute überrascht. Er warf seinem Weib, die sich im Sattel eingerichtet hatte und wartete, einen raschen Blick zu, der bat, den Aufschub zu billigen.

„Wie mir zu Ohren kam, bat unser aufmerksamer Nachtwächter um einen Eintrag, der jedoch weder beim Ortsgericht noch bei der Befragung der vergangenen beiden Tage zur Sprache kam", bemängelte Zahn.

Unmut spiegelte sich auf Würths Miene.

„Gäßler beschwerte sich bei mir", verkündete Zahn. „Ich gab Euch genügend Zeit, die Sache bis spätestens zur gestrigen Befragung vorzubringen. Doch nichts kam."

Würth gelang es nur schlecht, sein Missbehagen zu verbergen. Sachlich sagte er: „Das sollten wir morgen besprechen, wenn wir mit den Schöffen über die Befragungen beraten, meint Ihr nicht?"

„Ist das nicht eine nachlässige Haltung? Mit Verlaub, Schultheiß, mir fiel bei der Voruntersuchung auf, dass Ihr eine gewisse Sorglosigkeit in diesen Dingen an den Tag legt."

Auf Würths Stirn bildete sich eine Zornesfalte und zeigte direkt auf seine Raubvogelnase. „Ehrwürdiger Zentgraf, wir gehen das Register morgen gemeinsam durch, bevor wir es zum Zentgericht zur Aburteilung mitnehmen." Er nahm die Zügel kurz und ließ seinen Hengst neben die Stute seines Weibes treten.

Barbara sah sich verstohlen um. Aller Augen starrten auf die beiden Würdenträger. Sie fühlte sich unbehaglich wie nie. Sie ahnte, dass das hier etwas mit ihr zu tun hatte.

„Es ist der Schultheiß, welcher die auf dem Dorf gerügten Vorfälle an die Zent zu bringen hat, ehrsamer Herr Würth. Seid Ihr Eurer Aufgabe überdrüssig, dass Ihr so achtlos handelt? Oder hat Euer Leichtsinn eine andere Ursache?"

Ein Raunen ging durch die Menge. Man fragte sich, was der Zentgraf mit seinen Worten andeuten wollte. Zahn plusterte sich auf. Mit anmaßendem Lauern in der Stimme setzte er nach: „Möglicherweise ist es dem Hexenvolk schon gelungen, Amtspersonen zu blenden und für ihre Zwecke einzunehmen?"

Erschreckte Ausrufe ertönten.

„Was soll diese Anschuldigung, Herr Zahn?", herrschte Würth den Zentgrafen mit tiefer Stimme an.

„Ich hab keine Anschuldigung gehört", grinste Zahn und hob die Handflächen empor zum Zeichen aufrichtiger Unschuld. „Lediglich eine Frage. Wenn Ihr Euch dadurch ans

Bein gepisst fühlt, so ist sie wohl berechtigt?“ Bestätigung heischend blickte er um sich.

Die Leute gafften ihn an. Das Spektakel war außerordentlich, man war gespannt auf den Ausgang. Würths spitzes Gesicht wirkte noch spitzer, seine Lippen waren aufeinandergepresst. Er missbilligte die Unwürdigkeit dieses Angriffs zutiefst.

„Ehrsamer Herr Zahn“, sagte er mühsam beherrscht, „das ist weder der Ort noch der Zeitpunkt, Eure allseits bekannte Gekränktheit an mir auszulassen. Mäßigt Euren Ton!“

Diese öffentliche Zurechtweisung – und vor allem der wahrheitsgemäße Hinweis auf Zahns Eifersucht dem Ortsvorsteher gegenüber – brachte Zahn nun richtig auf. Er hob den Arm, ließ ihn in einem Bogen über die versammelte Menge schweifen und polterte: „Es geht um die Sicherheit unseres Ortes, um die Sicherheit unserer Kinder! Vielleicht versteht Ihr das nicht, da Ihr ja keine habt.“ Er machte eine Pause, um die Worte wirken zu lassen, ehe er fortfuhr: „Jeder gottesfürchtigen Bürger sorgt sich um das Wohl der Gemeinde und seiner Nachkommenschaft. Eure Gedankenlosigkeit diesbezüglich scheint mir augenfällig. Sie grenzt schon an Vernachlässigung.“

Barbara wandte sich zu ihrer Mutter um, die hing gebannt wie alle anderen an dem Wortwechsel und beachtete sie nicht. Winfried, der hinter ihr stand, erwiderte ihren Blick. Sie las Belustigung darin.

„Ich möchte das nicht hören!“, raunte sie und versuchte, sich an ihm vorbei zu schieben. Aber es hatten sich inzwischen so viele Leute um sie versammelt, dass ein Durchkommen schwer möglich war. Irgendwo hinter sich hörte sie jemanden murren: „Der Schultheiß hat immer 'nen vollen Haffen, ob er sich kümmert oder net! Nur wir können Hundsfott fressen, wenn bei uns die Brotpreise auf das dreifache steigen wie diesen Winter drunten im Schwäbischen." Einige Umstehende machten zustimmende Bemerkungen.

Auch wenn es keinen unmittelbaren Zusammenhang zwischen Pflichtvergessenheit und vollem Kochtopf zu geben schien, spürte Barbara, dass der langjährige Groll wegen der Teuerungen hier einen Nährboden zum Entladen fand, und dass Zahn mit seinem Gerede Unruhe schüren konnte. Sie hörte, wie jemand anderes maulte: „Zungenreiter, allesamt!"

„Die haben Steuerfreiheit und wir bluten!"

Der allgegenwärtige Zorn auf jene, die mehr besaßen. Sie spürte, dass der Groll dem Schultheiß galt. Und nicht etwa Zahn, dem steuerbegünstigten und wohlhabenden Freibauern. Aber Zahn war ein Hiesiger, während Würth aus Leimen zugezogen war. Noch dazu mit einem Eheweib, das einem vermögenden Handelshaus aus Heidelberg entstammte. Da guckte man besonders misstrauisch und war schnell bereit, Urteile zu fällen.

Das Eheweib, Dorothea Würth, ergriff zu aller Überraschung das Wort. „Verzeiht, ehrwürdiger Zentgraf."

Alle sahen des Schultheißen Hausfrau an, wie sie da im Sattel saß, schön und vornehm, den Rücken gestrafft und ein bezauberndes Lächeln im Gesicht. „Verzeiht", wiederholte sie, „dass ich mich an dieser Stelle in Eure Belange einmische, von denen ich als Weib nichts verstehe. Doch lasst mich eines sagen: dass unsere Ehe kinderlos ist" – sie schmunzelte schüchtern, was mädchenhaft und liebreizend aussah – „mag eine Laune der Natur sein. Gottes unergründlicher Ratschluss zeigt sich hier wie in vielem anderen. Doch seht es einem getreuen Eheweib nach, wenn es für seinen Gemahl spricht, den sie in seinen Amtsgeschäften als zuverlässigen und aufrichtigen Mann kennt." Freundlichkeit lag in ihrer Stimme und in ihrem Antlitz, in ihrer gesamten Haltung, die etwas Fürstliches hatte. Dorothea beugte sich leicht vor und klopfte ihrer Stute, die unruhig geworden war, sanft den Hals.

Barbara konnte den Blick nicht von ihr wenden. Dass die Schultheißin hier vor allen Leuten so treu sprach, gereichte ihr zur Ehre. Anteilnahme für sie lag in der Luft, bewunderndes Gemurmel. Es berührte Barbara. Der Schultheiß blickte seinem Eheweib ins Gesicht und erwiderte ihr einnehmendes Lächeln. Er beugte sich hinüber zu ihr, fasste nach ihrer schlanken Hand, die die Zügel hielt, legte sich die Fingerspitzen an die Lippen und hauchte einen so innig-flüchtigen Kuss darauf, dass Barbara im Tiefsten erschauerte. Welch eine vertrauliche Geste! Vor aller Augen standen die beiden unumstößlich zueinander. Dorotheas Lächeln wurde für einen Augenblick noch leuchtender, dann senkte sie den Blick und eine feine Röte überzog ihre Wangen. Diese offen gezeigte Zusammengehörigkeit benahm Barbara den Atem. Es lag so viel Zärtlichkeit und Einvernehmen in dieser Geste, dass sie plötzlich etwas schmerzlich vermisste. Es wurde ihr klar, dass sie die Zuneigung des Schultheißen Paares zueinander immer schon als echt empfunden hatte. Der Angriff Zahns hatte eine Beleidigung sein sollen und das erste Paar im Ort hatte sie gelassen pariert und eine Geste der Schönheit daraus gemacht. Zahns Gesicht war rot vor Wut. Er zeigte mit herrischer Geste auf Würth zeigte. „Plaudern und Vergnügungen nachgehen befreit uns nicht von den Unholden, die im Ort ihr Unwesen treiben!“

Hände wurden erschrocken zu Mündern emporgerissen. Barbara wurde unbehaglich. Zahn bezichtigte Würth, Einträge nicht vorzunehmen – und damit Umtriebe von Unholden im Ort zu decken? Sicher würde er gleich damit kommen, dass es vor den Toren Hockenheims einen grausamen Überfall auf einen rechtschaffenen Bürger gegeben hatte, der deutlich nach unnatürlichen Umtrieben aussah.

Und so war es. Wortreich sprach Zahn von dem armen Baumann, den man auf das Schändlichste verwundet habe. Barbara hörte nur mit halbem Ohr hin. Wenn sie es recht besah, konnte Zahn seine Drohung der vergangenen Nacht ohne weiteres wahr machen und sie in diese Sache mit hinein ziehen. Ich muss weg hier, dachte sie. „Verzeiht", murmelte sie Winfried zu und versuchte erneut, an ihm vorbeizukommen.

Er hielt sie am Arm fest. „Geht jetzt nicht", raunte er. „Sieht nicht gut aus."

Vor Angst war ihr schlecht. Wo war ihre Mutter? Sie spähte um sich, doch sie sah Katharina nirgends. Dafür war der mächtige Rücken des Zentgrafen um so deutlicher sichtbar. Drohend und gefährlich ragte er aus den Leibern der Umstehenden heraus und Barbara fürchtete, Zahn könnte sich jeden Augenblick umdrehen, mit seiner haarigen Tatze auf sie zeigen und Anweisung geben, sie festzusetzen. Sie hörte Heinrich Herwart etwas sagen, Zahn ließ ihn nicht ausreden. „Wir haben lange genug tatenlos zugesehen. Meint Ihr nicht auch, es wäre Zeit zu handeln?"

Würths Gaul tänzelte unruhig, er spürte die Anspannung seines Herrn. Der Schultheiß blickte steinern auf den Zentgrafen hinab. „Wir werden handeln, wenn wir aus Heidelberg Anweisung dazu haben, Herr Zahn. Das wisst Ihr so gut wie ich." Er hob den Blick und ließ ihn über die Versammelten schweifen. „Ihr habt den Vorwurf des Zentgrafen vernommen. Es scheint ihm keine Ruhe zu lassen, dass etwas, das es nicht gibt, sein Unwesen bei uns treibt. Ich hätte vom Vorsitzenden des Zentgerichts mehr Vernunft erwartet." Ungehalten sah er dem Zentgrafen ins Gesicht. Dann wandte er sich wieder an die Leute. „Lasst mich also jetzt sagen: Übermorgen versammelt sich das reguläre Zentgericht in Leimen. Alle Vorfälle werden von den dörflichen Abgesandten vorgetragen, also auch von mir. Was es aus unserem Ort zu rügen gibt, werde ich gewissenhaft vorbringen. Die Dinge gehen ihren geordneten Gang. Es gibt keinen Grund zur Unruhe!"

Mit diesen Worten ließ er seinen Hengst nach rechts ausscheren, um sich zu entfernen.

„Ihr macht es Euch zu einfach, Schultheiß!", rief Zahn ihm hinterher und hob drohend die Faust.

Aber Würth beachtete ihn nicht mehr. Er nickte den Leuten zu, die ihm und seiner Hausfrau Platz machten, schnitt einen Bogen und ritt in Richtung der Kreuzung davon.

18

Cornelius hing schief und mit ausgestreckten Beinen auf der Bank unter dem Fenster. Der Zwölfjährige hatte sich Schreihals auf den Schoß gezwängt und kraulte ihr das Fell gegen den Strich. Missmutig ließ sie sich dies gefallen, aber man sah am ruckigen Zischen ihrer Schwanzspitze, dass sie dem lieber entflohen wäre.

Barbara sah ihm zu. Bis auf das Knacken der Holzscheite im Herd war es mit einem Mal still geworden in der Küche, nachdem Winfrieds jüngster Sohn David ihrer Mutter voll Eifer hinaus gefolgt war, um ihr beim Abwasch zu helfen. Katharina hatte sich mucksmäuschenstill von der Kirche davongestohlen, um einen Eintopf aus geschroteter, gerösteter Gerste, Rüben und Lauch zu bereiten. Dazu hatte sie ihr gestern frisch gebackenes Brot samt Ziegenkäse aufgetischt.

Winfried nahm einen Schluck Wasser aus dem Becher, stellte ihn zurück auf den Tisch und seufzte wohlig. „Das tat gut nach all der Aufregung!“ Er blickte sie über den Tisch hinweg an.

Barbara musste sich eingestehen, dass sie sich behaglich fühlte. Gäste zu haben war nicht einmal unangenehm, auch wenn sie zunächst verärgert über ihre Mutter gewesen war, die den Königsmann und seine Söhne so absichtsvoll einlud. Aber das Geplauder mit Winfried und den Jungen gefiel ihr.

„Ihr habt mehrfach gelacht. Es steht Euch gut“, sagte Winfried und sah sie an. Dann senkte er den Blick, berührte den Tonbecher und drehte ihn mehrmals in der hohlen Hand.

Sie musste schmunzeln. Ja, es tat gut, über Reilinger Gegebenheiten und kleine-Jungen-Belange zu schwatzen. Das lenkte von Zahn ab und ihrem Gegrübel darüber, was seine gewaltige Darbietung heute für Folgen haben mochte. Für sie, für den Schultheiß. Sie fragte sich, was Gäßler wohl ins Frevelregister hatte eintragen lassen. Und ob es wirklich sie betraf.

Schreihals gab ein mürrisches Maunzen von sich. Sie blickten beide zu der Katze und dem Jungen hin.

„Corn-Kühn, siehst du nicht, dass sie in Ruhe gelassen werden will!", tadelte Winfried seinen Ältesten. „Lass die Katze los."

Der Junge blitzte seinen Vater aus schwarzen Augen an, gehorchte aber. Schreihals hatte nur darauf gewartet. Sofort floh sie durch die hintere Tür.

„Darf ich auch nach draußen gehen, Vater?", fragte Cornelius artig.

Winfried nickte zustimmend.

Barbara fühlte sich plötzlich befangen. Jetzt waren auch noch Cornelius und Schreihals weg, denen man Aufmerksamkeit schenken konnte, um von der seltsamen Wärme im Bauch abzulenken, die nichts mit dem Eintopf von eben zu tun hatte. Sie waren allein in der Küche. Verlegen zupfte sie an dem Schaffell herum, auf dem sie saß. Sie spürte Winfrieds Blick auf sich. Sie würde ihn keinesfalls erwidern! Was sollte sie sagen?

Amselgezwitscher und Jungenlachen wehte durch die offene Küchentür herein. „Wie nanntet Ihr Cornelius eben?" Es ging doch! Es war ihr etwas eingefallen, das sie sagen konnte.

Winfried lachte leise. „Corn-Kühn nenne ich ihn, wenn ich es ernst meine."

„Und wenn Ihr ihn Cornelius nennt, meint Ihr es nicht ernst?"

Er lächelte. „Es rutscht mir zuweilen heraus. Es ist die Verbindung von Vor- und Zuname. Er mag es nicht."

Sie spürte, wie einfach es war, sein Lächeln zu erwidern, das etwas jungenhaft Verschmitztes hatte. „Dabei klingt es gut", sagte sie. „Der kühne Cornelius."

„Das ist es ja! In meiner Art es zu sagen, liegt stets ein Tadel. Denn Cornelius macht seinem Namen alle Ehre, wenn man so will. Er ist ein hitziger Junge. Ausnahmsweise hat er zur Zeit keine blauen Flecken vom Raufen."

„Und da lasst Ihr ihn bereits mit einem Dolch umhergehen?"

Winfried hob die Schultern. „Selbstverständlich. Ich hatte auch einen in seinem Alter."

„Aber …"

„Er ist ein Königsmann, vergesst das nicht!"

Sie erwiderte nichts.

„Eines Tages wird er mehr als den Dolch brauchen. Doch hat er ihn noch nicht lange. Ich habe ihm den Dolch zu seinem zwölften Geburtstag vor drei Monaten fertigen lassen."

Das klang abschließend. Täuschte sie sich oder spürte sie Ungeduld bei ihm? Sie hatte das Gefühl, als wolle Winfried das Gespräch in eine andere Richtung lenken. Um so mehr war ihr daran gelegen, es bei arglosem Geplauder zu belassen, und so fragte sie: „Wie geht es Eurer Schwester?"

Wieder sah er sie an mit diesem offenen Blick, senkte ihn dann und spielte mit dem Tonbecher.

„Entschuldigt!", rief Barbara, als ihr bewusst wurde, dass er leer sein musste. „Wollt Ihr noch Wasser?" Sie sprang auf, den Krug vom Kasten unter dem Wandbord zu holen. Sie trat neben ihn. Winfried schob ihr den Becher in dem Augenblick entgegen, da sie die Kanne senkte. So ging der erste Strahl Wasser daneben. Von selbst hob sich seine Hand und berührte sie am Unterarm. „Verzeiht, wie dumm."

Einen Augenblick schwebte die Kanne in der Luft, bevor sie sie erneut senkte und den Becher voll goss. Er berührte sie noch einmal an der gleichen Stelle. Absichtlich. Offensichtlich absichtlich. Verlegen lächelte sie und stellte die Kanne auf dem Tisch ab. Sie beeilte sich, wieder auf der Bank ihm gegenüber Platz zu nehmen. Es war sicherer, den Tisch zwischen sich zu haben. Sie war sich durchaus nicht über ihre Gefühle im Klaren. Sie fand ihn stattlich und sie begann, ihn zu mögen. Aber seine drängende Ungeduld verunsicherte sie ebenso wie der freie Blick aus seinen schwarz untermalten Augen. Sie konnte sich gut vorstellen, dass ein so ansehnlicher Mann wie er keine Mühe hatte, die Weiber für sich zu gewinnen. Er hatte gesagt, sein Eheweib sei im Kindbett gestorben. Das war zehn Jahre her, so alt war David, sein jüngster Sohn. Zehn Jahre waren eine lange Zeit. Und er hatte nicht wieder geheiratet. Bei mir ist es ja auch schon fünf Jahre her, dachte sie. Fünf lange, einsame Jahre.

Winfried hatte getrunken und stellte den Becher ab. Er nickte und sagte: „Johanne geht es gut. Sie mag es, wenn meine Jungen bei ihr sind, denn nicht immer kann ich auf sie achtgeben. So oft es geht bringe ich sie auch zu meinen Eltern nach Speyer." Er schmunzelte. „Die sind froh um jeden Tag, den sie ihre Enkel bei sich haben können."

Barbara schluckte. „Wie schön", sagte sie und suchte, nicht auf die Traurigkeit zu achten, die in ihr Gemüt quoll. Sie wusste, wie sehr ihre Mutter es genießen würde, Elisabeth um sich zu haben. Es hätte Katharina gefallen, dem Mädchen ihr Wissen weiterzugeben, damit sie in die Fußstapfen ihrer Ahninnen trat.

Winfried plauderte weiter. Er schien nicht zu bemerken, dass in Barbara eine Veränderung vorging. Er wies mit dem Daumen in Richtung Hintertür und sagte: „Im Übrigen ist David auch bei Johanne wild darauf, beim Saubermachen der Töpfe und Pfannen zu helfen. Begeistert bereitet er den Sud aus der Seifenkrautwurzel und freut sich an der Reinigungskraft. Mit so etwas, auch mit Gesteinen und Erzen, hat er gerne zu tun. Vielleicht wird einmal ein Alchemist aus ihm."

Sie wussten beide, dass Winfried es nicht ernst meinte mit dieser Mutmaßung. Ein Königsmann war und blieb ein Königsmann. Nicht einmal loskaufen konnte er sich von seinem Landesherrn. Er konnte noch so weit von der Kurpfalz wegziehen: Er würde immer ein Königsmann bleiben und seinem Territorium jene Pflichten und Steuern schuldig, die seinem Stand entsprachen.

„Nun, wie auch immer, ich denke, wir sollten aufbrechen. Wir wollen Johanne noch einen Guten Sonntag wünschen." Winfried machte jedoch keine Anstalten, sich zu erheben. Er drehte den Becher in der Hand.

Da gab sie sich einen Ruck, räusperte sich und stellte die Frage, die ihr schon die ganze Zeit im Kopf herum ging. „Vor der Kirche, da sagtet Ihr … nun, Ihr sagtet, es sähe nicht gut aus, wenn ich ginge. Was meintet Ihr damit?"

Winfried sah sie an. „Ihr wollt eine ehrliche Antwort?"

Sie nickte, obwohl ihr beklommen zumut und sie nicht einmal sicher war, ob sie wirklich hören wollte, was er meinte.

Winfried senkte den Blick und spielte mit dem Becher. Dann sah er sie wieder freimütig an. „Als ich Euch an Georgi da draußen sah, wurde ich auf Euch aufmerksam. Ich wollte wissen, wer Ihr seid und habe mich ein wenig umgehört. So erfuhr ich von Eurem Schicksal." Winfried ließ den Becher los und hob die Hand vor die Brust. „Verzeiht, ich will Euch nicht zu nahe treten, doch steht's mit Eurem Leumund nicht zum Besten."

„Ich weiß, was über mich geredet wird!", erwiderte sie barsch. „Das braucht Ihr mir nicht zu sagen."

„Was ich meine, ist, alle blieben stehen und hörten gebannt dem Zwist zu, der sich zwischen dem Zentgrafen und Eurem Schultheiß abspielte. Selbst in Reilingen weiß man, dass Zahn Eurem Ortsvorsteher seine Herkunft, seinen Wohlstand, den dieser seinem Weib zu danken hat, sowie sein Amt neidet.

Euer Schultheiß wird den Vorwürfen begegnen müssen, das nur nebenbei. Wärt Ihr in einem solchen Moment jedoch, da über Unholde geredet wurde, so offensichtlich betroffen gegangen, nun, man hätte geglaubt, Euch brennen die Fußsohlen. Der getroffene Hund bellt."

Sie streifte seinen Blick, sah zum hinteren Fenster hinaus. Geh nach Hause, dachte sie. Ich brauche deine Fürsorge nicht.

„Ihr wolltet eine ehrliche Antwort. Das ist es, was ich denke."

Sie schwieg.

Da stürmte David zur Tür herein. „Wir waren bei den Hühnern, Vater, sie haben Namen wie Frieda Federlos, die eine blanke Stelle im Gefieder hat, da wo sie im Gestrüpp hängen blieb, weil sie aus dem Garten ausbrechen wollte und Frau Großhans spricht mit ihnen und sieh, was sie mir geschenkt hat!", rief er atemlos. In jeder Hand hielt er ein braunes Ei, an dem noch winzige weiße Daunen hingen, die sich im Luftzug bewegten. Seine Wangen glühten, er hielt seinem Vater die Eier unter die Nase und warf einen scheuen Blick auf Barbara. Diese sah die Liebe des Vaters in der kleinen Geste, mit der er seinem Jüngsten an den Hosenboden fasste, sacht darauf klopfte und ihn fragte: „Und wie willst du die Eier fortschaffen? Willst du sie den ganzen Weg nach Reilingen in den Händen tragen?"

„Na! Darüber haben wir uns längst Gedanken gemacht, Herr Königsmann Kühn!", tönte Katharina und baute sich hinter dem Jungen auf. „Sag's ihm, David!", forderte sie ihn auf, der zu ihr emporblickte.

Barbara presste die Lippen aufeinander. Dieser unschuldig vertrauensvolle Blick schnitt ihr ins Herz. Er zeigte deutlich, wie sehr der Sprössling des Weißmannes mitgerissen war von ihrer Mutter und ihr vertraute. Es tat weh, sich vorzustellen, Elisabeth stünde mit diesen leuchtenden Augen neben der Großmutter. Und es dauerte sie für ihre Mutter, die ihre

Enkelin verloren hatte. Es war nur zu offensichtlich, dass Katharina die Gegenwart der Jungen genoss.

„Wir haben aus Haselruten ein Behältnis geflochten und ein dünnes Seil hindurchgewunden, das ich mir um die Schulter legen kann", sagte er eifrig. „Hier schau!" Er deutete auf seinen Bruder und Cornelius hielt dem Vater das Körbchen hin, in dem bereits seine beiden Eier lagen.

Winfried schmunzelte. „Und ihr habt euch bedankt bei Frau Großhans für dieses großzügige Geschenk?"

Beide wurden verlegen, weil sie im Eifer natürlich nicht daran gedacht hatten und murmelten sofort Worte des Dankes.

Winfried erhob sich und auch Barbara stand auf. Sie wünschte, die drei wären nie in ihr Haus gekommen.

„So schließe auch ich mich an, danke für Speis und Gastfreundschaft und die Freundlichkeit, die Ihr uns entgegenbringt." Er neigte den Kopf vor ihrer Mutter.

„Kommt wieder, Herr Kühn. Auch Eure Sprösslinge sind jederzeit willkommen." Katharinas Barthaar zuckte.

Winfried griff seinen Hut, strich durch die weißen Federn und sah Barbara an. Sie wollte etwas sagen, aber ihr Mund war ausgetrocknet, kein Wort kam über ihre Lippen. Schweigen lastete in der Küche. Sie fühlte den Blick seiner schwarzen Augen und erwiderte ihn nur kurz mit einem verabschiedenden Nicken.

19

Der Vogel war groß. Seine rechte Kralle stak in einem Spalt der flachen, runden Plattform, in welcher der Stamm des toten Baumes endete. Kahle, schwarze Äste reckten sich um den Greifvogel empor, der schrie und an seinem Bein zerrte. Aber es steckte fest. Angsterfüllt sah er sie an, kreischte. Sein Geschrei brach ihr das Herz, weil sie nicht helfen konnte.

„Barbara!"

Sie schoss in die Höhe, benommen starrte sie in die Dunkelheit. Der Vogel schrie. Das Federbett über ihren Beinen. Hitze darunter. Kühler Schweiß im Nacken. Schritte schlurften. Fluchen, das sich mit dem Gekreisch mischte. Mutter?

„Wach auf!", rief Katharina.

„Was …"

Die Tür der Schlafkammer öffnete sich. Barbara begriff, dass sie geträumt hatte. Doch der Lärm hielt an. Er kam von draußen. Getöse, das klang, als würde sich wer raufen. Die zwei Kater, die sich seit Tagen um Schreihals' Gunst balgten? Schlagartig war sie bei Sinnen. Die Hühner! Mit einem Satz sprang sie aus dem Bett. Sie fand ihre Holzschuhe und lief hinaus in die Küche. Katharina entzündete das Talglicht auf dem Tisch. Barbara eilte an ihr vorbei, schnappte sich den Küchenbesen aus der Ecke beim Holzstapel und riss die Hintertür auf. Angstvolles Geschrei der Hühner schlug ihr entgegen.

„Schscht!", rief sie laut und stapfte mit den Schuhen auf. Ein Windstoß drückte ihr das Hemd gegen den schweißfeuchten Leib, Gänsehaut breitete sich aus.

„Nimm die Kerze!", hörte sie Katharina hinter sich.

Sie achtete nicht darauf. Voll banger Sorge lief sie hinüber zum Schuppen. Unruhig meckerte die Geiß. Geflatter.

Gegacker. Sie öffnete die Tür und trat an den Holzzaun, der die Hühner von der Geiß trennte.

Katharina kam hinter ihr her, das Talglicht flackerte und warf eigenartige Schatten an die Holzwand. Barbara schluckte. Weiße Federn allüberall. „Verdammt, Matthias!“, stieß sie hervor.

Notdürftig hatte sie das Loch im Dach mit Stroh verstopft, doch mit dem untrüglichen Gefühl des Jägers hatte der Marder die Schwachstelle entdeckt. Strohbüschel verstreut am Boden. Zwei Hühner lagen gerissen da, das Gefieder blutverschmiert. Ein drittes kauerte verletzt in der Ecke. Durch ihr Auftauchen hatte der Marder von ihm abgelassen.

Barbara biss sich auf die Unterlippe.

„Schweinemist!“, fluchte sie.

„Es ist Frieda“, sagte Katharina tonlos.

„Mist, Mist, Schweinemist!“, fluchte Barbara noch einmal und stampfte wütend mit dem Fuß.

„Das andere ist das heimliche Huhn.“

Sie nannten es so, weil es dasjenige war, das sie bei der Zählung nicht angaben.

„Wir werden das verletzte schlachten müssen.“

„Schau's dir an, es verendet wahrscheinlich von selbst“, sagte Katharina. „'S ist Thekla, soweit ich seh'.“

Barbara presste die Lippen aufeinander. Drei Hühner. Drei Hühner, deren Eier sie brauchten. Drei Hühner, auf denen Steuern lagen. Na ja, zwei, das heimliche zahlte keine Steuern.

„Mist, Mist, Schweinemist!“, wiederholte sie und ballte die Hände zu Fäusten.

Matthias lehnte sich im Stuhl zurück, hob die Arme und verschränkte die Hände im Nacken. „Ich hätte den Vorfall am vergangenen Sonntag gerne mitbekommen. Schade, dass wir schon weg waren", sagte er belustigt.

Katharina gähnte und faltete die Hände vor dem satten Bauch. Auf dem Tisch stand ein großer Topf Hühnersuppe, der noch zu zwei Dritteln voll war. Hühnersuppe würde es die nächsten Tage noch geben.

„Zahn hat von Anfang an mit den Zähnen geknirscht, weil sie Würth zum Schultheiß bestimmten", sagte Katharina und grinste, so dass ihr Barthaar federte. „Hat selbstverständlich angenommen, dass man ihm dieses Amt überträgt, nur weil's altes Herkommen ist, dass der Zentgraf auch Schultheiß ist. Hat er sich aber geschnitten."

„Als ob er nicht genug hätte! Und alles mit unseren Geldern! Unsere jährliche Abgabe von einem Gulden ist's doch, womit der Zentgraf besoldet wird." Ihr Bruder sah sie an. „Gut, du als Wittweib gibst nur einen halben Gulden."

Barbara saß unter dem hinteren Fenster und sagte nichts. Zahn, und immer wieder Zahn, dachte sie. Warum muss ich mich mit diesem Grobian auseinandersetzen! In der vergangenen Stunde hatte sie Matthias von der Befragung vor den Schöffen berichtet, denn dazu war ja am ersten Mai vor der Kirche keine Gelegenheit gewesen. Als sie erzählte, wie Zahn hernach in ihren Garten eingebrochen war, starrte er sie sprachlos an. Doch dann hatte ihr Bruder, ähnlich wie Katharina, sich selbst Aufschluss gegeben: „Der meint wohl, als Amtmann darf er sich alles erlauben! Bloß weil ihm, besoffen, wie er ist, mitten in der Nacht eine weitere Frage einfällt, denkt er, er könne einfach so bei rechtschaffenen Leuten eindringen!" Verärgert über das anmaßende Gebaren der hohen Herren hatte er den Kopf geschüttelt.

Über den Aufruhr vor der Kirche vom vergangenen Sonntag sprach das ganze Dorf. Auch Matthias und Katharina ließen sich darüber aus. Und Barbara ging es ohnehin im Kopf herum. Es zermürbte sie. Denn der Zentgraf hatte sowohl sie selbst als auch den Schultheiß mit Hexenwerk in Verbindung gebracht.

Dass Zahn Würth nicht leiden konnte, war nicht neu. Seine Sticheleien gegen den Ortsvorsteher hatten immer wieder für Belustigung gesorgt. Aber dass er nun so kämpferisch auftrat, dass er Würth vor allen Leuten so drangvoll angriff ... wollte er damit zeigen, dass er der mächtigere Herr war? Wollte er Würth aus dem Amt drängen? Sie dachte daran, dass die reguläre Zentfreveltaidigung seit Dienstag in Leimen stattfand, und dass Zahn, Würth und Friedgard dort waren. Gut möglich, dass sie heute zurückkamen, gut möglich, erst morgen oder übermorgen, je nachdem, ob im Anschluss an die Rugzent noch die Appellation für das Dorfgericht stattfand. Und je nachdem, wie lange sich der Schmaus hinzog, der nach der Freveltätigung üblich war. Zahn jedoch, das verhielt sich meistens so, kehrte als letzter zurück. Barbara fürchtete den Tag.

Im Zentruggericht waren die in den Dorfgerichten zusammengetragenen Rügen mündlich oder schriftlich einzureichen. Doch durch die Frevelregister, die in vielen Orten der Kurpfalz geführt wurden, wurden Rügen bereits im Dorf aufgenommen, und es musste nicht mehr jeder, dem etwas zu Ohren kam, zur Zentversammlung reisen, obwohl eigentlich alle Zentangehörigen die Pflicht hatten, die Zentgerichte zu besuchen und dort Aussagen zu machen. Viele Leute begaben sich dennoch hin, denn ein Spektakel war es allemal. Alle leichteren Frevel, die die Zuständigkeit des Dorfgerichtes überschritten, kamen zur Verhandlung. Auf das Rügen hin konnte es zu Klage und Antwort kommen, manchmal wurden auch Zeugen verhört. Fehlten Klage, Antwort und Zeugen, wurde nur der Rüge nach das Urteil gesprochen. Über die Folgen von Grenzstreitigkeiten, blutigen Schlägereien oder Beleidigungen zerrissen sich die Leute noch wochenlang hinterher die Mäuler.

Barbara wusste nicht, ob der von Margarete Herwart gegen sie vorgebrachte Vorwurf in Leimen verhandelt wurde. Die Schöffen des Dorfgerichts hatten sich am Montag nach der Befragung beraten. Soweit sie jedoch gehört hatte, waren alle Sachen, die das Ortsgericht betrafen, geklärt und nur Baumanns Fall an die Zent mitgenommen worden, weil die Dorfschöffen sich nicht nur auf ihre eigene Ansicht verlassen wollten.

Wieder dachte sie an Zahn, wie gerissen und zielstrebig er auf das zuging, was er wollte. So war's, als er vor zwanzig Jahren den Freihof erwarb, so war's, als er einige Jahre später einen Acker nach dem anderen kaufte, so war's, als er dem alten Büchner dessen Fuhrwerk abluchste und binnen kurzer Zeit im gesamten Umkreis der einzige war, der Fahrdienst anbot. Er nahm sich, was er wollte. Wäre der nächtliche Vorfall an Walpurgis nicht gewesen, hätte sie verächtliche Belustigung darüber empfunden, wie offensichtlich sein Gerangel war. Aber jetzt lag deutlich vor ihr, worauf er abzielte: Er wollte auch das Schultheißen Amt. Dazu schien ihm jedes Mittel recht. Und noch etwas beunruhigte sie zutiefst. Sie wusste nun um seine zerbrochene Seele. Er hatte sich in der Walpurgisnacht von ihr in die Karten gucken lassen. Das würde ihn bald bitter reuen. Zahn würde sie als Mitwisserin nicht dulden. Und was das bedeutete, konnte sie sich nur allzu gut vorstellen. Zahn hatte es bereits angedeutet. Vom nächtlichen Umherstreifen war es nicht weit zu nächtlichen Schandtaten und von dort nur noch ein Katzensprung zu einer Unholdin, die im Dorf ihr Unwesen trieb. Ganz schlecht wurde ihr davon, wenn sie sich verdeutlichte, was das bedeuten konnte. Was sollte sie tun? Mit Friedgard reden? Noch war er in Leimen, und wenn er heimkehrte, hatte er möglicherweise schon einen Beschluss in der Tasche, der sie betraf. Sie konnte es drehen und wenden wie sie wollte: Sie fühlte sich hilflos und unwissend und sie verabscheute Zahn, der sich ihr aufgezwungen hatte.

„Na. Jedenfalls haben die Hühner wieder ein dichtes Dach, mein Junge“, sagte Katharina zu Matthias. „Wenn auch deine Hilfe für drei von ihnen zu spät kam.“

„Es tut mir leid, Mutter. Wie versprochen: Ich kümmere mich um neue Hühner.“

Er atmete hörbar aus und wandte sich an Barbara. „Und du, Schwester, so ruhig geworden? Geht dir vielleicht was im Kopf herum, das wichtiger ist als Zahns Geprotze?“

Barbara zog fragend die Augenbrauen in die Höhe.

„Gundel und ich haben uns gefragt, wie die Bekanntschaft mit einem Weißmann wohl zustande kommt.“

„Der stand eines Tages hier drin und wollte Heilzeugs kaufen“, erklärte Katharina. „Aber ich hab gleich gesehen, dass der wegen was anderem kommt!“

„Mutter!“

Matthias gefiel's. Er schmunzelte. „'N ordentlicher Mann täte dir nicht schaden. Wäre durchaus an der Zeit. Bist doch'n Prachtweib, wenn ich das so sagen darf, Schwesterherz!“

„Ach seid still, ihr beiden!“

„Ist doch wahr! Der Mann ist stattlich. Gehörtest dann zu ihrer Sippe. Das Schlechteste ist das nicht! Grundbesitz von Königsleuten ist schatzungsfrei. Dein Haus ginge auf ihn. Und die Steuern fielen weg.“

„Was seid ihr nur … ihr habt mich ja schon so gut wie verkuppelt!“, empörte sich Barbara. „Willst du mich los haben, Mutter?“

„Was wäre so schlecht dran, sich wieder zu verheiraten?“, fragte Matthias, und er meinte es ernst.

Barbara schwieg.

„Niemand nimmt dir die Erinnerung. Aber du bist so alt noch net. Und's gibt noch was anderes im Leben", sagte Katharina mit leisem Vorwurf in der Stimme.

„Im Vergleich zu uns sind Königsleute sehr freie Leute. Bindung haben sie nur gegen ihr Pflichthaus. Nichts sonst haben sie zu leisten gegenüber den übrigen Gütern des Landesherrn. Sie sind frei von Reis, Folge und Musterung, was, wie du weißt, ansonsten eines jeden ehrlichen Mannes Pflicht für sein Land ist", kam Matthias ganz nützlich. „Du hättest ihn mehr bei dir als andere Weiber ihren Mann und kämst zudem in den Genuss der Vorrechte, die die Königsleute genießen."

„Bei so vielen Vorteilen werde ich mich ihm gleich zu Füßen werfen!", sagte Barbara spitz.

Katharina und Matthias schmunzelten. Da hieb Matthias die flache Hand auf den Tisch. „Das ist es! Wir schlagen zwei Fliegen mit einer Klappe: Du begleitest mich nach Wersau. In der Meierei werden wir zwei Hühner kaufen. Und ich brauche nicht mit ihnen zurück nach Hockenheim reiten, denn du nimmst sie mit. Und als Dreingabe siehst du deinen Königsmann." Von einem Ohr zum anderen zog sich sein Grinsen.

„Er ist nicht *mein* Königsmann!"

Matthias winkte ab. „Komm einfach mit."

„Ich will in den Wald."

„Kannst du hinterher."

„Und ich komme trotzdem nicht mit."

„Du musst dem Keller ohnehin den Verlust der Hühner melden. Begleite mich!"

Was blieb ihr anderes übrig?

20

Barbara rührte sich, um auf dem Pferderücken angenehmer zu sitzen. Ihre Beine baumelten seitlich herunter, die Zügel lagen quer über ihren Oberschenkeln. Ihren linken Arm hatte sie um Matthias' Körpermitte geschlungen, um sich an ihm festzuhalten. Matthias lachte leise. Ein Bruderlachen. „Mit Verlaub, Schwester, mit einem solchen Hintern ist's nun mal unkommod zu zweit auf einem Gaul."

Sie kniff ihn mit der Linken, bekam aber nur sein gefüttertes Wams zwischen die Finger. „Wag es nicht, dich über meinen Allerwertesten auszulassen!"

„Nicht das Schlechteste, was man über seine Schwester reden kann", entgegnete Matthias und sie hörte das Lächeln in seiner Stimme.

Sie lächelte ebenfalls. „Wie auch immer, wenn dein Gaul nicht so behäbig einhertrabte, kämen wir rascher voran und du müsstest dich nicht mit meinem Hintern befassen."

„Walko ist besonnen. Er folgt dem Weg mit aller Umsicht seiner Art."

Walko schnaubte leise, als er hörte, dass es um ihn ging.

Die Wahrheit war, es gefiel ihr sogar, dass sie so behäbig dahinritten. Sie genoss die körperliche Nähe zu Matthias. Am liebsten hätte sie sich zurückgelehnt an seine Brust, die sich im Gleichmaß des Pferdeschritts hob und senkte. Matthias hatte schon als Junge etwas kraftvoll Väterliches ausgestrahlt. Sie hatte sich bei ihm immer geborgen gefühlt, obwohl er nur ein Jahr älter war als sie. Sie seufzte wohlig. Das Geschaukel auf dem Pferderücken stimmte sie gemütlich. Es lenkte sie von ihren Grübeleien ab. Es ging ihr gut.

Sie folgten dem Weg östlich des Kraichbachs Richtung Wersau. Eine Weile ritten sie schweigend. Dann sagte Matthias in ernstem Ton: „Hat Mutter dir erzählt, was Sonntag auf dem Friedhof vorfiel?"

Barbara drehte den Kopf zu ihm herum. „Sie hat Hedwig gefragt, wo sie denn vor einer Woche gesteckt habe, als sie auf der Hube helfen sollte. Und dass es hierauf einen Zwist mit dir gegeben habe."

Hedwig war in einem schwierigen Alter. Hin und wieder hatte Gundel bei den sonntäglichen Besuchen eine Bemerkung gemacht.

„Sie schleicht sich aus dem Haus. Ist öfter für Stunden verschwunden."

„Wo geht sie hin?"

Da er nicht antwortete, sah sie wieder nach vorne.

„Im besten Fall ist es ein Junge wie sie", bekannte Matthias kurz darauf.

Barbara war überrascht. „Aber … sie ist noch ein Kind!"

„Eben nicht. Und verstockt bis über die Ohren. Weißt du Rat?"

Barbara blies die Backen auf. „Sie nicht alleine gehen lassen? Einsperren?"

Matthias lachte kurz. „Alles schon geschehen." Dann: „Nimm du sie hin und wieder mit, was denkst du?"

„In den Wald? Nachts?"

„Schon gut. Überleg's dir."

Matthias sagte nichts mehr.

Sie schwieg ebenfalls. Ließ ihren Blick schweifen. Sie überlegte kurz, ob sie Matthias von ihren Sorgen erzählen sollte. Von Zahn und dem Gerede über Hexerei und dem Zettel vor der Tür. Sie ließ es. Sie wollte ihn nicht zusätzlich mit ihren Kümmernissen belasten.

Gemächlich trabte Walko durch die Wiesen dahin. Leise schmatzten seine Hufe auf dem feuchten Grund. Im Südwesten lagen die ersten Häuser des Nachbardorfes Reilingen in der Ferne, ein schmaler Trampelpfad zweigte dorthin ab, sie aber folgten weiterhin dem Weg nach Wersau. Er führte auf die Kißlau zu, ein schmales Waldstück, das Reilingen im Osten begrenzte und zwischen dem Dorf und der Burg lag.

Als sie gemächlich am Rand der Kißlau entlang ritten, hörten sie Grunzen von Schweinen, was sie beide zum Lachen brachte, weil es so unvermittelt in die Stille hinein lärmte. Eine kleine Weile später deutete Matthias über ihre Schulter hinweg nach vorne, wo sich in einer dreiviertel Meile Entfernung der quadratische Turm der Tiefburg vor ihnen erhob und sagte: „Gleich siehst du deinen Königsmann."

„Matthias, ich bitte dich!"

„Ich weiß, du willst es nicht hören. Aber mit einem Ehemann an deiner Seite würde das dumme Gerede aufhören."

„Das dumme Gerede?" Was war ihm zu Ohren gekommen?

„Ist nicht gut, dass du los und ledig bist. Weißt doch selbst, wie sie reden, weil du nachts unterwegs bist. Das weckt ihre Fantasie."

„Schafsköpfe und Fantasie?"

Matthias lachte. „Störrisch und spöttisch wie eh." Er kickte Walko in die Seiten und sagte: „Denk wirklich drüber nach, ein Königsmann ..."

„So lass das doch!", unterbrach sie ihn. „Außerdem hast du kaum ein Wort mit ihm gewechselt!"

„Ich hab gesehen, wie er dich ansieht. Er gefällt mir."

„Pfff!"

Sie näherten sich der Tiefburg. Vor dem dunklen Rand der Lußhardt im Süden lag Schloss Wersau wie eine in die Länge gezogene Birne, umgeben von einer Mauer mit nach außen gerichteten Strebepfeilern. Östlich der Außenmauer,

Richtung Schäferei, sah man das Zollhaus mit seiner Wohnstube und einer Scheuer.

Sie ritten von Norden her gen Schloss, der einzigen Zugangsmöglichkeit. Barbara nannte diese Seite bei sich die „Strunkseite“, denn wie der Strunk einer Birne aus dem schmalen Stück der Frucht herausragte, so floss der Kraichbach dunkel unter der Befestigungsmauer aus der Burg heraus und plätscherte durch Wiesen und Hage voller Birken, Lärchen und Erlen Richtung Hockenheim. Links von ihnen zweigte ein Nebenweg nach Osten ab, der durch den Hardtwald nach Heidelberg führte. Sie ritten geradeaus weiter und Matthias schnalzte mit der Zunge, damit Walko die alte Kaiserstraße Speyer-Wiesloch-Wimpfen-Nürnberg, die in Ost-West-Richtung an der Burg vorbeiführte, zügig überquerte.

Verzückt betrachtete Barbara das Meer rosa und weißer Blüten der Apfel- und Kirschbäume. Auf Wersaus östlicher Seite war halb um das Schloss herum ein Obstgarten angelegt, die Knospen hatten sich der Witterung zum Trotz geöffnet und hingen wie ein duftiger Hauch in den Bäumen.

Sie hielten auf die gewölbte Steinbrücke zu, die über den Graben zum Pfortenhaus führte. Matthias erklärte dem Torwart, weshalb sie gekommen waren, und der stämmige, vollbärtige Mann winkte sie träge ins Innere der Vorburg. Gemächlich durchritten sie deren vorderen Teil, den Vorhof. Hier lagen die Mühle, das einstöckige Haus des Jägermeisters, das fensterlose Schützenhaus sowie der Marstall. Vor der herrschaftlichen Mahlmühle mit ihrem aus Quadersteinen erbauten Mühlwehr und den zwei Wasserrädern standen etliche Karren und Bauern luden Säcke auf.

Barbara dachte, dass sie heute freiwillig hier war. Mehr oder weniger. Ansonsten nämlich bedeutete ihr die Burg Zwang. Es kam zwar nicht allzu häufig vor, dennoch hatte sie sich zur Fron in Wersau einzufinden. Es wurmte sie hauptsächlich, weil der Zentgraf zuständig für die Festlegung der Frondienste war. Sie wollte nicht nach seiner Pfeife tanzen müssen, obwohl dieser innere Widerstand töricht war, denn Fron blieb Fron, ganz gleich, wer sie anordnete. Und schließlich erhielt sie für die Pflicht eine Vergütung in Form von Verköstigung. Gerade vor einer Woche war sie zur ersten Fron des Jahres hier gewesen.

Sie erreichten das zweite Tor, durch das man in den hinteren Bereich der Vorburg gelangte. Matthias bedeutete ihr, abzusitzen und Barbara schwang sich vom Pferd. Aus dem Nichts, wie es schien, drängte eine Handvoll Kinder an ihnen vorbei, schob sich lärmend durchs Tor und wirbelte auf der anderen Seite eine Schar Gänse auseinander. An der schmalen Südmauer der Burg floss der Kraichbach durch ein eisernes Gittertor in den Bereich der Anlage herein und bildete einen natürlichen Wassergraben, über den eine steinerne Brücke zu den Wohngebäuden des Kurfürsten – vielmehr, da dieser in Heidelberg residierte und nur zur Jagd im Schloss erschien, seines Beamten, des Kellers – führte. Hinter den Schutzmauern ragte der aus grauen und schwarzen Steinen errichtete, schiefergedeckte Wohnturm auf. Dort war Barbara noch nie gewesen, aber sie mochte den stattlichen Anblick, wie sie sich doch eingestehen musste, wenn sie hier, im hinteren Teil der Vorburg, dem Viehhof, zwei Mal im Jahr vorstellig wurde, um ihre steuerlichen Abgaben zu leisten. Im Viehhof lagen die Wirtschaftsgebäude, die Frucht- und Vorratsscheunen, in welchen die Gefälle, die an Grund und Boden haftenden Lasten, die von den Hintersassen in Naturalien oder Geld als Zehnten abzutragen waren, aus den Dörfern des gesamten Oberamtes gesammelt wurden. Das war ein weiterer Grund, warum sie ungern hier war, denn war ein Jahr schlecht, bekam sie Magengrimmen, weil sie als Hübnerin an einen festen Bodenzins gebunden war, der nicht veränderbar war. Und die letzten Jahre waren schlecht gewesen.

Im Viehhof war es recht ruhig. Drei Pfauen stolzierten mit gereckten Hälsen umher. Knechte trugen ein großes Wagenrad über den Hof, drüben bei der großen Heuscheuer standen schwatzend Mägde, jede mit einem Henkelkorb am Arm. Vier Ställe fanden unter dieser großen Scheuer Platz, drei weitere Viehställe sowie je einen Pferde- und Schweinestall nicht mitgerechnet. Die Burg hatte vor fast siebzig Jahren im Bauernkrieg schwer gelitten. Aber man hatte die Gebäude wieder aufgebaut, Barbara vermutete, größer als zuvor, denn Wersau war eine Meierei, die die Erzeugnisse zum Hof nach Heidelberg sandte. Dem Keller oblag die Überwachung der herrschaftlichen Güter und Fruchtkasten. Keine Frage, Wersau war ein wohlhabendes Fürstengut.

Matthias fragte eine Magd, die einen Eimer tragend daherkam, ob Keller Doldt zur Stelle wäre. Am heutigen Nachmittag säße der mit Kastenmeister und Hofbereiter über den Büchern, gab die junge Frau zurück. Matthias sagte ihr, weshalb sie gekommen waren und sie verwies ihn an den Knecht des Hühnerfauts.

Der Kastenmeister war der höchste Beamte der Pfälzer Naturaleinkünfte. Er bereiste im Auftrag der kurfürstlichen Rechenkammer die Ämter, überprüfte die Rechnungen, die Buchführung und das Amtsgebaren der verrechneten Diener, damit Fahrlässigkeit und Untreue der Beamten nicht um sich griffen. Außenstände mussten ihm gemeldet werden, er trieb sie unerbittlich ein oder meldete sie nach Heidelberg. Er maß Früchte und Wein nach, die in Speichern und Kellern lagerten, und wachte auch über die Verkäufe aus den Speichern. Der Keller musste ein genaues Verzeichnis über den Einzug der Gefälle und den Verkauf von Wein, Früchten und allem anderen führen und ihm die Rechnungen zur Prüfung vorlegen. Immer wieder gab es kurfürstliche Verlautbarungen, die mahnten, beim Geldwesen auf dem Land keine Unordnung einreißen zu lassen. Es herrsche oft Nachlässigkeit, die sich mindernd auf die kurfürstlichen Einkünfte auswirkten.

Der Kastenmeister prüfte ebenfalls den Zustand der Ämter, Kellereien und Güter, er sah nach Bauschäden und begutachtete den Hausrat in den Amtsgebäuden. Und schlussendlich war er, das war allgemein bekannt, dazu angehalten, auch über die Untertanen zu berichten, weshalb man ihm selbstverständlich äußerst zurückhaltend begegnete. Er begann seine Rundreise nach Cathedra Petri in Heidelberg und bereiste dann die Ämter der Reihe nach. Vor etwa zwei Wochen hatte er seine Inspektionen im Hockenheimer Rathaus vorgenommen, hatte die Fleischbank und das Backhaus durchleuchtet und Schultheiß Würth war, wie man erzählte, um ihn herumgeflattert wie ein orangeroter Schmetterling.

Jetzt war er also hier und prüfte zusammen mit dem Hofbereiter die Buchführung des Kellers. Das hieß, dass Heinrich Herwart, Friedgards Vater und Margaretes Ehemann, ebenfalls im Schloss weilte und mit dem Kastenmeister, dem er zur Hand gehen musste, über den Büchern brütete. Als Hofbereiter war es Herwarts Aufgabe, mit dem Keller abzurechnen, und so war seine Anwesenheit bei der Prüfung der Bücher selbstverständlich. Barbara hoffte, sie würden bei ihren Rechnungen bleiben und nicht in die Ställe kommen, denn sie wollte ihnen nicht über den Weg laufen.

„Ich gehe eben noch Wenzel Guten Tag sagen“, meinte Matthias, als die Magd davongegangen war.

Wenzel, einer der Stallknechte, war ein Bekannter ihres Bruders. „Dauert nicht lange, bin gleich zurück“, rief er ihr über die Schulter zu, während er Walko in den Pferdestall führte.

„Hoffentlich“, brummte Barbara und winkte mit dem Arm Richtung Stall. Sie hatte den Verdacht, das Matthias absichtlich verschwand, so dass sie nach dem Königsmann Ausschau halten konnte.

Das Lärmen der Kinder drang vom Bach herüber, die Gänse schnatterten Richtung Tor und Barbara schlenderte zum Brunnen hinüber. Hier hatte sie vor einer Woche gesessen. Sie war zur Pflugarbeit, die der Aussaat vorausging, eingeteilt. Am Abend waren weitere 40 der 150 Morgen Ackerland des Gutes bearbeitet. Rund um den Brunnen hatte man auf Böcke gelegte Holzplanken und Bänke aufgestellt, und Bauern, Mägde, Hausgesinde und Tagelöhner taten sich an Suppe, Brot und eingemachten Äpfeln gütlich.

Barbaras Füße setzten sich von alleine in Bewegung, noch bevor ihr Kopf ihr erklärte, warum. Das ausgelassene Toben der Kinder hatte sich zu angstvollem Schreien verändert. Etwas war geschehen. Bis auf wenige Schritte war sie an den Bachrain herangekommen, der hier flach zum Wasser abfiel, als eine Kinderstimme „Zu Hilfe!“ rief.

Inmitten des Baches sah sie Jungenarme, die knapp über der Wasseroberfläche auf und ab schwenkten wie die Schwingen eines Jungvogels, der nicht vom Fleck kam. Zwei Mädchen rannten an ihr vorbei, Angst und Schrecken im Gesicht. Zwei Jungen indes liefen am Ufer entlang, einer schwang einen langen Stecken. Er kam wankend zum Stehen, hielt den Stecken in Richtung des Jungen im Wasser. Der Stock reichte kaum eine Armlänge weit hinaus. Der Junge im Wasser ruderte verzweifelt mit den Armen und schrie. Seine Schreie erstarben in einem gurgelnden Geräusch, als er untertauchte. Die Kinder sahen sie kommen. Sie riefen durcheinander. Barbara hastete an ihnen vorbei, der mit dem Stecken drehte sich um – es war Cornelius Kühn. Seine schwarzen Augen waren riesengroß vor Angst. „Ich habe ihm gesagt, er soll nicht so nah ans Wasser!“ schrie er.

Herr im Himmel, es ist sein Bruder!, dachte sie, raffte die Röcke und watete in den Bach. Rutschiger Schlamm. Eiskaltes Wasser, das ihr in die Schuhe lief, schwer an ihrem Rocksaum zog. Sie wusste nicht, wie tief der Kraichbach hier war, er war auf jeden Fall zu tief für einen zehnjährigen Jungen, der nicht schwimmen konnte.

„Nehmt den Stecken!“, schrie Cornelius hinter ihr und sie hörte in seiner Stimme das Bemühen, seiner Schuld Herr zu werden, indem er tapfer und tatkräftig war.

Barbara suchte Halt im schlüpfrigen Schlick, wandte sich zu Cornelius um, der vornübergebeugt bis zu den Waden im Wasser stand und ihr den Stock hinhielt. „Fall du mir nicht auch noch rein!“, rief sie, wollte den Stock greifen, verlor das Gleichgewicht, ruderte mit den Armen. Ihr rechter Fuß rutschte ab und mit einer Langsamkeit, die sie verwunderte, wurde das Ufer schräg und sie fiel seitlich ins Wasser. Der Schreck über dessen Kälte raubte ihr den Atem. Sie schaffte es, den Kopf oben zu behalten. Sie hatte keinen Grund mehr unter den Füßen, Kleid, Umhang und Schuhe, schwer vom Nass, zogen nach unten. Mühsam brachte sie die Arme nach oben, machte Schwimmbewegungen, die ihr Vater ihr beigebracht hatte, als sie noch ein Mädchen war. Jetzt war sie dankbar dafür und sandte ein Stoßgebet zum Allmächtigen. Sie hielt Ausschau nach David. Drei Armlängen vor ihr wurde sein Gezappel schwächer, immer wieder sank sein Kopf unter Wasser.

„Ich komme, David, hab dich gleich!“, rief sie und schluckte Wasser.

Sein Kopf tauchte auf, er prustete und versuchte, zu ihr zu gelangen.

Sie schaffte es, den Abstand zwischen sich und David zu verringern. Der Junge war jetzt noch etwa zwei Armlängen von ihr entfernt, als sein Kopf erneut unter Wasser verschwand. Sie bekam es mit der Angst. Er durfte nicht ertrinken, nicht das! Die Kinder am Ufer brüllten und Barbara meinte, auch Stimmen von Erwachsenen zu hören. Sie blickte nicht zurück. Sie brauchte alle Kraft, um an David heranzukommen. Das Wasser war so kalt, die Kleider zogen sie so entsetzlich schwer in die Tiefe, dass Verzweiflung in ihr aufwallte. Also schrie sie „Wir schaffen es!“, um ihm Mut zu machen und zu zeigen, dass Hilfe nahte.

Sie bekam seinen Arm zu fassen, neben ihr platschte ein Seil ins Wasser. Sie zog den Jungen zu sich heran und sofort klammerte er sich an sie, so dass sie gemeinsam untertauchten. Sie ruderte mit dem freien Arm, schaffte es, an die Oberfläche zu kommen und versuchte, David verständlich zu machen, dass er sich nicht so wild gebärden solle. Aber sie hatte Wasser geschluckt und hustete. Sie bekam das Seil zu fassen, das ein zweites Mal neben ihr ins Wasser klatschte. „Hier … festhalten!“ Sie führte die Hände des Jungen an das Seil, schlang den linken Arm um den kleinen Körper und hielt sich selbst mit der rechten Hand fest. Langsam wurden sie herausgezogen. Wenig später spürte sie festen Grund unter sich.

Sie saß auf der blanken Erde, hatte eine Wolldecke um die Schultern und schlotterte so sehr, dass sie den Becher warmen gewürzten Wein, den ihr die Magd reichte, nicht alleine halten konnte. Die junge Frau kniete sich neben sie, umklammerte ihre Hände und half ihr, den Becher zum Mund zu führen. „Ihr solltet Euch umziehen“, sagte sie. „Susanna holt trockene Sachen.“

Leute umringten sie. Matthias ging rechts von ihr in die Hocke, berührte sie an der Schulter und sagte: „Gut gemacht. Er wird es überstehen."

Jemand beugte sich zu ihr herunter. Umfasste ihre Hände, die den Becher umklammerten. Barbara blickte auf. Eine Frau, dunkelbraunes Haar, das sich unter ihrer Haube gelöst hatte. „Der Herr segne Euch für Eure Tatkraft!" Tränen standen ihr in den Augen. Barbara sah sie an, zitternd, sah das kantige Kinn, fühlte dumpfes Erkennen. Die Fremde schluckte. „Ich werde mich erkenntlich zeigen, jetzt muss ich erst sehen, dass ich die beiden in trockene Sachen bekomme. Habt Dank!"

Damit eilte sie zu den Scheuern hinüber.

Barbara senkte den Blick, starrte vor sich, umklammerte den Becher, hielt sich daran fest, spürte die Wärme, die von dem heißen Gefäß auf ihre Finger überging, zitterte. Sie konnte gar nicht aufhören damit. *Es* zitterte sie. Und es war nicht wegen der nassen Gewänder allein. Jetzt erst spürte sie die Anstrengung, die es sie gekostet hatte, den Jungen aus dem eisigen Bach zu retten. Fühlte jetzt erst die Pein. Gering nur war die Erleichterung, dass sie es geschafft hatte. Schwarz die Gedanken, was gewesen wäre, hätte sie es nicht geschafft. So, wie sie es nicht geschafft hatte, ihre eigene Tochter zu retten. Alles war da, als wäre es erst gestern gewesen. Würde dieser Schmerz denn niemals schwächer werden?

Sie spürte Matthias' Arm, der sich ihr um die Schulter legte. Er schien zu merken, was in ihr vorging. Aber sie konnte ihn nicht ansehen. Niemanden konnte sie ansehen. Rascheln von Gewändern. Die Magd nahm ihr den Becher ab, bevor sie den Inhalt vollkommen verschüttete.

Dann vernahm sie eine Stimme, laut, deutlich und mit einer Häme, die ihr nur allzu bekannt war.

„Findet Ihr es nicht auch seltsam, dass immer da, wo Ihr auftaucht, ein Unglück geschieht?"

Matthias erhob sich und stellte sich schützend vor Barbara. „Ihr habt den Vorfall nicht von Anfang an mitbekommen", sagte er bemüht freundlich. „Meine Schwester hat dem Jungen das Leben gerettet."

„Nichts leichter für das böse Volk, als seine teuflischen Taten durch vermeintlich gute zu bemänteln!" Margarete Herwarts Worte waren Gift, das auf Barbara herabtropfte wie zäher Seim.

Sie sah auf. Margarete stand da, als wolle sie jeden Augenblick in Siegesjubel ausbrechen. „Ist es nicht denkwürdig, dass ich meinen Mann ausnahmsweise zu seinen Amtsdingen begleite, und dadurch erneut Zeugin eines Unglückes werde, an dem Ihr beteiligt seid, Heilmännin?"

Barbara, die den Blick längst wieder gesenkt hatte, fühlte sich zu kraftlos für eine Entgegnung. Zu wund für Wut. Fassungslose Wortlosigkeit angesichts solcher Boshaftigkeit breitete sich in ihr aus, lähmte sie.

„Frau Herwart, was Ihr da sagt, ist reichlich unüberlegt. Ich bitte Euch, lasst uns in Frieden", sagte Matthias mit Nachdruck.

Sie musste weg hier. Wollte aufstehen. Ihre Beine waren steif. Kalt und klamm Unterkleid und Kleid auf ihrem Körper. Matthias half ihr. Margarete wich einen Schritt zurück. Die zwei Bauern, die sie zuvor vor der Mühle gesehen hatte, standen mit neugierigen Gesichtern da. Eine andere Magd als die, die ihr den Wein gereicht hatte, eilte herbei, ein Kleid über dem Arm.

„Hier", sagte sie atemlos, „das ist alles, was ich auf die Schnelle auftreiben konnte. Drüben bei den Ställen könnt Ihr Euch umziehen."

Barbara nickte schwach, murmelte ein Danke. Sie zitterte so sehr, dass ihre Zähne hart aufeinander schlugen. Sie bemerkte, dass Margarete voll Abscheu auf sie nieder sah. Dann wandte sie sich mit einem Ruck ab und schritt mit erhobenem Haupt gen Brücke davon.

Auf steifen Beinen und mit kleinen Schritten, um so wenig wie möglich den nassen Stoff zu berühren, stakste Barbara zu den Stallungen hinüber. Matthias ging neben ihr und sagte: „Mach dir nichts aus diesem Schandmaul. Wollte sehen, ob sie in den eisigen Bach gesprungen wäre, um jemandem zu helfen."

Barbara versuchte ein Lächeln. Aber Matthias' Trost erreichte sie nicht. Sie war zutiefst gekränkt und außerdem wütend. Margarete setzte ihr zu. Sie würde weiter und immer weiter machen. Sie hörte nicht auf. Und selbst wenn Barbara sich sagte, dass diese Frau nur verbittert war, so half das doch nicht gegen den Kloß, der sich in ihrem Magen festsetzte. Margarete hasste sie, und sie würde nicht eher Ruhe geben, bis ... bis was? Friedgard die Freundschaft zu ihr aufgab? Was nur missfiel ihr an dieser Freundschaft so sehr? Nur weil sie, Barbara, Jahre älter war als Friedgard? Wie würde Margarete sich anstellen, wenn ihr Sohn eines Tages heiratete? Würde sie ihre Schwiegertochter genau so hassen?

Sie erreichten den Pferdestall. Am Eingang stand Cornelius und ließ den Kopf hängen. Er wusste, er hätte auf den Jüngeren besser achtgeben sollen. Er trug bereits eine trockene Hose, die wohl einem seiner Spielgefährten gehörte, und die ihm zu kurz war. Weiß ragten seine Knöchel und die Füße hervor. Seine nassen Schuhe lagen neben ihm auf der Erde. Ein Junge mit strubbeligem braunem Haar und erschrocken aufgerissenen Augen stand neben ihm.

Barbara blieb stehen. Cornelius sah auf, schluckte, und flüsterte erstickt: „Danke, Frau Heilmann."

Sie konnte es nicht verhindern. Heiß schossen ihr Tränen in die Augen. Mit einer unwillkürlichen Geste streckte sie die Arme aus und zog ihn an sich. Steif, mit hängenden Armen, das Gesicht fest in ihr nasses Kleid gepresst, ließ er sich festhalten. Sie hielt ihn und drückte ihm einen Kuss in sein Tollkirschen-Haar. Ein Beben ging durch seinen schmalen Körper, er zog die Arme unter ihren hervor und schlang sie ihr um die Hüfte. Stumm weinte er.

So standen sie eine Weile, bis Matthias sich räusperte, Barbara sich mit dem Handrücken über die Augen wischte und mit der anderen Hand Cornelius' Rücken streichelte. Er löste sich von ihr und trat verlegen einen Schritt zurück. Sie lächelte ihn an, fuhr ihm durchs Haar und sagte: „Muss mich umziehen, bin irgendwie nass geworden."

Da lächelte er auch, wischte sich mit dem Ärmel die Nase und nickte.

„Ich erledige derweil das mit den Hühnern", rief Matthias ihr nach, als sie im Inneren des Stalles verschwand.

„Frau Heilmann!" Winfrieds Schwester – denn zweifelsohne war das Johanne, die neben der Bretterwand des ersten Pferdeverhaus am Boden kniete und Davids Haar trocken rubbelte – sprang auf. „Ich weiß nicht, was geschehen wäre, wenn Ihr nicht … oh, aber Ihr seid noch immer in den nassen Sachen. Bitte –" sie wies nach hinten in eine Ecke des Stalles, in der Heu aufgehäuft lag.

David hatte verweinte Augen und eine Rotznase. Er sah zu Boden, als Barbara ihn ansah. „Ihr hättet das gleiche getan", murmelte sie. Sie wollte endlich das nasse Zeug loswerden und verschwand hinter den Heuhaufen.

Sie hörte, dass Winfrieds Schwester leise, aber eindringlich auf den Jungen einredete. „Weißt du, welchen Kummer ich deinem Vater bereitet hätte, wenn dir etwas Schlimmes zugestoßen wäre?", vernahm sie die Stimme Johannes, die weich vor Erleichterung und trotzdem mahnend war.

Barbara biss die Zähne zusammen, als sie aus ihrem nassen Kleid stieg. Sie dachte, dass Winfried und seine Schwester sich erstaunlich ähnlich sahen. Die gleichen schwarzen Augen – wenn Johanne auch die ihren nicht schwarz untermalte wie er es tat –, die gleichen, scharf geschnittenen Gesichtszüge. Sie hatte sie, Barbara, mit ihrem Namen angesprochen, Cornelius oder die Leute mussten ihn ihr genannt haben.

Sie hatte es geschafft, das nasse Kleid abzustreifen, Gänsehaut überzog ihren Leib. Sie griff nach dem trockenen Gewand und sah auf den ersten Blick, dass es zu eng war.

„Ich bin Johanne Seibold, die Tante der beiden", rief Johanne nach hinten.

Barbara nickte, obwohl Johanne sie nicht sehen konnte. „Ich dachte es mir. Euer Bruder erzählte mir von Euch."

„Cornelius sagte mir, dass Ihr ihn kennt. Welch ein Zufall, dass Ihr zur Stelle wart!"

Ja, welch ein Zufall, dachte Barbara, erwiderte jedoch nichts. Sie hielt die Luft an und zwängte sich in das zu enge Kleid.

„Ich weiß nicht, was geschehen wäre …", Johanne ließ den Satz unvollendet. Doch dann redete sie weiter und Barbara merkte, dass sie es musste, um mit ihrer eigenen Angst fertig zu werden. Die Jungen waren ihrer Obhut anvertraut, sie hatte sie aus den Augen gelassen und etwas Schlimmes war geschehen. Sie konnte es ihr nachfühlen. „Was kann ich Euch anbieten, außer, dass Ihr das Nachtmahl mit uns einnehmt. Würdet Ihr meinen Dank annehmen und mitkommen?"

Barbara keuchte. Sie versuchte, das wirklich eng geschnittene Kleid über ihre runden Hüften zu bekommen ohne es zu zerreißen.

„Frau Heilmann?"

„Ja. Was sagtet Ihr?" Sie hatte Johanne sehr wohl verstanden. Aber sie wollte Zeit gewinnen. Auf keinen Fall wollte sie mitkommen. Und wenn sie dieses schlammbraune Kleid hier betrachtete, das an der Hüfte Wulste warf, weil es ihr entsetzlich eng war, erst recht nicht.

„Wollt Ihr zum Nachtmahl zu uns kommen? Sicher möchte mein Bruder ...", Johanne schwieg und Barbara konnte sich denken warum. Nicht leicht, ihm berichten zu müssen, dass sein Sohn heute fast ertrunken wäre. „Nun, er möchte Euch sicher ebenfalls danken", schloss sie.

„Das ist nett von Euch, doch ich ..."

„Bitte schlagt mir das nicht aus. Ich habe nichts, womit ich mich sonst erkenntlich zeigen kann."

„Ihr müsst Euch nicht erkenntlich zeigen. Jeder hätte getan, was ich tat."

„Und jeder würde jemandem danken wollen, der einem half. Das ginge Euch nicht anders."

Ganz schön beharrlich. Möglich, dass Johanne nicht alleine sein wollte, wenn sie den Hergang des Unglücks zu Hause erzählte. „Nun, das ist sehr freundlich von Euch, doch mein Bruder ..."

„Oh, natürlich kann er mitkommen!", fiel ihr Johanne erneut ins Wort.

Barbara sah an sich hinunter. Das Kleid war nicht gerissen. Aber über ihrem Busen spannte es gehörig. Und es war zu kurz. Sie zog eine Grimasse. Welch ein Anblick. Sie würde auf keinen Fall mit zu Johanne kommen!

„Ich danke Euch wirklich, doch mein Bruder wird zu seiner Familie heimkehren wollen", rief sie nach vorne. Sie faltete ihre nassen Sachen zusammen und stellte fest, dass sie barfuß würde nach Hockenheim zurückgehen müssen, denn ihre Schuhe waren hoffnungslos durchweicht. Das nasse Bündel samt Schuhen von sich haltend, kam sie um den Heuhaufen herum.

Johanne sah ihr entgegen. David stand neben ihr und hielt ihre Hand. Der Junge, der bei Cornelius gestanden hatte, kam herbeigelaufen, stellte sich an Johannes andere Seite und blickte Barbara neugierig an.

„Mein Sohn Sebastian“, erklärte Johanne und wuschelte ihm den Kopf, was er nicht mochte, er wich ihr ungehalten aus. Sein Gesichtsausdruck verriet, dass er sich dafür zu alt hielt.

„Also kommt Ihr mit?“

„Ich muss die Hühner heimbringen.“ Etwas anderes fiel ihr nicht ein.

Da mischte David sich überraschend ein. „Komm doch mit, ich zeig dir die braune Frieda. Vater hat sie mir gekauft. Weil ich auch ein Huhn wollte, eines, das ganz alleine mir gehört und dem ich einen Namen geben kann.“ Er blickte zu Johanne empor, und als er sie lächeln sah, ergänzte er: „Weil deine doch auch Namen haben. So wie Frieda Federlos.“

Das schien ihn mächtig beeindruckt zu haben. Barbara musste schmunzeln.

„Hast du … habt Ihr neue Hühner gekauft? Wie nennt Ihr sie?“

Meine Güte, hoffentlich fragt er nicht nach Frieda Federlos, dachte Barbara. Sie würde es nicht übers Herz bringen, diesen strahlenden Augen zu erklären, dass ein Marder sie geholt hatte. „Das weiß ich noch nicht. Ich glaube, das überlasse ich meiner Mutter.“

Johanne ließ Davids Hand los und schob ihn und ihren Sohn vor sich her zur Stalltür. „Wenn Ihr schon nicht meinetwegen mitkommt, dann also der braunen Frieda wegen“, lächelte sie Barbara über die Schulter hinweg zu.

„Nein, bitte, es ist besser, ich mache mich auf den Heimweg.“

„Barfuß?“

„Was …?“ Barbara sah auf ihre Füße.

„Kommt mit und ich leihe Euch meine Holzpantinen.“

Aber weder die braune Frieda noch Schuhe, sondern Cornelius war es schließlich, der sie ihre Meinung ändern ließ. Sie merkte es in dem Augenblick, da sie in den Viehhof hinaustraten und sie ihn erblickte, wie er an der Mauer lehnte, ein Häufchen Elend, das sich auf die Unterlippe biss und so bekümmert dreinblickte, dass es ihr ins Herz schnitt. Es machte ihm entsetzlich viel aus, versagt zu haben. Er schämte sich. Oder fürchtete er die Strafe seines Vaters? So oder so – wie er da so vollkommen alleine stand, wallte eine solche Zuneigung zu ihm in ihr empor, dass sie selbst überrascht davon war. Die Einsamkeit, die er in diesem Augenblick ausstrahlte, kannte sie nur zu gut. Sie wollte bei ihm sein, ihn trösten.

„Also abgemacht“, sagte sie zu Johanne und trat auf sie zu. „Ich komme mit. Lasst mich nur noch nach meinem Bruder sehen und ihm Bescheid geben.“

Johanne strahlte sie an und nickte.

Sie fand Matthias, der eben den Knecht des Hühnerfauts bezahlte.

„Da bist du ja. Ich hab euch zwei Prachtviecher erstanden!“, freute sich Matthias und deutete auf den großen Tragekorb zu seinen Füßen. Ein braunes und ein weißes Huhn hockten verängstigt darin. Himmel, dachte Barbara. Mit dieser Last jetzt zu den Leuten gehen … Aber nun hatte sie zugesagt. Dann eben mit Hühnern. Sie erzählte es Matthias, und als er erfuhr, wer die Jungen und ihre Tante waren, grinste er über sein ganzes hübsches, stoppeliges Brudergesicht.

Die Jungen saßen zu dritt nebeneinander auf der Holzbank in Seibolds kleiner Küche und verhielten sich mucksmäuschenstill. Johannes Mann, Gerhard Seibold, war vor wenigen

Minuten nach Hause gekommen. Er stand neben seiner Frau am Herd und Johanne berichtete ihm, wer Barbara war und warum sie hier war. Zur Untermalung ihrer Worte schwenkte sie den großen, hölzernen Löffel durch die Luft.

Barbara saß am Tisch, einen Becher Bier vor sich, und schnitt Löwenzahnblätter klein, die Johanne in die Suppe geben wollte.

„Frau Heilmann hier –", der Holzlöffel zeigte auf Barbara – „war im rechten Augenblick zur Stelle."

Gerhard Seibold kratzte sich am Kinn. „Und wo warst du, als das geschah?", fragte er sein Weib und Barbara hörte den leisen Tadel.

Natürlich hörte ihn Johanne auch. Ihre Antwort klang entsprechend ertappt. „Weißt doch, dass ich zum Nähen bei Waltraud war. Immer rennen die Kinder draußen miteinander herum, nie ist etwas geschehen", verteidigte sie sich.

Gerhard Seibold brummte und warf einen Blick auf die Jungen. Nur sein eigener Sohn sah ihn mit erwartungsvollen Augen an. Winfrieds Söhne betrachteten stumm ihre im Schoß liegenden Hände. Er kam zum Tisch heran. „Ist nicht an mir, dich zu bestrafen, Cornelius. Nicht wenn dein Vater da ist."

Cornelius sah auf. Geradeheraus und gefasst blickte er seinem Oheim ins Gesicht. Er würde seine Strafe ohne Jammern und ohne sich herauszuwinden entgegennehmen. Barbara schluckte. So viel … Würde … in einem so jungen Menschen! Wieder fühlte sie, wie ihr Herz sich ihm zuwandte. David durchbrach die Stille, die entstanden war, und sagte leise: „Ihn trifft keine Schuld, Oheim Gerhard. Ich habe wirklich nicht auf ihn gehört. Er hat aufgepasst, aber ich wollte …", er stockte und warf seinem Bruder einen Blick zu, der Barbaras Herz endgültig zum Schmelzen brachte. Aufrichtiger Trotz lag darin, vermischt mit schelmischem Stolz. Der Jüngere, der einmal nicht auf den Älteren hören wollte. Der beweisen wollte, dass er sehr wohl mit den Großen mithalten und alleine auf sich aufpassen konnte. Aber es war schief gegangen – und auch David bekannte sich freiheraus zu diesem Verhalten, ohne es seinem Bruder in die Schuhe zu schieben. Wie hatte Katharina die beiden vor der Kirche genannt? Prachtjungs? Ja, das waren sie!

„Du wolltest ihm zeigen, dass er sich seine Sorge sonst wohin stecken kann?“, fragte Seibold ernst.

David biss sich auf die Unterlippe und nickte. Sein Blick huschte zwischen Oheim und Bruder hin und her, blieb auf dem Ersteren haften, als dieser sagte: „Jetzt weiß du, dass er es nicht tut, um dich zu unterjochen. Und denk dran: Fast hättest du dieses Wissen mit dem Leben bezahlt.“

„Es tut mir Leid“, flüsterte David zu seinen Händen im Schoß.

Seibold brummte und Johanne stemmte den linken Arm in die Seite, in ihrer Rechten noch immer den Kochlöffel. „Und das ist auch gut so und jetzt wollen wir's dabei bewenden lassen und du kümmerst dich um die Suppenschalen!“

Und so schob David seinen Vetter aus der Bank, zusammen schafften sie Schalen, Löffel und Becher heran, und in dem Augenblick, da David den Laib Brot auf den Tisch wuchtete, ging die Haustür auf und Winfried Kühn stand in der Küche.

Barbara hatte selten so viel freudige Ungläubigkeit in einem Gesicht gesehen wie in Winfrieds, da er sie erblickte. Seine Augen blitzten auf wie Obsidian, auf den Sonnenlicht fällt. Er war unter der Tür stehen geblieben, jetzt machte er zwei Schritte in den Raum hinein auf sie zu, blieb dann jedoch unvermittelt stehen und sah sich zu Johanne um. „Wie … woher …?“

Johanne war vom Gebaren ihres Bruders überrascht, aber dann schmunzelte sie und sandte Barbara einen raschen Blick, der besagte ‚Ach so steht es um eure Bekanntschaft!'

Barbara spürte, wie ihr das Blut in die Wangen schoss. Das Ganze war ihr unangenehm. Womöglich dachte Johanne, sie hätte ihr etwas verschwiegen. Verlegen schabte sie mit dem Messer die klein geschnittenen Löwenzahnblätter zu einem Häufchen.

„Aber Frau Heilmann, wie habt Ihr zu meiner Schwester gefunden?", fragte Winfried und trat zu ihr heran.

„Ihr kennt euch?" Seibold, der sich auf einem Stuhl am Tischende niedergelassen hatte, strich sich die braunen Haare aus dem Gesicht und sah seinen Schwager überrascht an.

„Oh, wir kamen noch nicht dazu, es dir zu sagen …" Johanne biss sich auf die Unterlippe.

Winfried drehte sich zu ihr um. Dabei streifte sein Blick die schweigsamen Jungen auf der Bank.

„Hilf mir mit der Suppe!", sagte Johanne zu ihm und deutete auf den großen Topf.

Winfried machte einen Schritt auf sie zu, blieb stehen, sah zu den Jungen zurück. Seine Augen ruhten auf ihnen. „Was ist los?"

In der Küche war es so still, dass das Prasseln des Feuers im Herd klang, als brenne die Kißlau.

Cornelius hob den Kopf und sah seinen Vater an. „Wir hatten einen Unfall. David fiel in den Bach."

Winfrieds Augen zuckten zu seinem Jüngsten. Der schluckte, bevor er sagte: „Ich bin ausgerutscht und auf einmal lag ich drin."

„Ausrutschen kann man nur, wenn man nah genug am matschigen Ufer ist." Winfried trat an den Tisch, stützte die Arme darauf ab und beugte sich nach vorn. Er sagte nichts, sah David nur an.

Der Junge schluckte noch einmal und bekannte schließlich kleinlaut: „Ich weiß, dass du gesagt hast, ich darf dem Wasser nicht so nahe kommen. Ich … ich …“

Jetzt verließ ihn doch der Mut. Seine Augen blickten furchtsam, denn er sah seines Vaters Angst um ihn in dessen Blick. Er schlug die Augen nieder.

Auch Barbara fühlte es. Es umgab Winfrieds Gestalt wie ein Schein. Er erkannte die Gefahr, in welcher sein Kind geschwebt hatte, und dies Erkennen füllte ihn ganz aus. Er stand nur da, vornübergebeugt, und seine ganze Haltung verdeutlichte den Schreck, den man ihm mit dieser Nachricht eingejagt hatte. Sie schluckte nun ebenfalls. All das erinnerte sie an ihre eigene Qual und sie wünschte, sie wäre standhaft geblieben und wirklich nicht mitgekommen. Winfried sah, dass es noch einmal gut gegangen war. Aber die Vorstellung, sein Kind zu verlieren, zerriss ihn fast, und Barbara fühlte seinen Schmerz wie ihren eigenen.

Er richtete sich auf und suchte Cornelius' Blick. „Wo warst du?“

„Keine zehn Schritte von ihm weg. Wir waren alle beisammen, wie immer. Ich habe nicht gemerkt, dass er alleine zum Wasser hinunter ging.“ Cornelius hatte apfelrote Backen. Er berührte den Tonbecher auf dem Tisch vor sich, fuhr mit dem Zeigefinger oben am Rand entlang. Dann nahm er die Hand weg, sah seinen Vater kurz an, senkte den Blick und sagte: „Es tut mir Leid. Ich habe einen Augenblick nicht achtgegeben.“

Winfried nickte. „Johanne!“

Johanne zuckte erschrocken zusammen. Jetzt erst drehte Winfried sich zu ihr um. „Wenn du bei Waltraud bist, behalte ihn bei dir in der Stube. Eine Arbeit wird sich für ihn finden, und wenn's Nähen ist. Du lässt ihn nicht aus den Augen. Drei Wochen lang.“

Johanne blies die Backen auf wie um zu sagen: ‚Halte du mal einen Kater in der Stube!'

„Drei Wochen!", wiederholte er. Und zu den Jungen gewandt ergänzte er: „Kein Ausgang. Keine Erlaubnis, Abenteuer zu erleben. Sondern Zeit, über ihre Gefahren nachzudenken! Und du, Corn-Kühn –" er sah Cornelius fest an „bist ab morgen ohnehin wieder mit mir auf der Flur."

Seibold, der die ganze Zeit über dagesessen hatte, den ausgestreckten Arm auf dem Tisch, gab ein Brummen von sich, das nach ‚Gut so, und nun her mit der Suppe' klang.

Erst jetzt schien Winfried sich wieder daran zu erinnern, dass Barbara anwesend war. Sie saß noch immer stocksteif und wünschte sich weit weg, als sie seinen fragenden Blick auf sich spürte. „Dass Ihr hier seid – hat es mit den Geschehnissen zu tun?"

Sie nickte.

„Frau Heilmann sprang in den Bach und zog David heraus", vernahm sie Johanne vom Herd.

Winfried sah sie an. Sie sah die schwarzen Linien am unteren Lidrand, dick aufgestrichen. Ebenso schwarz seine Augen. Sie las sprachlose Ungläubigkeit über einen solchen Zufall darin, dass ausgerechnet sie es gewesen war, die seinem Sohn das Leben rettete. Sie wusste, dass er die Verbindung zu ihrer eigenen Geschichte herstellte. Ihr Herz schlug schneller. Seine Augen ließen sie nicht los. Und was sie ausdrückten, tat ihr so wohl, machte ihr aber gleichzeitig auch so viel Angst, dass sie wegschaute und sich wieder an den Kräutern zu schaffen machte, die noch immer vor ihr auf dem Brettchen lagen.

„Danke", sagte Winfried.

Sie sah auf, deutete ein Lächeln an, das sagen sollte, dass ja noch einmal alles gut gegangen war. Aber sie alle wussten, es hätte auch anders ausgehen können.

„Dann lasst uns jetzt essen. Hilf du mir wenigstens mit dem Topf, Mann“, bestimmte Johanne.

Seibold erhob sich ächzend, holte den schweren Topf vom Herd und stellte ihn auf den Tisch. Barbara reichte der Hausfrau den Löwenzahn. Schweigend hielten sie schließlich Johanne ihre Schüsseln hin und sie füllte eine nach der anderen.

Lange war nur das Klappern der Holzlöffel gegen die Holzschalen zu vernehmen.

Schließlich fragte Johanne ihren Bruder: „Wie lief die Zusammenkunft wegen Dillenburg?“

„Alles geregelt“, antwortete er knapp und ohne sie anzusehen.

„Wie lange werdet ihr weg sein?“

Winfried zuckte die Schultern. „Zwei Wochen mindestens. Eher länger.“

Schon schwiegen sie wieder. Niemand schien in Plauderlaune angesichts der Geschehnisse.

„Jo, könntest du die beiden heute Nacht noch einmal hier behalten?“, fragte Winfried unvermittelt. „Gerhard?“

Johanne sah ihren Bruder fragend an, nickte aber gleichzeitig. „Sicher. Musst du noch einmal weg?“

„Ich werde Frau Heilmann nach Hockenheim begleiten. Die Kinder danach erst hier abzuholen wird zu spät.“

„Aber das ist nicht nötig! Ihr braucht mich nicht zu begleiten.“ Barbara schob ihre geleerte Schale ein Stückchen von sich fort.

„ Ihr müsst wirklich nicht mitkommen. Ich bin es gewohnt …“

„Ich begleite Euch.“

Johanne, ihr Mann und auch die Jungen sahen zu ihr her. Herr im Himmel, hielten sie sie etwa für heuchlerisch? Sie schienen doch nicht etwa zu meinen, sie täte nur so als wolle sie keine Begleitung, damit der Schein gewahrt bliebe? Glaubten sie etwa, die Verbindung zu Winfried sei tiefer als sie vorgab? Ärger wallte in ihr auf, da er so selbstverständlich sagte, er käme mit. Und Scham, was sie von ihr denken mochten. Plötzlich meinte sie, keine Luft mehr zu bekommen. Hitze wallte in ihr empor, das enge Kleid zwängte ihr die Brust ein.

Winfried sah sie an. „Ich weiß sehr wohl, dass Ihr es gewohnt seid. Und wenn Ihr Eurer Arbeit nachgeht, so liegt das in Eurer Verantwortung. Heute jedoch seid Ihr Gast in diesem Haus und dass Ihr sicher nach Hause kommt, liegt in meiner Verantwortung. Außerdem stehe ich in Eurer Schuld. Ich geleite Euch heim."

„Frau Heilmann", mischte Seibold sich ein. „Wäre mein Schwager nicht hier, hätte ich Euch nach Hause begleitet. Ihr wisst das doch. Sträubt Euch nicht, damit wir ruhig schlafen können."

Darauf gab es nichts mehr zu sagen.

21

Sie war froh, dass es so dunkel war. Sie fühlte sich wie eine Wurst, die aus ihrer engen Haut quillt. Bei jedem Schritt verzog Barbara die Lippen, denn Johannes Holzpantinen scheuerten an den Zehen. Sie waren – wie das fremde Kleid – zu klein.

Winfried ging neben ihr, sein Pferd führte er am Zügel. Er hatte darauf bestanden, den Tragekorb mit den Hühnern zu schultern, und obwohl sie abgewehrt hatte und dies selber tun wollte, hatte sie schließlich nachgegeben. Jetzt war sie dankbar darum, denn auch ohne die Last auf ihrem Rücken mühte sie jeder Schritt. Müde und entkräftet fühlte sie sich und sie war erleichtert, als vor ihnen die Umrisse der ersten Häuser Hockenheims zu erkennen waren.

Als sie aufgebrochen waren, hatte sie den Hergang von Davids Unfall erzählt. Auch weshalb sie in Wersau gewesen war, erwähnte sie. Ein Gespräch entspann sich über Marder und Füchse, die Kälte, über Johanne und ihren Mann, und darüber, welche Vorbereitungen Winfried wegen seiner bevorstehenden Abreise traf. Die Königsleute hatten unter sich ausgemacht, wer als Geleit mitritt. Von den sechzig Mann, die zu Wersau gehörten, würde ein Dutzend den Kurfürsten begleiten.

Sie gingen durch die Nacht, Barbara lauschte dem Klang seiner Stimme, eine Stimme wie dunkler Waldhonig, dachte sie, die um sie her wehte und sich verwob mit der frischen, vom Regen gereinigten Luft. Und wären das enge Kleid und die schmerzenden Füße nicht gewesen, sie wäre schläfrig einhergetrottet, eingesponnen in Dunkelheit und wohltuende Sicherheit.

Sie näherten sich dem Ortsrand. „Dass ausgerechnet Ihr zur Stelle wart, ist ein bemerkenswerter Zufall, findet Ihr nicht?", fragte Winfried und sah sie an.

Sie erwiderte nichts.

„Meint Ihr nicht, dass … wie soll ich es sagen? Dass …"

„Dass ich heute eine Gelegenheit hatte, meine Schuld zu begleichen, indem ich Euren Jungen rettete, wenn schon nicht meine Tochter?" Sie wagte einen Blick zu ihm, trotz der Dunkelheit meinte sie zu erkennen, wie seine Kiefer mahlten.

„Ich weiß, dass Ihr denkt, Ihr tragt Schuld. … Und ja, etwas in der Art wollte ich sagen. Doch ohne das Wort Schuld."

Sie starrte in die Dunkelheit, fuhr sich mit dem Handrücken unter der Nase lang. Als sie auf die Hauptstraße einschwenkten, sagte Winfried leise: „Ihr wisst, ich werde Euch das niemals vergessen."

Barbara schluckte. Sie erreichten die Abzweigung zum Dorfgrabenweg und bogen in die dunkle Gasse ein. Das Klappern der Pferdehufe, das sie auf der gepflasterten Hauptstraße begleitet hatte, wandelte sich zu dumpfem Klopfen auf dem Sandboden des Dorfweges. Ansonsten war es ruhig. Die Luft war feucht, es roch nach nassem Stein und Holz. Barbara vermied, nach rechts zu sehen, wo ein schmaler Weg zu drei Häuschen am Dorfzaun führte. Sie mied diese Ecke. Leonhards Bruder hatte ein neues Haus auf den verbrannten Überresten errichtet und lebte mit seiner Familie dort. Sie war froh, dass Winfried rechts von ihr ging. Und dass rechts von ihm sein Pferd trottete.

„Ihr selbst seid Euer größter Feind, Frau Heilmann. Verzeiht, wenn ich das so sage, aber … steht der Vergebung nicht länger im Weg. Es ist nicht gut."

Winfrieds Worte waren voll Wärme und Wohlwollen. Etwas in ihr wollte sich zu ihnen hinwenden, sich an sie lehnen. Und gleichzeitig spürte sie Zweifel in sich, spitz und sperrig.

„Außerdem finde ich, dass dieser Zufall –" Ein rascher Seitenblick zu ihr „– ein weiteres Band zwischen uns knüpft."

So? Findet Ihr?, kam ihr als erstes in den Sinn. Aber noch bevor sie es aussprechen konnte, erhoben sich vor ihnen in der Dunkelheit Stimmen und ersparten ihr eine Entgegnung.

Sie waren auf Höhe des Herwartschen Hauses, vorne in der Gemeindegasse sah Barbara den spärlichen Schein einer Laterne. Am Dorfplatz standen Leute beisammen. Sie bemerkten nicht, dass sich jemand aus dem Dunkel näherte.

Gäßler, dachte Barbara, als der Lichtschein hin und her schwenkte und die dicke Gestalt des Nachtwächters beschien.

Und dann hörte sie eine wohlvertraute, junge Stimme und blieb abrupt stehen.

„Was ist?", fragte Winfried und hielt ebenfalls an. Sie hob den Arm, damit er schwieg.

„Wie könnt ihr so etwas behaupten?", rief Friedgard voll Verachtung aus.

So war er schon aus Leimen zurück?

„Gäbe die Kleidung des braven Amtmannes nicht Aufschluss, könnte man ihn glatt für'n Weib halten", witzelte einer, in dessen näselnder Aussprache Barbara Wendel, den Knecht vom unteren Freihof erkannte. Sie sah seinen Schemen, der vor Friedgard tänzelte.

„Lass das!", rief dieser und machte eine heftige Bewegung, als versetze er ihm einen Stoß.

„Oh, ich hab Angst!", näselte Wendel. „Aber sagt, steckt Ihr gar zu dritt unter einer Decke? Der Herr Schultheiß, Euer Bettschatz und Ihr selbst? Man hört ja so einiges. Was habt Ihr Würth eingeflüstert, dass Eurer Mutter Rüge im Sand verlief?"

Hohngelächter.

„Die will doch den da für sich!", lallte ein anderer.

Peter. Zahns ergebener Knecht. Der bullige Bursche tappte auf Friedgard zu. Offenbar hatte er – hatte die ganze Schar – getrunken. Ihr besoffenes Gespött prallte so unvermittelt auf

Barbara, dass sie sich unwillkürlich in den Nachtschatten der nächsten Hauswand drückte, bestürzt über die Dreistigkeit dieser Schandrotte.

Winfried trat an ihre Seite und raunte belustigt: „Fürchtet Euch nicht vor einem Haufen bezechter Kerle. Seht es als weitere Fügung, dass ich an Eurer Seite bin. Lasst uns …“ Er unterbrach sich selbst und drehte den Kopf zu dem Haufen, als Friedgard drohend forderte „Das nimmst du zurück, du Trunkenbold!“

Aber Peter höhnte unbeirrt weiter. „Was hat sie dir denn alles beigebracht im Wald, als du noch'n Knabe warst, hä? Was man in jungen Jahren lernt, behält man immer!“ Gäßler lachte bösartig und rotzte geräuschvoll auf den Boden

Schamesröte stieg Barbara ins Gesicht, ihr wurde heiß vor Verlegenheit. Winfried, keine zwei Schritte neben ihr, hörte diese Schmähungen mit! Ahnte er, dass es um sie ging? Sie biss sich auf die Unterlippe und wusste nicht, was sie tun sollte. Friedgard beistehen? Aber wie konnte sie ihm denn helfen? Wenn diese Schandmäuler nicht einmal davor zurückschreckten, einen Amtmann zu beleidigen. Dass sie es überhaupt wagten, konnte nur von zu viel Bier rühren.

Barbaras Herz raste. Eine ungeheure Wut wallte in ihr auf. Was maßten diese Pisspötte sich an! Sie hörte Winfried neben sich atmen.

„Schon vom neuesten Unglück gehört, Herwart?“

„Nichts möchte ich hören. Lasst mich in Ruhe!“, fauchte Friedgard.

Ein kleiner Tumult entstand, in welchem Friedgard offenbar aus ihrem Kreis auszubrechen suchte. Sie schienen ihn festzuhalten.

„Das wird Euch teuer zu stehen kommen!“, schimpfte Friedgard.

Winfried machte einen Schritt, sah Barbara an und sagte: „Es reicht, sie bedrängen ihn. Kommt. Unser Auftauchen wird sie auseinandertreiben." Aber er verharrte mitten in der Bewegung, als er hörte, wie Gäßler sagte: „'N Junge ist fast ersoffen in Wersau drunten."

Der, den Barbara nicht kannte, sprang ihm bei. „Deine Buhle soll ihn rausgeholt haben. Erst für's Unglück sorgen, hernach sonnt man sich im Licht der Rettung, so machen's die Unholde alldieweil." Er lachte gehässig.

Barbara konnte spüren, wie Winfried versteinerte. Jetzt weiß er, dass du gemeint bist, dachte sie. Er weiß, dass mein Leumund nicht der beste ist, er hat es selbst gesagt, hielt eine andere Stimme in ihrem Kopf verzweifelt dagegen. Es änderte nichts daran, sie fühlte sich entsetzlich entblößt.

Er wird es glauben und dich verachten. Er wird nie mehr ein Wort mit dir wechseln. Sie wünschte, sie wären gleich zu Anfang einfach weitergegangen. Dann wäre es nicht so weit gekommen. Warum hatte er sie auch begleiten müssen!

„Zeit, dem ein Ende zu machen!", hörte sie Winfried sagen. „Kommt!"

Er setzte sich in Bewegung. Barbara hätte sich am liebsten in Luft aufgelöst. Jetzt hätte sie ganz und gar nichts gegen die Gabe gehabt, fliegen zu können. Einfach auf und davon ...

Aber es nutzte nichts. Die Männer sahen Friedgard hinterher, der sich aus ihrem Kreis gelöst hatte und jetzt wütend die Gasse heran nach Hause stapfte. Gleichzeitig bemerkten sie den Mann, der sich, einen Gaul am Zügel führend, aus der Dunkelheit auf sie zu bewegte. Sie löste sich von der Wand und folgte Winfried.

Friedgard sah den Königsmann, schien einen Augenblick verwirrt, wollte grüßen, erkannte sie und blieb stehen. Er starrte sie an. Deutlich las sie die Verwunderung darüber in seinem

Gesicht, dass ausgerechnet sie jetzt hier auftauchte. Und die Frage, was sie wohl von alledem mitbekommen hatte. „Frau Heilmann, ich … wo …“ Rasch warf er einen Blick über die Schulter.

Bewegung kam bei den Männern auf. Gemurmel erhob sich, Gäßler hielt seine Laterne auf Armlänge vor sich. Barbara sah überraschte Gesichter.

„Wie gerufen, Herwart, was?“, geiferte Peter, der offensichtlich davon ausging, dass Barbara und ihr Begleiter eben erst die Gasse betreten hatten und nicht verstehen würden, was er meinte.

Barbara hasste ihn. Dieser grobschlächtige Kerl nahm's Maul doch nur so voll weil er sich was drauf einbildete, zu des Zentgrafen Haus zu gehören. Pisste für Zahn, wenn der's von ihm verlangte. Sie ballte die Hände zu Fäusten.

„Lügner!“, zischte sie. „Widerwärtiger, schwachköpfiger …“

„Ihr“, unterbrach Winfried sie und legte deutlich sichtbar die Hand auf den Schwertknauf „habt sicher auch den Mut, dieses gotteslästerliche Treiben, das Ihr da bemerkt haben wollt, ins Frevelregister eintragen zu lassen wie es Eure Pflicht wäre. Falls nicht, haltet Eure Zunge besser im Zaum.“

„Ein Weißmann, sieh da“, lallte Peter und torkelte näher.

„Und er ist gefährlich!“, stichelte der schlaksige Wendel und taumelte ebenfalls heran.

Winfried stand ganz ruhig. Wachsam beobachtete er die beiden.

Friedgard sah von ihm zu den Betrunkenen und wieder zu Winfried. „Lasst uns gehen“, sagte er.

„Ja, besser, ihr geht, Hosenfurzer.“ Peters Stimme klang dumm und drohend.

„Hosenfurzer?“, sagte Winfried gleichmütig. „Noch eine Beleidigung.“

Wendel zog laut den Rotz hoch und spuckte zur Seite hin aus.

„Geht doch“, wiederholte Peter in trügerisch trägem Tonfall. Er wippte auf Winfried zu, die Daumen in den Gürtel eingehakt, an dem sichtbar sein Dolch hing. Zwei Schritte vor ihm blieb er stehen, schob seinen Bauch vor und sagte: „Gebt Ihr etwa der hier Geleitschutz?“ In gespieltem Bedauern schüttelte er den Kopf. „Jeder rechtschaffene Christenmensch würde sich vor ihr in acht nehmen.“

„Schluss damit!“, forderte Friedgard. „Auch wenn ihr be...“

„Was wollt Ihr damit sagen?“, zischte Barbara.

„Heilmännin“, sagte Peter im Ton des Wissenden, der einen begriffsstutzigen Tölpel vor sich hat. „Überlegt doch: Wer ist bekannt dafür, die Kirche zu meiden wie der Teufel das Weihwasser? Auf wem lastet der Verdacht, Maria Zahn seinerzeit nicht nach bestem Vermögen geholfen zu haben? Wessen Name fiel, als Kratzwurms Kälber grünen Seim kotzten? Muss ich Euch daran erinnern, dass Ihr selbst es wart, die vor fünf Jahren heulend umherlief und verkündete, sie sei Schuld am Tod –“

„Es reicht!“, fuhr Winfried ihn an.

„Gööck!“, stimmte eines der Hühner aus dem Korb zu, den Winfried noch immer geschultert hatte. Niemand achtete darauf.

Peter musterte ihn großsprecherisch. Schenkte ihm ein kaltes Lächeln.

„Ihr beleidigt mich und meinen Begleiter.“ Barbara bemühte sich, ruhig zu bleiben, doch innerlich zitterte sie. Sie ballte die Hände zu Fäusten.

„Wo denkt Ihr hin? Ich und meine Freunde hier –“ein rascher Schlenker mit der Hand nach hinten zu Gäßler und den anderen, die wie versteinert dastanden und denen anzusehen war, dass sie Peters Kühnheit nicht allzu sehr schätzten.

Gäßler blickte verschreckt. Ihr wurde klar, dass er es für keinen guten Gedanken hielt, die Hexe derart zu reizen. Wer wusste schon, was sie einem hernach aus Rache antat.

„Also ich und meine Freunde fragen uns nur", fuhr Peter großspurig fort, „warum sich die Unglücksfälle bei uns häufen. Und wie es sein kann, dass ausgerechnet unser Land verschont bleiben soll von den Umtrieben der Unholde, die doch allerorten ihr schändliches Unwesen treiben." Zustimmung heischend sah er sich zu seinen Kumpanen um. „Was?!", machte er, als er sah, wie sie zu Boden sahen und ihm nicht wie erwartet Beifall spendeten. Es war eine Sache, eine Amtsperson zu beschimpfen, weil man sich ohne Zeugen wähnte, aber eine völlig andere, ehrenrührige Behauptungen vor Zeugen auszustoßen.

„Ihr werdet Euch verantworten müssen!", presste Friedgard angewidert hervor.

Winfried sagte: „Was wir hörten, reicht, Euch wegen Verleumdung …"

„Spar deine Worte für'n Furz!", belferte Peter.

Winfrieds Faust schnellte vor, er ließ sie in Peters Gesicht krachen und schnaubte dabei: „… vor die Richter zu bringen."

Peter gab ein Ächzen von sich, Barbara schrie leise auf.

Gäßler kam heran, rammte seine Hellebarde nachdrücklich vor Winfried auf die Erde und sah ihn warnend an.

„Wird auch Zeit, dass Ihr Euch auf Eure Aufgaben besinnt", sagte Winfried spöttisch. Er behielt Peter im Blick, der sich die blutende Nase hielt und seine Freunde, die an seine Seite geeilt waren, mit wütendem Grunzen von sich drängte.

Winfried nahm sein Pferd beim Zügel und bedeutete Barbara, dass es an der Zeit wäre, weiterzugehen.

„Du Hurensohn!", brüllte Peter. „Hast mir die Nase gebrochen!"

Ein Fensterladen klappte auf, jemand rief: „Isch jetzt bald Ruh uff der Gass? Rechtschaffene Leit wolle schloofe!" Der Laden knallte zu.

Gäßler zuckte zusammen. Er schwenkte seine Laterne und sagte: „Heimwärts Leute, auf!"

22

„Die Strafgerichtsbarkeit für Beleidigungen obliegt dem Ortsgericht. Bittet Euren Bruder, Euch zu vertreten.“ Winfried hörte auf, den Becher gedankenverloren zu drehen, beschattete die Augen und rieb sie mit Daumen und Zeigefinger.

„Na!“ ließ sich Katharina von ihrem angestammten Platz vernehmen.

Barbara saß unter dem hinteren Fenster auf der Bank und sah im schwachen Schein des Talglichtes von Winfried zu ihrer Mutter. Diese war im Nachtgewand und mit einem Wolltuch um die Schultern aus der Schlafkammer aufgetaucht, kaum dass sie mit Winfried die Küche betreten hatte. „Hab geglaubt, du bist bei Matthias geblieben“, rief sie überrascht.

Während Winfried die Hühner im Schuppen unterbrachte, hatte Barbara ihre nassen Sachen aufgehängt, die in seinen Satteltaschen gewesen waren, und sich ebenfalls ein wollenes Tuch übergeworfen, um die Wulste, die das enge Kleid warf, zu verhüllen. Dabei erzählte sie Katharina in knappen Worten, was vorgefallen war. Es war ein langer, anstrengender Tag gewesen. Sie fröstelte und ihre Lider waren schwer.

„Ich kann Euch nur raten, diese Schmähungen anzuzeigen. Fordert Euer Recht“, leierte Winfried müde. „Die Anwürfe dieses Grobklotzes hörten alle, wahrscheinlich auch einige hinter den Fenstern. Wer ist er überhaupt?“

„Der Großknecht des Zentgrafen.“

Winfried blies die Backen auf und stieß geräuschvoll Luft aus. „Soso, der Großknecht des Zentgrafen. Nimmt wohl deshalb das Maul so voll. Wenn er darauf beharrt, solltet Ihr es gar an die Zent weisen. Dann vergeht ihm hoffentlich die Lust an Schmähreden.“

Winfried sah Barbara an. Die schwarzen Striche waren verschmiert, seine Augen gerötet. Er lächelte geplagt und die Fältchen fächerten sich auf. „Langeweile kommt in Eurer Gegenwart nicht auf."

„Das ist nicht lustig."

Er runzelte die Stirn. „Ihr habt das in den falschen Hals bekommen."

„Das Gerede wird immer schlimmer. Nur weil ich mit Friedgard befreundet bin, ziehen sie ihn mit hinein. Ihr, dessen Sohn heute verunglückte, seid wenige Stunden später ebenfalls im Mittelpunkt des Gespötts. Ich hasse diese dummen Mäuler!"

„Um so wichtiger, dass Ihr Euch zur Wehr setzt. Zeigt ihnen, dass man mit Euch so nicht verfahren kann."

Sie schwieg und presste die Lippen aufeinander. Gerade hatte man sie der Schmähworte bezichtigt. Nun sollte sie den Knecht des Zentgrafen in der gleichen Sache rügen? Ihren Bruder, der eigene Sorgen hatte, bitten, sie vor Gericht zu vertreten?

„Sie schimpften Euch eine Unholdin." Er hielt inne und zwang sie so, ihn anzusehen. Sie tat es. Flüchtig. Dann sah sie weg.

„Das ist gefährlich. Auch bei uns in der Kurpfalz."

„Ich möchte nicht darüber sprechen!"

Winfried nahm einen Schluck Bier, setzte den Becher ab. „Ihr steht im Geschrei. Wollt Ihr Euch denn gar nicht wehren?"

Da platzte ihr der Kragen. „Was kümmert Euch das eigentlich? Was? Und was, wenn der Grobklotz, wie Ihr ihn nanntet, Euch seiner Nase wegen vor die Richter bringt?"

Sie stand auf, verschränkte die Arme vor der Brust und blickte auf ihn hinab. „Ihr spielt Euch als mein Retter auf. Warum denn? Ihr seid zu nichts verpflichtet! Zu nichts, hört Ihr?"

Sie mäßigte ihren Zorn, weil sie merkte, wie Katharina sie beobachtete.

„So ein Unsinn! Ich bin nicht Euer Retter! Ich versuche nur, Euch zu helfen."

„Aber ich will Eure Hilfe nicht! Ich kenne Euch nicht. Und Ihr kennt mich nicht." Wütend funkelte sie ihn an. Dieses menschenfreundliche Gehabe rieb sie auf. Diese Hilfsbereitschaft. Diese Sanftmut. Pah! Zur Hölle damit!

Sie schritt hinüber zum Wandbord, riss einen Becher herunter und goss Bier ein. Nahm zwei große Schlucke. Sah auf das schwarze Viereck des Hinterfensters, in dem sich schwach ein Mann, eine Frau und ein Talglicht auf dem Tisch spiegelten.

„Was er dir sagt, predige ich dir schon lange. Willst es von mir net hören und von ihm auch net. Mach was du willst!" Katharina winkte ab, nickte Winfried einen Gutenachtgruß zu und verschwand in die Schlafkammer.

Barbara biss sich auf die Unterlippe. War sie zu aufbrausend gewesen? War sie ungerecht? Verstohlen blickte sie zu Winfried hin. Sein Kopf lag weit im Nacken, er trank seinen Becher leer.

Hatte er recht? Sollte sie wirklich zu Würth, um die Sache vor dem Ortsgericht zu rügen? Wie sie es hasste, sich solcherlei Gedanken machen zu müssen! Warum ließ man sie nicht einfach in Ruhe?

Winfried erhob sich und griff seinen Hut.

Er blieb vor ihr stehen und sah sie auf die ihm eigene Art an. Dann senkte er den Blick, sah sich selber zu, wie er die weiße Feder durch die hohle Hand zog. Und dann sah er sie wieder an. Schlicht. Schwarz. Offen.

Sein Nicken war unmerklich. Dann ging er.

23

Heidelberg, 2. Mai 1593

Mein lieber Nicklas, getreuer Freund!

Wie erfreulich, von dir Kunde zu haben und zu lesen, dass es dir bis auf die Unbilden, die in deiner Gemeinde zugange sind, wohl ergeht.

Ja, auch mir geht es gut, das friedliche Leben in Heidelberg gefällt mir, wie du dir wohl vorstellen kannst. Es ist herrlich, morgens in einem Bett zu erwachen und unverdorbene Mahlzeiten einzunehmen. Die vier Jahre, die ich wieder zurück bin, danke ich Gott jeden einzelnen Tag aus vollstem Herzen dafür, dessen sei versichert!

Dieser Brief wird dich nicht mehr erreichen, bevor du nach Leimen aufbrichst. Aber so erwartet dich wenigstens etwas Erfreuliches, wenn du vom Zentgericht zurückkehrst. Das Recht sprechen ermattet doch sehr. Auch hier in der Registratur haben die Aufgaben zugenommen, deshalb hat man mich ja in dieses Amt bestallt, das ich seit gestern innehabe, wiewohl ich ja etliche Tage bereits zur Probe arbeitete. Schon jetzt kann ich sagen, dass man zuweilen nicht weiß, wo einem der Kopf steht. Täglich rennen Boten umher, aus ihren ledernen Taschen quellen Urteilsbriefe, Gutachten, Urkunden und sonstige Schriften. Nun, die kurfürstliche Kanzlei erfreut sich an den dafür zu leistenden Taxen! Wenz und ich indes sind damit beschäftigt, die Akten des Briefgewölbes aufzuarbeiten, die alten Bestände zu sichten, die sich dort noch immer unerledigt und unregistriert stapeln und schon Schimmel ansetzen. Die ältesten stammen noch aus der Zeit Ludwigs VI, sind also fast zwanzig Jahre alt! Doch will ich nicht klagen, ich habe schließlich Schlimmeres mitgemacht, wie du weißt, und Schimmel auf Pergament ist nicht so schlimm wie Schimmel auf Brot, wovon ich für den Rest meines Lebens genug habe! Aber man wird empfindlich auf seine alten Tage – und ich sehe schon, wie deine Augenbraue in die Höhe schnellt bei diesen Worten, ich weiß, von alt willst du nichts hören. Gleichwohl plagt mich zuweilen doch das Magengrimmen, das von meinen Fährnissen als Galeerensklave zurückgeblieben ist, ebenso wie das Rückenleiden, erst recht bei diesem feuchten und kühlen Wetter. Doch keine Sorge, alter Freund, noch arbeitet mein Verstand, er ist bei weitem nicht so eingerostet wie mein eiserner Harnisch, den ich mir von den Maltesern zum Andenken mitbrachte.

So lass mich zu dem kommen, was dich drückt. Du wolltest wissen, wie die Lage in Heidelberg einzuschätzen sei, da sie in deiner Gemeinde verrückt spielen, wie du sagst. Ich stimme mit dir überein, dass die Sache mit der Hexensekte gefährlich ist. Zu diesen Umständen erreichen die tapferen Doctores der Juristenfakultät Gesuche um Gutachten von überall aus dem Reich. Unsere Professoren geben sich redlich Mühe, sie aufrichtig und nach bestem Gewissen zu beantworten. Es gibt in den juristischen, vor allem aber in den kirchlichen Reihen einige, die den Geschehnissen äußerste Aufmerksamkeit schenken und dem Hexenbrennen das Wort reden. Die kurpfälzische Malefizordnung, das weißt du selbst, stellt den Schadzauber unter Strafe. Sollte sich herausstellen, dass eure besagte Persona in Hockenheim tatsächlich Mittel anwendet, um Mensch, Tier und Frucht zu schaden, so hast du als Schultheiß die Pflicht, dem durch Untersuchung nachzugehen und Einhalt zu gebieten, da sage ich dir nichts, was du nicht selber weißt.

Dass man gesehen haben will, wie sie zum Schornstein hinausfliegt, nun, das halte selbst ich nicht für möglich. Da prüfe eher, ob besagtes Weib nicht an seelischen Verstörungen leidet, wie es Doctor Weyer in seiner Schrift De praestigiis daemonum, *die du ja kennst, dartut. Dieser Gedanke scheint mir nicht abwegig, auch am Hof erörtert man, ob es möglich sei, dass die Hexen vom Teufel irregeleitete kranke Weiber seien, die der Melancholie verfallen sind und medizinischer Fürsorge bedürfen.*

Die Herren Oberräte gehen nach wie vor nicht davon aus, dass es Teufelsbuhlschaft geben kann. Wiewohl einige der Kirchenräte darob anderer Meinung sind und sie darüber heftig im Streit liegen, wehren sie schlichtweg der Ansicht, der Teufel habe die Macht, Unwetter zu machen oder sonst Eingriffe in den Lauf der Natur vorzunehmen, geschweige denn, menschliche Personae dazu anzustiften und seien sie auch noch so anfällig für derlei Glauben und Irrtümer.

Nach meinem Dafürhalten gehen die Oberräte zu leichtfertig mit dieser Ansicht um, ich habe zu viel erlebt und gesehen, um die Angriffe des Teufels in vielerlei Gestalt nicht für möglich zu halten. Aber ich weiß ja, dass du anderer Auffassung bist und nicht nur Hermann Witekinds philosophische und astronomische Schriften schätzt, sondern vor allem sein Buch Christlich Bedencken und Erinnerung von Zauberey, *das ich mir nie die Mühe machte zu studieren, und das nicht nur, weil ich bei seinem Erscheinen gerade auf einer Malteser Galeere nach Osten fuhr, um vor der ägyptischen Küste moslemische Levantefahrer zu jagen. Doch ist es nicht Sinn, dies hier weiter auszuführen, es geht um dich und deine Sorgen. So suche in deinen Schriften nach Darlegungen und Erklärungen und verfahre hernach, wie dein Gewissen es dir vorgibt, es soll dies ja kein gelehrter Disput sein, sondern du wolltest ein Bild des Zustands in Heidelberg.*

Lieber Freund, ich zweifle nicht, dass du als Schultheiß und Schöffe die Dinge in deiner Gemeinde zu ordnen weißt. Mit vortrefflicher Umsicht hat dich unser geschätzter Johann Casimir deiner ausgleichenden Art wegen nach Hockenheim bestallt. Du erfüllst deine Pflichten, hernach ist die Sache an den Zentgrafen zu weisen. Wenn diese Persona tatsächlich dessen schuldig ist, was man ihr vorwirft, so wird dein Widersacher genug mit ihrem Kasus beschäftigt sein und seine Aufmerksamkeit von dir abziehen.

Sollten seine Sticheleien gegen dich indes nicht aufhören, wende dich getrost an den Kurfürsten. Der junge Friedrich schenkt dir, ganz wie sein Oheim zuvor, sein vollstes Vertrauen. Man weiß, was du zu deiner Zeit in der Rechenkammer sowie als Zollinspektor geleistet hast. Selbst die jungen Kanzleiknechte, die noch nicht lange in Stellung sind, hören, wie dein Name mit großer Anerkennung ausgesprochen wird.

Ich hoffe, ich konnte dir verdeutlichen, wie es in etwa steht.

Doch genug nun, ich habe zu arbeiten, die Akten des Briefgewölbes rufen schon nach mir, es tut auf jeden Fall mein Kollege Wenz, der fragt, wie lang ich meine Mittagspause denn noch auszudehnen gedenke.

Bitte grüße deine liebreizende Dorothea von mir.

Ich umarme dich in inniger Verbundenheit und verbleibe

Dein Freund Michael Heberer

24

Die Sonne hing unsichtbar hinter einer grünleuchtenden Wolkenwand. Der Morgen war kalt, die Wärme der ersten Maitage bereits vergangen. Trotzdem gedieh der Bärlauch hier in der südwestlichen Lußhardt gut, wie Barbara zufrieden feststellte. Es duftete schwach nach Waldboden und nassem Blattwerk, überdeckt vom streng-würzigen Geruch des Bärlauchs. Er war eine willkommene Frühjahrswürze für ihre und einiger Nachbarn Getreidebreie und Salate. Barbara arbeitete, wie sie es liebte: Ihrem Tun hingegeben, eins mit dem Grün um sie herum, verbunden mit der Pflanze, wissend um ihre Kraft und Bedeutung.

Sie dachte an Winfried Kühn. Seit er vor vier Tagen wortlos gegangen war, hatte sie nichts mehr von ihm gehört. Er hatte ihr empfohlen, sich gegen die Verleumdungen zu wehren. Aber noch hatte sie es nicht über sich gebracht, seinen Rat zu befolgen. Zumal sie zuerst mit Matthias reden müsste, ob er sie vor Gericht vertreten würde. Sie sträubte sich dagegen, zum Schultheiß zu gehen. War nicht ohnehin alles abwegig und widersinnig? Zahns Anwürfe ebenso wie der Zettel vor ihrer Tür mit der Drohung, von Friedgard zu lassen, wovon sie diesem noch nichts erzählt hatte. Sie hatte ihn ja auch nicht mehr außeramtlich gesehen, und die kurze Begegnung auf der Gasse war sicher nicht der rechte Augenblick für eine derartige Nachricht gewesen, selbst wenn sie daran gedacht hätte. Er hatte gerade ausgereicht, Winfried und ihn miteinander bekannt zu machen und zu erfahren, dass Friedgard an diesem Abend aus Leimen heimgekehrt und sogleich zu Baumann gegangen war. Als er diesen verließ, war er geradewegs in die betrunkene Schar gestolpert.

Barbara seufzte und schnitt ein weiteres Blatt vom Stiel. Das zügige Arbeiten half. Das Durcheinander in ihrem Innern löste sich allmählich auf. Winfried fiel ihr erneut ein. Sie dachte an die Nacht zurück, da er sie nach Hause begleitet hatte. War sie zu grob gewesen? Etwas in ihr hatte sich wie von selbst wieder verschlossen, ohne dass sie etwas dagegen hätte tun können. Es war, als ob es eine Obrigkeit in ihr gäbe, die Heiterkeit, eine neue Möglichkeit, nicht zulassen wollte. Dabei hatte sie gemerkt, wie stumpf und leer und gänzlich ohne Saft sie sich fühlte. Er machte Eindruck auf sie. Ja, vermaledeit. Sie war durcheinander, weil sie damit nicht besser umgehen konnte.

Sie fühlte wie ihr das Herz aufging, so wie sie das Verschließen gefühlt hatte in der Nacht, als Winfried müde in ihrer Küche saß. Ihre Mutter behauptete, Schreihals würde ihn mögen. Barbara sah seine schwarz geschminkten Augen vor sich. Sich vorzustellen, wie er sie mit Neugier, Gefallen, Achtung … Begehren betrachtete, sie in die Arme nahm, Worte sprach, die sie berührten, wie er es mehrfach getan hatte, das war … es freute sie.

Ein Grollen rollte heran und Barbara hob den Kopf. Graugrüne Wolken hingen tief über den Baumkronen. Ein Wetter. Schon platschten die ersten Tropfen auf das Blätterdach des Waldes. Im selben Augenblick zuckte ein grellweißer Blitz durch das Grün, gefolgt von krachendem Donner. Der Regen nahm zu. In langen geraden Schnüren strömte er aus den Wolken. Barbara sammelte die zu Häufchen geschichteten Bärlauchblätter ein und steckte sie in ihren Leinenbeutel. Sie war es gewohnt, im Freien vom Wetter überrascht zu werden. Südwestlich von hier, Richtung Rhein, gab es einen Unterstand für den Waldschütz. Sie blickte noch einmal nach oben, ob es sich lohnte, den Weg auf sich zu nehmen oder ob das

Wetter nicht doch rasch weiterziehen würde. Da blendete ein erneuter Blitz ihre Augen und der Donner, der ihm folgte, klang bedrohlich. Sie machte sich auf den Weg.

„Der Lebensbereich der Gemeinde ist der vornehmste Ort christlicher – Erziehung“, dozierte Eigner mit einem Blick, den er wohl für lehrreich hielt. In seinen himmelblauen Augen lag der selbstgefällige Stolz desjenigen, der felsenfest davon überzeugt ist, im Besitz der Wahrheit zu sein, und der sich berufen fühlt, diese an seine Mitmenschen weiterzugeben. Ob sie sie hören wollten oder nicht.

Friedgard versenkte sich in die Betrachtung von Eigners unglaublich gut durchbluteten, riesenhaften Ohren. Es langweilte ihn dessen Art, vor Vollendung eines Satzes eine Pause einzulegen, die sein Gegenüber in gespannte Erwartung versetzen sollte. Er nickte abwesend in das längliche Gesicht des Pfarrers, stippte die Schreibfeder in das Gläschen Tinte, das neben seinen Papierseiten stand und tat, als notiere er etwas. Viel lieber würde er an diesem Morgen in Ruhe darüber nachsinnen, wie er den Fortgang seiner Abenteuergeschichte gestalten könnte, als hier die Unterredung zwischen Eigner und Baumann schriftlich festzuhalten. Drudbert, der junge Held, den er sich ausgedacht hatte, war jüngster Spross eines lutherischen Reichsrittergeschlechts im Kraichgau und unsterblich verliebt in die Tochter des Protonotars der Kanzlei. Das Mädchen und ihre Familie folgten streng dem calvinistischen Geist, und so hatte diese Liebe viele Hürden zu nehmen. Oder war das zu nah an der Wirklichkeit? Reichsritterschaft und Oberrat standen nicht gut miteinander, wenn auch Kurfürst Friedrich einen anderen Kurs einschlug als sein Oheim zuvor und sich bemühte, mit den Reichsrittern besser zusammenzuwirken. Und was sollte schlecht daran sein, wenn es nah an der Wirklichkeit war? Seine Personen waren erfunden, auch wenn er Anleihen nahm bei seinen Jugenderinnerungen, da er für zwei Sommer die Ferien auf dem Schloss eines Schulfreundes im Odenwald zugebracht und begeistert ritterliche Luft geschnuppert hatte. Nein, das Hauptproblem war Drudbert. Er hatte gemerkt, dass die Liebesschwüre seines Helden auf dem Papier … nun ja, schal klangen. Er fragte sich, ob es daran lag, dass er nicht wirklich wusste wie es war, jemanden so zu lieben, dass man sämtliche Gefahren auf sich nahm. Nicht dass er nicht schon … aber das hatte nichts mit Liebe zu tun gehabt seinerzeit in Heidelberg. Er spürte seine Ohren warm werden, wie kam er dazu, hier in des Pfarrers Stube derlei Gedanken … Ob es an Agnes lag? Die letzten Tage waren seltsam gewesen. Als sei er von einer Krankheit genesen, die ihn von allem Leben draußen abgeschnitten hatte. Er fragte sich, weshalb er ihre liebreizende Art erst jetzt bemerkte. Wo er sie doch schon so lange kannte. Wie lustig sie gewesen war in der Walpurgisnacht. Es hatte Freude gemacht, mit ihr zu tanzen. Und wenn er jetzt so darüber nachsann, war er auch gern mit ihr spazieren gegangen am gestrigen Sonntag, und das, obwohl er stets der Meinung gewesen war, das innere Beben dieses Mädchens nicht ertragen zu können. Aber gut gelaunt und heiter war sie neben ihm gegangen, was ihn erneut zu kleinen Zärtlichkeiten ermuntert hatte. Einen flüchtigen Augenblick überlegte er, ob es falsch gewesen war, ihr so freimütig von seinem Wunsch, eine Geschichte zu verfassen, zu erzählen. Sie war ein Weib und als solches hatte sie weder die Gelegenheit noch stand es ihr zu, ihre Zeit mit Lesen zuzubringen. Ob sie seine Sehnsucht verstand? Sie mochte ihn und sie hörte ihm gerne zu. Und schließlich hatte er selbst eine Weile gebraucht, ehe er diese Sehnsucht zu deuten vermochte, bevor er mit ersten zögerlichen Aufzeichnungen begann und sich im Schreiben versuchte.

„Familie und Schule", hörte er den Pfarrer sagen und besann sich widerwillig darauf, wo er war, „sind Glieder dieser Gemeinde und insofern in den Lehrauftrag miteinbezogen. Weshalb Eure Bemühungen, Magister Baumann, nicht nur äußerst löblich, sondern auch auf das beste zu – unterstützen sind!"

Ein fernes Donnergrummeln klang, als kommentiere Gott gefällig Eigners Worte. Friedgard drehte den Kopf zum Fenster und sah in einen verhangenen, grüngrauen Himmel. Wäre ja auch zu schön gewesen, hätte die Wärme der ersten Maitage angehalten. Er wandte sich wieder dem Blatt zu und malte kleine Kringel neben die Worte *Sittlichkeit* und *Gehorsam*, die er als einzige notiert hatte. Noch war nichts Nennenswertes gefallen, was lohnte, festgehalten zu werden. Sein Freund sprach sich für die Errichtung eines Schulhauses aus. Es ging ihm inzwischen erheblich besser, wenn er auch noch immer einen Verband um den Nacken trug, der ihn jedoch nicht davon abhielt, sich mit dem Pfarrer zu beratschlagen, der, bevor Hartmann das Amt 1590 übernommen hatte, die Kinder unterrichtete wie alle Pfarrer vor ihm. Aber Eigners Geschwätz war einfach zu ausufernd. Bislang hatte Eigner sich nur geschwollen darüber ausgelassen, dass er Calvins Göttliche Pädagogie studiert hatte, und wie wichtig es war, dessen Lehre über die Zucht des Kreuzes früh in die Köpfe der Schäfchen zu pflanzen. Wie überaus geistig unfruchtbar! Friedgard schielte zu Hartmann hin. Er wusste, dass sich sein Freund vom rein religiösen Lehren lösen wollte. Nächtelang hatten sie über humanistische Denkbilder gesprochen und darüber, dass diese Sicht in Anbetracht der calvinistischen Prägung ihrer Zeit veraltet war. Friedgard sah, wie Hartmann sich wand.

In seinen hellbraunen Augen flackerte es. Es lockte ihn, dem Pfarrer zu widersprechen. Aber er wollte auch ein Schulhaus. Und in dieser Sache musste er auf Eigners Fürsprache zählen. Er würde das Ansinnen an die Inspektoren weiterleiten und diese wiederum an den Kirchenrat in Heidelberg.

„Was mir vorschwebt, ist eine umfassende Weitergabe von Wissen und Denken", sagte Hartmann gewandt. „Mir liegt daran, die Jugend zu bilden. Natürlich sind Gehorsam und Zucht vonnöten. Doch immer in der Waage mit Verständnis und Vernunft."

„Ich verstehe", sagte Eigner und drückte sich mit unbewusster Geste die Haare zurecht.

Natürlich versteht Ihr *nicht,* dachte Friedgard. Eine solche Sichtweise hat doch in Eurem vom Calvinismus durchtränkten Hirn gar keinen Platz.

Pastoren und Lehrer, so war der Pfarrer ganz im Sinne Calvins gewiss, mussten nicht aus eigener Kraft Glauben wecken, Menschenherzen bekehren. Das war Gottes Alleinwirksamkeit, der die Wirkkraft des Heiligen Geistes in die Menschen setzte. Gott bediente sich ihrer nur als Werkzeug. Und als solches empfand sich Eigner ganz ohne Frage. Friedgard mochte dieses Gebaren nicht, das den meisten calvinistischen Kirchendienern eigen war. Auch wurmte ihn die segensvolle Art, mit der Eigner Hartmann zu verstehen gab, dass er ihm einiges an gelehrigem Wissen voraus habe und davon ausging, dass dieser nichts sehnlicher wünsche, als in seine pädagogischen Fußstapfen zu treten. Er hoffte, Hartmann würde endlich zum Kern ihrer Unterredung vordringen. Man wollte fassbare Vorstellungen notieren, vielleicht einen ersten Entwurf des Schulhauses fertigen. Um lehrhafte Debatten zu führen war er nicht hergekommen – und es war auch nicht seine Aufgabe.

„Wirkliche Lehrer sollen *in der Brust eines jeden Liebe und Sehnsucht nach dem Guten und Hass und Verachtung des Bösen entzünden*", zitierte Hartmann Petrarca.

„Ganz recht, ganz recht", murmelte Eigner.

„In summa: Wir brauchen ein Haus. Meine Stube platzt aus allen Nähten. Der Sommer naht und löst das Problem fürs erste, weil weniger Schüler kommen werden. Doch wir sollten vorausdenken."

Na endlich, dachte Friedgard und sah, wie Hartmann die Unterlippe vorschob, eine unbewusste Geste, die er oft machte, und die trotzig wirkte, aber entschlossen gemeint war.

Schulhaus, Standort, notierte Friedgard und gab Hartmann einen Wink mit der Feder auf die Wörter. Hartmann nickte, als ein Rumoren vor der Tür ihre Aufmerksamkeit dorthin lenkte.

Engel Eigner trat ein und machte ein bestürztes Gesicht. Ihre Wangen waren gerötet, die drei Männer und ihr Gespräch schienen bedeutungslos angesichts dessen, was sie zu vermelden hatte. „Sie sind mindestens zu zehnt und sie lassen sich nicht abweisen. Sie …" Die Hausfrau des Pfarrers verstummte, überwältigt von dieser Ungeheuerlichkeit, für die sie keine Worte besaß.

Auch der Pfarrer lief puterrot an, eine solch ungehörige Unterbrechung konnte er nicht dulden. „Weib, ich hoffe, du hast eine Erklärung für …"

Weiter kam er nicht.

Hinter Engel Eigner erschienen Weiberleut. Sie drängten sich und quollen schließlich nacheinander durch die Tür. Sie schimpften und stemmten die Arme in die Seiten. Friedgard erkannte Mira Mayenschein vom unteren Freihof, die Bäurinnen Offenloch, Fitterling, die Seyfriedin, Hübnerinnen.

Dorit Seyfried fuhr energisch mit der Hand durch die Luft, das Gemurmel ebbte ab und sie sagte: „Es zieht ein Wetter auf. Es sieht bös aus. Lasst die Glocke der Georgskirche läuten, Herr Pfarrer!“

Eigner hätte sich fast am eigenen Speichel verschluckt, so unerhört war dies Ansinnen. Friedgard blickte zum zweiten Mal an diesem Morgen zum Fenster, sah die üblichen grauen Wolken und zuckte die Schultern.

„Es zieht von Südwesten her, das seht Ihr von hier nicht“, erklärte die Oreans, die seinen Blick bemerkt hatte. „Tagelöhner kehren von den Fluren heim, um Gerät festzuzurren und Scheuern zu verriegeln. Wenn Ihr nicht läutet, werden wir untergehen!“

Eigner schluckte. „Wetterläuten ist Aberglaube. Es ist verboten“, fand er schließlich seine Sprache wieder.

„Und wenn's der Kurfürst wär, der mir solches sagt, es wär mir gleich!“, brachte sich die Freibäurin ins Spiel. Sie wies in Richtung des heranziehenden Unwetters, ihre Finger krallten sich in den Pelzbesatz ihres weinroten Brusttuchs. „Von Westen zieht der Teufel mit seinem Heer über den Himmel. Wir wollen Gott um Schutz und Hilfe anflehen. Und wenn Ihr es nicht tut, so verschaffen wir uns Zutritt und tun es selbst.“

Die Weiber stärkten ihr den Rücken mit zustimmenden Ausrufen.

Eigner erhob sich. „Das kann ich nicht dulden!“, rief er.

Augenblicklich erhob sich Tumult und Gekreisch.

„Wo ist der Schlüssel zum Glockenturm?“, herrschte Bäurin Fitterling die völlig reglos dastehende Eignerin an.

„Ihr versündigt euch wider Gott und alles …“

„Wir versündigen uns? Wir tun, was seit Jahrhunderten half! Schlüssel her!“

„Nein!“

Ein so heftig krachender Donner folgte diesem Ausruf, dass alle erschrocken zusammenfuhren und die Köpfe zum Fenster ruckten.

„Da hört Ihr es!“, schrie eine Magd. „Tut doch endlich was!“ Sie begann zu schluchzen. Jemand legte ihr einen Arm um die Schulter.

Friedgard fühlte sich unbehaglich. Eigner schien diesem Ansturm nicht gewachsen. Die Weiber bestanden auf einem althergebrachten Ritus, der nicht nur schon lange verboten war, sondern auch nichts nützte, davon war er überzeugt. Ob er den Büttel holen sollte? Er räusperte sich und sagte: „Wir wollen doch vernünftig sein. Wir …“

„Vernünftig?!“, kreischte die Magd mit tränennassem Gesicht. Sie zeigte mit dem Finger auf ihn, in den Augen eine wilde Angst. „Und warum will der junge Herr das Wetterläuten nicht, frag ich? Weil er mit der Zauberin unter einer Decke steckt, deshalb!“

Aller Augen starrten ihn an. Eigner blickte hilflos von ihm zu den Weibern und wieder zu ihm. Friedgard schüttelte ungläubig den Kopf. Schon wieder dieser Vorwurf! Dabei blieb er Frau Heilmann fern, seit Georgi war er kein einziges Mal bei ihr gewesen. Und das nicht nur, weil er wegen Orts- und Zentgericht ohnehin viel zu tun gehabt hatte.

„Das ist doch Unsinn! Wie ist dein Name?“, meldete sich Hartmann zu Wort.

„Sie gehört zu mir“, sagte die Freibäurin. „Magd auf meinem Hof.“

„Dann sorgt dafür, dass sie Ruhe gibt!“

„Wenn's doch wahr ist!“, kreischte die Magd, völlig aufgelöst in tollem Schrecken. „Die verhext das Wetter, Wendel sagt's auch, und er hier, er will nicht, dass wir Hilfe dagegen tun, weil er mit'm Teufel im Bund ist genau wie sie!“ Sie verschluckte sich fast, würgte die Worte heraus in einem so namenlosen Entsetzen, dass Friedgard sie nur bestürzt anstarren konnte.

„Scht", machte jemand. Die Weiber blickten betreten zu Boden. Dicke Regentropfen klatschten gegen die Scheibe. Getuschel, die Magd wollte sich nicht beruhigen, zwei Weiber nahmen sie in ihre Mitte und führten sie aus der Stube.

„Geh den Schultheiß holen!", befahl Eigner seiner Frau. Aus seinem Gesicht war alle Farbe gewichen. „Und den Schockelheinz."

Engel Eigner rührte sich unsicher, wollte sich einen Weg durch die Weiber bahnen, wurde festgehalten.

„Was erlaubt ihr euch!", schnappte die Eignerin, riss sich los und rieb sich über den Arm als hätte die Berührung sie beschmutzt.

Friedgard war zutiefst erschüttert. Er spürte die Angst im Raum, die wilde Entschlossenheit. Ob sie sich respektlos aufführten, ob es ihnen an Anstand mangelte, es war den Weibern gleich. In ihren bleichen Mienen stand Furcht. Nichts konnte die bezähmen. Er spürte die Gewalt, die dem innewohnte – und war ratlos. Das hier nahm ungeheure Ausmaße an. Er musste mit Würth sprechen. Er war soeben ein weiteres Mal zauberischer Umtriebe beschuldigt worden, wenn auch von einer Magd, deren Beleidigung ihn nicht treffen konnte, da sie einem niedereren Stand angehörte als er. Auch die Verleumder von Donnerstag Nacht waren lediglich Knechte gewesen … dennoch sollte er einen Eintrag ins Frevelregister vornehmen. Und es war auch sicher klug, sich wirklich von Frau Heilmann fern zu halten. Er würde sich öfter mit Agnes zeigen. Das würde dem Gerede ein Ende bereiten.

„Das alles ist doch lächerlich!", begehrte Hartmann auf und schob die Unterlippe vor. „Lasst uns vernünftig sein. Geht nach Hause bevor das Unwetter richtig losbricht."

„Wir wollen, dass geläutet wird!“, beharrte die Seyfriedin. „Er soll den Schlüssel hergeben.“

Eigner hob warnend die Hand und zitierte aus dem Katechismus: *„Gott will, dass ich allen Götzendienst, alle Zauberei und Wahrsagerei, allen Aberglauben meide und fliehe, damit ich meiner Seele Heil und Seligkeit nicht verliere.“* Er ließ den Arm sinken und sagte: „Ich werde kein Wetterläuten zulassen!“

„Dann müssen wir es ohne Eure Erlaubnis tun“, sagte die Freibäurin in einem Ton, der so verzweifelt entschieden klang, dass nicht einmal Eigner noch etwas entgegenzusetzen wusste. Sie trat in die Mitte des Raumes, blickte vom Pfarrer zu dessen Weib, und als kein Widerstand kam, schritt sie zum Arbeitstisch des Gottesmannes, hob die Augenbrauen in einer wortlosen Frage und zog schließlich die oberste Lade auf.

„Was …“, wehrte Eigner, verstummte jedoch sofort, als sie den Schlüssel emporhob und damit ein erleichtertes Aufseufzen in der Schar auslöste.

Sie nickte Eigner zu, wandte sich dann an die Weiber. „Geh'n wir!“

Der Donner rollte über sie hinweg. Barbara hatte sich noch nie vor Gewitter gefürchtet. Was war sie schon nass geworden, wenn der Himmel seine Tore öffnete, es war nicht das erste Mal. Aber diesmal spielte sich der Donner mächtig auf. Obwohl sie den Kopf des Regens wegen gesenkt hielt, stolperte sie über eine Wurzel. Sie fiel in eine Mulde und schrie auf, als ihr etwas in den Oberschenkel stach. Die Sichel. Sie setzte sich auf und sah, dass ihr Gewand rechts auf Höhe des Oberschenkels eingerissen war. Sie fluchte leise, als sie den nassen Stoff nach oben schob. Der Kälte wegen trug sie noch immer wollene Beinlinge unter dem Gewand. Die wollte sie jetzt wahrlich nicht ausziehen. Aber dort, wo die Sichel ins Fleisch gefahren war, breitete sich auf dem Wollstoff ein länglich-roter Fleck aus. Über ihr hob das Grollen von neuem an, trieb den Regen prasselnd herunter, ein wütender Herold, ausgeschickt von seinem Herrn, dem mächtigen Donner. Wind zerrte an den Wipfeln.

Sie musste sich in Sicherheit bringen. Weg von den Bäumen. Als sie sich erhob, nass und verdreckt, sog sie scharf Luft ein. Sie hielt den Rock oben, ein neuer Schwall Rot tränkte den Beinling. Der Schnitt schien tiefer zu sein, als sie dachte. Ob sie die Wollenen doch ausziehen sollte? Aber hier würde sie kein Johanniskraut finden, vielleicht Gundelrebe, aber was nützte es, sie bräuchte die Tinktur – und die war zu Hause. Schöne Heilerin bist du, dachte sie mürrisch. Kannst dich nicht mal selbst versorgen. Sie humpelte aus der Mulde heraus. Wo war Westen? Schwer auszumachen in dieser dunkelgrünen Düsternis. Sie zog den Kopf zwischen die Schultern. Als sie ihn wieder hob, sah sie weiße waagrechte Blitze am Himmel. Krachender Donner folgte auf dem Fuße. Sie stolperte voran. Wie weit war sie von Schloss Wersau entfernt? Eine Wegstunde? Die Hütte musste näher sein. Also los. Sie konnte nur vorsichtig mit dem rechten Bein auftreten. Der Regen peitschte hart, sie begann zu frieren. Und jetzt mischte sich auch noch Hagel darein. Diese Gewalt hat etwas Nährendes … wild-Befruchtendes, dachte sie und fand diesen Gedanken im selben Atemzug völlig unpassend. Sie stolperte voran. Das Licht änderte sich. Es wurde klarer. Scharf zeichneten sich die Umrisse der Äste und Stämme ab. Sie humpelte weiter. Regentropfen hingen an den Zweigen und leuchteten wie grüne Glasperlen. Gleich hast du's geschafft, redete sie sich zu. Da schimmerte die Hütte auch schon zwischen den Stämmen hindurch. Sie humpelte voran, darauf bedacht, das Bein nicht zu sehr zu belasten. Mit einem Seufzer der Erleichterung stieß sie die Tür auf.

Und erstarrte auf der Schwelle, als aus dem Dämmer ein erstickter Aufschrei erfolgte.

Eine Gestalt an der hinteren Schmalseite sprang auf, griff hastig nach etwas am Boden und rief: „Bleibt dort!"

Barbara roch feuchtes Stroh und nasses Holz. Ihre Hand griff von selbst nach der Sichel. Die Gestalt trat zwei Schritte auf sie zu, zog sich rasch das vom Boden aufgehobene Wams über.

Sie erkannte ihn im selben Augenblick wie er sie.

„Philipp?"

„Frau Heilmann?"

Sie fragten es gleichzeitig. Erneut ein kleiner Aufschrei von der Strohschütte im Eck, begleitet von Rascheln.

Barbara hob die Hände. „Ich will mich unterstellen. Genau wie ... ihr."

Denn ganz offenbar waren Philipp und seine Begleiterin – Barbara hegte keinen Zweifel, dass die Gestalt, die dort im Dämmer kauerte, ein Mädchen war – ebenfalls vom Unwetter überrascht worden.

„Nein!", presste das Mädchen hervor und schlug sofort die Hände vor den Mund. Das – und die Art wie Philipp sie ansah – ließen sie begreifen.

Das Mädchen senkte den Kopf und wollte mit der Holzwand verschmelzen. Barbara machte einen Schritt auf sie zu, der ihr sofort schmerzhaft in den Oberschenkel fuhr.

„Hedwig!", sagte sie bestürzt. „Was ...?"

Aber sie brauchte nicht fragen. Ein Blick in die nun trotzig zu ihr emporgehobenen Augen genügte und sie verstummte.

„Unser Vater im Himmel! Geheiligt werde dein Name. Dein Reich komme. Dein Wille geschehe ..." Agnes wusste nicht, wie oft sie das Vaterunser schon heruntergebetet hatte. Sie saß auf dem Stuhl am Küchentisch, steif vor Angst, und starrte blind auf ihre gefalteten Hände im Schoß. Sie presste sie so fest zusammen, dass die Knöchel weiß wurden. Wütender Donner krachte über ihren Köpfen und sie riss in maßlosem Schrecken den Kopf hoch. Sie würden untergehen in diesem Unwetter, sie wusste es, Herr im Himmel hilf!

„Was ist Vaters Wille, Mama?“, fragte Johannes. Ängstlich hob er den Kopf von Susannes Schoß. Unverständnis stand in seinem runden Gesicht. Neben Susanne auf der Bank saß Bea, die Augen weit aufgerissenen, der dralle Leib geschüttelt von Zittern, ein seltsam dicker Vogel, der hilflos in der Luft rüttelte und jeden Augenblick abzustürzen drohte. Tränen der Furcht liefen ihr die Wangen hinab.

„Will der Vater uns Böses?“

Susanne streichelte den Kopf ihres Sohnes und versuchte ein Lächeln. „Aber nein, wir bitten um Gottes Schutz. Du kennst doch das Gebet.“

„Ist Gott böse auf uns?“

Darauf wusste Susanne keine Antwort.

Agnes schloss die Augen. Ihr Kopf war leer. Die Säule aus Eis, die ihren Körper in der Starre hielt, ließ sie flach atmen. Sie merkte, dass sie begann, sich zu wiegen, vor und zurück. Sie würden sterben. Ganz sicher würden sie in diesem Unwetter sterben!

„Betet weiter, bitte!“, wimmerte Bea. Ihre Stimme war kratzig vor Angst.

Agnes vernahm das Geläut, als begönne es eben erst. Dabei läutete die Glocke der Georgskirche schon seit einer Stunde. Auch das helle Gebimmel des Rathausglöckchens vermeldete, dass Fluren und Häuser bedroht waren. Sie dachte an den Spaziergang mit Friedgard und versuchte, sich an dieser schönen Erinnerung festzuhalten. Er taute auf. Elli hatte es geschafft – unter größten Mühen, wie sie beteuert hatte – ihm den Liebestrank zu verabreichen. Nur die Sache mit den Salbeiblättern stand noch aus. Aber auch das würde sie schaffen und dann ... Ein Donner krachte und riss sie gnadenlos aus ihrem Versuch, sich mit erfreulichen Gedanken abzulenken.

„Müssen wir sterben, Mama?“ Johannes kauerte im Schoß seiner Mutter, ein unglaublich hilfloses Bündel Mensch. Agnes dauerte der Kleine plötzlich so sehr, dass sie spürte, wie ihr ebenfalls Tränen die Wangen hinunter liefen. Vielleicht schmilzt die Eissäule, dachte sie, und es kommt so heraus. Sie konnte nicht aufhören, sich vor und zurück zu wiegen, aber es beruhigte sie nicht. Nichts konnte dieses Unwetter beruhigen. Sie waren dem Wüten ausgeliefert, es würde sie ins Verderben reißen.

Ihr Vater war draußen. Auch Peter und Georg, nachdem Gäßler hereingespült worden war und gepoltert hatte, es werde jeder Mann gebraucht. Triefend hatte der Nachtwächter im Vorraum gestanden, gehetzt und keine Zeit für Angst, denn der Kraichbach begann, sich in einen reißenden Fluss zu verwandeln. Lärmend polterten ihr Bruder und die Knechte treppauf und treppab, zogen sich Stiefel und Wachsumhänge über und suchten Werkzeug herbei. Zacharias, im eifrigen Bemühen, sich als Mann zu beweisen, hatte dazwischengebrüllt, er werde ebenfalls mitkommen. Nach anfänglichem Widerstand hatte Vater zugestimmt. Gäßler, dem ihr Bruder Brecheisen und Hammer in die Arme warf, während er selbst nach draußen hinkte, um Äxte und wer weiß was noch aus der Scheuer zu holen, hatte geschrien, die Brücke würde unter der Last der Wassermassen zusammenknicken wie Strohhalme, man müsse sich eilen! Sie waren schon eine Weile fort und plötzlich fürchtete Agnes auch um sie. Ihre Tränen versiegten, Angst griff mit eisigen Fangarmen nach ihrem Herzen. Hagel trommelte gegen die geschlossenen Fensterläden.

„Führe uns nicht in Versuchung, sondern erlöse uns von dem Bösen", betete Bea halblaut und offensichtlich an Agnes' Stelle, da sie keine Anstalten dazu machte.

Erst als sich ein Wort, ein Name genaugenommen, in Agnes' Kopf festsetzte und wie ein Echo darin widerhallte, merkte sie, dass sie schon eine Weile Susanne anstarrte. Die Angst in deren Gesicht hatte einen Namen. Philipp.

Einen Herzschlag lang schämte sie sich, weil sie ihren Stiefbruder vollkommen vergessen hatte. Er war am Morgen nach Wersau aufgebrochen, um dem Keller Gesuche um Holzschlagen zu überbringen. Und natürlich war er noch nicht wieder zurück. Was hatte Gäßler gesagt? *Großwütige Tropfen, die auch die mutigsten Halme zerschlagen, Hagel, groß wie Taubeneier!* Sie starrte in Susannes Gesicht, las darin die Angst um ihren Sohn und die Verzweiflung, mit der sie in ihren, Agnes', Augen Halt suchte.

Sie beugte sich vor, legte die Hände auf den Tisch, als lägen dort die Hände der Stiefmutter, die sie mit den ihren umfangen wollte, und flüsterte: „Sicher ist er in Wersau geblieben und dort in Sicherheit. Sorge dich nicht."

Susanne nickte dankbar, aber mit hohlem Blick.

Agnes fühlte die Furcht ihrer Stiefmutter wie ihre eigene. Es gab keinen Unterschied. Nichts trennte sie. Sie bemerkte es mit ungeheurem Erstaunen.

„Erlöse uns", murmelte Bea, „erlöse uns von dem Bösen."

Und als habe das Unwetter Beas Flehen erhört, wurde es leiser. Der Wind legte sich, die gepeitschten Bäume gaben Ruh, kein Hagel mehr, der gegen das Holz der Läden hämmerte. Wie ein vor sich hin grummelnder Riese verzog sich das Gewitter. Konnte das sein? Agnes legte den Kopf schief und lauschte. Susanne streichelte weiter Johannes' Kopf. Mit markerschütternden Gepolter krachte ein neuer Donner über ihnen und das Tosen des Windes war wieder so laut, dass es in den

Ohren wehtat. Sie zog den Kopf zwischen die Schultern, Bea heulte gepeinigt auf. Johannes begann zu wimmern.

Der Riese kehrte zurück, wilder als zuvor. Er brachte seine Horde mit. Und nun raste er erst richtig! Mit einer Gewalt, dass sie entsetzt aufschrie. Bea erschrak und schrie ebenfalls. „Scht", suchte Susanne zu beruhigen.

Agnes kam sich dumm vor, weil sie sich in Sicherheit gewähnt und dem Herrn bereits gedankt hatte für seine Gnade, sie zu verschonen. Aber der Riese sandte Feuerbälle, die weiß und spukhaft durch die Fensterläden blitzten, er und seine Horde rissen Himmel und Erde auf und sie würden verschlungen werden von diesem Ungeheuer aus der Hölle!

„... sondern erlöse uns von dem Bösen", hörte sie Bea beten. Das Böse, das Böse. Es wird uns vernichten, dachte sie. Ihre Gedanken überschlugen sich. Dem Bösen wehren. Mit einem Mal wusste sie es: Sie macht das! Warum wehrte ihr niemand? Warum hatte sie selbst noch immer nichts unternommen? Das hatte sie nun davon, dieses Weib würde sie alle in ewige Verdammnis stürzen! Sie hielt die Angst nicht mehr aus. Sie tastete nach dem Dolch. Aber hier ging es nicht, nicht hier, sie begann, mit Bea gemeinsam zu beten, ihre eigene Stimme beruhigte sie etwas, sie betete und schwor, ja, sie schwor, dafür zu sorgen, dass jene bestraft würde, die ihr eine solche Pein zumutete.

„Das also hat dein Vater gemeint."

„Verrate mich nicht", bettelte Hedwig. Sie kauerte noch immer auf der Strohschütte und blickte mit ihren Kornblumenaugen zu ihr herüber. Ihre Nichte kam so vollkommen auf die Großhansseite heraus wie Matthias und sie selbst. Dunkelbraunes Haar, volle Lippen, blaue Augen.

„Verraten?", schnaubte Barbara und fuhr von dem groben Holzbrett auf, das über zwei dicke Baumstümpfe gelegt war und als Sitz diente. Sie bereute es sofort, denn ein stechender Schmerz fuhr ihr ins Bein. Sie gab nichts darauf und schalt: „Es geht doch nicht um Verraten! Deine Eltern wissen längst, was los ist! Und du tätest besser daran, dich an ihre Weisungen zu halten!“ Sie stemmte die Arme in die Seiten und baute sich vor Hedwig auf. Philipp stand betreten neben ihr und sah zu Boden. Anscheinend wagte er nicht, Hedwig nahe zu kommen.

„Wie lieben uns!“, brauste diese auf und wie zur Bestätigung krachte ein wilder Donner in ihren Ausruf.

„Lie … Du bist vierzehn!“

„Na und?!“

„Du weißt doch gar nicht was das ist!“

„Ach ja?“ Hedwig sprang ebenfalls auf. Alle Ängstlichkeit fiel von ihr ab. „Aber du, du allein weißt, was das ist, nicht wahr! Niemand sonst!“, kreischte sie in das Tosen von draußen. Auch sie stemmte die Arme in die Seiten. Zornig funkelte sie sie an. „Lässt dich deshalb nirgends blicken, weil du an deiner verlorenen Liebe leidest! Pah!“ Missfällig verzog sie den Mund.

„Hedwig, bitte“, mischte der Junge sich ein.

Barbara sah ihn an. Blass, blond wie seine Mutter und schmal wie eine junge Birke. Ausgerechnet Susannes Sohn! Aber er hatte nichts von deren derber Art. Verlegen presste er die Lippen aufeinander.

„Ich meine …“, sagte er mit einem scheuen Blick auf Barbara, „du machst es nur schlimmer.“

„Was bist du für ein Weichling, Philipp! Ist das die Liebe, die du mir geschworen hast?“ Hedwig war außer sich. Trotzig stampfte sie mit dem Fuß auf und verschränkte die Arme vor ihren Apfelbrüstchen.

Philipp schlug die Augen nieder. Das hatte gesessen und Barbara tat er mit einem Mal leid. Der Junge wollte vernünftig sein, er wollte die unangenehme Lage nicht noch verschlimmern.

Hedwig merkte, was sie angerichtet hatte. Sie trat zu ihm hin, umschlang ihn, neigte den Kopf an seine Brust und flüsterte: „Verzeih mir, das war böse. Ich habe es nicht so gemeint." Philipp schloss die Augen, Spannung und Verletztheit wichen aus seinem Gesicht, er drückte ihr zwei rasche Küsse aufs Haar, dann ließ er die Stirn auf ihren Scheitel sinken und verharrte so.

Barbara schluckte. Die beiden nahmen sie gar nicht mehr wahr. Es war ihnen gleich, ob sie Zeugin dieser vertraulichen Geste wurde, es war ihnen gleich, was sie denken mochte. Es berührte sie so tief und es tat ihr so weh, dass ihr Tränen in die Augen schossen. Sie merkte, dass sie vor Wut die Zähne aufeinander drückte. Sie spürte die Regung, die beiden auseinanderzureißen, war aber unfähig, auch nur einen Schritt zu machen. Sie stand da und sah, wie Hedwig die Arme von Philipp löste und den Kopf zu ihm emporhob. Das Lächeln, das sich auf seinem Gesicht zeigte, als er ihren Blick erwiderte, berührte Barbara tief. Auch Philipp liebte Hedwig.

Barbara spürte ihre Augen überlaufen und wischte rasch darüber. Hedwig wandte sich ihr zu. Sie straffte den Rücken, legte einen Arm um Philipps Körpermitte und sagte: „Es ist gleich, was du sagst, Tante Barbara. Oder was Mutter und Vater sagen. Wir gehören zusammen und wenn sie uns nicht lassen, dann gehen wir eben fort."

Barbara verschlug es die Sprache. Sie öffnete den Mund, um etwas zu erwidern, schloss ihn wieder. Sie fühlte sich alt. Hilflos. Sie ging auf das Sitzbrett zu und ein jäher Schmerz zuckte durch ihren Oberschenkel. Sie musste dringend nach der Wunde sehen. Ächzend hockte sie sich nieder. Draußen lärmte der Wind in den Bäumen, Äste schrappten scharf an der Hüttenwand und auf dem Holzdach. Ein Donner krachte, die Erde bebte. Es wollte sich nicht befrieden da oben.

Hagel peitschte von Westen heran und trieb eine Schneise des Verderbens über das Land. Schwarze Wolken jagten einander in tödlicher Wut, angestachelt von grellweiß zuckenden Blitzen. Entfesselter Kampf der Elemente Wasser, Luft, Feuer.

Oswin Gäßler stand rechter Hand der Kraichbachbrücke auf der Ortsseite und starrte in die reißenden Fluten des Bachs, betäubt von der unnatürlichen Gewalt, die diesem Unwetter innewohnte. Es hatte am Vormittag angefangen und tobte nun schon zwei Stunden. Und, zum Henker, ein Ende war nicht abzusehen. Noch auf dem Herweg hatte der Zentgraf sich über die kreuzweise vor den Hoftüren liegenden Ofengabeln lustig gemacht. Dieser dumme Aberglaube würde ihre Häuser nicht vor Schaden bewahren. Er hatte damit zwar Recht behalten – drüben in der Clamm hatte es dem Hübner Rube das halbe Dach davongerissen – aber inzwischen lachte der Zentgraf nicht mehr. Nass bis auf die Knochen stand er mit verbissenem Gesicht knietief im Schlamm unter der Brücke auf der anderen Bachseite und versuchte mit Peter den Brückenpfeiler zu festigen. Straub und Seyfried und einige andere halfen ihnen. Ochsenkopfgroße Brocken hatte der Bach, wie ein gefräßiges Raubtier, das alles verschlang, herausgerissen. Die Männer brüllten sich Weisungen zu. Man hatte sie mit Seilen gesichert, damit sie vom Wasser nicht mitgerissen wurden. Gäßler, der nicht wusste, wo er hinlangen sollte, fühlte sich schwerfällig und ratlos. Wieder und wieder schloss er die Faust um das eingenähte Säckchen in seinem Umhang. Um ihn herum herrschte ein Tumult wie er ihn nie erlebt hatte. Karren, auf denen Jutesäcke lagen, Schaufeln und Hacken, Knüppel und Kannen, alles durcheinander. Sämtliche Männer des Dorfes waren auf den Beinen, auch Weiber halfen und es kamen immer mehr. In wollene oder Wachsumhänge gehüllt, karrten sie Sandsäcke und Holzbohlen heran. Zu gerne hätte er Bier getrunken, verstohlen spähte er die Speyerer Straße hinauf, ob nicht die Pfannenstiel käme, den Leuten einige Kannen zu bringen. Er sah sie nicht, aber keine drei Schritt von ihm entfernt hielt sich Eigner schief im Sturm, den Zeigefinger zum Himmel emporgereckt. Er suchte das Brüllen des Wetters, das Geschrei der Männer und das Geläut der Glocken mit Versen aus dem Katechismus zu übertönen: „*Gott hat den Menschen erschaffen. Er soll Gutes tun. Der Mensch aber, vom Teufel angestiftet, hat sich und alle seine Nachkommen durch mutwilligen Ungehorsam der Gabe Gottes – beraubt. Und Gott will diesen Ungehorsam nicht ungestraft lassen. Er zürnt schrecklich über die sündige Art des Menschen und seine sündigen – Taten. Beides will er nach seinem gerechten Urteil schon jetzt und ewig – strafen.*“

Als er merkte, dass niemand ihm zuhörte, ließ er den Arm sinken und flüsterte, Grausen im Gesicht: „Und so schickt er uns Verwüstung und Elend!“

Blitze, überall, folgten seinen Worten wie zur Bestätigung. Donner knallte mit mächtigem Hall hinterher und Gäßler blieb schier das Herz stehen. Wer sich diesem Herrscher in den Weg zu stellen wagte, würde vernichtet werden. Hatte Eigner Recht? Strafte der Herr den Abfall vom rechten Glauben, die Gottlosigkeit der Menschen? Gäßler wusste es nicht. Er wusste nur, dass er noch niemals solche Angst gehabt hatte. Die Angst vor der Gewalt dieser Mächte, die sich da über ihm austobten, lähmte ihn bis ins Mark. Wo er hinsah, erschreckte Gesichter, verzweifelte Gebärden. Am Zollhaus, wo sich die Erschöpften eine Ruhepause gönnten, sah er die Oreans die Hausfrau vom Straub in den Armen halten. Das Weib schluchzte hemmungslos. Die gerade aufgegangenen

Jungpflanzen würden sämtlich zerschlagen sein. Sie war nicht die einzige, die das zu beklagen hatte. Gäßler schluckte. Zum Henker, weiterhin herumstehen und Maulaffen feil halten ging nicht an. Obwohl er sich benommen fühlte, weil er nicht genügend Schlaf gehabt hatte, straffte er entschlossen den Rücken und kippte den Bauch nach vorne. „Eigner!", rief er den noch immer wie angewurzelt Stehenden an. „Lasst uns sehen, was wir beim Eisinger ausrichten können. Die Brücke hat sämtliche Helfer, die sie braucht."

Das Anwesen des Schmieds lag dem Bach am nächsten und war am meisten bedroht. Gäßler wusste, dass etwa ein Dutzend Mann dort waren und das Schlimmste zu verhindern suchten.

Langsam wendete Eigner ihm den Kopf zu. Dumpfe Erschütterung lag auf seinem Gesicht. Er sah aus wie einer, der Mühe hat, das Geschehen zu begreifen, weil es sein Fassungsvermögen übersteigt. Dann schien ihm aufzugehen was Gäßler ihm zugerufen hatte, denn er nickte, folgsam wie ein kleines Kind.

Sie setzten sich in Bewegung. Gäßler zog den Hut tiefer ins Gesicht und stemmte sich gegen den Regen, den der Wind ihm kalt und hart ins Gesicht peitschte. Zum Henker, das ging doch nicht mit rechten Dingen zu, das Unwetter fauchte wie ein hundertköpfiges Ungeheuer. Die Wolkenmassen brandeten dicht über ihren Köpfen wie Meereswogen. Sie würden darin untergehen.

Sie folgten dem Weg hinunter in die Stöcket. Gäßler kam ein Gedanke. „Meint Ihr, *sie* tut das?", fragte er den Pfarrer.

Eigner blieb stehen und starrte ihn mit offenem Mund an. Regen rann ihm übers Gesicht, seine Augen in diesem strahlenden Blau eines ungetrübten Frühsommerhimmels bildeten einen seltsamen Gegensatz zu der grauen Düsternis, die sie umgab. „Wenn sie das ... vermag ...“, stotterte er, brach ab. Bei alledem war sein Verstand keine Hilfe mehr. Der Pfarrer zweifelte! Gäßler sah seinem Gesicht an, dass er nicht mehr wusste, ob Gott es war, der strafte, oder ob der Teufel seine Höllenkräfte entfesselte und sich mit dem Allmächtigen einen Kampf auf Gedeih und Verderb lieferte. Wenn dem so war, und wenn der Teufel zudem auf die Hilfe seiner Buhlen zählen konnte, schien Gott machtlos. Aber das konnte nicht sein, die Lehre besagte etwas anderes. Gäßler sah Eigners hängenden Schultern und dessen irren Blick und fühlte sich verzweifelter als zuvor. Wenn selbst der Gottesmann alles Gottvertrauen verlor und vor Entsetzen keine Antworten mehr wusste, waren sie wahrlich dem Untergang geweiht!

Geschrei erhob sich, dessen unheilvolle Färbung anzeigte, dass etwas geschehen sein musste. Benommen stürzte er Eigner hinterher. In der Senke der Stöcket stand wadentief das Wasser. Sie patschten in Eisingers Hof. Aus der Werkstatt des Schmieds schleppten sich ihnen Georg Zahn und Hübner Hermann entgegen, triefend vor Nässe und die Hüte tief im Gesicht. Zwischen ihnen hing ein dritter, dem immer wieder die Beine wegsackten. Sie hielten an, als sie Gäßler und den Pfarrer sahen. Gäßler erkannte Hübner Gainer in ihrer Mitte, dem Blut aus einer Wunde über dem rechten Ohr floss. Er versuchte, den Kopf zu heben, schaffte es nicht und sackte kraftlos auf die beiden, die ihn trugen. „Wir bringen ihn ins Haus“, erklärte Georg Zahn schwer atmend.

„Was ...“ hob Gäßler an, doch Georg wehrte mit der freien Linken und sagte: „Er ist ausgerutscht und in den Bach gestürzt. Ein mitgerissener Baumstamm hat ihn erwischt. Holt die Heilmännin. Er kann auch die Beine nicht mehr bewegen, sind vielleicht gebrochen.“

„Die Heil ...“

„Der Bader ist beim Ortsausgang nach Reilingen, weil's da an der Brücke einen Unfall gab", erklärte Hübner Hermann, Nachbar des Gainer. „Eisingers Hausfrau ist noch unten am Bach" – er wies mit dem Kopf über die Schulter – „kommt aber gleich nach dem Gainer sehen. So oder so brauchen wir Wundsalben und Verbandszeug. Eilt Euch, Gäßler!"

Die Männer humpelten mit ihrer Last Richtung Wohnhaus. „Und Sandsäcke – wenn ihr noch welche auftreiben könnt!" rief Zahn zu ihnen zurück.

Gäßler konnte sich nicht von der Stelle rühren. Zweifel nagten an ihm. Er wollte, er musste sich endlich nützlich machen. Aber die Krauthex holen? Der Wind fauchte ihm um die Ohren, ratlos blickte er den Pfarrer an. Rufen und Schreien von jenseits der Werkstatt. In dem Augenblick, da Eigner – besonnen als wäre er wieder Herr seiner Vernunft – sagte „Ich gehe, Gäßler, Ihr seid kräftiger und könnt beim Befestigen des Ufers besser helfen", erhob es sich erneut zu einem entsetzten Gebrüll, das Gefahr vermeldete. Gäßler erwachte aus seiner Starre. Er nickte und hastete ohne ein weiteres Wort los.

Beten half nicht. Hedwig hatte aufgehört mit dem Gemurmel. Draußen wütete der Sturm und das Geprassel auf das Holzdach der Hütte machte Barbara schier wahnsinnig. Eingesperrt wie ein Tier kam sie sich vor. Ihr fiel der weiße Fuchs ein, den Vaganten, die im vergangenen Sommer durch Hockenheim gezogen waren, als Blickfang in einem Käfig mit sich geführt hatten. Sein gequälter Gefangenenblick hatte sie noch Tage danach verfolgt. Sie hatte ihm nicht helfen können. Sie hatte Elisabeth nicht helfen können. Leonhard nicht. Und dem Greif im Baum nicht und … zur Hölle, sich selbst nicht. Nicht damals, nicht all die Zeit seither und auch jetzt nicht, da ihre Wunde schmerzte und sie nichts anderes tun konnte, als die beiden zu bitten, in der Ecke auf der Strohschütte zu bleiben, damit sie die Beinlinge ausziehen und den Schnitt wenigstens notdürftig mit einem spuckegetränkten Leinensäckchen benetzen konnte. Sie sog Luft durch die Zähne. Der Schnitt war erstaunlich tief für eine so kleine Sichel wie die ihre. Sie war wohl richtiggehend in sie hineingestürzt. Sie band das Leinensäckchen darüber und zog die feuchten Beinlinge wieder an. Es musste eben so gehen.

Sie fragte sich, ob Katharina zurecht kam. Sicher machte ihre Mutter sich Sorgen um sie, trotz des Wissens darum, dass Barbara die Unterschlupfe im Wald kannte. Nicht auszudenken, welche Sorgen sich ihre Schwägerin um Hedwig machte.

„Was glaubt deine Mutter, wo du bist?“ Sie drehte sich zu den beiden hingekauerten Gestalten um, die nebeneinander saßen und vermieden, sich zu berühren, weil sie da war.

Hedwig schwieg und schürzte trotzig die Lippen.

„Nein“, sagte Barbara tonlos. Sie war maßlos erstaunt, wie widerspenstig Hedwig war. „Du bist fortgelaufen.“

Hedwigs beharrliches Schweigen bestätigte ihr dies. Himmel, diese jungen Leute mit ihrem vermaledeiten Überschwang! Das Vergehen ihrer Nichte war zu unerhört, nichts würde sie vor der Strafe ihres Vaters bewahren können. Eine Strafe, die sie bereits ereilt hatte – was das Mädchen jedoch nicht davon abhielt, sich trotzdem mit ihrem Liebsten zu treffen. Barbara schluckte. Wie hätte sie sich verhalten, wäre Elisabeth ... sinnlos, sich in solche Grübeleien zu verstricken. Elisabeth war tot – und diese Tatsache ein Albtraum, aus dem sie nie mehr erwachen würde.

„Fortgelaufen?“, fragte Philipp überrascht. „Sie hat dich doch zum Bäcker ...“ Er sprach nicht zu Ende und sein Gesichtsausdruck änderte sich von Unverständnis zu Qual, als er begriff, dass sie ihn angelogen hatte.

Hedwig, die ihre Arme um die angewinkelten Knie geschlungen hatte, senkte den Kopf auf diese hinab und begann zu weinen. Hilflos blickte Philipp auf seine Stiefelspitzen. Und auch Barbara wusste nicht, was sie sagen sollte. Die Pein, die Hedwig empfand, hatte sie sich selbst zuzuschreiben. Da konnte ihr niemand helfen.

„Du hättest … hättest doch gestanden und gewartet", sagte Hedwig, indem sie Philipp das tränennasse Gesicht zuwandte. „Ich konnte dir doch nicht einmal Nachricht zukommen lassen." Sie schniefte, neigte den Kopf und wischte die Nase unwirsch am Ärmel. „Und ich wollte dich doch … sehen", ergänzte sie so verzweifelt, dass es Barbara erneut ins Herz schnitt.

Philipp schien nicht mehr anders zu können. Er warf einen raschen Blick zu ihr herüber und legte Hedwig den Arm um die Schulter. Wie schon zuvor neigte er den Kopf und drückte ihr Küsse ins Haar. Hedwig entspannte sich etwas und lehnte sich schief in seinen Arm.

Was sollte sie tun? Hier hockte sie und war Zeugin von etwas, das nicht sein durfte. Sie verwünschte Hedwig und ihre verbohrte Liebe, und gleichzeitig schmerzte sie die Wahrhaftigkeit, mit der die beiden jungen Leute aneinander hingen. Sie merkte, wie sie an ihre eigene Sehnsucht nach … Liebe rührte, vermaledeit. Das Gesicht des Königsmannes tauchte vor ihr auf und sie sah diese nachdenklich-zarte Geste, mit der er die weiße Feder seines Hutes strich. Sie starrte hinaus in die graugrüne Düsternis, die vom Wind gepeitschten Äste, wollte das Bild vertreiben und zwang sich, an etwas anderes zu denken. Sie würde Hedwig nach Hause begleiten. Matthias, so wenig er zu Gewalt neigte, war wie jeder Vater auf die Ehre seiner Tochter bedacht. Der Stock würde ihr nicht erspart bleiben, auch wenn sie, Barbara, mitkam. Aber ihre

Pflicht als Verwandte des Mädchens gebot, dieses nicht alleine gehen zu lassen. Davon abgesehen würde Gundel eine Salbe für ihre Wunde haben. Und zudem: Der Himmel mochte wissen, auf welche Gedanken das unglückliche Mädchen unterwegs vor lauter Furcht kommen konnte. Ja, sie würde mit ihr gehen. Sobald dieses entsetzliche Unwetter sich endlich beruhigte! Sie blickte wieder zu den beiden hinüber, die sich aus Respekt vor ihr voneinander gelöst hatten.

„Sicher ängstigt sich deine Mutter ebenfalls zu Tode, Philipp", sprach sie den schlaksigen Jungen an. Wie alt mochte er sein? Barbara überlegte. Er musste so um die vier oder fünf gewesen sein, als Susanne, seine Mutter, den Zentgrafen heiratete. Achtzehn? Welch ein Leben führte er auf dem Hof des Stiefvaters? Sie wusste nichts von ihm. Wusste Susanne von der Liebe ihres Sohnes zu Hedwig? Zur Nichte jenes Weibs, das im Geschrei stand? Dieser Makel übertrug sich doch sicher auch in Susannes Augen auf das Mädchen. Philipp kümmerte dies offensichtlich nicht. Er verhielt sich ihr gegenüber so respektvoll, wie es sich einem jungen Burschen einem erwachsenen Weib gegenüber gebührte. Von seinem Betragen gegenüber Hedwig ganz zu schweigen.

„Sie weiß mich in Wersau", entgegnete er knapp. „Ansonsten hat sie genug anderes zu tun, als sich um mich zu sorgen."

Klang da Bitterkeit mit? Sie überlegte, ob sie ihn fragen sollte, aber da krachte ein derart gewaltiger Donner über ihren Köpfen, dass sie alle drei zusammenfuhren.

„Ich weiß, dass es in Euren Augen unrecht ist, was wir tun", sagte Philipp kurz darauf so unvermittelt, dass auch Hedwig überrascht den Blick zu ihm hob. Er sah weder sie noch Barbara an. Er saß wie Hedwig mit angewinkelten Beinen, seine Ellbogen lagen beidseits auf seinen knochigen Knien und er zwirbelte einen Strohhalm zwischen den Fingern, dem seine ganze Beachtung zu gehören schien. „Ich … meine Mutter weiß es nicht, falls Ihr Euch das fragt, Frau Heilmann."

Er warf ihr einen raschen Blick zu, um zu sehen, was sie von seiner Mitteilung hielt. Da sie schwieg und ihrem Gesicht keine Regung gestattete, sprach er weiter. „Wir … gehen schon fast ein Dreivierteljahr miteinander. Letztes Jahr Michaeli." Er unterbrach sich und lächelte Hedwig einvernehmlich zu. Seine Züge waren so weich, dass er Barbara mit einem Mal kaum älter als ihre Nichte vorkam.

„Wir sind nicht unbesonnen", erklärte er und blickte sie geradewegs an. „Wir sind beide rechtsmündig, Hedwig erst seit kurzem, da sie vierzehn wurde, dennoch dürfen wir ohne die Erlaubnis unserer Eltern nicht heiraten."

„Heiraten?!", fuhr Barbara auf. Worauf wollten diese beiden Grünschnäbel eine dauerhafte Hausgründung bauen? Auf Liebe etwa? So ein Unsinn!

Philipps Gesicht spiegelte seine Gefühle wider. Er fragte sich, ob er die Offenheit, zu der er sich entschlossen hatte, doch bereuen musste, weil sie ihm weder zuhören noch ihn verstehen würde. „Was ist verkehrt daran, wenn zwei sich zusammentun weil sie sich mögen?", fragte er mit einem kämpferischen Unterton.

„Ihr seid so jung", sagte Barbara schlicht. Sie fühlte sich ertappt, denn eigentlich hatten Leonhard und sie ebenfalls aus Liebe geheiratet. Nur waren sie damals nicht so jung gewesen. Sie hatten im ersten Jahr ihrer Ehe bei Leonhards Oheim Stefan Heilmann gewohnt, bis sie sich das kleine Haus am Dorfzaun leisten konnten. Und die Liebe, die sie füreinander empfanden, hatte sich als tragbar für ihre Ehe erwiesen.

„Prinzessinnen werden mit zwölf vermählt, junge Fürsten heiraten mit fünfzehn!", gab er angriffslustig zurück.

„Das ist …"

„… etwas anderes, natürlich."

Sie verstummte und sah durch die Türöffnung hinaus in den unablässig strömenden Regen. Die Baumstämme waren schwarz vor Nässe und es sah aus, als umgäbe sie ein riesiger, dunkler Pferch. Unvorstellbar, dass es je wieder hell werden, die Sonne je wieder scheinen würde. Sie fühlte sich ohnmächtig und wünschte, Hedwig schon zu Hause abgeliefert zu haben. Sie wusste, sie stand vor dieser schrecklichen Tür in ihrem Innern und drückte mit der ganzen Kraft ihres Leibes dagegen, damit die Verzweiflung, die dahinter lauerte, nicht herausbrechen konnte.

„Was ich sagen will, ist", unterbrach Philipp ihr Gegrübel, „ich habe keinerlei Aussicht, auf dem Hof meines Stiefvaters mehr zu sein als ein Knecht. Keine üble Sache, werdet Ihr denken, viele bleiben ledig und ihr Leben lang auf dem Hof des Bauern. Aber ich will ein Haus. Und eine Familie."

„Und wie willst du das erreichen? Du bist gerade mal aus dem Stimmbruch!"

Wieder warf er ihr diesen Blick zu als habe er geahnt, dass es keinen Sinn machen würde, sich ihr zu offenbaren. „Der Zentgraf bezahlt mich. Ich spare."

Dumme Träume der Jugend. Dieser schlaksige Kerl war noch keine zwanzig und sprach vom Heiraten! Wahrscheinlich war er noch nicht mal ausgewachsen. Völlig ausgeschlossen, dass diese … diese Verbindung Bestand haben würde.

„Wir können nach Heidelberg gehen …"

„Um dort was zu machen?", brauste Barbara erneut auf. So langsam wurde es ihr zu bunt. Sie hatte keine Lust, sich über unausgegorene Jugendträume den Kopf zu zerbrechen.

Da Philipp beleidigt die Lippen aufeinander presste, bemühte sie sich um einen versöhnlichen Ton, als sie sagte: „Hört zu, wir alle wissen, dass es euch nicht ansteht, über solche Dinge nachzudenken. Dein Vater, Hedwig, wird niemals …"

„Ich sagte dir, wir gehen ohne Erlaubnis." Hedwig klang nüchtern und besonnen. Ruhig blickte sie Barbara an. Sie war sich ihrer Sache vollkommen sicher. „Daran ändert auch nichts, dass du es nun weißt. Und wenn du es Vater sagst … es ändert nichts." Sie legte ihre Hand auf Philipps, drückte sie, bevor sie sie wieder losließ.

Barbara hasste das Gemisch aus Gefühlen, das sich ihrer bemächtigte. Erstaunen, ja fast Belustigung über die Verbohrtheit der beiden, Ärger über die jugendliche Dummheit, Verdruss, weil das alles letztlich nicht ihre Angelegenheit war und … Trauer. Unendliche Traurigkeit, weil etwas von der Unumstößlichkeit der beiden sie zutiefst erschütterte. Es hatte etwas so … herzzerreißend Liebenswürdiges, wie sie sich ärgerlich eingestand.

„Nun, darüber entscheide weder ich noch …" Ein gleißender Lichtzacken zerschnitt die Düsternis der Hütte und brachte sie zum Verstummen. Das heiße Zischen, mit dem er in unmittelbarer Nähe einschlug, traf sie ins Mark. Knallend folgte der Donner. Mit einem Mal waren sie alle drei auf den Beinen und drängten sich in der Tür, um hinauszusehen. Keine zehn Schritt entfernt war der Blitz in eine Ulme gefahren. Der gespaltene Stamm kokelte, Rauchwölkchen drängelten ungeduldig nach oben, wo sie der Nässe zu entkommen hofften. Auf dem Waldboden daneben züngelten ebenfalls Flammen. Aber die Nässe und der Regen ließen nicht zu, dass sie sich weiter ausbreiteten. Barbara atmete erleichtert aus.

Dann erst sah sie es. Von Westen her drängte sich schwarzgrauer Rauch zwischen den Stämmen hindurch wie ein monströses Gespenst aus der anderen Welt, das es eilig hat. Holz brannte. Nasses Holz. Der beißende Geruch verriet, wie das

Feuer darum kämpfte, am Leben zu bleiben. Irgendwo im Südwesten musste der Blitz eingeschlagen haben. Hedwig stieß einen Laut des Entsetzens aus. Barbara wurde starr. Rauch. Knistern. Irgendwo brach ein Ast und sauste mit berstendem Getöse zu Boden. Wie viel des Waldes brannte schon? Würde das Feuer … waren sie in der Hütte … Barbaras Gedanken überschlugen sich. Nein!, schrie etwas in ihr. Jemand rüttelte an der Tür in ihrem Innern. Nicht! Sie spürte, wie Tränen ihre Wangen herabliefen. Das hier war zu viel. Sie mussten hier raus. Als ein weiterer Ast lärmend zu Boden krachte, sprengte die Tür in ihrem Innern auf. Sie konnte nichts dagegen tun. Sie sah jene anderen Flammen und ihr wurde schwarz vor Augen. So schwarz wie der Rauch, den sie an jenem Sommermorgen schon von weitem über dem Dorf aufsteigen sah, als sie aus dem Wald heimkehrte. Sie hatte sofort gewusst, dass es ihr Haus war, das brannte. In jenem Augenblick, da sie aus dem Wald kam, sah sie sich selbst vor ihrem inneren Auge wie sie den zu großen Holzscheit in den Ofen zwängte, damit das Feuer nicht ausginge, während sie weg war. Sah sich selbst das klemmende Ofentürchen nachlässig schließen. Sie gab nicht weiter acht darauf. Sie musste hinaus, Schafgarbe und Johanniskraut holen gegen den Wundbrand, unter dem Leonhard litt. Er hatte sich mit der Sense ins Bein gehackt. Er konnte nicht gehen, fieberte. Zunehmend ging es ihm schlechter. Elisabeth war ebenfalls krank, Masern. Sie sah den Rauch und begann zu rennen. Rauch wie schwarzer Nebel. Vibrieren und Sirren in der Luft, Menschen, Geschrei. Ledereimer, die von Hand zu Hand gereicht wurden. Das Brausen der Flammen, Funkenregen. Das laute Getöse, mit dem das Dach einstürzte, die Hitze des Feuers. War sie das, die schrie? Man hielt sie zurück, als sie in das brennende Haus hinein wollte. Wer hielt sie fest? Wer immer es war, ließ sie abrupt los. Blut lief ihm über die rußgeschwärzten Backen. Hatte sie ihm die Wange zerkratzt? Sie bekam keine Luft, brach zusammen. Wimmerte, schrie. Wo waren Leonhard und Elisabeth? Man brachte sie fort, als man die verkohlten Leichen aus dem Haus barg. Jemand legte den Arm um sie. Eine kühle Hand, die sacht ihre Wange klopfte. Augen, die die ihren suchten …

„Tante! Tante Barbara, was ist mit dir, oh bitte, steh wieder auf!"

Hedwig?

„Was …?" Sie kauerte am Boden.

„Du bist einfach in dich zusammengefallen", sagte Hedwig. Ihre Stimme überschlug sich vor Angst. Sie zitterte. Unentwegt strich ihre Hand über Barbaras Wange. Der Arm um ihrer Schulter gehörte Philipp. Er zog ihn weg, als sie sich benommen umblickte. Hedwig wischte ihr die Tränen aus dem Gesicht als sei sie die Mutter und Barbara das Kind. „Es tut mir so leid", flüsterte sie ein ums andere Mal.

Regen peitschte in die Türöffnung. Rauch quoll herein. Sie mussten weg hier. Selbst wenn es im Wald gefährlich war wegen der Blitze – das Feuer war es noch mehr und es würde trotz des Regens an die Hütte herankommen. Sie hatten keine Wahl. Sie stützte sich am Holzrahmen ab und versuchte sich zu erheben. Ein Holzsplitter fuhr ihr in den Handballen und sie zog die Hand zurück. Sie drohte erneut umzufallen. Sie fühlte sich elend.

„Ich hab das nicht gewollt, Tante. Das hab ich nicht gewollt, wirklich nicht", beteuerte Hedwig und Barbara fragte sich, was sie meinte.

„Geht es Euch besser?", fragte Philipp betreten.

Sie brachte nur ein Nicken zustande. Der beißende Geruch des Rauches drehte ihr den Magen um. Sie hatte Angst, sich übergeben zu müssen. Sie presste die Hand auf den Bauch und versuchte noch einmal, sich aufzurichten. Diesmal gelang es. Philipp stand da, als wäre er bereit, ihren Sturz aufzufangen, sollte es sie noch einmal von den Füßen hauen. Hedwigs rundes Gesicht drückte eine so ernsthafte Sorge aus, dass sie sich beschämt abwandte und hustend auf dem Brett niederließ.

„Oh Tante, wegen mir musst du das alles erleiden, es … tut mir so leid!“, hauchte Hedwig bestürzt.

Barbara hatte Mühe, die Bedeutung der Worte zu erfassen. Trotzdem wusste sie, dass die beiden wussten, an was Rauch und Feuer sie erinnerten. Sie war erschüttert über ihre eigene Schwäche. Sie war zusammengebrochen! Vor den Augen ihrer Nichte und deren … herrjeh, Geliebter? Sie konnte das Wort kaum denken, ohne … ohne sich zu schämen, ohne sich alt zu fühlen und schwach und … zur Hölle sie mussten hier weg. Das Knistern zeigte an, dass das Feuer keinesfalls aufgab. Es würde es trotz des Regens schaffen.

„Wir gehen, sobald Ihr Euch etwas erholt habt. Das Feuer wird so schnell nicht an die Hütte herankommen. Es ist zu nass“, erklärte Philipp mit der Reife und dem Sachverstand eines Erwachsenen.

Überrascht blickte sie in seine Augen, die vor Ernsthaftigkeit ganz dunkel waren. Er erwiderte ihren Blick. Und mit einem Nicken sagte er: „Wir trennen uns vor Reilingen.“

Längst hatte der Kraichbach sein Bett verlassen und überschwemmte die tief liegenden Wiesen und Teile von Eisingers Garten. Von da kam Gäßler Theres Eisinger entgegen, einen gequälten Ausdruck im Gesicht und unendlich erschöpft. Ihre Wangen waren schlammverschmiert, ihr nasses Gewand bis hinauf zu den Oberschenkeln ebenso. Sie trug eine Schaufel, mit der sie offenbar den letzten vorhandenen Sack mit Sand aus dem Garten gefüllt hatte. Ihr Mann schleppte ihn zusammen mit einem jungen Burschen zu einer Stelle, an der das Wasser am ärgsten einflutete. Theres, eine brave Frau mit dunkelbraunen Augen, die zu dicht beieinander standen, blickte ihn müde an und sagte: „Die Bohlen nutzen genau so wenig wie die Aufschüttungen. Äste, Baumstämme, was Ihr wollt treibt im Bach und reißt die Befestigung immer wieder ein.“ Sie klang so gedrückt, dass Gäßler erneut von einer Welle der Verzweiflung erfasst wurde. Sie strich sich schlammige Haare aus dem Gesicht, blickte über die Schulter zurück und ließ ihn dann mit einem Nicken stehen, um zum Haus zu gehen.

Gäßler tat einige Schritte und blickte sich unsicher um. Niemand beachtete ihn, ein jeder schien zu wissen, was er zu tun hatte, wo er mit anfassen musste. Er wollte ebenfalls etwas tun, zum Henker, alle rissen sich die Ärsche auf, er musste endlich irgendwo Hand anlegen, er schämte sich ja schon für sein nichtsnutziges Herumstehen! Er stolperte auf eine Gruppe junger Leute zu, die aus zwei Schubkarren Geröll, Sand und Kies auf die Wiese schütteten, um einen Wall zu errichten. Es waren sehr junge Leute, wie er bemerkte, Kinder, auch Mädchen, und er sah schon wieder einen Zahn, Zacharias diesmal, der vorletzte von des Zentgrafen Söhnen. Sie schaufelten was das Zeug hielt, während andere immer neues Geröll herankarrten. Aber ihre Mühen schienen für die Katz. Der herunterprasselnde Regen weichte das Gemisch aus Bohlen, Schwellen und Kies genau so auf wie die nassen Zungen des Bachs, die nach ihnen leckten.

Ein Schuss krachte, kaum zu unterscheiden vom Donnerbollern, das darauf folgte. Das markerschütternde Angstgebrüll einer Kuh. Gäßler fuhr herum. Die Männer fuchtelten mit den Armen. Einer lag in einiger Entfernung im Matsch und spuckte hustend Wasser aus. Gäßler entschied sich ohne weiter nachzudenken. Er stürzte auf ihn zu, riss sich im Laufen Hut und Umhang vom Leib und fasste das Ende des Seils, das neben dem Erschöpften im Matsch lag. Regen peitschte ihm ins Gesicht, sein Herz raste. Eile war geboten, diese Kuh hier lebte noch und vielleicht konnte man sie bergen. Vorfeller und Kratzwurm waren es, die ihm geistesgegenwärtig halfen, das Seil am Körper festzuknoten, dann stolperte er voran. Er glitschte im Uferschlamm aus, stürzte in den Bach, und kam sich augenblicklich dumm vor, weil er nicht daran gedacht hatte, dass er kalt war. Die Kuh reckte den Kopf empor, die samtenen Augen in wildem Entsetzen aufgerissen, das Maul ein hilfloser Schrei. Die Männer feuerten ihn an. Das Tier wurde an seine Seite gespült, einen Herzschlag lang bekam er es am Horn zu fassen, erhielt aber einen Tritt ihrer wild strampelnden Hufe und spürte einen stechenden Schmerz im Knie. Das Horn rutschte ihm durch die Finger. Man warf ihm ein Seil zu, er verfehlte es, tauchte unter, kam prustend wieder nach oben und hatte die Kuh verloren. Schon schalt er sich einen Narren, sich so unüberlegt ins Wasser gestürzt zu haben. Er fror und das Knie schmerzte. Er versuchte, den Kopf oben zu halten, erkannte, dass sich das Tier ein Stück weiter vorn rechts zwischen Gestrüpp und dem Ufer verfing. Selbst wenn er anders gewollt hätte – er trieb darauf zu. Es war geradewegs dort, wo die Jungen und Mädchen den Wall errichteten. Sie stoben voll Erschrecken auf, liefen durcheinander und fuchtelten, er spürte, wie sich das Seil um seine Leibesmitte straffte. Er schaffte es, zu winken, Zeichen zu geben, sie sollten ihm am Ufer entlang bachabwärts folgen. Er hielt auf die Kuh zu, die verzweifelt versuchte, festen Grund unter die Hufen zu bekommen. Er schluckte Wasser, als einer der Seilhalter hinstürzte und es einen Rückruck gab, der ihm die Eingeweide zusammendrückte. Er drohte ihnen zu entgleiten, er merkte es, weil das Seil an Spannkraft verlor, dann wurde es wieder fest angezogen. Wenn er das Vieh am Hinterteil zu schieben vermochte, überlegte er, könnte es gut gehen. Er verhedderte sich in einem Kleidungsstück, das wie ein halbrunder Ballon plötzlich an seine Seite glitt, versank erneut, kam wieder nach oben, japste nach Luft, wurde weitergerissen.

Und dann geschah alles gleichzeitig. Die Kuh brüllte, ein schwarzer Schopf stürzte vornüber in die Strudel, die Kuh schien durch die eigenen Strampelbewegungen frei gekommen und sauste bachabwärts, der schwarze Schopf versank, ein Mann schrie am Ufer und deutete zum Wasser, er selbst ruderte mit den Armen, schluckte Wasser, strampelte, fühlte den Schnitt, den das Seil verursachte, und erkannte entsetzt, dass es um mehr ging als eine Kuh, und dass er seine Kräfte überschätzt hatte. Der schwarze Schopf tauchte vor ihm auf, versank wieder, Getöse, seltsam von ihm getrennt. Und dann war der Junge direkt vor ihm, er bekam Stoff zu fassen, hörte Jubelgeschrei vom Ufer. Er spürte Grund unter den Füßen, der sackte aber unter ihm weg, als hätte sich ein Tor tief im Bachbett geöffnet, er sank erneut unter Wasser, verlor den Stofffetzen, bekam einen Arm zu fassen und umklammerte ihn. Er hatte das Gefühl, in seinem Hirn schwappe ebenfalls Wasser. Er würde es nicht schaffen, zum Henker, jemand musste ihm zu Hilfe kommen, sie mussten ihn und den Jungen herausziehen, das hier ging über seine Kräfte. Stattdessen hörte der Druck des Seils plötzlich auf, ließen sie ihn etwa los? Dann war das Seil wieder da, es drückte ihm die Brust zusammen, er japste nach Luft. Er umklammerte den Arm des Jungen, ruderte mit der anderen Hand. Er bekam Gestrüpp zu fassen, einen Busch vielleicht, der im Wasser trieb, fasste danach, hörte erneut wildes Geschrei, erkannte, dass etwas seitlich an ihm klebte … ein toter Körper, der mit dem Gesicht nach unten im Wasser trieb. Angeekelt zuckte er zurück, er wollte schreien, schluckte einen Schwall Wasser, bekam keine Luft, umklammerte den Arm des Jungen. Etwas rammte ihm den Rücken und fuhr ihm dermaßen in die Kniekehlen, dass er einknickte und wieder unter Wasser kam. Er verlor den Jungen, fühlte einen Schlag am Kopf, er hörte das Geräusch selbst unter Wasser, es schien *in* seinem Kopf zu sein, er wurde auf den Grund gedrückt, hatte Sand im Maul und wusste plötzlich ganz klar, dass sie das Seil losgelassen hatten, weil sie ihn nicht mehr halten konnten. Er fühlte die Angst, schlimmer noch als in jener Nacht, da der Dämon ihn gefoppt hatte, dann merkte er, wie er ruhig wurde. Das letzte was Gäßler wahrnahm, war das Tosen der Wassermassen, die ihn umspülten und der Gedanke, dass er genau diese Todesangst vor Gericht beschreiben würde, wenn er gegen die Heilmännin aussagte.

Ein letztes Grollen rauschte über sie hinweg wie die Schleppe eines langen schweren Mantels, der hinter einem mächtigen Fürst über den Boden schleift. Hier und da noch das Brummeln der Nachhut des Donnerfürsten, wichtig behelmte Wächter, die mit dem Rest vom Tross schwerfällig abzogen. Dann lag respektvolle Stille über dem Wald.

ER hat uns gezeigt, wer wirklich das Sagen hat, dachte Barbara. Die Luft roch sauber, wie frisch gewaschen. Der Wind schien gedreht zu haben, denn Barbara roch den Rauch nicht mehr, der sie noch ein gutes Stück Weg begleitet hatte, als sie die Hütte verließen. Philipp hatte Recht behalten: Das Feuer hatte sich letztlich nicht ausgebreitet. Zu nass waren Laub, Stämme und Waldboden. Wütendes Qualmen war alles, was von der Gefährlichkeit übrig blieb.

Barbara fühlte sich völlig erschöpft. Ihr Oberschenkel tat weh und außerdem war sie durstig. Philipp und Hedwig staksten in fünf Schritt Entfernung vor ihr her durchs Unterholz, Hose und

Gewand bis zu den Knien dunkel vor Nässe. Die beiden vermieden deutlich, sich an der Hand zu fassen. Aber sie gingen so nah nebeneinander, wie eben möglich. Früh genug würden sie wieder auf die kostbare Körperlichkeit des anderen verzichten müssen. Sie überlegte, was sie Gundel und Matthias sagen sollte. Die Wahrheit natürlich. Es machte keinen Sinn, Philipp zu verschweigen. Auf die erste Erleichterung, Hedwig mit Barbara zusammen zu sehen, würden unweigerlich Zorn und die Enttäuschung darüber folgen, dass sich ihre Tochter – wieder einmal – über das elterliche Verbot hinweggesetzt hatte.

Die erste Amsel erhob zaghaft ihre Stimme und bald war der Forst erfüllt von aufgeregten Tierstimmen, die von überstandener Pein kündeten. So ist das wohl, dachte Barbara. Unwetter ziehen vorüber und alles geht wieder seinen gewohnten Gang. Verhielt es sich so? Bei ihr nicht. Nie mehr hatte sie in ihr altes Leben zurückgefunden. Von einem Tag zum anderen war alles anders gewesen. Das Kräutersammeln hatte sie zu ihrem einzigen Lebensinhalt gemacht, wenn man von der Arbeit auf der Hube absah.

Sie überlegte, ob Matthias sie später auf dem Pferd nach Hockenheim bringen könnte, denn mit ihrem verletzten Bein würde sie die zweifache Zeit brauchen, um nach Hause zu gehen.

„Tante Barbara?“

Die beiden waren stehen geblieben. Sie hatten etwas auf dem Herzen und sie wussten nicht, wie sie damit herausrücken sollten. Und Barbara hatte mit einem Mal keine Lust, es ihnen leicht zu machen, indem sie fragte „Was ist?“. Sie war müde, die Wunde pochte und es standen weitere Unbilden bevor, wenn sie erst einmal in ihres Bruders Haus angelangt waren. Sie bedeutete ihnen mit einer Geste, weiterzugehen, da sagte Philipp: „Wir wollten Euch etwas sagen.“ Er warf einen raschen Blick auf Hedwig, die neben ihm stand und erwartungsvoll zu ihm emporblickte. Wie er jetzt so da stand, in diesem reingewaschenen grünen Dämmer, das sie umgab, sah er sehr erwachsen aus. Er sollte kein Grau tragen, es lässt ihn fahl aussehen, dachte Barbara zusammenhanglos.

„Tante Barbara, es ist so", kam Hedwig ihrem Liebsten zu Hilfe. „Wir wollten ... also, ich kann ja mit Mutter nicht darüber reden und da du es nun einmal weißt, vielleicht ..." Hilflos verstummte sie.

Philipp gab sich einen Ruck und sagte: „Wir sprachen von Heidelberg, Ihr erinnert Euch?"

Sie nickte unbestimmt, was würde jetzt kommen?

„Einer meiner Oheime betreibt eine Gänsezucht in Schwetzingen. Er betätigt sich zudem als Federschneider und beliefert den Hof. Die Kanzlei zu Heidelberg braucht scheffelweise Schreibfedern. Ich habe mit ihm gesprochen. Ich könnte ihm helfen und die Fahrten dorthin unternehmen, das würde ihn entlasten. Und mit seiner Einführung und ein wenig Ausdauer ist es vielleicht möglich, als Kanzleiknecht unterzukommen. Mein Oheim sagt, es wimmelt am Hof nur so von Knechten und gute Leute würden in Heidelberg immer gebraucht." Philipp hatte schnell gesprochen. Damit sie ihn nicht unterbrach oder damit ihn sein Mut, ihr dies zu offenbaren, nicht wieder verließ? Barbara wurde mit einem Mal bewusst, wie sehr sie jemanden brauchten, der von ihnen wusste, ihnen zuhörte und der die Überlegungen, die sie sich bezüglich ihres Lebens machten, mit ihnen durchsprach. Aber musste das ausgerechnet sie sein?

„Dann hast du noch immer kein Haus", stellte sie nüchtern fest.

„Ein Zimmer zur Miete wird reichen. Und sobald ich genug verdiene, um mir eines zu leisten, kann Hedwig kommen."

„Ich kann als Magd arbeiten. Heidelberg ist groß. Und es leben dort viele angesehene Familien."

Barbara schien ihre Überraschung ins Gesicht geschrieben, denn Philipp biss sich verlegen auf die Unterlippe, als hätte sie ihn wegen dieser dummen Erwägungen bereits gerügt. Und Hedwigs Augen flehten … um was? Verständnis? Billigung? Oder Hilfe? Wollte sie etwa, dass ihre Tante diese törichte Jugendspinnerei bei ihren Eltern unterstützte? Barbara schwankte zwischen Wut und … sie konnte es nicht leugnen: Rührung. Die beiden hatten sich wahrlich Gedanken über ein gemeinsames Leben gemacht. Und sie schienen entschlossen.

„Niemals wird dein Vater …"

„Ich werde mit ihm sprechen", unterbrach Philipp sie, und die Art, wie er dies tat, war selbstsicher und nötigte Barbara Anerkennung ab. Ja, Philipp befand sich genau in dem Alter zwischen mannbarer Standhaftigkeit und kindlicher Unsicherheit. Eine anrührende Mischung.

„Weiter!", befahl sie unwirsch und wedelte mit der Hand.

„Es ist nur damit du nicht denkst, wir seien unvernünftig", sagte Hedwig über die Schulter zu ihr.

Schweigend liefen sie weiter. Die beiden fassten sich nun doch an den Händen, hielten sie sie etwa jetzt für eine Mitwisserin, der man trauen konnte? Barbara merkte, dass ihr Ärger, da hineingezogen worden zu sein, nicht abflaute. Aber wenn sie ehrlich war, hatte sie nichts gegen diesen schlaksigen Kerl, an den ihre Nichte ihr Herz gehängt hatte. Dumm nur, dass er ausgerechnet Susannes Sohn war. Wusste er, dass sein Stiefvater sie, Barbara, bedrohte? Wie viel bekam er im Freihof mit? Sie hatte keine Ahnung und sie ärgerte sich mit einem Mal auch darüber, dass sie von den Gegebenheiten im Dorf so wenig wusste. Ein Entschluss reifte in ihr. Sie würde zu Würth gehen. Sie würde Einsicht in das Frevelregister verlangen. Sie würde die nötigen Schritte zu einer Klage einleiten. Gleich morgen.

Sie erreichten den Waldsaum. Durch die regennassen Baumstämme sah man Ackerland und grüne Wiesen. Vor ihnen lag die Allmende Reilingens. Sie ließen den Wald hinter sich und blieben auf dem Weg stehen. Außerhalb des Waldes pfiff ein scharfer Wind. Hedwig und Philipp wechselten einen Blick, mit dem sie sich ihre gegenseitige Standhaftigkeit und Treue versicherten. Sie fielen in eine scheue Umarmung, und obwohl Barbara es nicht wollte, hörte sie Hedwig flüstern: „Was auch immer sie sagen: Ich werde mit dir gehen!"

Sie lösten sich voneinander, fassten sich rasch bei der Hand, dann verabschiedete sich Philipp höflich auch von ihr und wanderte stracks gen Norden, Richtung Hockenheim.

„Den dicken Wichtigtuer hat's also erwischt", stellte Peter ohne jedes Bedauern in der Stimme fest. Er sah auf den Leichnam hinunter und pulte sich Wasser aus dem Ohr.

Die Männer, die den Toten geborgen hatten, umstanden ihn in einem Halbrund. Ihr Gemurmel über den Hergang des Geschehens verstummte bei Peters Worten. Niemand widersprach ihm. Agnes trat einen Schritt vor und warf einen Blick auf Gäßler. Sein Gesicht war aufgedunsen, sein Bart zerfranst und schlammverschmiert, Grashalme und Aststückchen hingen darin. Regen floss in dünnen grauen Schnüren auf ihn nieder. Das Grauen seiner letzten Augenblicke stand ihm noch im Gesicht. Agnes schaute zur Seite. So sehr sie den Nachtwächter auch verabscheut hatte – einen solch grässlichen Tod hatte sie ihm nicht gewünscht.

„Er wollte Zacharias retten", sagte ihr Vater ruhig. Er sah Peter nicht an dabei, er starrte wie alle auf den Toten hinunter.

„Eine Kuh, Zentgraf!", verbesserte Peter und brachte es fertig, spöttisch zu grinsen. Er legte den Kopf schief, steckte schon wieder einen Finger ins Ohr und rüttelte.

Agnes fror. Der Regen durchdrang ihre Schaube. Aber der Himmel hellte sich auf, wer hätte das je wieder für möglich gehalten? Die Angst saß Agnes jedoch noch immer in den Knochen. Sie hatte gerade einen Korb mit Brot und kaltem Braten zu ihrem Vater und den Männern bringen wollen, als Georg Zacharias heimbrachte. Jetzt war ihr der Korb hinderlich, er hing in ihrer Armbeuge und sie konnte die Arme nicht vor der Brust verschränken.

Ihr Vater wandte sich ihr zu. „Der Junge ist in Ordnung, sagst du?“ Er fragte wie jemand, der die gute Nachricht noch einmal hören will, weil er sie braucht, um die Sorge wirklich zu vertreiben.

Agnes nickte. Ihr Halbbruder hatte aus einer Wunde an der rechten Schläfe geblutet, seine Lippen waren blau gefroren, er triefte vor Nässe und Dreck, als Georg ihn brachte. Aber er lebte. Er hatte keinen Ton gesagt. Auch geheult hatte er nicht. Aber seine Augen waren in stummem Entsetzen weit aufgerissen und so dunkel wie schwarzes Glas gewesen, während Susanne in Wehgeschrei ausbrach und Georg berichtete, was sich zugetragen hatte. Er war selbst in den Bach gewatet, nachdem er gesehen hatte, dass Zacharias am anderen Ufer zwischen Gestrüpp und etwas, das recht schnell als Leichnam zu erkennen war, festhing. Der Junge hatte sich an dem Toten – ein Bauer aus Reilingen – festgehalten, nachdem Gäßler ihn verloren hatte. Bea hatte entsetzt aufgeschrien und sie selbst hatte bei dieser grauenhaften Vorstellung wie versteinert dagestanden und versucht, den Ekel loszuwerden, der ihr den Magen umstülpte. Mit Hilfe von Theres Eisingers Bohnenstangen sowie Seilen war es gelungen, an ihn heranzukommen und ihn mitsamt dem Leichnam ans diesseitige Ufer zu ziehen. Georg hatte gesagt, dass man nicht wisse, was mit Gäßler sei. Er sprach von einem halben Scheunentor, das ein

Stück bachabwärts ebenfalls im Ufergestrüpp hängen geblieben war. Der Teufel wusste, wie es in den Bach gekommen war, aber die Eisenverstrebungen und die zerfetzten Bohlen des Tors mussten ihn gerammt und unter Wasser gedrückt haben. Georg hatte zweimal schwer geschluckt und war verstummt. All das hatte sie dem Vater bereits berichtet.

Jetzt stand sie hier zwischen ihm und den Männern, die es geschafft hatten, Gäßler unweit der Brücke aus dem Bach zu bergen, schaute in die nassen, schlammbespritzen Gesichter und wartete wie alle, dass man eine Bahre brachte, um den Nachtwächter fortzuschaffen. Der Pfeiler war befestigt, man hatte Gesteinspakete miteinander verklammert und mit Sandsäcken einen stärkenden Wall drumherum errichtet. Die Brücke würde fürs erste nicht einstürzen. Das Gemurmel hatte wieder eingesetzt. Leute traten hinzu, die einen Blick auf den Toten warfen, betretene Gesichter machten und sich bekreuzigten, während man auch ihnen berichtete, was geschehen war.

Agnes dachte daran, dass das Schlimmste nun erst bevorstand. Das Ausmaß der Schäden würde sich erst in den folgenden Tagen zeigen. Wie viel Land überflutet und unbrauchbar geworden war, welchen Schaden Dächer und Häuser genommen hatten. Und – sie musste schlucken bei diesem Gedanken – wie viele Verletzte und Tote sie zu beklagen haben würden. Dabei fiel ihr Philipp ein. Ihr Vater hatte nicht nach ihm gefragt, die Sorge um Zacharias war vorrangig gewesen. Sie beschloss, auch jetzt nichts zu sagen und beruhigte sich mit dem Gedanken, dass ihr Stiefbruder gewiss in Wersau in Sicherheit war.

Und dann kam Eigner.

Der Pfarrer stolperte heran wie ein merkwürdiges schwarzes Fabelwesen mit riesigen Ohren, die Arme von sich gestreckt, als wolle er sie allesamt wie sie da standen umfangen, die Handflächen gen Himmel gereckt. Auf seinen Wangen prangten rote Flecken, die Augen rollten in den Höhlen. Im Herantaumeln strauchelte er über die Seile, die die Männer achtlos hingeworfen hatten, ruderte mit den Armen, erlangte das Gleichgewicht wieder. Atemlos blieb er bei der Ansammlung stehen und stierte auf den Leichnam hinab. Gebannt wie die anderen starrte Agnes auf den Pfarrer. Der hob Blick und Hände und rief mit drohender Stimme: „Der einzige, der ihre Missetaten bezeugen konnte, ist tot. Glaubt ihr da an einen Zufall?"

Raunen erhob sich, jemand stieß einen Schrei aus. Agnes traf die Erkenntnis, als wäre einer jener grauenvollen Blitze in sie gefahren, die noch vor einer Stunde über dem Dorf gezuckt hatten als seien sie lebendige Pfeile des Höllenfürsten.

„Ist Gäßlers Tod nicht der Beweis für ihr teuflisches Wirken?!", schrie Eigner. Er drehte sich mehrmals im Kreis, um auch ja alle mit dieser Botschaft zu erreichen. „Ich sage euch: Ich wollte sie zu Hilfe holen, als es unten beim Eisinger den Gainer erwischte. Wundert es euch, wenn ich sage, sie ist nicht da? Sie hat den Unglücklichen zu Tode gepeinigt und sich davongemacht! Hockt irgendwo an sicherer Stelle und lacht sich zusammen mit ihrem bocksbeinigen Buhlen ins Fäustchen!" Eigner war so außer sich, dass er sich an seinen Worten fast verschluckte. „Der Herr bewahre uns vor den Umtrieben des Hexenvolks!", schrie er.

„Wo steckt das Teufelsweib?", wollte jemand wissen.

Agnes drehte sich um, konnte aber nicht ausmachen, wer das gerufen hatte. Es gab Bewegung. Man machte dem Schockelheinz Platz. Zusammen mit dem Friedhofsknecht trug er eine Bahre heran. Die beiden Männer setzten sie ab, blickten kummervoll auf den Toten. Der Schockelheinz hakte die Daumen in die Schnürung seines vor Nässe schwarzen Lederwamses und schüttelte den Kopf.

„Jetzt ist es genug“, sagte ihr Vater leise wie zu sich selbst. Dann, lauter diesmal, dass man ihn verstehen konnte, wiederholte er: „Es ist genug! Maurer, Ihr wartet am Haus der Heilmännin und bringt sie zum Rathaus, sobald sie auftaucht.“

Zustimmendes Raunen ging durch die Menge, jemand rief: „Recht so Zentgraf! Was soll'n wir lang auf Weisung aus Heidelberg warten!“

„Kümmert die doch 'nen Scheiß, was wir hier erdulden!“, schrie ein anderer.

„Wurde ihr nicht schon wieder eine Buße auferlegt? Wie nachsichtig will man mit derlei Pack noch sein?“

Agnes schlug das Herz bis zum Hals. Schluss mit dem Gezauder. Sie fühlte sich mit einem Mal wie … berauscht. Um sie her herrschte Einigkeit. Sie genoss das überwältigende Gefühl, Teil dieser Ganzheit zu sein. Niemals zuvor hatte sie sich so verbunden gefühlt. Die Übereinstimmung war … kaum auszuhalten. Hastig fasste sie nach dem Dolch. Den Griff zu berühren beruhigte ihr wild schlagendes Herz. Etwas begann, und sie würde Teil dessen sein. Sie hätte ihrem Vater um den Hals fallen mögen.

Es war stockdunkel. Schwarz hing der Himmel über ihnen, und selbst die feuchtkalte Luft, die sie umwehte, schien Barbara schwarz wie ein tintegetränktes Tuch. Nicht ein Stern war auszumachen. Ein Nachtvogel rief und Nager raschelten im Unterholz. Barbara rührte sich, um auf dem Pferderücken angenehmer zu sitzen. Sie waren spät.

„Sag jetzt nichts über meinen Hintern!“, brummte sie und kniff Matthias vorsichtshalber ins Wams.

Ein Bruderlachen.

Weil der Nachbar fortgeritten war, mussten sie schon wieder zu zweit auf dem Gaul hocken. Doch war es besser als gehen. Obwohl Gundel ihr Johanniskrauttinktur gegeben hatte und ein sauberer Leinenstreifen stramm gewickelt um ihren Oberschenkel saß, der verhinderte, dass die Wolle des Beinlings an der Schnittwunde scheuerte, schmerzte diese. Dazu kamen Ermüdung, Entkräftung und Sorge. Wie ging es Mutter? War zu Hause alles in Ordnung? Wie mochte es in Hockenheim aussehen? In Reilingen hatte das Unwetter beträchtliche Schäden angerichtet. Matthias hatte im Dorf geholfen, umgestürzte Bäume wegzuschaffen und Dächer auszubessern, er war erst zu vorgerückter Stunde heimgekehrt. Plötzlich sagte er: „Wir dachten, das hört von allein auf."

Barbara brauchte einen Augenblick, ehe sie begriff, dass er von Hedwig sprach. Die Unterredung mit ihr war glimpflicher ausgefallen, als es unter anderen Umständen der Fall gewesen wäre. Seinem Vorwurf, dass sie seinem Haus durch ihr Betragen Schande bereitete, begegnete sie mit beharrlichem Schweigen.

„Zu früheren Zeiten hätte man sie in ein Kloster gesperrt." Er sagte das in einer Mischung aus traurigem Humor und Niedergeschlagenheit.

„Wirklich dumm, dass sie die Klöster geschlossen haben." Sie wollte es ihm gerne leichter machen, aber sie wusste nicht, wie. Sie hatte das Liebespärchen ja erlebt und ahnte, dass sich die Sache nicht so ohne weiteres aus der Welt schaffen lassen würde. Sie verschwieg, dass Hedwig bereit war, für ihre Liebe die Familie zu verlassen. Wozu ihn noch mehr grämen? Sie wollte Matthias aufmuntern und fügte spöttelnd hinzu: „Wusste immer, dass diese calvinistischen Reinemacher zu engstirnig sind, um das Segensvolle des Althergebrachten zu verstehen."

Es war scherzhaft gemeint und doch sah sie für einen Augenblick die Kräutergärten der Klöster, die neben Bildnissen, Büchern und Altären vor Jahrzehnten dem neuen Geist des rechten Glaubens zum Opfer gefallen waren. Es war schändlich und es grämte sie wirklich. Welch ein Gerangel und Gekämpfe um die wahre Religion! Sie selbst hatte in ihrem Leben bereits zwei Konfessionen durchlaufen – calvinistisch und lutherisch und wieder calvinistisch – und erinnerte sich an Erzählungen von Leuten über die Zeit, als man katholisch war und fertig. Der alte Glaube steckte den Leuten noch in den Knochen, da konnten die Kurfürsten mit Neuerungen und dem Katechismus daherkommen wie sie wollten.

Sie hörte, wie Matthias beifällig lachte. „Nicht umsonst rühmen sie dich einer spitzen Zunge", sagte er gelöst, um gleich darauf wieder ernst zu werden. „Aber halte sie im Zaum, ich will mir nicht auch noch um dich Sorgen machen."

Barbara schwieg, während das leise Quietschen von Walkos Hufen auf dem nassen Weg die Nacht erfüllte. Sie hatte ihre eigenen Sorgen beinahe vergessen. Matthias' Bemerkung brachten sie zurück.

„Matthias, hast du ...?" Sie biss sich auf die Unterlippe. Vermaledeit, war das schwer. Noch nie hatte sie mit ihm über soetwas gesprochen.

„Was ist?"

„Ist dir Gerede über mich zu Ohren gekommen?"

Matthias schwieg. Schließlich erwiderte er: „Über dich wird seit dem Brand geredet. Dass du auf diese Art und Weise fragst, bedeutet, es gibt etwas Neues, über das sie sich die Mäuler zerreißen?"

„Du hast es also noch nicht gehört?"

„Alleinstehenden Weibern wird gerne was angedichtet", wich er aus.

Die Worte schnürten ihr die Luft ab. Sie schwieg. Schließlich wagte sie zu fragen: „Hast du dich deshalb so für den Königsmann stark gemacht?"

„Wäre doch wahrlich nicht schlecht."

Wieder Schweigen. Sie hatten die Kißlau längst hinter sich gelassen und ritten über freie Flur. Mit Mühe erkannte Barbara den Weg.

„Was soll ich tun?"

„Heirate ihn."

„Das meine ich nicht. Ich meine … wegen der Gerüchte."

„Wehre dich."

Sie war überrascht. Überrascht, wie viel Matthias zu wissen schien. Und wie wenig er bisher darüber hatte verlauten lassen. Und wie zur Bestätigung ihrer Gedanken ergänzte er: „Gäßler ist der Haupttreiber, wie man hört. Erzählt wohl einiges herum."

„Gäßler? Aber ich hab nichts mit ihm zu schaffen!"

„Er prahlt damit, dir Hexenwerk nachweisen zu können."

„Ich wollte Würth schon längst aufsuchen …" Barbara wagte nicht, Matthias zu fragen, ob er ihr Vertreter vor Gericht sein würde, wenn sie sich zu einer Rüge entschiede.

„Lass nicht zu, dass sie deine Ehre beschmutzen." Dann fügte er hinzu: „Du hattest keine Schuld, auch wenn du dir das noch immer einredest. Wenn sie einer hatte, dann Gäßler. Und der hat dafür gebüßt."

Die Erinnerung überwältigte sie. Sie dachte an Gäßler, den sie lange Zeit gehasst hatte, dem sie aber inzwischen mehr vergeben konnte als sich selbst. Man hatte den Nachtwächter seinerzeit sturzbetrunken in Pfisterers Garten bei der Mühle gefunden, nachdem man sich voll Sorge, es könnte ihm etwas zugestoßen sein, nach ihm auf die Suche begeben hatte. Aber da war es längst zu spät gewesen, sämtliche Nachbarn versuchten bereits vergeblich, den Brand zu löschen, den er hätte entdecken und melden müssen. Er aber schlief seinen Rausch aus und merkte nichts von alledem. Eine Geldbuße war ihm auferlegt worden. Das für den Tod der zwei Menschen, die ich über alles liebte, dachte Barbara bitter. So hatte sie ihm doch nicht vergeben? Ach hol dich der Teufel, Gäßler, und mich gleich dazu!

Die ersten Häuser kamen in Sicht und schweigend ritten sie in die Ortschaft ein. Nirgends glomm Licht. Der Boden war matschig, überall standen Pfützen. Barbara sah hinüber zu Herwarts Haus. Es lag im Dunkeln. Wie mochte es Friedgard ergangen sein? Sie kamen zum Dorfplatz und sie sah hinauf zum Fenster von Baumanns Stube. Alles wirkte seltsam verlassen. Nirgends nächtliche Arbeiten bei Fackelschein. Diese Ruhe hatte etwas ... Bedrohliches? Sei nicht dumm, dachte sie, auch in Reilingen hat man inzwischen die Arbeiten beendet und wird morgen fortfahren. Als sie in den Heidelberger Weg einbogen, sah sie schwaches Licht hinter dem kleinen Fenster des östlichen Zollhauses. Es war ein vertrauter Schein, der sie heimelig ankam und sie beruhigte.

„Willst du nicht lieber hier übernachten? Eben ist ein Tropfen auf meine Nase geplatscht, es regnet gleich." Sie glitt von Walkos Rücken, Matthias hielt sie am Arm und beugte sich herab. „Geht's mit deinem Bein?", fragte er.

„Ja."

„Danke für das Angebot, aber genauso wenig wie du bei uns bleiben wolltest wegen Mutter, will ich hierbleiben."

Da löste sich eine Gestalt aus dem Schatten des Hauses und kam mit langsamen, aber sicheren Schritten auf sie zu.

Barbara erschrak und stieß einen Schrei aus. „Was ...?"

„Zum Teufel, was verbergt Ihr Euch an redlicher Leute Tür, Lauerhals!", polterte Matthias, während er vom Pferd sprang und nach seinem Dolch fasste.

„Den lasst stecken, Großhans", erwiderte eine Stimme gebieterisch.

„Heinz Maurer!“, sagte Matthias erstaunt.

Der Schockelheinz! Er enthüllte eine Laterne, die mit einem Tuch verhängt gewesen war. Licht flackerte durch die Dunkelheit.

Barbara dachte, es sei etwas mit ihrer Mutter geschehen. Aber der Ausdruck im Gesicht des Büttels ließ sie diesen Gedanken verwerfen. Er sah sie prüfend an, schließlich blickte er zu Matthias, warf ein Nicken in ihre Richtung und erklärte: „Ich habe auf sie gewartet. Ich bin hier, um sie in Gewahrsam zu nehmen.“

Bei seinen letzten Worten wurde die Haustür aufgerissen und ihre Mutter erschien auf der Schwelle. Schwacher Lichtschein fiel heraus und warf zuckende Schatten auf ihre Gestalt. Sie deutete auf den Büttel und krächzte aufgebracht: „Hetzt die Leut' auf! Soll ihm der Arsch abfallen, dem ...“

„Mutter!“, warnte Matthias, bevor sie sich Ärger einhandelte. „Was wirft man meiner Schwester vor?“, fragte er sachlich.

Es begann zu regnen. Matthias hatte sich schützend neben sie gestellt. In ihr war alles leer. Die Schmach, hier neben Mutter und Bruder zu stehen und zu hören, wie der Schockelheinz aufgeblasen sagte: „Sie wird beschuldigt, mit einer Persona unchristlichen Guts Umgang und mit dieser zusammen das Unwetter heraufbeschworen zu haben, dessen teuflisches Wüten unserem Nachtwächter das Leben gekostet hat und weiteren Unschuldigen Verletzungen zufügte“, ließ sie ganz tumb werden. Benommen hörte sie, was er sagte und verstand den Sinn dennoch nicht.

„Das ist barer Unfug, Maurer!“, schimpfte Matthias.

„Na!“, schnaubte Katharina.

Der Schockelheinz zog die Backen hoch und sagte: „Ich habe meine Anweisungen. Ich soll sie in Gewahrsam nehmen, die Sache wird untersucht.“ Er wandte sich an Katharina:

„Und die Leute habe ich heimgescheucht, damit sie Euch das Haus nicht einrennen mit ihren Ofengabeln!“

Sollte sie … davonlaufen? Keine zwanzig Schritt, und sie wäre durch den Dorfzaun hinaus … Und dann? Der Büttel band ihr die Hände. Sie wollte aufbegehren, aber kein Wort kam ihr über die Lippen. Ein dicker Regentropfen platschte ihr ins Gesicht, der Schockelheinz fasste sie am Arm und sagte: „Kommt.“

„Ich komme mit bis zum Rathaus. Ich will sehen, dass alles seine Richtigkeit hat.“

„Wenn Ihr meint Großhans, aber viel zu sehen gibt es da heute Nacht nicht mehr. Sie kommt in die Kammer und fertig.“

„Ich komme mit!“, bestimmte ihr Bruder und reichte Katharina die Leinenbeutel mit Barbaras Ausbeute des Bärlauch.

Schweigend gingen sie den Heidelberger Weg Richtung Ortsmitte entlang. Mit jedem Schritt, den sie taten, verstärkte sich der Regen. Es schüttete, als sie in die Mühlgasse einbogen.

„Da kommt sie!“, kreischte ein Weib.

Barbaras Kopf ruckte in die Höhe. Beim Rathaus wogten dunkel Menschenleiber in der Finsternis, vereinzelt flackerten Lichtpunkte von Laternen.

„Teufelshure!“

„Hagel und Donner sollen dich selber schlagen!“

„Sie gehört aus dem Dorf gesteinigt!“

Bestürzt blieb Barbara stehen. Matthias trat näher an sie heran, legte die Hand an den Dolch und warf einen Blick zum Büttel. Barbara merkte, dass auch der Schockelheinz beunruhigt war.

„Weiter!“, brummte er. Und zu den Leuten: „Verzieht euch, wenn ihr keinen Ärger wollt. Hab's euch schon mal gesagt. Heim, Leute!“

„Aufhängen sollte man die!“

„Ach was, brennen muss sie, sonst gibt's keine Ruh!"

Murmeln, Raunen, giftiges Zischeln. Barbaras Herz raste, ihr brannte die Kehle … woher dieser fessellose Zorn?

„Weg da!", rief der Schockelheinz.

„Gäßler ist tot, hast du ihm etwas angehext, du Bluthure?"

„Erst tauchen seine Beweise nicht auf beim Ortsgericht – nun ist er ersoffen."

„Maurer, passt bloß auf, dass sie Euch nicht entwischt! Legt sie in Ketten!"

„Sonst hockt sie sich wieder hin und kocht Unwetter!"

„Schämt Ihr Euch nicht, Großhans? Steht ihr noch bei!"

„Ihr Buhle hat sich für sie verwendet. Warum sonst ist in Leimen nichts geschehen? Wenn selbst die Herren Gerichtsschreiber und Richter nichts in die Wege leiten."

Ein Stein traf sie am Arm. Barbara duckte sich.

„Ruhe jetzt!", befahl Maurer. „Sie kommt in Gewahrsam, die Sache wird untersucht. Offenloch! Rufe die Leute zurück. Wer hier noch steht, wenn ich herauskomme, muss mit einer Rüge rechnen!"

Maurer zog, Matthias schob sie durch die Tür des Rathauses. Die Laterne des Büttels erhellte den Vorraum. Barbara gewahrte die zuckenden Schatten, die sie und ihre Begleiter an die Wände warfen. Sie fühlte sich wie der Greif in ihrem Traum. Tränen quollen ihr aus den Augen.

25

Stetes Trommeln des Regens vor dem kleinen Fenster. Leises Rasseln der Ketten.

In ihr war schwarze Leere, dumpf darin zwei Worte, sich wiederholend in eintöniger Abfolge wie die Räder eines unentwegt rollenden Karrens: Gefangen genommen. Angebunden mit Ketten in der Kammer des Rathauses, die der Verwahrung von Übeltätern diente. Sie musste die Nacht in diesem Gelass zubringen. Man hatte sich nicht die Mühe gemacht, die rohen Steinwände zu kalken oder das Fenster mit Glas zu versehen. Gitterstäbe ließen die feuchtkalte Regenluft herein. Die Ketten waren so lang, dass es möglich war, sich auf der hölzernen Liegestatt auszustrecken. Aber sie saß und starrte in die Dunkelheit. Der Schockelheinz hatte die Tür verriegelt und war davongegangen, sie war allein. Gefangen genommen.

Matthias hatte darauf bestanden, dass der Schockelheinz es unterließ, ihr auch die Füße in Ketten zu legen. Er hatte zudem ein frisches Laken für das faulige Strohlager gefordert und ihre Sichel an sich genommen, die der Büttel ihr abgenommen hatte.

Matthias. Der Ausdruck entschlossener Stärke in seinem Gesicht hatte seine Sorge nicht überdecken können. Sie unterdrückte nur mit Mühe ein Aufheulen. Wiegte den Oberkörper vor und zurück. Was mochten Mutter und er von ihr denken? Nicht genug, dass seine Tochter ihm Gram bereitete, musste Matthias nun auch noch die Schmach ertragen, der Bruder einer … Unholdin zu sein. Wie sehr sie sich schämte. Mutter und Matthias hatten mit ansehen müssen, wie man sie gefangen setzte. *Gefangen*.

Hätte sie doch wirklich Schultheiß Würth aufgesucht, wie Winfried es ihr angeraten hatte! Winfried. Wie sehr sie bedauerte, dass sie so grob gewesen war und sie im Streit auseinander gingen. Sie fühlte sich entsetzlich allein. Würde man sie tatsächlich anklagen? Was der Schockelheinz gesagt hatte – dass sie für das Unwetter verantwortlich sei – konnte unmöglich zu einer Anklage führen. Das kurfürstliche Recht besagte, dass es eine solche Tat nicht geben konnte. Sie versuchte, ihre Gedanken zu ordnen. Legte sich hin. Das Stroh stank. Sie war müde, erschöpft. Die Wunde schmerzte. Sie hätte noch einmal Johanniskrauttinktur aufgetan vor dem Zubettgehen. Aber hier lag sie stattdessen auf fauligem Stroh! Tränen sammelten sich in ihren Augen. Wer hatte ihre Gefangennahme veranlasst? Würth? Der Zentgraf? War etwa aus Heidelberg ein solcher Befehl erfolgt? Hatte Zahn wahr gemacht, was er ihr in der Walpurgisnacht gedroht hatte und sie wegen seinem ersten Weib angezeigt? Die Angst war ein Klumpen in ihrem Bauch. Sie lag stocksteif.

Gäßler! Jäh fiel ihr ein, dass der Schockelheinz gesagt hatte, Gäßler sei tot. Dass er es war, der gegen sie wetterte, hatte sie erst in dieser Nacht von Matthias erfahren. Würden die Leute da nicht einen Zusammenhang sehen? Ihr wurde so schlecht bei diesem Gedanken, dass sie sich wieder aufsetzte. Die Ketten rasselten über das Laken, und sie fühlte deren Kälte durch das Leinen ihres Kleides hindurch. Nachdenken. Hatte man sie deshalb in Gewahrsam genommen? Dachte man, sie habe etwas mit Gäßlers Tod zu schaffen, weil er wider sie gesprochen hatte? Ob er glaubte, sie wolle sich für Leonhards und Elisabeths Tod an ihm rächen? Ein verzweifelt-bitteres Auflachen kam über ihre Lippen. Er hatte es also genau so wenig vergessen wie sie selbst. Aber wenn ihre Vermutung stimmte, dann musste er etwas Belastendes vorweisen können. Man würde glauben, sie habe den Zeugen aus der Welt geschafft. Dann war es Mord, weswegen man sie einsperrte. Und vor die Richter brachte. Und da sie nicht gestehen konnte, was sie nicht getan hatte, würden die Amtleute in Heidelberg die peinliche Befragung anordnen. Ihr war nur allzu klar, dass sie gestehen würde, was immer man von ihr wissen wollte, sollte sie erst einmal auf die Folter gezogen werden. Die Verzweiflung, die sich ihrer bei diesem Gedanken bemächtigte, war so schwarz und grenzenlos wie der Himmel in einer sternenlosen Neumondnacht.

Das eiserne Knirschen, mit dem der Riegel zurückgeschoben wurde, weckte sie. Barbara schrak auf und blickte sich verwirrt in der dämmrigen Kammer um. Schlagartig erinnerte sie sich daran, wo sie sich befand. Die dicke Holztür öffnete sich knarrend. Mit einem Ruck saß sie aufrecht, was sofort einen stechenden Schmerz im Oberschenkel zur Folge hatte. Hinter dem rußigen Flackern einer Fackel erkannte sie den Schockelheinz.

Verlegen, dass sie eben erst erwacht, ihr Gewand in Unordnung und ihre Augen schlafverklebt waren, rieb sie sich den Schlaf aus den Augenwinkeln und blinzelte in den Feuerschein. Das große Licht war übertrieben in der kleinen Kammer, ein Öllicht hätte es auch getan, aber der Büttel trug die pechstinkende Fackel vor sich, als stiege er in einen finsteren Stollen hinab.

Oder als wär ich wunder was für ein gefährliches wildes Tier, das zu bändigen ihm nur das Feuer hilft, dachte sie erbittert, als sie in das grimmig verzogene Gesicht Maurers sah.

„Euer Frühstück", brummte er, steckte die Fackel in eine Halterung und holte von draußen eine dampfende Schüssel Suppe. Er stellte sie auf einem Hocker ab, schob ihn in ihre Reichweite, vermied es, sie anzusehen. Dann ging er noch einmal hinaus. Kam mit einer Waschschüssel und einem Tuch aus dem Vorraum zurück. Klobig wie ein Holzklotz stand er da und wusste nicht, wohin mit der zweiten Schüssel. Schließlich stellte er sie auf den Boden und schob sie mit dem Fuß näher an das Bett heran, eine Geste, die sie kränkte. Dann fiel die Tür hinter ihm zu, der Riegel knirschte und sie war wieder allein. Allein mit ihren Gedanken, allein mit der Scham, allein mit dem schmerzenden Rücken. Sie musste schief gelegen haben, der Ketten wegen. Ihre Handgelenke waren rot gescheuert und schmerzten ebenfalls. Sie starrte auf die dampfende Schüssel und schluckte. Sie hatte keinen Hunger. Sie wollte hier raus. Die Schmach der Gefangennahme war ihr unerträglich. Sie schluckte noch einmal, aber es nutzte nichts. Die Tränen ließen sich nicht hinunterwürgen. Sie presste die Hand auf den Mund, überwältigt von der Heftigkeit, mit der die Angst sie schüttelte. Sie war nicht zu Würth gegangen, sie hatte das Gerede abgetan und nun hatte es sie eingeholt.

Ihre Blase drückte. Sie äugte zu dem Blecheimer, der in zwei Schritt Entfernung stand, dann zur Tür. Schließlich überwand sie sich, verrichtete ihre Notdurft, angespannt, ob sich die Tür oder die lederne Klappe vor dem kleinen Guckloch darin öffnen würde. Aber nichts geschah. Sie ging zurück zum Bett. Es konnte nicht schaden, sich erst einmal den Schlaf aus dem Gesicht zu waschen. Sie beugte sich über die Schüssel, schöpfte umständlich Wasser in die hohlen Hände, weil die Ketten dabei hinderlich waren, und verteilte das kalte Nass von der Stirn bis zum Hals. Das Leinentuch, das der Schockelheinz neben die Schüssel gequetscht hatte, hatte Flecken und roch muffig. Sie ekelte sich davor und tupfte sich nur spärlich damit über die Wangen. Dann schwenkte sie einige Schluck Wasser im Mund, um den pelzigen Nachtgeschmack loszuwerden. Und mit einem Mal bekam sie doch Esslust. Die Suppe aus Kohl, Rüben und frischen Kräutern roch aromatisch und Barbara war überrascht, wie gut sie ihr schmeckte. Sie legte eben den Holzlöffel beiseite, als Schritte im Vorraum zu hören waren und der Riegel erneut zurückgeschoben wurde.

Mit der Gestalt des Zentgrafen drang auch sein Geruch herein. Zahn, dunkel gekleidet, stapfte wie ein schwarzer Bär in die Verwahrkammer und winkte dem Schockelheinz, der die Schüsseln forträumte, draußen zu warten und die Tür hinter sich zu schließen.

Barbara schluckte. Nach niemandem verlangte sie weniger als nach Zahn. Aber hier war er in schwarzbrauner Riesenhaftigkeit, zog sich den Hocker zurecht und setzte sich ihr gegenüber.

„Da sind wir also, Frau Heilmann", sagte er betont entspannt.

„Warum habt Ihr mich festsetzen lassen?", begehrte sie zu wissen. „Ich habe nichts getan."

„Das wird sich herausstellen", erwiderte er.

Ihr Magen verkrampfte sich, sie stieß die Suppe auf. Sie sah in sein bartschattiges Gesicht und verabscheute ihn mehr denn je. Sie hatte geweint und wusste, dass er es sehen konnte. Sie fühlte sich erniedrigt und hilflos angesichts der selbstgefälligen Ruhe, die er zur Schau stellte.

„Sagen wir es so: Es liegt an Euch, ob das hier zu einer Anklage führt oder ob Ihr schon in Kürze wieder in Eurem geliebten Wald herumstreunen könnt."

Seine Worte entfachten die Sehnsucht nach ihrem Gewerk mit einer Tiefe, die sie im Mark erschütterte. Was hätte sie darum gegeben, nun draußen zu sein, wo die Luft nach Erde und sprießendem Grün roch. „Wie meint Ihr das?"

Er betrachtete sie eindringlich. Sie sah hinunter auf ihre gefesselten Hände.

„Wisst Ihr, mir liegt nichts an Euch und Eurem Schicksal. Ob es sich in diese oder jene Richtung wendet, ist mir einerlei." Er senkte die Stimme: „Gebt mir, was mein ist und Ihr spaziert schon bald wieder froh und munter Eures Weges."

Überrascht sah sie ihn an. „Ich habe nichts, was Euch gehört, das sagte ich bereits."

„Und ich meine, Euch davon in Kenntnis gesetzt zu haben, dass ich das nicht glaube", entgegnete er gewollt gelassen.

„Zentgraf, was auch immer das ist …"

„Das tut nichts zur Sache", unterbrach er sie mit dieser zur Schau gestellten Seelenruhe, die ihr bedrohlicher erschien, als würde er schreien. Das Herz klopfte ihr gegen die Rippen, sie wusste nicht, wohin sie schauen sollte.

„Seht", sagte er, „Schritt eins war, Euch gefangen zu setzen. Als Zentgraf ist es nun meine Pflicht, die Voruntersuchung anzustellen und Euch zu befragen. Je nachdem, wie Eure Antworten ausfallen, kann ich die Amtleute aus Heidelberg herbeirufen – oder es bleiben lassen."

„Ich habe nichts getan, was dies rechtfertigte, Herr Zahn. Heinz Maurer sprach zu mir von Unwettermachen. Das …"

Wieder unterbrach er sie, indem er abwinkte als fiele sie ihm lästig wie eine Mücke. „Unwettermachen ist lächerlich. Wir alle wissen das." Zahn grinste abfällig. „Zumindest einige." Er fuhr sich über das Kinn. „Zweierlei könnte Euch zum Verhängnis werden, Frau Heilmann. Zum einen habt Ihr zwar sicherlich nicht den geringsten Grund, einem Lehrer Leid anzutun, aber handelt das Hexenpack nicht ohnehin aus purer Bosheit? Zum anderen seid Ihr im Bilde, dass Gäßler tot ist?"

Sätze wie Steingeschosse. Sie schlugen in ihrem Magen ein und von dort kroch die Angst empor, drückend, lähmend. So hatte sie mit ihrer Vermutung recht gelegen? Gäßlers Tod erschütterte sie nicht. Sollte Gott ihr ob dieser Gefühllosigkeit zürnen – sie konnte nicht. Doch was dies für sie bedeuten mochte …

„Es geht die Rede, Ihr hättet dem armen Mann etwas angetan, da er einiges über Euch zu berichten wusste, was Euch zum

Nachteil gereichen könnte. Dann hätten wir es mit schädigendem Willen zu tun. Möglich, Ihr verabreichtet ihm einen Trunk, der seine Schwäche auslöste, die zu seinem Tod führte."

Sie schluckte.

„Das tat ich nicht. Zudem war ich nicht im Ort, als das Unwetter tobte", erwiderte sie leise.

Zahn zuckte die Schultern. „Wen kümmert das schon?"

Voll Entsetzen starrte sie ihn an. Er würde doch nicht die Gesetze umgehen?

Er kam noch näher, sein Gesicht nur mehr eine Armlänge von ihrem entfernt. Sie lehnte sich zurück, die Wunde im Oberschenkel tat weh.

„Ihr steht im Geschrei, Heilmännin. Und das nicht erst seit gestern. Es gibt einiges, womit Ihr auffällig seid. Ihr meidet den Kirchgang, seid ohne Eheherrn, treibt Euch des nachts im Wald herum. Und nun die beiden jüngsten Vorfälle." Er setzte sich wieder aufrecht hin. „Alles zusammengenommenist es ein beachtliches Bündel, meint Ihr nicht auch?" Wieder grinste er und ergänzte: „Nicht zu vergessen die Strafe von sechs Schilling Heller wegen Fernbleiben vom Ortsgericht und Eurem widerspenstigen Auftreten bei der Befragung vor zehn Tagen. Auch wenn die Schöffen keinen Grund sahen, eine Zentsache daraus zu machen, ist dies Eurem Leumund nicht gerade zuträglich."

Gestern Morgen, bevor sie sich in die Lußhardt aufmachte, war der Büttel da gewesen und hatte die Geldbuße eingezogen. Die Dorfschöffen waren zu dem Schluss gekommen, der Vorfall sei zu gering, um ihn auf die Zent zu schreiben, obwohl Schmähworte durchaus dorthin gehörten, je nachdem, wie schlimm sie waren. Barbara beteuerte, Margarete Herwart nicht beschimpft zu haben, diese zog ihren Vorwurf jedoch nicht zurück. Allerdings konnte sie keine Zeugen benennen, und so stand die Aussage der einen gegen die der anderen. Da man Barbara der Schmähworte durchaus für fähig hielt, hatte man ihr die Buße auferlegt. Mit einer Ermahnung, künftig ihre Zunge im Zaum zu halten.

Leise fragte sie: „Warum könnt Ihr mich nicht in Ruhe lassen?"

„Ihr bekommt Eure Ruhe, all das löst sich in Wohlgefallen auf, wenn Ihr mir nur gebt, was mein ist."

„Ich habe nichts, das Euch gehört."

„Wo habt Ihr es versteckt?"

Ratlos sah sie ihn an. Er hörte es nicht. Er glaubte ihr nicht. „Bitte ..."

„Oh, Ihr bittet!"

Sie schlug die Augen nieder. War es das? Wollte er sie einfach nur erniedrigen? Sie hob den Kopf, sprach gegen ihre Furcht an. „Ist es das, Herr Zahn? Wollt Ihr mir übel, weil ich Euch einst zurückwies? Nagt dies noch immer derart an Eurer Ehre, dass Ihr mir solche Schmach antut? Das liegt Jahre zurück. Ihr seid ein angesehener Mann. Was kümmert Euch an einem einfachen Weib wie mir?"

Zahn sprang auf. In seinen Schläfen zuckte es.

Er wandte sich ihr zu und sagte mit eisiger Stimme: „Ich sagte es bereits: Euer Schicksal ist mir gleich. Ich kann es in diese oder jene Richtung lenken, nichts weiter als ein Furz, den ich lasse. Gebt mir, was Ihr nahmt, um ..." Er unterbrach sich selbst, schien sich zu besinnen. „Ihr dachtet Euch nichts dabei, das ist verzeihlich. All das hier muss nicht sein, so Ihr nur vernünftig seid."

Sie horchte auf. Lenkte er etwa ein? Nein, nicht Zahn. Er suchte sie nur zu täuschen.

„Ihr seid nicht einsichtig, Heilmännin. So werde ich Meldung nach Heidelberg machen."

„Dann habt Ihr noch immer nicht, was Ihr bei mir sucht, denn ich habe es nicht", murmelte sie.

„Ich weiß, warum Ihr so beharrlich lügt."

Fragend sah sie ihn an und sagte leise: „Ihr habt mir schon einmal Rache vorgeworfen. Aber es stimmt noch immer nicht, obwohl Ihr meine Ehre verletztet." Sie sprach zu seinem Rücken, zur Tür, zur Wand. „Niemals sprach ich zu jemandem darüber. Selbst zu meinem Ehemann nicht, der jedoch ahnte, was geschehen …"

„Schweigt!" Seine gebieterische Geste, sein zorniger Blick zeigten ihr, dass er sich mühsam zur Ruhe zwang. „Ihr sucht, mich zu verwirren, für Euch einzunehmen. Hexe!"

Das traf sie ins Mark. Doch obwohl sie erschüttert war und sie wusste, dass diese Frage gefährlich war, sagte sie so ruhig, als sie vermochte: „Warum sagte Baumann nichts davon, dass er etwas bei sich hatte, das Euch gehört? Warum erfolgte kein Diebgeschrei?"

Er sah sie an. „Gebt es mir einfach."

Sie schüttelte den Kopf. „Ich habe es nicht!" Sie hörte, dass sie unwirsch und verzweifelt zugleich klang. „Warum wollt Ihr das nicht glauben? Ich habe nichts genommen!"

„Gut, Heilmännin, dann geht es seinen Gang."

Rasch wandte er sich ab, hämmerte an die Tür, die sich gleich darauf öffnete.

Nur der saure Leibgeruch des Zentgrafen blieb in der Kammer zurück, zäh, ekelhaft und aufdringlich wie Scheiße, die einem am Schuh klebte.

26

Ihr Vater war schweigsam, die Stimmung bei Tisch gedrückt. Die Familie saß beim Mittagsmahl. Agnes dachte, dass es heute sicher in den meisten Familien so zuging. Die Schäden, die das gestrige Unwetter angerichtet hatte, waren verheerend. Dächer hatte es weggerissen, Kühe, Schafe, Schweine waren verendet. In zwei Scheuern hatte der Blitz eingeschlagen. Die Feuer hatten zwar gelöscht werden können, doch mindestens ein Dutzend Tiere hatten ihr Leben dabei gelassen. Von Gäßler und den zwei Bauern in Reilingen ganz zu schweigen. Die Verwüstungen waren längst nicht zur Gänze erfasst. Wie man hörte, waren Hofbereiter Herwart, Keller Doldt und Schultheiß Würth seit dem Morgengrauen unterwegs, um die Schäden festzustellen und die Einbußen zu vermerken.

Philipp war nach dem Unwetter aufgetaucht, selbstverständlich sei er in Wersau geblieben, hatte er seiner Mutter erklärt, die ihren Erstgeborenen weinend vor Erleichterung in die Arme gepresst hatte. Agnes äugte an ihrem Stiefbruder vorbei zu Zacharias. Sein Unfall hatte ihn verändert. Er war nie sonderlich redselig gewesen, doch jetzt schwieg er, so, als habe man ihn dem wahren Leben an den Hals geworfen und als sei die Folge davon bare Ernüchterung. Jedes Mal, wenn sie ihn ansah, musste sie daran denken, dass er an einer Leiche festgehangen hatte und dass genau das es war, was ihn rettete. Es drehte ihr den Magen um vor Ekel. Also suchte sie, an etwas Erfreuliches zu denken. Friedgard. Auch er hatte im Dorf geholfen, beim Neubau auf der elften Hube, bei der Mühle. Sie hatte ihn zwar nicht gesehen, aber wer wo geholfen hatte, sprach sich schnell herum. Agnes dachte an den Spaziergang, den sie am Sonntag mit ihm unternommen hatte. Sie waren durch die Niederungen Richtung Lußheim gewandelt und zwei Mal hatte er sie bei der Hand gefasst. Sogar den Arm hatte er um ihre Schultern gelegt, als ein kühler Wind sie frösteln ließ. Ach, es war so wunderbar, wie gelöst er von seiner Geschichte erzählte. Es ging um ein verliebtes Paar und Agnes dachte, dass er dies sicher schrieb, weil er seine Gefühle für sie so besser ausdrücken konnte. Sie hatte ihm gelauscht und gelacht und kleine Anmerkungen eingestreut. Und sie hatte darauf geachtet, ihn hin und wieder wie zufällig zu berühren, sich an ihm festzuhalten, wenn sie unwegsames Gelände durchstreiften. Es war so schön gewesen! Und wie trefflich sich alles fügte! Die Heilmännin war festgesetzt. Wegen der Protokolle an den Oberrat würde Friedgard oft im Freihof ein und aus gehen. Alles kam, wie sie es wollte! Wie sie der Wahrsagerin dafür dankte! Eifrig schrieb sie ihren Namen auf Salbeiblätter, die Elli ihm unter das Essen mischte. In ihr jubelte es und sie konnte sich nichts vorstellen, das diesem Gefühl gleich kam.

„Wirst du um Einleitung eines Vorverfahrens gegen die Heilmännin ersuchen?", fragte Georg in die Stille hinein.

Ihr Vater sah nicht einmal auf, als er missmutig brummte: „Schon möglich."

„Was sagt sie zu Gäßlers Tod?"

„Dass sie nicht im Ort war."

„Hast du Würth Bescheid geben lassen?"

„Wann denn?", schnaubte ihr Vater übellaunig. „Soll ich den Schockelheinz kreuz und quer durch die Gemeinde schicken, um Würth zu suchen?"

Agnes dachte, dass man Würth wahrscheinlich längst zugetragen hatte, dass die Heilmännin in Gewahrsam war.

„Wie ich diesen roten Gockel verabscheue!" Ihr Vater fasste das Messer und hielt es erhoben wie den Richtstab. Er starrte Georg über den gedeckten Tisch hinweg an.

„Würth ist auch Zentschöffe, Vater, du solltest dich beruhigen“, empfahl Georg mit sachlicher Stimme. „Du musst während der Voruntersuchung mit ihm zusammenarbeiten, so es denn zu einer kommt.“

Ihr Vater brummte verächtlich, legte das Messer beiseite und griff in seinen Salat. Missmutig mischte er die letzten Blätter und stopfte sie sich in den Mund. Dann hob er die Tonschale an die Lippen und trank das Öl.

„Eine Liste der Zeugen muss aufgesetzt werden, sie müssen verhört werden. Du kannst die Arbeit nicht alleine tun.“

„Mir wäre lieber, du wärst Zentschöffe, mein Sohn.“

„Du weißt wohl, dass das nicht möglich ist. Die Landesordnung verbietet die Besetzung des Gerichts mit Personen, die miteinander verwandt sind. Würth ist es nun mal.“

„Aber was wirft man diesem Weib denn vor?“, meldete sich Philipp zu Wort.

Agnes war so erstaunt über diese Frage, dass sie ihn ansah und rief: „Du kannst doch nicht ernsthaft sagen, dass du noch nichts über sie gehört hast! Sie ist eine Unholdin, die mit Schadzauber umgeht. Man muss ihr das Handwerk legen!“

Philipp schien entsetzt und erwiderte ihren Blick. Abweisend. Das machte sie unsagbar wütend. Dieser Läusepimmel! Was bildete der sich ein!

Er sah seinen Stiefvater an. „Wer hat sie angezeigt?“

„Wenn du so willst, der ganze Ort. Agnes hat recht, müsstest doch längst gehört haben, dass sie im Geschrei steht. Gäßlers Tod ist zu untersuchen. Das Unwetter, womöglich hat sie Schadzauber …“

„Aber das ist es ja, was mich wundert!“, unterbrach Philipp den Zentgrafen, was dieser mit einem ärgerlichen Stirnrunzeln zur Kenntnis nahm. „Wetterzauber ist doch nicht möglich! Wie kannst du als Zentgraf daran festhalten? Ich verstehe dich nicht."

„Mäßige deinen Ton!", warnte ihr Vater. Und indem er den Kopf zu Bea ruckte, maulte er: „Wird das heute noch was mit dem Fleisch?"

Bea beeilte sich, das Holzbrett mit dem Braten zum Tisch zu bringen. Sie setzte sich. Agnes sah der Magd an, dass sie keine Sekunde daran zweifelte, dass Wetterzauber möglich war.

„Ich meinte, unsere Gesetze lauten anders", gab Philipp keine Ruhe.

„Philipp, bitte!", mahnte Susanne.

„Was wird das hier, junger Mann?", fragte ihr Vater scharf.

Peter mischte sich ein. Agnes hatte bemerkt, dass er das Gespräch mit fast belustigtem Gesichtsausdruck verfolgte. Seine Nase war geschwollen, unter einem Auge prangte ein dunkler Fleck. „'S geht womöglich nicht nur um Schadzauber. Man betrachte den Lebenswandel dieser Wittib, sie tummelt sich ohne Scheu nachts im Wald ..."

„Das sagst ausgerechnet du!", rief Philipp aufgebracht. „In allen Schenken zwischen Heidelberg und Speyer kennt man doch dein Gesicht."

„Was ist nur mit dir los, Philipp?", tadelte Susanne.

Das fragte sich Agnes auch. Nie hatte sie Philipp so erlebt.

Peter sandte Philipp einen überlegen boshaften Blick und entgegnete: „Ich bin ein Mann. Im Gegensatz zu dir, Gelbschnabel."

„Genug jetzt!", befahl Zahn. Er wies mit seinem Messer, auf dem ein Stück Braten steckte, zu Peter hin und polterte: „Du bist oft genug bezecht! Mäßige dich künftig!"

„Was soll ich machen, wenn der Meyer mich auf eine Kanne in den Schwarzen Ochsen einlädt?" Peter hob die Handflächen und schenkte dem Hausherrn ein unverschämtes Grinsen als könne nichts und niemand ihm etwas anhaben.

„Das ganze Dorf weiß von deinem derben Spaß von vor einer Woche. Schau dich mal an. Der junge Herwart lässt sich das natürlich nicht bieten. Also halte deine Zunge im Zaum! Und du" – Zahn stopfte das Stück Fleisch in den Mund, kaute, spießte ein neues auf und zeigte damit auf Philipp – „du bedenkst einmal, was Gäßler widerfuhr. Und dass er es war, der die Umtriebe des unsäglichen Weibes bezeugen konnte. Schon seltsam, dass er nun tot ist, nicht wahr? Und genau das werden wir untersuchen! Also halte deinen vorlauten Schnabel!"

Aber Philipp hielt ihn nicht. „Was geschieht, wenn es ein Verfahren gibt?"

„Das weißt du doch! Wenn die Oberräte für ein Verfahren stimmen, kommt es zum Prozess."

„Und du zu einem außerordentlichen Gerichtstag, der dir Aufmerksamkeit und Anerkennung einbringt, nicht wahr?"

Philipps Ton war bitter und furchtlos, obwohl er seinen Stiefvater nicht offen ansah, sondern mit geneigtem Kopf vor seinem Teller saß.

„Philipp, du weißt nicht, was du redest!", suchte Susanne zu beschwichtigen. „Sei nun still oder verlasse den Tisch, bitte."

„Lass gut sein, Weib." Und zu Philipp, scharf: „Was willst du damit andeuten?"

Jetzt blickte Philipp auf und sah seinen Stiefvater an. „Ich will damit sagen, dass es nicht Recht sein kann, eine Unschuldige dessen zu bezichtigen, dessen du sie bezichtigst, nur, um damit das eigene Ansehen zu mehren."

Vater hieb die Faust auf den Tisch und schrie: „Ich kenne die Landesordnung fast auswendig! Gesetze sind für mich bindend! Und du elender Tropf willst mir Vorhaltungen machen? Du verlässt den Tisch, ehe ich mich vergesse!"

Philipp erhob sich. „Ich verlasse nicht nur den Tisch – ich verlasse das Haus!", verkündete Philipp mit bebender Stimme.

Agnes starrte ihn überrascht an. Philipp wirkte einen Herzschlag lang unentschlossen, dann zwängte er sich an ihr und Georg vorbei und lief hinaus. Susanne riss die Hand vor den Mund, die Augen vor Entsetzen weit aufgerissen. Johannes begann zu plärren. Bea sprang auf, machte „Scht, scht!" und hievte ihn aus seinem Hochstuhl. Rasch entschwand sie mit ihm aus der Küche, sein Zetern wurde lauter, er forderte seine Mutter. Susanne jedoch saß da und starrte in grenzenloser Erschütterung vor sich.

Agnes schlug das Herz bis zum Hals. Welch ein Ungewitter! Dennoch war das die Gelegenheit, auf die sie gewartet hatte. „Verzeih, Vater, aber ich bin froh, dass dieses Weib gefangen gesetzt ist. Wer weiß, welchen Schaden sie sonst noch angerichtet hätte. Wendel, du weißt, der Knecht vom unteren Freihof, hat kurz vor dem Unwetter gesehen, wie sie aus dem Eichenwäldchen zu Lußheim kam. Der Wald rauchte. Sicher hat sie mit den Eichen einen Zauber getrieben, der das Unwetter heraufbeschwor." Sie ergänzte: „Sie ist eine schlechte Person und ich fühle mich nun, da sie gefangen gesetzt ist, sicherer." Und dann, plötzlich und leicht, als hätten Engel ihr dies eingeflüstert, fügte sie an: „Ich stelle mich als Zeugin zur Verfügung."

Und Friedgard wird meine Aussagen niederschreiben, wieder und wieder werde ich ihm begegnen, jubilierte sie innerlich.

„Du? Aber was willst du denn bezeugen?"

„Ständig sieht sie mich mit ihren unheimlichen Augen an und wünscht mir Böses."

Ihr Vater lachte abfällig auf. „Das ist nichts! Sie sieht dich nur an!"

Agnes' Augen brannten. Ihre Gesichtshaut schmerzte.

„Was ist mit Mutter?", presste sie wütend hervor. „Die Heilmännin war als letzte bei ihr. Danach starb Mutter." Sie äugte zu Susanne hinüber, wie die aufnähme, dass von ihrer Vorgängerin gesprochen wurde. Ihre Stiefmutter saß reglos, hielt den Kopf gesenkt und kämpfte mit den Tränen.

„Dummes Gerede", maulte ihr Vater. „Die derzeitigen Geschehnisse reichen vollkommen aus, sie einer Befragung zu unterziehen. Und was willst du schon wegen damals sagen können. Du warst ein Kind. Halte dich da heraus."

„Vater hat Recht", sagte Georg. „Mutter war sehr krank, Agnes." Seine Stimme wurde weich und einfühlsam. „Niemand konnte ihr mehr helfen. Du solltest das dumme Gerede nicht glauben. Es ist nicht gut für dich."

Wie sie diesen Blick hasste. Sie biss sich auf die Unterlippe und senkte den Kopf. Ballte die Hände im Schoß zu Fäusten und fühlte, wie sich ihre Fingernägel in die Handballen bohrten.

Stimmen drangen von draußen herein, die Haustür ging, Schritte im Vorraum.

Kurz darauf stand der Büttel in der Küche. „Gott zum Gruß, Zentgraf", sagte er und nickte den anderen grüßend zu. „Schätze, wir müssen Meyer kommen lassen. Allein kann ich für nichts einstehen. Jetzt, wo sich abzeichnet, wie Verderben bringend die Schäden sind, sammeln sich immer mehr Leute vor dem Rathaus. Fordern den Tod der Hexe. Sie sind wie der Rhein, treten über die Ufer und suchen sich ihren Weg allein."

„Ihr meint, Maurer, wir brauchen den Zentbüttel?"

Der Schockelheinz nickte und sagte: „Zwei sind besser als einer."

„Gut denn, ich lasse nach ihm schicken. Dann macht die Runde bei den Schöffen, dem Schreiber und dem Schultheiß.

Sie mögen sich am Nachmittag in den Ratssaal verfügen. Und geht bei Kratzwurms vorbei und ladet sie für den Abend zur Zeugenvernahme."

Georg erhob sich. „Ich werde derweilen Stellung im Rathaus beziehen, Vater."

„Tu das, mein Sohn."

Zusammen verließen Georg und der Schockelheinz die Küche.

Agnes umrundete den Tisch und sagte zu Susanne, indem sie sich die Hand auf den Magen legte: „Verzeih, aber mir ist nicht wohl. Bitte erlaube mir, mich einen Augenblick auszuruhen, bevor ich dir zur Hand gehe."

„Schon gut, geh", erwiderte Susanne und Agnes eilte fort.

Unruhig lief sie in der Stube auf und ab. Sie musste einen Weg finden, bei dem Gespräch im Ratssaal zugegen zu sein. Ob sie darauf beharren sollte, als Zeugin auszusagen? Aber was könnte sie angeben, jetzt, da Vater ihren Einwand wegen Mutter abgetan hatte? Flugschriften fielen ihr ein, die am Rathaus angeschlagen waren, und worauf geschildert wurde, wie ein Hexenprozess verlief und was die Zeugen aussagten. Sollte man ähnliches Treiben bemerken, war man angehalten, dies an die Obrigkeit zu melden. Das wollte sie ja! Aber was könnte sie gesehen haben? Verzweiflung wallte in ihr empor. Es wollte ihr nichts einfallen. Wie also sollte sie es anstellen, ihn zu sehen? Ihn, der in ihren Gedanken lächelte am Tage und dem ihre Gute-Nacht-Wünsche galten vor dem Einschlafen. Sie musste ihn sehen. Denn die Zweifel, ob er ihr wirklich zugetan sei, stürmten erneut auf sie ein. Ja, er war mit ihr spazieren gegangen, sowohl am ersten Mai als auch am vorgestrigen Sonntag. Ja, er hatte ihre Hand gehalten. Und doch nagte Besorgnis an ihr. Sicher tat *sie* das. Oh ja, *sie* gönnte ihr nicht, dass er sich ihr zuwandte. Sogar aus ihrem Gelass heraus vermochte sie es, sie zu verunsichern, diese Hexe!

Fieberhaft überlegte sie. Wie war es zu schaffen, mittendrin zu sein in dieser Sache, mittendrin in etwas, das bedeutsam war und bei dem sie, umringt von Gleichgesinnten wie gestern nach dem Unwetter, nützlich sein konnte? Was sagte der Schockelheinz? Die Leute rotteten sich vor dem Rathaus zusammen? Es konnte nicht schaden, sich das anzusehen. Sie würde mit dazu beitragen, diesem Nachtschad das Handwerk zu legen!

Sie folgte dem Bogen der Mühlgass und erkannte als erste Margarete Herwart, die mit Ortrud Oreans, Dorit Seyfried sowie einigen anderen Weibern etwas abseits von einer Gruppe Bauern vor dem Rathaus stand. Augen blickten in ihre Richtung, als sie herantrat, dann wandten sich alle wieder Dorit Seyfried zu. Die Hausfrau des Schuhmachers erzählte mit jammervoller Miene, wie ein Karren mit Sandsäcken umgestürzt war und ihren Eheherrn unter sich begrub. Er hatte sich eine Rippe gebrochen, litt nun solche Schmerzen, wie sollte er seiner Arbeit nachgehen? Eine andere fiel ihr ins Wort und berichtete, dass im Unterdorf eine Schwangere einem durchgehenden Gaul unter die Hufe geraten war. Das Weib lag noch immer ohne Bewusstsein; man bangte sowohl um ihr Leben als auch um das ihres Ungeborenen. In stummem Entsetzen schüttelten die Weiber die Köpfe, drüben bei den Männern wurde es laut. Einer schrie: „Der Hagel hat mehr als die Hälfte der Frucht zerschlagen! Nur die Äcker nah der Allmende am Hardtwald sind nicht so stark …“

„Womit sollen wir im Winter unsere Mägen füllen?“, brüllte einer dazwischen.

Sie gaben ihm recht, lärmten zornig durcheinander. Plötzlich fragte eines der Mädchen, kaum älter als fünfzehn: „Ob's wahr ist, dass sie dem Nachtwächter einen Taumeltrunk gab? Meine Tante meint, es wäre wegen dem Brand damals." Sie sah umher, ihre Wangen vor Aufregung gerötet.

Einige nickten, andere zuckten die Schultern. Friedgards Mutter sagte: „Oh Kind, diesem Weib ist alles zuzutrauen. Sie ist so sicher von Gott abgefallen wie ich hier stehe und es nicht bin. Wir müssen endlich einsehen, dass wir wie alle anderen Länder auch einen Feind haben, der keine Grenzen kennt und den es auszurotten gilt, um die Rechtgläubigkeit aufrecht zu erhalten."

„Habt ihr auch gehört, dass Presbyter Rösch unseres guten Pfarrers Pflichtgefühl beleidigte, indem er ihm verbot, weiterhin von Hexenumtrieben zu reden? Dabei hat Rösch selber oft genug gewettert, die bösen zauberischen Mächte gälte es zu zerstören!"

„Das musste der doch machen, weißt du das nicht? Der Classicalkonvent hat Eigner verwarnt. Der muss dem abergläubischen Gerede entgegenwirken! Sonst verliert er sein Amt!"

Bürgerin Gundt rang die Hände: „Wir werden alle Gottes Verdammnis anheimfallen, wenn selbst unsere Kirchenmänner dem Irrglauben aufsitzen, Hexenwerk könne es nicht geben!"

„Das tun sie keineswegs!", rief Margarete Herwart entschieden. Auch Friedgards Mutter hatte vor Aufregung gerötete Wangen. „Jene, deren Worte zählen, sitzen ebenfalls in Heidelberg. Ich für meinen Teil halte mich an den Katechismus. Gott will, *dass ich bei Verlierung meiner Seelen Heil und Seligkeit alle Abgötterei, Zauberei und Wahrsagerei, abergläubischen Segen, Anrufung der Heiligen oder anderer Kreaturen meiden und fliehen soll.* Jeder wahre Christenmensch hält sich an dieses Gebot! Und kämpft für die Ausrottung des Bösen."

Agnes wurde rot. Genau dies tat sie nicht. Sie hatte die Heiligen angefleht, ihr zu helfen, Friedgard für sich zu gewinnen.

Sie hatte bei einer Wahrsagerin einen Trank erworben, der ihr den Liebsten zuführen sollte. Würde sie deshalb ihr Seelenheil verlieren? Konnte sie das wieder gut machen, indem sie half, die Hexe unschädlich zu machen? Sie sah sich um, als das Geschrei der Männer lauter wurde. Schultheiß Würth war aus dem Rathaus getreten. Er stand vor der Tür, hob die Arme und rief: „So beruhigt euch …"

„Was ist nun mit der Hexe?", brüllte jemand.

„Wir haben nichts zu fressen, Schultheiß, und Ihr meint …"

„Gebt sie heraus, wir machen dem ein Ende!"

Heugabeln wurden in die Höhe gereckt. Ein Holzknüppel wirbelte durch die Luft, krachte gegen das Fachwerk des Rathauses. Würths Gesichtsausdruck verhärtete sich. Er nahm seinen Hut ab, presste ihn an die Brust und zeigte mit dem anderen Arm anklagend in die Menge. „Ihr werdet euch zu verantworten …"

Das Geschrei ließ seine Worte untergehen. Der Schockelheinz trat hinter dem Schultheiß durch die Tür, mit strengem Blick legte er die Hand an den Knauf seines kurzen Schwertes.

„Ihr schützt sie noch!", kam es aus der Menge. „Seht Euch doch um im Dorf! Eingeschlagene Fenster, Äste auf den Gassen!"

„… Bäume entwurzelt!"

„… Getreide zerschlagen!"

Würths dunkle Stimme suchte das Getöse zu übertönen. „Es ist meine Aufgabe, für Ruhe …"

„Scheiß drauf, wenn Ihr uns nicht bewahren könnt vor den Umtrieben einer Hexe!"

„… dem elenden Treiben."

„… hängen!"

Würth verständigte sich mit einem Blick über die Schulter mit dem Büttel, gemeinsam gingen sie auf die Gruppe zu.

Einige traten zurück, die meisten jedoch umringten ihn und riefen wütend durcheinander.

„Wir haben sie in Gewahrsam! Geht …“, hörte Agnes den Schultheiß rufen, aber wieder gingen seine Worte unter im aufgebrachten Gelärme. Niemand achtete auf sie. Vorsichtig näherte Agnes sich der Rathaustür – und schlüpfte hinein.

Stimmen drangen aus der Schreibstube zu ihrer Linken. Die Tür stand ein Spalt offen.

„… ihm zu Hilfe eilen?“, hörte sie Schöffe Schelhorn fragen. Es klang, als erwäge er das nicht wirklich.

„Weinmann kommt gerade hinzu, seht“, antwortete ihm Friedgard.

Friedgard! Offenbar standen sie am Fenster und beobachteten den Tumult. Ob sie bemerkt hatten, wie sie ins Rathaus ging? Sicher nicht. Schritte. „Ich verfüge mich besser wieder nach hinten.“ Georg! Agnes hastete zur Treppe. So hielt ihr Bruder also bei der Heilmännin Wache. Sie eilte die Stufen empor und hörte, wie er aus der Schreibstube herauskam und sich in Richtung der Verwahrkammer begab. Ihr Herz raste. Auch die Tür zum Ratssaal stand etwas offen, geschwind huschte sie hinein. Gott sei gedankt, niemand war hier oben. Die Luft roch abgestanden. Agnes eilte auf die zweite Tür zu, die rechts hinten in eine winzige Kammer führte, wo Stühle, Besen und sonstige Dinge aufbewahrt wurden. Hier drinnen roch es noch muffiger, nach eingetrockneter Tinte und Papier, alten Wolldecken und Wachs. Sie zog die Tür fast zu und lauschte auf das Klopfen ihres Herzens. Welch eine Aufregung! Ob es dem Schultheiß gelang, die Leute zu beruhigen? Wie dumm, weshalb war sie nicht dabei geblieben! Friedgards wegen, natürlich, zu ihm wollte sie. Sie wartete. Zeit verging.

Dann näherten sich Schritte.

„… nein, so auf die Schnelle ist nicht jeder Schöffe aufzutreiben. Natürlich nicht", hörte sie Friedgard sagen und ihr Herz machte einen Hüpfer. Mäntel raschelten. „Dem Culmann steht das Wasser im Keller. Straube ist noch immer auf seinen Fluren, wie sein Hausweib sagte."

Agnes hörte, wie etwas auf den Tisch klatschte, ein Stuhl bewegt wurde. Sehen konnte sie nichts.

„Weinmann, wenn Ihr nicht gekommen wärt …" Der Schultheiß ließ den Satz unvollendet. „Herrgott!", schnaubte er wütend.

„Es ist gut, dass Ihr Maurer nach Leimen sandtet, um den Zentbüttel zu holen", erwiderte Weinmann.

„Zahn hat das angeordnet, Maurer wollte sich eben auf den Weg machen, als der Tumult losbrach. Herrgott!", schimpfte Würth noch einmal.

„Sollten wir nicht Zentgeschrei erheben?", fragte jemand. „Wir haben immerhin gut hundertzwanzig bewehrte Mann im Dorf."

Agnes hielt die Luft an. So ausufernd war die Lage? Zentgeschrei bestand in der Verpflichtung, im Notfall mit der Waffe in der Hand mitzuhelfen und den Schaden abzuwehren. Das war in allen Zenten so.

„Das soll Zahn entscheiden!", blaffte der Schultheiß. Er holte tief Luft. „Im gesamten Reich ist die Haltung der Kurpfalz jedermann geläufig. Selbst unser katholischer Kaiser setzt dem Pfälzer Landesherrn nichts entgegen. Und Zahn geht her und lässt eine Wittib wegen Unwettermachen gefangen setzen!"

„Wie Ihr seht, war es nötig", widersprach jemand.

„Nötig?!", rief Würth. „Nötig? Dieser vermaledeite Tumult hätte vermieden …"

„Er wäre vielleicht noch schlimmer gewesen, säße Wittib Heilmann nicht in Gewahrsam."

„Ihr seht doch, was sie drauf geben! Nichts! Wüten mit Heugabeln und Knüppeln vor dem Rathaus!"

Agnes hörte Schritte, Würth schien aufgebracht umherzugehen.

„In vierzig Jahren calvinistischer Regierung, die wenigen lutherischen Jahre unter Seiner fürstlichen Gnaden Ludwig nicht ausgenommen, hat es keinen Prozess wegen eines solchen Unsinns gegeben. Und nun kommt Zahn daher und meint, den Oberrat umstimmen zu können?" Würths Stimme war ein dunkles, wütendes Rumpeln. „Und womit? Mit dem Zeugnis einer Bierassel, die nur noch aus Gnade im Amt ist."

„War", verbesserte ihn jemand.

„Meinethalben war!", polterte Würth. „Hätte ich die angebliche Rüge dieses Trunkenboldes in das Frevelregister eingetragen, so hätte *ich* mich vor den Oberräten in Heidelberg zu verantworten! Für eine Tat, die nur contra naturam hätte geschehen können. Was, wie wir alle wissen nicht möglich und also barer Unsinn ist. Eigner hat dies ja zu spüren bekommen. Heimste sich eine Rüge ein, weil er Gäßlers Geschwätz an den Inspektor meldete. Der hat diese Torheit gar nicht erst an den Kirchenrat weitergegeben, sondern dem Classicalkonvent in den Arsch getreten, die Kirchenzucht besser durchzusetzen. Also konnte wiederum *ich* Gäßlers und Eigners Tölpelhaftigkeit ausbaden ..."

„Gäßler mag ja Trugbildern aufgesessen sein, doch bedenkt die anderen Vergehen der Heilmännin. Bereits im Ortsgericht wurde eine Rüge gegen sie vorgebracht."

„Und weswegen? Weil sie nicht gegen eine Sache zeichnen wollte, die ohnehin abgemacht und bereits im Gange war. Lachhaft! Was ist daran verdächtig? Genau so wenig wie der verhüllte Vorwurf, sie habe etwas mit des Lehrers Unfall zu tun

– überhaupt sei der den Umtrieben von Unholden zuzuschreiben. Ein Sturz, meine Herren, ein gewöhnlicher Sturz! Wo soll da ein Zusammenhang mit der Heilmännin bestehen?"

„Besagte Rüge betraf Schmähreden", widersprach ihm jemand.

„So oder so", überging Würth den Einwand, „Hirngespinste! Nicht einmal den bürgerlichen Rechten, geschweige denn den malefizischen kann man das zuordnen!"

„Immerhin ist Baumann verletzt."

„Und das sollen Unholde bewerkstelligt haben?" Würth lachte gekünstelt auf.

„Eine Unholdin."

„Herr Schelhorn", sagte Friedgard mahnend, „Schultheiß Würth meint, dass es hier möglicherweise um eine Malefizangelegenheit geht, die Leib und Leben betrifft und in der er als Zentschöffe zusammen mit den anderen Zentschöffen ein Urteil finden muss, wenn der Zentgraf es wirklich vor die Zent zu ziehen vermag. Er handelt sowohl nach dem Gesetz, wenn er alles gründlich hinterfragt, als auch nach den Geboten Gottes, den er beleidigen und von welchem er am Jüngsten Tag zur Verantwortung gezogen werden würde, wenn sich herausstellte, dass Frau Heilmann unschuldig ist. Er mahnt zu großer Vorsicht – und folgt damit dem Gebot unserer Landesordnung als auch den Oberräten."

„Gott ist nur zu besänftigen, wenn die Obrigkeit die wirklich Schuldigen findet und bestraft. Und dass sie sie findet – ist dies nicht unsere Aufgabe?", hielt Schelhorn dagegen.

„Dann lasst uns einmal die Verdachtshinweise gegen die Heilmännin beleuchten. Herwart?"

Agnes vernahm Friedgard deutlich, er schien abzulesen. „Vorwurf vor dem Ortsgericht, sie habe Schmähreden geführt, Auferlegung einer Buße deswegen. Ihr eigenbrötlerisches

Leben ohne Eheherrn. Die Visitationsberichte belegen mangelnden Kirchgang. Ein Vorwurf von vorigem Jahr, sie habe Kratzwurms Kälber verhext. Kratzwurm nahm diese Anschuldigung jedoch zurück." Friedgard räusperte sich, ehe er fortfuhr. „Die alte Geschichte mit Maria Zahn, der sie angeblich nicht aus bestem Wissen geholfen habe, so dass das Weib des Zentgrafen verstarb."

Ein kurzer Augenblick der Stille trat ein, ehe Schöffe Schelhorn beharrte: „Ihr seht, Schultheiß, diese Person gefährdet die Einheit des Zusammenlebens. Ist Euch der Aufruhr nicht Beweis genug?"

„Alles haltloses Zeug, das mir immer mehr Verdruss bereitet. Einige schwatzen doch nur deshalb so unbedacht daher, weil sie heutzutage, so eine Inquisitio angeordnet wird, keine Strafe zu gewärtigen haben, sollte sich die Unschuld der Beschuldigten herausstellen."

Würth verstummte, ein weiterer Mann hastete ins Ratszimmer, Agnes vernahm Begrüßungsraunen.

„Culman", hörte sie Würth sagen, „gut, dass Ihr es noch schafftet. Wie steht's mit Eurem Keller?"

Schöffe Culman klang entkräftet, als er antwortete, der Keller sei soweit leergeschöpft.

Agnes begann sich zu fragen, ob es klug gewesen war, sich in der Kammer zu verbergen. Was sie am meisten wollte, nämlich Friedgard sehen, war unmöglich. Und etwas gegen die Heilmännin vorbringen konnte sie nun gleichwohl nicht, sie konnte ja nicht geradewegs hinaus spazieren und verkünden, die Heilmännin habe sie mit einem Blick aus ihren gefährlichen Augen verhext. Sie biss sich auf die Unterlippe und fasste nach dem Dolch. Aber nun musste sie ausharren, was blieb ihr übrig. Mühevoll unterdrückte sie ein Husten, da der Staub ihr die Kehle austrocknete.

„Gut. Der Zentgraf hat uns zusammenrufen lassen. Möge er sich auch dazu verstehen, zu kommen", hörte sie Würth sagen. „Ich jedenfalls kann seinen Eifer weder durchblicken noch gutheißen. Was gegen das Kräuterweib vorgebracht wurde, langt nicht hin, sie in Gewahrsam zu nehmen. Die Landesordnung gibt vor, solange eine Sache nicht peinlich ist, soll … wie heißt es, Herwart?"

Agnes vernahm das Rascheln von Buchseiten, dann Friedgards Stimme: *„Sofern aber die Sachen nicht peinlich, sondern allein eine Geld- und bürgerliche Straf antreffen, sollen Unsere Amtleute die beklagte Person ohne sonderliche Ursache nicht einziehen oder gefänglich annehmen."*

„Da hört ihr es!", rief Würth. „Und was tut Zahn? Fügt der Fülle der Amtssachen, die den Oberrat überschwemmen, eine weitere hinzu. Unnötiger Aufruhr um Sachen, die es nicht gibt und …"

„Ihr mögt Eure Augen vor den Gegebenheiten verschließen, Schultheiß", hörte sie da ihren Vater Würth scharf ins Wort fallen. „Doch über meinen Aufgabenbereich maßt Euch kein Urteil an. Gleichwohl solltet Ihr den Richtern den Rest des Zweiten Tituls der Landesordnung nicht vorenthalten. So Ihr schon dabei seid, Herwart, lest Absatz VI doch eben zu Ende."

Es entstand eine kleine Pause, ehe Friedgard las: *„… gefänglich annehmen. Es wäre denn Sache, dass eine solche Person auch sonsten leichtfertig, keines guten Wandels oder Leumunds, dazu nicht begütert wäre, noch Bürgschaft geben könnte, und man also derselben entfliehens sich zu befahren habe. Auf welchem Fall Unsere Amtleute mit Verhaftung wohl verfahren mögen."*

Triumph lag in Vaters Stimme, als er sagte: „Ihr Herren Richter, Herr Schultheiß, sonsten noch Anmerkungen zur Gefangensetzung der Heilmännin?" Jemand hustete, niemand sagte etwas. Dann: „Wollt Ihr Euch zudem besinnen, dass wir einen Todesfall zu beklagen haben?"

„Gäßler ertrank bei einem Unwetter. Zwei Bauern aus Reilingen ebenso", schnappte Würth.

„Mit Gift operierende Zauberei."

Geraune erhob sich.

„Was soll das heißen?", fragte der Schultheiß.

„Gäßler mag gesehen haben was er will. Aber dann kam er zu Tode. Ist es so schwer, sich vorzustellen, dass es jener Person, die er widernatürlicher Umtriebe bezichtigte, nicht gefiel, was er über sie zu berichten wusste?"

„Ihr sprecht von Mord?", fragte Würth erstaunt, worauf sich erneut Raunen im Ratssaal erhob. „Worauf gründet sich dieser Verdacht?"

„Auf dem Gewerk der Unseligen."

Schweigen, ein Husten.

„Das Gepolter im Dorf wurde mir zu laut. Erst die Sache mit Baumann, dann war die Heilmännin zugegen, als in Wersau ein Junge schier ersoff und jetzt das Unwetter. Es war höchste Zeit, sie gefangen zu setzen."

„Ich mag ja meine Augen vor den Gegebenheiten verschließen", entgegnete Würth spöttisch, „dennoch ist mir nicht entgangen, dass Wittib Heilmann sowohl unserem Lehrer als auch besagtem Jungen *zu Hilfe* eilte."

Jetzt schien Vater die Geduld zu verlieren. Aufgebracht rief er: „Ihr wollt sie in Schutz nehmen? Draußen steht halb Hockenheim und fordert, dass die Hexe brennt. Und Ihr behauptet, das alles sei Unfug? Womöglich, weil Ihr wahrhaftig selbst den Einflüsterungen der Unholde erlegen seid?"

„Jetzt kommt Ihr mir erneut derart?", zischte der Schultheiß in das aufgebrachte Gemurmel der Männer hinein. „Ich dachte, das sei aus der Welt."

Zahn lachte einmal kurz auf, dann knurrte er: „Nur weil Ihr nach Heidelberg gerannt seid und Euren gepuderten Schwanz vor dem Oberrat geschwenkt habt? Haben die Räte Euch nicht daran gemahnt, dass es Euch nicht ansteht, selbst zu entscheiden, was Ihr ins Frevelregister eintragt oder nicht? Dass *alles* eingetragen werden muss – und die Räte beurteilen, was untersucht wird? Habt Ihr das schon vergessen?"

Ein eigentümliches Schweigen folgte hierauf.

Agnes versuchte, durch den Spalt etwas zu erkennen, aber alles was sie sehen konnte war Wand und eine Tischkante.

„Fassen wir zusammen, Schultheiß." Sie hörte Rascheln, ihr Vater schien sich zu setzen. „Unser Nachtwächter bittet Euch, eine Rüge ins Frevelregister einzutragen, die Hexenwerk betrifft. Ihr unterlasst dies. Eigenmächtig. Man fragt sich, warum. Nun ist unser Nachtwächter tot. Und wieder stellt Ihr Euch quer, wenn es um Untersuchung geht. Warum? Seht Ihr nicht auch, dass Ihr mit einem solchen Verhalten dem Verdacht gegen Euch nur neue Nahrung gebt? Man könnte zu dem Schluss kommen, Ihr habt gar etwas zu schaffen mit den schrecklichen Geschehnissen."

Jemand sagte: „Mit Verlaub, ehrwürdiger Herr Zahn, das sind ungeheuere Anwürfe gegen einen Amtmann."

„Es reicht!", rief der Schultheiß. „Wo wart *Ihr* eben, als es galt, die aufgebrachte Menge zu beruhigen? Ich verbiete mir also …"

Vater lachte. Agnes hörte Würths Stimme, scharf wie eine Dolchklinge: „Das dumme Geschwätz der Leute wundert mich nicht. Dass aber Ihr, Zentgraf, dem Glauben schenkt, das erstaunt mich doch. Ihr wisst um Heidelbergs Neigung zur ordentlichen Prozessführung. Auf die Gefangensetzung hat ein gütliches erstes Verhör zu erfolgen, ich – vielmehr Herwart – muss dies in die Kanzlei melden, was Schreiberei bedeutet, denn wir haben genauestens zu berichten, welche Umstände und Indizien zur Verhaftung geführt haben, auch wenn Ihr uns die noch nicht mitteiltet, Euch aber möglicherweise darauf verstehen könntet, es noch zu tun. Wir müssen protokollieren, was die Angeklagte im ersten Verhör aussagt. Wir müssen Nachforschungen vor Ort durchführen und auch diese Ergebnisse festhalten und an den Oberrat melden. Das alles wollt Ihr? Solche Umstände für nichts und wieder nichts?"

„Vernehme ich da einen gewissen überdrüssigen Ton?", entgegnete Zahn herablassend. „Worin nur mag Eure Neigung zur Untätigkeit gründen? Womöglich seid Ihr tatsächlich ebenso schwach und leicht verführbar wie ein Weib und daher empfänglich für Einflüsterungen von des Teufels Volk."

„Ihr seid ein Scheißhaufen!", zischte der Schultheiß.

Empörtes Schnauben, die Schöffen redeten durcheinander.

„Ehrwürdige Herren, es sollte doch ein freundlicher Ton unter den Amtleuten beibehalten werden."

„Aber ja, ja, verzeiht! Die Sorge um das Wohl unserer Gemeinde frisst mich auf und hat mich für einen Augenblick die Gebote der Höflichkeit vergessen lassen."

Ihr Vater sagte es in einem so gleichgültig-spöttischen Ton, dass alle, davon war Agnes überzeugt, hörten, dass er die Entschuldigung keinesfalls ernst meinte.

Jemand räusperte sich und sagte: „Nun denn, Zentgraf, wollt Ihr uns dartun, was Gäßlers Tod mit Wittib Heilmann zu tun haben soll?"

„Das werden wir erfahren, wenn wir sie befragen. Ihr Herren, ich weiß, wie sehr die Schriftlichkeit des Prozessverfahrens zunimmt. Welch ein Aufwand, möglicherweise gar ein Gutachten der Juristen der Universität anzufordern. Was, nebenbei bemerkt, unseren Zentschöffen wenig gefallen dürfte, da ihnen die Kosten dieser Gutachten zur Last fallen. Wer mag ihnen da ihren Wunsch verdenken, ganz von ihrem Amte befreit zu sein?"

„Was habt Ihr im Sinn?"

„Zur Vereinfachung schlage ich also vor, dass ich die Heilmännin verhöre. Natürlich soll alles protokolliert werden, weshalb Ihr mir den Schreiber leiht, Schultheiß. Ihr seid mit so vielen Aufgaben betraut, dass man Euch ruhigen Gewissens von dieser Obliegenheit freistellen kann."

Agnes wunderte sich über den plötzlich fast versöhnlichen Ton ihres Vaters.

„Das geht so nicht!", hörte sie Friedgard sagen.

„Ich bin auch Zentschöffe, Herr Zahn. Als solcher habe ich die Voruntersuchung zum Zentgericht zu führen. Ich bin sehr wohl dabei, wenn die Beschuldigte gehört wird. Immerhin habt Ihr von Zauberei gesprochen, die mit Gift operiert. Das können wir selbstverständlich nicht ohne Untersuchung belassen."

Der Schultheiß besann sich also endlich auf seine Pflichten. Was blieb ihm auch anderes übrig, nachdem ihr Vater ihn derart bezichtigt hatte. Er musste seinen Fehler mit dem Frevelregister wieder gut machen. Sein Ansehen in Heidelberg war sicherlich angekratzt. Agnes hörte, wie er ergänzte: „Sollte es tatsächlich ein Fall für die Blutgerichtsbarkeit sein, muss ohnehin das Oberamt die Untersuchung vornehmen. Um dies herauszufinden, werden meine zahlreichen Pflichten mich nicht davon abhalten, mich mit meinen Amtskollegen aus Nachbardörfern zu beraten."

Agnes hörte die Männer raunen. Ihr Vater sagte: „So lasst uns zügig vorangehen. Verhör morgen früh. Heute Abend noch Beginn der Zeugenvernahme mit den Eheleuten Kratzwurm. Herwart, notiert das. Herwart? Träumt Ihr?"

„Ich bitte, noch eines zu bedenken“, meldete sich der Schultheiß noch einmal zu Wort. „Der Malefizordnung ist zu entnehmen, dass ein Prozess auch die Unschuld oder verminderte Schuld eines Angeklagten zeigen kann, *da sich oft begibt, dass mancher redliche Mann oder auch Weibsperson unverschuldter Sachen allein verdachts halben ins Gefängnis kommt.*“ Er hielt inne, Schweigen hing im Ratssaal. „Ich bitte, darüber nachzudenken.“

Agnes hörte, wie die Männer nacheinander den Raum verließen. Ruhe kehrte im Ratssaal ein.

„Noch ein Wort, Zentgraf“, sagte Würth. „Ach, und Herwart“, rief er, offenbar hinter Friedgard her, „legt mir die Polizeiordnung heraus und beendet das Schreiben, das ich Euch auftrug.“

Würths Stimme klang leise, dunkel und gefährlich, als er sagte: „Ihr zieht meine Ehre in den Schmutz mit Euren possenhaften Anwürfen wider mich.“

„Gut so, Würth, das ist auch meine Absicht!“, raunte ihr Vater ebenso leise und mit Genugtuung in der Stimme.

„Sagt, Zentgraf, da ist dieses Gespinst um Euch und die Heilmännin. Gab es nicht … sagen wir, Misstöne zwischen Euch und ihr in alten Zeiten? Bedenkt man dies, so liegt einem doch pelzig auf der Zunge, dass immer da, wo Ihr einen Zwist auszutragen habt, Euer Gegner sich mit Rufschädigung auseinandersetzen muss. Natürlich stets auf festem juristischem Boden.“

„Verehrter Herr Würth!“, spottete ihr Vater. „Spart Euch Eure Spucke. Wer nimmt Euch ernst, wenn Ihr nun gegen mich schießt, der ich Euch heute vor Zeugen einmal mehr in die Schranken verwies? Man wird sagen, Ihr wollt Euch nur rächen.“

„Wer mich ernst nimmt, ehrsamer Herr Zahn? Wie wäre es mit Oberrat und Kirchenrat, wenn ihnen eine Kleinigkeit über Euch zu Ohren kommt, die dem ehrenwerten Schultheiß von glaubhaften Zeugen zugetragen wurde? Und die eine sofortige Entsetzung aus Eurem Amt zur Folge haben dürfte. Wollt Ihr laut sagen, wohin Ihr während der Zenttage so gerne und vor allem so heimlich verschwindet?“

Stille. Agnes stand steif wie Lots Weib, ihr Herz hämmerte ihr in der Brust. Der Disput zwischen ihrem Vater und dem Schultheiß erschreckte und bannte sie gleichermaßen. Dennoch wünschte sie, sie könnte die Kammer endlich verlassen. Sie hielt die Luft an. Schritte. Die Tür knallte zu. Würth lachte.

Agnes rieb sich die Unterarme. Sie war völlig durcheinander. Was sie gehört hatte, war rätselhaft und es machte ihr Angst. Was wusste der Schultheiß über ihren Vater, das diesen sein Amt kosten könnte? Und was hatte Vater mit der Heilmännin zu schaffen? Sie versuchte, ihre Gedanken zu ordnen. Alles ging einen guten Gang, oder nicht? Die Heilmännin war gefangen gesetzt, morgen würde man sie verhören. Womöglich hatte sie Gäßler vergiftet. Das würde ihr die Hexe vom Leib schaffen. Und Friedgard … Friedgard!

War er noch in der Schreibstube? Sie schob die Tür auf. Hastig lief sie zur Treppe, spähte hinunter. Am Fuße der Treppe steckte ein Öllicht in einer Halterung an der Wand und erhellte den Rathausflur mäßig. Sie schlich hinab. Unter der Tür zur Schreibstube fiel Licht durch die Ritze. Sie lauschte. Nichts. Ihr Herz raste. Was, wenn Würth noch bei ihm war? Sie drückte das Ohr gegen die Tür. Kein Laut war zu vernehmen. War er allein? Sollte sie anklopfen? Sie musste sich beruhigen. Sie lehnte sich an die Wand, atmete tief. Mit einem Mal dachte sie daran, dass keine dreißig Schritt von ihr entfernt die Verwahrkammer lag, in der man die Hexe gefangen hielt. Sicher hockte Georg noch dort, um sie zu bewachen. Was, wenn er sie hier sähe? Das durfte keinesfalls sein! Sie stieß sich von der Wand ab. Alles, was Bedeutung hatte, war hinter dieser Tür. Alles, wonach sie sich sehnte, war hinter dieser Tür. Engelslocken und Augen so weich wie brauner Samt. Sie biss sich auf die Unterlippe und drückte die Klinke herunter.

Friedgard saß am Tisch. Drei Kerzen in einem geschwungenen Halter erhellten Papier, Schreibfeder, ein Tintenfass.

„Agnes", rief er überrascht.

Seine Augen fragten freundlich, was es gäbe. Allein der weiche Klang seiner Stimme machte sie froh. Sie legte das Strahlen der Morgensonne in ihr Lächeln.

„Ich wollte nur fragen, wie es dir gestern erging bei diesem schrecklichen Unwetter."

„Oh", machte er und rückte Papierseiten zurecht.

„Es war so schrecklich, hat so viele Schäden verursacht …"

Er nickte und schürzte die Lippen. Um ihn nicht über Gebühr anzustarren blickte sie sich um. An der Wand zu seiner Linken standen Kästen, zwei davon mit geöffneten Deckeln. Eiserne Beschläge und Schlösser waren an ihnen angebracht. Die andere Seite der Wand wurde von zwei Holzregalen bedeckt. Bücher, Pergamentrollen, Löschsand in Tiegeln, ein Federmesser und Siegelwachs lagen dort. An der Wand dem Schreibtisch gegenüber gab es eine Liegestatt mit einer ordentlich darüber gebreiteten Wolldecke, einen Hocker und einen Ofen, in dem Holzscheite prasselten. Ein eiserner Ofenschoner war davor aufgestellt, damit ein herausspringender Funke nicht alles in Flammen setzte. Die Stube stand Friedgard für seine Schreibarbeit zur Verfügung. Tagsüber arbeitete er hier, nachts war es die Ruhe- und Aufwärmstube des Nachtwächters.

„Gäßler ist ertrunken“, sagte sie betrübt und sah ihn wieder an. „Es ist schrecklich. Sicher hast du gehört, dass er Zacharias zu Hilfe kommen wollte. Der arme Mann.“

Wieder nickte er nur und sah sie an.

Und wie er sie ansah, dieser Engel! Überrascht, erfreut, versonnen ...und ... Sie musste den Blick senken, damit die Freude ihr nicht aus den Augen sprang.

„Du hast viel zu tun, nicht wahr?“

„Wie? Oh, ja.“

Er rollte die Schreibfeder hin und her, ließ sie dann achtlos liegen und stand auf. Er ging um den Tisch herum, lehnte sich an die Kante, machte einen entzückend spitzen Mund und betrachtete sie nachdenklich.

Ihr Herz wollte ihr aus der Brust springen, ihre Wangen glühten.

„Komm her!“, sagte er.

Sie lächelte scheu.

Er breitete die Arme aus.

So oft hatte sie sich das Zusammentreffen mit ihm in Gedanken ausgemalt. Sich die Worte überlegt, die sie sagen, den Blick bedacht, den sie ihm schenken würde. Nichts von alledem fiel ihr nun ein. Sie rührte sich nicht von der Stelle.

Da stieß er sich vom Tisch ab und trat vor sie hin. Er fasste einen Haarstrang, ließ ihn durch seine Finger gleiten, während er sie ansah.

Was sie in seinen Augen las, war mehr, als sie zu träumen gewagt hatte, es freute sie und machte ihr dennoch Angst. Er zog an ihrem Haar, dass sie den Kopf nach hinten beugen musste.

„Ich bekomme dich nicht aus meinem Kopf, Jungfer Agnes, Spielgefährtin aus Kindertagen“, sagte er in einem Ton, als sei er selbst davon überrascht. „Mehr als ich je für möglich hielt, hast du meine Sinne verwirrt. Und nun machst du mir dieses Geschenk und kommst zu mir."

Seine Hand lag in ihrem Nacken und schob ihr Gesicht nah an seines. Ohne viel Federlesens küsste er sie. Er drückte seine Lippen auf ihre und Agnes fuhr ein Schauer den Rücken hinunter. Er hielt inne, sah sie an. Sie schlug die Augen nieder und lächelte zum Zeichen, dass sie keinen Widerstand leisten würde. Er fasste ihr unter's Kinn, hob ihren Kopf, küsste weiter, weiche Küsse, öffnete die Lippen, schlang die Arme um sie und wurde fordernd und drängend.

Ihr Herz würde jeden Augenblick bersten! Welch eine Wonne! Sie hatte es geschafft. Er liebte sie. Ihr wurde heiß. Zaghaft fasste sie ihn beidseitig an der Hüfte.

„Willst du meine Spielgefährtin sein?", fragte er lüstern an ihrem Ohr und knabberte daran.

„Ich …"

„Komm!"

Er wirbelte sie herum und drängte sie zum Tisch. Papier raschelte unter ihrem Hintern, als sie darauf zu sitzen kam. Er spreizte ihre Beine und fuhr ihr unter das Kleid. Sie stieß einen kleinen Schrei aus.

„Wenn uns jemand …"

„Niemand wird kommen", flüsterte er an ihrem Hals.

„Nicht so hastig, Friedgard!"

„Öffne deine Tore, Weib! Ich brenne vor Verlangen nach dir!"

Er nestelte an seiner Hose.

Sie hörte sich keuchen. Aber sie konnte die Angst nicht ablegen, dass jemand käme und sie überraschte. Sollten heute Abend nicht noch Zeugen vernommen werden? Friedgard schob ihr das Kleid nach oben, mit entblößten Schenkeln saß sie vor ihm. Er betrachtete sie flüchtig, nichts als Wollust in den Augen. Dann stieß er zu. Sie schrie auf, nicht gefasst auf den Schmerz, nicht gefasst auf diese Härte. Er murmelte Worte an ihrem Hals, die sie nicht verstand. Sie lehnte den Oberkörper nach hinten und merkte, dass seine Stöße ihr so mehr Wohlbehagen bereiteten. Sie hatte sich gerade daran gewöhnt, als sein schöner Mund sich verzog und er in höchster Verzückung aufschrie.

27

Barbara saß auf der Liegestatt und starrte auf ihre dreckigen Füße. Ihr Nacken schmerzte, der Rücken tat ihr weh. Sie zitterte. Vor Angst, vor Kälte. Was würde mit ihr geschehen? Die Furcht jagte wirre Gedanken wie einen Schwarm Heuschrecken durch ihren Kopf.

Sie hörte Vögel zwitschern, draußen dämmerte der Morgen herauf. Drinnen kaltmuffiger Steingeruch und Verzweiflung. Was hätte sie darum gegeben, jetzt von Wald- und Kräuterduft umgeben zu sein. Aber sie war eingesperrt, angekettet, roch das alte Stroh und ihren eigenen Unrat, der in der Ecke in dem grauen Eimer vor sich hin stank.

Sie drückte an dem Spreißel im Handballen herum. Schmerz, Angst, marternde Gedanken. Ob man schon Zeugen vernommen hatte? Wer würde gegen sie aussagen? Wen hatte sie je beleidigt, wem wobei nicht geholfen? Wer glaubte, sie habe ihn mit ihrem berüchtigten Blick verhext? Und Mutter? Matthias? Würden sie sich jetzt von ihr abwenden? Ihr Herz zog sich vor Kummer zusammen. Tränen tropften auf ihre Hände im Schoß. Was sollte aus Mutter werden, sollte man sie anklagen und verurteilen? Qualvolle Bilder in ihrem Kopf, die nicht weichen mochten. Folterkammer im Fackelschein, sie sah sich schreien, um Gnade wimmern, das unbewegte, schweißüberströmte Gesicht des Nachrichters. Sah die strafenden Mienen der Zentrichter, sah Zahn selbstgerecht das Urteil verkünden. Zahn! Er wusste, dass sie unschuldig war, er wusste, dass das Gerede um Hexerei Unfug war. Trotzdem hatte er sie eine Hexe genannt. Warum tat er das? Sie sah ihn den Arm heben und sie aus dem Dorf jagen, eine schreiende Meute hinter sich, die mit Steinen nach ihr warf. Wohin sollte sie gehen, wenn man sie des Landes verwies? Sie wiegte sich vor und zurück, schluchzte laut auf. Sie presste die Hand auf den Mund und hielt inne. Ein Gedanke, flüchtig, sie suchte, ihn zu fassen. Fuhr sich mit dem Handrücken unter der Nase lang und wischte den Rotz am Ärmel ab. Sie holte tief Luft. Zahn. Er suchte nach etwas und glaubte, sie habe es genommen, um ihm zu schaden. Hatte er etwa all die Jahre in der Furcht gelebt, sie würde sich eines Tages an ihm rächen? Wenn er glaubte, sie könne das, so musste das Vermisste etwas sein, das ihm schaden konnte. Es war offensichtlich, warum sonst hatte er keinen Diebstahl beim Ortsgericht gerügt? Es gab kein Gerede darum, dass man Baumann etwas stahl. Er wollte also nicht, dass jemand erfuhr, was es war. Dennoch … das ergab keinen Sinn. Warum hatte er sie dann gefangen setzen lassen? Ihr wurde schlecht. Wollte er die alte Geschichte, deren Rache er zu fürchten schien, ein für alle Mal vergessen, indem er sich ihrer entledigte? Am sichersten gelänge ihm dies, wenn er ihr ein Vergehen vorwarf, das ein Blutgerichtsverfahren nach sich zog. Und dieses Vergehen würde hieb- und stichfest sein, davon war sie überzeugt, etwas anderes konnte er sich nicht leisten. Sie würgte an ihrer Angst. Sie war verloren.

Der eiserne Riegel knirschte und die Holztür wurde aufgestoßen, der Schockelheinz trat ein und stellte ihr eine Schale Grütze hin. „Ist gleich sieben. Haltet Euch bereit zum Verhör", brummte er. Dann nahm er den Eimer und trug ihn hinaus. Die Tür knarrte, als er sie hinter sich zuzog. Sie hätte sich gerne gesäubert, sie roch ungewaschen. Aber er hatte kein Wasser gebracht. Also richtete sie ihr Haar mit den Fingern, strich das Kleid glatt so gut es ging und begann zu essen. Wie gestern auch war sie kaum damit fertig, als der Riegel erneut zurückgeschoben wurde.

In dem Augenblick, da er durch die Tür trat, geduckt und leise als wäre er am liebsten unsichtbar, wurde ihr bewusst, dass sie mit seinem Dabeisein gerechnet hatte, doch nicht auf die Gefühle vorbereitet war, die sein Anblick tatsächlich in ihr auslöste. Blitzartig erkannte Barbara, wie besonders ihre Freundschaft war und wie lange sie schon währte. Sie sah, wie unausgesprochen dies all die Jahre zwischen ihnen war. Es beschämte sie so, dass er sie in dieser misslichen Lage sah. Barbara spürte den Kloß im Hals, während sie Friedgards Gruß erwiderte. Die Emsigkeit, die entstand, da der Schultheiß und der Zentgraf dem Schreiber folgten und der Schockelheinz die Schale forttrug und zwei Stühle brachte, erlaubte ihr, sich zu sammeln. Sie wollte tapfer sein. Auch wenn sie jetzt beim Anblick der Herren und der Ausdünstung, die hinter Zahn herwehte, nicht mehr sicher war, ob ihr das gelingen würde.

Der Schockelheinz kam noch einmal herein und brachte ein Stehpult für den Schreiber, dann ging er und zog die Tür hinter sich zu. Zahn setzte sich und sah Friedgard zu, wie er Papier, Tintenfass und Schreibfeder richtete.

„Barbara Heilmann", begann Schultheiß Würth, „es ist eine Inquisitio gegen Euch angeordnet, weshalb Ihr in Gewahrsam genommen seid. Es hat Anschuldigungen gegen Euch gegeben. Als Ortsvorsteher und Zentschöffe habe ich Euch darüber in Kenntnis zu setzen, dass dies das erste gütliche Verhör ist, dem Ihr zu unterziehen seid, wie es die Malefizordnung vorschreibt."

Also war es eine Malefizangelegenheit? Die Angst griff hart nach ihrem Herzen.

Der Schultheiß warf einen Blick auf seinen Schreiber, dann setzte auch er sich.

„Ehrsamer Herr Würth, bitte sagt mir, was man mir vorwirft."

„Schadenzauberei an Tier und Mensch. Da der Processus Ordinarius eine genaue Festlegung des Vorwurfs verlangt, haben wir uns auf diesen geeinigt. Herwart, wollt Ihr ihr die rechtlichen Zusammenhänge verdeutlichen?"

Friedgard räusperte sich, sah Würth an und sagte: „Der Fünfte Teil des kurfürstlichen Pfalz Landrecht, das ist die *Criminalia, betreffend Peinliche Malefitz Übel und Mißthaten auch derenselben Strafen und Ordnungen,* liegt unserer Befragung zugrunde, die wir zunächst hier im Ort durchführen. Sie soll Schuld oder Unschuld der Persona zutage fördern. Das Gesetz verlangt, dass die Befragung genauestens protokolliert und der Kanzlei in Heidelberg berichtet werden muss. Der Oberrat wird sodann entscheiden, ob die Anhaltspunkte für die Einleitung eines Verfahrens ausreichen und wie der nächste Schritt des Verfahrens auszusehen hat. Eine Anklage erwartet Euch nur bei Schuld."

Friedgard hatte mit sachlicher Amtsstimme gesprochen und beim letzten Satz kurz zu ihr hergesehen. Ein Blick, so gleichgültig, als kenne er sie nicht. Kein angedeutetes, zuversichtliches Nicken. Nichts, das ihr zu verstehen gab, dass sich das hier zum Guten wenden würde. Er gab sich geschäftig. Das bestürzte sie so, dass ihr das Wasser in die Augen schoss. Es war, als hätten all ihre Befürchtungen in ihm Gestalt angenommen. Wollte er nicht mit einer bekannt sein, die in Gewahrsam war? Von einem Augenblick zum anderen schien ihr das, was sie verband, nicht mehr als ein Spinnenfaden zwischen dem Blattwerk zweier Büsche und es tat derart weh, zu sehen, dass ein Windstoß genügte, ihn zu zerreißen, dass sie den Kopf senkte, damit niemand sah, wie ihr zumute war.

Würth sagte mit tiefem Ernst in seiner dunklen Stimme: „Wittib Heilmann, wenn Ihr jemandem Schaden zufügtet, so müsst Ihr Euch dafür verantworten."

Sie schluckte, flüsterte: „Ich werde die Fragen wahrheitsgetreu beantworten. Ich habe nichts Unrechtes getan."

„Das wird von uns mit bestem Vermögen geprüft werden", entgegnete er.

Sie sah Würth an. Wie konnte er nur so kalt reden? Sie merkte, wie sich Enttäuschung unter die Angst mischte. Sie starrte auf ihre im Schoß gefalteten Hände, ihr Körper eine Hülle um ein zutiefst empfindsames Wesen, bar allen Schutzes. Es gab nichts mehr, was sie mit den Menschen, die ihr gegenübersaßen, verband. Hatte sie je Achtung gegenüber Würth verspürt? Je Zuneigung zu Friedgard? Die Worte klangen hohl und fremd, sie gehörten zu einer anderen Welt.

„Die vielfach gehörten Vorwürfe gegen Euch besagen etwas anderes", hörte sie Würth sagen. „Weshalb der Zentgraf Euch in Gewahrsam nehmen ließ, um zu prüfen, ob sie berechtigt sind."

Barbara sah auf und bemerkte: „Ich sagte dem Zentgrafen bereits, dass ich unschuldig bin und er mich zu Unrecht gefangen setzen ließ."

„Ihr sagtet es dem …?" Würth blickte zu Zahn. „Ihr habt die Gefangene bereits verhört?"

Barbara hörte den Ärger in Würths Stimme und war verblüfft. Hatte Zahn etwa widerrechtlich gehandelt, als er gestern Morgen bei ihr war?

„Ein findiges Vorgehen, werter Herr Würth", winkte Zahn gelangweilt ab. „Im ersten Erschrecken über die Gefangennahme enthüllt so mancher Missetäter seine Vergehen."

„So?", machte Würth. „Und? Enthüllte sie etwas?"

„Nein", gab Zahn zu.

Barbara konnte die Spannung zwischen Würth und Zahn fast mit Händen greifen. Die Abneigung, die sie füreinander empfanden, brach aus ihnen hervor, ob es nun vor der Kirche war oder hier in dieser elenden Kammer. Plötzlich kam ihr ein Gedanke. Fürchtete Zahn nicht, sie würde etwas über sein gestriges Verhör preisgeben, das nicht statthaft gewesen war? Sie sah ihn an. Gleichmütig erwiderte er ihren Blick. Sie verstand die Botschaft und sie verabscheute ihn dafür. Er würde alles als Lüge abtun. Was auch immer sie sagte, er würde behaupten, es seien die Ausflüchte einer Hexe.

„Wittib Heilmann, so wollen wir Euch nun zu allen Umständen, die wir zur Sache dienlich erachten, befragen. Ihr habt vernommen, was gegen Euch vorliegt und wie der Ablauf der Untersuchung aussieht? Es ist uns allen geholfen, wenn Ihr wahrheitsgemäß und redlich antwortet."

Sie starrte in Würths spitzes Gesicht. Sie hörte selbst die Verzweiflung in ihrer Stimme, als sie sagte: „Wer behauptet, ich hätte einem Menschen oder Vieh Schaden zugefügt, tut mir Unrecht."

„Was könnt Ihr zum Tod von Kratzwurms Kälbern sagen?"

Also Kratzwurm, dachte Barbara. Mutter hatte Recht. Diese Sache hängt den Leuten im Hirn wie ein klebriger Brocken Pech, der nicht wegzubekommen ist.

„Sie sind verendet."

„Hattet Ihr etwas mit ihrem Verenden zu schaffen?"

„Nein."

„Simon Kratzwurm sagt, zwei Kälber wären seinerzeit davongelaufen und hätten auf Eurem Hubanteil Schaden angerichtet. Als seinem Sohn zwei Wochen später der Arm blau anschwoll und Kratzwurms Weib bei Euch um Heilkräuter nachfragte, sollt Ihr ihr die Hilfe verweigert und gesagt haben, sie solle doch zusehen, woher sie ein Kraut nähme, das Eure hätten ihre Kälber zertrampelt. Hierauf wäret Ihr am Schlachttag zu Kratzwurm gekommen und hättet um ein Stück Speck vorgesprochen, woraufhin die Kratzwurmin, noch gekränkt von Eurer Barschheit ein Vierteljahr zuvor,

Euch dies verweigerte. Als hernach besagte zwei Kälber auf der Allmende weideten, sei ihnen das Unglück geschehen, das zu ihrem Tode führte. Kratzwurms Junge hat Euch bei der Allmende gesehen, als er Euch um Hilfe anrief, wäret Ihr in den Wald verschwunden ohne ihm Antwort zu geben. Ich frage Euch frei heraus: Habt Ihr den Kälbern ein Leid angetan, weil Ihr Euch an Kratzwurm rächen wolltet?"

„Nein!"

Würth warf einen Blick zu Friedgard hin, ob der auch mit dem Schreiben mitkäme. Da rührte sich der Zentgraf und sagte: „Schadenzauber ist eine Beleidigung der göttlichen Majestät. Wenn Ihr ihn ausübt, seid Ihr von Gott abgefallen und habt den Bund mit dem Teufel geschlossen. Beschädigung von Mensch und Tier sind schwere Vergehen. Ihr solltet bekennen, was Euch dazu getrieben hat und Euer Seelenheil retten."

„Ich habe ein solches Werk, dessen Ihr mich bezichtigt, nicht getan. Kein Mensch und erst recht kein Teufel haben mich je getrieben, eine schädigende Tat zu verrichten."

„Warum bezichtigen Euch Kratzwurm und sein Eheweib einer solchen Tat?", fragte der Schultheiß.

Barbara zuckte die Schultern. „Die Kratzwurmin ist ein neidiges Weib. Sie redet über manchen schlecht."

„Im Gegensatz zu Euch besucht sie regelmäßig den Gottesdienst", entgegnete Würth und starrte sie herausfordernd an.

„Meine Verbindung mit Gott hängt nicht am sonntäglichen Kirchgang", entgegnete Barbara barsch und bereute es sofort, als sie Würths entsetzten Blick sah. Das war zu vorlaut gewesen, ohne Frage. Aber eine verzweifelte Wut tobte in ihr, wegen der Anwürfe, und weil sie wusste, dass sie sich vor sich selbst herauszureden suchte. Sie hatte immer gewusst, dass man darüber tratschte, wie selten sie den Weg in die Kirche fand. Und mit Sicherheit hatte Eigner sie in seine Liste eingetragen, die dem Presbyterium bei den Visitationen vorgelegt wurde. Nein, nicht zur Kirche zu gehen, Gott auf anderem Weg zu suchen, das war höchst sträflich, es war ketzerisch und sie wusste es.

„So? Woran dann?“, fragte der Schultheiß scharf, aber auch neugierig.

Sie sah ihn an. Sie schlug die Augen nieder. „Verzeiht, das meinte ich nicht so“, flüsterte sie. „Ich … wenn es mir nicht möglich ist, rechtzeitig zum Gottesdienst aus dem Wald zurück zu sein, bete ich da, wo ich gerade bin, im Stillen mit.“

Zahn machte ein Geräusch, das wie ein unterdrücktes, höhnisches Lachen klang. Würth drehte sich erst zu ihm, dann zu Friedgard. Schließlich fuhr der Schultheiß fort: „Was habt Ihr zu dem zu sagen, dass Oswin Gäßler zu Tode kam bei dem Unwetter?“

„Was soll ich dazu sagen können? Ich war nicht im Ort, als das Unwetter tobte.“

„Wo wart Ihr?“

„Bärlauch sammeln in der Lußhardt.“

„In der südlichen Lußhardt hat es gebrannt. Wie konntet Ihr dem entkommen?“

„Die Lußhardt ist groß.“

„Ihr habt also gewiss nichts mit dem Tod des Nachtwächters zu schaffen?“

„Bei allem Respekt, ehrsamer Herr Würth, diese Anschuldigung ist mir unbegreiflich, ich war nicht einmal im Ort.“

„Schadenzauber wirkt auch, wenn man nicht vor Ort ist“, warf Zahn so träge ein, als werfe er einem Hund einen abgenagten Knochen zu.

Sie schaute von Zahn zu Würth. Ihr Herz schlug kräftig gegen die Rippen, als sie entgegnete: „Ich habe erst vor zwei

Nächten durch Heinz Maurer vom Tode Gäßlers erfahren. Ein tragisches Unglück, ja. Mit dem ich nichts zu schaffen habe. Ich hatte mit Gäßler nichts zu schaffen."

„Ist es nicht so, dass wegen seiner Nachlässigkeit seinerzeit Euer Haus bis auf die Grundmauern niederbrannte und Ihr Eure Familie verlort?"

Barbara senkte den Blick und kämpfte mit den Tränen. Sie hatte dem nichts entgegenzusetzen.

„Wittib Heilmann? Ihr tätet gut daran, in aller Ehrlichkeit zu antworten. Bekennt also freiheraus: Habt Ihr etwas mit dem Tod des Nachtwächters zu schaffen, etwa, indem Ihr ihm einen Trank gabt, der ihn benommen machte?"

Ihr Kopf ruckte in die Höhe. „Nein!", rief sie dem Schultheiß ins Gesicht. Würth zuckte zurück, sie bemerkte Friedgards Blick. Erschrocken und angespannt schien er sie zu mahnen, Ruhe zu bewahren. Es kümmerte ihn also doch, was mit ihr geschah! Eine Welle der Zärtlichkeit durchflutete sie. Würths dunkle Stimme sagte: „Vergesst Euch nicht, Heilmännin! Beantwortet die Frage."

Sie straffte die Schultern. „Ich habe Nachtwächter Gäßler keinen Trank gegeben, ehrsamer Herr Würth."

Friedgard schrieb, was sie sagte. Jetzt nahm sie bewusst das Kratzen der Feder auf dem Papier wahr.

Würth seufzte. „Eure Aussage lautet also dahin gehend …" – er warf einen Blick zu Friedgard hin, als sei der Schreiber persönlich für die verzwickten Zusammenhänge der juristischen Feinheiten verantwortlich – „… Ihr beteuert also Eure Unschuld", schloss er mit entwaffnender Schlichtheit, da ihm die gestelzten Worte offenbar nicht einfallen mochten.

„Ich bin unschuldig. Alles was ich tue, ist, meiner Arbeit nachgehen wie alle anderen auch. Ich habe kein Verlangen danach, jemandem zu schaden."

„So, habt Ihr nicht?“, Zahns Tonfall war lauernd. „Was ist mit dem Lehrer? Ihr wart als einzige zu dieser Stunde unterwegs.“

Hilflos blickte sie zu Würth. „Ich wurde zu ihm gerufen. Ich …“ Sie verstummte. Sie hatte das alles schon einmal gesagt. Sie wusste nicht weiter.

Würth sagte: „Ich schlage vor, die Befragung für heute zu beenden. Ich empfehle Euch jedoch, in Euch zu gehen und Eure Aussagen zu überdenken.“

Ohne zu wissen, woher sie die Kraft dafür nahm, rief sie plötzlich: „Was ist mit den Schmähreden, die ich mir gefallen lassen musste?“

Würth zog fragend die Augenbrauen in die Höhe, Friedgard hielt mit Schreiben inne. Sie bemühte sich, ihrer Stimme einen festen, entschlossenen Klang zu geben: „Wieder und wieder hat man mich beleidigt. Ich zog bereits in Erwägung, Euch deswegen aufzusuchen, ehrsamer Herr Würth, doch zögerte ich es hinaus – und das ist die einzige Schuld, die ich mir zuweisen kann. Dass ich nämlich aus Besonnenheit und Wohlwollen nicht handelte und die Anwürfe, die mich ungerechtfertigterweise trafen, nicht mit einer Rüge in die Schranken verwies.“ Das war nun nicht ganz die Wahrheit, sie hatte es aus Furcht und Nachlässigkeit nicht getan, aber das musste Würth ja nicht wissen. Sie zitterte und fühlte dennoch Stolz aufwallen. Und noch etwas. Kampfgeist. Ja, sie würde ihren Bruder bitten, sie vor Gericht zu vertreten. „Ich möchte meinerseits eine Rüge vorbringen wegen Ruf- und Ehrverletzung.“ Wie leicht ihr das nun über die Lippen kam! Sie wunderte sich selbst darüber, war es ihr doch ein Graus, mit einer angesehenen Bürgersfrau in Händel zu liegen. Doch Friedgards Mutter hatte sie beleidigt, wieder und wieder, und längst hätte sie auf Winfrieds Rat hören und auch Peter Ackermann rügen sollen. Der sich womöglich brüstete und herumerzählte, er habe *sie höchlich geschmäht an ihren Ehren und gesagt sie sei ein Unhold.*

Würth schaute verdutzt, seine grauen Augen weiteten sich. „Ihr wollt eine Rüge vorbringen?"

„Zwei." Und rasch, weil sie fürchtete, ihre Entschlossenheit könne angesichts der drei Männer schwinden, fügte sie hinzu: „Margarete Herwart zieh mich eine Unholdin. Mehrfach vor Zeugen, die ich benennen kann." Sie äugte zu Friedgard, wie er das wohl aufnähme. Er wurde rot und biss sich auf die Unterlippe. „Peter Ackermann", fuhr sie mit schnellem Blick auf Zahn fort, der hierauf aufmerkte, „beschimpfte mich gleichfalls unflätig vor Zeugen. Auch ihn möchte ich hiermit anzeigen. Einer der Zeugen, die ich hierzu benennen kann, sitzt mit uns in dieser Kammer. Herr Herwart wurde selbst Opfer des Knechts und dürfte seine Rüge sicher längst vermerkt haben."

Würths Kopf ruckte zu Friedgard herum, der hielt mit Schreiben inne und blickte verwundert auf.

Zahn lachte laut. „Ihr antwortet mit einer Rüge auf eine jüngst vor dem Ortsgericht erfolgte Rüge besagter Frau Herwart gegen Euch? Und glaubt ernsthaft, das klänge nicht nach Rache?" Er schüttelte den Kopf und lachte wie einer, dem man soeben eine vergnügliche, doch höchst unglaubwürdige Geschichte erzählte. „Damit wollt Ihr Euren Kopf aus der Schlinge ziehen?"

Ihr Herz hämmerte und Angst, Scham und Wut tanzten einen eigenwilligen Reigen in ihrem Innern. Sie hatte es gewusst. Zahn wollte sie vernichten. Alles, was sie sagte, wendete er gegen sie.

Würth schaute nachdenklich. „Herwart, Ihr habt das vermerkt?", fragte er den Schreiber schließlich und als dieser nickte, wandte er sich an Barbara: „Wittib Heilmann, Ihr braucht einen Vertreter, der Euer Ansinnen vor Gericht vertritt. Wir werden beraten, wie dies zu lösen sei."

Würths dunkler, sachlicher Tonfall ließ einen kleinen Funken Hoffnung in ihr aufkeimen. Der Schultheiß nahm sie ernst? Er gab also nichts auf Zahns Einwürfe? Mutig straffte sie die Schultern und sagte: „Darf ich eine Bitte äußern?"

Würth machte eine zustimmende Geste.

„Ich habe mich am Tag des Unwetters im Wald verletzt. Die Wunde bräuchte Salbe und einen neuen Verband. Würdet Ihr meiner Mutter erlauben, die nötigen Sachen zu bringen?"

„Nein!", bestimmte Zahn noch ehe Würth überhaupt den Mund aufgemacht hatte.

28

„War nicht gerade die größte Beerdigung“, stellte Elli schulterzuckend fest.

Agnes entgegnete teilnahmslos: „Wer hätte es anders erwartet?“ Sie kickte die Fersen gegen den Steinblock. Nichts kümmerte sie weniger als Gäßlers Beerdigung, die diesen Nachmittag stattgefunden hatte. Jetzt war es Abend, es war noch immer hell und außerordentlich mild. Unschuldige Sanftheit lag in der Luft, kaum vorstellbar nach der Unwettergewalt vor zwei Tagen.

Agnes' Gedanken kreisten nur um eine Sache. Um das, was Friedgard gestern mit ihr … getan hatte. Sie hatte ihn für sich gewonnen! Endlich gehörte er ihr! Die halbe Nacht hatte sie wach gelegen und nichts anderes vor sich gesehen als sein vor Lust verzerrtes Gesicht. Er war entbrannt. Nun musste sie ihm Gelegenheit geben, ihr erneut … beizuwohnen. Bei Gäßlers Beerdigung hatte sie ihn angelächelt. Er stand zwischen dem Schultheiß und ihrem Vater und sah sie mit seltsamem Glimmen in den Augen an. Sie war beim Verlassen des Friedhofs an seine Seite getreten, um einige Worte mit ihm zu wechseln. Er hatte ihr zu verstehen gegeben, dass er viel Arbeit habe. Schreiben waren nach Heidelberg zu richten wegen der Gefangensetzung der Heilmännin. Schnurstracks Richtung Rathaus waren er und Würth aufgebrochen. Agnes fühlte leichtes Unbehagen, wischte die Frage beiseite, ob er bereuen könnte, was er getan hatte. Ach was, dachte sie. Allenfalls bereut er, zu hastig gewesen zu sein. Ihr Herz klopfte. Sie würden es wiederholen. Nichts stand ihrer Liebe nun im Wege. Beim Nachtmahl vorhin war ihr der Einfall gekommen. Vater hatte erzählt, Friedgard und der Schultheiß säßen noch immer in der Schreibstube. Vater war nach dem Essen noch einmal dorthin aufgebrochen. Sie hatte sich aus dem Haus geschlichen, um sich mit Elli zu treffen. Von ihr erfuhr sie, der Schultheiß habe den Schockelheinz geschickt, ihm und dem Schreiber im Wirtshaus eine Schüssel Suppe zu holen, die sie im Rathaus aßen. Sie wusste noch nicht, wie sie genau vorgehen würde, doch eines wusste sie sicher: sie würde nichts unversucht lassen, Friedgards Begierde auf's neue zu entfachen. Dafür hatte sie sich einige Tropfen von Susannes Rosenwasser auf ihren Busen gespritzt und das grüne Kleid gewählt, das die Wahrsagerin an ihr gelobt hatte.

„Wer hätte das gedacht, dass wir – *Dreck vor die Ohren,* – eine Hexe in Hockenheim haben!" Beim Wort Hexe senkte Elli die Stimme. Ihre Erregung war ebenso zu spüren wie ihre Angst. „Bei uns in der Schankstube hängt eine Flugschrift aus. Die forschen, ob sich Diebsgesindel herumtreibt. Wer etwas weiß, soll's melden." Sie beugte sich zu ihr herüber: „Die wollen uns weismachen, das wären alles Lumpenhunde, die die Gegend unsicher machen. Und dass wir sicher sind, weil sie dagegen vorgehen. Dabei weiß jeder, dass das Unholde sind!"

Agnes wollte jetzt nicht an Unholde denken. Sie wollte an Friedgard denken.

„Die Heilmännin sagt, sie wäre unschuldig. Dass ich nicht lache!"

„Unschuldig zu sein behaupten sie alle. Lass sie nur erst einmal im Bärentor hocken."

„Denkst du, die bringen sie nach Leimen?"

Agnes zuckte die Schultern. „Je eher desto besser."

„Ich jedenfalls hab mein Untergewand ab sofort nur noch links herum an!"

Agnes kickte die Fersen gegen den Stein. Es dämmerte, gut so, die Zeit sollte vergehen!

„Ich hätte ja gerne Zaubersprüche, die auf Haut geschrieben sind, du weißt, die wehren am meisten ab. Aber Wendel muss erst schauen, was die Walpurg überhaupt zu verkaufen hat."

Ob sie sich auch ein Amulett von der Wahrsagerin mitbringen lassen sollte? Ach was, der Kiesel mit dem Loch in der Mitte, den sie in ihrem Beutel mit sich trug, tat es allemal. Zudem: Ihre Widersacherin war in Gewahrsam, würde bald ans Oberamt überführt werden, vor ihr brauchte sie keinen Schutz.

„Die Kratzwurmin ist gestern Abend auch nicht ohne ihr Amulett ins Rathaus gegangen. Du weißt ja, die haben sie befragt. Bis Pfingsten wollen sie alle Zeugen vernommen haben."

Elli schwieg plötzlich auf eine Weise, die Agnes veranlasste, sie anzuschauen. Sie saß vornübergebeugt, die Hände auf dem Steinblock abgestützt, den Kopf zwischen die Schultern gezogen.

„Was?", forderte Agnes.

Elli entgegnete widerwillig: „Ich frage mich, ob du was sagen willst."

Agnes biss sich auf die Unterlippe. Sie wollte vor Elli nicht zugeben, dass sie nicht wusste, was sie gegen die Heilmännin vorbringen könnte. Nicht, nachdem sie so groß getönt hatte, sie werde schon etwas finden. Also sagte sie: „Selbstverständlich werde ich aussagen. Was ist mit dir? Willst du nicht die Geschichte mit dem Eichenwald erzählen?"

Ellis Kopf ruckte hoch. „Aber das hab ich doch gar nicht gesehen."

Agnes beugte sich zu ihr hinüber und raunte: „Dann rede halt mit deinem Wendel. Der soll das aussagen!"

„AchGottachGott ... mein ..." Elli sah sie an, schluckte. „Wie kommst du jetzt da drauf, dass er ..."

Agnes wurde hellhörig. Sie hatte das nur so dahingesagt, doch Ellis Bestürzung sagte ihr, dass sie ins Schwarze getroffen hatte.

„Du hast … du und Wendel?", fragte sie fassungslos.

„AchGottachGott, ich wollte es dir ja sagen, wenn es … etwas fester wird, wirklich. Und es ist ja noch nicht lange."

Agnes sprang vom Steinblock auf. Elli zuckte erschrocken zurück. „Dann wirst du erst recht dafür sorgen, dass er die Geschichte mit dem Hasen aussagt!"

Elli starrte sie mit furchtgroßen Augen an und schluckte noch einmal. „Agnes, das kann ich nicht von ihm verlangen. So eng sind wir noch nicht, also … es ist … er will auch nichts zu tun haben mit alledem, weil doch der Friedgard Herwart gegen ihn eine Rüge hat eintragen lassen wegen Beleidigung."

„Du hast die Wahl", entgegnete sie eisig. „Entweder dein Vater erfährt von deinem Treiben – oder eben nicht."

Agnes überquerte den Dorfplatz, die Lindenblüten verströmten in der Abendstunde ihren feinen Duft. Ihr Herz schlug wild, sie sehnte sich nach Friedgards Küssen und sie hatte Angst davor. Zu Hause war ihr Vorhaben nichts als ein unbestimmter Gedanke gewesen. Inzwischen wusste sie, was sie tun würde. Sie sah sich um. Es war noch nicht so dunkel, dass sie nichts mehr hätte erkennen können. Niemand war unterwegs, auch in der Gemeindegasse nicht. Hinter einigen Fenstern glomm Lichtschein.

Dann hatte sie ihr Ziel auch schon erreicht und schlüpfte durch die Lücke zwischen den Holzlatten, die Hofmanns Neubau auf dem Hausplatz der elften Hube in unregelmäßigen Abständen umgaben. Im letzten Augenblick erkannte sie eine Pfütze und wich ihr aus. Sich mit Schlamm besudeln war das letzte, was sie nun wollte. Aber der Bauplatz schien einzig aus Wasserlöchern und schlammigem Grund zu bestehen. Daran hatte sie nicht gedacht. Wie dumm! Sie raffte ihr Kleid. Sie stolperte über eine Schaufel, deren Holzstiel schräg aus dem schlammigen Erdreich ragte, fing sich und schalt leise vor sich hin. Mit jedem weiteren Schritt fand sie ihr Vorhaben weniger gut. Wie sollte sie hier ein trockenes Plätzchen finden, um ... sie wagte kaum, den Gedanken zu Ende zu denken. Sie betrat das unfertige Haus. Das Dach war schon errichtet, das Richtfest jedoch noch nicht abgehalten worden. Im Dunkeln erkannte sie die Umrisse zweier Fässer. Eines genau dort stehend, wo sie es brauchte: vor der Fensteröffnung, die geradewegs auf das Herwartsche Haus hinaus ging. Sie würde auf dem Fass sitzen und warten bis er heimkehrte. Doch zuvor wollte sie sich noch umsehen, ob es nicht doch ein trockenes Eckchen gäbe. Sie betrat den Nebenraum und sah, dass dort Binsenstreu auf dem Boden ausgebracht war. Sie ging in die Hocke und prüfte sie. Sie war frisch und trocken. Offenbar hatte man die Streu nach dem Unwetter herangeschafft. Sie frohlockte innerlich.

Sie ging zurück in den anderen Raum, setzte sich auf das Fass und wartete.

Nun da Gäßler tot war, ging niemand mehr durch die Gassen und rief die Stunden aus. Ihr heimliches Spiel, zuweilen im Morgengrauen hinauszulaufen auf die Gassen, umherzustreifen und nicht von Gäßler gesehen zu werden, hatte ihr stilles Vergnügen bereitet. Nun, es war vorüber. Wenn sie jetzt umherstreifte, dann eben ohne den Reiz, den Weg des Nachtwächters nicht zu kreuzen.

Schritte näherten sich. Sie horchte auf und spähte in die Dunkelheit. Blonde Locken, die sich deutlich davor abhoben. Weder eilig noch gemächlich kam er heran. Hinauslaufen oder rufen? Sie klopfte auf das Fass, er drehte den Kopf Richtung Neubau.

„Psst, Friedgard“, raunte sie.

Überrascht kam er zwei Schritte heran. „Agnes?“

Sie lehnte sich durch die Fensteröffnung und flüsterte: „Ich habe auf dich gewartet.“

Er sah sich um.

„Der Eingang ist auf der anderen Seite,“ lud sie ihn ein.

Und er kam.

29

Zahn zog die Rathaustür hinter sich zu und blieb auf der dunklen Mühlgasse stehen. Er musste sich eingestehen, dass er nicht recht wusste, was er tun sollte. Dieser rote Furz und dieser weibische Schreiberling regten ihn auf. Er warf einen Blick auf den schwachen Lichtschein, der unter einem Fensterladen der Schreibstube hervorkroch. Da drinnen hockte Würth und las noch einmal durch, was der junge Herwart, der kurz vor ihm gegangen war, geschrieben hatte.

Bis jetzt hatten sie zu dritt über dem Schreiben nach Heidelberg gesessen. Würth hatte ständig die Polizeiordnung wie auch die Malefizordnung zu Rate gezogen und sie alle gefragt, ob die Indizien wohl für eine Voruntersuchung durch das Amt ausreichten.

Herrgott noch mal! Er hatte gehofft, die Zügel straffer in der Hand zu halten. Aber jetzt war Würth so eifrig bei der Sache. Natürlich wusste er, dass eigentlich alles einen ordentlichen Weg gehen musste. Aber genau den hatte er umgehen wollen. Hatte sich auf Würths Faulheit verlassen. Darauf, dass der Rotbart ihm die Arbeit überlassen würde. Aber das tat er nicht. Stratzte durch die Schreibstube und sagte Sachen wie „Welche Zeugen nennt Ihr für Eure Bezichtigung, Zentgraf? Wir konnten heute Morgen ja hören, dass Wittib Heilmann sich für unschuldig befindet. Wir werden sicher kein Geständnis von ihr erwarten können. Da in einem solchen Fall die Folter angeordnet werden kann, Heidelberg aber, wie Ihr wisst, erfolterten Geständnissen Misstrauen entgegenbringt und Zeugenbeweise vorzieht, solltet Ihr uns jene nennen, die wider Wittib Heilmann aussagen werden.“

Gegrinst hatte dieser Fuchs dabei! Und Zahn hatte sich zum ersten Mal gefragt, ob er Würth unterschätzte. Der Schultheiß legte entschlossen Wert auf sorgfältige Erledigung. Er hatte eine

Liste der Zeugen aufsetzen lassen, die morgen und übermorgen vernommen werden sollten. Herwarts, die Weiber Oreans und Seyfried und weiß der Teufel wen noch. Kratzwurms hatte er ja unbedingt gestern Abend noch befragen müssen und ihn dazu ins Rathaus rufen lassen, wo der junge Herwart über Papier gebeugt gesessen hatte, so blass und mit Schweißperlen auf der Stirn, dass der Schlappschwanz ihn fast gedauert hatte.

Was bezweckte Würth damit? Hatte es doch mit des Schultheißen geringem Arbeitseifer zu tun und er wollte die Sache so schnell wie möglich dem Oberamt überlassen, um sie los zu sein? Oder hoffte er, dass man in Heidelberg nach genauer Prüfung zu dem Schluss käme, er, Zahn, habe übereilt gehandelt? Ging Würth davon aus, dass er ihn vor den Oberräten schlecht machen konnte, indem er ihn als Eiferer zeigte? Das schadenfrohe Zucken um Würths roten Spitzbart heute Abend wies durchaus in diese Richtung.

Zahn strich sich übers Kinn. Mit mir nicht, Pfifferling! Ich diene dem Wohl der Gemeinde! Die Leute sind aufgebracht und fordern Untersuchung der Geschehnisse. Das kann man allemal vor Heidelberg vertreten. Er wünschte, Meyer wäre hier und verfluchte den Zentbüttel innerlich, wohl wissend, dass er ihm unrecht tat, denn Meyer war in Edingen, wo er wegen einer Reihe von Einbrüchen vor Ort sein musste, um die Umstände festzustellen. Er hoffte, dies würde nicht allzu lange dauern. Er brauchte Meyer hier. Die Anwesenheit des Zentbüttels würde die Menschenmenge von erneutem Gepolter abhalten. Das hätte ihm noch gefehlt, dass die ihm das Rathaus stürmten! Zahn strich sich noch einmal übers Kinn. Er konnte Würth gegenüber ja schlecht zugeben, dass er die Heilmännin aus eigenen Gründen hatte festsetzen lassen. Dass er vorgehabt hatte, sie nur so lange zu verwahren, bis sie ihm seine Schriften zurück gab. Hernach hätte sich schon ein Weg gefunden, sie wieder frei zu lassen.

Doch nun lief es in eine andere Richtung. Er konnte nicht mehr zurück, nicht, wenn halb Hockenheim aufgebracht Anteil nahm. Und er konnte es ihnen nicht einmal verdenken. Häuser und Scheuern beschädigt, die Frucht auf den Fluren verwüstet. Viele würden den Zehnten nicht entrichten können, ihn um Minderung der Steuerlast angehen. Sie schrien ja schon jetzt, sie würden ihren Teil erst dann geben, wenn die Obrigkeit ihrerseits ihre Pflicht erfülle und untersuche, wer für diese Verheerung verantwortlich war. Sie glaubten allen Ernstes, Unwetter könne man machen. Er selbst hielt Unwetter kochen schon lange nicht mehr für möglich, doch wozu dienten dann die Zusammenkünfte der Hexenweiber mit dem Bocksbeinigen? Sollten sie nicht in seinem Aufrag das Böse in der Welt verbreiten? Oder war ihr wollüstiges Treiben schon Ausdruck des Bösen genug? Zahn dachte an die Abbildungen seiner Flugschriften. Er kratzte sich am Gemächt. Zum Teufel, diese Ärsche, die lustverzerrten Fratzen … ob die Heilmännin den Höllenfürsten wirklich ranließ? Er stellte sich vor, wie sie die Röcke hob und ihm ihr prachtvolles Hinterteil hinhielt. Sein Schwanz rührte sich. Vermaledeites Weib! Er wüsste es zu gern. Sie war schließlich viele Jahre ohne Eheherr und daher leicht zu verführen. Und schlich sicher bereitwillig Nacht für Nacht zu ihrem bocksbeinigen Gebieter in den Wald. Mit einem Ruck stellte Zahn sich aufrecht hin. Was, wenn sie ihn verhext hatte? Was, wenn die lustvollen Bilder in seinem Kopf ihr Werk waren? Möglich, sie hatte wirklich nicht genommen, was Baumann für ihn mitbrachte, weil sie es gar nicht nötig hatte, ihn auf diesem Weg zu schaden. Sie brauchte ihn bloß verhexen. Dieses Hurenweib!

Aber wer hatte dann die Schriften genommen? Hatten doch schlichtweg Räuber den Lehrer überfallen? Warum war dem Burschen dann aber sonst nichts abhanden gekommen? Und was, wenn der Lehrer doch noch kundgab, dass er, Zahn, einen

Diebstahl verschwiegen hatte? Nun, er könnte dann immer noch behaupten, es seien Abschriften eines Urteils gewesen, das er sich, um besser Recht sprechen zu können, zu Gemüte führen wollte. Und er habe es nicht vermeldet, um die Sache nicht unnötig aufzublähen. Nein, Baumann war nicht das Problem. Die Heilmännin war's. Denn sollte der Oberrat aufgrund der Schreiben aus Hockenheim für ein Verfahren stimmen, mochte es womöglich zu einer peinlichen Befragung kommen. Unter der Folter würde sie wohl auch hinausschreien, dass er etwas bei ihr gesucht hatte. Etwas, das für ihn wichtig und gefährlich war, da er keinen Diebstahl vermeldet hatte. Ein Weib in ihrer Lage würde ihr Wissen preisgeben, um den eigenen Kopf zu retten. Auch wenn sie nicht wusste, was es war, das er suchte, würde ihr Gestammel Aufmerksamkeit erregen. Man würde Fragen stellen. Nun, er konnte sie der Lüge bezichtigen. Oder der geistigen Verwirrung. Und wenn sie mit dem anderen kam, jenem lange zurückliegenden … auch das ließe sich abbiegen, das konnte man ihr als lüsterne Fantasie auslegen, die einmal mehr ihre Hörigkeit gegenüber dem Höllenfürsten deutlich machte.

Gut denn. Schilfgeruch drang ihm in die Nase, die Nacht war mild. Eine Regung – und er lenkte seine Schritte hinunter zum Bach. Inmitten der Brücke blieb er stehen und starrte auf das dunkle Wasser. Es stand noch immer hoch, gluckerte unter ihm über Steine und Hindernisse hinweg, stank nach Aas und nassfaulem Gras. Überrascht von der Macht seiner Empfindungen lehnte er die Arme auf das hölzerne Brückengeländer und sah hinüber zur Mühle.

Das Unbehagen wich nicht. Es bohrte sich unangenehm durch seine Eingeweide wie ein Furz, der nicht herauskam und ihm das Gedärm zu zerreißen drohte. Lag es daran, wie sie ihn angesehen hatte, als er gestern Morgen bei ihr war? Er war verwirrt. Etwas schlummerte tief in ihm, wie ein Bär, der Winterschlaf hält. Zahn beugte sich vor, legte die Unterarme erneut auf das Brückengeländer. Er spürte Missbehagen, das sich in ihm regte und es verunsicherte ihn. Und er wusste plötzlich, was der eigentliche Grund war, warum er sie festsetzen ließ. Er spuckte ins Wasser. Anerkennung. Nein. Es war Vergebung, was er von ihr wollte. Sie festzusetzen sei auf öffentlichen Druck hin geschehen, sie wieder frei zu lassen, sei auf seinen Mist gewachsen. So hatte er sich das gedacht, so hätte er es ihr verkündet. Ihre Dankbarkeit und Verbundenheit wären ihm sicher gewesen. Doch jetzt glitt es ihm aus den Händen. Wollte er sein Gesicht nicht verlieren, musste er den Dingen ihren Lauf lassen und abwarten, welche Weisungen aus Heidelberg kamen. Er wusste zudem: Um Vergebung von ihr zu erlangen, müsste er sich erst einmal bei ihr entschuldigen. Doch dazu war er noch nicht bereit. Zu neu war ihm der Einblick in die eigene Seele. Damit musste er erst einmal selbst fertig werden. Er war ein Mann der Tat, ja. Aber diese, zum Teufel, brauchte noch ein wenig Reife.

Er hörte die Rathaustür zuschlagen, zuckte zusammen. Würth ging pfeifend nach Hause. Würth. Dieser Gockel. Ein weiterer Magenstich erinnerte ihn daran, dass der ihm gedroht hatte, seine Besuche bei der Rothaarigen zu melden. Herrgott aber auch! Das konnte ihn sein Amt kosten. Es passte nicht zur calvinistischen Sittenzucht, sein Vergnügen bei Huren zu suchen, es passte erst recht nicht zu einem getreuen Ehemann. Und es passte dreimal nicht zu einem Zentgrafen. Er konnte es drehen und wenden wie er wollte. Sein Ansehen, seine Ehre standen auf dem Spiel. Das konnte er nicht zulassen. Selbst wenn er noch nicht wusste, wie er das bewerkstelligen sollte.

30

Im Vorraum gab es Bewegung.

Barbara war darauf vorbereitet. Seit einer Woche immer das gleiche: Der Schockelheinz brachte das Morgenmahl. Wenn sie Glück hatte, bekam sie auch Wasser, um sich zu säubern. Vor drei Tagen, am Pfingstsonntag, gar so viel, dass es auch für eine Haarwäsche reichte. Sie versuchte, nicht in Verzweiflung zu fallen, indem sie im Geist im Wald umherstreifte. Sich überlegte, welche Kräuter jetzt zu schneiden wären, welche ihrer Plätze sie aufsuchen würde. Sie versuchte, sich nicht zu sehr in die Sorge um ihre Mutter hineinzusteigern. Es gelang ihr nur mühsam und immer wieder drohte sie, innerlich abzustürzen. In einen Abgrund aus Scham, Wut und Verzweiflung. Selten keimte Hoffnung, dass sich alles zum Guten wenden würde.

Sie hörte Rascheln, dann ein Schaben, das Guckfenster öffnete sich und der Schockelheinz spähte in die Kammer. Dann schloss er die Klappe wieder.

War da eine Frauenstimme? Ihr Herz machte einen Satz. Ob man ihrer Mutter erlaubte, sie zu besuchen? Sie saß auf der Liegestatt, die gefesselten Hände im Schoß, und rieb sich den entzündeten Handballen. Es wäre gut, könnte sie ihn mit Salweide-Aufguss waschen, damit der Spreißel herauskäme. Auch ein neuer Verband für ihre Wunde am Schenkel wäre nötig. Rasch überprüfte Barbara ihr Gewand, strich es glatt, rieb die Füße übereinander, die ebenfalls schmutzig waren. Beschämung und Freude mischten sich, sie spürte Tränen aufsteigen und drückte sie hinunter. Mutter. Dass sie sie so hier sehen würde …

Der Schlüssel wurde im Schloss gedreht und der Büttel schob die Tür auf. Das Weib, das ihm folgte, war nicht Katharina.

Verwundert starrte Barbara Susanne Zahn an, die sich am Schockelheinz vorbei schob. Die Hausfrau des Zentgrafen bedeutete dem Büttel mit einem Nicken, dass er sie alleine lassen konnte. Mit grimmiger Miene schloss er die Tür hinter sich.

„Einen guten Morgen", grüßte Susanne Zahn und stellte einen Korb vor Barbara auf dem Boden ab. Ein zarter Geruch nach Lavendel entströmte ihrem sandfarbenen Kleid und dem braunen Wolltuch, das sie um die Schultern trug. Sie deutete auf den Korb zu ihren Füßen. „Brot, gekochtes Huhn, ein kleiner Krug Wein. Und Honig", sagte sie.

„Ihr?", fragte Barbara verwundert.

„Es ist lange her, dass wir miteinander zu tun hatten", erwiderte die Zahnin. Sie sah sich um, schließlich setzte sie sich auf den Hocker. Die Hausfrau des Zentgrafen war ein dralles Weib mit roten Backen, runden Hüften und üppigem Busen. Ihr strohgelbes Haar war dick, sie wirkte trotz ihrer sicher vierzig Jahre gesund und kräftig.

„Was wollt Ihr hier?", fragte Barbara.

Susanne zeigte auf den Korb zu ihren Füßen und sagte mit ihrer hohen Stimme: „Ich habe auch ein feuchtes Tuch dabei, damit Ihr Euch … nun, frisch machen könnt, untenrum. Ich habe es mit Kamillenwasser getränkt, es ist noch warm, wenn Ihr es also benutzen wollt, drehe ich mich zur Seite."

Barbara war zu überrascht, um zu antworten. Sie starrte die Zahnin an.

Diese beugte sich vor und zog das Leintuch weg, das den Korb bedeckte. Sie nahm einen Zinnteller heraus.

Ein Hühnerbein und die Hühnerbrust lagen auf dem Teller. Es duftete wunderbar. Susanne stellte den Teller auf der Liegestatt ab.

Verwundert sah Barbara die Hausfrau des Zentgrafen an.

Susanne Zahn schaute weg und kramte im Korb.

Sie fischte eine tönerne Schale heraus, in der ein sehr weißes Leintüchlein lag. Wortlos reichte sie Barbara die Schale.

Duft von Kamillenblüten.

„Nehmt es, bevor es kalt wird. Seid nicht töricht." Susanne stand auf, stellte die Schale auf den Hocker und trat zur Tür, den Rücken Barbara zugewandt, den Kopf vor dem Guckfenster.

Barbara geriet in ungeheure Verlegenheit. Doch es war zu verlockend. Rasch nahm sie das Tuch, es war wunderbar lauwarm. Sie stand auf, trat einen Schritt zum Fußende der Liegestatt, drehte sich zur Wand, so dass auch sie mit dem Rücken zur Raummitte stand. Sie hob ihr Kleid und säuberte sich. Die Ketten rasselten leise. Dankbarkeit und Scham mischten sich. Ausgerechnet der Ehefrau des Zentgrafen verdankte sie diesen Segen? Sie ließ das Kleid sinken und faltete das Tuch, setzte sich auf das Bett und legte es neben sich.

Susanne Zahn drehte sich zu ihr um. „Warum ich das tue, Heilmännin? Vielleicht wegen dem, was Ihr einst für mich tatet, unter Wahrung aller Verschwiegenheit?"

Sie trat heran, blieb vor Barbara stehen. „Vielleicht auch, weil niemand im Dorf, so wie es aussieht, auch nur ein gutes Wort für Euch hat – Eure Familie ausgenommen, was durchaus erstaunlich ist, bedenkt man das aufgebrachte Zetern, mit dem die meisten ... ich will es ohne Umschweife sagen ... Eure Verurteilung fordern."

Sie setzte sich auf den Hocker. „Und letztlich weil ich den Unfug nicht glaube, den sie über Euch erzählen."

Barbara sah die Zahnin nicht an. Sie fuhr sich mit dem Handrücken unter der Nase lang und starrte an ihr vorbei zur Tür. Sie schluckte den Kloß hinunter, der sich bei Susannes Worten in ihrem Hals festgesetzt hatte, und sah auf ihre gefesselten Hände.

„Wie geht es meiner Mutter?", hörte sie sich fragen.

„Sowohl Eure Mutter als auch Euer Bruder haben bei meinem Ehemann vorgesprochen und um die Erlaubnis gebeten, Euch zu besuchen. Mein Eheherr hat auf die Bestimmung im Landrecht verwiesen und es abgelehnt. Soweit ich ersehen kann, ist die Empörung im Dorf groß, dass Euer Bruder willens scheint, zwei Rügen für Euch beim nächsten Ortsgericht vorzubringen."

Die Zahnin machte eine Pause.

„Es hat noch jemand darum ersucht, Euch sprechen zu dürfen."

Barbara sah nicht auf.

„Wollt Ihr nicht wissen, wer?"

Barbara schwieg.

„Ein Königsmann aus Reilingen, Kühn lautet sein Name, soweit ich mich erinnere." Wieder hielt Susanne inne.

„Was bezweckt Ihr damit?", fragte Barbara und sah die Zahnin endlich an.

„Warum seid Ihr so misstrauisch?"

Sie schnellte hoch, ohne dass sie dies beabsichtigt hätte. „Ihr seid die Hausfrau des Mannes, der mich vor die Zent schleppt. Der mich beschuldigt, Schadenzauber ausgeführt zu haben. Wärt Ihr an meiner Stelle zutraulich wie ein Kätzchen?" In ihrem Magen rumorte es, als säße ein Kreisel darin.

Susanne nickte zustimmend. „Ihr habt recht. Doch seid so gut und setzt Euch wieder. Sie werden Euch zwar erst nach Mittag verhören, dennoch, ich habe einiges mit Euch zu bereden und nicht den ganzen Morgen Zeit."

Dankbarkeit, Zorn, Scham – das Durcheinander der Gefühle verwirrte Barbara und machte ihre Knie weich wie Talg. Sie setzte sich.

„Scheint ernsthaft Gefallen an Euch zu haben, der Königsmann", sagte Susanne nicht ohne Achtung. „Aber wie Ihr Euch denken könnt, hat mein Eheherr auch ihm den Zutritt zu Euch verweigert."

„Aber Euch hat er ihn erlaubt", erwiderte sie beißend.

Susanne sah sie einen Augenblick nachdenklich an, ehe sie erklärte: „Er weiß nicht, dass ich hier bin."

Barbara schluckte. Vogelgezwitscher drang durch die vergitterte Fensteröffnung herein. Stumpf alles in ihr, sie fragte: „Was bezweckt Ihr mit Eurem Hiersein, Frau Zahn?"

Susanne hielt Barbaras Blick fest und sagte: „Mein Mann steht für Recht und Ordnung. Er muss tun, was seine Pflicht ihm gebietet. Er ist ein guter Mann. Das ist das eine."

Sie strich über ihr Kleid. „Zum anderen kann ich klar denken, Heilmännin, und gebe nichts auf die Hirngespinste einfältiger Leute. Ich glaube nicht, dass Ihr dessen schuldig seid, was sie Euch nachsagen. Das Gerede um Zaubergebräu und bösen Blick ist Unfug."

Susanne hielt inne, schließlich raunte sie: „Ihr habt mir seinerzeit sehr geholfen, für mich waren Eure Künste ein Segen, das vergesse ich Euch nicht. Es ist trostvoll für ein Weib, auf die Hilfe eines anderen zählen zu können."

Barbaras Erinnerung flog gute zehn Jahre zurück. Sie war eine junge Hausfrau, mit einer kleinen Tochter mit ebenso kastanienbraunen Locken wie sie selbst.

Damals hatte Katharina noch Bienen besessen und man wusste, bei Mutter und Tochter gingen Bienenwachs und Honig nie aus. Susanne Zahn hatte in Barbaras Küche gesessen, hatte den kräftigen, strohgelben Zopf durch die Finger gleiten lassen und freimütig erzählt, ihr Ehemann erfülle seine ehelichen Pflichten äußerst gewissenhaft und auch sie selbst lege keinen Wert darauf, die geschlechtlichen Handlungen einzuschränken. Sie sei jedoch nicht gewillt, deshalb jedes Jahr gesegneten Leibes zu sein. Sie hatte behauptet, sie gebäre nur Söhne und das sei eine kräftezehrende Angelegenheit. Sie hatte den kleinen Philipp aus erster Ehe mitgebracht, nach etwas mehr als einem Ehejahr dem Zahn Zacharias geboren, den nächsten Sohn bereits als Säugling verloren. Weshalb sie Bienenwachs erwarb, das sie wie alle Weiber, die eine Befruchtung verhindern wollten, tief in den Körper einführte bis es die Gebärmutter berührte und die Öffnung umschloss. Sie kaufte auch einen Vorrat an Honig, denn eine in Essig und Honig getränkte, zusammengeknüllte Stoffkugel wurde zusätzlich in der Scheide versenkt.

Eines Tages schließlich kam sie und wollte etwas, um die Leibesfrucht abzustoßen. Ob also Barbara ihr erneut zu Diensten sein könne? Sie konnte. Mit Sud aus Samen des Sadebaums und der Gartenraute, dem sie zur Sicherheit noch Mutterkorn beimengte. Mehrmals noch hatte sie Susanne geholfen, bis dann ihr eigenes Leben aus den Fugen geriet. Susanne war – aus Rücksicht? – nicht mehr zu ihr gekommen und hatte vor vier Jahren noch einmal einen Jungen zur Welt gebracht.

„Jedes Kräuterweib hätte getan, was ich tat", erklärte Barbara beherrscht und heftete den Blick auf den weißen Flaum auf Susannes Oberlippe.

„Dass Ihr mir seinerzeit dienlich wart – mehrfach – habe ich Euch nie vergessen."

„Und nun wollt Ihr mir dienlich sein? Womit denn? Gegen Gesetze könnt Ihr nichts ausrichten."

Susanne streckte sich. „Mein Eheherr bespricht zuweilen mit mir, was ihn beschäftigt. Und *Ihr*, Heilmännin, beschäftigt ihn derzeit über Gebühr. Auch wenn er nicht herausfinden muss, ob Ihr schuldig seid oder nicht, sondern nur das Urteil verkündet, das die Oberräte nach der Voruntersuchung fällen, so hat er doch Einfluss darauf, *wie* und *was* über Euch berichtet wird. Und wie und was über Euch berichtet wird, mag er, wenn ich ihn in Laune bringe, von mir zugeflüstert bekommen. Das reicht vielleicht nicht aus, Euch die peinliche Befragung zu ersparen, doch …"

Erneut sprang Barbara auf. „Ihr droht mir mit der Folter?" Der Kreisel in ihrem Magen drehte sich unablässig. Mit Mühe unterdrückte sie das Zittern.

„Heilmännin, bitte!", kiekste Susanne so eindringlich, dass Barbara ihr in die Augen sah.

Was sie darin las, machte sie derart betroffen, dass sie sich wieder setzte. Susanne Zahn hatte Angst.

„Ihr fürchtet, ich könnte unter Schmerzen hinausschreien, welches Geheimnis wir teilen?" Die Erkenntnis traf sie wie ein Schlag. „Deshalb lasst Ihr mir Essen und Hoffnung angedeihen, ist es das? Ihr meint, erst einmal aufgezogen, verrate ich Euch?"

Susanne schwieg. Schließlich flüsterte sie: „Es ist mehr."

Barbara sah in Susannes rundes Gesicht. Susanne schien sich zu sammeln, dann fuhr sie fort, lauter diesmal: „Ich kenne das Gerede um meine Vorgängerin. Alle kennen es. Zu Anfang, als Zahn um mich warb, kaum ein halbes Jahr nach dem Tod seines Weibes, war es mir einerlei. Ich wollte Zahn. Und ich wollte einen Vater für meinen Sohn, wollte weiterhin ein gutes Leben, nachdem mein Mann gestorben war. Man trug mir Hinweise zu, hier ein Satz, dort eine Bemerkung. Ich verschloss Sorge und Gekränktheit in mir, redete mir zu, dass es nicht zähle. Das alles war vorbei. Ich war nun die Hausfrau des Zentgrafen. Doch tief in mir nagten Zweifel, nagen sie noch immer und tun mir nicht gut." Wieder hielt Susanne inne, holte Luft, blickte auf ihre im Schoß gefalteten Hände. „Ich weiß, dass die Leute tratschten, der Zahn habe sein kleines schilfdünnes Weib zuschanden geritten. Man zerriss sich die Mäuler darüber. Und man sorgte dafür, dass ich erfuhr, dass sie blasser und schmaler geworden war, ausgemergelt durch sechs Geburten, geistig verwirrt durch die Tode ihrer Säuglinge. So sehr, dass man sie in jenem Sommer im Wald fand, unter den Schweinen sitzend, und niemand wusste, was sie dort tat." Susanne seufzte. „Nicht zuletzt weiß ich, dass gemunkelt wird, Ihr trüget möglicherweise Schuld am Tod Maria Zahns." Susanne sah zu ihr auf, die Not jahrelangen Schweigens stand ihr im Gesicht.

„Was erwartet Ihr nun von mir, Zahnin?" Barbara hatte keine Kraft, auf diese erneute Anspielung einzugehen.

Susanne sprach zu ihren Händen. „Agnes trauert ihrer Mutter noch heute nach. Sie kann nicht verwinden, dass sie starb. Es verbrennt sie von innen heraus. Und niemals wird sie mich annehmen, ich weiß das wohl. Ihre Haltung, all ihr Sein ist ein Vorwurf an ihren Vater. Der hat Schuldgefühle, dass er seinerzeit sein krankes Weib nur mit der alten Magd und der Achtjährigen zurückließ. Einiges würde er tun, um das wieder gut zu machen." Susanne blickte auf und zuckte die Schultern. „Vielleicht will ich Vergebung. Für ihn, für meine Stieftochter. Und Frieden für mich. Es blieb damals ein Rätsel, warum das Mädchen so lange brauchte, um Euch zu holen. Man sagt, die alte Magd, die bei der Kranken geblieben war, hätte unter Tränen erklärt, dass sie sich kaum mehr zu helfen gewusst hätte. Niemand war da, den sie hätte hinterher schicken können, alle waren auf den Fluren, die Ernte einbringen. Sie sei schier um den Verstand gekommen vor Sorge, nun auch um das Mädchen, das mit der Heilkundigen nicht beikam. Wo war Agnes in der Zeit zwischen Fortschicken und der Ankunft bei Euch? War es Eure Schuld, dass das Mädchen aufgehalten wurde? Was genau geschah damals?"

Barbara wich dem flehenden Blick Susannes aus. Erinnerungen an eine verstörte Agnes, die sie holen kam, ein kleines Mädchen, so bang und kummervoll - und an das Gesicht Leonhards. In jenem Sommer vor fünfzehn Jahren hatten sie heiraten wollen. Doch dann starb Maria Zahn, es gab Gerede. Gemunkel, nicht sorgsam genug gewesen zu sein. Aber ihre Mutter hatte seinerzeit bestätigt, dass Barbara mit ihren fiebersenkenden Handlungen das einzige hatte tun können, was möglich war.

„Ich habe nie etwas auf das Geschwätz gegeben, Ihr hättet mit Umschlägen aus den abgekochten Blüten der Arnika ein wenig nachgeholfen." Susanne sah sie geradeheraus an. „Ich glaube nicht, dass Ihr das tatet, um Euch den Zentgrafen zu angeln."

„Ich war verlobt!", presste Barbara hervor. Sie hatte sehr wohl gehört, dass Susannes letzter Satz eine leise Frage beinhaltete.

„Ihr sollt damals gesagt haben, es sei eine Erlösung für sie. Sie wäre nicht für dieses Leben bestimmt. Einige glaubten deshalb ..."

„Frau Zahn", fuhr Barbara ihr in die Rede, „vielleicht habe ich das gesagt, vielleicht auch nicht. Auf keinen Fall jedoch habe ich es so gemeint, wie es jetzt bei Euch anklingt. Gott ruft zu sich, wessen Zeit gekommen ist. Da hilft auch das beste Kraut nicht. Was wollt Ihr?"

„Was geschah damals? Warum kam Agnes mit Euch nicht bei?"

Barbara hasste diese alte Geschichte, weil sie so sehr mit ihrem eigenen Schicksal verwoben war. Es war so vieles zusammengekommen, und es hatte einen Keil zwischen sie und Leonhard getrieben, denn dass man glaubte, sie wolle sich Zahn greifen, hatte der aufkeimenden Pflanze ihrer Liebe ebenfalls Schaden zugefügt. Sie hatten sogar ihre Hochzeit um ein halbes Jahr verschoben. Letztendlich hatte es sie nur um so mehr verbunden, aber bis dahin hatte das Gerücht fast ihre Liebe zerstört.

Sie sah auf und die Worte drängten ohne ihr Zutun aus ihr heraus. „Maria Zahn war kränklich, schon in jungen Jahren. Schwächezustände, Unterleibsbeschwerden. Ihr schmächtiger Leib verkraftete die vielen Geburten tatsächlich nicht, die Zahn ihr aufhalste. Jahre schleppte sie sich nur auf halber Kraft dahin.

Lag oft in einem Fieber, von dem man nicht wusste, woher es kam. Meine Mutter wurde häufig zu ihr gerufen. Über Wochen verabreichte sie ihr Tee aus Frauenmantel oder der Benediktinerdistel. Dann verwirrte sich ihr Geist, Ihr kennt die Geschichte mit den Schweinen. Als dann wenige Tage später wieder ein Fieber nach ihr griff, sollte Agnes mich holen, denn meine Mutter war bei ihrem Bruder in Schwetzingen. Das Mädchen war völlig verstört. Als ich mit ihr im Freihof ankam, war es zu spät. Das Fieber war zu hoch, Marias Geist in einem so erbärmlichen Zustand, dass ich ihr nur noch mit nassen Tüchern Linderung verschaffen konnte, so lange, bis ihr gemarterter Körper aufgab." Barbara hielt inne und sah in Susannes sorgenvoll angespanntes Gesicht. Sie wusste: Was Susanne hören wollte, kam jetzt, doch es würde ihr nichts erklären. „Die alte Sofie behauptete", fuhr sie fort. „ Agnes beizeiten zu mir geschickt zu haben. Bei mir war das Mädchen aber erst eine knappe Stunde später erschienen. In dieser Zeit hatte sich Marias Zustand stark verschlechtert. Als ich bei ihr eintraf, hatte sie nicht mehr die Kraft zum Weiterleben. Aus Agnes war damals nichts herauszubekommen. Tagelang hat sie nur geweint." Barbara machte eine Geste mit den Händen und die Ketten rasselten leise. „Das ist alles, Frau Zahn."

Schweigend und tief betroffen saß Susanne Zahn ihr gegenüber.

„Ich danke Euch, Heilmännin", sagte sie schließlich. „Es war an der Zeit. Ich wollte es aus Eurem Munde hören. Jetzt kann ich vielleicht dazu beitragen, dieses dumme Geschwätz endlich verstummen zu lassen."

Sie erhob sich.

„Ich werde mein möglichstes tun, meinen Mann von Eurer Unschuld zu überzeugen. Ich stehe in Eurer Schuld – und die ist nicht mit ein wenig kaltem Huhn abgegolten."

„Ihr steht nicht in meiner Schuld. Ihr habt mich damals bezahlt für meine Dienste."

Susanne zuckte die Schultern. „Es gibt da noch etwas."

Fragend blickte Barbara zu ihr empor.

„Mein Erstgeborener, Philipp ..."

Barbara horchte auf und sah, dass Susanne dies bemerkte.

„Er versteht sich nicht gut mit dem Zentgrafen. Er wird den Freihof noch diesen Sommer verlassen, um meinem Bruder in Schwetzingen auf dem Gänsehof zu helfen. Hernach will er nach Heidelberg und in der Kanzlei als Knecht unterkommen."

Was kam jetzt?

„Auch wenn mein Eheherr der Ansicht ist, es sei nicht ehrenvoll, den Kanzleiboden zu schrubben, die Schlösser der Türen zu bewachen und Brunnen zu betreuen, beharrt mein Sohn auf seinem Vorhaben und vertraut darauf, dass Pfälzer Landeskinder bevorzugt behandelt werden, wenn es um Neueinstellungen geht. Er hat einen guten Grund für seine Zielstrebigkeit. Er will heiraten."

Susanne genoss die Wirkung ihrer Worte auf Barbara sichtlich, denn sie nickte stolz.

„Es ist möglicherweise aufmunternd für Euch, zu wissen, dass Euer Bruder – nun, Heilmännin, Respekt vor ihm –, seine Einwilligung ... sagen wir, abhängig von Eurem weiteren Schicksal macht."

Barbara traute ihren Ohren kaum. „Was sagt Ihr da?"

Susanne schmunzelte. Dann wurde sie wieder ernst und sagte: „Ich will das beste für meinen Jungen. Er ist ehrlich und zuverlässig. Und wenn sein Glück an Eurer Nichte hängt, so will ich ihm dazu verhelfen. Ein weiterer Grund, meinem Eheherrn ins Gewissen zu reden, der, auch das Euch zur Kenntnis, von meinem Gespräch mit Eurem Bruder nichts weiß."

Barbara war so verblüfft, dass sie nicht wusste, was sie erwidern sollte.

„Philipp liebt Eure Nichte wirklich, Heilmännin, ich kenne ihn."

Susanne wandte sich zum Gehen. „Ein Weib, das bald zu meiner Familie gehört, ist weder eine Zauberin noch verbindet sie sich mit dem Leibhaftigen." Sie deutete auf den Korb. „Den hole ich ein anderes Mal."

Sie pochte an die Tür. „Noch etwas", sagte sie, während sie wartete, dass der Schockelheinz ihr öffnete. „Philipp besucht Eure Mutter. Es geht ihr gut. Sie ist nie allein, meist ist Euer Bruder da oder Eure Schwägerin."

Barbara blieb der Mund offen stehen. So hockte sie noch, als Susanne Zahn längst gegangen war.

Und dann keimte Hoffnung auf. Sie hatte eine Fürsprecherin.

Doch die Zweifel waren nicht auszumerzen, sie krochen heran wie die Schnecken, die jetzt sicherlich Katharinas junge Salatpflanzen abfraßen. Was könnte das Weib des Zentgrafen ausrichten? Barbara zweifelte nicht an deren Fähigkeiten, mit ihren drallen Rundungen den Zentgrafen zu umgarnen. Doch würde das ausreichen, eine Anklage zu vereiteln?

Sie dachte an Mutter und Matthias. Nicht nur war ihr deren Fürsprache sicher, was sie froh und dankbar machte, nein, Matthias verstieg sich sogar auf einen ungeheuren Handel, um ihre Freilassung zu erwirken. Das ließ das Schuldgefühl erneut aufkeimen und sie schämte sich mehr denn je. Und dann war da noch dieser Mann, der laut Susanne ebenfalls bei Zahn vorstellig geworden war. Sie sah die dunklen, schwarz untermalten Augen Winfrieds, die Fältchen, die sich seitlich davon so fein auffächelten, wenn er lächelte, sein dünnes Bärtchen. Er schien nichts darauf zu geben, dass sie vor zwei Wochen im Zwist auseinander gegangen waren. Eine leise Freude mischte sich unter die Zweifel und verlegen fuhr sie mit dem Handrücken unter der Nase lang. Er hatte wegen ihr beim Zentgrafen vorgesprochen. In ihrer Mitte wurde es warm. Sie schloss die Augen. Er fand Gefallen an ihr, das hatte er mehrfach zu verstehen gegeben. Tief in ihr regte sich etwas. War es das Herz, das sich zaghaft öffnete? Es pochte Leben durch ihre Adern. Plötzlich sehnte sie sich nach ihm, wünschte, er würde die Arme um sie legen und sie halten.

Offenbar saß sie lange so, denn sie fuhr erschrocken zusammen, als sie den Riegel knirschen hörte und der Schockelheinz mit dem Mittagsmahl hereinkam. Er stellte es auf den Hocker und nahm den stinkenden Eimer mit. Den Korb der Zahnin – oder gar den Teller mit dem gekochten Huhn, der noch immer neben ihr stand – beachtete er nicht.

Barbara nahm den Löffel und stocherte in der Grütze, roch daran. Gerstenbrei, seit Tagen. Sie ließ den Löffel stecken und nahm sich das Huhn. Doch noch bevor sie aufgegessen hatte, hörte sie Stimmen, der Riegel wurde erneut zurückgeschoben und die Tür öffnete sich.

Auf der Schwelle stand Zentbüttel Meyer. Ein wuchtiger Mann mit breitem Kreuz, rotgeäderter Knollennase und winzigen Augen, die in dem teigigen Gesicht aussahen wie Rosinen in einem Pfannkuchen. Barbara starrte ihn an und schluckte. Die Angst kehrte mit Macht zurück. Der Büttel der Kirchheimer Zent war hier! Er überführte Gefangene zum Zentgericht … zur Richtstätte … Ihre Gedanken überschlugen sich. So ging es doch vor die Zent? Würde er sie nach Leimen ins Bärentor bringen? Sie forschte in Meyers Gesicht nach einem Hinweis. Aber seine Miene war unbewegt, als er sagte: „Laut Anordnung zur Einleitung des Vorverfahrens werdet Ihr ein weiteres Mal verhört."

Ihre Hände begannen zu zittern. Sie wollte es verbergen, aber der Schockelheinz kam heran, um die Ketten zu lösen, und sie wusste, beide Männer gewahrten das Zittern. Sie schlüpfte in ihre Schuhe, war sich bewusst, dass die beiden jede ihrer Bewegungen aufmerksam beobachteten. Was erwarteten sie? Dass sie kreischend an ihnen vorbei zur Tür hinaus flog? Sie hätte lachen mögen, wenn ihr danach gewesen wäre. Könnte ich es, ich täte es hier und jetzt vor euren Augen, ihr Dummköpfe!, dachte sie und straffte die Schultern, um gefasst und aufrecht hinter Meyer die Kammer zu verlassen. Der Schockelheinz ging hinter ihr.

Sie traten in den Vorraum, stiegen die Treppe zum Ratssaal empor. Im Rathaus war geputzt worden, aufgewirbelter Staub hing in der Luft, es roch nach Seifenlauge und Bienenwachs. Auf der Schwelle zum Ratszimmer hörte sie einen Mann drinnen sagen: „Eure Bauern schienen mir erregt und verängstigt. Allerorten im Reich fügt die diabolische Sekte Mensch und Vieh großen Schaden zu. Man muss sie der gebührenden Bestrafung zuführen."

Er verstummte, als die kleine Prozession den Raum betrat, starrte ihr aus kleinen Augen missliebig entgegen. Alle blickten ihnen entgegen, Zentgraf Zahn, der bärenhaft mittig am Ratstisch thronte, Friedgard, der zu seiner Rechten saß, sowie Würth zu des Zentgrafen Linken. Über Eck neben Würth saß der Mann, der gesprochen hatte. Nacken steif in Schwarz gepresst, mit kurz geschnittenem, mehlgrauem Haar und rosig schimmernden Hängebacken, die an seiner Halskrause schabten.

Barbara blieb drei Schritt vor dem Tisch stehen. Orts- und Zentbüttel hielten sich dicht hinter ihr. Neben den Schöffen Culmann und Schofer gewahrte sie Pfarrer Eigner an der linken Längsseite des Ratstisches. Pfingsten hatte er sie in ihrem

Gelass aufgesucht und, unterbrochen von Husten, auf sie eingeredet, in sich zu gehen und all ihre Sünden zu bekennen. Sie hatte mit ihm gebetet, um ihm keinen Grund zu weiteren Rügen zu geben.

„Barbara Heilmann", sprach der Zentgraf sie an, „wir werden Euch heute ein weiteres Mal gütlich vernehmen. Das Oberamt Heidelberg hat einer Voruntersuchung zugestimmt. Da ich als Zentgraf aus dem gleichen Ort komme wie Ihr, wurde uns gestattet, einstweilen darauf zu verzichten, Euch nach Leimen zu überführen und Euch hier zu befragen. Sollte das Oberamt hernach zu dem Schluss kommen, dass ein Verfahren eingeleitet werden soll, seid Ihr nach Leimen zu verbringen." Zahn wies auf den Rotgesichtigen und ergänzte: „Amtmann Heinrich aus Heidelberg ist deshalb anwesend. Er wird Euren Casus beurteilen."

Der Amtmann öffnete ein Buch, das vor ihm auf dem Tisch lag. Barbara erkannte das dörfliche Frevelregister.

„Wie man den Einträgen entnehmen kann, haftet Euch die mala fama an. Mehrere Vorwürfe wurden gegen Euch erhoben. Ihr scheint arglistiger, betrügerischer Natur zu sein. Eure Missetaten sind zahlreich." Bestätigungsheischend drehte er den Kopf zu Schultheiß Würth.

Barbaras Herz schlug ihr bis zum Hals. Sie schloss kurz die Augen, spürte das wilde Pochen, das Heben und senken ihrer Brust.

„Ist es nicht so, dass sie vorsätzlich Schaden zufügt?", hörte sie den Heidelberger sagen.

„Wir sind hier, das zu prüfen", erwiderte Würth mit einem raschen Blick auf den Heidelberger. Er sah kurz zu ihr und las dann von einem Papier: „Wir haben Euch *mit allem Fleiß anzureden, dass Ihr die Wahrheit bekennen und anzeigen sollt, ob Ihr eine Hexin seid, wie Ihr zu solchem Teufelswerk gekommen, aus was Ursach, wer es Euch gelernt hat, wer Eure Mitgespielen gewesen sind."*

„Was ...?" Sie schüttelte sie den Kopf. „Ich bin keine Hexe!", rief sie. „Ich habe niemandem Schaden zugefügt!" Ihr Herz raste vor Aufregung.

„Das sagen sie alle!", giftete der Heidelberger und bedachte sie mit einem kalten Blick.

Sie nahm all ihren Mut zusammen und antwortete, indem sie respektvoll die Augen niederschlug: „Man hat mich zu Unrecht gefangen gesetzt. Ich habe nichts Böses getan. Das schwöre ich bei Gott."

Der Heidelberger lachte spöttisch. „Ihr schwört bei Gott, ausgerechnet Ihr? Seitenweise kann man in den Visitationsberichten lesen, was Ihr auf Gott gebt."

Von Eigner kam ein zustimmendes Schnauben. Würth sagte: „Wittib Heilmann, Ihr bekennt Euch nicht schuldig, wir sind nicht taub. In den vergangenen Tagen wurden Zeugen gehört." Er beugte sich vor und forderte seinen Schreiber mit einem Blick auf, zu sprechen.

Friedgard räusperte sich und sagte mit sachlicher Amtsstimme und indem er an Barbara vorbei auf einen unbestimmten Punkt hinter ihrem Rücken schaute: „Das kurfürstliche Pfalz Landrecht bestimmt es so. Die Aussagen werden dem Oberamt vorgelegt, das sodann entscheiden wird, ob ..."

„Jajaja, das wissen wir nun hinlänglich, Herwart!", polterte Zahn dazwischen. „Wollen wir nun mit der Befragung beginnen und hören, was sie zu sagen hat?"

„Sehr recht, Zentgraf", lobte der Amtmann aus Heidelberg. „Man muss die Beschwerden der Untertanen ernst nehmen. Es ist die Zauberei die sträflichste Häresie und eine grobe Beleidigung gegen Ihro Churfürstliche Gnaden. Der Abgötterei muss Einhalt geboten werden!"

„Wenn ich dem zustimmen darf?", meldete sich Eigner zu Wort. Niemand bestätigte ihm dies, dennoch sprach er weiter: „Es ist eines jeden christliche Pflicht, Gotteslästerer anzuzeigen, um sowohl das ihre als auch das eigene Seelenheil – zu retten. Segenssprecher und Wahrsager, all die bedauernswerten verblendeten Geschöpfe, zu welchen auch die papistischen Irrgläubigen zu zählen sind, die von Gott abfielen und den Pakt mit dem Teufel eingingen, müssen zur Umkehr – bewogen werden!"

Jemand räusperte sich, der Heidelberger nickte, zeigte mit der Hand in ihre Richtung und sagte: „Wann und wie habt Ihr den Teufelspakt besiegelt?"

„Ich habe nicht ...", stotterte Barbara und sah Hilfe suchend von ihm zu Würth.

„Leugnen ist nur vermeintlich Schlauheit. Ihr habt Schadenzauber ausgeübt und werdet dafür zur Rechenschaft gezogen werden!"

Barbara war starr vor Schreck. Der Amtmann hielt sie bereits für schuldig.

„Wir sind hier, dies zu prüfen, Herr Heinrich", wiederholte Würth. „Übernatürliche Taten, die auf einen Bund mit dem Leibhaftigen gründen, und die Mensch und Natur schaden, kann es nicht geben, ich ..."

„Seid dessen nicht so gewiss!", unterbrach der Amtmann. Er hob den Zeigefinger: „Eure Bauern da draußen wissen vieles zu berichten. Zudem, was diese Fragen betrifft, da haben selbst die Gelehrten noch keineswegs einen Konsens gefunden!"

Würth entgegnete gereizt: „Wie auch immer der Stand der Debatten in gelehrigen Kreisen sein mag, so ist doch eines deutlich: Die umsichtige Vorgehensweise unseres Landesherrn in Angelegenheiten der Hexerei und Zauberei ist weit über die Landesgrenzen hinaus bekannt. Die Heidelberger Juristenfakultät hat einen glänzenden Ruf und unsere hoch qualifizierten Juristen versenden Gutachten an jeden nur erdenklichen Ort im Reich."

Die Wangen des Heidelbergers zitterten, sein Gesicht wurde noch röter. „Die Leute wollen, dass der Sache nachgegangen wird und Übeltäter ausgemerzt werden! Zu schnell sind die Bürger und Bauern verstimmt, wenn sie meinen, die Obrigkeit kümmere sich nicht gebührend um ihre Anliegen. Da kann leicht der Verdacht aufkommen, man nehme die Sache auf die leichte Schulter. Jene, die sich nicht ernst genommen fühlen, greifen schnell zu den Waffen und nehmen ihr Schicksal selbst in die Hand. Das ist keinesfalls im Sinne unseres hochwohlgeborenen Friedrich, wie es überhaupt in niemandes Sinne sein kann, denn es beschwört nur weiteres Leid herauf und bringt Elend über viele, wo doch bei Ausrottung einiger weniger schon so viel erreicht wäre. Mir scheint, das will man hier in Hockenheim nicht ernst nehmen!"

„Was wollt Ihr damit sagen?", rief Culmann.

„Wir untersuchen die Vorfälle!", pflichtete Schofer ihm bei.

Würth hob die Hand. „Unserem hoch geschätzten Friedrich, der ja erst seit einem Jahr die Regierungsgeschäfte führt, ist genau so viel Besonnenheit in diesen Dingen eigen wie seinem Vater und Oheim, die vor ihm dieses wunderbare Land regierten und ebenso große Klugheit walten ließen. Nichts anderes tun wir, Amtmann Heinrich. Die Gesetze sind eindeutig und wir halten uns daran."

Würths sachlicher Tonfall beruhigte Barbara nicht wirklich. Sie merkte, dass der Schultheiß aufzuzeigen bemüht war, dass man hier im Dorf Heidelbergs Vorgaben folgte. Doch was bedeutete das für sie?

„Ihro Churfürstliche Gnaden", erwiderte der Heidelberger und machte einen spitzen Mund, der ausdrückte, dass er aus der Stadt war und Bescheid wusste, „sind seit den Vorkommnissen zu Herrnsheim verstärkt darauf bedacht, jedes Verbrechen zu ahnden. Misstätige gottlose Personen und Gottesverleugner will er keinesfalls in seinem Territorium dulden."

„Himmelarsch!", donnerte Zahn und Barbara sah ihn erschrocken an. „Gibt der junge Tunichtgut deshalb weniger auf seine vergnüglichen Ballspiele und die Jagdausritte? Leert er deshalb weniger Becher edlen Rheinwein? Hört mir doch auf mit Heidelberg!"

„Das ist Majestätsbeleidigung!", rief Heinrich erregt.

„Meine Herren ..."

Heinrichs Wangen zitterten vor Empörung. Er zeigte zum Schreiber und rief: „Nehmt das ins Protokoll auf, Schreiber! Das ist unerhört. Und das aus dem Mund eines Amtmannes seiner ..."

„Ich furz drauf! Und Herwart, Ihr tut den Teufel und schreibt es ins Protokoll!"

Heinrich erhob sich, zutiefst aufgebracht. „Das ist ... scheußlichste, übelste Missachtung ... ich bin entsetzt über die Zustände in seiner Gnaden Hinterland."

„Was soll das denn heißen?" Zahn sprang ebenfalls auf. „Pelzbesetzt und kettenbehängt können wir allemal auch herumlaufen. Bildet Euch auf Euer städtisches Gehabe nicht zu viel ein."

Würth erhob sich nun ebenfalls, breitete beschwichtigend die Arme aus und schaute vom einen zum anderen. „Bitte, meine Herren! Es gibt keinen Grund ..."

„Sagt das *ihm*! Ich lasse mich doch von Euch nicht zur Ordnung rufen!", knurrte Zahn.

„... zu solch aufbrausendem Gebaren", ließ der Schultheiß sich nicht beirren. „Wir wissen, dass gerade nach den Angriffen aus Herrnsheim Schreiben von Ihro Gnaden Räten kamen, die daran gemahnten, Hexenwerk aufzudecken. Natürlich heißt Friedrich Hexerei nicht gut. Wir alle nicht.

Deshalb sind wir ja heute hier. Doch gilt es, bedachtsam zu sein und die Dinge genauestens zu untersuchen. Man muss Vorsicht walten lassen. Wie viele Unschuldige hat ein zu rascher Schritt bereits das Leben gekostet!"

Heinrich hob den Arm. „Gott würde es niemals zulassen, dass Unschuldige in Hexereiverdacht geraten. Wer verdächtigt wird, wird das nicht grundlos."

„So will ich meinen!", nickte Eigner.

Der Amtmann würde Würth noch soweit bringen, ihm zuzustimmen. Barbara wurde schlecht. Plötzlich roch sie Meyer, der sehr dicht hinter ihr stand. Seiner Gewandung entströmte Gestank nach Pferdepisse, Herberge und Schweiß. Sie fuhr sich unter der Nase lang, presste die Lippen aufeinander.

„Selbstverständlich kommt es Ihro Gnaden nicht in den Sinn, Unschuldige aus unbegründetem, unnützem Geschrei und unbewiesener Behauptungen heraus zu beschweren." Er nickte Eigner zu. „Doch man muss den übrigen Fürsten wie dem Kaiser zeigen, dass der Verdacht, Ihro Gnaden vernachlässige die Strafverfolgung dieser gottlosen Teufelsanbeter, keineswegs auf Wahrheit gründet. Weshalb es am besten ist, mit aller Schärfe gegen dieses Geschmeiß vorzugehen."

Das Gestreite verunsicherte Barbara. Hatten sie denn vergessen, dass sie da war? Der Heidelberger setzte sich wieder. Zornig stieß er das Frevelregister von sich, dann zog er es wieder heran. Würth und Zahn setzten sich ebenfalls.

Würth sagte, und seine Stimme klang dunkel und versöhnlich: „Gerade deshalb darf man nicht kopflos werden. Gerade in den Hexenprozessen zeigt sich die Ruchlosigkeit des Teufels am deutlichsten. Die Unschuldigen zu verderben ist sein ganzes Streben."

„Schon ein jeder, der ein unmäßiges und rüdes Leben führt, ist verdächtig!" Heinrich zeigte mit dem ausgestreckten Arm auf sie. „Habt Ihr in diesem gottlosen Weib nicht das beste Beispiel dafür? Seid endlich einsichtig!"

Angst schnürte Barbara die Kehle zu. Hitze stieg ihr in die Wangen, ihre Hände krallten sich in den Stoff ihres Kleides. Schäbig kam sie sich vor, verdreckt und unwürdig, ebenso nach Schweiß stinkend wie der Zentbüttel. Sie wollte etwas erwidern, doch ihr Kopf war leer. Alles was sie wusste, war: Sie war unschuldig. Sie war kein gottloses Weib. Doch wie sollte sie die Männer davon überzeugen?

Wie von fern hörte sie Würth beherrscht sagen: „Ich weiß, Ihr denkt, der Oberrat nähme diese Angelegenheiten zu harmlos. Es muss, denkt Ihr, um Stimmen wie jene aus Herrnsheim zum Schweigen zu bringen und die mächtige Faust der Entschlossenheit zu zeigen, Schluss sein damit, diesen gottlosen Weibern sogar noch Unterschlupf auf kurpfälzischem Boden zu gewähren!" Würth schaute alle der Reihe nach an, ehe er sich wieder an Heinrich wandte und sagte: „Ich stimme Euch in alledem zu. Doch bin ich zutiefst davon überzeugt, dass man, um der Verrohung entgegenzuwirken, sehr genau nach der Wahrheit suchen muss. Ich darf Euch daran erinnern, dass selbst Hieronymus Zanchi – und wir alle wissen, er ist der härteste Verfechter der calvinistischen Kirchenzucht, der dem Hexenbrennen das Wort redet – dass also selbst er sich dafür ausspricht, größte Sorgfalt bei der Beweisführung walten zu lassen, um sich über die Schuld eines Angeklagten ganz sicher zu sein. Wir sollten nun endlich mit der Befragung beginnen."

Würth machte eine beschwichtigende Geste zu dem Heidelberger hin, der sich daraufhin mürrisch zurücklehnte. Friedgard rückte sein Papier zurecht und griff die Schreibfeder.

Zahn sagte: „Eigner?"

Der Pfarrer zuckte zusammen, räusperte sich, kratzte sich am Ohr und hob, an Barbara gewandt, an: „So wollen wir Euch unseres Gottes Wort anzeigen, dass Ihr Eure Sünden vom Grund Eures Herzens erkennen, bekennen und bereuen sollt und wollt. Sodann wollt Ihr Gott um Gnade und Verzeihung anrufen, der dann ohne allen Zweifel bereit und geneigt ist, Euch – zu verzeihen, Euch wieder in Gnaden aufzunehmen und aus des Teufels Banden und Rachen – zu reißen. So mögt Ihr Eure Tat der Obrigkeit gütlich und ohne gemartert zu werden bekennen, damit Euch eine mittlere Strafe – erlange."

Barbara zitterte. Sie versuchte, ihrer Stimme einen festen Klang zu geben. „Ich bin keine Unholdin. Ich kann nicht bekennen, eine zu sein, sonst würde ich lügen."

„Natürlich sollt Ihr nicht lügen. Weder auf Euch selbst noch – auf andere", sagte Eigner und es gelang ihm sogar, mitfühlend zu klingen.

„Ich bekenne gegenüber Gott, meinem Herrn, dass ich Hexenwerks frei und unschuldig bin."

„Es ist doch so, dass Ihr Gottes Wort wenig achtet und kaum den Weg in die Kirche findet!", rief Heinrich dazwischen. „Ich sagte bereits, dass ich Einsicht in die Visitationsberichte nahm, worin Euer ungebührliches Betragen genau beschrieben ist."

Barbara neigte den Kopf und erwiderte: „Ich gelobe Besserung. Doch verzeiht, dass ich bekenne, meiner Arbeit wegen oft müde zu sein und deshalb dem Gottesdienst fernzubleiben."

Heinrich gab einen unwirschen Laut von sich. Zahn sah ihn mahnend an, rückte Papier zurecht und begann, Fragen abzulesen.

„Habt Ihr Unwetter gekocht?"

„Nein."

„Mehr Respekt vor Amtspersonen!“, belferte Heinrich.

„Nein, ehrsamer Herr“, flüsterte Barbara hohl.

„Habt Ihr Schnecken und Raupen gemacht und sie zum Schaden auf Eurer Nachbarn Fluren ausgebracht?“

„Nein, ehrsamer Herr.“ Sie würgte an der Anrede.

„Habt Ihr aus Kinderfett und gedörrten Kinderknochen eine Hexensalbe bereitet und damit einen Stecken oder eine Gabel eingerieben, damit Ihr durch die Luft getragen werden konntet?“

„All das habe ich nicht getan, nein“, sagte sie verzweifelt.

„Habt Ihr sonstwie durch Gebräu oder Tinkturen Menschen oder Vieh Schaden zugefügt?“

„Nein, ehrsamer Herr, ich bereite Tinkturen, um zu helfen!“

„Lasst sie schwören!“, befahl Heinrich.

„Legt Eure rechte Hand auf die linke Brust“, bestimmte Würth.

Der Zentgraf wiederholte alle Fragen. Barbara beantwortete erneut alle mit Nein. Ihre Beine drohten unter ihr wegzusacken, so kraftlos hatte sie sich niemals zuvor gefühlt.

Zahn fuhr fort: „Seid Ihr von Gott abgefallen und einen Bund mit dem Teufel eingegangen?“

„Nein, ehrsamer Herr“, schwor Barbara und blickte von ihm zu Würth. Der Schultheiß hatte die Hände auf dem Tisch gefaltet und sah sie ausdruckslos an.

„Was habt Ihr Ende April im Eichenwäldchen zu Lußheim getrieben?“

„Eichenlaub gesammelt“, antwortete sie verblüfft, fing sich und setzte rasch nach: „Ein Aufguss daraus hilft gegen Blasenleiden.“

„Ihr seid jemandem begegnet?“

„Nein, ehrsamer Herr.“

Der Amtmann, der die ganze Zeit im Frevelregister geblättert hatte, fragte unvermittelt: „Wie kommt es, dass eine Zeugin über Euch sagt ‚Der Teufel ist in dem Weib, man kann sich nicht auskennen mit ihren Listen'?"

„Ehrsamer Herr, ich weiß es nicht. Es mag daran liegen, dass die Leute zwar mein Heilwissen in Anspruch nehmen, sich jedoch vor dem Umstand fürchten, dass ich, um die Wirksamkeit der Kräuter am besten zu erhalten, oft nachts unterwegs sein muss, um sie zu sammeln oder Wurzeln auszugraben."

„Es ist Euch klar, dass wir, so Ihr nicht gütlich die Wahrheit bekennen wollt, gezwungen sind, Euch nach Leimen zu überführen und den Nachrichter zu holen, damit der Euch peinlich befragt?", fragte der Heidelberger mit lauernder Stimme.

„Ich habe nichts zu bekennen, denn ich bin unschuldig." Sie nahm all ihren Mut zusammen und ergänzte: „Ehrsamer Herr, bitte ... sollte man mich foltern, werde ich zugeben, was immer Ihr hören wollt, das wisst Ihr doch. Unter einer solchen Pein möchte ein jeder sagen, Gott sei nicht Gott, der Wald wachse im Himmel und der Regen sei alldieweil blau."

Heinrich starrte sie boshaft an. „So wollt Ihr also selbst, dass man Euch aufzieht?", fragte er hinterhältig.

„Nein", antwortete Barbara erschrocken. „Ich wollte ... ich wollte nur ... bitte, in aller Bescheidenheit, erinnert Euch, dass die peinliche Befragung jede Wahrheit zutage fördert – auch eine solche, die es gar nicht geben kann."

„Ihr wagt es, mich zu belehren, Unselige?! Wagt es, die Bestimmungen ..."

„Die Bestimmungen, die Bestimmungen! Gar nichts wagt sie, Heinrich!", donnerte Zahn. „Ihr seht doch selbst, dass sie vor Angst schier den Rock vollscheißt!"

„Bitte, Zentgraf Zahn", mahnte der Schultheiß.

Dass ausgerechnet Zahn ihr beisprang, nahm Barbara verwundert wahr. Es änderte dennoch nichts daran, dass sie sich wie ein gefangenes Tier vorkam. Hilflos, schutzlos, verwundbar.

„Wir alle wissen, wie das Gesetz lautet und dass es angewendet wird, so sie nicht bekennt."

Friedgard hob den Kopf und sah sie zum ersten Mal an. Sie las Sorge in seinem Blick. Das war zu viel. Wasser stieg ihr in die Augen, sie neigte den Kopf und legte beide Hände vors Gesicht.

„Ihr zeigt Euch einsichtig und bekennt?", hörte sie den Amtmann fragen. „Um Euch einer Missetat zu überführen", fuhr er fort, „braucht es zwei Augenzeugen. Die scheint es nicht zu geben, wenn man den Berichten Glauben schenken kann. Bei nur einem Zeugen sowie Verdachtsgründen können die Richter foltern lassen, das wisst Ihr. Es ist also durchaus im Rahmen des möglichen, dass Ihr nach Leimen überführt werdet, damit der Nachrichter seine Arbeit tun kann." Das Vergnügen, mit dem er dies sagte, war deutlich zu hören.

„Wollt Ihr also Euer Gewissen erleichtern?", sprang Eigner ihm bei.

Sie schluchzte auf.

„Nehmt gefälligst die Hände vom Gesicht!", befahl Heinrich.

Sie ließ die Hände sinken. Die Aussicht auf peinliche Befragung machte sie klein wie eine Ameise. Hätte sie nur auch deren Gefühllosigkeit!

„Ich habe nichts zu bekennen", beteuerte sie erneut.

Ein kurzer Augenblick des Schweigens trat ein. Dann meldete sich Würth zu Wort. „Werte Herren, lasst mich bis hierher zusammenfassen. In der *Constitutio Criminalis Carolina* ist festgelegt, dass für eine Verurteilung kein Geständnis nötig ist, wenn genügend andere Beweise vorhanden sind. Ich bin Schöffe und habe mich an die kurpfälzische Malefizordnung zu halten. Doch auch diese wertet den Zeugenbeweis gegenüber dem Geständnis auf. Als Richter muss ich aufpassen – hinlänglich sind Anordnungen diesbezüglich aus Heidelberg gekommen –, dass ich mich nicht irreleiten lasse und voreilige Schlüsse ziehe. Denn hier geht es um Leib und Leben eines Menschen." Er beugte sich erneut vor und machte eine Geste zu Friedgard hin. „Herwart, wollt Ihr so gut sein und besagte Stelle verlesen."

Friedgard zog die aufgeschlagene Landesordnung heran und sagte: „Titul VII der Malefizordnung besagt …" Er fuhr mit dem Finger zu der entsprechenden Stelle im Buch und las: „*Damit aber unsere Richter wissen mögen, was eine genugsame Beweisung sei, ist sonderlichen zu merken, dass in peinlichen, da es Leib und Leben antrifft, viel ein stärkere Beweisung als in Bürgerlichen Sachen erfordert wird, dann solche Beweisung sonnenklar sein soll.*"

Würth bedankte sich und fuhr fort: „Weshalb ich also zusammenfasse, dass Wittib Heilmann hier wiederholt ihre Unschuld beteuert und nicht im Ort anwesend war, als unser Nachtwächter zu Tode kam. Zeugenaussagen und Protokoll werden dem Oberamt übersandt, dort wird entschieden, ob das für ein Hauptverfahren ausreicht."

„Dennoch gebe ich zu bedenken …", rief Eigner und bekam sehr rote Ohren, „dass unser Nachtwächter ein Zeuge war, der sie bei hexischen Umtrieben beobachtete und der hernach – zu Tode kam."

Zahn hämmerte die Faust auf den Tisch und grollte: „Heilmännin, seid Ihr zum Schornstein hinaus gefahren?"

Barbara sah zu Boden und gab keine Antwort. Langsam schüttelte sie den Kopf.

„Heilmännin!", bellte Zahn.

Sie sah auf. „Nein, ehrsamer Herr“, presste sie mühsam hervor.

„Da hört Ihr es, Eigner“, rief Zahn. „Bedenkt zudem ... sagen wir, die Verfassung unseres dahingegangenen Nachtwächters.“ Er deutete vage zu Würth und sagte, diesmal weniger aufgebracht, sondern mit einer seltsamen Genugtuung in der Stimme: „Ich pflichte unserem Schultheiß und Schöffen bei. Letztlich entscheiden werden nach unserem Bericht die Amtleute in Heidelberg.“

Barbara fühlte sich leer und starrte vor sich. Sie wollte weg von diesen Männern, deren Blicke sie auf sich spürte wie die glühenden Zangen des Nachrichters.

„Ich sehe durchaus Ungereimtheiten“, sagte der Amtmann.

Sie hob den Kopf und sah ihn an. Ungehalten verzog er die Mundwinkel, während er in den vor ihm liegenden Schriften blätterte.

„Wir werden das hernach besprechen. Ich erinnere nur an die Aussagen der Zeugen. Sicher ist allerdings schon jetzt, dass mein Bericht nach Heidelberg anders ausfallen wird als der Eure, Herr Zentgraf und Herr Zentschöffe.“

„Das steht Euch selbstverständlich frei, Herr Heinrich“, sagte Würth und es klang fast gelangweilt. „Zentgraf, habt Ihr noch Fragen an die Verdächtige?“

„Für heute nicht“, antwortete Zahn.

„Habt Ihr noch etwas zu sagen, Heilmännin?“ Würths kieselgraue Augen waren auf sie gerichtet.

Sie schüttelte den Kopf.

„Meyer, bringt sie zurück in die Kammer“, befahl der Zentgraf.

31

Tage des Wartens. Tage der Einsamkeit.

Durch das Guckfensterchen fiel Fackellicht herein, dessen Flackern die Schwärze des Raumes in Fetzen riss und dessen Schein Barbara, wenn sie wie jetzt auf dem Rücken auf der Liegestatt lag, ins Gesicht fiel und sie blendete. Das Licht musste wohl auf sie fallen, um sie unter Beobachtung zu halten. Sie drehte sich auf die Seite, kehrte dem Schein den Rücken zu, roch den muffigen Geruch des Strohs ihres Lagers. Sie hörte keinerlei Geräusch jenseits der Tür, aber sie wusste, dort hockte der Zentbüttel und bewachte sie. Seit ihrem Verhör vor drei Tagen war Meyer ihr Bewacher.

Regen prasselte auf die Pflastersteine des Rathaushofes. Sie konnte nicht schlafen. Wovon auch sollte sie müde sein? Sie konnte sich kaum bewegen, die Ketten hinderten sie. Sie konnte ihre Arbeit nicht verrichten, weder im Wald noch auf der Hube. Ob Hedwig Katharina half? Vielleicht hatte Mutter sich aber auch nach einem Tagelöhner umgesehen. So viele Fragen gingen ihr im Kopf herum. Welcher Befehl würde aus Heidelberg kommen? Würde der Oberrat einem Verfahren zustimmen? Das Warten, die Ungewissheit, sie machten sie klein und hilflos.

Stimmen im Vorraum?

Holte man sie mitten in der Nacht zu einem Verhör?

Der Riegel quietschte, die Tür ging auf, ein rechteckiger Lichtschein fiel auf Boden und Wand. Barbara setzte sich auf, wurde vom Licht geblendet. Der unverkennbar saure Geruch. Sie wappnete sich.

„Ist gut, Meyer“, sagte Zahn und steckte eine dicke Kerze in die Halterung in der Wand.

Er trat vor sie hin und betrachtete sie, als wäre sie ein seltsames Geschöpf, das man auf einem Jahrmarkt ausgestellt hatte. Schließlich klopfte er sich die Nässe von Wams und Hose und setzte sich auf den Hocker.

„Heilmännin, möglicherweise kommt bereits nächste Woche Anordnung aus Heidelberg, was weiter mit Euch zu geschehen habe. Wenn der Oberrat einem Verfahren zustimmt, trennen sich unsere Wege und ich sehe Euch erst zur Urteilsverkündung vor der Zent wieder. Wollt Ihr also den Augenblick nutzen und mir gegenüber bekennen, wo Ihr versteckt habt, was Ihr an Euch nahmt?“

„Ihr kommt schon wieder damit?“

„Ein letzter Versuch.“

„Ich habe es nicht und wenn Ihr noch hundert Mal fragt.“

Nachdenklich sah er sie an.

Sie starrte zurück.

„Heilmännin …“, hob er an, verstummte aber sogleich wieder.

Etwas an ihm war anders. Barbara spürte es. Aber sie wollte sich nicht mit ihm befassen. Sie hatte noch immer keinen neuen Verband, der Spreißel in ihrem Handballen war eitrig geworden und es gab nichts, was sie dagegen tun konnte. Sie musste seinetwegen Schmerzen und Einsamkeit aushalten, die Qual des Eingesperrtseins. Nein, was immer in ihm vorgehen mochte, er sollte zum Teufel gehen damit.

„Es ist so“, hob der Zentgraf ein weiteres Mal an. „Ich …“ Er zuckte die Schultern. „Ihr habt bei den Verhören nichts über diese Sache gesagt“, sagte er schließlich mit einer Stimme, die sie aufhorchen ließ. Verwunderung lag darin, sogar Achtung. Und noch etwas, eine Vertrautheit, die es zwischen ihnen nicht gab.

Schließlich sprach sie, ungehalten, weil er da saß und nichts äußerte, ungehalten, weil seine Ausdünstung die Luft in der Kammer verdarb: „Geht Zentgraf. Lasst mich zufrieden. Euretwegen bin ich in Gewahrsam. Euretwegen muss ich möglicherweise meine Familie verlassen." Sie lachte bitter auf. „Wenn ich dann überhaupt noch gehen kann und der Nachrichter mir nicht sämtliche Knochen gebrochen hat. Nein, Zentgraf, Ihr werdet mein Urteil verkünden ohne mit der Wimper zu zucken. Glaubt Ihr da ernsthaft, ich würde noch mit Euch reden wollen?" Sie hatte ihn angesehen, blickte nun zur Kerze hinüber.

„Heilmännin, es …"

Wieder stockte er. Vermaledeiter Hohlkopf, dachte sie wütend.

Sie sah ihn an, hielt ihre gefesselten Hände empor und fauchte: „Ketten, Zentgraf. Habt Ihr eine Ahnung, was sie meinen Handgelenken antun? Wegen nichts? Seid so gut und geht."

Zahn erhob sich als wäre er ein fügsamer Hund.

„Heilmännin, ich kann den Gang nicht aufhalten. Ich musste handeln, wie ich handelte, die Leute waren aufgebracht und forderten es."

Sie sah, dass er schluckte.

„Ihr rechtfertigt Euch? *Ihr*?"

„Und ich bitte Euch um Vergebung, ja."

Ungläubig starrte sie ihn an. „Vergebung?"

Er schluckte noch einmal und setzte sich wieder. Angespannt beobachtete sie ihn. Seine dunklen, stoppeligen Wangen zuckten, die Kiefer mahlten, er hielt den Kopf gesenkt. Dann hob er ihn und sah er sie an.

„Es war nicht recht, was ich damals tat. Es war nicht recht, was ich in der Walpurgisnacht tat. Wollt … könnt Ihr mir verzeihen?"

Was … was sagte er da? Verzeihen? Dieser Hundsfott! All die Jahre … die Bilder drängten vor ihr inneres Auge, glasklar: Johanni 1578. Nach dem Johannisfeuer, draußen vor dem Dorf, hatte es auf dem Dorfplatz Festlichkeiten gegeben. Wein, Gesang, Gelächter. Leonhards fröhliches Gesicht … die Erinnerung schnürte ihr die Luft ab. Sie hatten angefangen, miteinander zu gehen, zaghaft noch, scheu. Dennoch scherzten sie schon von Heirat. Über irgendeine Bemerkung, die Anzahl der Kinder, die sie haben würden, deren Geschlecht oder Namen, sie erinnerte sich nicht mehr, waren sie in Streit geraten. Einen dummen Streit, wie ihn nur junge Liebende haben konnten, die sich einander noch nicht ganz sicher waren.

Zornig war sie aufgesprungen und davongestapft. Fort, am Heidelberger Weg und ihrem Elternhaus vorbei, hinaus durch den Dorfzaun. Hatte sich umgedreht und geschaut, ob er ihr folgte. Wünschte sich, dass er ihr folgte. Hockte sich hin und schmollte. Aber nicht Leonhard kam, sondern Zahn, Gäßler am Rockzipfel. Die beiden umkreisten sie, warfen ihr Zoten zu. Natürlich waren sie bezecht. Sahen es als Spaß an. Besoffener Männerspaß. Gewaltbereitschaft lag in der schwülen Sommerluft, lag in Zahns schwarzen, vom Bier geröteten Augen. Und in Gäßlers wüstem Schamkapsel-Gegrapsche. Das Kinn hatte sie vorgereckt und laut gesprochen. Bereit, zu fliehen, ihr Elternhaus lag ja gleich hinter dem Zaun. Zahn, bekannt für seine Weiberlust, hielt sie fest, als sie davoneilen wollte … begrapschte sie an Stellen, die sie noch nicht einmal Leonhard gewährt hatte zu berühren. Sein saurer Geruch raubte ihr den Atem und sie schämte sich entsetzlich.

Und dann war er plötzlich doch da. Leonhard. Versöhnungswillig war er ihr gefolgt und Zahn und Gäßler machten sich davon. Leonhard merkte, da war etwas, sah es in ihrem verstörten Blick, sie wusste es. Er sagte: „Besser, wir passen aufeinander auf", und verlor nie mehr ein Wort darüber. Selbst dann nicht, als zwei Monate später Zahns Weib starb und Gerüchte um Barbara aufkamen. Von jenem Johanni an betrachteten sie sich als verlobt, und der Wunsch, füreinander da zu sein sowie das Vertrauen ineinander waren letztlich stärker gewesen als alle Gerüchte dieser Welt.

„Könnt ihr?“, fragte Zahn.

Sie hob den Kopf.

„Weint nicht“, bat er.

Stille.

„Ich handelte nicht recht. Es tut mir leid. Ich wollte Euch nie kränken, nie verletzen. Ich ... es ist nur ... vermaledeit, du warst und bist ein ansehnliches Weib und ... Herrgott, verzeih mir!“

Das Schluchzen brach aus ihr heraus, sie konnte nichts dagegen tun. Ihr Kopf war eine leere Hülle, nichts darin, keine Gedanken, keine Antwort. Sie wusste nicht, ob sie es konnte oder nicht konnte. Verzweiflung – jahrelang zurückgehaltene Wut, jahrelange Scham! Und nun eine Artigkeit über ihr Aussehen als Entschuldigung? Das Gesicht in den Händen, beweinte sie sich. Da keimte etwas tief in ihrem Innersten auf wie ein seltenes Pflänzchen, das sie schon Jahre nicht mehr gesehen hatte: Achtung für sich selbst.

Das Guckfensterchen quietschte auf.

„Alles in Ordnung,“ beteuerte Zahn.

Meyer schloss es wieder.

Zahn räusperte sich. „Ich habe bei den Besprechungen getan was ich konnte. Ich habe in dem Bericht, der nach Heidelberg ging, dargetan, dass ich aufgrund des Drucks der Leute handelte, um die Ordnung nicht zu gefährden, dass ich Euch jedoch für unschuldig halte. Störrisch, aber unschuldig. Heilmännin, ab jetzt liegt es nicht mehr in meiner Macht, was weiter geschieht, aber ich hoffe, der Oberrat stimmt gegen ein Verfahren.“

Hatte sie richtig gehört? Hatte er gesagt, sie sei unschuldig? Öffentlich?

Zahn räusperte sich, dann ging er zur Tür und pochte dagegen. Meyer öffnete sofort.

„Nehmt ihr die Fesseln ab“, hörte sie den Zentgrafen sagen, ehe er ging.

32

Zweieinhalb Wochen. Sie kamen ihr ewig vor. Der Mai, Wonnemond, in dem am meisten zu tun war, war fast vorüber. Sie sehnte sich nach dem Geruch der Erde. Sie sehnte sich nach dem Grün des Waldes, nach dem Fiepen der jungen Meisen in ihren Nestern. Sie sehnte sich nach dem Geruch von Holunder und Maiglöckchen. Sie wollte hinaus. Sie wollte ihre Arbeit machen. Wovon sollte sie Tinkturen bereiten, wovon Salben, wenn sie hier eingesperrt saß? Wie sollte sie Kräuterbündel zum Trocknen aufhängen, wenn sie nicht sammeln konnte? Wer sollte den Leuten helfen? Sie merkte, wie viel ihr ihre Arbeit in Wahrheit bedeutete. Wie viel es ihr bedeutete, lindern zu können. Oft hatte sie es als lästig betrachtet, etwas, das sie eben tat. Nun stellte sie fest, dass es sie wärmte, wenn sie in die dankbaren Augen einer Frau blickte, deren Unterleibsbeschwerden sie gelindert oder deren Kind sie vom Ausschlag befreit hatte. Dass es ihr wohltat, wenn ein Tagelöhner ihr verlegen fünf Pfennige in die Hand drückte, weil er nicht mehr bezahlen konnte, und sie dennoch täglich den Verband um eine mit Axt oder Sense zugefügte Wunde wechselte.

Das war es, was sie tat, es war das, was sie tun wollte und hier, in der Verwahrkammer des Rathauses, spürte sie, wie die Verzweiflung nach ihrem Herzen griff bei der Vorstellung, all das nie mehr tun zu können. Und sie wusste noch etwas. Sie liebte das Zusammenleben mit ihrer Mutter. Katharinas spaßigen Bemerkungen fehlten ihr genau so wie ihre selbstverständliche Anwesenheit.

Ob sie je dahin zurückkehren konnte? Ihr Magen zog sich zusammen. Vielleicht führte der Zentbüttel sie nach Leimen, an den Händen gebunden. Die Leute würden stehen bleiben und mit dem Finger auf sie zeigen. Vor dem Nachrichter müsste sie sich womöglich ausziehen, damit er sie auf Hexenmale untersuchen konnte. Grässlich!

Denke lieber daran, wie es sich anfühlt, unbescholten deines Weges zu gehen. Denke daran, wie es sich anfühlt, Stunden im Wald zugebracht zu haben, das Rehkitz herumtollen zu sehen, das dich in deinem Versteck nicht bemerkt hat. Denke daran, wie es ist, von den Rabenkrähen beäugt zu werden, die am Waldrand ihre Nester haben und sehr genau aufpassen, wer da herumstreicht. Denke daran, wie es sich anfühlen würde, wenn Winfried seine Arme um dich legte. Überrascht hob sie den Kopf. Winfried? Seinen Namen zu denken, verursachte ihr einen Stich. Sehnsucht mischte sich mit Angst. Würde sie … sein Werben annehmen? Aber das hieße, darauf zu hoffen, dass sie frei käme. Sie hörte sich schnauben, schalt sich dumm. Sollte sie frei kommen, würde er nichts mehr mit ihr zu tun haben wollen. Sie biss sich auf die Unterlippe. Es tat weh, sich vorzustellen, wie er sie ansehen würde, ohne Wohlgefallen, mitleidig vielleicht oder angewidert. Da war es besser, ihn nie mehr zu sehen. Sie starrte auf das Stück Himmel, das sie durch das Eisengitter sehen konnte und spürte, wie ihr Tränen die Wangen hinunter liefen. Sie würden sie verurteilen, weil sie nicht zum Gottesdienst ging, weil sie viel zu vorlaut gesprochen hatte, weil sie … vermaledeit, warum hatte sie ihre Zunge nicht im Zaum gehalten!

Geräusche im Vorraum.

Kein prüfender Blick durch das Guckfenster.

Der Riegel wurde zurückgeschoben, die Tür öffnete sich. Meyer trat ein, gefolgt von Zentgraf Zahn, Schultheiß Würth und Friedgard Herwart. Rasch wischte sie sich über die Augen. Sie kamen zu viert, um sie zum Verhör zu holen? Würth, orangerot herausgeputzt, schaute mit gleichmütiger Miene zu seinem Schreiber, der ein Papier entfaltete.

Ihr Herz setzte einen Schlag aus. Hier war er, der Befehl, sie nach Leimen zu verbringen. Meyer stand ja aufbruchbereit daneben.

Sie sah zu Boden. Sie wollte nicht, dass Friedgard ihre Qual sah.

„Barbara Heilmann“, hörte sie Zahn sagen. „Wir haben Euch davon in Kenntnis zu setzen, dass Nachricht aus Heidelberg eingetroffen ist.“

Barbara merkte, dass er absichtlich innehielt. Ihr Herz schlug schneller. Bitte Gott, steh mir bei!, flehte sie innerlich. Nicht die peinliche Befragung, bitte, Gott, erbarme dich meiner! Nicht die Überführung ins Bärentor. Sie fuhr sich mit dem Handrücken unter der Nase lang, versuchte, tapfer zu sein, merkte, wie die Angst ihr die Kehle zuschnürte.

„Herwart wird Euch das Schreiben verlesen. Kurfürst Friedrich selbst hat es unterzeichnet“, sagte Zahn.

Barbara hob den Kopf. Der Kurfürst selbst? Der Landesfürst griff äußerst selten in die Urteilsfindung ein, das war Aufgabe seiner Räte und Schöffen. Hatte er es in ihrem Fall für nötig erachtet, weil er sie für eine gefährliche Hexe hielt? Dumpfe Leere breitete sich in ihr aus.

Friedgard räusperte sich und hob mit seiner weichen Stimme an zu lesen:

„Wir, Friedrich von Gottes Gnaden Pfalzgraf bei Rhein, des heiligen Römischen Reiches Erztruchsess und Kurfürst, Herzog in Bayern geben den Befehl an unseren Diener Zentgraf Johannes Zahn zu Hockenheim, Barbara Heilmann, Wittib und Kräuterweib zu Hockenheim, aus dem Gewahrsam zu entlassen.

Unsere Räte stellten nach eingehender Prüfung fest, dass die Indizien wider die Besagte für die Einleitung eines Vorverfahrens nicht ausreichen. Wie die Protokolle aus Hockenheim belegen, zeigte die Befragung der Zeugen keine Hinweise auf eine Beteiligung besagter Persona Heilmann an den beiden Unfällen, die sich jüngst in oben genannter Gemeinde ereigneten, und die Verletzung des Lehrers sowie den Tod des Nachtwächters zur Folge hatten. Die Richter erkennen nichts, was an vorsätzliche oder arglistige Handlungen gemahnt. Die genannten Anwürfe sind nicht ausreichend zur peinlichen Befragung der Barbara Heilmann.

Weiterhin können Wir nicht sehen, dass Wittib Heilmann von Gott abgefallen oder gar den Pakt mit dem Teufel eingegangen ist. Mag sie aufgrund ihrer Verrichtungen auch nicht so regelmäßig an den Gottesdiensten teilnehmen, wie Wir es wünschen und ihr hiermit befehlen, so ist doch ihre Glaubenstreue nicht in Frage zu stellen, wie etliche redliche Bürger und Hintersassen im Gegenteil bekunden, die nicht nur ihren Kirchgang bezeugen, sondern auch sonsten ihren guten Leumund. So befinden wir, dass aufgrund genannter Zeugnisse und insonderheit eines Gesuches Barbara Heilmann freizulassen ist."

Barbara starrte Friedgard an. Hatte sie richtig gehört? Hatte sie verstanden, was er soeben verlesen hatte? Der Kurfürst selbst befand, sie sei unschuldig? Sie war frei?

„Ich kann gehen?", fragte sie.

„Barbara Heilmann", sagte der Zentgraf und seine Stimme klang trocken und sachlich, „Ihr habt vernommen, was der Kurfürst anordnet. Haltet Euch daran."

Würth sagte: „Ihr dürft gehen, Frau Heilmann. Die Kosten Eurer Unterbringung sind von der Zentkasse zu zahlen."

„Ich bin wirklich frei?"

„Geht und putzt Euch die Ohren, Heilmännin", belferte Zahn, winkte seinen Männern und trat in den Vorraum hinaus. Er warf einen Blick über die Schulter zurück. Es stand eine Frage in seinem Gesicht. Jene, die sie ihm nicht beantwortet hatte.

Die Wörter kreisten in ihrem Kopf. Frei, frei, frei. Meyer, der im Vorraum der Verwahrkammer gewartet hatte, bis sie ihre Schuhe angezogen und ihre Habseligkeiten beisammen hatte, war bis zur Rathaustür mitgegangen. Hinter der geschlossenen Tür der Schreibstube vernahm sie die Stimmen Zahns und Würths. Mochten sie reden was sie wollten. Ihr einerlei. Sie war frei!

Die Tür des Rathauses fiel hinter ihr zu, Barbara blinzelte in das Licht des Maitages. Heim, Mutter umarmen. Ein Bad nehmen. Die Wunden versorgen. Und dann, am Abend, hinaus in den Wald! Rasch schritt sie aus, an ihrem Arm baumelte Susanne Zahns Henkelkorb. Das Töpfchen Honig darin war noch halb voll, der Krug Wein war leer. Das Kamilletuch roch inzwischen schlecht, sie würde es waschen und Susanne die Dinge bei Gelegenheit zurückbringen.

Ob sie ihre rasche Freilassung wirklich der Fürsprache von Zahns Eheweib zu verdanken hatte? Wie stand es in dem Schreiben? Etliche redliche Bürger. Und, Himmel, jetzt erst begriff sie und blieb wie vom Donner gerührt stehen. Ein Gesuch? Jemand hatte ihretwegen ein Gesuch an den Oberrat gerichtet? Wer? Sie biss sich auf die Unterlippe und ging weiter. Zahn? Er hatte ihr gesagt, er habe für sie gesprochen. Aber da war sein Gesichtsausdruck. Er war erleichtert, dass Heidelberg kein Vorverfahren eingeleitet hatte. Eindeutig. Doch etwas quälte ihn. Und auf einmal begriff sie. Abrupt blieb sie ein weiters Mal stehen. Das Gesuch war nicht von ihm, natürlich nicht. Es war von einem, den er beneidete, weil er selbst gerne an seiner Stelle gewesen wäre, und von dem er annahm, dass ihm ihr Herz gehörte. Oder war es vermessen, so etwas zu denken? Nein. Er hatte es gesagt, mehrfach. Das und … dass er noch immer keine Antwort auf seine Bitte von ihr erhielt … das quälte ihn.

Sie ging weiter, erreichte die Dorfstraße. Dankbar stellte sie fest, dass die Leute um diese Mittagsstunde sämtlich beim Essen saßen, denn niemand begegnete ihr.

Winfried also? Sie sah sein Gesicht vor sich. Er hatte dafür gesorgt, dass der Kurfürst sich persönlich Ihres Falles annahm? Und das, nachdem sie im Streit auseinander gegangen waren. Sie schämte sich. Dafür, dass sie so grantig und garstig gewesen war. Dafür, dass sie nicht auf ihn gehört hatte und die Schmach der Gefangennahme auf ihr lastete. Dafür, dass sie nicht aus ihrer Haut konnte und sich so durcheinander fühlte, wenn sie an ihn dachte. Ach, vermaledeit!

Sie kam am östlichen Zollhaus vorbei und sah die beiden Zöllner durch das kleine Fenster bei Brot und Käse sitzen. Als sie vorüberging, hob einer den Kopf und als er sie erkannte, grüßte er mit einem Nicken. Sie erwiderte den Gruß.

Dann stand sie vor ihrer Haustür.

Hielt inne. Fuhr sich unter der Nase lang. Mutter.

Freude und Verlegenheit durchströmten sie. Die Freude gewann die Oberhand, Barbara stieg die drei Stufen hinauf und öffnete die Tür. In der Küche war niemand. Doch die Hintertür stand offen. Sie stellte Susannes Korb auf den Tisch und ging zur Tür. Auf der Schwelle blieb sie stehen.

Katharina harkte mit dem Rücken zu ihr in dem Beet, in welchem sie jedes Jahr Möhren aussäte. Schreihals hockte daneben, aufrecht und mit dem prüfenden Blick eines Sachverständigen. Die Katze bemerkte Barbara, sah sie aufmerksam an und machte „Meau“. Dann richtete sie ihren Blick auf Katharina als wolle sie sagen „Dreh dich mal um, da ist jemand.“

Katharina sagte: „Was hast du jetzt zu bekritteln, Schlaubergerin?“

Barbaras Herz floss über.

„Mutter."

Katharina drehte sich mit einem Ruck um, starrte Barbara an, als stünde ein Geist auf der Schwelle. Sie ließ die Harke einfach los, knapp neben Schreihals schlug der Stiel zu Boden. Dann stürzte sie Barbara entgegen, mit Schritten, zu groß und zu rasch für eine alte Frau. Barbara, die ebenfalls losgelaufen war, fiel ihr in die Arme.

„Kind", flüsterte Katharina an ihrer Schulter.

„Du bist geschrumpft", schluchzte Barbara in die grauweißen Haare hinein.

Sie wiegten einander.

Bis Katharina sie losließ und auf Armeslänge von sich hielt. „Betrachte dich erst mal!"

Barbara lachte und wischte die Tränen fort. Sah die Liebe in Mutters braunen Augen.

„Baden könnte dir net schaden."

Schreihals strich um Barbaras Beine. Sie beugte sich hinunter und streichelte sie. Schreihals gurrte. Die zärtliche Freude der Katze trieben ihr erneut Tränen in die Augen.

„Na", machte Katharina und zog sie mit sich in die Küche.

Sie sprachen nicht, als ihre Mutter nacheinander drei Töpfe mit Wasser aus der Regentonne füllte und sie auf den Herd stellte, als sie geschäftig das Feuer schürte, um das Wasser zu erwärmen. Katharina wuselte umher, holte frische Leintücher zum Abtrocknen und Verbinden, zerrte die kleine Zinkwanne aus der Schlafkammer herbei, brachte ein sauberes Kleid aus Barbaras Truhe. Nur einmal, als sie Majoran, Kamille, Rosmarin und Salbei in einen Tontopf auf dem Tisch bröselte und dabei einen fragenden Blick auf den Korb richtete, sagte Barbara: „Gehört der Zahnin."

Katharina nickte, stellte ihn neben der Bank auf den Boden, holte das braune Gläschen, in welchem sie kostbare getrocknete Zitronenschale aufbewahrten, und stellte es neben den tönernen Topf. Sie würde die Kräuter mit kochendem Wasser übergießen, Zitronenschale beifügen und Barbara würde die vereiterte Hand darin baden.

All das beobachtete sie, als säße sie unter einem durchsichtigen Nebel. Sie wollte nichts tun und nichts denken, was diese Eintracht störte. All das konnte warten.

Als das Wasser warm war, setzte sie sich in die viel zu kleine Wanne, mit angewinkelten Knien, fröstelte am nackten Oberkörper. Ihre Wunde war trotz der widrigen Umstände gut verheilt, sie ziepte kaum, als sie mit Wasser in Berührung kam. Barbara gewahrte, dass Katharina Haferbrei anrührte und feierlich ein Stück Speck herbeischaffte, das sie in kleine Würfel schnitt. Während ihre Mutter hernach im Garten verschwand, um Kräuter zu holen, schloss Barbara die Augen.

War sie wirklich frei? Würden die Leute nun aufhören zu reden? Würde Margarete Herwart endlich Ruhe geben? Aber was konnte sie ihr nun noch anhaben? Gut, sie würde öfter zur Kirche gehen. Sie musste sogar, der Kurfürst hatte es befohlen. Er hatte sich ihrer angenommen! Kannte ihren Namen. Sie brannte darauf, mit Friedgard zu sprechen. Er würde ihr die Hintergründe sicher offenbaren. Sie erinnerte sich an die leise Freude auf seinem Gesicht beim Verlesen des kurfürstlichen Briefes. Alles würde gut werden.

33

Ein laues Lüftchen wehte durch den Garten, das Frühjahr hielt endlich Einzug. Barbara streifte umher, besah sich die Arbeit, die Katharina in den vergangenen Wochen geleistet hatte. Zwischen den winzigen Salatpflänzchen hatte ihre Mutter Bierfallen gegen die Schnecken aufgestellt. In den kleinen Tontöpfen glänzten schleimig orange ihre Kadaver. Sommerrüben gingen auf, Radieschen und rote Bete. Sie lauschte auf das zufriedene Gackern der Hühner drüben im Schuppen.

Wieder zu Hause. Mittag war vorbei, Mutter war am Morgen nach Reilingen aufgebrochen, um Matthias und Gundel die frohe Botschaft von ihrer Freilassung zu verkünden. Außerdem wollte sie Hedwig zum Helfen auf der Hube überreden. Katharina hatte ihr gestern Abend erzählt, dass Matthias Einsicht in die Protokolle gefordert und so erfahren hatte, dass Barbara Rügen gegen Margarete Herwart und Peter Ackermann vorbrachte. Er ließ sie ins Frevelregister eintragen und würde sie, Barbara, vor dem nächsten Ortsgericht im Sommer vertreten. Auch dass Philipp bei Matthias vorgesprochen hatte, erfuhr sie. Ein feiner Junge, meinte Katharina, er war mehrfach bei ihr gewesen und hatte sogar auf der Hube geholfen. Dass er sich dafür Spott und Schelte einhandelte, kümmerte ihn nicht, was Katharina ihm hoch anrechnete und auch Barbara Achtung für den schlaksigen Jungen abnötigte. Sie hatte ihrer Mutter die Begegnung mit ihm und Hedwig an jenem verhängnisvollen Unwettertag geschildert. Wenn Philipp so beharrlich und aufrichtig war, würde Matthias sich vielleicht doch erweichen lassen und einer Heirat zustimmen. Vielleicht kam ihr Bruder ja mit, dann würde sie von ihm hören, wie er die Sache sah. Und sie könnte ihm dafür danken, dass er die Zahnin in die Zange genommen hatte.

Sie schlenderte hinüber zu der Darre, die sie neben dem Schuppen auf zwei große Steine gelegt hatte. Darauf ausgebreitet lagen die Blätter des Frauenmantels, die hier, an der Nordostseite des Hauses im Schatten, am besten trocknen würden. Sie wendete sie. Gestern Abend war sie zufällig auf die Pflanzen gestoßen. An einer luftigen Stelle im Hardtwald. Sie hatte nur wenige mitgenommen, weil ihr Beutel bereits mit Wurzeln des Seifenkrauts überquoll, die sie zum Waschen ihrer Kleidung brauchten. Sie würde nachher noch einmal losgehen, um den Frauenmantel zu holen. Sie freute sich darauf.

Unvermittelt beschlich sie ein seltsames Gefühl. Sie horchte. Hatte es an der Haustür geklopft? Sie tat zwei Schritte Richtung Hintertür. Sie mochte mit niemandem reden. Und wenn es Friedgard war? Sie verharrte auf der Schwelle, hielt den Atem an und legte den Kopf schief. Oder Susanne Zahn, die ihren Korb holen wollte? Nein, die erst recht nicht. Noch wollte, konnte sie nicht …

Es klopfte.

Ihr Herz desgleichen. Wie verletzbar sie sich noch fühlte, sie merkte es in diesem Augenblick, da ihr das Herz im Halse schlug bei der Vorstellung, die Tür aufmachen und jemandes Blick auf sich ertragen zu müssen.

Nein, der Besucher sollte wieder von dannen ziehen.

Gemurmel vor der Tür.

Sie schlich in den Garten zurück, ging in den Schuppen und streichelte über das niedere Gatter hinweg den Kopf der Geiß, die an ihrem Ärmel zupfte. Sie flüsterte mit dem Tier. Schließlich beruhigte sich ihr Herzschlag. Am besten, sie brach gleich jetzt auf. Beutel und Sichel hingen im Schuppen an einem Nagel, die Küchentür war schnell leise zugezogen.

Auf dann.

Sie ging auf die Tannen zu. Im selben Augenblick schlüpfte Schreihals von der anderen Seite in den Garten. Dicht gefolgt von Winfried Kühn.

Er hob entschuldigend die Hände, als er ihren entsetzten Aufschrei hörte.

„Verzeiht", sagte er vernehmlich und blieb stehen.

„Wieso kommt Ihr hintenrum?", fragte Barbara empört. Sie hatte Zahn vor Augen, wie er in der Walpurgisnacht so roh durch die Zweige brach.

Winfried lächelte und schaute hinunter auf Schreihals. Die hatte sich neben ihn gesetzt und blickte abwechselnd von ihm zu Barbara. „Eure Katze hat mir zu verstehen gegeben, dass Ihr möglicherweise im Garten seid und mein Klopfen nicht hört."

Barbara starrte auf Schreihals und sagte mit den Augen *Verräterin*!

„Ich freue mich, Euch zu sehen", sagte Winfried. Er kam auf sie zu und einen Lidschlag lang sah es aus, als wolle er sie in den Arm nehmen. Aber er tat es nicht und fragte stattdessen: „Es geht Euch gut?"

Ging es ihr gut? Wie fühlte sie sich? Angespannt, verletzlich. Und noch immer wie unter einem durchsichtigen Nebel, der sie vom Außen trennte. Sie wollte in den Wald, wieder zu Kräften kommen.

Weil sie nichts sagte, zog er die Augenbrauen in die Höhe und fragte: „Fühlt Ihr Euch nicht wohl?"

„Es ist gut", sagte sie. „Es ist nur … ich war nicht auf Besuch gefasst, ich wollte in den Wald."

„Oh", machte er. Und dann: „Darf ich Euch begleiten?"

„Wozu?" Das klang schroff.

„Um Euch zu helfen?", versuchte er es und lächelte erneut.

„Ihr wisst, dass …"

„Ihr gut alleine zurecht kommt, ja", fiel er ihr ins Wort.

Sie fuhr sich mit dem Handrücken unter der Nase lang. Nein, sie war nicht bereit, ihm jetzt schon zu begegnen. Sie brauchte noch Zeit.

„Nun, ich …“ Sie verstummte. Wie es sagen?

„Sperrt Euch nicht, lasst mich mitkommen“, bat Winfried.

Sie zuckte die Schultern, streifte an ihm vorbei und zwängte sich durch die Tannen hinaus.

Sie gingen schweigend nebeneinander her. Sichel und Messer baumelten an ihrem Gürtel, und weil sie das unruhig machte, legte sie die Hand darauf. Widerstreitende Gefühle zerrten an ihr. Sie dachte an die Verwahrkammer, an die qualvolle Zeit des Eingesperrtseins, den Makel, mit dem sie dadurch behaftet war. Sie schämte sich für all das, fühlte sich unwürdig. Und gleichzeitig erinnerte sie die Sehnsucht, mit der sie in dieser elenden Einsamkeit an ihn gedacht und sich vorgestellt hatte, wie er den Arm um sie legte. Und jetzt ging er neben ihr. Sie wagte nicht, ihn anzusehen. Aber sie nahm die Geste wahr, mit der er sich durchs Haar fuhr.

Nach einer Weile sagte er: „Frau Heilmann – Barbara, ich … möchte Euch etwas fragen.“

Sie wies nach links, wo ein sehr schmaler Pfad vom Weg abzweigte. Winfried musste hinter ihr gehen und so wartete er mit seiner Frage. Sie stapfte voraus, hielt hier und da einen Zweig fest, damit er ihm nicht vor die Brust schlug.

„Ich brauche viel vom Frauenmantel. Muss das schöne Wetter ausnutzen, damit die Blätter trocknen“, hörte sie sich sagen. Wörter waren beruhigend und so sprach sie weiter, ohne sich über die Schulter zu vergewissern, dass er sie auch hörte. „Vielleicht erinnert Ihr Euch, wie bitter es schmeckt, aber helfen tut's, und jetzt im Mai ist die Kraft in der Pflanze jung und frisch, ich muss mich eilen, ich hatte ja keine Möglichkeit …“ Sie verstummte.

Wie dumm, jetzt hatte sie selbst die Sprache darauf gebracht. Hastig fuhr sie fort: „Wir werden eine Menge davon finden, ich habe den Platz gestern Abend schon gesehen, Ihr werdet bereuen, mitgekommen zu sein, denn Ihr werdet mir beim Tragen helfen, nicht dass sie schwer wären, die Blätter …"

„Barbara."

Sie blieb stehen, drehte sich um und sah ihn an.

„Verzeiht", lächelte er und hob entschuldigend die Hand mit dem Hut. „Ich muss Euch ein Geständnis machen." Mit dem Handrücken wischte sie Schweißperlchen von der Oberlippe, ihr war warm vom Gehen. Und ihr Herz pochte schnell.

„Ich fürchte, meine Wissbegierde an diesen heilkundigen Auskünften ist gering. Das überlasse ich lieber Euch, die Ihr Euch damit auskennt. Ich möchte mit Euch über etwas anderes sprechen."

„Dann wandert besser wieder zurück, Ihr langweilt Euch sonst." Sie wollte kühl klingen. Sie wandte sich um und ging einfach weiter. Reden wollte er? Worüber? Wollte er ihr Vorhaltungen machen, weil sie nicht auf ihn gehört hatte und eingesperrt worden war? Ach, er sollte zurückgehen! Sie setzte einen Fuß vor den anderen. Der Waldboden war weich. Zweige wuchsen in den Weg, sie ließ sie schnalzen zum Zeichen, dass sie nicht mehr darauf achtgab, ob sie ihn peitschten. Sie ahnte, dass er noch immer stand. Sie hörte ihn nicht folgen. Sie ging, tiefer und tiefer, und mit jedem Schritt auf dem vertrauten Grund wich ihre Unruhe. Gut. Sie würde es ihm sagen. Sie würde sich bedanken und ihm sagen, dass er aufhören sollte, in ihr Leben zu dringen. Dass er aufhören sollte, sie so anzuschauen. Dass er aufhören sollte … vermaledeit, so zu sein, wie er war!

Sie trat von dem schmalen Pfad auf den halbschattigen Platz, gute fünfzehn Schritte vom grasbewachsenen Ufer des

Hardtbaches entfernt. Weiden und Eschen bildeten einen Halbkreis, in dessen Mitte jede Menge Frauenmantel wuchs. Sie schritt mitten hindurch, auf den verrottenden Stamm einer umgestürzten Esche zu, der die Böschung am Bachufer begrenzte. Dort warf sie den Leinenbeutel hin. Als sie sich auf den Stamm setzte, trat er durch die Zweige.

Sie beugte sich nach vorn, stützte die Arme auf die Oberschenkel und neigte den Kopf. Ihr Nacken tat plötzlich weh.

Winfried setzte sich neben sie. „Ihr tut alles, um nicht mit mir zu sprechen“, sagte er. Er sah sie nicht an dabei, er hielt den Blick auf die Zweige gerichtet, durch die er soeben gekommen war. Sie wogten noch immer sanft von seiner Berührung.

„Sagt mir, bin ich Euch wirklich so zuwider? Dann werde ich Euch in Frieden lassen. Sagt es mir und ich gehe, auch wenn ich etwas anderes spüre.“

Sie starrte auf die dünnen, zarten Stängel des Frauenmantels. Der Waldboden selbst duftete und das Wasser des Hardtbachs verströmte seinen klaren Geruch.

„Ihr schweigt?“

Amseln und Finken zeterten über ihren Köpfen in geschäftiger Frühjahrsemsigkeit.

Aus den Augenwinkeln sah sie, wie er den Hut neben sich auf den Stamm legte und sich ihr zudrehte. „Barbara, Ihr seid ein bewundernswertes Weib. Ich kenne Euch nicht, werdet Ihr jetzt denken. Auf eine Art ist das wahr, ja. Und auf eine andere ganz und gar nicht. Denn da ist etwas, das mich vom ersten Augenblick an zu Euch zog, etwas, das mir das Gefühl gab, Euch sehr wohl zu kennen. Es mag an Euren Augen liegen, die …“

Als er verstummte, sah sie ihn an. „Sie sind so schön“, sagte er leise. Er griff nach ihren Händen. Er zögerte, bevor er weitersprach. Aber er schien sich entschlossen zu haben, alles auf eine Karte zu setzen. „Die Traurigkeit darin … nun, ich kenne sie."

Sie senkte den Blick. Es flackerte und zitterte in ihr. Aber sie entzog ihm ihre Hände nicht. Sie konnte nicht. Sie waren warm und einfach nur da. Sie starrte sie an, wartete, dass irgendetwas ihr sagen würde, was nun zu tun sei. Er löste die Hände. Fasste ihr mit der Linken unters Kinn, drehte ihren Kopf, so dass sie ihn ansehen musste. Sie schaute auf die Fältchen seitlich seiner Augen, diese unglaublich zarten Fältchen. Sein Blick suchte den ihren. Er war so offen, so bar allen Args, dass sie einmal mehr darüber staunte. Wie konnte einer nur so freiheraus schauen! Etwas brach auf in ihr, und weil er sie festhielt und weil sie ihm ohnehin nicht auskam und weil es so war, wie es war, vermaledeit, fiel sie hinein in seinen Blick.

Das nächste was sie spürte, waren seine Lippen auf ihren. Warm, halb geöffnet wie ihre eigenen, küssten sie zarte Wunderblumen auf ihren Mund, verstreuten sie dort, wieder und wieder, bis sie seine Zungenspitze spürte, die zu ihr herüber kam. Er hielt inne und zog ein Bein über den Stamm. Ein Knacken in ihrem steifen Rücken, als er den Arm um ihre Körpermitte legte und sie in seine gegrätschten Beine zog und mit der gleichen Bewegung näher an sie heranrutschte. Geknackt wie eine Nuss, schoss es ihr durch den Sinn, als sie merkte, wie alles in ihr weich wurde und sich ergab. Ihre Zunge kam seiner entgegen, sie wollte ihn plötzlich küssen. Sie vergaß das Denken, ihre Hände strichen von ganz allein seine Oberschenkel hinauf, verhakten sich im Gürtel seiner Hose, zogen das Hemd daraus hervor und fuhren drunter, um Haut zu fühlen. Warme Haut, weich und fest zugleich. Sie legte die Hände auf seinen Bauch, umfasste seine Hüften, ließ sie nach oben gleiten zu seiner Brust, fühlte spärliches

Gekräusel zwischen den Fingern. Ihr Nacken tat weh, sie saß verdreht. Sanft stieß sie sich von ihm ab, beendete den Kuss. Sie sah ihn an. Staunte. Jedes Härchen, jedes Fleckchen Haut – mit jedem Zoll ihrer Person wollte sie ihn. Sie schlug ebenfalls ein Bein über den Stamm, so dass sie sich nun mit geöffneten Schenkeln gegenübersaßen. Er fasste sie im Nacken und zog ihren Kopf zu sich heran. Er schmeckte wunderbar nach Wacholder, roch nach Harz und Pferd und Leder. Seine Knie drückten gegen ihre. Sie spürte seine Hände auf ihrem Gewand. Ihr Schoß pochte. Als er ihr den Rock bis über die Knie schob und sie dort berührte, biss sie ihn in die Lippe und stöhnte auf. So hatte sie das noch nie gefühlt. Er sah sie an. Froh, neugierig und voller Begehren. Er nahm ihr Gesicht in seine Linke, streichelte mit dem Daumen über ihre Lippen. Das gleiche Kosen vollführte seine Rechte unter ihrem Rock. Sie schmiegte die Wange in seine Hand, streckte den Schoß nach vorne. Sie musste die Augen schließen, überrascht von der Wucht ihrer eigenen Lust. Und dann spülten sie Wellen des Glücks hinfort als würde sie in einem Meer aus duftigen Pfirsichblüten baden, sie warf den Kopf in den Nacken und ihre Hände krallten sich in den Baumstamm.

Sie kam zu sich und öffnete die Augen. Er hatte ihr zugesehen! Oh Gott, was …

Aber da war noch immer sein Daumen, der sanft das Pochen in ihrem Schoß beruhigte. Sie sah die Freude in seinen schwarzen Augen, fühlte seine andere Hand an ihrem Hals, ihrer Kehle, sie streichelte hinunter zu ihrer Brust. Sie beugte sich vor und küsste ihn. Er stand auf, zog sie mit sich empor, drehte sie an den Schultern, so dass sie ihm den Rücken zukehrte, und machte sich an der Schnürung des Kleides zu schaffen. Sie spürte seine Erregung. Sie hörte den Hardtbach murmeln und die geschwätzigen Amseln pfeifen, sie legte den Kopf in den Nacken, ließ ihn auf seine Schulter sinken. Er küsste ihren Hals. Warm seine Hände auf ihren Schultern. Zielstrebig löste er ihr Werkzeug vom Gürtel, dann griff er in den Stoff und zog ihr das Kleid über den Kopf. Er umfing sie von hinten, streichelte ihre Brüste, den Bauch, das Gesäß. Noch war sie verlegen, wagte nicht, sich zu ihm umzuwenden. Er liebkoste sie, erkundete sie, ließ die Hand zwischen ihre Beine gleiten, ließ sie ruhend auf ihrem Schoß liegen, drängte sich fest von hinten an sie. Oh Herr im Himmel hilf, flüsterte es in ihrem Kopf, was ist das hier nur? Sie fühlte die Härte seines Geschlechts an ihren Pobacken und als fielen nun sämtliche Fesseln von ihr ab, die sie noch gehalten haben mochten, drehte sie sich um und half ihm, sich seines Gürtels mit Dolch und Beutel zu entledigen und aus der Hose zu befreien. Er war kräftig und sie traute sich nicht, so genau hinzusehen. Er warf sein Hemd neben sich und zog sie heran. Sie ließen sich nieder. Sie fühlte den feuchten Waldboden unter sich und öffnete die Schenkel. Er verharrte einen Augenblick vor ihr, um sie anzusehen.

„So schön bist du, so schön", flüsterte er und küsste sie. Dann stieß er zu. Es nahm ihr den Atem. Ihre Schenkel spreizten sich weit und ihr Becken hob sich ihm entgegen, ihre Nägel krallten sich in seine Hinterbacken. Dieser Mann hatte eine Kraft und er liebte sie mit einer Leidenschaft, wie sie sie niemals für möglich gehalten hätte. Und als sie merkte, dass sie mit allem, was sie war, Gefäß sein wollte für ihn, schossen ihr Tränen in die Augen. Er küsste sie fort.

„Sieh mich an", flüsterte er.

Ihre Augen klebten, aber sie öffnete sie. Und sie sah: So wie sie empfangen wollte, wollte er geben und er wollte, dass sie es wusste. Er stieß zu, drang tief in sie, hielt inne dort und in dem Pochen und Strömen, das sie nun umfing, sah sie sein Gesicht, gerötet und in Auflösung und mit einem Seufzer sank sie hinab auf den tiefsten Grund des Seins.

Sein Kopf ruhte zwischen ihren Brüsten und sie spürte, wie warme Tropfen aus ihren Augen quollen und als kühle Rinnsale über ihre Schläfen liefen, hinunter zu den Ohren, wo sie kitzelnd hängen blieben.

„Du weißt, dass ich morgen aufbreche?"

Barbara hielt die Augen geschlossen und schwieg. Was sollte sie auch sagen? Bleib hier? Natürlich hatte sie nicht daran gedacht, wenn sie es auch nicht vergessen hatte, dass er irgendwann nach Dillenburg reisen würde. Ein Grashalm kitzelte sie an der Wade. Sie fuhr mit den Zehen darüber ohne die Augen zu öffnen. Sie lagen halb auf Winfrieds Hemd. Barbara schmiegte sich in seine Armbeuge, die Hand auf seiner Brust, er lag auf dem Rücken. Sie spürte ihr Gewand, das quer über ihrer beider Hüften gebreitet lag, und erinnerte sich nicht, wer von ihnen es herangezogen hatte.

„Er hat seine Braut noch nie gesehen", hörte sie ihn in schläfrig wohligem Ton sagen. „Nur ein *Abconterfei*, wie sie sagen." Er meinte wohl den Kurfürsten. „Aber so machen es die Fürsten. Ihre Heiraterei ist Politik."

Barbara, schläfrig und tief befriedigt wie lange nicht mehr, wie eigentlich noch niemals zuvor, brachte nicht mehr als ein „Hm" zustande.

„Ich hingegen sah dich – und wollte dich vom ersten Augenblick an."

Eine Wahrheit drängte sich ihr in den Mund. „Ich spürte dein Drängen, es machte mich wütend."

Er verstärkte den Druck seines Armes, zog sie näher an seine Brust, drückte ihr einen Kuss ins Haar, das sie dick und weich in ihrem Nacken spürte. Es schien zu bedeuten, dass er sie verstand.

Noch ein Kuss auf ihr Haar. „Verzeih, Liebste."

„Hm."

Er schwieg. Barbara merkte, wie sie in Schlummer glitt, eine wohlige Müdigkeit, in der auch Winfried gebettet lag, sein Brustkorb hob und senkte sich gleichmäßig und ruhig unter ihrer linken Hand. Aber dann lachte er leise, ein selbstzufriedenes und genussvolles, glückliches Lachen. „Und lägen wir jetzt hier, meine Schöne, wenn ich nicht gedrängt hätte? Nein. Welche Wonnen wären uns entgangen!"

Er zog den Arm unter ihrem Nacken fort und drehte sich auf die Seite, um sie anzusehen. Sie öffnete die Augen und blickte geradewegs in die seinen. Sie schimmerten samtschwarz im schattigen Dämmer des Waldes. Sie betrachtete seine Fältchen und liebte sie.

„Du weißt, dass ich morgen aufbreche?", wiederholte er, auf den Ellbogen gestützt.

„Ja", sagte sie. Was wollte er hören?

„Nur wenige Wochen, dann bin ich zurück."

Sie streichelte ihm über die Wange, ihr Daumen liebkoste seine Lippen, wie er es zuvor bei ihr getan hatte. In der Nähe raschelte ein Tier im Unterholz.

Winfried griff ihre Hand, küsste den Handballen, das Gelenk.

„Ich wünsche mir … von mir aus soll das keine einmalige Sache sein. Ich … sind wir zusammen?"

Sie spürte, wie er die Muskeln anspannte, während er auf ihre Antwort wartete. Sein Gesicht war weich. In seinen Augen glomm Freude. Und Angst, sie könnte nein sagen. Aber auch Bereitschaft, dies auszuhalten, wäre es so. Wie stark er ist, dachte sie. Und wie verletzlich.

Es war wie eine Woge. Warm strömte es ihr von den Fußspitzen durch die Körpermitte direkt ins Herz. Dort barst es in ihr Sein als öffne sich eine Blüte, schneller, als das Auge es sehen konnte. Es war ein so süßer Schmerz und sie war so überrascht davon, dass sie die Augen schloss und sich auf die Unterlippe biss. Sie rückte näher an ihn heran. Sie spürte, wie er den Arm hob, um sie zu umfangen. Ihr Kopf lag in seiner Halsbeuge, er streichelte ihr durchs Haar und über den Rücken. Er war warm, roch nach Wald, Liebe und nach sich. Tränen quollen ihr schon wieder aus den Augen und sie schalt sich eine Heulsuse. „Ich schäme mich", bekannte sie unter Schluchzern an seinem Hals. „Ich hätte auf dich hören sollten, vor Wochen, als du in meiner Küche saßest. Aber ich konnte nicht. Ich war dumm, ich …" Sie schniefte. „Ach vermaledeit, ich wollte nicht auf dich hören, wollte zeigen, dass ich dich nicht brauche. Für Ratschläge nicht und sonst auch für nichts."

„Liebste", flüsterte er und küsste sie ins Haar.

„Es tut mir leid."

Ein sachtes Klopfen auf ihren Oberarm war die Antwort.

„Und ich … schäme mich noch immer", murmelte sie. „Gefangen gesetzt! Als Unholdin verschrien. Von Gerüchten umsponnen. Macht es dir denn gar nichts aus?"

Seine Hand spielte mit ihren Haaren. „Ich kenne dich. Es mag töricht klingen, ich kenne dich länger als die Welt besteht. Da ist ein Widerklang, wenn ich dich sehe." Seine Stimme war warm und tief, die Worte ein zärtliches Raunen. Sie sanken in sie ein. Ein Bild entstand in ihr, Moos auf lichtem Waldgrund, das Regen aufnimmt und sich durchtränken lässt vom nährenden Nass.

So war das also. Er kannte sie. Etwas zappelte in ihr. „Ich kenne dich nicht, Winfried Kühn. Und mich kenne ich auch nicht mehr", brummte sie in seine Halsbeuge.

Sie spürte sein Atmen. Sie meinte zu merken, dass er in ihr Haar lächelte. Sie stemmte sich ab, um ihn anzusehen. Er lächelte wirklich. „Willst du mich kennenlernen?"

Nichts in seinen Augen außer Offenheit. Ihr Herz schlug. Wie konnte einer nur so gucken? So geradeheraus, aufrecht und klar. Sie versuchte es. „Es ist so … ich dachte nicht, dass es so etwas gibt, ich wusste es nicht."

Er zog sie wieder in die Arme. „Ich auch nicht bis ich dich sah."

„Und dass ich jemals würde überhaupt wieder etwas fühlen können. Ich dachte, es wäre vorbei."

Winfried sagte nichts.

„Du hast dich beim Oberrat für mich eingesetzt, stimmt's?," flüsterte sie.

„Hm", brummte er bestätigend.

„Danke."

„Wie sich's gehört. Ein Bericht Würths, der die Schöffen den verlangten Schein des örtlichen Gerichts unterzeichnen ließ, eingereicht zusammen mit dem Gesuch eines Königsmannes, treuer Untertan seiner kurfürstlichen Gnaden …"

„Danke", flüsterte sie noch einmal.

Er hielt sie umfangen, wiegte sie. Dann lagen sie still, Brust an Brust, atmeten im Gleichmaß. Süße, erschöpfte Müdigkeit. So lagen sie eine Weile. Sie streichelte seine Brust. Er sah sie an. Dann zog er sie auf sich. Mühelos glitt er in sie. Im ersten Augenblick war sie wieder überrascht, aber dann sah sie, wie sich die Kronen der Bäume in seinen Augen spiegelten und beschloss, sich daran zu halten und sich nicht so anzustellen. Denn all das hatte sie noch nie getan und noch niemals erlebt und jetzt, da es geschah, kam es ihr vollkommen vor und richtig. Sie tat es einfach, im Gleichklang mit ihm. Und das Merkwürdigste war: Sie sah sich in ihm. Sie wusste, dass sie lächelte, weil seine Augen es ihr sagten.

„Drängler!", flüsterte sie zärtlich. Sie beugte sich nach vorn, dass ihre Haare seine Brustwarzen kitzelten, sie brachte ihr Gesicht ganz nah an seines und stöhnte auf, als er kräftig zustieß.

Später, sie wusste nicht, wie viel Zeit vergangen war, Dämmerung war hereingebrochen, ihr Hunger verflogen, fragte Winfried: „Während ich weg bin, wirst du darüber nachdenken, ob wir … willst du in Erwägung ziehen, dich meinem Schutz zu unterstellen?"

Er meinte es ernst. Und was wollte sie? „Ich werde darüber nachdenken", entgegnete sie.

Barbara sah zu, wie Winfried seinem Pferd den Hals tätschelte. Er hatte es vor ihrem Haus angebunden, wo es Stunden gestanden und auf seinen Herrn gewartet hatte. Es war inzwischen dunkel, aus dem Küchenfenster, das zur Straße heraus ging, glomm schwacher Lichtschein. Barbara hoffte, dass Katharina nicht herauskäme. Sie wollte ihrer Mutter jetzt nicht gegenübertreten.

Sie hatten auf dem Weg nur wenig gesprochen und auch jetzt lag ein eigentümliches Schweigen über ihnen, gespeist von Scheu, Müdigkeit und einem seltsamen Schmerz im Herzen, den Barbara erstaunt zur Kenntnis nahm. Es schmerzte sie das Aufgebrochen-Werden. Es tat weh, die Liebe so lange nicht gehabt, sich so sehr vor ihr verschlossen zu haben und nun zu fühlen, wie schön das war und wie schmerzlich sie es vermisst hatte. Und wieder vermissen würde, wenn er wochenlang außer Landes war, fort von ihr.

Winfried wandte sich ihr zu. „Ich bin auch überrascht, mit welcher Macht das über mich kommt", sagte er leise und mit dieser ihm eigenen Ehrlichkeit.

Sie kreuzte die Arme vor der Brust, sah ihn an, dann wieder zu Boden. Alles in ihr war in Aufruhr, ihre Gefühle tanzten einen wilden Reigen, sie wusste, dass sie ihm trauen konnte, ja, sie traute ihm, und doch stand sie hier wie festgewurzelt und tat nichts, um ihn das wissen zu lassen. Wie seltsam wir doch gemacht sind, dachte sie. Ich habe mich ihm hingegeben wie noch niemals einem Mann zuvor, bin ihm so nah gewesen … und nun stehe ich da und fühle mich so weit weg von ihm wie der Mond.

Winfried tat einen Schritt auf sie zu.

„Barbara?"

Sie sah auf.

Er breitete die Arme aus.

Da stürzte sie zu ihm hin. Kraftvoll und zärtlich zugleich hielt er sie. Sie wollte ihn gar nicht mehr loslassen, sog seinen Wacholderduft ein, den Liebesgeruch, der an ihm haftete. Er löste sich aus der Umarmung, hielt sie mit beiden Händen auf Armeslänge von sich, sah sie an. Sie merkte, dass er etwas sagen wollte und mit sich rang. Seine schwarzen Augen durchbohrten die ihren.

„Was?", wagte sie zu fragen. Sie spürte, er war um ihretwillen unsicher. Etwas, das sie gleichzeitig mit Stolz und Scham erfüllte. Er wirkte so schutzlos dadurch. Was auch immer er zu sagen hatte, sie würde es hören können.

„Ich begehre dich wie ich noch nie ein Weib begehrte", bekannte er. „Du bringst etwas in mir … zum Klingen, ja. Ich wusste nicht, dass es in mir etwas gibt, das widerhallt, sobald du da bist."

Sie senkte den Blick.

„Wir könnten … heiraten. Das Leben ist nicht unendlich."

Unwillkürlich musste sie schmunzeln und schmiegte sich wieder in seine Arme. Dann hob sie den Kopf und sah ihn an. „Hast du Angst vorm Sterben?"

Er antwortete nicht, umarmte sie, vielleicht, um sie nicht ansehen zu müssen. Sie spürte den warmen Hauch, mit dem er ihr die Haare über dem Ohr wegpustete und einen sachten Kuss darauf hauchte. Und sie konnte seine Angst spüren, dass er vielleicht zu schnell vorgedrungen war, dass sie noch immer unschlüssig sein und nein sagen könnte. „Wer hat die nicht", sagte er dann. „Aber das ist es nicht, nein. Wir sind nur keine fünfundzwanzig mehr, du und ich." Er machte eine Pause. Dann sagte er: „Zudem wäre es vernünftig. Du bist allein. Ich bin es. Es wäre gut, wenn meinem Haus wieder ein Weib vorstünde."

Sie entwand sich ihm, nur so viel, dass sie ein Stückchen von ihm abrückte, dann legte sie die Stirn auf seinen Oberarm, schloss die Augen. „Frag mich wenigstens", flüsterte sie und fühlte das Pochen ihres Herzens, das Ziehen und Schlagen, als wolle es jeden Augenblick zerspringen.

„Sieh mich an", sagte er.

Sie öffnete die Augen. Sah die Zärtlichkeit in seinen und schluckte.

„Barbara Heilmann, willst du mich heiraten?"

Sie wusste selbst nicht, woher die Antwort kam, doch sie kam mit unumstößlicher Gewissheit. „Ja, ich will."

Freude, Glück in Winfrieds Blick. Sein Lächeln floss in ihr Gesicht, es floss in ihre Seele.

„Ich werde dir ein guter Mann sein."

„Das weiß ich", lächelte sie zurück.

Sie wollte noch nicht hinein gehen. Sie ging ums Haus herum und ließ sich im Garten auf dem Brett nieder. Wie lange würde er weg sein, er, dem sie sich eben erst geöffnet hatte? Er wusste es nicht. Noch war die Hochzeit des Kurfürsten nicht sicher. Noch hatte das Fräulein aus den Niederlanden nicht zugestimmt. Der junge Friedrich würde sie erstmals sehen, wenn er nun nach Dillenburg reiste, wohin die ihm Versprochene kommen würde, weil dort ihr Oheim lebte.

Winfried nahm an, dass, wenn Luise Juliane zustimmte, die Angelegenheit rasch unter Dach und Fach wäre. Aber ob er drei oder gar vier Wochen weg bleiben würde, vermochte er nicht zu sagen. Sie seufzte. Sie vermisste ihn schon jetzt. Jahre ohne ihn, bevor sie ihn kannte – und nun schien ihr jeder Tag, jede Stunde ohne ihn leer, leerer als die Leere der einsamen Jahre zuvor.

Wie sollte sie das nur aushalten? Wie ihren gewohnten Tätigkeiten nachgehen, die ihr bis jetzt ein solcher Trost gewesen waren? Friedgard fiel ihr ein. Er war seltsam fern gerückt. Plötzlich sehnte sie sich schmerzhaft nach ihm, seinen schönen Augen, den blonden Locken. Ob er mit seiner Geschichte vorankam? Und was war mit Zahn? Würde er aufhören, etwas bei ihr zu suchen, das sie nicht hatte? Etwas verband sie und ihn und sie wünschte aus tiefstem Herzen, dies wäre nicht so. Vermaledeit, sie wollte jetzt nicht daran denken! Sie sah hinauf zum Himmel. Ein milder Abend, der nach Kräutern und Frühjahrserde duftete. Sie atmete kräftig durch.

Sie war unschuldig und das kurpfälzische Gesetz hatte dies bestätigt. Aber würde das Gerede um sie damit verstummen? Bitter schmeckte der Gedanke, dass sie selbst als Winfrieds Frau vielleicht nicht frei davon wäre.

Sie erhob sich, umrundete entschlossen das Kräuterbeet und ging zur Hintertür.

Katharina saß auf ihrem Platz am Tisch. Sie hob den Blick, als Barbara eintrat.

„Na!“, machte sie.

Barbara legte den Leinenbeutel mit der – natürlich geringen – Ausbeute des Frauenmantels auf den Tisch. „Wart ja lange weg, der Königsmann und du“, sagte ihre Mutter. Belustigung schwang in ihrer Stimme. Unverhohlen neugierig betrachtete Katharina sie. Dann bleckte sie die Zähne, das weiße Barthaar schnurrte zurück, sie grinste und sagte: „Hast du ihn endlich erhört und ihr seid euch einig? Höchste Zeit."

„Mutter!"

„Ach was, Mutter! Das war fällig", bemerkte Katharina und fegte etwas Unsichtbares mit der Hand durch die Luft. „Und er scheint mir der Rechte dafür."

Schreihals' Kopf tauchte neben der Alten auf. Neugierig lugte sie über den Tischrand hinweg zu Barbara. „Guck sie dir an, Schreihals", tönte ihre Mutter und neigte den Kopf hinunter zur Katze. „Sie ist glücklich." Schreihals nieste zur Zustimmung.

Barbara goss sich Wasser in einen Becher und trank gierig. Erst jetzt merkte sie, wie durstig und hungrig sie war.

„Was ist mit Hedwig?", fragte sie über den Becherrand hinweg.

„Sie wollten sie net gehen lassen über Nacht. Schicken sie morgen. Matthias kommt wohl mit."

„Hm", machte sie. Und dann richtete sie Brot, Käse und Speck und fiel darüber her, als hätte sie wochenlang gehungert.

34

„Setz dich doch wieder“, bat Elli.

Agnes hörte das ängstliche Flehen in Ellis Stimme. Es kümmerte sie nicht. Wütend ging sie vor ihr auf und ab. „Wieso ließ man sie frei?“ Sie war außer sich. Blieb stehen und starrte Elli an, die auf einem Steinblock hockte und ihr bangen Blickes bei ihrem Einherschreiten zusah.

Elli hob entschuldigend die Hände. „Wegen uns kann's nicht gewesen sein. Ich hab gemacht was du gesagt hast. Wendel hat gegen sie ausgesagt.“

Agnes winkte ab. Ihre Arme juckten. Sie kratzte über beide Ärmel, bis es nachließ, stierte blicklos hinüber zur Zehntscheuer.

„Es ist zu warm für langärmlig. Warum ziehst du nichts anderes an?“

„Ach halt's Maul!“ Wütend stampfte sie mit dem Fuß auf und starrte Elli an. „Die hat alle verhext. Alle!“

„Aber der Kurfürst sagt, sie ist unschuldig.“

Fliegen surrten in der Nachmittagssonne umher. Wie sie es hasste!

„Friedgard wird wieder bei ihr hocken. Jetzt, wo er endlich …“ Sie verstummte. Sie hatte Elli nur angedeutet, dass sie Friedgard näher gekommen war. Gerne hätte sie Elli gefragt, wie es für sie gewesen war mit Wendel. Aber sie brachte es nicht über sich, Elli derart ins Vertrauen zu ziehen.

Sie dachte an das zweite Mal in Hofmanns Rohbau. Im Schutz der Dunkelheit hatte Friedgard ihr Worte voll begehrlicher Süße ins Ohr geflüstert, während er sie nahm, langsamer als beim ersten Mal. Für immer würde sie ihre Vereinigung mit dem frischgrünen Binsengeruch verbinden, der ihr hernach in Haar und Kleid haftete.

Viermal hatte sie sich ihm danach noch hingegeben. Auf der Liegestatt in der Schreibstube. Aber sie taten es in aller Heimlichkeit. Er bekannte sich nicht zu ihr. Er teilte seine Gedanken nicht mit ihr. Standen sie nach der Kirche beieinander und sie legte die Hand auf seinen Arm, nahm er diese mit einem freundlichen Ausdruck wieder fort, weil er jemanden begrüßte oder sich kratzte. Sie brauchte noch einmal Liebestrank, damit sich dies änderte. Denn wenn er erst einmal wieder anfing, zur Heilmännin zu gehen, würde die ihn erneut verhexen.

„Es hängt schon wieder ein Schreiben am Rathaus, hast du's gesehen? Es wäre zu viel Aberglauben bei den Leuten, man soll alles melden, was einem deswegen auffällt."

„Scheiss auf diese Anordnungen aus Heidelberg! Ich gehe Salbei suchen!"

Agnes drückte sich fest an Kratzwurms Hoftor und spähte hinüber zum Rathaus. Die weißgekalkten Wände des zweigeschossigen Fachwerkhauses hoben sich von der Dunkelheit ab. Der dünne Lichtstreifen unter dem Fensterladen der Schreibstube verriet ihr, dass Friedgard noch arbeitete.

Sie spürte das Holz des Tors im Rücken, lauschte. Aus einem der umliegenden Häuser drang ein streitbarer Wortwechsel bis heraus auf die Gasse. Sie vergewisserte sich nach rechts und links, dass niemand in der Nähe war. Rasch überquerte sie die Mühlgasse. Öffnete die Rathaustür. Schlüpfte in den Vorraum. Zwei Öllichter in ihren Halterungen in der Wand versprenkelten gelbes Licht. Ein schmaler Lichtstreifen fiel durch die Tür der Schreibstube, die ein Spalt offen stand.

Stimmen drangen heraus. Er war nicht allein? Agnes schlich im Dämmer an der Tür vorbei, hielt sich dicht an der Wand, spürte ihr Herz pochen.

„Der Oberrat hält sie zwar für unschuldig, befiehlt dennoch Überwachung.“, hörte sie den Schultheiß sagen.

„Schaden kann das nicht“, stimmte ihr Vater zu. Sie hatte ihn im Wirtshaus vermutet.

Er lachte spöttisch. „Da hilft auch kein Gesuch eines Weißmannes.“

Ein Augenblick der Stille. Agnes lauschte angestrengt. Papier raschelte.

„Was ist das?“, fragte ihr Vater. *„Dieweil etliche Weiber allhie der Zauberey in Verdacht …“*

„Gebt es her“, sagte Friedgard. Er klang müde.

„… bitt ein Gemeind, mit dem Junkherrn dem Fauth zu reden, wie doch der Sachen zu thun, damit solchem Onrath geweret werden möge. Was soll das?“ Dann, nach kurzer Unterbrechung: „Das war 1562. Das ist dreißig Jahre her.“

„Wir haben das Schreiben als Vorlage für unser Schreiben an die Kanzlei nach Heidelberg benutzt“, erklärte Friedgard.

Schultheiß Würth sagte: „Dies Schreiben vom Amt Mosbach hat in der Tat etliche Jährchen auf dem Buckel. Wir hatten eine Abschrift davon in unseren Akten. Damals unterzeichneten etwa fünfzig angesehene Bürger, Handwerker und der Pfarrer Mosbachs dieses Begehren an den Oberrat. Sie wollten, dass man Hexenwerk in ihrer Stadt untersuchte. Wozu das Rad neu erfinden? Als das Gerede um die Heilmännin lauter wurde, schrieben wir einige der Wendungen einfach ab.“

Ihr Vater brummte. „Wie auch immer“, sagte er, „Ihr beobachtet die Heilmännin, Würth?“

„Ich *lasse* sie beobachten, Zentgraf“, verbesserte der Schultheiß. „Maurer wird das übernehmen.“

„Gut. Dann wär's das für heute. Eine gute Nacht allerseits.“

Rasch drängte Agnes nach hinten in die Düsternis des Vorraums. Die Tür der Schreibstube wurde aufgerissen, ihr Vater eilte heraus, ein riesenhafter schwarzer Schatten in dem blassen Lichtrechteck der Tür.

Agnes presste die Lippen aufeinander. Dann lächelte sie. Ich werde Barbara Heilmann ebenfalls im Auge behalten!

35

Es war später Nachmittag. Am Oberfeld stand die Sommerfrucht bereits auf Kniehöhe. Der Regen hatte für Wachstum gesorgt. Jetzt lag Schwüle über dem Land, klebrig wie Buchweizengrütze. Die Leute klagten über Kopfweh und beschwerten sich darüber, dass es für Anfang Juni viel zu heiß sei. Barbara indes fühlte sich leicht und frohgemut. Sie wanderte am Rand des Hardtwalds entlang, fand erste Walderdbeeren. Glück schwang durch ihren Körper, Arme, Beine, Kopf und Herz, alle sangen sie *sein* Lied.

Eine Woche war vergangen, seit Winfried und sie sich im Wald geliebt hatten. Wenn sie daran dachte, klopfte ihr Herz. So etwas zu erleben. Sie sehnte sich nach ihm. Dachte er auch an sie? Ach, wie sie sich auf seine Heimkehr aus dem Hessischen freute.

Sie tauchte in das schattige Grün des Hardtwaldes ein wie in einen Zuber mit Melissenwasser. Rebhühner flogen auf. Sie schloss die Augen, genoss das goldene Gesprenkel vor den Lidern, lauschte dem müden Krächzen eines Eichelhähers. Hatte sie noch Klettensaft? Den brauchte sie für Umschläge, die man sich zur Kühlung auf die Augen legte. Sie könnte auch Nesseln sammeln, die hatten die gleiche Wirkung. Sie würde sehen, was sich ihr bot. Im Halbdunkel des Waldes war es nicht so drückend. Weicher Boden, auf dem sie sanft und sicher einherging. Sie hielt sich links des Pfades, bog ab zu einer dicht stehenden Gruppe Eiben. Der Schrei eines Habichts, Rehspuren im ehemals feuchten Boden, ein aufgeplusterter Spatz auf dem Ast eines Holunderstrauches. Wie vielfältig Gottes Welt doch war! Munter stapfte sie voran. Ihre Seele lächelte.

Sie hörte etwas knacken und fuhr erschrocken herum. Wachsam spähte sie durchs Gehölz, sah aber nichts. Sie ging weiter, hob den Rock, dichtes Unterholz war ihr im Weg. Wieder ein Knacken. Barbara hielt inne: ein Reh. Es verharrte einen Augenblick, sah sie an, bevor es zwischen den Bäumen verschwand. Sie erreichte die kleine Lichtung. Jenseits der Lichtung erkannte sie eine Suhle zwischen den Stämmen. Die war letztes Jahr noch nicht hier gewesen. Sie lauschte. Gewisper des Windes in den Baumkronen. Sie umrundete das Loch, es war nicht besonders ausgedehnt. Es konnte also keine große Rotte sein, die sich hier vergnügte. Sie drang tiefer in den Wald ein. Und dann sah sie es durch die Stämme leuchten: ein rosa Teppich aus Lungenkrautblüten. Wie schön das aussah!

Plötzlich musste sie an Friedgard denken. Sie hatte ihn am vergangenen Sonntag in der Kirche gesehen. Nach dem Gottesdienst war er davongeeilt. Sie hatte erwartet, dass er zu ihr käme. Dass er sich freute, dass sie frei war. Doch er ging ihr aus dem Weg. Vielleicht sollte sie ihn in der Schreibstube aufsuchen? Aber … möglicherweise mochte er auch wegen der Gerüchte um sie beide nichts mehr mit ihr zu tun haben? Glaubte man indes dem Gerede, so ging er mit Agnes Zahn. Barbara konnte sich das nicht vorstellen. Sie hätte es gerne aus seinem Mund gehört.

Gedankenversunken löste sie Leinenbeutel und Sichel vom Gürtel und machte sich an die Arbeit. Schnitt die jungen, länglichen Grundblätter mit den auffallend weißen Flecken darauf. Sie würden einen guten Salat abgeben. Später würde sie die Blüten zupfen, die sie getrocknet in einer Mischung für Aufgüsse gegen Atembeschwerden verwendete.

Ein Schatten. Ein Schnauben, etwas brach durch die Bäume. Barbara sprang auf, ließ vor Schreck die Sichel fallen. Sie begann zu laufen. Raffte den Rock, zertrampelte rosa Blüten und sprang über einen Ast am Boden. Die dicke Wurzel dahinter bemerkte sie erst, als sie auf sie trat, umknickte und mit einem Schrei und weit nach vorn gestreckten Armen hinstürzte. Grunzen näherte sich. Sie bekam es mit der Angst. Eine Bache im Frühjahr! Die Frischlinge mussten in der Nähe des Blütenmeeres ihren Unterschlupf haben. Sie hatte nichts bemerkt. Auch keinen Malbaum gesehen. War zu versunken gewesen. Vermaledeit!

Die Bache griff an. Ein braunschwarzes Borstenbündel von gut drei Ellen Körperlänge. Eckzähne, nicht so groß wie die eines Keilers, aber ausreichend für Verletzungen. Barbara wollte sich aufrappeln, da fuhr ihr ein Schmerz in den Knöchel wie tausend heiße Nadeln. Sie war auf allen vieren, als der dicke Kopf der Wildsau sie in die Seite rammte. Wo war die Sichel? Die Sau senkte den Kopf, setzte zu einem weiteren Sprung an. Barbara rollte sich zur Seite. Wohin? Was bot Schutz? Sie würde es nicht bis zu einem Baum schaffen. Nicht mit diesem Knöchel. Den schmerzenden Rippen. Das Messer! Sie zerrte an der Scheide. Der Schmerz des nächsten Angriffs ließ Punkte vor ihren Augen tanzen. Sie roch den Sauengeruch. Wärmegefühl in der linken Seite. Sie legte die Hand dorthin. Warmes Blut quoll durch den Stoff. Gott, hilf mir! Sie biss die Zähne zusammen. Das Kleid war zerfetzt, darunter, zwischen Hüftknochen und Brust, klaffte eine Wunde. Ein gut zweifingerlanger Riss. Und zwei Finger dick, so, wie das Blut hervorquoll. Ihre Hand zitterte, als sie sie auf die Wunde presste. Sie musste sich in Sicherheit bringen. Schalt sich für ihre Unachtsamkeit. Die Sau stand acht Fuß entfernt und beobachtete sie. Fetzen ihres seegrünen Kleides hingen ihr in den Zähnen. Leblos stellen. Oder sie greift erneut an. Das würde sie nicht überstehen. Ihr wurde schlecht. Sie durfte nicht so viel Blut verlieren … Beifuß, um ihn auf die Wunde zu pressen … Das Wispern des Windes ging über in ein sanftes, geräuschloses Wehen, eine zusammenhanglose Bewegung von Zweigen über ihr. Eine Amsel öffnete den Schnabel, sie hörte die Laute nicht. Ihr wurde schwarz vor Augen.

36

„Rübe! Hierher!"

Eine Stimme. Rascheln. Geschmack von Erde im Mund. Höllenschmerz in der linken Seite. Übelkeit. Augen auf! Ging nicht. Dunkelheit. Erschrecken. Wieder die Stimme. Hell und sehr laut.

„Hierher saach ich! Hörs de wohl jetzt, du fiese Möpp!"

Kalter Schweiß brach ihr aus bei dem Versuch, sich aufzurichten. Benommen sackte sie wieder in sich zusammen. Dann ein fauliger Hauch in ihrem Gesicht. Etwas Nasses, das an ihre Nase stieß. Sie würgte. Hörte Schnuppern. Dann Bellen. Sie schaffte es, die Augen aufzumachen. Mit heraushängender Zunge hechelte er sie an, groß, grau, zottig. Er kam heran, schnupperte an ihr, bellte. Rannte weg, kam zurück. Zweige brachen. Jemand kam durchs Unterholz.

„Jesus Maria, wat hast du uns denn da zum Abendessen gefunden?", rief eine helle Frauenstimme.

„Könnt Ihr mich hören?" Jemand tätschelte ihr die Wange, strich mit einem feuchten Tuch über ihre Stirn. Sie blinzelte. Ihr war übel.

„Sprecht mit mir. Sagt wat."

Sie wollte weggleiten. Hinabtauchen in schmerzfreie Dunkelheit. Das Weib ließ sie nicht.

„… Blut verloren … Euch nit hochheben … auf die Beine kommen."

Hände, die ihr unter die Arme griffen. „Jesus Maria, Ihr müsst mithelfen!"

Stöhnen brach aus ihrem Mund. Schweiß rann ihr die Halsbeuge hinab.

„Jesus, verzeiht! Rübe, ming Jung, da hast du uns wat Schönes eingebrockt. Wenn ich nur wüsste, wo genau wir sind.

Haben uns ganz schön verlaufen, wat? Und dann dat hier! He Frau, nit wieder wegsacken. Kommt zu Euch, um Himmels willen, oder wollt Ihr die Nacht im Wald zubringen? Ihr braucht Hilfe. Wohin kann ich Euch bringen? Ich bin nit von hier."

„Mutter", hauchte Barbara.

„Eure Mutter?"

Barbara nickte.

„Versucht, aufzustehen."

Sie konnte sich nicht rühren.

„Bitte", kam es flehentlich.

Der Hund kläffte leise.

„Ho … Hocken … heim."

„Hockenheim? So heißt der Ort? Nein, bleibt wach! Jesus Rübe, wie sollen wir die auf unserem winzigen Karren nach dem Dorf schaffen?"

Barbara übergab sich.

Sie kam zu sich, weil etwas Warmes sanft an ihrer Seite wackelte. Sie lag auf dem Rücken, die Augen geschlossen. Das, was da war, stank. Schmerz in der linken Seite. Sie schaffte es, die Lider anzuheben. Schwarzes Geäst über ihr, schwarzer Himmel dahinter. Das dunkle Etwas an ihrer Seite hob den Kopf und drehte ihn zu ihr herum. Ein Hund? Ihr war schlecht. Die Bache! Sie tastete ihre linke Seite. Zerfetzter Stoff. Ein Verband. Sie hob den Kopf an. Ein Weib lehnte ihr gegenüber an einem Baumstamm, den Kopf zur Seite gerollt, sie schien zu schlafen. Zwischen ihr und Barbara stand ein Öllicht auf dem Waldboden. Dinge lagen daneben, die Barbara nur verschwommen sah, aber deren Bedeutung sie zu kennen glaubte. Eine Tasche? Ein Teller? Sie wollte etwas sagen, da lupfte ihr die Übelkeit erneut den Magen, sie erbrach sich noch einmal.

Die Fremde war an ihrer Seite, hielt sie an der Schulter.

„Jesus Maria", hörte Barbara sie sagen.

Das Weib reichte ihr ein Tuch, damit sie sich den Mund abwischen konnte. Erschöpft nickte Barbara zum Dank, drehte der anderen den Kopf zu. Ein schmales Gesicht. Dunkle Haare, seltsam widerspenstig

„Wir müssen von hier weg. Ihr habt Fieber und redet durcheinander. Ich kann Euch nit allein helfen", schwätzte das Weib auf sie ein. „Dat bisschen Salbe, dat ich noch hatte, habe ich auf Eure Wunde getan. Einer muss danach gucken. Könnt Ihr aufstehen?"

Sie half ihr, sich halbwegs aufzurichten und an den Baumstamm hinter ihr zu lehnen. Der Schmerz riss in ihrer linken Seite.

„Habe Euch hierhin geschleift, näher zu meinem Karren. Wenn Ihr nur so lange bei Bewusstsein bleibt, um zu ihm zu gelangen. Und mir den Weg zu weisen."

Barbara hatte einen sauren Geschmack im Mund. Die Augen fielen ihr zu. Wo waren sie? Hardtwald. „Westen", brachte sie hervor.

„Schafft Ihr es, aufzustehen?"

Der Hund erhob sich, schnüffelte an ihr.

„Ich habe den Karren schon so nah herangebracht wie es nur ging", sprach das Weib weiter, während sie begann, Dinge zusammen zu räumen. „Ein bisschen müsst Ihr laufen, ich tu Euch stützen, wir schaffen dat. Aber ich muss meine Sachen hier lassen. Ich habe ein Versteck parat gemacht. Jesus, ich hoffe, Ihr könnt mir die Stelle später nennen, die finde ich ja nie mehr."

Das Weib half ihr, aufzustehen. Barbara schrie. Auf den Schmerz im Knöchel war sie nicht gefasst. Das Weib hielt sie. Trat an ihre Seite, schob ihr behutsam den Arm unter die Achsel und führte sie. Dunkelheit. Baumstämme, Unterholz. Der Schrei eines Käuzchens. Geruch nach Waldboden, frischgrünem Laub.

Ein Leiterwagen. Kniehoch. Vielleicht zwei Ellen lang. Das Weib half ihr, sich hineinzusetzen. Jede Bewegung schmerzte. Die Füße hingen hinten heraus, Barbara konnte sie nicht anwinkeln.

„Dorthin“, murmelte sie und hob die Hand. „Westen. Bis … breitere Straße … von Osten … Grasnarbe in der Mitte.“

„Gut“, nickte die Frau. „Wir schaffen dat. Versucht ruhig zu liegen, ich hole dat Licht und die Decke.“

Bevor Barbara die Augen zufielen, sah sie den Hund, der artig dahockte und bei ihr wartete.

Sanftes Rütteln an ihrer Schulter.

„Kommt zu Euch. Ich weiß nit wie, aber wir haben es geschafft. Dort vorne ist ein Dorf. Keine Lichter, ist ja spät. War eine schnurgerade Straße hierher.“

Die Fremde hielt ihr einen Trinkschlauch an die Lippen. „So ist gut“, sagte sie zufrieden. „Immer die Augen offen lassen. Sagt mir, wohin ich mich wenden soll.“

Barbara verschluckte sich und hustete. Das Weib hielt ihr den Kopf.

„Kath … Groß … hans“, hauchte Barbara.

Die Fremde nahm den Trinkschlauch fort und wiederholte: „Großhans?“

„Erstes Haus … rechte Seite.“

„Wie ist Euer Name?“

„Bar … bara.“

Der Karren rumpelte weiter.

Barbara hörte die Fremde beten. „Lieber Gott, es ist nit mehr weit, hilf mir, sie dahin zu bringen, bitte, wir haben es gleich geschafft.“

Dann sank sie in Dunkelheit.

37

Violettes Licht von überirdischer Schönheit, das geradewegs vom Himmel herabstrahlte. Ein klapperndes Geräusch. Sie gewahrte, dass es ihre Zähne waren, die aufeinander schlugen. Das violette Licht verwehte. Sie fror. Geräusche. Topfgeklapper. Stimmen. Lachen. Sie nickte wieder ein. Dann eine Bewegung, ein Lufthauch. Sie drehte den Kopf, hob die Lider, halb nur. Eine Gestalt neben ihr. Die Augen fielen ihr zu.

„Kind", hörte sie die Gestalt flüstern.

Hände, die ihr Gesäß anhoben.

„So ist gut, hebe sie hoch."

Warme, weiche Tücher.

„Seht, die Schorfränder am Wundsaum."

„Die dürfen net mit dem Stoff verkleben."

Barbara stöhnte.

Eine Hand auf ihrer Stirn.

„Bist so kalt und feucht, Kind. Aber das wird wieder. Gib mir die Sauerampferstängel. Gut so."

Sie sank zurück in quälend-heißen Schlaf.

Diese Zwischenwelt war ein Segen. Sie wollte nicht aus ihr fort, denn der Weg hinaus führte in den Schmerz. Doch Stimmen rissen sie heraus. Lachen, gedämpft. Bellen eines Hundes. Warum ließen sie sie allein im Dunkeln liegen? Sie wollte rufen. Konnte nicht. Etwas Schweres lag auf ihren Füßen. Es war warm, regte sich. Sie spähte vor sich.

„Schreihals", flüsterte sie.

Krämpfe schüttelten sie, ihr war gleichzeitig heiß und kalt. Sie erwachte, als Katharina sie ihn warme, feuchte Tücher wickelte. Sie hielt ihr einen Becher an die Lippen, Geruch nach Zinnkrauttee. Dann lag sie unter Deckenbergen und dämmerte schwitzend in das Lichtland.

„Nit ich, mein Hund hat sie gefunden. Dankt ihm."

„Aber Ihr wart so tapfer, sie mitten in der Nacht heim zu bringen. Und das, ohne Euch auszukennen."

Diese Worte hörte Barbara deutlich. Zuvor war da nicht mehr als Gemurmel gewesen. Vorsichtig öffnete sie die Augen. Zwei kleine Gestalten am Fußende des Bettes. Blasse Gesichter, riesige Augen. Schwarz glänzendes Haar der eine, braunes der andere.

„Sie kommt zu sich!", rief der größere der beiden aufgeregt.

Eine Hand auf ihrer Schulter. Sie drehte den Kopf. Zwei Frauen.

„Frau Heilmann, ich bin es, Johanne Seibold. Erkennt Ihr mich?"

„Ihr habt Besuch. Oh, andauernd habt Ihr Besuch", rief die andere munter. „Dat wird Euch rasch gesunden lassen. Nit mehr lange, und Ihr könnt wieder im Wald umhergehen!"

Wer war das?

„Frau Heilmann, wir haben beim Gottesdienst erfahren, was Euch widerfuhr. Wir wollen Euch gute Genesung wünschen."

Schwach, so schwach. Barbara schaffte ein angedeutetes Nicken. Schreihals sprang auf ihre Füße.

Das fremde Weib lachte. „Sie meint, dat wäre genug, wir sollen sie schlafen lassen." Sie lachte noch einmal. „Hält lieber Wache, als mit Rübe zu streiten."

Ihre Mutter hielt ihr den Kopf. Schluck für Schluck flößte sie ihr das Gemisch aus Hirtentäschel, Brechwurz und Weißwein ein.

„Es eitert net weiter. Haben dich gut bis hierher gebracht." Leise, im Plauderton, sprach sie.

Barbara nahm einen Schluck des bitter schmeckenden Tranks. Sie saß halb aufrecht, Katharina hatte ihr das Schaffell in den Rücken gestopft. „Wie lange war ich …“

„Der sechste Tag heute.“

Durch die angelehnte Tür zur Küche drang leises Singen herein. Tonschalen klapperten, das Ofentürchen quietschte. „Ist eine Frohnatur, die“, sagte Katharina und wies mit dem Becher in der Hand zur Tür.

„Wer ist sie?“, fragte Barbara.

„Apollonia. Kommt aus Köln. Will zu ihrem Bruder nach Stuttgart. Hat ihm geschrieben und den Brief heute Morgen in die Schreibstube gebracht, damit er mit dem Boten mitgeht.“

„Ich muss ihr danken. Ohne sie …“

Katharina tätschelte ihr den Arm. „Bin ganz schön erschrocken, als die mitten in der Nacht mit dir ankam. Bader Bastian hat dich genäht. Hast gefiebert. Aber mit allem, was wir dir eingeflößt haben …“ Katharina hielt ihr den Becher hin und wartete, bis sie getrunken hatte. „Und dein Fuß – ach du lieber Gott.“

Barbara schob ihn unter der Decke vor und hob ihn leicht an. Er war in ein ehemals heißes Tuch gewickelt. „Geht schon wieder, siehst du?“

„Versuche zu laufen, dann sieht die Sache anders aus.“

Umschläge aus Klettensaft, Arnika, Nesseln und Zaubernuss hatten der Schwellung Einhalt geboten. Sie bewegte ihn nach links und rechts. Es tat aber noch immer weh.

„Danke, Mutter.“

„Na“, antwortete Katharina.

„Ich höre euch munter schwatzen, so ist sie wach?“

Apollonia stand in der Tür, strahlte über das schmale Gesicht und wischte sich die Hände an einem Tuch trocken. Die selbstverständliche Art, mit der sie das tat, sowie der Blick, den sie mit Katharina tauschte und der stolz verkündete ‚Wir haben es geschafft! Sie ist über'n Berg!', ließen Barbara erkennen, dass die beiden Weiber in bestem Einvernehmen standen. Sie erinnerte sich an das wohltuende Gemurmel aus der Küche, während sie im Fieber gelegen hatte.

Apollonia trat näher. „Apollonia Thiebold aus Köln. Ich bin froh um meine Dummheit, die mich vom Weg abkommen ließ. Es war zwar Rübe, der Euch fand, aber allein hätte er es nit zuwege gebracht, dafür zu sorgen, dat Ihr da draußen nit verblutet."

Schüchternheit war sicher keine ihrer Eigenschaften. Sie war klein und schmal, eigentlich dürr, und Barbara fragte sich, wie dieses Wieselweib es geschafft haben mochte, sie den langen Weg nach Hockenheim zu bringen. Ihre dunkelbraunen Haare sahen hart und widerborstig aus und reichten ihr gerade mal über die Ohren. Das war bemerkenswert genug, doch ihre wachen Augen waren es ebenso. Sie waren groß, rund und dunkel, in ihrem schmalen Gesicht ein Gegensatz, der schlicht hinreißend aussah.

„Ich danke Euch, Frau Thiebold."

Das Weib winkte ab. „Sagt Apollonia."

„Na", machte Katharina und stand auf. „Kannst du etwas essen?"

Barbara nickte. Apollonia verschwand in die Küche.

Katharina betrachtete sie liebevoll und drückte ihr die Hand. „Ruh dich aus."

Barbara schloss die Augen. Sie fühlte sich aufgehoben wie seit der Kindheit nicht mehr.

Zwei Tage später stand sie mit Katharinas Hilfe erstmals auf. Ihr wurde schwarz vor Augen, es war, als ob der Raum sich drehte. Sie krallte sich an Katharinas Schulter fest.

„Na!“

„Ich bin noch ganz wackelig. Und es juckt und spannt in der Seite“, sagte Barbara.

„Dann pass auf, dass die neue Haut net reißt.“

Barbara seufzte. Später saß sie gewaschen, nach Heckenrosen duftend und warm eingehüllt in eine Decke zum ersten Mal seit mehr als einer Woche in der Küche.

„In dem Fischerdorf Mannheim sagten sie, ich solle dem Neckar folgen.“ Apollonia lachte, sprang vom Stuhl auf, benutzte Hände und Füße beim Reden und brachte damit die Flamme des Öllichts auf dem Tisch zum Tanzen.

Barbara betrachtete das lebhaft gerötete Gesicht ihres Gastes. Sie war sichtlich erheitert von ihrer eigenen Erzählung. In ihrem gelbbraunen Kleid erinnerte sie sie an den Spitzwegerich mit seinen aus den spitzen Blättern hervorwachsenden kniehohen Blütenstängeln und den ährenartigen gelblich braunen Blüten.

„Aber ich habe mich dumm angestellt. Ist dat hier der Neckar oder folge ich noch immer dem Rhein?“ Sie wies zur Vorder- und zur Hintertür und lachte noch einmal. „Ich wusste nit, wo ich war. Und Rübe war auch keine Hilfe.“ Sie hielt inne und zwinkerte Barbara zu. „Da jedenfalls noch nit. Tja, ich muss zu weit nach Süden gekommen sein, wollte den Rhein wohl nit verlassen. Bin viele Tage an ihm entlang gewandert. So landete ich in eurem Wald.“

„Gehört net uns. Gehört Kurfürst Friedrich“, brummte Katharina.

Barbaras linke Hand lag auf Schreihals Kopf. So dicht es ging lag die Katze mehr hinter als neben ihr, denn Rübe, der beim Klang seines Namens den Kopf gehoben hatte, lag an der Hintertür und döste. Es war nicht so, dass Schreihals Angst vor dem Hund gehabt hätte, wie ihr Katharina versicherte.

Gleich zu Beginn hatte Schreihals dem Rüden mit ihrer Pfote ein ‚Platz da!' über die Nase gewischt. Sie war nach wie vor die Herrin im Haus.

„Ich und Wald. In Köln gibt es Stadtmauern und Wachen. Dat viele Ungepflasterte ist nit meine Welt."

„Dennoch hast du dich gut bis hierher durchgeschlagen", warf Katharina ein. Sie duzte Apollonia, ein Vorrecht des Alters.

Als Katharina ihr am Nachmittag beim Waschen half während Apollonia im Garten arbeitete – nach genauen Anweisungen Katharinas, denn das Weib aus der Stadt verstand sich nur auf das Nötigste und Katharina fürchtete, sie könne Petersilie nicht von Unkraut unterscheiden – hatte Mutter ihr erzählt, was sie wusste: Apollonia war die Witwe eines Buchbinders, der vom Pferd gestürzt war. Ein halbes Jahr lang hatte sie die Werkstatt alleine geführt, dann wollte die Zunft, dass sie wieder heiratete. Apollonia wollte das nicht. Der Druck wurde größer und sie überlegte, den Besitz zu verkaufen und zu ihrem Bruder nach Stuttgart zu ziehen. Sie schrieb ihm und er willigte ein. „Und nun wäre sie hier", hatte Katharina Apollonias Worte wiedergegeben. „Aber da stimmt was net", hatte sie angefügt und auf die winzige Eichentruhe und einen Weidekorb gezeigt, die in der Schlafkammer in der Ecke standen.

„Soweit ich sehe, hat sie einiges dabei. Matthias hat ihr geholfen, ihr Zeug aus dem Wald herzuschaffen. Mantel, Wolldecken, ein zweites Paar Schuhe, Becher, Seife, Kerzen, sogar Latwerg in einem Tonkrug hat sie mit. Und Zunder und 'nen Feuerstein! Wenn du mich fragst, hat die damit gerechnet, im Freien zu lagern."

Damit Barbara zu Kräften kam, war der Abendbrottisch reich gedeckt. Es gab heiße Brühe, in der Markscheiben schwammen, Butterbrot mit Schnittlauch, Ziegenkäse,

Schinkenspeck und Katharinas stark gebrautes Bier. Apollonia langte kräftig zu.

„Warum seid Ihr nicht auf einer Fahrstraße geblieben? Ihr hättet Euch einem Händler anschließen können."

Apollonia sah sie an. Trauer und Wut lagen gleichermaßen in ihrem Blick. Sie besah ihr Brot und sagte: „Wollte kein Aufsehen erregen."

„Als Weib allein erregt Ihr immer Aufsehen", entgegnete Barbara.

„Weshalb ich auf Nebenwegen den Rhein entlang reiste." Apollonia sandte ihr einen trotzigen Blick.

Barbara fühlte sich schwach. Mehr als eine halbe Scheibe Brot hatte sie bisher nicht hinuntergebracht, auch der Teller Brühe war noch halb voll. Sie hatte keine Lust auf Ratespielchen.

„Seid Ihr auf der Flucht?", fragte sie geradeheraus und hätte fast geschmunzelt, als Apollonias schreckvoll aufgerissene Augen die ihren trafen. Hatte sie das bereits von Winfried abgeguckt? Dieses frei-heraus-Sagen, was einem durch den Kopf ging? Winfried, Liebster ...

„Na!", forderte Katharina.

Apollonia war in sich zusammengesunken. Jetzt straffte sie die Schultern und sagte: „Gut, ich erzähle es euch. Schulde euch zudem Dank, dat ich unter eurem Dach abwarten kann, bis Nachricht von meinem Bruder kommt." Sie sah Barbara an. „Der, wie ich Eurer Mutter sagte, nit weiß, dat ich jetzt schon auf dem Weg zu ihm bin. Er denkt, ich komme im Spätsommer. Mit all meiner Habe. Dem Bett, dem Spinnrad, der Truhe ..." Apollonia unterbrach sich und zog die Unterlippe zwischen die Zähne. „Die jetzt aber noch immer in Köln stehen und ich weiß nit, ob ich sie je wiedersehe."

„Was ist geschehen?"

Apollonia nahm einen Schluck Bier, stellte den Becher ab und atmete einmal tief durch. „Mariä Geburt war es, als mein Eheherr vom Pferd stürzte, weil es wegen einem Gezänk am Straßenrand aufstieg. Eine Woche ging es, dann habe ich ihn beerdigt. Kaum war er unter der Erde, stritten mein Schwager und die Zunft um dat Erbe. Die Zunft verlangte, dat ich einen Gesellen heirate. Der soll dadurch die Möglichkeit haben, zum Meister aufzusteigen. Gibt ja zu viele Gesellen. Mehr als es Meisterwerkstätten gibt. Kommen ja nit unter. Die Zunft nannte zwei Namen. Keinen wollte ich. Also …"

Das Klopfen war sacht und gedämpft.

Rübe gab Laut und hob den Kopf.

Erstaunt sahen sie sich der Reihe nach an.

„Wer …?", fragte Katharina.

Apollonia erhob sich. Als Katharina nickte, ging sie zur Tür.

„Guten Abend", sagte eine wohlbekannte Stimme.

„Na!", machte Katharina.

„Oh! Guten Abend, Herr Herwart."

Apollonia trat zur Seite und ließ Friedgard eintreten. Er nickte ihr freundlich zu und lächelte sie an.

Er kam zum Tisch, blieb davor stehen, sein Barett in den Händen, und sah von Katharina zu Barbara. Das Lächeln, das er für sie hatte, war zaghaft. „Ich störe wohl, aber ich wollte nach Euch schauen. Ich hörte, dass es Euch besser geht."

Sonnenlocken, die ein Gesicht einrahmten, das ein wenig schuldbewusst aussah. Sie wollte sie zerwuscheln und ihn in die Arme schließen. Sie wollte ihn fragen, wo er so lange gesteckt hatte. Sie wollte böse mit ihm sein und ihn keines Blickes würdigen.

„Schön, dich zu sehen", sagte sie. Und lächelte ihn an.

Katharina rutschte zur Seite und klopfte neben sich auf die Bank. „Schon gegessen?“, fragte sie, während er sich setzte und dabei Apollonia ansah, die ebenfalls wieder Platz nahm.

„Ja“, sagte er.

Apollonia sprang noch einmal auf, holte ihm einen Becher und goss ihm Bier ein.

„Danke.“ Mit einem Sonnenlächeln für ihren Gast.

Apollonia lächelte ebenfalls und senkte den Blick. Sie schien sich nicht zu wundern, dass ein Amtmann – seine pelzbesetzte Schaube sowie die großgliedrige Goldkette um seine Brust wiesen ihn als solchen aus – sich nach dem Befinden eines einfachen Weibes erkundigte, das ihn zudem duzte.

Bin lange genug im Fieber gelegen, wer weiß, was Mutter ihr alles erzählte.

„Also, wie geht es Euch?“, fragte Friedgard.

„Gut.“ Barbara hob ihre Brotscheibe in die Höhe, biss ab und sagte mit vollem Mund: „Ich komme zu Kräften.“

Er sah sie an, seine Augen waren voll Ungesagtem. Sie blickte fort, nahm ihren Becher und spülte das Brot mit einem Schluck Bier hinunter. So war er also gekommen. Und nun? Schweigen lastete in der Küche. Schreihals neben ihr erhob sich. Streckte sich. Lugte umher. Und stapfte schnurstracks über Katharinas Schoß hinweg zu Friedgard und maunzte ihn an. Es klang erfreut und vorwurfsvoll zugleich. Friedgard lächelte und neigte sich leicht zurück, damit sie auf seinen Schoß klettern konnte. Dort drehte sie sich mehrmals um sich selbst und rollte sich schließlich ein.

Barbara spürte eine Wärme im Bauch, die nichts mit der Decke zu tun hatte, in die sie gehüllt saß. Er war da.

„Sie mag Euch“, stellte Apollonia fest.

Und du ihn auch, dachte Barbara erstaunt.

„Warum heißt sie Schreihals?“, fragte Apollonia, stützte die Ellbogen auf den Tisch und lehnte ihr Kinn auf die gefalteten Hände.

„Ich meine nur. Seit ich hier bin, hat sie noch keinen Laut getan, der auch nur halbwegs an Schreien erinnert. Warum der Name?“

„Na.“ Katharina betrachtete das bunte Fellbündel. „Kam eines Tages hier an. Dünn wie ein Haselzweig und räudig, als hätte man ihr Fell mit ’ner Stahlbürste geschrubbt. Traute sich erst nur bis zu den Tannen. Dann bis an die Hintertür. Schrie mich an. Vorwurfsvoll, gekränkt, bettelnd, drohend. Schrie und schrie und schrie. Ich stellte ihr Grütze hin. Mal ’nen Knochen. Sogar Geißenmilch, als sie gar net mehr aufhörte mit ihrem Geschrei. Nach einigen Wochen war sie bei Kräften, hörte auf mit der Schreierei und blieb.“

Liebevoll ruhte Katharinas Blick auf Schreihals.

„So kam sie zu euch?“

„Na.“

„Wie Rübe.“ Der Hund hob erneut den Kopf, als er seinen Namen hörte. „Der schrie nit, kam aber auch zu mir.“ Sie nahm einen Schluck Bier. „Habe ihn erst seit drei Wochen, sollte man nit meinen, wat? Ruhte mich aus am Rand eines Rübenfelds. Da schwanzwedelt dieser zottelige Hund daher, sieht mich an, als kenne er mich und sei überrascht, mich hier zu treffen, hockt sich hin, hechelt mir wat – und weicht mir nit mehr von der Seite.“

Friedgard lachte über diese frische Schilderung und auch Barbara fiel mit ein.

Die Stimmung entspannte sich. Friedgard fragte nach Köln, dem Leben in einer so großen Stadt. Apollonia erzählte und lachte viel. Oh nein, am Dom bauten sie noch immer nicht weiter, aber Gottesdienst wurde darin abgehalten.

Oh ja, Erzbischof Ernst von Bayern war ein lebensfroher Herrscher, wenn das mal gut ging …

Die Blicke, die die beiden tauschten, waren voll freudiger Neugier.

Als Barbara sich erhob, weil sie merkte, dass es genug für den ersten Abend war, stand Friedgard ebenfalls auf.

„Gute Nacht, Frau Heilmann. Ich bin froh, dass es Euch gut geht." Er lächelte um Vergebung.

Sie legte ihm die Hand auf die Wange. „Danke für deinen Besuch, mein Freund."

„Die wohnt also bei ihr."

„Soviel ich weiß, will die abwarten, bis sie was von ihrem Bruder hört. Der soll in Stuttgart wohnen. Zu dem will sie dann."

Ja, ja, das hatte sie auch gehört. Agnes sprang vom Steinblock auf. Die abendliche Schwüle lastete genau so auf ihr wie die drückenden Gedanken um die neuesten Geschehnisse. Alle schienen plötzlich Anteil zu nehmen am Schicksal der Heilmännin. Und alle redeten über das Weib aus Köln, das die Heilmännin im Wald gefunden und gerettet hatte. Sie selbst hatte sie zweimal gesehen. Von ihrem Wachplatz hinter den Tannen aus, die den Garten des verhassten Weibes begrenzten.

„Findest du, sie sieht hübsch aus?"

„AchGottachGott … ein dürrer Rechen halt." Elli zuckte die Schultern.

Ja, das war sie. Dürr. Wie ein räudiges Bauernbalg. Agnes schritt auf und ab.

„Und du mischst ihm nach wie vor die Salbeiblätter unters Essen?"

Verständnislos schaute Elli sie an.

„*Friedgard*!"

„Ach so. Ja."

Warum nur war er dann so … unzugänglich? Er tat es mit ihr. Hin und wieder. Das letzte Mal hatte sie ihn am vergangenen Sonntag gesehen. Drei quälend lange Tage war das her! Gut, nachher würde sie ihn treffen. Zum ersten Mal hatte er sie gebeten zu kommen. Er hatte es nicht dem Zufall überlassen. Er wartete nicht, bis sie von sich aus zu ihm in die Schreibstube kam. Das war ein gutes Zeichen, oder nicht? Aber sie wurde das Gefühl nicht los, dass es genau das eben nicht war. Sie wünschte, sie hätte noch etwas von dem Liebeszauber. Aber das Fläschchen war längst leer. Und die Wahrsagerin irgendwo im Schwäbischen Richtung Heilbronn unterwegs

„Aber bei ihr war er noch nicht, oder?"

Elli stand auf, zupfte an ihrer fleckigen Schürze und sagte: „Ich muss gehen. Ich habe einen Haufen Arbeit."

Agnes packte sie am Arm. „Was weißt du?"

„Nichts. Agnes, geh, du tust mir weh. Au! Hör auf!"

„Tagelang beobachte ich schon ihr Haus. Nie ist er da gewesen. Alle möglichen Dummköpfe gingen bei ihr ein und aus. Sogar Philipp, dieser Hohlkopf."

„Agnes, du tust mir weh!"

Sie umfasste Ellis Arm inzwischen mit beiden Händen und drehte, als wringe sie einen Putzlappen aus.

„Aua ... ich hab's nur aufgeschnappt. Weiß ja nicht, ob's wahr ist. Aua!"

„Und du wagst es, mir nicht davon zu erzählen?"

„Ich ... ah ... wollte dich nicht aufregen. Hör auf!"

Sie ließ los. Elli rieb sich den Arm. Er war rot wie der Hintern eines Puters.

„Spuck's aus!" Selbst als man sagte, die Heilmännin liege im Fieber und es sähe nicht gut aus, war er nicht zu ihr gegangen. Oder hatte sie ihn nur verpasst? Sie hatte ja nicht unablässig Wache gehalten. War hauptsächlich zu ihrer Lieblingszeit, in den frühen Morgenstunden, zum Haus der Heilmännin geschlichen. Aber da hatte sich nichts getan, was man ihr als Hexenwerk auslegen konnte. Und seit ihrem Unglück mit der Wildsau erst recht nicht. Aber nun nahm er seine Besuche bei diesem Drecksweib wieder auf? Ach hätte ich das Zettelwerk doch nur nicht fortgetan! Ich hätte es ihr unterschieben können und wäre sie los. Alles war verloren, alles. Denn von amtlicher Seite, das wusste sie von ihrem Vater, war die Sache der Heilmännin abgeschlossen. Maurer beobachtete sie nicht mehr. Der Oberrat hatte ein Schreiben geschickt.

„Agnes, du sollst nicht so grob sein. Wenn du das noch einmal machst, komme ich nicht mehr. Ich will das nicht. Der Wendel …"

Klatsch!

Die Ohrfeige hallte laut und Elli verstummte.

„Wag es nicht, mich zu reizen! Du sagst jetzt sofort, was du weißt."

Elli starrte sie fassungslos an und hielt sich die Backe. Tränen sammelten sich in ihren Augen. Das war ja kaum auszuhalten. Am liebsten hätte sie noch einmal zugeschlagen. Und noch einmal. So lange bis … scht, scht, ruhig.

„Also?", sagte sie betont kühl.

Elli schluckte. „Die Herwartin schimpfte mit ihm. Es ginge um seinen Ruf und seine Ehre. Er soll beide nicht auf's Spiel setzten. Soll sich verheiraten, man würde einiges hören, warum er nichts in die Wege leiten würde." Elli nahm die Hand von der Backe. Zwei Tränen hatten sich gelöst und hinterließen ein feuchtes Rinnsal darauf. Und schneller, als sie darauf gefasst war, sagte Elli: „Gute Nacht, Agnes." Und huschte eiligst davon.

Agnes war so überrascht, dass sie ihr nur wütend hinterher starrte. Dann stampfte sie mit dem Fuß auf. Presste die Hände auf beide Ohren, weil sie die Stimme in ihrem Kopf nicht hören wollte, die ihr zuraunte, dass sie sich Wunschbildern hingab. Die ihr sagte, dass Friedgard sich ihr nicht zuwenden würde. Sie wollte das Gewisper nicht hören! Sie war keinen Täuschungen erlegen!

„Nein, nein, nein!", hörte sie sich laut schreien. Sie riss die Hände herunter und stampfte noch einmal mit dem Fuß auf.

Verzweiflung kroch heran. Die Dunkelheit nahm zu. Nicht nur hier draußen. Sie tastete nach dem Dolch. Ihre Hände zitterten, als sie ihn aus der Scheide zog. Oh Gott, hilf. Welch ein Schmerz. Er kam von tief innen und überflutete sie wie eine riesige Welle. Sie schnappte nach Luft. Hörte sich weinen, wimmern. Sie sank auf den Steinblock. Nicht das, es tut weh, so weh. Sie krümmte sich und heulte. Spürte den Griff des Dolches in ihrer Hand warm werden. „Es wird gut werden", flüsterte sie erstickt. „Ich bin die Richtige für ihn."

Sie schob den Ärmel ihres Kleides hoch und begann, diesen unsagbaren Schmerz mit gezielten Schnitten zu vertreiben.

39

„Aufhören!", flehte Barbara und hielt sich die Seite. Sie konnte nicht richtig lachen. Sie sorgte sich um die Naht der Wunde. Katharina auf ihrem angestammten Platz grunzte vor Vergnügen.

„Aber es stimmt, seht ihr!", witzelte Apollonia. „Passen jede gerade mal in einen Löffel." Sachkundig sah sie an sich herunter.

Sie stand inmitten der Küche, hielt sich zwei Holzlöffel unter ihre bescheidenen Brüste und bewegte sie sachte auf und ab.

Barbara stützte den Arm auf den Tisch und den Kopf in die Hand. „Ich kann nicht mehr!", sagte sie. Vom vielen Lachen taten ihr die Backen weh.

„Jetzt wisst ihr, warum ich die Haare kurz trage. Ich sähe sonst zu wuchtig aus. Und wie ginge das einher mit Löffelbrüstchen?"

Barbara prustete los. Katharina hieb auf den Tisch, dass ihre Tonschale wackelte. Rübe, der draußen vor der geöffneten Hintertür lag, wohin Schreihals ihn verbannt hatte, äußerte ein „Wuff."

„So ist dat nun mal", tönte Apollonia, kam wieder zum Tisch, warf die Löffel hin und setzte sich.

Es war Samstag, sie saßen beim Morgenmahl. Butter, Käse, Brot, der Topf mit Grießbrei, ein Krug Milch, Schalen und Messer zeugten von einer üppigen Mahlzeit. Zehn Tage waren seit dem Angriff der Bache vergangen. Barbara spürte, wie schwach sie noch war. Sie würde sich nachher auf der hinteren Bank ausstrecken und Katharina beim Kräuter bündeln und Apollonia beim Fegen zusehen.

„Bist ein schalkhafter Vogel", lachte Katharina und ihr Barthaar zuckte belustigt, als sie Apollonia angrinste. „Was haben wir mit dir unsere Freude!"

„Weiber unter sich ist dat beste!", gab Apollonia zurück. „Und bei euch beiden gefällt es mir ausnehmend gut."

„Bleib halt hier. Oben ist ein Zimmer." Katharina deutete über sich. „Genau hier drüber. Recht groß, weil's über Küche und Schlafstube weggeht."

Apollonia beugte sich vor und tätschelte über den Tisch hinweg Katharinas Hand. „So freundlich von Euch", sagte sie im Ton von einer, die wusste, dass das Angebot aus der augenblicklichen Laune heraus von Herzen kam, jedoch nicht wirklich in Erwägung zu ziehen war. Barbara wusste, es ging Apollonia darum, ihr Leben zu ordnen. Und dazu musste sie weiterziehen.

Ein eigentümliches Schweigen folgte hierauf. Schreihals, die neben Barbara auf der Kante der Bank hockte, um Rübe im Auge zu behalten, drehte den Kopf zu ihnen herum. „Meau."

„Dat ist mal ein Wort!", rief Apollonia, steckte sich einen Bissen Käse in den Mund und schickte sich an, den Tisch abzuräumen.

„Warum hast du keine Kinder?", fragte Katharina.

Apollonia räumte die schmutzigen Schalen, Löffel und Messer in einen Holzbottich und antwortete: „Dat erste ging ab. Danach hatten wir keine Zeit mehr dazu. Waren nur knapp drei Jahre verheiratet, ehe mein Herr Thiebold vom Roß stürzte."

„Es tut mir leid", sagte Barbara einfühlsam.

„Dat Leben geht weiter. So ist dat."

„Na, lass stehen, ich mach's", sagte Katharina und erhob sich. „Sieh zu, dass du zum Metzger kommst." Sie deutete mit dem Daumen zur Hintertür. „Der hat doch deinen strubbeligen Köter schon richtig ins Herz geschlossen. Fällt bestimmt wieder was für ihn ab."

Barbara gähnte. Sie fühlte sich schon wieder schläfrig. Ach, wie wohl ihr das Zusammensein mit diesen Weibern tat!

Apollonia griff sich eine große Tonschale vom Wandbord und sagte: „Mal schauen, ob er eine schöne Keule für uns hat.

Rübe, hierher, und zwar schnurstracks!" Sie öffnete die Vordertür. Barbara sah, dass sie sich bückte, nachdem Rübe hinausgesprungen war.

„Jesus Maria!", sagte Apollonia, indem sie einen Zettel in ihrer Hand anstarrte.

„Du bist nicht wert, dass dich das Erdreich trägt, man sollte dich längst verbrannt haben."

Apollonia starrte auf den Zettel, von dem sie eben abgelesen hatte.

„Wer schreibt sowat?" Sie kam zum Tisch und legte den Fetzen Papier hin.

Apollonia war fassungslos. „Wem gilt dat?"

Zum ersten Mal sah Barbara so etwas wie Furcht in Apollonias Gesicht.

„Agnes?", sagte Katharina, an Barbara gewandt.

Barbara war es so leid, so überdrüssig so … vermaledeit.

„Wer ist Agnes?"

„Eine junge Frau aus dem Ort, einige Jahre jünger als du", antwortete Katharina.

Apollonia setzte sich. Mitfühlend sah sie Barbara an. „Dat ist nit der erste Zettel, stimmt's?"

Barbara nickte. „Ich dachte … ich hoffte, es würde sich legen, aber dieses dumme Mädchen …" Hinlegen und hundert Jahre schlafen …

„Wat hat die gegen Euch?"

„Sie ist eifersüchtig."

„Na! Und verbohrt und uneinsichtig und hitzköpfig, jähzornig und unbeherrscht!"

„Wie sagtet Ihr die Tage? Das ist eine lange Geschichte."

„Und eine dumme dazu. Aber mach was dran." Katharina ging zornig auf und ab. „Rennt dem Friedgard nach …"

„Friedgard?"

„Na, der junge Mann, der gestern Abend da war. Den du auch in der Schreibstube getroffen hast."

„Herr Herwart?" Apollonia war sichtlich überrascht und bekam rote Wangen.

Barbara erlebte ihren Gast zum ersten Mal sprachlos. Apollonias Gesicht spiegelte unterschiedliche Gefühle, die sie jedoch rasch zu verbergen suchte. Mitgefühl für Barbara siegte, sie erwiderte ihren Blick teilnahmsvoll.

Verwundert spürte Barbara, dass Ärger sie durchfuhr. Der Gefallen ihres Gastes an „Herrn Herwart" war deutlich daran zu hören, wie sie seinen Namen aussprach. Und warum wurmt dich das so?, fragte sie sich. Weil es so aussieht, als habe die Kölnerin einiges zu verbergen? Wenn sie mit meinem Friedgard liebäugelt, will ich wissen, mit wem er es zu tun bekommt. Eifersüchtig? Natürlich nicht. Es ist nur, ich kenne ihn, seit er ein Knabe war. Er ist fast wie … vermaledeit.

„Kannst halt net nachweisen, dass sie's war. Sonst könntest du ihr eine Rüge aufbrummen", überlegte Katharina.

Barbara überging das. „Was ist der Grund für Euer Fortgehen aus Köln? Allein. Zu Fuß. Ohne Eure Habe. Und früher als Ihr wolltet." Sie hatte wirklich von Winfried gelernt, bemerkte sie verblüfft.

Apollonia, überrascht, zog die Augenbrauen in die Höhe. Dann erwiderte sie mit dem ihr eigenen Frohsinn: „Ihr seid ein Weib nach meinem Geschmack, Barbara. Und Ihr habt recht. Ich will es Euch erzählen."

„Na", sagte Katharina erwartungsvoll und setzte sich auf die Bank.

Apollonia zog den Stuhl heran und legte die gefalteten Hände auf den Tisch.

„Die Zunft hat ein Augenmerk auf Witwen. Einer der beiden Gesellen, die sie für mich ausgesucht hatten, war Veit

Kramacher aus Deutz. Ein speckiger Schmiersack, tränensäckig, dem Branntwein verfallen. Bald nach dem Tod meines Mannes bedrängte er mich. Ich sagte dem Schnapsfink, dat er als Anwärter auf mein Erbe nit in Frage käme. Dat wollte er nit hören. Ihr wisst ja, erst mit Aussicht auf Übernahme einer Werkstatt kann ein Geselle Bürgerrecht erlangen und anstreben, Meister zu werden. Und sich verheiraten. Die Gelegenheit wollte der sich nit nehmen lassen."

Apollonia lachte einmal unecht auf. „Verfolgte mich. Aber um nichts in der Welt hätte ich diesen ungewaschenen Säufer geheiratet. Stinkt nach Branntwein aus dem Maul und will sich zu mir ins Bett legen! Kratzbürste hat er mich genannt."

Jetzt schmunzelte sie. „Jesus, recht hatte er damit. Hätte ihm fast die Augen ausgekratzt, als er mir zu nah kam." Eine Zornesfalte zeigte sich auf ihrer Stirn, als sie fortfuhr: „Selbst der alte Pfaffe Seger nahm mich in die Pflicht. Ermahnte mich, gehorsam zu sein und mich durch die Ehe vor den Gefährdungen der Welt zu schützen. Dat ich nit lache! ‚Und wer schützt mich vor den Gefährdungen dieses Rüpels?', frag ich ihn. Woraufhin er nichts besseres zu tun hat, als der Zunft vorzuplärren, ich sei mit Worten wohlberedt, listig und unerschrocken und man solle mir noch einmal ins Gewissen reden. Taten sie." Wieder winkte sie ab. „Dann mein Schwager. Weil Reinhard und ich keine Kinder haben, steht dem Bruder meines Eheherrn ein Teil des Erbes zu. Er sagte, wenn ich mich nit wieder verheiraten wolle, solle ich die Werkstatt verkaufen und ihm seinen Erbanteil auszahlen. Gierhals. Da habe ich mich hingesetzt und die Urkunden und Nachweise durchgesehen. Versuchte, die rechtlichen Hintergründe zu erhellen. Wat stand meinem Schwager zu, wat mir? Uns beiden einiges, stellte ich fest, wenn ich die Werkstatt an die Zunft verkaufte. Schon da keimte der Gedanke in mir, dat zu tun. Wegzugehen aus Köln. Freundinnen hin oder her – wat hielt mich sonst da? Wären Kinder da gewesen, hätte ich um die Buchbinderei gekämpft. Doch so? Ulrich, mein Bruder, ist in seinen Gesellenjahren wie üblich auf Wanderschaft gegangen und im Württembergischen hängen geblieben. Hat dort eine Sattlerwerkstatt. Ich habe ihn Jahre nit gesehen. War neugierig auf sein Weib und meine zwei Nichten und den Neffen. Ich überlegte, ob ich ihm schreiben sollte."

Apollonia hielt nachdenklich inne. Ein Augenblick des Schweigens, ehe sie fortfuhr: „Wollte mich mit Hilfe eines Rechtsbeistandes um alles kümmern. Brauchte Zeit, die ich nit hatte. Eines morgens traf ich Kramacher auf dem Fischmarkt. Wieder bedrängte er mich." Wütend presste sie die Lippen aufeinander. Ballte die Hände zu Fäusten. „Grinst dreckig, sagt ‚Es werden die Herren Ratsmitglieder sicher die Ohren spitzen, wenn sie hören, dat eine angesehene Bürgerin vom wahren Glauben abgefallen und den Verlockungen des Teufels anheimgefallen ist. Hat dein Mann nit mit den lutherischen Zirkeln getändelt? Und sein Unfall, wat meinst du, war der nit die Strafe Gottes für dat schändliche Treiben?' Wie Gift ließ er seine Worte auf mich tropfen, der Saukopf. ‚Heirate mich und kein Wort kommt über meine Lippen', sagt der. Die Pestilenz soll ihn holen! Ich ließ ihn stehen. Ging heim und schrieb meinem Bruder."

Apollonia sah abwechselnd von ihr zu Katharina, ehe sie wieder den Blick senkte und sagte: „Ihr müsst wissen … es stimmt, wat Kramacher sagte. Mein Mann hatte sich lutherischen Zirkeln angeschlossen. Sie bestehen im Verborgenen. Wir sprachen darüber, und auch ich war geneigt, zu diesem Glauben überzuwechseln. In Köln ist daran öffentlich und in Frieden nit zu denken. Dat wisst ihr ja. Wir waren wegen unserer Hinneigung zum neuen Glauben bereits in Verdacht geraten. Wat sollte ich tun? Mein Leben stand auf dem Spiel, alles! War ich nit willens, Kramacher zu heiraten, würde der mich ohne mit der Wimper zu zucken anzeigen. Mit einer Ketzerin würde weder die Zunft noch der Erzbischof lange fackeln. Die Scheiterhaufen lodern. Hätte man mich angeklagt und verurteilt, wäre den Zunftmeistern die Buchbinderei zugefallen. So wären sie mich einfach los gewesen. Ihr kennt die Inquisition. Eine Verurteilung erleichtert die Sache – im Gegensatz zu zeitraubenden Verhandlungen um eine Heirat. Und mein Schwager? Abzusehen, dat Kramacher auch bei ihm auf offene Ohren stoßen würde. Man hätte seinen Worten Glauben geschenkt und nach Beweisen geforscht. Rückhalt und Hilfe hätte ich von keinem erwarten können. Sie hätten sich die Hände gerieben und meinen Besitz untereinander aufgeteilt. Also weg aus Köln oder Kerker. In Stuttgart kann ich mich dem Schutz meines Bruders unterstellen. Und dem Schutz eines lutherischen Landes. Ulrich wird mir helfen, meine Witwenrechte zu sichern und mein Vermögen zu retten."

Nach dieser langen Rede sagte keine etwas. Und Barbara begriff, dass nicht nur sie Sorgen hatte. Leid, Ungerechtigkeit, Missgunst – es widerfuhr nicht nur ihr. Hier zu sitzen und Apollonia zuzuhören half nicht nur ihrem Gast. Plötzlich fühlte sie sich Apollonia sehr verbunden. Und sie spürte eine Stärke, die sie vorher nicht wahrgenommen hatte.

„Eines nachts brach Kramacher in mein Haus ein. Brüllte herum, ich täte *seiner* Ehre schaden mit meinem dickköpfigen Widerstand. Bedrängte mich erneut. Einer der Knechte war zur Stelle, überwältigte ihn, aber der junge Bursche hörte natürlich die Schmähungen dieses Suffkopps. Er zieh mich eine … ihr könnt es euch denken. Nit sonders gut für *meine* Ehre, auch wenn es nit wahr ist."

Barbara seufzte. Wie sie das kannte. Und es hasste!

„Ich konnte nit länger sitzen und warten. Ulrich hatte inzwischen geschrieben, ich könne kommen. Die genauen Umstände wollten wir im Sommer klären. So lange konnte ich nit mehr warten. Ich nahm, wat ich hatte, packte Wechsel und Urkunden mit einem winzigen Teil meiner Habe zusammen, und verließ Köln heimlich und in der Nacht. Mitte Mai war dat. Wegen einem nach Branntwein und Pisse stinkenden Säufer stahl ich mich aus meiner Heimatstadt wie eine Diebin!" Sie schaute hoch. „Mir blieb nur Flucht oder Kerker. Weshalb ich mich auf Seitenwegen nach Süden schlug, auch wenn dat gefährlich war wegen all der Landstreicherei und Räuberei, der ich ausgesetzt war oder derer man mich hätte bezichtigen können. Jetzt kennt ihr die Geschichte."

„Na", machte Katharina und blies empört Luft aus.

„Ulrich weiß ja nit, dat ich früher losging. Und warum. Deshalb schrieb ich ihm von hier aus. Dem einzigen Ort, wo ich, dank eurer Gastfreundschaft, ausruhen und auf seine Antwort warten kann."

„Ein Segen, ein Bruder." Barbara dachte an Matthias. Auch er kümmerte sich um sie, würde ihre Rüge gegen Margarete Herwart und Peter Ackermann vor dem nächsten Ortsgericht für sie vertreten. Warm kroch ihr das Gefühl von Geborgenheit in die Magengrube.

„Du willst also lutherisch werden?", fragte Katharina.

Apollonia nickte. „Ulrich ist ebenfalls Lutheraner. Die schöne Bibel des Herrn Luther habe ich zusammen mit zwei anderen Büchern tief vergraben in meiner Truhe mitgenommen." Sie schmunzelte. „Alles andere, was auf ketzerische Umtriebe deuten könnte, lutherische Traktate meines verstorbenen Eheherrn, habe ich verbrannt."

„Besser, du sagst net laut, dass du katholisch bist. Die Katholischen gelten bei uns als Diener der Finsternis.“ Katharina rollte mit den Augen zum Zeichen, dass ihr das Gerede schnurz war. Dennoch sah Barbara deutlich die Spur Ernst, die unter ihrer Geste lag. Sie hatten auch ohne ein katholisches Weib, dem möglicherweise die Inquisition auf den Fersen war, Ärger genug.

„Wisst Ihr“, begann Barbara nachdenklich, „all das Gerangel um die Religion, den wahren Glauben – wir in der Kurpfalz können ein Lied davon singen. Das gesamte letzte Jahr über hing die lutherische Gefahr über uns. So hieß es. Die Vormünder unseres jungen Kurfürsten, allesamt Lutheraner, wollten sich die Herrschaft über die Kurpfalz nicht entgehen lassen. Aber bis der Rechtsstreit geklärt war, war unser Friedrich volljährig, pfiff seinen Kuratoren eins und ließ verlauten, er gedenke, bei dem Glauben zu bleiben, in dem er erzogen worden war. Augenblicklich ist er im Begriff, sein calvinistisches Bündnis durch eine Heirat zu stärken.“ Sie dachte an Winfried, der sich genau dort jetzt aufhielt. Ob er der Zeremonie beiwohnte?

„Aber jeder Dummkopf weiß doch, dat die Kurpfalz nit so schnell bei der Hand ist, wenn es darum geht, Scheiterhaufen zu errichten“, entgegnete Apollonia. „Warum, verzeiht, seid Ihr dann in Gefahr, verbrannt zu werden, wie es die Nachricht fordert, die vor Eurer Tür lag?“

Barbara fuhr sich mit dem Handrücken unter der Nase lang. „Weil es immer dumme Menschen gibt. In diesen Zeiten braucht eine das Schierlingskraut nur anzusehen, schon sagen sie, sie hat was mit Hexerei zu schaffen. Sie haben Angst. Um ihre Ernten, ihr Vieh, und so schreien sie herum und richten Schreiben an die Obrigkeiten, dieses schlimme Hexenwerk zu untersuchen, allenfalls würden sie aus dem

Territorium fortlaufen." Barbara breitete erklärend die Hände aus. „Zum Glück verbietet das kurpfälzische Gesetz ruchloses Vorgehen wie andernorts. Seht, manchmal flieht eine vermeintliche Hexe aus dem Württembergischen, aus Trier oder sonst woher in die Pfalz und siedelt sich hier an … und oft hat sie Vermögen. So wie Ihr. Das geht den Gerichtsherren an ihrem Heimatort dann verloren … es könnte ja auch darum gehen, versteht Ihr?"

„Wollt Ihr mir Eure Geschichte erzählen?"

Barbara blickte sie nachdenklich an und nickte.

Der Abend war hell und warm. Barbara stand im Garten, beide Hände auf den Stiel der Harke gestützt, und besah sich ihre Arbeit. Langsam und vorsichtig hatte sie zwischen den Möhren geharkt, deren strubbeliges Grün schon fast zwei Zoll aus dem Erdreich ragte. Mutter arbeitete mit Apollonia auf der Hube. Letztlich war es ein Segen, dass Apollonia da war. Sie selbst konnte ja noch keine schweren Arbeiten verrichten, geschweige denn in den Wald gehen.

Ihre Seite ziepte. Und den Fuß musste sie hochlegen. Sie stellte die Harke in den Schuppen, streichelte der Geiß gedankenverloren den Kopf, und ging in die Küche, wo sie mitten im Raum stehen blieb. Ob sie das Nachtmahl bereiten sollte? Die beiden würden sich freuen, wenn sie heimkamen und Essen auf dem Tisch stand. Salat? Die Keule fiel aus, weil Apollonia am Morgen nicht mehr zum Metzger gegangen war. Sich einander anzuvertrauen, wie sie es getan hatten, als sie sich die schlimmen Ereignisse aus ihrem Leben erzählten, nun, darüber war Zeit hingegangen. Also Salat, Brot, Käse …

Das Klopfen klang munter und verhalten zugleich.

In der Tür stand Friedgard.

„Einen gesegneten Abend", grüßte er und trat ein.

„Auch dir einen gesegneten Abend."

Ihr Lächeln freute ihn, seine Gesichtszüge entspannten sich.

„Falls du auf ein Abendessen hoffst – es gibt noch keines."

Da lächelte er auch, „Nun, ich … nein."

Sie standen sich gegenüber und ein Augenblick der Stille trat ein.

Barbara humpelte zum Wandbord. „Immerhin kann ich dir etwas zu Trinken anbieten", sagte sie.

Er beeilte sich, ihr den Krug abzunehmen und stellte ihn auf den Tisch. Sie hob die Hand, einen Lidschlag lang zögerte sie, dann griff sie nach ihren Gläsern und stellte sie vor ihn. „Gieß ein", forderte sie ihn auf, während sie sich auf die Bank setzte. Er tat wie geheißen und nahm auf dem Stuhl Platz. Sie hob ihr Glas.

Er erwiderte die Geste. „Auf Eure Genesung", sagte er.

Ihr Herz klopfte. „Schön, dich zu sehen", sagte sie.

„Ihr seid allein?"

„Mutter und Apollonia arbeiten auf der Hube."

„Nun das ist … genaugenommen ist … es gut, dass ich Euch alleine antreffe."

Plötzlich kroch Furcht in ihr hoch. „Du bringst doch nicht etwa schlechte Nachrichten?"

„Wie? Nein." Er schüttelte den Kopf. „Obwohl …" Er zögerte. „Ihr habt nicht bemerkt, dass Ihr unter Beobachtung standet, oder? Nach Eurer Entlassung."

„Was? Nein." Beobachtung? Entlassung? Ewigkeiten war das her. Welch seltsame Sache die Zeit doch war. Ewigkeiten eingesperrt, so war es ihr erschienen. Und obwohl seit ihrer Freilassung erst zwei Wochen vergangen waren, kamen ihr auch diese wie Ewigkeiten vor, denn so vieles war seither geschehen. Winfried. Die Bache. Apollonia.

„Aber sie wurde eingestellt. Der Oberrat befahl es. Natürlich befand auch Schultheiß Würth, es sei nicht mehr nötig, ein

Auge auf Euch zu haben. Zumal Ihr seit Eurem Zusammenprall mit der Bache Bett und Haus hütet und etliche Bürger sich für Euch aussprachen. Es lastet also nichts mehr auf Euch."

„Bist du deshalb gekommen? Um mir das zu sagen?" Sie ließ sich ihr Erstaunen nicht anmerken. Sie hatte zwar von Katharina erfahren, dass Freibäurin Mayenschein und sogar Ortrud Oreans hier gewesen waren, um sich nach ihrem Befinden zu erkundigen, dennoch, von der Überwachung hatte sie nichts gewusst und ihr zog sich der Magen zusammen bei der Vorstellung.

„Auch", nickte er.

Schweigen, während dem er sein Glas betrachtete, die feinen roten Linien mit Daumen und Zeigefinger nachfuhr, es sacht drehte. „Schön", sagte er versonnen. „All die kleinen Leute darauf, wie sie ihrem Gewerk nachgehen."

„Was also noch?", fragte sie forsch und mit ihrer neu gewonnenen Unverblümtheit.

Er war ein wenig überrascht. Dann straffte er die Schultern und sah sie an. „Ich wollte mit Euch reden."

Er senkte den Blick wieder auf das Glas, drehte es erneut. „Mich entschuldigen", sagte er zu dem kleinen Mann darauf, der schreibend an einem Pult saß.

Sie starrte die Tischplatte an.

„Ich hielt es für das beste, Euch fern zu bleiben, nach dem … was sie uns nachsagten. In jener Nacht, Ihr erinnert Euch, als wir uns vor meinem Haus trafen, dieser Königsmann war dabei, war ich sehr zornig."

Barbara erinnerte sich nur allzu gut.

„Auch auf Euch. Ich gab Euch die Schuld an ihrem schmutzigen Gerede. Ich habe eine Rüge eingetragen und die Burschen werden beim nächsten Ortsgericht belangt werden. Aber meine Wut war damit nicht verraucht und so wollte ich Euch erst einmal nicht mehr sehen. Dann kam eins zum anderen. Das Unwetter brachte Euch in Gewahrsam. Und ich weiß nicht, was in mich fuhr, aber ich … sah wohl eine Möglichkeit, dem allen ein Ende zu bereiten, wenn ich mich mit einem Mädchen einließe."

Er verstummte.

Barbara konnte sehen, dass ihm unsagbar unangenehm war, was er nun vorbringen wollte.

„Ihr saßet fest, mich sah man mit … Agnes."

Er sah sie an. „Ich fühlte mich jedoch, als hätte ich Euch verraten. Und in gewissem Sinne habe ich das auch."

Sie goss ihm und sich Bier nach. Das sanfte Plätschern, mit dem es in die Gläser perlte, war das einzige Geräusch in der Küche.

„Wenn ich früher mit Euch im Wald war, habt Ihr mir erklärt, wie alles zusammenhängt", fuhr er fort.

„Als ob ich das wüsste", erwiderte sie versöhnlich.

„Ihr wisst es", sagte Friedgard im Ton eines Jungen, der es besser weiß und keinen Widerspruch duldet für das, was er sich zurechtgelegt hat.

Es brachte sie zum Schmunzeln.

„Ihr wisst, welches Kraut zu welchem Gebrechen passt, Ihr wisst die unterschiedlichen Pflanzen zu mischen und Ihr wisst, wo Ihr sie findet."

„Jedes Kräuterweib weiß das."

„Aber es geht nicht um Kräuter, versteht Ihr. Es geht … um das Übergeordnete darüber. Ich verstehe die Zusammenhänge jetzt. Ich meinte, Euch und mich zu schützen, wenn ich Euch fernbleibe. Doch das stimmte nicht. Ich hätte Euch beistehen sollen - ohne die Augen zu verschließen vor dem, was mir unangenehm ist. Aber genau das tat ich. Ich schloss die Augen und … suchte Ablenkung bei einem Weib."

Schweigen.

„Ich schämte mich wegen Euch. Nun schäme ich mich wegen mir."

Er schlug die Augen nieder. „Nehmt Ihr meine Entschuldigung an?"

Was war dies Leben doch sonderbar. Eine Liebe zog die nächste nach sich. Da liebte sie diesen jungen Mann seit Ewigkeiten, und wie sehr, war ihr erst in höchster Bedrängnis schmerzlich deutlich geworden. Und dann kam mit Winfried die nächste Liebe daher. Und auf diese wiederum folgte die Zuneigung zu Apollonia, die sich seit dem langen Gespräch am Morgen derart vertieft hatte, dass es Barbara vorkam, als wachse und gedeihe die Liebe wie das Gemüse, das im Garten aus der Erde emporspross.

Weil sie nicht antwortete, hob Friedgard den Kopf und sah sie an.

„Es ist", hob sie an und musste sich räuspern. „Ich nehme deine Entschuldigung an."

Sie betrachtete die Tischplatte, als sie weitersprach. „Die Leute sind dumm. Sie schließen von sich auf andere. Und sie haben unsere Verbindung noch nie verstanden. Wen wundert's, ich habe sie ja lange selbst nicht verstanden. Aber wahr ist ..."

Er sah sie an, wartete, dass sie weitersprach. Sie nahm ihren Mut zusammen. „Wahr ist, ich habe dich lieb. Weder wie einen Bruder, denn ich habe einen und weiß wie sich das anfühlt. Noch wie einen ... Liebhaber. Auch nicht wie einen Sohn, was ich allerdings lange geglaubt habe. Ich liebe dich wie dich eben." Sie zuckte die Schultern. „Das ist alles."

Hitze durchflutete sie. Wie nahm er das auf? Sie wagte nicht, ihn anzuschauen.

„Und es ist viel", ergänzte er nach einem Augenblick des Schweigens.

Jetzt konnten sie sich ansehen. Verlegene Sanftheit in seinen Samtaugen. Er zögerte. „Ich denke, ich … nun, soviel Gram mir all das bereitete, muss ich davon ausgehen, dass Ihr mir ebenfalls teuer seid."

Ihr Herz tanzte. „Und weil das so ist, mein Herr, und weil ich die Ältere bin, beschließen wir dies Bündnis hiermit feierlich mit meinem Angebot, mich fürderhin mit meinem Vornamen anzusprechen."

Er lachte frei und erleichtert. „Ich werde Jahre brauchen, mich daran zu gewöhnen."

„Dann fang schon mal an, wir haben keine Zeit zu verlieren, das Leben währt nicht ewig!"

Er hob sein Glas: „Auf … deine Genesung!" Wieder lachte er.

„Jawohl!"

Sie setzten die Gläser ab, schwiegen erneut. Friedgard wurde wieder ernst: „Ich habe die Liebelei mit Agnes beendet."

„Oh. Gut. Und ich habe mich verlobt." Als sie soeben daran gedacht hatte, was sie ihm alles erzählen wollte, war ihr selbst erst bewusst geworden, dass sie Winfried tatsächlich ein Heiratsversprechen gegeben hatte.

Friedgard schmunzelte. „Man hört munkeln, dass Ihr … dass du mit einem Königsmann herumtändelst. Und dass er sich beim Kurfürst für Euch … dich eingesetzt hat."

Dabei fiel ihr der Zettel vom Morgen ein. „Da ist noch etwas. Ich fand einen Zettel vor meiner Tür." Sie erzählte ihm, was darauf gestanden hatte. „Es ist bereits das zweite Mal. Und ich hab eine Vermutung, wer ihn schrieb." Sie hielt inne. Dann: „Ich glaube, Agnes schreibt diese Botschaften. Sie sind grässlich. Aber ich kann sie ja schlecht fragen."

Friedgard dachte nach. Falls ihn entsetzte, was er hörte, ließ er es sich nicht anmerken.

„Fragen nicht, aber Ihr könntet sie … du könntest sie zur Rede stellen."

Stimmen drangen vom Garten herein.

„Wat habe ich nit alles gehört über die Gemütsart der Pfälzer. Seien von eigenem Schlag. Seien heiter und voll Teilnahme am Lebensgang des Nebenmenschen. Rübe! Raus aus dem Gemüse!"

Apollonia lachte schallend, ihre Stimme kam näher. „Ich nenne dat Neugier! Wat sie von mir nit alles wissen wollen! Wer ich bin, wat mit mir ist …"

Apollonia verstummte mitten im Satz und blieb wie vom Donner gerührt in der Tür stehen. Katharina lief auf sie auf.

„Na!", beschwerte sie sich.

Friedgard sprang vom Stuhl.

„Herr Herwart", stotterte Apollonia.

„Gesegneten Abend. Frau Thiebold. Frau Großhans."

Barbara sah von ihm zu ihr und wieder zu ihm. Es war nicht zu übersehen. Die beiden hatten etwas füreinander übrig.

Sie schmunzelte, als sie sah, wie verlegen Apollonia wurde, da sie Friedgard so unvermittelt gegenüberstand. Ihre heiter-forsche Art, die Barbara das Herz erwärmte, schien wie weggeblasen. Sie stolperte in die Küche, damit Katharina endlich auch eintreten konnte.

„Na, mein Jung!", tönte Katharina und tätschelte Friedgard fröhlich die Wange. Die beiden Weiber hatten offenbar einen schönen Nachmittag gehabt.

„Jesus, wir haben Besuch, Frau Großhans, und nun schaut, wie wir ihm entgegentreten", fand Apollonia ihre Sprache wieder. „Schwitzend und verdreckt."

Friedgard schaute Apollonia an mit einem Blick, der ausdrückte, sie sehe in jeder Aufmachung liebreizend aus.

Barbara konnte sich das Grinsen nicht verkneifen. Ja. Die eine wie der andere hatte einen Platz in ihrem Herzen.

„Es ist gut, dass Friedgard da ist, Apollonia. Ihr könnt ihm ja Eure Sache darlegen." Und an Friedgard gewandt: „Frau Thiebold braucht nämlich Rechtsbeistand."

„Oh!", machte er. Und zu Apollonia: „Natürlich helfe ich Euch."

Selbstverständlich tust du das, dachte Barbara und fühlte sich heiter und leicht wie schon lange nicht mehr.

„Aber erst nach dem Essen", befand Katharina.

Essen!

„Himmel, ich wollte ja Salat …"

Friedgard hob die Hand. „Mir kommt da ein Gedanke. Ich gehe zum Pfannenstiel und schaue, was seine Rosa heute in ihren Töpfen am Dampfen und Brodeln hat. Davon bringe ich uns eine ordentliche Fuhre."

Er wandte sich direkt an Katharina, die ihn ob eines solch großzügigen Angebots mit offenem Mund anstarrte. „Habe schließlich oft genug hier meinen Magen gefüllt. Jetzt bin ich an der Reihe!"

Sprach's und verschwand.

Gott, ja, sie liebte ihn.

40

Friedgard will mich nicht mehr sehen. Er sagt, unsere Verbindung hat keinen Bestand.

Er sagt, er liebt mich nicht.

Die Sätze drehten unablässig Kreise in ihrem Kopf.

Es konnte nicht sein. Es durfte nicht sein. Er irrte sich.

Sie erreichte den Dorfplatz, überschritt ihn zielstrebig. Ich muss es wissen, muss es wissen. Sie war allein bei ihr im Zimmer! Und als sie herauskam, war Mutter tot. Sie war allein bei ihr im Zimmer! Und als sie herauskam, war Mutter tot.

Sie murmelte die Sätze. Sie gaben ihr Halt. *Die* tat das. Und niemand hielt sie auf. Die ist Schuld, die ist an allem Schuld. Friedgard will mich nicht mehr sehen. Er sagt, er liebt mich nicht. Das sagt er nur wegen ihr. Die macht das. Die hat ihn verhext. Hin, ich muss es sehen.

Im Zollhaus schimmerte Licht. Agnes duckte sich unter dem Fenster vorbei. Sie merkte, dass sie vor sich hinmurmelte und hörte auf damit, als sie sich dem letzten Haus vor dem Dorfzaun näherte. Schwacher Lichtschein drang aus dem Fenster auf die Gasse. Sie überlegte. Es lag zu hoch, sie konnte nicht von der Straße aus hineinsehen. Sie sah sich um. Niemand da zu dieser Stunde. Rechts des Hauses wuchsen Hecken. Sie begrenzten den Wiesenstreifen am Dorfzaun auf dem tagsüber Hühner nach Würmern pickten. Hier würde sie sich verbergen. Nachsinnen, was zu tun sei. Es konnte nicht schwer sein, hinein zu kommen. Sie hatte es schon einmal getan. Aber da war das Haus leer. Nein, war es nicht.

Sie schreckte auf. Gelächter? Das fremde Weib? Sie trat hinter die Ligusterhecken. Es musste ihr etwas einfallen. Da, die Tür ging auf! Schwach fiel Licht heraus.

Friedgard! Also doch!

Das dürre Weib! Was reden die da? Streng dich an, musst es verstehen.

„Habt Dank für diesen wunderschönen Abend."

„Ich habe zu danken."

„Und für Euren Beistand. Wie kann ich mich erkenntlich zeigen?"

Er zögerte, nur einen Herzschlag lang.

„Indem ich morgen wiederkommen darf."

Sie lacht, diese Hure!

„Es ist nit mein Haus, dat müsst Ihr die Hausherrinnen fragen."

„Ich dachte, es sei Euch klar geworden, dass ich in diesem Haus zur Familie gehöre. Spätestens nach dem heutigen Abendessen."

Wieder lachte die Fremde.

„Gute Nacht, Apollonia."

„Gute Nacht, Friedgard."

Ihr Herz klopfte bis zum Hals. Er drehte sich noch einmal um und winkte. Er winkte diesem Weib!

Nicht! Nein!

Sie wollte ihm nachlaufen. Aber sie konnte sich nicht rühren. Sich nicht bewegen, keinen Zoll. Sie konnte nichts machen. Wie damals. Es überflutete sie.

Nein! Nicht!

Aber es quoll in ihr empor, sie würgte. Man schickt sie fort, die Heilkundige holen … die alte Sophie schaut bekümmert. Sonne, so hell. Heiß, alles schwer. Leere Gassen, alle auf den Fluren. Geschrei der kleinen Schwalben in den Nestern unter den Dachvorsprüngen. Rosa Schnäbelchen, so weit aufgerissen. Ein dicker schwarzer Käfer liegt auf dem Rücken und zappelt. Etwas Weißes quillt seitlich aus ihm raus. Über ihrem

Kopf schimpft ein Vogel. Schutzlos. Angst. Heiß läuft es innen an ihren Beinen hinunter. Geh weg! Lass mich vorbei! Aber er geht nicht. Er zappelt. Schwarze Zappelfäden, die sie gefangen halten. Alles flimmert. Wie kommt sie hindurch? Die Hitze brennt. Wann ließen sie sie frei? Sie weiß es nicht. Kauert an der Hauswand. Soll sie nicht etwas tun? Das Kräuterweib! Lauf zum Haus! Die Heilkundige holen. Die Alte nicht da. Die Junge geht mit. Ihr Haar, es glänzt in der Sonne. Wie Kastanien. Die alte Sophie schlägt die Hände über dem Kopf zusammen. Warum so spät? Das Weib weiß nichts von dem Käfer. Nichts verraten, bloß nicht. Die Mutter wirft den Kopf hin und her aber sie darf nicht mit hinein. Sie weint. Die alte Sophie bleibt mit ihr draußen und macht ein dunkles Gesicht. Sagt sie etwas? Die mit dem Kastanienhaar bleibt nicht lange bei der Mutter. Warum habt Ihr mich nicht früher gerufen?, flüstert sie, als sie aus der Stube kommt. Als der Vater mit dem Bruder von der Flur heimkehrt, weinen alle. Was hat das Kräuterweib der Mutter getan? Die ist Schuld.

Sie riss die Augen auf. Wo war sie? Alles so leer, so sinnlos. Zitternd tastete sie nach dem Dolch.

41

„Na. Wird ja besser von Tag zu Tag." Barbara lag auf ihrem Bett. Katharina hatte ihr geholfen, sich zu waschen, jetzt rieb sie die Haut um die Wunde mit Nussöl ein. Draußen in der Küche bereitete Apollonia das Morgenmahl und sang dabei leise vor sich hin.

„Bin stolz auf dich, Mädchen!" Katharina tätschelte ihr die Wange. Eine neue Angewohnheit. Auf ihre alten Tage. Auch ihre Mutter war empfänglich für die Liebe, die dieses Frühjahr so unvermittelt in ihr Haus gezogen war.

„Was meinst du, soll ich Matthias bitten, zu Würth zu gehen und die Sache mit dem Zettel vorzubringen?"

„Versuchen kannst du es."

Frohe Begrüßungsworte drangen aus der Küche herein.

„Hier geht's zu wie im Taubenschlag." Katharina grinste. Sie spielte auf den gestrigen Abend an, an dem Friedgard erneut in ihrer Küche gesessen hatte. Vorgestern das Abendessen, gestern einen edlen Krug Wein – er ließ sich nicht lumpen. Später waren er und Apollonia zu einem Spaziergang aufgebrochen. Zurückgekommen war sie mit einem seligen Lächeln auf dem Gesicht.

„Dürfen wir reinkommen?"

Gundel! Ihre Schwägerin schob ihre beiden Kinder vor sich her in die Schlafkammer. Rasch zog Barbara ihr Hemd über ihre entblößte Körpermitte.

Gundel lächelte sie an. „Habe gestern Brot gebacken und gedacht, ich bring mal einen Laib vorbei. Frische Butter und eine Handvoll erste Radieschen sind auch im Korb." Sie deutete nach draußen in die Küche, wo sie ihn offenbar abgestellt hatte.

Gundel deutete auf Hedwig. „Und Hilfe habe ich euch auch mitgebracht. Matthias holt sie heute Abend ab. Gut so?"

Katharina tätschelte erst ihrer Schwiegertochter, dann ihrer Enkelin die Wange. Na!", war ihre zustimmende Antwort.

Barbara stand vorsichtig auf. Familie!, dachte sie. Leben. Wie zuträglich all das meiner Genesung ist! Zusammen gingen sie hinaus in die Küche. Noch ein wenig reden, dann waren Gundel und Michel auch schon wieder fort.

Kurz darauf klopfte es erneut. Apollonia ging aufmachen. Barbara sah einen Boten. Er fragte, ob dies das Haus der Barbara Heilmann sei, er habe einen Brief für eine Frau Thiebold.

„Dat bin ich!", freute sich Apollonia.

Sie wedelte mit dem Brief in der Hand, als sie zum Tisch heran kam.

„Na! Was sagt dein Bruder?"

Apollonia las und während sie las, verdüsterte sich ihre Miene. Es war still in der Küche. Barbara legte ihre Scheibe Brot zurück auf das Brettchen und tauschte einen Blick mit ihrer Mutter. Keine guten Nachrichten, sagten sie sich stumm.

Apollonia sah auf.

Überrascht. Ungläubig. Und unsagbar enttäuscht.

„Ich soll nit kommen", flüsterte sie.

Sie starrte erneut auf das Schreiben, als könne sich dessen Inhalt durch Anschauen verändern.

„Was ist geschehen?", fragte Barbara. Sie merkte, dass Hedwig stocksteif geworden war und gebannt auf Apollonia starrte.

„Bleib wo du bist", schreibt er, „bis die Dinge sich wieder beruhigt haben."

Sie schüttelte den Kopf, den Blick noch immer auf die Zeilen vor sich gerichtet.

Schließlich sah sie von einer zur anderen, bestürzt und niedergeschmettert. „Einer seiner zwei Lehrlinge hat sich dat Leben genommen."

„Gütiger Gott", murmelte Barbara.

Das war wahrlich eine schreckliche Nachricht. Anwürfe, Gerede, Untersuchungen. Aber allem voran bedeutete es den Verlust der Ehre für Apollonias Bruder. Wenn er Pech hatte, konnte er seine Sattlerei schließen.

Während von Katharinas Liegestatt leise Schnarcher zu vernehmen waren, lag Barbara in ihrem Bett und konnte nicht schlafen. Sie lauschte auf die Atemzüge ihrer Mutter und dachte an die Ereignisse des vergangenen Tages. Katharina und Apollonia hatten wieder auf der Hube gearbeitet. Hedwigs Aufgabe war gewesen, Hühnerstall und Geißverschlag zu entmisten, da diese Arbeit durch Barbaras Gefangennahme und Verwundung liegen geblieben war. Sie hatte Wasser vom Dorfbrunnen geholt, damit Barbara Wäsche waschen und die jungen Salat- und Gemüsepflänzchen wässern konnte, denn die vergangenen Tage waren warm und trocken gewesen.

Beim Mittagsmahl hatte sie mit Hedwig gesprochen. Das Mädchen zeigte sich wenig auskunftsfreudig. Philipp habe bei ihrem Vater vorgesprochen, ja. Zweimal. Aber der Vater erlaube eine Heirat nicht, keinesfalls vor ihrem sechzehnten Lebensjahr. Er war auch weiterhin dagegen, dass sie sich trafen. Sollte Philipp in zwei Jahren noch immer willens sein, seine Tochter zu ehelichen, so könne er noch einmal vorsprechen. Eine Wartezeit von zwei Jahren! Wer weiß, dachte Barbara, vielleicht hat sie ihn bis dahin vergessen. Erst recht, wenn er, wie er sagte, tatsächlich in der kurfürstlichen Kanzlei arbeiten wollte. Heidelberg war weit. Selbst für ein so hitzig verliebtes Pärchen.

Barbara drehte sich auf die Seite. Vor ihrem inneren Auge sah sie Matthias' Gesicht, der zum Nachtmahl geblieben war, als er Hedwig abholen kam. Es war das erste Mal seit ihrer Freilassung gewesen, dass sie Zeit gehabt hatten, miteinander zu reden. Da Hedwig dabei saß, sprach er nicht deutlich über seinen Handel mit Zahns Eheweib, aber Barbara verstand seine Andeutungen, las die Genugtuung in seinem Schmunzeln. Sie wiederholte ihm Margarete Herwarts und Peter Ackermanns Anwürfe, damit er sie in einem Monat, wenn das nächste Ortsgericht tagte, vorbringen konnte.

Sie seufzte und drehte sich wieder auf den Rücken. Sie wusste, warum sie so unruhig war. Sie wollte endlich hinaus in den Wald und ihrer Arbeit nachgehen. Ihr fehlte das Grün. Der Juni war angebrochen und das Wetter mild. Jetzt war die beste Zeit. Sie dachte an Friedgards bestürzte Miene, als er erfuhr, was Apollonias Bruder geschrieben hatte. Dennoch hatte Barbara ihm angesehen, dass ihm die Aussicht, Apollonia noch etwas länger hier zu wissen, alles andere als missfiel. Barbara starrte in die Dunkelheit. Sie dachte an Winfried. Sie vermisste ihn. Sie wollte seine Hände auf ihrem Körper spüren. Wie lange es wohl dauerte, bis er wiederkam? Sie hatte Apollonia von ihm erzählt. Sogar die Fältchen seitlich seiner Augen hatte sie ihr beschrieben, und wie die sich fächerten, wenn er lächelte.

Mit ungeduldigem Seufzen wollte sie sich gerade wieder auf die Seite drehen, als ein leises Knarren sie in ihrer Lage verharren ließ. War das die Hintertür gewesen? Ihr kam ein Gedanke, der sie gleichsam mit Belustigung und Empörung erfüllte. Apollonia schlief auf der Bank in der Küche. Sie würde doch Friedgard nicht ermuntert haben, sich in der Nacht zu ihr zu stehlen? Sie schmunzelte. Das hast du deinen eigenen begehrlichen Gedanken zuzuschreiben, Frau Heilmann!

Aber da war noch ein Geräusch. Es war leise, aber sie hörte es. Sie zögerte. Sicher wollte sie … damit alleine sein. Aber vielleicht auch nicht. Sie stand auf, öffnete leise die Tür der Schlafkammer. Im Dunkeln ging sie zur Hintertür. Sie war nur angelehnt. Draußen umfing sie die warme Nachtluft.

Leises unterdrücktes Schluchzen. Auf dem Brett, auf dem sich Barbara in den vergangenen Tagen immer wieder ausgeruht hatte, wenn ihre zaghaften Arbeitsversuche zu anstrengend wurden, saß Apollonia mit vornübergebeugtem Oberkörper und weinte. Barbara setzte sich neben sie. Schluchzer schüttelten die schmale Gestalt ihrer neuen Freundin. Barbara überlegte, ob sie den Arm um Apollonia legen sollte. Sie ließ es und blieb einfach still neben ihr sitzen. Süßschwerer Duft des Holunders. Geruch nach Frühsommer. Nach einer Weile beruhigte sich das Schluchzen. Apollonia setzte sich aufrecht hin. Schniefte.

„Es tut so weh", flüsterte sie.

Barbara nickte zustimmend, wobei sie nicht wusste, ob Apollonia es sah. Es war auch nicht wichtig.

„Mit dieser Nachricht ist alles zusammengebrochen. Meine Zukunft. Meine Zuversicht. Alles."

Barbara drückte Apollonias Hand.

„Ich habe dat alles zurückgedrängt in den letzten Wochen. Die Trauer um Reinhard, obwohl die nit mal dat Schlimmste ist. Ich verliere mein Haus. Mein Leben als geachtete Handwerkerfrau. Ich verliere möglicherweise mein Vermögen, auch wenn es nit groß ist. Dazu die Angst der vergangenen Wochen. Dat Gerangel mit der Zunft. Die Inquisition. Wat soll nun werden?"

„Ihr wisst, dass Ihr bleiben könnt, so lange es nötig ist. So lange Ihr wollt."

Apollonia wischte sich mit dem Ärmel übers Gesicht. Wie Barbara hockte auch sie im Nachtgewand hier.

„Wie eine gemeine Frevlerin bin ich abgehauen. Jesus, wat soll nun werden?", fragte sie noch einmal.

„Ihr schreibt Eurem Bruder, dass Ihr vorläufig bei uns bleibt", schlug Barbara vor. „Friedgard wird Euch helfen, vergesst das nicht." Sie wusste, dass es half, wenn einem jemand das Gefühl gab, da sei Licht am Ende eines langen, dunklen Hohlweges.

Apollonia begann erneut zu weinen. „Ich … mein Bruder … habe ihn so lange nit gesehen. Habe Geschenke gekauft für die Kinder. Freute mich. Und nun …“

Barbara ließ sie weinen.

Schließlich hob Apollonia einen Zipfel ihres Nachtgewands, sagte: „Jesus, ich heul ja wie ein Säugling!“, und schnäuzte sich.

Barbara musste trotz allem schmunzeln. Dieses Weib mochte dünn und schwach aussehen, aber sie barg eine Kraft in sich, einen Lebenswitz, der nicht nur erfrischend war, sondern der sie selbst und andere aufzumuntern vermochte. Sie sagte: „Es schmerzt, so zurückgewiesen zu werden. Aber bedenkt, welche Ungemach Eurem Bruder nun ins Haus steht. Er macht Schweres durch. Sicher seid ihr ihm nicht gleichgültig.“

Apollonia zuckte die Schultern.

Barbara wurde von einer Welle der Zuneigung erfasst. Sie legte nun doch einen Arm um die schmalen Schultern Apollonias, beugte sich zu ihr hin und flüsterte ihr ins Ohr: „Und wenn nicht – die vier Gulden Bürgergeld, die es kostet, wenn du dich in der Pfalz niederlässt, bekommen wir schon zusammen.“

Apollonia schniefte und lachte.

„Du magst doch Friedgard, nicht wahr?“

Apollonia sagte nichts.

„Na“, ahmte Barbara Katharina nach, rüttelte die Freundin sanft und legte ihre Stirn an Apollonias Schläfe. „Er lebt hier. Was willst du da in Stuttgart?“

42

Missmutig starrte Barbara hinaus in das grüne Blättergewirr des Haselnussbaumes. Ein schweres Unwetter hatte einen Kälteeinbruch eingeläutet. Es regnete ohne Unterlass, die Gassen versanken im Morast. Auch heute war es kalt. Mitte Juni und sie fror wie im November, obwohl im Ofen ein Feuer brannte. Sie fühlte sich eingesperrt.

Es war noch nicht Mittag. Sie war allein. Katharina war trotz des Regens zur Schwechheimerin gegangen und versorgte deren offenes Bein. Apollonia hatte ihre gesamten Schriftstücke in ein regensicheres Wachstuch gepackt und war damit und mit Rübe im Gefolge zu Friedgard in die Schreibstube gegangen. Nicht einmal Schreihals war da.

Barbara seufzte. Es ging ihr besser, die Wunde heilte gut. Ihr Fuß schmerzte zwar noch immer beim Auftreten, aber die Schwellung war deutlich zurückgegangen. Sie hatte vorgehabt, sich zu erproben und einen kleinen Gang in den Hardtwald zu unternehmen. Nicht allzu weit, nur um Holunderblüten zu sammeln, damit sie Sirup machen konnten. Aber das Wetter vereitelte dies. Eigentlich scheute sie den Regen nicht und auch Kälte war sie gewohnt. Aber ihr Unfall war erst zwei Wochen her und sie war durch vieles Liegen eindeutig geschwächt, so dass sie einen milderen, freundlicheren Tag bevorzugt hätte, um ihre ersten Schritte hinaus zu wagen.

Sie seufzte noch einmal. Im Haus war alles getan, sie hatte die Strohsäcke auf den Betten mit frischen Leintüchern bezogen und sie hatte gefegt. Dabei war ihr Susanne Zahns Korb in die Hände gefallen, der fast vergessen in der hintersten Ecke der Küche stand. Sie hatte ihn, genau wie das geliehene Kleid, noch immer nicht zurückgebracht – wann auch? Die Zahnin würde noch länger auf ihren Korb warten müssen, Barbara hatte kein Verlangen danach, womöglich dem Zentgrafen zu begegnen, wenn sie ihn zum Freihof brachte. Nein, der Gang zu Susanne Zahn musste warten.

Sie stand auf, um Hirse in das kochende Wasser im Topf auf dem Herd zu geben, als es klopfte.

Kräftig und forsch.

Sie hinkte zur Tür.

„Einen guten Morgen, Heilmännin“, grüßte Urban Eisinger.

„Guten Morgen“, erwiderte sie und schaute verwundert in das kantige Gesicht des Schmieds. „Fehlt Euch etwas? Kommt herein.“

Sie suchte seine große Gestalt nach einer Verwundung ab, derentwegen er gekommen sein mochte, konnte aber nichts entdecken.

Eisinger sah es und sagte: „Mir fehlt nichts.“

„Ist etwas mit Eurem Weib?“

Er schüttelte den Kopf. „Wollte Euch wegen etwas anderem sprechen.“

Der Schmied äugte zu den Kräuterbündeln und den Fläschchen mit den Tinkturen, ehe er sie ansah, um gleich darauf wieder wegzusehen. Er wirkte ernst, auch ein wenig unbeholfen.

„Dachte mir, ich rede zuerst mit Euch, bevor ich zum Zentgrafen gehe. Bevor ich Staub aufwirble wegen nichts.“

Das wurde ja immer seltsamer. Sie bot ihm den Stuhl an und Eisinger setzte sich. Ohne zu fragen schenkte sie Wasser in einen Becher und stellte ihn vor den Mann hin. Dann setzte auch sie sich.

Eisinger öffnete die Bändel an der länglichen Ledertasche, die er am Gürtel trug, und zog etwas heraus, das in einen alten Lappen gewickelt war. Er entfaltete den Lappen und legte einen Dolch auf den Tisch, etwa acht Zoll lang, verdreckt und verschmiert.

Fragend schaute Barbara in Eisingers Gesicht.

„Unten an der Bachböschung bei unserem Garten sind wir noch immer mit Ausbesserung beschäftigt. Habe gestern nach dem Rechten gesehen. Da finde ich den hier." Er zeigte auf den Dolch.

„Und?", fragte Barbara.

„Erkenne ihn als meine Arbeit."

Sie wartete.

„Begann zu grübeln. Kam mir seltsam vor. Wer wirft schon einen Dolch weg?"

„Verloren?", fragte Barbara halbherzig, weil sie spürte, dass Eisinger auf etwas hinauswollte.

„Möglich", entgegnete er und rieb sich das Kinn.

„Aber nicht wahrscheinlich", murmelte sie.

Eisinger schüttelte den Kopf. „Ihr habt selbst ein Gewese drum gemacht, und mir sagen lassen, dass Ihr die Sichel verloren habt und eine neue in Auftrag gegeben."

Sie nickte.

„Für wen habt ihr ihn angefertigt, wisst Ihr das noch?"

Er überging ihre Frage und sagte: „Seht ihn Euch einmal an."

Sie tat, was er verlangte und zog den Lappen mit dem Dolch darauf zu sich herüber. Ein schlichter Dolch. Keine Verzierungen, eine sehr schmale Parierstange, der Griff mit Rindleder umwickelt, das nun schmutzig war und sich zu lösen begann. Er schien aus gutem Stahl, denn er war nicht verrostet, obwohl er in Schlamm und Wasser gelegen haben musste.

„Mir fällt nichts auf. Worauf wollt Ihr hinaus?"

„Ihr habt doch den Lehrer versorgt. Damals. Habt die Wunde an seinem Hals gesehen." Er deutete auf die Waffe. „Stammt die von dem da?"

Ihr blieb der Mund offen stehen. Sie schaute vom Schmied zum Dolch und wieder zum Schmied.

„Den Bader sollte man auch fragen. Ich mache mir schon länger meine Gedanken." Er verstummte. Sah sie an mit seinen kleinen Augen. „Könnt's von dem Dolch sein? Die Wunde an Baumanns Hals?"

„Die könnte von allem möglichen sein. Hat ausgesehen wie ein Schnitt. Auch ein Messer … für wen habt Ihr ihn angefertigt?"

Eisinger schwieg.

Dann sah er auf und sagte: „Denke, ich gehe damit zum Schultheiß. Soll der's dem Zentgraf sagen."

Barbaras Herz klopfte zum Zerspringen. „Ihr habt ihn für Agnes Zahn gefertigt."

Er sah sie an.

Sie hatte ins Schwarze getroffen.

43

Der Schnee fiel sanft und machte sie wütend. Sie wollte, dass er polterte, lärmte. Sie wollte das Weiche nicht und das Zauberhafte daran. Sie wollte, dass er Eis wäre. Dass er hart wäre und laut. Sie wollte, dass er kaputt machte. Nicht lieblich bedeckte. Wild stapfte sie herum, zertrampelte die Flocken, die leise zur Erde schwebten.
So sollt ihr nicht sein! Zerberstet! Ergebt euch nicht klaglos. Sie trampelte umher als wären die Flocken Ungeziefer, das sie vernichten musste.

Dann wurde alles schwarz um sie.

Agnes fror. Sie kam zu sich. Wo war sie?

Sie lag auf dem Bett in ihrer Kammer. Das dunkelbraune Holz ihres Schränkchens, zwei Türen mit Schlüsseln, die schützten ihre Habe, ihre Kleider, Mutters kostbares altes Buch. Sie erinnerte sich. Sie hatte Susanne nach dem Mittagsmahl gesagt, sie fühle sich nicht wohl. Wie gestern auch. Wie vorgestern. Wie fast jeden Tag, seit sie …

Seit sie in endgültige Dunkelheit abgestürzt war.

Sie rollte sich auf die Seite und krümmte sich. Ihre Arme juckten von den neuen Schnitten. Jeden Tag einige mehr, um den Schmerz in die Schranken zu weisen. Nur so konnte sie weitermachen. Nur so konnte sie wenigstens zu den Mahlzeiten hinunter gehen.

Oh ja, sie taten so, als sorgten sie sich um sie. Susanne, Bea. Selbst Vater hatte gefragt, ob er den Arzt aus Schwetzingen kommen lassen sollte. Sie hatte es abgelehnt, sie alle fortgeschickt. Hatte es geschafft, anzudeuten, es ginge ihr wegen ihrer monatlichen Blutung nicht gut. Hatte fügsam den Frauenmanteltee getrunken, den Bea ihr herauf brachte.

Aber sie konnte so nicht weitermachen.

Es musste etwas geschehen.

Elli.

Elli kam nicht mehr. Wollte nie mehr kommen.

Böse Elli.

Verhexte Elli.

Verhext wie Friedgard.

Der hatte mit dieser Hure getändelt, die bei der Hexe wohnte.

Immer und immer wieder die Hexe. Niemand merkte es. Nur sie verstand, was da vor sich ging. Die verhexte alle Leute. Friedgard sprach doch nur freundlich zu der Hure, weil er nicht merkte, dass er verhext war. Er half ihr doch nur bei ihren dummen Stadtangelegenheiten, weil er nicht erkannte, dass sie ihn nur ausnutzte. Oh, mein armer Liebster, was haben sie mit dir gemacht! Es war nicht auszuhalten. Sie musste etwas dagegen tun. Er würde es verstehen, wäre es erst einmal vollbracht. Er würde es einsehen und zu ihr zurückkehren.

Sie hatte darüber nachgedacht. All die Stunden, die sie hier gelegen hatte in den letzten Tagen. Sie musste die Hexe vernichten. Das war nicht einfach. Hexen waren gerissen und hinterhältig. Aber sie würde sie zur Strecke bringen. Und diesmal wäre sie umsichtiger. Die Hexe musste im Haus sein. Nicht wie damals, da war sie fort. Dennoch war es ihr gelungen, ihr einen Hieb zu versetzen, damals, oh, ja. Aber du willst ja immer noch nicht hören. Böses Weib, nun muss ich dich unschädlich machen. Du nimmst mir Friedgard. Du nimmst mir Elli. Und du hast Mama genommen. Dafür habe ich deinen Mann und dein Kind genommen. So geht das, siehst du. Und jetzt lösche ich dich aus. Damit du keinen Schaden mehr anrichten kannst.

Ich muss nur schlau sein. Sehr schlau.

Ich werde dein Haus bewachen. Und wenn du drin bist – zack, ein Funke, wie damals. Das andere Weib gleich mit. Oh, das wird dein Scheiterhaufen, Hexe! Und jetzt hinaus und zum Brunnen. Elli holt Wasser um diese Zeit. Ihr sagen, dass ich ihr helfe. Ihr nicht zürne. Sie kann ja nichts dafür. Werde sie befreien.

Agnes stand auf, strich das Kleid glatt. Auf dem Schränkchen lag der Dolch. Schöner Dolch, du kommst mit. Langsam glitten ihre Finger über die Tannen, die Hügel, aus denen sie erwuchsen. Sie nahm auch den Lederbeutel, in dem sie alles verwahrt hatte, was sie brauchte, und band ihn an den Gürtel. Dann ging sie hinunter. In der Küche die Stimmen von Susanne und Bea.

Raus aus dem Haus, die Straße entlang.

Sie grüßte zwei schwatzende Bauern, ohne ihrer wirklich gewahr zu sein. Sie wusste, alle diese Menschen würden ihr dankbar sein, wenn sie ihnen die Hexe vom Leib schaffte.

Der Dorfplatz.

Zwei Weiber verließen den Brunnen gerade mit ihren gefüllten Eimern. Agnes nickte ihnen zu und wünschte einen guten Abend.

Elli, die ihren Eimer an der Winde hinunter ließ, drehte sich um.

„'N Abend, Elli."

„'N Abend."

Sagte es und wandte sich dem Seil zu.

Agnes stellte sich neben sie, so dass sie sie ansehen musste. „Sei nicht so verstockt."

Elli drehte ihr den Kopf zu. „Ich bin nicht verstockt. Ich hab's bloß satt, dass du mir immer so grob kommst."

„Grob, grob grob. Du stellst dich an."

Elli, den Blick auf den Brunnenschacht geheftet, erwiderte: „Du kannst mich mal."

„Was?“

Elli sah sie an. „Ich will das nicht mehr und fertig.“

Entschlossener Stolz in Ellis Blick, die Ablehnung, die darin lag!

„Du bist dumm, du merkst nicht, was vor sich geht.“

Elli hievte den Eimer auf den gemauerten Brunnenrand. Als sie ihn vom Haken nahm, sagte sie: „Ich bin nicht dumm.“ Sie stellte den Eimer auf den Boden und griff nach dem zweiten, um ihn zu füllen.

Herrgottnochmal! Agnes ballte die Hände zu Fäusten, so fest, dass sich ihr die Fingernägel in die Handballen gruben. Ah, das half, die Wut auf Elli im Zaum zu halten. Bemüht freundlich sagte sie: „Hör mir zu. Ich will dir helfen.“

„Bei was?“

Sie trat nah an sie heran und flüsterte: „*Die* macht das alles. Du weißt schon. Verhext die Leute. Dich. Friedgard …“

„Ach, geh mir fort mit deinem Friedgard! Der hat doch längst eine andere!“

„Was redest du da? Sieh mich an!“

Elli, vornübergebeugt am Seil ziehend, drehte nur den Kopf. „Der will dich nicht.“ Sie zog den Eimer herauf und fügte hinzu: „Und ich auch nicht.“

„Du störrischer Esel! Rede keinen Unsinn!“

Elli, die rechte Hand am Eimer, damit er nicht hinunter kippte, sagte schadenfroh: „Der tändelt mit dem Stadtweib. Das wissen doch alle!“

Agnes trat vor, Elli wich einen Schritt zurück, misstrauisch, die Hand am Henkel.

„Du lügst!“, zischte Agnes und gab dem Eimer einen Stoß. Mit lautem Scheppern fiel er hinunter in den Schacht. „Du bist ein grässliches Weib und hast nicht verdient, dass ich dir helfe.“

„Du bist närrisch!", kreischte Elli. Ängstlich blickte sie zum Brunnenrand, wagte jedoch nicht, in den Schacht hinunter zu schauen. Ihre Hand tastete nach dem Henkel des Eimers am Boden, ohne Agnes dabei aus den Augen zu lassen.

Begriff dieser Tölpel endlich, dass niemand so mit ihr umging?

„Das war für deine Unverfrorenheit! Und das ..." Agnes verpasste dem am Boden stehenden Eimer einen kräftigen Tritt, „für deine Torheit!"

„Du bist närrisch!", schrie Elli noch einmal. Sie bückte sich nach dem Eimer.

Agnes trat sie in die Seite.

Elli kippte um wie ein Sack Mehl. „Lass mich in Ruhe!", heulte sie, während sie sich eilig hochrappelte.

Die war nicht zu belehren. Die verstand nichts. Nichts, nichts, nichts. Und sie wagte es, solche Dinge über Friedgard zu erzählen. Sie trat auf sie zu, stieß sie mit beiden Händen vor die Brust. Elli taumelte, torkelte rückwärts, stolperte über den Eimer, ruderte mit den Armen. Agnes lachte.

Elli wandte hilfesuchend den Kopf. „Ich schreie alles zusammen, wenn du nicht aufhörst!"

„*Du* bist von Sinnen! Sie dich doch an. Purzelst herum, als wärst du volltrunken."

Elli wich vor ihr zurück, einen Arm in Abwehr erhoben.

Ha, sie hatte Angst! „Schrei doch!", zischte sie und riss den Dolch aus der Scheide. Oh, dieser dumme Trampel! Der würde sie es zeigen. Sie ließ die Waffe kreisen. Elli starrte sie an. Die Augen aufgerissen.

„Du bist irre, aber wie!", schrie Elli, raffte den Rock und rannte so schnell ihre Beine sie trugen in Richtung Kreuzung davon.

Darauf war Agnes nicht gefasst gewesen. Diese einfältige Kuh wagte es, abzuhauen! Sie gab dem Eimer noch einen Tritt. Sah die Feuerwanze, die den Fehler beging, eben jetzt hier herumzukrabbeln. Sie starrte sie an. Etwas in ihr ging mit lautem Getöse zu Bruch. Sie hob den Fuß, mit einem Mal war es leicht, so leicht. Sie trat auf die Wanze, dieses eklige, schreckliche Ungeziefer, sie stapfte mit dem Fuß darauf herum, hopste, trampelte, stieß ein schrilles Lachen aus.

„Tot, tot, tot", keuchte sie. Und jetzt die Hexe!

44

„Ich habe Frau Heilmann erzählt, dass der Bader dich versorgt hat und deine Wunde gut heilt. Sie lässt dich grüßen", erzählte Friedgard seinem Freund.

Sie saßen in Baumanns Stube am Tisch. Jeder hatte einen Becher Bier vor sich. Sie saßen schon eine geraume Weile, der Nachmittag schritt voran, in der Stube wurde es schummrig.

Baumann verzog den Mund zu einem verschmitzten Lächeln. „Dann bestelle auch ihr einen Gruß. Du bist ja nun noch öfter in ihrem Haus."

„Du brauchst gar nicht so zu grinsen", sagte Friedgard und grinste seinerseits.

Es war ja wahr. Apollonia gefiel ihm. Vom ersten Augenblick an. Und obwohl er diese Regung wahrgenommen hatte, wäre sie nichts weiter gewesen als eine augenblickliche Wallung, die vergangen wäre, sobald sie sich zu ihrem Bruder aufgemacht hätte. Ein Zugvogel auf dem Weg nach Süden. Man konnte ihm noch eine Weile nachschauen, dann war er am Horizont verschwunden.

Doch inzwischen lagen die Dinge anders.

Und das nicht nur, weil er den gesamten heutigen Vormittag mit ihr zusammen ihre Dokumente geprüft hatte, damit er einen Überblick hatte, wenn das Schreiben des Advokaten, eines einstigen Schulkameraden aus Heidelberg, käme. Ihr dabei zu helfen, ihre Witwenrechte zu sichern, war die eine Sache. Der Wink des Schicksals eine andere. So schrecklich die Ereignisse für Apollonias Bruder auch waren, schienen sie ihm selbst wie eine Fügung. Vorerst blieb sie hier. Und aus diesem vorerst mochte vielleicht gar ein künftig werden.

„Ich habe das Gefühl, dass …" Er stockte. Sah Hartmann an und betrachtete dann die Tischplatte. „Sie bringt das Beste in mir zum Vorschein. Ich will, dass sie bleibt."

„In summa", erwiderte Hartmann, „dich hat's erwischt."

„Grinse nicht so!", sagte Friedgard noch einmal.

„Und Agnes?"

„Kannst du nehmen."

„Feiner Freund bist du."

„Man tut was man kann."

Sie lachten.

„Am Ende bist du noch vor mir verheiratet", sagte Hartmann.

„Zeige der Holden in St. Leon halt, was unter deiner Braguette schlummert."

Hartmann stieß Luft aus. „Werde ich, kannst du einen drauf lassen."

Sie lachten noch einmal.

„Was anderes", sagte Hartmann, plötzlich ernst. „Ich wollte nicht nur wegen des Schulhauses mit dir reden. Da ist noch etwas."

Friedgard hob den Kopf und sah Hartmann an. Der schob entschlossen die Unterlippe vor, legte die Arme auf den Tisch, faltete die Hände und betrachtete sie.

„Es ist ja bald zwei Monate her und Gras drüber gewachsen. Anfänglich hab ich mir nichts dabei gedacht. Aber ich hatte Zeit, nachzudenken. Und etwas bleibt seltsam."

„Sprichst du von deinem Unfall?"

Hartmann nickte.

„Du kennst die Geschichte. Bezechter Heimritt, Sturz."

Friedgard nickte. Natürlich hatten sie damals darüber gesprochen. Hartmann hatte ihm anvertraut, dass er einiges über den Durst getrunken hatte und sich nicht recht erinnern konnte, wie es zu dem Sturz gekommen war. Auch für die Verletzung im Nacken wusste er keine Erklärung.

„Was ich dir nicht erzählte, ist, dass ich vom Buchhändler in Heidelberg etwas für Zahn mitbrachte. Bis zu dem Sturz hatte ich es auch noch. Ein Bündel, verschnürt, am Sattel festgebunden. Fühlte sich an wie ein Kästchen, eine hölzerne Lade. Erst als Zahn mich aufsuchte, erfuhr ich, dass es weg war. ‚Macht nichts', sagte er, ‚war nicht wichtig'. Ich dachte, es handle sich um Gesetzesschriften. Etwas, das er sich nun eben noch einmal besorgen müsse."

„Du hast etwas für Zahn mitgebracht, das dir gestohlen wurde? Aber warum hat er dann kein Diebgeschrei erhoben?"

„Eben", sagte Hartmann und breitete die Hände aus. „Zahn hat das seinerzeit abgetan. Ich vergaß es fast. Dennoch. Ich war verletzt. Hätte der Zentgraf da nicht ein wenig mehr … nachforschen müssen?"

Nachdenklich betrachtete Friedgard seinen Becher. „Du hast mir nie gesagt, dass dir etwas gestohlen wurde."

„Du hattest alle Hände voll zu tun. Wittib Heilmann wurde in Gewahrsam genommen und erst jetzt sehen wir uns wieder öfter." Hartmann zuckte entschuldigend die Schultern. „Da dachte ich, ich rede mal mit dir, was du von dieser Sache hältst."

„Ich kann mir keinen Reim darauf machen. Andererseits: Wenn er sagt, es war unwichtig, wird es wohl so sein. Und man ging davon aus, dass du dir die Verletzung beim Sturz zugezogen hast."

Hartmann nickte. „Er hat also mit dir nicht darüber gesprochen?"

„Hat er nicht."

„Dann ist es wirklich nicht wichtig. Vergessen wir es. Willst du dir noch einmal ansehen, was ich wegen dem Schulhaus aufgeschrieben habe?"

„Sicher.“

Hartmann stand auf. „Ich hol's, hab's drüben.“ Er ging in die Schlafstube.

„Komm mal her und sieh dir das an!“, hörte Friedgard ihn von nebenan rufen.

Hartmann stand mit dem Rücken zu ihm am Fenster. Friedgard trat neben ihn und sah hinunter.

Vor dem Brunnen lag Pfannenstiels Tochter am Boden. Agnes stand vor ihr, schimpfte auf die Wirtstochter hinab. Diese rappelte sich gerade auf, da stieß Agnes sie grob vor die Brust, so dass das Mädchen taumelte. Sie keifte zurück.

„Was geht da vor sich?“, fragte Hartmann. „Weiberkram?“

Friedgard starrte auf das Handgemenge. Das ist es, dachte er, was ich bei Agnes stets spürte. Diese unbändige Wut. Als lodere ein Feuer in ihr, das jederzeit ausbrechen kann und alles um sie herum verzehrt. Beim Liebesakt, gestand er sich ein, war ihm ihr Feuer recht gewesen. Es hatte ihm gefallen, denn es fachte seine Lust an. Jetzt beschämte es ihn.

„Gütiger Gott, was tut sie da?“, rief Hartmann, als er sah, wie Agnes mit ihrem Dolch vor Elli herumfuchtelte. „Sie wird ihr noch etwas antun. Wir müssen etwas tun!“

Aber da rannte Elli bereits quer über den Dorfplatz davon.

Die Männer starrten fassungslos auf Agnes' tobsüchtiges Herumgehopse. Friedgards Herz zog sich zusammen. Plötzlich verstand er. Die Glut war ausgebrochen wie heißes, flüssiges Gestein aus feuerspuckenden Bergen. Eine zerstörerische Macht, voller Gewalt, entsetzlich.

„Herr im Himmel!“, stöhnte Hartmann.

Friedgard beobachtete, wie Agnes in die entgegengesetzte Richtung von Elli davonstürmte, ihr Gesicht eine wütend verzerrte Maske.

Er fühle sich leer, als habe er diesen irren Tanz dort unten selbst aufgeführt. Leer und unerwartet … betroffen. Dieses Mädchen war … was? Vom Teufel besessen? Aufbrausend und unberechenbar? Dass sie damals auf ihn gewartet hatte, auf der Baustelle von Hofmanns Haus, das war gleichermaßen verwegen, mädchenhaft und fordernd gewesen. Er hatte sich von ihr mitreißen lassen. Aber nie hatte ihn das Unbehagen verlassen, das er ihr gegenüber verspürte, jenes seltsame Gefühl von Ungeheuerlichkeit, das sie umgab.

Und jetzt, da er und Hartmann Zeuge davon geworden waren, wie sie außer sich geriet, was mochte sein Freund von ihm denken? Fragte er sich, was ihn veranlasst hatte, sich mit diesem Mädchen einzulassen? Wie gut, dass er die Sache beendet hatte! Doch das Unbehagen wich nicht. Es lag schwer in seinem Magen. Unversehens fühlte er so etwas wie Verantwortung.

„Kommst du?“, rief Hartmann aus der anderen Kammer.

Friedgard blieb am Fenster stehen, seltsam benommen.

Und mit einem Mal wusste er, wohin Agnes rannte.

45

Meeau!, rief Schreihals von der geöffneten Hintertür, wo sie hockte und hinausspähte. Barbara stand am Herd. Es brutzelte und zischte in der Pfanne. Ohne aufzuschauen, antwortete sie: „Geh halt raus, Rübe ist ja nicht da."

Schreihals kam heran, strich ihr um die Beine, maunzte und stapfte wieder zur Hintertür. Von dort kam noch einmal ein forderndes *Meeau*!

Barbara achtete nicht darauf.

Sie wollte das Nachtmahl fertig haben, wenn Katharina und Apollonia zurück kamen. Die beiden sammelten Holunderblüten und hatten Rübe mitgenommen. Sie nahm die Schale mit den grob gehackten Blättern des Guten Heinrich und kippte die Hälfte davon in die Pfanne. Sollte sie die Gemüse-Speck-Mischung in die Hirse geben?

„Was meinst du, Schreihals?", fragte sie und drehte den Kopf.

Aber Schreihals hatte sich offenbar entschlossen, nicht weiter herumzumaulen und hinauszugehen. Sie war weg. Barbara zuckte die Schultern, rührte das zusammengefallene Gemüse um und klopfte den Holzlöffel am Pfannenrand ab. Und dann ein Geruch, der ihr durch die Kochdünste hindurch in die Nase drang. Er mochte noch so flüchtig sein, immer würde dieser Geruch sie zu Tode erschrecken.

Rauch.

Sie bückte sich und prüfte das Ofentürchen. Zu. Auch Glut war nicht herausgefallen. Seit damals war das wie ein Zwang. Hundertmal sah sie nach, ob das Türchen richtig verschlossen war, ob Glut auf dem Boden glomm. Sie seufzte.

Dennoch. Es roch nach Rauch.

Sie schob die Pfanne beiseite, ging zur Hintertür und spähte hinaus. Eine hastige Bewegung, ein Schatten beim Schuppen.

War da etwas? Das Gackern der Hühner klang aufgeregt. Und dann roch sie es, sah es, wusste es. Links von ihr am Haus gab es einen mannshohen Holzstapel, aus dem Rauch quoll, Flammen züngelten. Rechts von ihr, unter der Außentreppe hinter dem Haselbaum, die zu dem unbenutzten Raum im ersten Stock führte, kam ebenfalls Rauch hervor.

Sofort war alles wieder da. Maßloser Schrecken, Geruch nach verbranntem Holz. Bilder von verkohlten Balken, rußschwarzen Gesichtern, in die Schweiß und Tränen feuchte Rinnsale gezeichnet hatten. Gebrüllte Anweisungen, Schreie der Angst, Schreie der Verzweiflung. Das Entsetzen.

Sie stand wie gelähmt. Hörte ihr Herz schlagen. Starrte auf die aufsteigende graue Rauchfahne, als müsse sie sich besinnen, was das bedeutete. Mit einem Ruck erwachte sie aus ihrer Starre. Setzte sich in Bewegung, zurück in die Küche, riss den großen Topf vom Bord, hinaus, tauchte ihn in die Regentonne, schüttete ihn über den brennenden Haufen unter der Treppe. Zischen. Mehr Qualm. Zurück, den Topf füllen, zum Holzstapel. Hier reichte einmal nicht. Herr im Himmel, hilf. Nicht noch einmal das. Hilfe holen? Keine Zeit. Sie hinkte zum Holzstapel, leerte das Wasser darüber. Es zischte. Die Flamme züngelte erneut hervor. Es knisterte. Schöne trockene Scheite, gelagert unter einem uralten Überdächlein, das noch ihr Vater gezimmert hatte.

Sie stolperte zurück zur Regentonne, sah das schwarzbraune Häuflein unter der Außentreppe schwelen. Sie starrte darauf nieder. Da begriff sie. Stroh. Ein alter Lumpen, Reisig – und dünne Holzscheite. So angeordnet, dass sie, sobald entfacht, die untersten Stufen des hölzernen Aufgangs mühelos erreichen konnten. Sie schluckte. Das war absichtlich dort hingetan worden. Ihre Knie wurden weich, drohten nachzugeben. Herr im Himmel, hilf, hilf! Sie wandte sich zur Tonne, tauchte den

Topf ein. Sie musste es schaffen! Zurück zum Stapel. Die Wunde in der Seite begann heftig zu pochen. Sie nahm es nur am Rande wahr. Zurück zur Tonne …

Fast wäre sie im Schwung der Bewegung mitten hinein in den Dolch gelaufen, den Agnes Zahn ihr am ausgestreckten Arm entgegen hielt.

Barbara blieb mit einem Ruck stehen.

„Du wirst nicht löschen!", zischte das Mädchen. Ihr Blick war wirr. Die Haare zerzaust. An ihrem Kleidersaum hingen Spinnweben und Strohhalme.

Sie lachte auf. Sinnlos, wahnwitzig.

Barbaras Füße schienen ihr schwer wie Blei. Sie stand und starrte den Dolch an.

„Du entkommst mir nicht noch einmal!", zischte Agnes und kam näher.

Barbara sah den Stahl vor ihrem Gesicht aufblitzen. Lähmend wie ein giftiger Trank kroch ihr Angst durchs Gedärm.

Der Dolch war nah an ihrem Hals.

„Agnes …", flüsterte Barbara. Vorsichtig hob sie den Topf, zum Zeichen, dass sie ihn erneut füllen musste.

„Lasst ihn fallen!", befahl Agnes.

Barbara spürte die wilde Wut, die Entschlossenheit, die von Agnes ausging und schauderte.

„Lasst ihn fallen, sag ich!", schrie Agnes und machte eine ungestüme Bewegung mit dem Dolch.

Gütiger Gott, sie ist völlig toll, dachte Barbara. Ihre Gedanken begannen zu rasen, überschlugen sich. Schreien? Eine Waffe … Der Topf … Ob es ihr gelänge … Sie holte aus, doch Agnes war schneller. Der Stich traf sie am Oberarm. Barbara schrie auf, der Topf fiel ihr aus der Hand. Sie spürte das warme Blut.

„Ins Haus!", zischte Agnes und wedelte mit der Waffe. „Los, hinein."

Barbara wich vor ihr zurück, presste die linke Hand auf den blutenden Oberarm. Warf einen raschen Seitenblick auf den Holzstapel.

„Der brennt. Nichts wird dich mehr retten. Du wirst brennen, Hexe! Hast Mutter getötet. Mir Friedgard genommen. Dafür wirst du endlich bezahlen!"

„Agnes, höre doch …" Barbara wich vor ihr zurück. „Deine Mutter war krank! Sie litt schon lange …"

„Schweig!"

Wie sollte sie dieses Mädchen erreichen, in dem der Hass schwelte wie der zusammengesunkene Haufen unter der Treppe? Wenigstens den hatte sie löschen können, schoss es Barbara durch den Kopf. Sie machte einen weiteren Schritt rückwärts. Es musste ihr etwas einfallen. Ein Messer. Zu weit weg. Worte. Sie musste es versuchen.

„Agnes, du wirst Unglück über dich bringen, bitte, beruhige dich", flehte sie und fühlte, wie ihr Herz gegen die Rippen klopfte.

„Unglück bringst *du* über mich. Über uns alle, Hexe!"

Wieder lachte sie auf, hitzig, schrill.

„Damit ist Schluss. Ich habe Euch gewarnt. Aber Ihr habt meine Zettel missachtet. Wolltet nicht hören. Dafür wirst du brennen. Und dein vermaledeites Hurenhaus dazu. Wie schon einmal. Damals machte ich einen Fehler. Ich habe gewartet, bis du fort warst. Habe nur den Mann und das Kind erwischt! Sie haben bezahlt für Mutters Tod. Aber jetzt wirst *du* bezahlen. Rein ins Haus!"

Die Worte sanken in sie, langsam, zäh, ekelhaft und tiefschwarz wie Pech. Was sagte sie da? Für einen Augenblick drohten ihr die Sinne zu schwinden. Sie wankte.

„Was sagst du da? Du hast …"

„Dich bestraft, ja."

Agnes beugte sich vor, den Dolch fest im Griff, lachte höhnisch auf. „Dumm, wie du bist … hast das Ofentürchen nicht richtig geschlossen. Lustig, die Funken, sprangen heraus. Ein wenig Nahrung außerhalb des Ofens … schon knisterte es munter." Sie fuchtelte mit dem Dolch Richtung Haus.

In Barbara wurde alles starr. Leer. Ausgehöhlt.

„Geh!", befahl Agnes.

Barbara wich vor der Waffe zurück. Und fiel. Über eine Stufe der Hintertreppe. Sie stürzte hin, schlug sich Ellbogen und Steiß an und schrie auf. Tränen schossen ihr in die Augen.

„Rein jetzt. Und wenn du kriechen musst wie ein Wurm!"

Sie wollte aufstehen, aber ein jäher Schmerz im Rücken hinderte sie. Sie lag schief auf der Treppe, die Unterarme auf der Stufe aufgestützt. Sie hörte das Knistern des Feuers vom Holzstapel. Grauer Rauch zog schräg zum Himmel. Agnes ließ sie nicht aus den Augen. Sie stand vor ihr, entschlossen und von etwas getrieben, das ihr ungeheure Kraft verlieh. Barbaras Gedanken rasten. Sie musste Zeit gewinnen. Sie zum Reden bringen – irgendetwas tun. „Agnes", flehte sie und hob die blutverschmierte Hand, ein nutzloser Schild zwischen ihnen. „Warum hast du Lehrer Baumann verletzt?"

Für einen winzigen Augenblick zeichnete sich Überraschung auf Agnes' gerötetem Gesicht. Dann fing sie sich, fauchte: „Das geht Euch nichts an!" Und stach blitzschnell zu. Mitten hinein in den Handballen.

Der Schmerz ließ ihr fast die Sinne schwinden. Barbara schrie. Agnes kam näher, ihre Augen wild, den Dolch bereit. Barbara musste gegen den Schmerzschleier kämpfen, sie musste weg, weg von dieser Irrsinnigen. Sie kroch rückwärts, drehte sich mit ungeheurer Anstrengung halb auf die Seite, um sich mit dem unverletzten Arm abzustützen. Blut. Überall ihr Blut, auf ihrem Kleid, auf dem Holz der Stufen. Agnes war plötzlich bei ihr, verpasste ihr einen Tritt, traf sie an der Hüfte. Stechender Schmerz aus der alten Wunde. Ihr wurde schwarz vor Augen. Sie musste es schaffen, aufzustehen, hineinzugelangen, ein Messer zu greifen ... Sie hörte sich keuchen. Roch den Rauch. Prasseln vom Holzstapel. Gott, hilf ... es konnte doch so nicht enden. Wenn sie tat, was Agnes verlangte, und ins Haus kroch, würde sie darin verbrennen. Blieb sie hier, würde Agnes sie erstechen. Sie dachte an ihre Mutter. Würde sie vor ihrer verkohlten Leiche stehen, wie sie einst ... unerträglich daran zu denken.

„Heilmännin." Höhnisch, hasserfüllt.

Agnes trat sie, Barbara krümmte sich zusammen, zog einen Arm schützend über den Kopf, das Gesicht am Boden. Sie wimmerte, zitterte.

Zweimal, dreimal, Agnes trat, traf Hüfte, Schenkel, Arm.

Betäubt vor Schmerzen, Agnes' Zischen im Ohr, nahm sie ein Geräusch wahr.

„Agnes", rief jemand hinter ihr.

Sanft und auffordernd zugleich.

Vor Erleichterung heulte sie auf.

„Lass den Dolch sinken", sagte Friedgard.

„Du hilfst ihr!", fauchte Agnes.

„Ich helfe *dir*", erwiderte Friedgard im Ton von jemand, der ein tobendes Kind beruhigt.

Stille.

Sie wollte den Kopf heben, zog langsam den Arm zur Seite. Schon spürte sie kalten Stahl am Gesicht.

„Siehst du, es ist ganz leicht. Nur einen Stoß braucht es noch, dann ist sie unschädlich, hörst du!"

Friedgard hinter ihr bewegte sich. „Nimm den Dolch weg!", befahl er hart.

„Komm nicht näher, oder ich stech sie ab!", schrie Agnes.

Eiskalter Schweiß drang ihr aus allen Poren. Gott, hilf mir, lass nicht zu, dass es so endet, bitte! Die Klinge schwebte kaum einen Zoll vor ihrer Nase.

„Agnes“, wiederholte Friedgard, diesmal besänftigend. „Lass den Dolch sinken. Du darfst ihr nichts tun.“

„Damit du weiterhin in ihrem Hurenhaus ein und aus gehen kannst?“, lachte sie auf und setzte Barbara die Dolchspitze an die Kehle.

Ruhig antwortete er. „Nein. Damit du dich nicht des Mordes schuldig machst.“

„Des Mordes?“, schrie sie außer sich. „Ich rette euch alle vor diesem Hexenweib! Dankbar müsstet ihr mir sein.“

„Agnes, sie ist keine Hexe. Der Kurfürst hat sie freigesprochen.“

Barbara wollte von ihr wegkriechen, da wurde der Druck der Klinge stärker. Heiß bohrte sich die Spitze in ihren Hals.

„Gib mir den Dolch“, bat Friedgard weich.

„Niemals!“, fauchte Agnes.

Und dann war Friedgard bei Agnes, packte sie hart an beiden Armen, der Dolch fiel ihr aus der Hand.

„Es ist gut“, beschwichtigte Friedgard.

Barbara hob den Kopf. Ein Herzschlag lang sah es aus, als wollte Agnes sich ihm an die Brust werfen. „Bleibst du bei mir?“, fragte sie.

„Feuer beim Holz!“, hörte sie sich keuchen.

Da wurde die Haustür aufgestoßen, schepperte laut krachend gegen die Wand, Schritte polterten herbei.

„Was geht hier vor sich?“, bellte Zahn.

„Vater!“, hauchte Agnes.

„Alles gut, Zentgraf“, meldete Friedgard und ließ das Mädchen los.

Das war ein Fehler.

Wieselschnell bückte sich Agnes nach ihrem Dolch, wich rückwärts zurück.

„Tochter!“, herrschte Zahn sie an.

Der Dolch zeigte anklagend auf den Zentgrafen, den Barbara hinter sich roch.

Zahn stapfte an ihr vorbei auf Agnes zu.

„Du kommst nicht her, oder ich schneide mich auf!“, drohte sie.

Wie vom Donner gerührt blieb Zahn stehen. „Was faselst du da! Lass das Ding fallen!“

Friedgard hatte den Topf gefunden, füllte ihn aus dem Regenfass und begann, Wasser auf den Stapel zu schütten.

„Da! Siehst du! Er hilft ihr. Er sagt, er tut es nicht, aber er hilft dieser Hexe. Dabei *muss* sie brennen.“

Hinter ihr im Haus rumorte es, eine weitere Person kam durch die Küche.

„Gütiger Gott, man muss sie versorgen!“ Sie erkannte Hartmann Baumanns Stimme.

„Bleib weg!“, schrie Agnes, während sie vor ihrem Vater zurückwich. „Siehst du, was ich kann!“ Eine rasche Bewegung mit dem Dolch über ihr Handgelenk. Blut schoss hervor.

„Hol Bader Bastian!“, schrie Friedgard.

Barbara wurde schwindlig, sie versuchte, aufzustehen. Sie schaffte es nicht.

„Nichts hast du getan, um die Hexe aufzuhalten!“ Ein zweiter Schnitt riss eine Wunde in ihren Unterarm. „Hast nur deine dummen Schriften im Kopf. Aber die habe ich dir weggenommen. Habe sie *dem da* weggenommen.“ Sie zeigte mit dem Dolch auf Baumann. „Verbrannt habe ich sie, wie ich die Hexe verbrenne!“

Zahn stand wie gelähmt. Barbara sah seinem Rücken die Erschütterung an, die ihn traf, als hätte ihm ein Riese einen

Schlag in den Magen verpasst. Agnes schnitt sich. Rasend, entschlossen, tief. Ein Albtraum. Plötzlich war Friedgard bei ihr, hob die Arme.

„Scht“, machte er. „Scht.“

Sie sah ihn an. Unendlich verloren. Ließ den Dolch fallen. „Nur dich“, flüsterte sie.

„Ruhig, ich bin da.“

Sie sank an seine Brust. Kraftlos rutschten ihre Arme über seinen Rücken, hinterließen Blutspuren auf seinem grauen Wams.

Barbara konnte nur mühsam die Augen offen halten. Wie durch einen Nebel sah sie zwei Gestalten durch die Tannen schlüpfen, sah, wie sie angewurzelt stehen blieben und auf das Geschehen starrten.

„Mutter“, hörte sie sich flüstern, dann wurde ihr schwarz vor Augen.

46

Längst hatten sie das Mittagsmahl beendet, doch schmutzige Tonschalen und Messer lagen noch immer auf dem Tisch, um den sie dicht gedrängt saßen.

Matthias, Gundel und die Kinder waren nach dem Gottesdienst gekommen. Auch Friedgard war da. Im Schoße ihrer Familie saß Barbara unter dem Fenster auf der Bank und kam sich vor wie ein gewickelter Säugling. Verband am Arm, Verband an der Hand, Verband um die Leibesmitte. Ihr Körper schmerzte, pochte, ziepte.

Apollonia, die zwischen Katharina und Michel saß, stützte die Ellbogen auf den Tisch, das Kinn auf die gefalteten Hände. „Wat für eine Geschichte", sagte sie. „Jesus, seine eigene Tochter!"

In Barbara gärten Erschütterung und Abscheu. Noch immer war sie benommen von dem, was geschehen war. Ganz Hockenheim sprach über nichts anderes. Agnes' Bekenntnisse hatten eine Welle des Schauderns ausgelöst. Apollonia hatte wieder die Gänge zu Brunnen, Bäcker und Metzger unternommen und berichtete von freundlichen Begegnungen. Man sah sie nicht mehr scheel an, man fragte sie, wie es Barbara ginge, man bat sie, ihr Genesungswünsche zu übermitteln. Am heutigen Sonntag hatten einige es sich nicht nehmen lassen und waren vor dem Gottesdienst vorbeigekommen, um ein Glas eingemachte Birnen oder ein Stück Speck zu bringen. In ihren Gesichtern las Barbara Mitleid und Reue.

Einerseits war sie dankbar und froh. Fühlte sich als Teil einer Gemeinschaft, die an ihrem Schicksal Anteil nahm und ihr gewogen war. Andererseits erinnerte sie all die bösen Blicke der letzten Jahre, die Tuscheleien. Sie hatte außerhalb der Gemeinschaft gestanden und sie hatten es sie spüren lassen.

Der Wandel kam so rasch. War er ehrlich? Und würden sie es nicht jederzeit wieder tun, wenn nicht mit ihr, dann mit jemand anderem, der in eine missliche Lage geriet? Sie dachte an Susanne Zahn, der man nun anlastete, ihre Stieftochter nicht genügend an die Kandare genommen zu haben. Apollonia hatte es gehört und gesehen.

„Sie hat gesagt, sie habe Baumann geschnitten, als er sich regte und zu sich kam, damit er nicht sähe, wer ihn bestahl", sagte Matthias. „Das zeugt von Geistesgegenwart. Von Mutwillen. Auch dass sie den Hengst ihres Vaters davon jagte, ist kaltblütig zu nennen." Er seufzte. „Ich möchte nicht in der Haut der Richter stecken. Sie müssen beurteilen, ob ihr Rechtstag ernannt wird oder ob sie keine ordentliche Lebensstrafe zu gewärtigen hat, weil sie wahnwitzig ist."

„Eisinger sagte, er habe sie öfters im Morgengrauen durch den Ort streifen sehen, deshalb sei ihm der Verdacht gekommen, als er ihren alten Dolch fand", warf Barbara ein.

„Es ist gut, dass sie nun in Heidelberg im Spital in Gewahrsam ist. Und ganz gleich, wie ihre Strafe ausfällt, dem Zahn bricht es das Genick." Matthias wandte sich an Friedgard, der die ganze Zeit geschwiegen hatte: „Ob man Würth als Anwalt Zentgraf einsetzt, was meint Ihr?"

Friedgard zuckte die Schultern. „Das entscheiden sie im Oberrat. Sollte es zu einem Prozess kommen, wird Zahn wegen Befangenheit keinesfalls das Urteil sprechen, soviel ist gewiss."

Matthias hob die Arme über den Kopf und reckte sich. „Zeit zum Aufbruch, Weib!"

Gundel begann, Ordnung auf dem Tisch zu machen.

„Wat ist nun mit den Schriften, die sie stahl und verbrannte?"

Matthias erhob sich. Schmunzelnd antwortete er: „Darüber munkelt man einiges, doch Zahn lässt keinen Furz verlauten.

Es heißt, es seien irgendwelche lästerlichen Flugschriften gewesen." Er machte eine eindeutige Geste.

Als die vier kurz darauf gegangen waren, fühlte Barbara, wie das dumpfe Entsetzen erneut nach ihr griff. Sie war dankbar, dass Apollonia und Friedgard jetzt, wie auch in den vergangenen Tagen, stets an ihrer Seite waren. Zwischen ihnen vieren, wie sie hier saßen, war ein Zusammenhalt entstanden, in dessen Zuge sie genas. Oft sprachen sie über die Geschehnisse und Barbara merkte, dass diese Gespräche ihr halfen, der Angst beizukommen. Und dem Schmerz. Agnes hatte Verletzung und Tod verursacht. Sie hatte einen Brand gelegt, für den Barbara sich jahrelang selbst die Schuld gegeben hatte. Barbara hatte geweint und getobt, sich wie betäubt gefühlt und alles noch einmal durchlitten. Aber nun saß sie im schützenden Kreis jener, die ihr dabei halfen, es zu verwinden. Durch die Fürsorge ihrer neuen Freundin hatte sie nachts besser schlafen können. Es waren innige Augenblicke, die sie teilten. Friedgard berichtete davon, dass Baumann ihm erst am selben Nachmittag der Ereignisse erzählt hatte, dass er seinerzeit etwas für Zahn aus Heidelberg mitbrachte. Da hatte auch sie gestanden, was in ihrem Garten vorgefallen war an Walpurgis. Dass Zahn diese Schriften bei ihr vermutet hatte. Dass er sie geschlagen hatte und sie sich geschämt und deshalb geschwiegen hatte.

Sie waren überein gekommen, dass Zahns Verhalten zwar schändlich war, doch da er keine Anstalten machte, Barbara weiterhin zu belästigen, es auf sich beruhen zu lassen. Zumal der Zentgraf nun mit seiner Tochter hinlänglich beschäftigt war. Was mit ihr geschehen würde, wusste man noch nicht, doch war klar, dass man niemals vergessen würde, wie irrsinnig sie bei ihrer Gefangennahme getobt und geschrien hatte. Barbara wusste, dass Friedgard mit Apollonia über sein Verhältnis zu Agnes gesprochen hatte, wenn sie abends ihren Spaziergang unternahmen, der ihnen zur lieben Gewohnheit geworden war.

„Agnes wird ihre Strafe erhalten und wir können nur beten, dass Gott sie gnädig bei sich aufnimmt." Friedgard stand auf.

Barbara nickte nachdenklich. „Ich werde Zeit brauchen, bis ich ... ihr vergeben kann."

„Und dat ist auch recht so!", sagte Apollonia, während sie und Katharina aufstanden. Apollonia wollte den Topf mit Wasser, den Gundel auf den Herd gesetzt hatte, in den Holzbottich entleeren.

„Na, lass mal. Geht ihr nur." Katharina scheuchte sie mit einer Armbewegung fort.

„Lasst es stehen, Frau Großhans, ich mache es, wenn ich zurückkomme."

Katharina gab keine Antwort und begann, das Geschirr zu säubern.

Apollonia verschwand in der Schlafkammer, um sich ihr Schultertuch aus ihrer Truhe zu holen. Rübe kam schwanzwedelnd heran, er merkte, dass es hinaus ging.

Ächzend erhob Barbara sich ebenfalls. Schwerfällig folgte sie Friedgard zur Tür und die drei Stufen hinunter auf die Gasse. Rübe sprang aufgeregt um sie her.

Friedgard lächelte sie an: „Dein Leben für das meine. Jetzt sind wir quitt."

Rehbraune Augen und Sonnenlocken. Sie konnte nicht anders. Ehe er sein Barett aufsetzten konnte wuschelte sie ihm rasch durchs Haar. Er schmunzelte und in seinen Augen las sie scherzhaften Tadel und Einvernehmen. Apollonia kam, sie und Friedgard gingen Richtung Dorfzaun davon. Barbara sah ihnen nach. Sie dachte, wie gut es doch war, dass Apollonia zu ihnen gekommen war. Ihre Hilfe war ein Segen. Ganz zu schweigen von allem anderen. Sie wandte sich um, wollte zurück ins Haus.

Und blieb wie angewurzelt stehen.

Mit raschem Schritt kam er die Gasse herauf. Entschlossen, aufrecht. Den Blick erhoben auf *ein* Ziel – sie. Seine Augen, seine Haltung, jeder Schritt sprach: Ich komme zu dir.

Hitze stieg in ihr auf. Ihr Füße liefen von alleine. Ihm entgegen. Schwarz wie Kohle seine Augen. Und doch sandten sie Licht.

Sie stürzte in seine Arme, spürte den dumpfen Schmerz in der Leibesmitte, als ihr Körper auf seinen prallte. Er war nichts gegen die Süße seines Wacholderduftes.

Sommer 1593

47

Nach Johanni war der Sommer gekommen.

Doch nur für eine kurze Weile. Der Juli brachte Regen, Regen und nochmals Regen. Die Unwetter vernichteten einen Großteil der Gerste und Hirse, Hagel polterte auf die Dächer und schlug Obst von den Bäumen. Mit Beginn der Hundstage war der Sommer zurückgekehrt, und bis jetzt, Anfang August, hielt er sich. Friedgard hoffte, dass dies so bliebe. Er streckte sich auf der Decke aus, die sie an diesem warmen Abend am Waldrand nahe der Allmende ausgebreitet hatten. Apollonia lag neben ihm und betrachtete wie er selbst die Wolken, die über den Abendhimmel zogen. Sonnenstrahlen durchbohrten sie, kraftvolle schräge Lichtstreifen, die sich über den Horizont breiteten, als wären sie ebenmäßige gerade Pfade hinauf und mitten hinein in den Himmel.

Er war glücklich.

Apollonia und er waren sich einig. Am Bartholomäustag würden sie heiraten. Apollonias Belange klärten sich. Der Verkauf der Buchbinderei an die Zunft war in die Wege geleitet. Noch vor der Hochzeit würden sie zusammen nach Köln reisen, um die Unterschriften zu leisten, Apollonias Habe zusammenzupacken und die Überführung nach Hockenheim zu veranlassen. Bis ihre Möbel kamen, wäre das große Zimmer im ersten Stock von Barbaras Haus hergerichtet. Denn dort würden sie leben. Die baulichen Arbeiten waren im Gange. Augenblicklich wurden Holzbohlen am Boden verlegt. Danach würden die Wände gekalkt werden. Auch einen Abtritt wollten sie neben dem Schuppen errichten. Katharina kam das alles sehr gelegen, denn Barbara verbrachte schon jetzt die meiste Zeit in Reilingen bei Winfried, wo sie nach ihrer Hochzeit mit dem

Königsmann ohnehin leben würde. Die beiden heirateten noch vor ihnen, in wenigen Tagen, am zwölften August.

Friedgard dachte an seine Mutter. Das trübte sein Glück. Er schämte sich für sie. Denn das alles missfiel ihr. Sie hatte sich beim letzten Ortsgericht im Juli mächtig aufgeregt wegen der Rüge, die Barbara gegen sie vorgebracht hatte, und ihr obendrein Beherbergung einer Fremden vorgeworfen. Er hatte kurzerhand erklärt, dass Wittib Thiebold längst die vier Gulden Bürgergeld entrichtet habe, von der Kurpfalz als Untertanin aufgenommen und zudem seine Verlobte sei. Er würde niemals den Gesichtsausdruck seiner Mutter vergessen, ihre verächtlich schmal zusammengepressten Lippen. Die Dorfschöffen hatten ihr eine geringe Geldbuße auferlegt und sie ermahnt, mit Wittib Heilmann künftig eins und friedlich zu sein. Er seufzte und Apollonia drehte den Kopf zu ihm herum.

„Wat hast du?“, fragte sie.

„Ich dachte an meine Mutter. Dass sie uns ihren Segen nur auf Befehl meines Vaters gab. Sie spricht kaum mit mir.“ Er starrte in die Wolken und wünschte, seine Mutter würde sich mit ihm freuen. Seine Schwestern und sein Vater taten es.

Apollonia drückte seine Hand. „Es wird sich legen mit der Zeit, ich bin sicher.“ Sie drehte sich ihm zu und legte den Arm auf seinen Bauch. Rübe neben ihr hob den Kopf bei ihrer Bewegung, schaute herüber – und senkte ihn seufzend zurück auf die Pfoten. Er sah sie an. Wie war das alles nur gekommen? Er kannte sie gerade mal zwei Monate und war doch gewiss, sie war sein Weib. Er verscheuchte die trüben Gedanken und lächelte sie an.

„Hartmann hat Recht behalten. Ich bin noch vor ihm verheiratet. Als unser Trauzeuge kann er sich nun Appetit holen, und hoffentlich selbst bald ein Weib heimführen.“

Apollonia schmunzelte. „Dat sollte er auch tun, damit er sich nit so grämt, weil aus dem Schulhaus vorerst nichts wird."

„Ja", seufzte er, „die Amtleute in Heidelberg jammern, dass kein Geld vorhanden sei. Dass erst einmal die junge Fürstin angemessen ausgestattet werden müsse, die Neuordnung des Oberrats vordringlicher sei, der Marstall ... ach, all die üblichen Begründungen."

„Unsere Kinder werden bei ihm lernen. Wo auch immer."

Er drückte einen Kuss auf ihre Nasenspitze und sagte: „Das werden sie."

„Jesus!", rief Apollonia und setzte sich aufrecht hin. „Habe ich es erzählt? Mein Bruder schreibt, sie kommen zu unserer Hochzeit! Mit der ganzen Bagage! Es geht ihm gut, die Sache ist ausgestanden."

„Freust du dich?"

Zuerst sagte sie nichts und Friedgard dachte schon, sie hätte ihn nicht verstanden. Doch dann holte sie Luft, nickte und erwiderte: „Ich freue mich. Aber ... meine Familie ist nun hier."

Er zog sie zu sich heran.

„Sicher hat es auch ihm Kummer bereitet, dir nicht helfen zu können, wie er es versprochen hatte. Er wird froh sein, zu hören, dass alles gut lief."

Sie schwiegen.

Er hörte sie atmen und dachte: So ist es also, jemanden zu lieben und Widrigkeiten in Kauf zu nehmen. Jetzt weiß ich es. Ich werde Apollonia heiraten, auch wenn wir eine Reise unternehmen und schwierige Dinge verhandeln müssen. Auch wenn meine Mutter dagegen ist. Und Drudbert, der Held meiner Geschichte, wird gegen den Willen seines Vaters um seine Braut kämpfen.

„Weißt du was?", raunte er in Apollonias Haar.

„Hm?"

„Ich werde meine Geschichte *Sommermärchen* nennen. Weil ich dir im Sommer begegnet bin und all das so schön wie ein Märchen ist."

„Welcher Sommer?"

„Hörst du nicht, wie die Bienen summen? Riechst du nicht das Heu? Und sieh den Staub, der eine Elle über den gemähten Wiesen hängt."

„Dummkopf", sagte Apollonia. Sie küsste ihn aufs Ohr. „Süßer Dummkopf."

Er spürte ihr Lächeln, das ihn am Hals kitzelte.

48

Barbara stand in der Küche und band das Lederbändchen, an dem die kleine blaue Phiole hing, an ihren Gürtel. Katharina schaute ihr dabei zu. Über ihren Köpfen polterten und rumorten die Handwerker. Verliebt zupfte Barbara die Phiole zurecht, damit sie neben ihrem Messer gut zur Geltung kam. Winfried hatte sie ihr aus Dillenburg mitgebracht. Sie war völlig nutzlos, viel zu winzig, um darin eine sinnvolle Menge Tinktur unterzubringen – außer drei Tropfen Gift vielleicht – aber sie war wunderschön. Barbara liebte das strahlend blaue Glas, strich mit dem Finger darüber und sah auf.

„Ich mache mich auf den Weg", sagte sie zu Katharina.

„Na", machte ihre Mutter.

„Jetzt tu nicht so mürrisch. Wer wollte denn, dass ich einen Mann habe? Außerdem sind Friedgard und Apollonia da."

„Na", brummte Katharina noch einmal. Ihr Barthaar zitterte.

„Obendrein musst du dein gutes Kleid lüften, zwei Kuchen backen, du wolltest noch einmal Käse machen …"

Katharina bedeutete ihr zu schweigen und sagte: „Aber morgen kommst du."

„Wie es sich gehört, sicher. Den Tag vor der Hochzeit verbringt die Braut zu Hause."

„Und die Nacht auch", schmunzelte Katharina.

Barbara schnitt ihr eine Grimasse.

„Damit deinem Bräutigam die Luft wegbleibt, wenn er dich übermorgen zur Kirche führt."

„Jaja", machte Barbara.

Ihr Bräutigam! Wie glücklich sie war. Sobald ihre Wunden verheilt waren und sie wieder gut zu Fuß war, hatte sie jede Gelegenheit genutzt, bei Winfried zu sein. Bereits im Juli hatten sie begonnen, bei ihm umzuräumen, um für ihre eigenen

Sachen Platz zu machen. Truhe und Schränkchen, die unbenutzt in der Kammer im ersten Stock gestanden hatten, und die nun, da das Zimmer für Apollonia und Friedgard hergerichtet wurde, im Weg waren. Winfried beabsichtigte zudem einen Anbau. Schon jetzt war sie die Hausfrau in seinem Haus, versorgte seine Söhne. Da sie nun oft in Reilingen war, sah sie auch ihre Schwägerin Gundel sowie Matthias vermehrt. Michel, ihr Neffe, war hingerissen von Winfrieds Jungen. Ganz aufgeregt war er davon, dass die beiden seine Vettern werden würden. Oft saß er bei ihnen mit am Tisch. Wenn die vier – denn Johannes Sohn Sebastian gehörte natürlich ebenfalls dazu – abends zerzaust und verdreckt und mit glänzenden Augen in Winfrieds kleiner Küche beim Nachtmahl saßen, ging Barbara das Herz über vor Freude. Was sie niemals mehr für möglich gehalten hatte, war geschehen: Sie hatte Kinder! Sie liebte Winfrieds Söhne. Und die Jungen liebten sie.

Winfried hatte sie gefragt, ob sie wollte, dass die Jungen sie Mutter nannten. Aber das war ihr unangenehm. Cornelius, der Ältere, war auf Barbaras Anerbieten, sie schlicht beim Vornamen zu nennen, eingegangen. Der jüngere David hingegen, der manchmal unter Albträumen litt und zuweilen nachts zu Winfried und ihr ins Bett kroch, hatte bald darauf angefangen, sie doch Mutter zu nennen. Zunächst hatte es ihr Unbehagen bereitet, aber nach einer Weile merkte sie, dass es sie mit Stolz erfüllte, und so ließ sie es zu.

Ja, sie war glücklich. Übermorgen würde Winfried mit seiner Familie und seinen Freunden im Brautzug von Reilingen herüber nach Hockenheim ziehen. Auch sie selbst würde mit ihrer Familie den Gang durch die Straßen zur Kirche antreten. Das gehörte zur Zeremonie der Eheschließung, es unterstrich die Rechtmäßigkeit ihrer Ehe, zeigte die Herkunft, die Ehre ihrer Familien.

„Na“, machte Katharina. „Dann geh halt.“

Barbara überlegte, ob sie auch nichts vergessen hatte. Sie griff nach ihrem Bündel auf dem Tisch, als es an der Haustür klopfte.

Geschwind, knapp und ehrerbietig.

Sie ging öffnen.

Vor ihr stand Johannes Zahn.

Beim Eisenring am Haus angebunden ein schwarzer Hengst. Ein schlankes, wunderschönes Tier.

Barbara schluckte. Sie hatte den Zentgrafen in den vergangenen Wochen einige Male sonntags in der Kirche gesehen. Er war um Jahre gealtert. Sein Haar war über den Ohren grau geworden, sein Blick hatte sich getrübt, war von Kummer gezeichnet.

Weil sie ihm nicht begegnen wollte, hatte sie für die Rückgabe von Susannes Korb absichtlich jenen Tag gewählt, an dem der Zentgraf in Heidelberg weilte, da der Oberrat ihn zu sich berufen hatte. Man hatte ihn nicht seines Amtes entsetzt. Aber Hockenheim zerriss sich die Mäuler über ihn, schwatzte über die Schmach, der er anheimgefallen war. Seine Tochter war im Liebfrauen Spital zu Heidelberg in Gewahrsam und auf seinem Haus lastete die Ungewissheit ihres weiteren Schicksals. Man bezweifelte, dass der Fall nach der Untersuchung durch das Amt überhaupt zur Verurteilung an das Blutgericht gelangen würde. Dort stünde Agnes möglicherweise bevor, wegen Brandstiftung das Urteil der Blendung zu gewärtigen oder wegen Verleumdung die Zunge zu verlieren. Doch man munkelte, dass es möglicherweise nach der amtlichen Voruntersuchung keine peinliche Gerichtsverhandlung geben würde und das Amt selber die Strafe aussprechen würde ohne das Blutgericht um ein Urteil zu bemühen. In der Malefizordnung gab es keine Rechtfertigung für ein solches Vorgehen. Doch die zentliche Gerichtsversammlung würde sich darüber kaum beschweren, kannten die Zentschöffen den Zentgrafen doch seit Jahren. Sie wären eher erleichtert, dass sie nicht über einen Gerichtsverwandten urteilen müssten.

Wie auch immer, offenkundig schien derzeit nur eines: Ein so wahnwitziges Mädchen bedurfte besonderer Fürsorge, wahrscheinlich würde sie ihr Leben lang im Spital im Schatten des Königsstuhls vor sich hindämmern. Vielleicht würde man sie mit Ruten ausstreichen – sicherlich aber würde man ihr einen kirchlichen Beistand schicken, der sie nach bestem Vermögen zurück in Gottes Schoß führen sollte.

„Einen guten Tag, Heilmännin", sagte Zahn aufgeräumt und sachlich. Sein unrasiertes Kinn schillerte grau.

Sie erwiderte seinen Gruß.

„Ich habe gehört, dass Eures Bräutigams Pferd nach seiner Reise ins Hessische lahmte und letztlich getötet werden musste. Soweit ich weiß, hat er noch kein neues."

Zahn wies auf den Hengst. „Wollt Ihr so gut sein, und diesen Rappen als Hochzeitsgeschenk annehmen?"

„Was ...?" Völlig überrascht starrte Barbara Zahn an. „Ihr wollt ihm ein so kostbares Geschenk machen?"

Zahns schwarze Augen trafen geradewegs die ihren. „Dem Brautpaar", antwortete er.

Sie hielt seinem Blick stand, dann schlug sie die Augen nieder, sah wieder auf.

Eine Ewigkeit, so schien es ihr, betrachteten sie sich stumm. Was er ihr zu sagen gehabt hatte, war längst gesagt. Von seiner Seite gab es keine Worte mehr. Es war an ihr.

Sie nickte. „Ja, Zentgraf", antwortete sie ihm schließlich. „Ich nehme an."

Sehr leicht nur neigte er den Kopf, schloss kurz die Augen. Als er sie wieder öffnete las sie Erleichterung darin. Er wollte sie verbergen und blickte noch einmal zu dem Hengst. „Er heißt Finistere."

Und er ist mehr als ein Geschenk, dachte Barbara. Er ist ein Friedensangebot, die Bitte um Vergebung. Zahn wandte sich ab und hatte bereits einen Fuß auf der Gasse, als sie sagte: „Darf ich meinerseits eine Empfehlung aussprechen?"

Er drehte den Kopf zu ihr um und wartete.

„Lavendel im Badewasser nimmt giftige Säfte, saure Dünste und marternde Gedanken fort. Gönnt es Euch."

Schwach war das Lächeln, mit dem er das ihre erwiderte. Dann ging er die Gasse hinab. Eine Bürde tragend und dennoch aufrecht.

49

„Meine Frieda legt die meisten Eier, siehst du?“, sagte David stolz und gab zwei weitere braune Eier zu den anderen in die Schale, die sie in den Hühnerstall mitgenommen hatten.

Barbara blickte auf das kräftige braune Huhn, das misstrauisch zu ihnen herspähte. „Ein schönes Huhn“, sagte sie. „Es sieht gesund aus. Es bekommt ihm, dass du dich so gut um es kümmerst.“

David nickte ernst. Er wies auf die Eier und sagte: „Damit wird Tante Johanne einen großen Kuchen für dich und Vater backen.“

Sie schmunzelte. „Ja“, antwortete sie, „das wird sie.“

Seit dem Mittag briet und buk Johanne bereits in Winfrieds Haus. Barbara war natürlich gekommen, um ebenfalls mitzuhelfen. Fast die Hälfte der ansässigen Königsleute waren zum Fest geladen. Dazu Nachbarn, Winfrieds Eltern und Bruder aus Speyer, sowie ihre eigene Familie. Und natürlich Friedgard und Apollonia. Sie würden in der Georgskirche in Hockenheim heiraten und dann in einem großen, bunten Zug nach Reilingen wandern und in und um Winfrieds Haus feiern. Den ganzen Nachmittag über hatte er mit seinen Königsfreunden Tische, Bänke und Wagendecken hergerichtet. Jetzt musste nur noch das Wetter mitspielen, denn die Hitze dieser ersten zehn Augusttage wich langsam einer drückenden Schwüle, die sich irgendwann in Gewittern entladen würde.

„Nimm du die Eier mit, Vater sagt, ich muss noch den Stall ausmisten. Damit es bei dem Fest nicht stinkt.“

Sie ging zurück zum Haus. Grillen zirpten, Sommerduft lag in der Abendluft, erhitzte Erde, trockenes Gras. Am westlichen Himmel sank eine blasse Sonne in ein Meer aus milchweiß und orange schimmernden Wolken. Barbara hörte Winfrieds

Lachen aus dem geöffneten Küchenfenster. Johannes Stimme war zu vernehmen, Barbara konnte jedoch nicht verstehen, was sie sagte. Sie ging um die Hausecke herum und ihr Blick fiel durch das geöffnete Fenster.

Inmitten der Küche umarmte Winfried Johanne von hinten, wiegte sie und summte. Johannes Hände lagen auf seinen um ihren Leib geschlungenen Armen. Sie lehnte sich an seine Schulter, drehte ihren Kopf halb zu ihm herum.

„Du bist verliebt“, lachte sie.

„Ja“, antwortete er und wirbelte sie herum.

„Hör auf, mir wird ja ganz duselig.“ Johanne lachte und lachte.

Barbara versank in diesen Anblick. Ihr fiel ihr Bruder ein. Matthias gefiel es natürlich, dass sie heiratete und nach Reilingen zog. Sie nahm sich vor, gleich morgen, auch an ihn weiterzugeben, was Winfried hier so unbekümmert seiner Schwester schenkte: Teile vom eigenen Glück. Ein Glück, das nach so vielen Jahren der Trauer, der Schuld und des Schmerzes in ihr Leben gekommen war.

„Schau dir das an!“, sagte Barbara zu Winfried.

Sie lehnte sich weit nach hinten und sah hinauf in den Nachthimmel. Winfried folgte ihrem Blick. Das obere Drittel des zunehmenden Mondes war von einer flachen dunklen Wolke verdeckt. Es sah aus, als habe der Mond ein Barett auf dem Kopf. Gott schien dabei, ein Gemälde zu malen, denn er tupfte eine sehr schmale Wolke am Ende der ersten dazu, und nun sah es aus, als kröne eine Feder des Mondes Barett. Ein zartlichtener Schimmer umkränzte den Mond und nachtblaue Helligkeit leuchtete hinter ihm. Der Abend war warm. Die Jungen schliefen, und Winfrieds Schwager, der zum Nachtmahl zu ihnen gekommen war, hatte seine Hausfrau und seinen

Sohn längst ins eigene Haus geführt. Nicht jedoch, ohne zuvor das stattliche Hochzeitsgeschenk des Zentgrafen bewundert zu haben, den schwarzen Hengst, den Barbara am Zügel nach Reilingen geführt hatte.

Sie hatten beschlossen, noch ein wenig spazieren zu gehen. In Richtung Hardtwald waren sie geschlendert, nun saßen sie an dessen Rand am Wiesenrain.

„Sieht lustig aus“, bemerkte Winfried.

„Als putze er sich heraus, um zu unserem Fest zu gehen“, erwiderte sie.

„Einen Tag und zwei Nächte hast du noch. Bist du dir sicher?“

Sie drehte ihm den Kopf zu. „Weißt du das nicht?“

Sie sah, dass er nickte, während er noch immer den Mond betrachtete, die Unterarme auf den angewinkelten, gespreizten Knien, die Hände ineinander geschoben.

„Stimmt es, was sie über die Gabe deiner Augen sagen?“ hob er schließlich an.

„Ja.“

„Konntest du es bei der Tochter des Zentgrafen sehen? Dass ihr Leben abgleitet?“

„Hätte ich ihr mehr Beachtung geschenkt … Ich sah es zu spät.“

„Hm“, machte er. „Und was liest du in meinen Augen über meine Lebensdauer?“

Sie erschrak über diese Frage. Er fühlte sich doch nicht krank? Sie sah ihn von der Seite an. Er erwiderte den Blick kurz, sah wieder vor sich.

„Euch, Herr Kühn, ist ein langes, glückliches Leben beschieden.“ Sie zwickte ihn in den Arm. „Mit dem Weib Eures Herzens an Eurer Seite.“

Er neigte den Kopf nach vorn und sie sah, dass er schmunzelte. Ja, dachte sie, ich bin an seiner Seite und da will ich sein. Nach einem Augenblick des Schweigens sagte sie: „Weißt du, ich fühlte mich den Belangen der Welt nicht mehr zugehörig, dachte, sie gingen mich nichts an. Ich lief davon, vor dem Verlust, vor dem Glauben an meine Schuld. Ich floh in den Wald, weil ich meinte, das alles abschütteln zu können. Nur so schien Frieden möglich. Margarete Herwart und Peter Ackermann zwangen mich zum Hinschauen. Und du."

„Die Geldbußen, die die beiden zahlen mussten, stopfen ihnen das Maul. Ihre Gedanken kannst du nicht überwachen. Es ist gut, dass du in Reilingen wohnen wirst."

„Sag mal, es ist doch nicht etwa so, dass *du* unsicher bist?"

„Höre ich mich so an?" Er lachte kurz auf, sah sie an. „Nein, Liebste, im Gegenteil."

„Das will ich dir auch geraten haben, Herr Drängler!"

„Ich gelobe Besserung", raunte er, beugte sich leicht vor und zupfte an den Grashalmen zwischen seinen Beinen.

Ein kurzer Augenblick des Schweigens.

„Ich will dich. Ich liebe dich." Er sah sie an. Sah wieder weg und hinunter auf seine Hände und sie spürte, dass er sich deshalb so seltsam stockend angehört hatte, weil ihm diese Worte die ganze Zeit über auf der Zunge gelegen hatten.

Leise sagte sie: „Der Aufruhr, den du in meinem Herzen verursacht hast, holte mich ins Leben zurück. Du brachtest Hoffnung. Ich begriff, dass ich mich um meiner selbst willen nicht mehr verschließen durfte. Es hat Zeiten gegeben, damals, da hätte es mich nicht gekümmert, hätte mein Leben ein Ende genommen. Aber auch Apollonias Schicksal zeigte mir, dass andere Leute ebenfalls leiden. Und dass es nicht gut ist, in diesem Leid zu verharren."

„Du hast dich in deiner vermeintlichen Schuld gesuhlt wie eine Wildsau im Schlamm. Es war nicht leicht, dich da heraus zu zerren."

Sie rückte ein wenig näher an ihn heran, legte ihre Hand auf seinen Arm. Seine Linke schloss sich um sie.

Sie flüsterte: „Aber es ist dir gelungen."

„Ich feile schon wochenlang an der Rechnung dafür."

Sie lachte.

Dann wurde sie wieder ernst und sagte leise: „Man kann Jahrhunderte damit zubringen, nach dem Schlechten und der Schuld in sich zu fragen." Sie schaute hinauf in den Nachthimmel. „Und die Antwort Gottes ist Liebe."

ENDE

Glossar

Abgötterei: Götzendienst

„Alle, die eigen Rauch halten“: alle, die eine eigene Wohnstatt haben

Allmende: gemeinsam genutztes Gemeindegut

Aufgezogen = Aufziehen: erster Grad der Folter (Tortur); der / dem Gefangenen werden die Arme auf dem Rücken gebunden, an einer Seilwinde zieht man sie / ihn daran hoch.

Bärentor zu Leimen: Malefizgefängnis der gesamten Kirchheimer Zent

Bestallung: Einstellung und Besoldung

Braguette: auch Schamkapsel, vergrößerter und modisch betonter Hosenlatz. Sie entstand in der bürgerlichen Tracht des 15. und 16. Jahrhunderts. Um die Männlichkeit des Trägers zu betonen, wurde sie sichtbar getragen, modisch ausgeschmückt, wattiert und mit Längs- und Querschlitzen versehen (aus: *http://www.uni-kiel.de/gza/2/Friedrich/Stichwort/Sachen/Schamkapsel.htm*).

Büttel: Helfer des Schultheiß, er hält Gerichtsort ordentlich, verkündet der Gemeinde die Gebote und Gerichtstage und ist Gerichtsbote, der die Gemeinde zu den Gerichtstagen zu laden und zu versammeln hat. Ihm ist Folge zu leisten. (M. Hägermann, Das Strafgerichtswesen im kurpfälzischen Territorialstaat, Inaugural-Dissertation S. 433)

Bußen: siehe Sanktionen

Classicalkonvente: ein kirchliches Gremium mit Laienbeteiligung (Schultheiß und Ortsältestem), das der Überwachung (Kirchenzucht) der Untertanen dient und sich einmal jährlich trifft.

Constitutio Criminalis Carolina: die kaiserlichen Rechte oder Peinliche Gerichtsordnung Kaiser Karls V; 1532 von

Karl V erlassenes Reichsgesetz; in der Kurpfalz ging die CCC nur den Oberrat an, die unteren Beamten hatten die Malefizordnung

Dieb- (und Mordgeschrei): Ist die Täterschaft zweifelhaft bei einem Vermögens- (bzw. Tötungs-) delikt, wird ein Dieb- oder Mordgeschrei erhoben, um den Fall zur Untersuchung an die Zent zu bringen. Denn die Zent ist nicht nur Gericht, sondern auch Untersuchungsorgan für die zentpflichtigen Fälle.

Faut: Verwaltungsbeamter, Oberamtmann, hieß ursprünglich advocatus, woraus deutsch Vogt und Faut wurden.

Freihof: Besitz des Kurfürsten, im 15. Jhd. in Erbpacht vergeben. Die Güter der Freihöfe waren fronfrei und mussten nicht so viele Abgaben erwirtschaften wie die anderen. In Hockenheim gab es zwei Freihöfe.

Frevel: der umfassende Begriff für alle Delikte, die der Zent zuzuweisen sind

Freveltätigung / Freveltaidigung / Rugzent: abgehalten auf den regulären Zentgerichtsversammlungen. Das Gericht versammelt sich, Zentschöffen nehmen ihre Plätze ein, unter der Leitung des Zentgrafen wird das Gericht behegt. Die Vorfälle werden sodann von den dörflichen Abgesandten vorgetragen, es wird darüber verhandelt und beraten. Die Schöffen finden das Urteil, welches der Zentgraf verkündet und sodann vollstreckt wird. Vollsteckung bedeutet hier: Die Amtleute nehmen die verhängten Strafgelder ein

Gefälle: historisches Recht, Bezeichnung für die unterschiedlichen an Grund und Boden haftenden Belastungen (Grundgefälle, Grundlast), die an den jeweiligen Grundherrn zu entrichten waren, zum Beispiel Abgabe von Naturalien, Zinsen, Zehnten, Leistungen von Frondiensten.

Geschrei / im Geschrei stehen: einen schlechten Ruf haben, verrufen sein, in Verruf geraten,

Großknecht: ab 21; nun betraut mit allen Arbeiten in Haus und Feld

Heidelberger Katechismus: entstand 1563 im Auftrag des pfälzischen Kurfürsten Friedrich III., des Frommen. Um die reformierte christliche Religion in seinem Kurfürstentum zu festigen und zu fördern, hatte Friedrich den Universitätsprofessor Zacharias Ursinus und den Hofprediger Caspar Olevianus mit der Ausarbeitung eines Lehrbuches beauftragt, mit dem das Volk in der christlichen Lehre unterrichtet werden sollte. Es fand rasch Verbreitung, sowohl in den calvinistisch beeinflussten Kirchen in Deutschland, teilweise auch in den Niederlanden und in Ostmitteleuropa. Das Büchlein handelt vom menschlichen Elend, von der göttlichen Erlösung und von der Dankbarkeit dafür. Die erste Ausgabe umfasste 128 Fragen und Antworten. Der Heidelberger Katechismus hat in den reformierten Kirchen in aller Welt noch immer einen festen Platz. (aus: *www.calvinianum.de* und M. Schaab, Geschichte der Kurpfalz Bd.2)

Hofbereiter: überprüft Kellereien und Höfe, nimmt Einblick in die Buchführung der Keller und schlichtet Streitigkeiten zwischen diesen und den Gemeinden. (V. Press, Calvinismus und Territorialstaat)

Hube: in Sondereigentum stehendes Land, zu einem Hof gehörendes Stück Land

Hühnerfaut: (siehe auch Faut) Der Begriff Hühnervogt (= Hühnerfaut) bezeichnet eine hoch angesehene Beamtenposition des Mittelalters und der Frühen Neuzeit, die besonders in Süddeutschland häufig vorkam. Dem Inhaber einer solchen Stellung kam es im allgemeinen zu, für den Grundherrn die Abgaben von Bauern und Leibeigenen einzusammeln. Der Titel erklärt sich dadurch, dass die Abgaben häufig in Form von Hühnern an den Grundherrn entrichtet wurden. Vom Huhn waren Eier, Federn und Fleisch verwertbar, was es zu einem beliebten Nutztier machte. Darüber hinaus konnte sich jeder Leibeigene ohne größeren Aufwand Hühner halten, so dass es sich bei der Hühnerabgabe um eine für jeden zumutbare Abgabenform handelte.

Iniurien: veraltet für Beleidigungen

Inquisitio: behördliche Befragung und Untersuchung von Amts wegen, im Gegensatz zum Verfahren mit einem Ankläger (Akkusation). Im Laufe der frühen Neuzeit löste der Inquisitionsprozess den Akkussationsprozess ab, bei dem der Kläger bei Unschuld des Beklagten jene Strafe erwartete, die dem Beschuldigten gedroht hätte, hätte sich seine Schuld erwiesen.

Kaiserliches Recht: siehe Constitutio Criminalis Carolina (CCC)

Kastenmeister: höchster Beamter der Pfälzer Naturaleinkünfte; bereist im Auftrag der kurfürstlichen Rechenkammer die Ämter, überprüft das Amtsgebaren der „verrechneten Diener" und meldet Außenstände an die Zentrale. Er muss Früchte und Wein nachmessen, prüft ferner Bauschäden an Amtsgebäuden und kontrolliert die Unbestechlichkeit der Beamten. (V. Press, Calvinismus und Territorialstaat)

Keller: eines der wichtigsten und ältesten Ämter. Ihm obliegt die Verwaltung und die Verrechnung der kurfürstlichen Einkünfte. Er sorgte für Einbringung und Lagerung von Lebensmitteln und deren Weiterleitung nach Heidelberg. Diese Einkünfte dienten der Versorgung des Hofs und der Entlohnung der Staatsdiener, die nur in geringem Umfang mit Geld besoldet wurden. (K. Stuck, Personal der Oberämter Neustadt)

Kellerei: dient der Unterbringung der in Naturalien eingegangenen herrschaftlichen Einkünfte

Kirchenrat: oberste Kontrolle über das Pfälzer Kirchenwesen, bestehend aus 3 Theologen und 3 „gelehrten politici“ – zumeist Juristen. (V. Press, Calvinismus und Territorialstaat)

Kirchheimer Zent: (siehe auch Zent) Ursprünglich ist der Sitz der Zent in Kirchheim, was der Zent den bis zu ihrer Aufhebung gebrauchten Namen eingetragen hat, obwohl sie vermutlich Mitte des 15. Jahrhunderts nach Leimen verlegt worden ist. (B. Schmehrer, 700 Jahre Reilingen)

Kleinknecht: ist man im Alter zwischen 17 – 20 Jahren

Königsleute: Besonderheit des südwestdeutschen Raumes; ein eigener Stand Untertanen, eine Art „Bauernkrieger“, welchen in mittelalterlicher Zeit vom Königtum besondere Freiheit verliehen wurde für spezielle gefolgschaftliche Bindung an den König; dieser Stand hat sich über die ganze Dauer des Territorialstaates hinweg erhalten, wenn auch die Ursprünge immer mehr in Dunkelheit fielen

Landrecht: Das kurpfälzische Landrecht bedeutet eine Zäsur in der Gesetzgebung der frühen Neuzeit. Es erschien 1582 und enthielt die Polizeiordnung für Zivil (bürgerliche) Sachen und Malefizordnung für strafrechtliche (Malefiz) Sachen. Das Landrecht regelte die Gerichtsverfahren vom Hofgericht bis zu den Dorf- und Stadtgerichten, zusätzlich auch Ehegericht, Vertragsrecht, Erbschaft, Testament, und stellte eine ausführliche Malefizordnung auf. (M. Schaab, Geschichte der Kurpfalz Bd.2)

Latwerg: stark eingekochtes Mus, zumeist aus Pflaumen, bisweilen aber auch aus völlig anderen Früchten

Mala fama: schlechter Ruf

Malefizsachen: Strafrecht

Malefizordnung: (siehe auch Landrecht) Regelung des Strafgerichtswesens (M. Hägermann, Von Freveltaidigung und Blutgericht, Vortrag 2002 unter *www.rzuser.uni-heidelberg.de/~jv8/archiv/von_freveltaidigung_und_blutgericht.pdf*); ist dem Landrecht eingefügt und legt den genauen Verfahrensablauf des Strafgerichtsprozesses fest. Richtet sich nur an die unteren Ebenen der Rechtspflegeorganisation, also an die Amtleute, die das Vorverfahren korrekt durchführen sollen, und an die Richter und Schöffen, die auf dem Endlichen Rechtstag korrekt das Urteil zu sprechen haben. Ferner sollen die Untertanen insgesamt erfahren, wie in der Kurpfalz Strafrecht gesprochen wird, damit sie im Falle einer Straftat nicht Unwissenheit vorschützen können. Die MO richtet sich nicht an die Kanzlei und den Oberrat. Für das Verfahren vor dem Oberrat gelten die entsprechenden Passagen des Reichsstrafrechts (= CCC) unberührt weiter. (J.M. Schmidt, Glaube und Skepsis)

Mordgeschrei: siehe Diebgeschrei

Nachrichter: Scharfrichter, Henker

Oberamt: Die Zenten Schriesheim und Kirchheim gehörten zum Oberamt Heidelberg. Diese Struktur hatte auch Auswirkung auf die Gerichtsverfassung, insbesondere durch die Einflussnahme von Beamten, die vom Oberamt an das Zentgericht entsandt wurden.

Oberrat: höchstes Pfälzer Verwaltungsgremium aus bis zu 9 Mitgliedern (nicht immer erreicht); Juristen, Adlige; Männer, die Erfahrung in den Geschäften der Pfalz haben. Für alle Fragen zuständig, die vor die kurfürstliche Kanzlei kommen, Aufsicht über alle Ober- und Unteramtleute, diese hatten dem Oberrat zu berichten und empfingen seine Befehle, gelegentlich wurden die Amtleute auch vor den

Oberrat nach Heidelberg geladen. Beaufsichtigt das Hofgericht, ist allen anderen Zentralbehörden vorgesetzt (= Kanzlei, Rechenkammer, seit 1576 auch dem Kirchenrat).

Ortsgericht: unterste Stufe der ländlichen Gerichtsbarkeit; vielfach Abbild der zentlichen Gerichtsbarkeit im kleineren Maßstab; fasste Beschlüsse in öffentlichen Angelegenheiten (wie der heutige Gemeinderat), übte mit dem Schultheiß und dem Anwalt die niedere Gerichtsbarkeit aus, Vertreter der Bürger durch ca.12 Schöffen. Behandelte Verstöße: Schädigungen von Gemeinschaftsgütern, Beleidigungen und blutige Schlägereien, Verstöße gegen die gerichtliche Ordnung; Sanktionen ausschließlich in Geld- oder Naturalleistungen; körperliche Strafen können auf dörflicher Ebene nicht verhängt werden

peinliche Befragung: Folter

Polizeiordnung (siehe auch Landrecht): die PO von 1562 wurde mehrfach erneuert und in die Landesordnung von 1582 übernommen. Sie regelt (bürgerliche) Zivilsachen, tangiert das Strafrecht nur, ersetzt es nicht. Unverändert galten die Strafbestimmungen der CCC nebenher weiter. Die Bestimmungen der PO wurden ungeachtet sonstiger Bestimmungen der Strafgesetzgebung zur Grundlage des kurpfälzischen Umgangs mit Zauberei (Bekehrung oder Entfernung des Übeltäters statt Vernichtung). Sie begleitete die Kurpfalz bis ans Ende der Hexenverfolgungswellen.

Processus Ordinarius: Inquisitionsprozess (mit oder ohne Klage als Einleitung); in der CCC an feste Regeln gebunden. Verlangt wurde eine genaue Festlegung des Vorwurfs, zu dem der Betroffene ausführlich Stellung nehmen konnte, auch mit Hilfe eines Verteidigers, der ihm beizugeben war. Er hatte das Recht, gegen Belastungszeugen Einwände vorzubringen, welche „gute“ Zeugen sein mussten, d.h. sie durften nicht übel beleumundet oder ihm feindlich gesinnt sein, und auch Kinder waren nicht zum Zeugnis zugelassen. Stets war ihm Akteneinsicht zu gewähren, und vor allem war die Zulassung der Folter an strenge Regeln gebunden. Insgesamt passte diese Verfahrensordnung zu dem Tatstrafrecht, für das sie geschaffen war, wie eben auch für das Hexereidelikt, das die bewiesene Schadenszauberei umfasste. (Lorenz/ Schmidt Hrsg., Wider alle Hexerei und Teufelswerk)

Protonotar: Stellvertreter des Kanzlers (Leiter der kurfürstlichen Kanzlei); meist ältere Sekretäre, die sich in langjähriger Tätigkeit verdient gemacht hatten. (V. Press, Calvinismus und Territorialstaat)

Raz: Marder

Registrator: kurpfälzischer Archivar, kümmert sich zusammen mit einem Kanzleisekretär um das [Akten-] Gewölbe neben der Schreibstube.

Rüge: gerichtliche Anzeige eines Vergehens vor Gericht; auf eine Rüge hin muss der / die Beschuldigte gehört werden: *ob Eynfalt mit undergelauffen oder darinnen ein Fürsatz gebraucht oder ein Mißhandlung ofter repetieret* (wiederholt) / Landtsordnung XII Titul. Das Register, in das die Strafe eingetragen wird, muss dann anlässlich der regelmäßigen Rugzenten den Amtleuten vorgelegt werden, die die Strafgelder eintreiben.

Rugzent: siehe Freveltätigung

Sanktionen: Geldstrafen tragen variable Namen: Frevel, Bußen, Unfel, Einungen

Schadenzauberei: steht in allen alten Rechtstraditionen unter Strafe. Die CCC (u.a. Gesetzestexte der Zeit) setzen für jeden Schadenzauber, der den Menschen auch nur den geringsten Nachteil bringt, die Todesstrafe. Die kurpfälzische Malefizordnung grenzt dies stark ein und beschränkt die Todesstrafe auf die körperliche Beschädigung von Mensch und Tier. Damit fällt vor allem das riesige Feld der Ernteschädigungen und des Unwettermachens völlig heraus und ist in der MO als Strafdelikt nicht mehr vorhanden. Es scheint in diesem kurpfälzischen Zaubereiartikel gar nicht unbedingt mehr mit einer Schädigung auf übernatürlichem Wege gerechnet zu werden, sondern mit einer Schädigung auf sehr natürlichem Wege: Wetterzauber ist unmöglich, kann also nicht geahndet werden. Mit Gift operierende Zauberei ist dagegen möglich und muss also unter Strafe gestellt werden. (J.M. Schmidt, Glaube und Skepsis)

Schamkapsel: siehe Braguette

Schatzung: Belegung mit Abgaben, Steuer; ab 1593 regelmäßige jährliche Steuer

Schaube: ein weiter, faltiger, vorn offener Mantel

Schildwirtschaft: Recht und Pflicht, Gäste zu beherbergen und zu bewirten; auch Brennen und Brauen

Schöffen: sind die Repräsentanten der Gemeinde in der Gerichtsversammlung; Dorf oder Schöffen nennen zwar geeignete Personen, Auswahl und Einsetzung jedoch obliegt der Obrigkeit. (M. Hägermann, Das Strafgerichtswesen im kurpfälzischen Territorialstaat, Inaugural-Dissertation S. 411). Sie sind Bewahrer des Rechts, dem Schultheiß zu Gehorsam verpflichtet, mussten schwören, Arm und Reich ein gerechtes Urteil zu sprechen. (S. Schmitt, Territorialstaat und Gemeinde im kurpfälzischen Oberamt Alzey)

Unbeu: gegen geltende Bestimmungen verstoßende Bauten.

Unhold/in: Synonym für Hexe

Weistum: ein Weistum stellt die Rechtsverhältnisse fest und hält sie im Bewusstsein. (M. Hägermann, Das Strafgerichtswesen im kurpfälzischen Territorialstaat, Inaugural-Dissertation S. 407). „Weistum ist das von bäuerlichen Gerichten in regelmäßigen Fristen oder auf spezielles Ansuchen um Rechtsbelehrung hin festgestellte bäuerliche Gewohnheitsrecht." (Mayerhofer/Glasschröder, zitiert in: S. Schmitt, Territorialstaat und Gemeinde im kurpfälzischen Oberamt Alzey).

Wittib: Witwe

Zent: Gebietsstruktur, Gerichts- und Verwaltungsinstrument; es gehören zu einer Zent eine bestimmte Anzahl von Dörfern, aber nicht eine bestimmte Anzahl von Personen. Die Zent ist Verbindung zwischen Dorfgemeinde und Regierung. Ausgehend von der Zent wird das Gebiet regiert, hier werden Abgaben erhoben, Frondienste und Geleitdienste gefordert, Kämpfer für Kriegszüge rekrutiert. Die Zent aber ist das höchste ländliche Gericht, sie steht über den Dorfgerichten, an ihr werden die Freveltaidigungen und die Blutgerichte abgehalten. (M. Hägermann, Von Freveltaidigung und Blutgericht, Vortrag 2002 unter *www.rzuser.uni-heidelberg.de/~jv8/archiv/von_freveltaidigung_und_blutgericht.pdf*). Das Dorf Hockenheim gehörte zur Kirchheimer Zent.

Zentfreveltaidigung: Rugzent, auch Rüggerichtstag, Freveltätigung oder Zentruggericht

Zentgraf: vom Kurfürsten ernannter Beamte, Sprecher der Zentuntertanen, hat der Gemeinde die herrschaftlichen Verordnungen und Befehle zu übermitteln, spricht das Urteil beim Zentgericht, ist dessen Vorsitzender.

Zentschöffen: auch Zentrichter, die eigentlichen Urteilsfinder beim Zentgericht, durchschnittlich 12 Personen, führen mit dem Schultheiß zusammen die Voruntersuchung zum Zentgericht, geben ihr Einverständnis zur Sühne der Schuldigen, die der Zentgraf bestimmt, oder verweigern es. Bei Verweigerung Verhandlung mit dem Zentgrafen. Nach Klärung des Falles wird die Strafe erneut ausgesprochen.

Nachbemerkung:

Barbara Heilmann ist in meinem Roman etwa zweieinhalb Wochen inhaftiert. In der damaligen Wirklichkeit hätte die Inhaftierung wahrscheinlich eher zweieinhalb Monate gedauert. Aus dramaturgischen Gründen musste Barbaras Inhaftierungszeit kürzer ausfallen.

Kursiv gedruckte Stellen im Roman, soweit sie nicht der Betonung eines Wortes dienen, sind Originalzitate aus:

der kurpfälzischen Landesordnung von 1582
dem Heidelberger Katechismus von 1563
sonstigen, in Quellen gefundenen Aussagen

Zu den Personen:

Historisch verbürgt in ihren Ämtern sind:

Baumann, Hartmann: der erste mit Namen bekannte Schulmeister Hockenheims, wahrscheinlich ab 1590, war noch 1627 im Amt, unterrichtete zunächst in seiner Wohnstube (ein Schulhaus ist erst nach dem 30 jährigen Krieg bekannt); Hockenheims Grund- und Hauptschule ist nach ihm benannt.

Eigner, Sebastian: Pfarrer in Hockenheim

Heberer, Michael: Auf ihn stieß ich während meiner Recherchen und fand seine Biografie zu spannend, um sie nicht einzubauen. So erklärte ich ihn kurzerhand zum Freund des Hockenheimer Schultheißen und ließ ihn einen langen Brief an Würth verfassen. Für Interessierte: *www.kriegsreisende.de/neuzeit/heberer.htm*. Bei V. Press, *Calvinismus und Territorialstaat* ist er als kurfürstlicher Registrator erwähnt.

Würth, Nicklas: Schultheiß in Hockenheim

Zahn, Johannes: Zentgraf in Hockenheim

Biografien, Charakterzüge und Familienstand all dieser Personen sind jedoch von mir frei erfunden. Ebenso ihre Beziehungen zueinander. Die oben Genannten mögen es mir verzeihen. Die Rivalität zwischen Würth und Zahn gründet sich auf *einen* Satz in E. Brauchs Buch *Hockenheim, Stadt im Auf- und Umbruch* (S.155): Brauch, der dort auch das Zahnsche Familienwappen vorstellt, erwähnt, dass 1593 Johannes Zahn als Zentgraf, nicht jedoch als Schultheiß genannt sei. Nachweislich war das Nicklas Würth. Nun war es in jener Zeit durchaus üblich, das Amt des Zentgrafen und Schultheißen in Personalunion auszuüben. Warum in diesem Fall nicht? Schon arbeitete meine Fantasie.

Zu guter Letzt möchte ich ausdrücklich darauf hinweisen, dass ansonsten sämtliche Personen frei erfunden sind, auch wenn sie Namen tragen, die noch heute in Hockenheim vorkommen. Laut Ernst Brauch sind Großhans (Cruithans) und Fitterling die ältesten Namen in Hockenheim. Sowohl E. Brauch als auch Eugen Seyfried (*Heimatgeschichte des Bezirks Schwetzingen*) nennen als Quelle für ihre umfangreichen Namensnennungen das Wersauer Sal- und Lagerbuch. Beide Geschichts- und Heimatforscher erwähnen ebenfalls einen Ortsplan von 1561, der die ehemalige Lage der Hubhäuser im Ortskern übermittelt (nachzulesen bei Eugen Seyfried, *Heimatgeschichte des Bezirks Schwetzingen*, S. 243). Es hat mir enormen Spaß gemacht, unser altes Dorf zu rekonstruieren. Georgskirche (nur der Turm steht noch, das älteste Bauwerk Hockenheims), Friedhof, Dorfplatz, Freihöfe, Zollhäuser und Zehntscheuer – all das gab es. Wo die Personen wohnen, ist fiktiv, auch dass Zentgraf Zahn den oberen Freihof bewirtschaftete, ist meiner Fantasie entsprungen.

Danksagung

Mein Dank gebührt

Herrn Kammer vom Stadtbauamt Hockenheim für die Hilfe beim Suchen nach altem Kartenmaterial.

Herrn Wolf von den Stadtwerken Hockenheim für die Fotografien des Modells unseres Ortes.

Herrn Berger vom Stadtarchiv Heidelberg.

Herrn Reif von der Stadtbibliothek Hockenheim – keine Fernleihe war ihm zu viel –, sowie seinen Mitarbeiterinnen Frau Naber, Frau Merklinger und vor allem seinem Mitarbeiter Herrn Finsterbusch, der nie die Geduld verlor, wenn ich den Kopierer mal wieder lahm legte.

Edith Offenloch für die Weitergabe ihres sagenhaften Kräuterwissens sowie das Ausleihen längst nicht mehr lieferbarer Bücher zum Romanthema.

Tanja Schurkus für ihre unermüdliche Unterstützung, ihre Ideen und das Mutmachen bei Zweifeln.

Letzteres gilt ebenso für Titus Müller, danke für alles!

Ich danke Jürgen Wenz, der Friedgards literarische Ambitionen weckte.

Ich danke Thomas Schmidt vom Archiv Dillenburg für die freundliche Korrespondenz und Hilfe.

Dr. Rainer Albert von der Numismatischen Gesellschaft Speyer, der mir bei einigen Fragen zum Geldwert im 16. Jahrhundert Sicherheit gab.

Ich danke Hubert Schütz für die Auskünfte zum Angriff einer Bache und Alice Herrwegen von der ‚Akademie för uns Kölsche Sproch' für die Hilfe bei Apollonias Sprache.

Zudem Ute Kühner, die das i-Tüpfelchen setzte.

Ralf Christian Speth und Guido Dieckmann danke ich für die forsche Entschlossenheit, die meinen Mut anspornte.

Kathrin Lange gebührt Dank für vergnügliches und inspirierendes Zusammenarbeiten sowie für ihre großzügige und tatkräftige Unterstützung.

Meiner Lektorin Mariel Radlwimmer danke ich für neue Erfahrungen, Geistesfunken, Tee, Tortellini und tolles Teamwork (obwohl ich englische Begriffe vermeiden will, aber die Alliteration ist zu schön).

Danke schließlich an jene in der Schweiz und in Deutschland, die ich nicht alle namentlich aufzählen kann, die mir mit Detailauskünften und Hinweisen sehr weiterhalfen oder durch stetes Nachfragen nach dem Vorankommen sowie mit ihrem Interesse Mut zum Weiterschreiben machten.

Mein besonderer Dank richtet sich an

Frau Dr. Melanie Fattler (LEGIOS GmbH Köln), Herrn Dr. Ludwig Hildebrandt (Büro für Denkmalpflege und Umweltschutz Wiesloch) sowie Dr. Rüdiger Lenz (Stadtarchiv Eberbach). Ohne ihr Fachwissen zur Zentgerichtsbarkeit, zu Wersau und historischen Gegebenheiten unserer Region hätte ich meinen Roman nicht schreiben können. Sollten Fehler zu finden sein, sind sie mir, keinesfalls ihnen zuzuschreiben.

Patrizia Prudenzi und Hans Ludwig Herder danke ich aus vollstem Herzen für ihre Begleitung, Standhaftigkeit, Aufrichtigkeit und Treue. Ohne sie wäre der Roman nicht, was er ist.

Marlene Klaus
Hockenheim, Winter 2010